ro
ro
ro

ro
ro
ro

FRANKA BLOOM

Anfang Sommer – alles offen

ROMAN

Rowohlt Taschenbuch Verlag

Originalausgabe
Veröffentlicht im Rowohlt Taschenbuch Verlag,
Hamburg, Juni 2019

Redaktion Katharina Rottenbacher
Umschlaggestaltung ZERO Werbeagentur, München
Umschlagabbildungen epa design bureau, Maria Sem/
shutterstock; kate_sun/iStock
Satz aus der Dante MT bei
Dörlemann Satz, Lemförde
Druck und Bindung
CPI books GmbH, Leck, Germany
ISBN 978 3 499 27626 2

Für Michi
und alle, die gern langsam Zug fahren
und denen kein Umweg zu weit ist.

I

FERNWEH

1

Gedankenspiele

«ICH VERLASSE DICH.»

Habe ich das wirklich gerade gesagt? Erschrocken über meine eigene Stimme, die mir da aus der Spülmaschine entgegenhallt, stelle ich mein Glas in den Geschirrkorb und richte mich langsam auf. Reglos starrt Olaf in seine Zeitung. Vielleicht habe ich mir auch nur gewünscht, es gesagt zu haben. Oder ich habe laut gedacht, und die Worte sind mir leise herausgerutscht. Ich bin schon ganz durcheinander. Kein Wunder nach der vierten schlaflosen Nacht in Folge, die ich von Olafs und Günthers Schnarchkonzert wach gehalten wurde. Wie eine Rotte Wildschweine auf der Flucht grunzen die beiden seit Wochen neben mir nachts um die Wette.

Um halb elf bin ich ins Bett gegangen, nachdem ich mir sorgfältig das Gesicht gereinigt, mich über Falten geärgert und viel Anti-Falten-Nachtcreme mit Q10 und Hyaluronsäure aufgetragen habe. Teures Zeug – mäßiger Effekt. Aber trotz der vermeintlich geistigen Reife einer Frau Ende vierzig hoffe ich jeden Abend völlig irrational, am nächsten Morgen faltenfrei und rundum erneuert frisch wie eine Zwanzigjährige vor den Spiegel zu treten. Und jeden Morgen bin ich bitter enttäuscht. Werbung lügt! Weiß ich doch. Aber wenn ich jetzt den Glauben an mich selbst verliere und mich aufgebe, lasse ich dem Altersprozess freien Lauf und habe bald noch schneller noch mehr Falten. Das muss nicht sein.

Nachdem ich also gegen halb elf mit flauschigen Wohlfühl-Socken und einem karierten Baumwollpyjama unter die Bettdecke gekrochen bin, bis nur noch Augen und Nase Kontakt zur Außenwelt hatten, dauerte es nicht lange, bis meine Gedanken unkontrolliert durcheinanderwirbelten und ich langsam wegdämmerte. Doch während ich mich vom Schlaf sanft davontragen ließ, öffnete Olaf die Tür und ein kurzes *Oh!* entwich ihm.

Es ist jeden Abend das gleiche scheinheilige *Oh!*, das mich aus meiner wohlig-weichen Übergangsphase ins Reich der Träume wie an einem Bungeeseil in den Wachzustand zurückkatapultiert. Ich glaube ihm ja, dass er es nicht mit Absicht macht, aber es ändert nichts an den Folgen: Habe ich den ersten Zug ins Schlummerland verpasst, bleibe ich ewig wach. Olaf weiß das, und trotzdem rutscht es ihm immer wieder heraus – das blöde, überraschte *Oh!*.

Seit vier Jahren gehe ich immer zur gleichen Zeit zu Bett – seit meinem 44. Geburtstag. Damals hatte ich beschlossen, massiv gegen das Altern vorzugehen, nachdem ich bei meiner Kosmetikerin einen Artikel über Schönheitsschlaf gelesen hatte und seitdem wusste, wie wichtig der bei Frauen ab vierzig ist. Seither gönne ich mir den Schlaf vor Mitternacht und gebe mir Mühe, mindestens sieben Stunden am Stück zu schlafen. Außerdem habe ich mir angewöhnt, auf dem Rücken zu schlafen, weil dadurch angeblich die Lymphdrainage im Gesicht angeregt wird. Tom Cruise schlafe seit Jahren so, hieß es in dem Artikel, was mich anfangs beeindruckte, dann aber stutzig machte. Schließlich gehört Tom Cruise zu den Scientologen, die dafür bekannt sind, andere Menschen zu manipulieren. Bin ich also schon ein Opfer von Scientology, weil ich wie Tom Cruise auf dem Rücken schlafe? Fakt ist, dass ich in der Rückenposition besser einschlafe als auf der Seite.

Den Seitenschlaf hatte ich mir vor 22 Jahren durch Olaf angewöhnt. Schuld war die Löffelchenstellung. Sogar meine Kosmetikerin sah mir an, dass ich zu viel auf der linken Seite geschlafen hatte – an den ausgeprägten Falten unterm linken Auge. Ich war alarmiert. Kurzerhand wechselte ich die Kosmetikerin und dank ihr und Tom Cruise' Manipulation auch die Schlafposition.

Olaf nahm das widerwillig hin, konnte sich aber nicht wirklich damit abfinden. Für ihn war ohne das Löffelchenritual vor dem Einschlafen ein hohes Maß an Lebensqualität weggebrochen. Er fühlte sich verraten. Vor Tom Cruise' Einmischung in unsere Beziehung war die Welt für Olaf noch in Ordnung. Seitdem boykottiert mein Mann sämtliche Filme mit Tom Cruise und behauptet außerdem, dass *ich* schnarche, seit ich auf dem Rücken schlafe, was absoluter Blödsinn ist. Das sagt er nur, um sich zu rächen, denn seit der Tom-Cruise-Affäre schlafen wir nicht nur selten miteinander ein, sondern gehen sogar in Etappen zu Bett.

Aus Rache holte sich mein Mann vorletztes Jahr Verstärkung ins Bett: unseren Mops Günther. Nachdem ich mit meinen Schülern ein paar Tage auf Klassenfahrt gewesen war, behauptete Olaf, Günni hätte sich eine Erkältung geholt und brauche alle zwei Stunden seine Medizin. Wer's glaubt.

Seitdem liegt nun also Günni regelmäßig zwischen Olaf und mir im Bett und grunzt. Ich bin absolut gegen jede Art der Tierhaltung im Schlafzimmer. Aber Günni ist hartnäckig und klein, und ich bin schwach. In der Schule muss ich schon genug schimpfen und durchgreifen, da brauche ich zu Hause keinen Autoritätsstress mehr. Und Günther ist ja auch nur ein Mops und keine Dänische Dogge.

Gestern Abend tat ich, wie so oft, als hätte ich Olafs überraschtes *Oh!* nicht bemerkt, und gab mich schlafend, als er und Günther ins Schlafzimmer kamen. Leise legte sich Olaf auf seine Bettseite, aber da war ich bereits wach. Hellwach. Und da dämmerte mir die wahre Bedeutung dieses monströsen Wortes: Hier ging es nicht um Helligkeit, die Licht ins Dunkel einer schlaftrunkenen Seele brachte. Nein! Es war ein bösartiger Anglizismus: *hell* wie Hölle!

Fast jeden Abend hoffe ich, schon in eine tiefere Schlafphase vorgedrungen zu sein, bevor Olaf ins Schlafzimmer kommt und *Oh!* sagt. Oft dreht er sich im Bett sogar noch zu mir, um mir ein liebevolles *Schlaf gut* ins Ohr zu hauchen, als wüsste er ganz genau, dass ich hellwach bin, bevor er selbst innerhalb weniger Sekunden gleichmäßig atmend in einen komatösen Tiefschlaf sinkt, aus dem er erst wieder nach frühestens acht Stunden erwacht. Das ist so ungerecht! Und wieder einmal wird mir klar: Ignoranz und Egoismus haben in einer Zweierbeziehung noch weniger zu suchen als ein im Bett schnarchender Mops namens Günther.

Ich lag letzte Nacht also mal wieder wach und steigerte mich in meine Angst, zu wenig Schlaf zu bekommen. Außerdem schwirrten mir plötzlich tausend Dinge durch den Kopf, die ich erledigen musste. Alles schien alarmierend wichtig. Mir fiel ein, dass ich die letzte Tierarztrechnung noch nicht überwiesen hatte und dass ich dringend die letzten Noten für die Zeugniskonferenz vor den Sommerferien eintragen musste. Ich musste noch ein Geschenk zu Olafs 50. besorgen und den Nachbarn mitteilen, dass wir in zwei Wochen Urlaub machten, damit sie sich um die Pflanzen kümmerten. Außerdem musste ich mein Fahrrad von der Reparatur abholen und die Zeitung abbestellen, Olafs Hemden aus der Reinigung holen, Hundefutter beim Onlinehändler bestellen, mich um ein Abi-Geschenk für Ella kümmern, die Steuer für letztes Jahr machen und einen Tisch zu unserem 20. Hochzeitstag reservieren und und und … Wie böse Geister sprangen Termine und Sorgen in mir herum und verursachten mir Herzrasen. Ich wurde gepackt von einem Adrenalinschub, der mich nicht zur Ruhe kommen ließ.

Gegen vier Uhr begannen dann die Vögel zu zwitschern, was weitere Panikschübe in mir auslöste. Ich kannte das schon – diese beängstigende innere Unruhe – mein persönliches Morgen*grauen* in der Wolfsstunde, wenn der Körper ständig einen Angriff wittert und bereit ist zur Flucht. Die Vögel wurden immer lauter, der Tag immer heller. Die Nacht war vorbei. Erschöpft vom vielen Sorgenmachen und Angsthaben war ich dann gegen halb fünf doch noch eingeschlafen, nur um eineinhalb Stunden später vom Wecker aus dem Schlaf gerissen zu werden – völlig gerädert und erschlagen. Aber dafür spürte ich keine Panik mehr. Meine Angst, der Stress und die Wut auf Olaf waren wie weggeblasen. Der Morgen verlief nach Plan.

Während Olaf mit Günni Gassi ging, machte ich Kaffee und Frühstück. Ella stand erst später auf, denn seit sie Abi gemacht hat, schlägt sie sich die Nächte um die Ohren. Beim Frühstück folgte dann die übliche Routine: Kaffee, Brötchen, Zeitung, wenig Worte.

«Gut geschlafen, Schatz?», fragte Olaf, ohne von der Zeitung aufzuschauen.

«Nein», sagte ich und schenkte mir Saft nach.

«Prima», antwortete Olaf ohne jede Anteilnahme. Seit wir auf den Hund gekommen sind, kommentiert Olaf vieles mit *Prima!*, ganz gleich, ob er mit dem Mops, dem Paketboten, unserer Tochter oder mit mir redet. So hat er's in der Hundeschule gelernt, und Günther wedelt dann auch tatsächlich jedes Mal mit dem Schwanz. Ich nicht.

«Später bin ich noch mit Matti verabredet.»

«Hmm ...», brummte Olaf und blätterte die Seite um, ohne den Blick zu heben, während er mit der anderen Hand seine Kaffeetasse zum Mund führte. Eine Meisterleistung der Koordination. Wieder einmal wurde mir klar, dass unsere Ehe nur noch aus Alltagsroutine bestand. Ich trank meinen Orangensaft aus, stand auf und verschwand in der Spülmaschine, um das Glas einzuordnen.

«Ich verlasse dich.»

Überrascht von meinen eigenen Worten, lehne ich nun schon geraume Zeit an der Küchenzeile und mustere meinen Mann. Eigentlich ist Olaf nämlich gar nicht so übel. Im Gegensatz zu anderen

Männern mit fast fünfzig hat er nur einen kleinen Bierbauch. Die Glatze ist gewollt, weil er die sich abzeichnende Tonsur auf seinem Hinterkopf als Demütigung empfand. Genauso wie die Blicke seiner achtzehnjährigen Tochter, die ihm einredete, dass ein rasierter Kopf cooler sei als ein Opa-Haarkranz. Ich mag Olafs Lachfalten um die stahlblauen Augen und an den Mundwinkeln. Und sein kantiges Kinn! Am besten sieht er mit Dreitagebart aus – leicht verwegen, wie früher.

Neuerdings ziert eine Lesebrille seine Nase. Er hat den Termin beim Augenarzt so lange hinausgezögert, bis es ihm peinlich war, dass in der U-Bahn jeder um ihn herum belustigt seine Nachrichten mitlesen konnte, weil er die Schrift seines Handys so extrem vergrößern musste. Natürlich hatte ich ihm zigmal gesagt, er solle endlich zum Augenarzt gehen. Aber nein, wieso hätte er auf mich hören sollen?! In solchen Dingen ist Olaf wie ein Kleinkind, das alles selbst machen will.

«Dann lass Papa doch!», versuchte Ella mich zu beschwichtigen, wenn das Thema Brille auf den Tisch kam.

«Würde ich ja, wenn er nicht ständig *meine* Lesebrille nehmen und verlegen würde. Ich kann sie dann jedes Mal suchen.» Und wenn ich ihn dann frage, ob er weiß, wo meine Brille liegt, verdreht er sogar die Augen und weist mich mit erhobenem Zeigefinger darauf hin, dass ich ständig meine Sachen verlege und nicht immer andere dafür verantwortlich machen soll. Was sagt man dazu?!

Jedenfalls ging er vor ein paar Wochen dann endlich mit einem Brillenrezept in der Tasche zu einer Optikerin und ließ sich von der jungen Frau ein sündhaft teures Marken-Hipster-Gestell andrehen. Das neue Brillengesicht meines Mannes ist noch immer gewöhnungsbedürftig. Angeblich hätten seine Kolleginnen und Kollegen in der Rechtsabteilung der großen Versicherung, für die er arbeitet, ihm Komplimente zu seiner neuen Brille gemacht. Und ich muss zugeben, je mehr ich mich daran gewöhne, desto interessanter finde ich Olaf. Die Brille gibt ihm eine kluge Note – sexy irgendwie.

Weniger sexy ist sein Hörverhalten. Daran will, werde und kann ich mich niemals gewöhnen. Dass Olaf zunehmend schlechter hört, muss nämlich nicht zwangsläufig an seinen Ohren liegen, sondern könnte auch an seiner Einstellung zu mir liegen oder an meiner Stimmfrequenz oder meiner ständigen Kritik an ihm. Aber woran es auch liegt – er sollte es ändern, wenn er in hohem Alter eines natürlichen Todes sterben will.

Abgesehen von der einen oder anderen Kleinigkeit ist mein Mann okay. Er hat Umgangsformen, ist gebildet, pflegt sich, verdient sein eigenes Geld und hat Hobbys. Aber es braucht schon etwas mehr, um eine Ehe in Gang zu halten, die sich in zwanzig Jahren ganz schön abgenutzt hat. Natürlich bin ich nicht ganz unschuldig daran. Einerseits habe ich ihn zu sehr verwöhnt, andererseits stelle ich zu hohe Erwartungen an ihn. Und ich muss zugeben, dass ich mich auch verändert habe. Leider. Abgesehen von den Falten und Pigmentflecken wird mein straßenköterblondes Haar immer grauer und drahtiger, meine Hüfte immer breiter, der Busen immer schlaffer und die Laune immer schlechter. Es gibt Tage, da kann ich mich selbst kaum ertragen und bedauere alle, die mir begegnen, am meisten mich selbst. Und es gibt Tage, da reden Olaf und ich nur das Nötigste, um bloß nicht aneinanderzugeraten. Ja, wir haben uns ganz schön verändert mit der Zeit und leider auch auseinandergelebt.

Das alles geht mir durch den Kopf, während ich ratlos an der Spülmaschine lehne.

«Ich verlasse dich», wiederhole ich klar und deutlich, um ihn erneut auf die Probe zu stellen.

Wieder keine Reaktion. Olaf schaut nicht einmal auf, sondern brummt nur irgendwas vor sich hin.

«Hm … Prima!» Prompt wedelt Günther mit dem Schwanz. «Aber vergiss meine Hemden nicht.»

2
Urlaubsreif

«ISCH HAB VON SIE GETRÄUMT, Frau Wischmann.» Mehmet schaut mich schmachtend an und legt sogar eine Hand auf den Brustkorb.

«Links, Mehmet», sage ich und deute auf sein Herz.

«Hä?» Mehmet ist sechzehn Jahre alt und hat mehr Ahnung von faulen Ausreden als von Anatomie.

«Du musst deine Hand auf die linke Seite legen, wenn du ausdrücken willst, dass dir der Traum zu Herzen ging. Links ist das Herz.»

«Ach so … ja, weiß isch doch, Frau Wischmann.»

«Außerdem heiße ich Wichmann», korrigiere ich ihn zum gefühlt siebentausendsten Mal. «Also noch mal: Wieso warst du gestern nicht im Unterricht?»

«Aber isch hab wirklisch von Sie geträumt.»

Na, wenigstens einer, denke ich. «Und deshalb konntest du nicht am Unterricht teilnehmen?»

Mehmet nickt und grinst mich frech an. Also gut, ich lasse mich darauf ein, wenn er so großen Spaß hat. Vielleicht springt der Funke ja über, denn etwas Spaß kann nicht schaden.

«Und was hast du geträumt?»

«Isch hab Ihnen mit 'n roten Ferrari abgeholt, und wir sind nach Hawaii gefahren.»

Es funktioniert – ich muss grinsen. «Schon klar, aber nach Hawaii kommt man nicht im Ferrari. Da muss man hinfliegen, Mehmet.»

«Ey, voll egal, Frau Wischmann! Überleg mal! Nur isch mit Sie in Hawaii!»

«Nur *ICH* mit *IHNEN AUF* Hawaii oder nur *SIE* und *ICH AUF* Hawaii. Frau *WICHMANN.*»

«Ja klar, sag isch doch, Frau Wischmann!»

Sinnlos! Ich verdrehe die Augen.

«Vergiss es, Mehmet, klingt verlockend, aber träum weiter», sage ich und schicke ihn in die Pause.

Ich bin gerne Lehrerin. Meine Fächer sind Deutsch und Geschichte. Es ist ein anstrengender Beruf mit vielfältigen Herausforderungen, aber auch eine Leidenschaft. Im Gegensatz zu vielen meiner Kollegen leide ich nicht unter Burnout, sondern nur unter schlechten Arbeitsbedingungen, nervigen Eltern und unkooperativen Kollegen. Meine Schüler mögen mich, weil ich zwar streng bin, sie aber auch ernst nehme. Nur jetzt, ein paar Wochen vor den Ferien, ist bei uns allen die Luft raus.

«Warst du schon mal auf Hawaii?», frage ich Matti, als ich mich in der Pause neben sie auf die speckige Couch im Lehrerzimmer flegele. Sehnsüchtig schauen wir aus dem Fenster in den Himmel, wo gerade ein Flugzeug einen weißen Kondensstreifen ins Blau malt, und trinken Kaffee aus ungespülten Tassen.

«Nee, steht aber auf meiner Bucking-List gleich unter Bali, Neuseeland und Meteora.»

«Meteora? Wieso denn Meteora?», frage ich verwundert. «Ist das nicht ein Kloster irgendwo in der griechischen Pampa?»

Matti nickt. «Weil ich das Gefühl habe, dass ich da unbedingt mal hinmuss. Irgendwas zieht mich dahin. Vielleicht war ich in meinem ersten oder fünften Leben eine Nonne in Meteora. Oder verliebt in einen griechischen Mönch? Oder es wartet dort ein Geheimnis auf mich, das ich lüften muss. Oder meine Ahnen …»

«Schon gut! Von mir aus auch Meteora», sage ich, damit sie sich nicht in diese spirituelle Nummer hineinsteigert.

Matti ist meine Kollegin, beste Freundin und mein Sonnenstrahl am Horizont, ohne die ich diesen Schul-Irrsinn manchmal nicht aushalten würde. Meistens ist sie so gut gelaunt, dass es ansteckend ist. Leider sind manche Kollegen dagegen immun, aber denen ist dann auch nicht mehr zu helfen. Mit Matti kann ich Spaß haben. Ab und zu gehen wir in die Sauna, ins Kino oder ziehen am Wochenende um die Häuser. Aber das kommt nur noch selten vor, weil wir nach einer anstrengenden Schulwoche kaputt sind und sonntags einen klaren Kopf zum Korrigieren von Klassenarbeiten brauchen.

Anders sieht es bei unseren Töchtern aus, die mindestens so eng befreundet sind wie wir Mütter. Jo und Ella machen seit dem Abi ständig die Nacht zum Tag. Noch haben sie Schonzeit, obwohl Olaf und mich das Herumlungern zu Hause bereits ganz schön nervt. Da sind wir uns immerhin einig.

«Was willst du denn auf Hawaii?», fragt sie irritiert.

«Gar nichts. Mehmet träumt davon, mit mir im Ferrari nach Hawaii zu fahren.»

«Mehmet aus der 9b?» Sie starrt mich an. «Aber da kann man doch nicht hinfahren.»

«Ich weiß das, und du weißt das auch. Nur der Mehmet nicht.»

«Da hast du als Lehrerin aber total versagt.»

Ich seufze und nicke stumm.

«Und jetzt?», fragt Matti.

«Brauch ich Urlaub.»

«Mit Mehmet?»

«Quatsch! Mit Olaf», sage ich automatisch. Doch während ich weiter versonnen aus dem Fenster in den blauen Himmel mit dem sich auflösenden Kondensstreifen schaue, wird mir klar, dass ich genau das *nicht* brauche – Urlaub mit Olaf.

Nach der Schule gehen Matti und ich zu Pablo, der ein kleines spanisches Café in der Nähe der Schule betreibt. Wir bestellen Cortado und Mandeltorte.

«Ich hab gestern Schluss gemacht», sagt Matti aufgeregt, wie ein kleines Kind, wenn es ein obergeheimes Geheimnis verrät.

«Mit diesem Mark aus der *Wunderbar*?»

«Nein, Henk aus der *Sonderbar*», erklärt Matti kopfschüttelnd. «Das mit Mark war letzten Monat.»

«Und wieso? Ich dachte, das ist was Ernstes, nachdem er bei dir eingezogen ist.»

«Dachte ich auch, aber irgendwie war ich doch noch nicht so weit.»

Trotz ihrer grünen Augen, rotblonden Haarpracht, der ansteckenden guten Laune und ihrer positiven Ausstrahlung hat Matti mit Männern leider kein Glück. Seit ihrer Scheidung vor vier Jahren entpuppte sich jeder Typ, den sie angeschleppt und für Mr. Right gehalten hat, letztlich als absolute Niete. Dabei war Mattis Exmann gar nicht übel. Knut war nur einfach genervt von ihrem zwanghaften Optimismus. Insbesondere, weil er in einer massiven Midlifecrisis steckte, die mit einer Pechsträhne beim Bowling begann und mit Erektionsschwierigkeiten endete. Knut hatte nach siebzehn Jahren einfach keine Lust mehr auf Matti.

Und genau so hat er das damals auch zu ihr gesagt. «Ich hab keine Lust mehr auf dich.» Aus heiterem Himmel, an ihrem 17. Hochzeitstag in einer Schwefelquelle in Bad Harzburg. Aber weil Knut Veränderungen hasste, wollte er die Krise aussitzen. Matti dagegen nicht. Sie war zutiefst verletzt und hatte weder Zeit noch Nerven, irgendwas auszusitzen, und verließ ihn kurzerhand. Denn wie sie feststellte, sehnte sie sich selbst schon lange nach Veränderung – und nach anderen Männern.

Matti nannte es ihre *aktive Nachholphase*, in der sie keine Gelegenheit ausließ, einen Typen abzuschleppen. Sie genoss die Aufmerksamkeit, die Knut ihr schon seit Jahren verweigert hatte. Und jedes Mal dachte sie: *Der isses*. Aber jedes Mal ebbte ihre Begeisterung schneller wieder ab, als sie den Typen loswerden konnte. Matti wollte Spaß mit den Männern und selbst entscheiden, wann es ernst werden sollte. Wer zu früh klammerte, fiel raus. Wer zu lange mit einer Liebeserklärung wartete, sowieso.

«Und jetzt?», frage ich besorgt.

«Muss ich warten, bis er wieder auszieht.»

«Hat er denn schon was Neues?»

Matti schüttelt den Kopf und probiert endlich den Kuchen.

«Oje», sage ich mitfühlend. «Bei der Wohnungssituation momentan – das kann dauern.»

«Ich weiß.» Matti zuckt mit den Schultern. «Ist aber nicht so schlimm. Der Sex ist der Hammer. Und solange wir nicht reden müssen …»

«Na dann», sage ich und beneide Matti ein wenig. Sie ist frei und kann selbst über ihre Zeit und ihre Beziehungen verfügen, unabhängige Entscheidungen und Männer treffen. Sie hat regelmäßig Sex und ist jedes Mal über beide Ohren verliebt. Ganz gleich, wie lange diese Phase anhält, sie kommt immer wieder in den Genuss eines ersten Dates mit Bauchkribbeln und Herzrasen. Das geht jetzt seit vier Jahren so, und ich bin gespannt, ob sie jemals wieder eine feste Beziehung eingehen wird.

Wir quatschen noch ein bisschen und verabschieden uns dann, weil Matti einen Typen trifft, den sie letzte Woche in der Sauna kennengelernt hat.

«Mal sehen, wie er in Klamotten aussieht», lacht sie und schwingt sich auf ihr Fahrrad.

3

Alltag

ICH GEHE NOCH SCHNELL ZUM SUPERMARKT und hole danach Olafs Hemden aus der Reinigung, bevor ich nach Hause fahre. Ella begegnet mir schon in der Tür, mal wieder auf dem Sprung irgendwohin.

«Hi Mama, treffe mich kurz mit Jo. Bin zum Essen zurück.»

Kurz, knapp, das Nötigste.

«Ist Papa da?», frage ich, bevor sie weg ist.

«Jep.» Ella gibt mir einen flüchtigen Kuss, und weg ist sie.

«Hab dich lieb!», rufe ich ihr hinterher. Für mich ist es wichtig, dass ich ihr das so oft wie möglich mit auf den Weg gebe, weil ich ständig Angst habe, dass ihr etwas passiert. Nie würde ich mir verzeihen, meiner Tochter nicht die Gewissheit der bedingungslosen Liebe ihrer Mutter mit auf den Weg gegeben zu haben, wenn sie aus irgendeinem Grund in Gefahr geraten sollte.

«Ich dich auuuuch!»

Erleichtert gehe ich ins Haus. Weil ich die Hände voll habe, gebe ich der Tür einen Tritt, sodass sie laut ins Schloss fällt.

«Ich bin da-aaa!» Olaf soll es hören und mir bestenfalls mit den Taschen helfen. Aber es kommt nur Günther, der an mir hochspringt und mich daran hindert, in die Küche zu gehen.

«Ab! Günni, weg, verschwinde!» Ich schiebe den hungrigen Mops mit einem Bein von mir weg. «Olaf! Hat Günni schon gefressen?» Keine Antwort. «Ooooo-laaaf?!»

«Was denn!? Ich bin beschäftigt!» Er klingt genervt.

Aber wieso ist *er* genervt, wenn *ich* hier gerade im Stress bin?

«Ja, danke für die Hilfe!», sage ich leise.

«Was?», ruft er.

«Nix», erkläre ich. «Vergiss es.»

Mühsam schiebe ich mich mit den Einkaufstaschen in die Küche, stelle alles ab, nehme die Hemden und will sie ins Schlafzimmer bringen. Dabei komme ich an Olafs Arbeitszimmer vorbei und sehe ihn vor dem Computer sitzen und zuckende Bewegungen machen. Plötzlich haut er mit voller Wucht auf den Schreibtisch, dass es nur so kracht.

«Ahhhhh, verdammt!», brüllt er durchs ganze Haus.

«Sag mal, geht's noch?!»

Er ist super genervt. «Was denn?!»

Er verliert, denke ich und freue mich. Ich kenne das schon: Wenn er Computer-Fußball spielt und verliert, dann ist er total angespannt, behauptet aber, sich dabei zu entspannen.

«Ich versuche, mich hier gerade zu entspannen!» Er starrt weiter auf den Bildschirm. Auf seiner Stirn haben sich Schweißperlen gebildet. Er spielt immer mit vollem Körpereinsatz. Deshalb trägt er auch eine Trainingshose und ein Sportshirt.

«Oh, das tut mir so unendlich leid», erkläre ich und denke, das da ist nicht der Mann, den ich geheiratet habe. «Ich wollte nicht stören bei deinem Entspannungsprogramm. Aber ich glaube, ich muss jetzt auch mal entspannen.» Demonstrativ lasse ich seine frisch gebügelten Hemden fallen und verlasse den Raum. Hinter mir höre ich, wie er unkonzentriert einen Fehlpass macht.

«Ach, verdammt! Nur wegen dir!»

Klar, irgendwer ist immer schuld.

«Caro?»

In der Küche packe ich gerade die Einkäufe aus, als Olaf reinkommt.

«Was sollte denn das mit den Hemden?»

Ich beschließe, nicht zu antworten, weil ich mich sonst nämlich aufrege, und dazu habe ich jetzt absolut überhaupt gar keine Lust.

«Komm schon, Caro! Warum bist du so mies drauf? Meine Hemden einfach so hinzuschmeißen! Da kann ich sie demnächst auch selbst abholen.»

«Super Idee!», sage ich. «Offensichtlich bist du heute früher aus dem Büro gekommen. Da hättest du deine Hemden auch selbst abholen können.»

«Wollte ich ja, aber ich hatte den Abholschein nicht. Den hattest du nämlich. Meine Güte!»

«Ja, meine Güte! Und wieso kannst du hier nicht auch mal was machen? Statt ständig vorm Computer zu hocken, wenn du schon zu Hause bist.»

«Dann sag doch einen Ton! Nur sprechenden Menschen kann man helfen!»

«Das habe ich, aber du hörst ja nichts, weil du nichts hören willst!»

«Das schon wieder! Ich höre sehr gut!»

Olaf stellt die H-Milch in den Kühlschrank, was ich nie tue.

«Wenn du's schon machst, dann mach es auch richtig!», blaffe ich ihn an und nehme die Milch wieder raus. Aber woher sollte er auch wissen, dass bei uns die H-Milch nicht im Kühlschrank aufbewahrt wird, wir leben ja erst seit zwanzig Jahren zusammen.

Olaf verdreht die Augen, nimmt die Äpfel und legt sie in den Obstkorb. Ich nehme ihm den Obstkorb weg und lege die Äpfel in den Kühlschrank.

«Lass mal! Es geht schneller, wenn ich's selber mache!»

«Jetzt komm mal wieder runter, Caro. Wenn du schlechte Laune oder deine Tage hast, dann lass es nicht an mir aus!»

Er nimmt sich einen Apfel, beißt hinein und dampft ab, ehe ich ihm den Kopf abreißen kann. Na super, *das* Totschlagargument.

Ich hasse es, wenn er mir so kommt. Andererseits … hat er leider recht. Und zwar immer öfter, denn ich habe das Gefühl, nicht nur einmal im Monat, sondern ständig im Hormonchaos herumzuirren und tagelang nicht wieder herauszufinden. Dann kann mir nichts und niemand irgendwas recht machen. In mir staut sich eine Wut auf, die ich nicht kontrollieren kann. Sie will raus und zwängt sich durch meinen Brustkorb. So auch jetzt.

Ich schmeiße alles hin und renne heulend ins Schlafzimmer, vorbei an Olaf, der genervt aufstöhnt. Das würde ich an seiner Stelle vermutlich auch tun, aber hilfreich ist es nicht.

Herrje, was ist nur los mit mir? Ich kenne mich gar nicht wieder. Ständig gereizt und schlechte Stimmung verbreitend. Dazu diese Gefühlsausbrüche. Alles nervt mich. Vor allem Olaf. Am schönsten ist es, wenn er Weiterbildungen oder Kongresse besucht. Dann bin ich glücklich allein zu Hause – frei, unkommentiert, unbeobachtet. Kann doch nicht sein! Ich liebe ihn doch. Oder? Sind das am Ende nur leere Worthülsen? Bedeutungslose Floskeln? Mache ich mir vielleicht nur was vor? Oder wir uns? Vielleicht verwechseln wir Liebe mit Gewohnheit und Bequemlichkeit, Ritualen und Routinen? Vielleicht wäre eine Trennung der einzige Weg, wieder glücklich zu sein? In letzter Zeit frage ich mich immer öfter, ob ich ohne Olaf glücklicher wäre. Und er ohne mich. Wäre unser beider Leben dann entspannter?

Olaf kommt ins Schlafzimmer und setzt sich zu mir aufs Bett. Vorsichtig berührt er meinen Rücken und streichelt mich sanft.

«Es tut mir leid. Du hast ja recht.»

Ich halte inne mit meiner Heulerei. Was war das gerade? Ich habe recht? Es tut ihm leid? Wo ist mein Kalender, damit ich das fett und rot markieren kann! *Olaf gibt mir recht und entschuldigt sich nach einem Streit!*

«Nein, *du* hast recht. Ich bin so ätzend in letzter Zeit.»

Er küsst mich aufs Haar. «Verzeih mir. Ich hab gerade viel um die Ohren. Da bin ich einfach froh, wenn ich mal außerplanmäßig abschalten kann. Hm? Wir brauchen einfach beide mal Urlaub.»

Ich drehe mich zu ihm um und wir küssen uns. Es ist ein überraschend schöner Kuss, warm und weich. Ich werde fordernder, umarme ihn, aber er geht nicht darauf ein, sondern löst sich sanft aus meiner Umarmung.

«Ich hab gleich noch 'ne Telefonkonferenz. Lass uns das hier später zu Ende bringen. Okay?»

«Okay», sage ich notgedrungen und weiß jetzt schon, dass da später nichts mehr passieren wird. Den letzten Sex hatten wir vor drei Monaten. Nach einer öden Party zum 60. eines Kollegen von Olaf. Der Abend war so langweilig, dass wir uns gegenseitig abgefüllt haben und dann zu Hause übereinander hergefallen sind. Es muss sehr leidenschaftlich gewesen sein – dem Chaos in der Küche nach zu urteilen. Leider kann ich mich wegen der sechs Gin Tonic nicht mehr genau an diese legendäre Liebesnacht erinnern. Jedenfalls hat sich Ella am nächsten Morgen über den Lärm beschwert.

«Aber ich find's irgendwie auch cool, dass ihr noch Sex habt», erklärte sie und schob noch hinterher: «In eurem Alter!» Zum Beweis hob sie beide Daumen.

Heute Abend sieht es jedenfalls nicht so aus, als würden Olaf und ich uns noch betrinken, um Spaß zu haben. Dabei waren wir mal ein echt leidenschaftliches Paar – früher, irgendwann.

Nach seiner Telefonkonferenz geht Olaf erst mal mit Günther joggen, was für den Mops eine echte Herausforderung ist, aber zu seinem Glück ist sein Herrchen weder ausdauernd noch schnell. Danach geht Olaf duschen, während ich das Abendessen koche. Tag für Tag die gleichen Abläufe.

Gerade als ich die Petersilie schneide, höre ich es ganz leise, aber deutlich: *knaps, knaps, knaps, knaps* … Das Geräusch kenne ich. Sofort drehe ich das Küchenradio an und schalte den Dunstabzug ein, um es nicht hören zu müssen. Schon gar nicht während ich das Essen zubereite, denn ich weiß genau, was da im Bad vor sich geht: Olaf knipst sich die Fußnägel ab, die eigentlich kontrolliert in der Badewanne landen sollten, aber stattdessen unkontrolliert durch die Gegend springen, so dass ich sie später beim Putzen in den hintersten Ecken meiner Kosmetikutensilien wiederfinde. Nicht witzig! Vor allem aber ist es eklig. Wie oft wir schon die Nagelknipser-Diskussion hatten! Immer, wenn ich Olaf bitte, entweder auf gezieltes Knipsen zu achten oder einfach eine Schere zu benutzen, bricht er eine Grundsatzdiskussion vom Zaun. Denn Olaf ist felsenfest davon überzeugt, dass das Knipsen von Nägeln praktischer, schneller und effizienter sei als das Benutzen einer Nagelschere. Völlig sinnlos, ihn vom Gegenteil zu überzeugen.

Wer behauptet, eine Ehe bestehe aus Kompromissen, der vergisst, dass oft nur *ein* Partner Kompromisse eingehen muss, weil der andere seinen Willen durchsetzt.

Heute habe ich aber keine Lust auf die Nagelknipser-Debatte. Als Olaf wenig später die Küche betritt, nimmt er mir sowieso den Wind aus den Segeln. Gut duftend und frisch rasiert umarmt er mich von hinten und küsst mich liebevoll auf den Hals, während er über meine Schulter auf den Herd schaut. Das fühlt sich ungewohnt vertraut an und erinnert mich an früher, wenn wir gemeinsam gekocht haben.

«Hm, das riecht aber gut. Was gibt's denn?»

Ich hebe den Deckel, und eine Dampfschwade kommt uns aus dem Topf entgegen.

«Möhrenmampf», sage ich und weiß, dass Olaf happy ist.

Er schließt die Augen und inhaliert den Duft des Essens. Möhrenmampf ist unser Familienessen. Es ist schlicht, aber lecker und macht alle glücklich: Kartoffeln, Möhren, Mettwurst, alles klein geschnitten in Bechamel-Sauce schwimmend mit viel frischer Petersilie und noch mehr Kalorien. Bestimmt gibt es in jeder Familie so ein Gericht, das alle miteinander versöhnt und jedem ein gutes Gefühl gibt. Heute isst sogar Ella mit, die gerade nach Hause gekommen ist.

«Geht's los?», fragt sie ungeduldig und hungrig, nachdem sie den Topf klappern gehört hat.

«Erst wenn der Tisch gedeckt ist», antworte ich und bin beeindruckt, wie schnell plötzlich Teller, Gläser und Besteck auf dem Tisch stehen. Egal, wie stressig der Tag war oder wie viel Ärger und Streit es gab – wenn am Abend die Familie gemeinsam am Tisch sitzt, ist alles gut, denke ich und tische auf.

«Sag mal, Ella-Schatz, hast du dir eigentlich überlegt, was du zum Abi haben willst?», fragt Olaf unsere Tochter und salzt nach, wie er immer alles nachsalzt, noch bevor er überhaupt probiert hat. «Vielleicht doch endlich mal den Führerschein?»

«Nein! Autos sind ein absolutes No-Go. Eure Generation wird das nie begreifen!»

Ich stelle mich doof und wende ein: «Hm … war ich das, die dich jahrelang durch die Gegend kutschieren durfte, damit du bequem reiten, schwimmen und Freundinnen treffen konntest? Da war doch was, oder?»

«Komm schon, Mama, ihr habt mich ja keine zwei Meter allein gehen lassen, bis ich vierzehn war. Voll helikoptermäßig.»

«Na, na, Vorsicht!», mahnt Olaf. «Als wir dich das erste Mal allein haben gehen lassen, hast du dich prompt verlaufen und heulend angerufen. *Ich weiß nicht, wo ich hinmuss, bääääähh*», äfft er sie nach. Das ist gemein, aber ich muss trotzdem lachen.

«Weil ich durch euch völlig unselbständig war.»

Ich lege ihr eine Hand auf den Arm. «Wie auch immer, ich habe dich gern gefahren. Aber wenn du wirklich keinen Führerschein machen möchtest, was willst du dann zum bestandenen Abi?»

Ella druckst rum, holt mehrmals Luft, um dann doch lieber noch ein paar Möhren zu essen.

Olaf und ich wechseln fragende Blicke.

«Was denn dann, wenn du keinen Führerschein machen willst?», fragt er ungeduldig. Ella isst und kaut, statt zu antworten. «Hallo! Erde an Ella?!»

Ella schluckt den Bissen.

«Eine Reise!»

«Ja und? Da musst du doch nicht so ein Drama machen», sage ich. «Wann denn?»

«Bald, in den Ferien. Wenn ... ihr an die Ostsee fahrt.»

Olaf legt alarmiert die Gabel zur Seite. «Wie, du willst nicht mit in den Familienurlaub? Wir fahren doch immer zusammen an die Ostsee. Mach doch deine Reise danach.»

«Nee! Jo und ich wollen ein paar Wochen mit Interrail durch Europa cruisen. So viele Länder sehen wie möglich.»

«Ach, aber unser Fam ...»

«Es gibt dieses Jahr dann wohl keinen Familienurlaub, Olaf!», sage ich, um Ellas Entschluss zu stärken. «Ich find's gut.»

Olaf nicht. «Aber wieso? Was steckt denn dahinter?»

Jetzt legt auch Ella die Gabel weg. «Papa! Ich war noch nie alleine auf Reisen. Jo auch nicht. Keine Ahnung, ob wir das hinkriegen, aber wir müssen das einfach ausprobieren. Und danach haben wir dann vielleicht eine klare Zukunftsvision.»

«Aber ihr seid doch noch Kinder! Und was, wenn keine Zukunftsvision dabei rauskommt?», fragt Olaf skeptisch.

Ella entspannt sich und zieht die Schultern hoch. «Dann werde ich eben Popstar bei Dieter Bohlen. Oder studier doch Jura.»

Gerade wollte Olaf noch genervt seufzen, da erhellt sich im nächsten Moment sein Gesicht. Allein das Wort *Jura* aus Ellas Mund zu hören hat für ihn die gleiche Wirkung wie der unerwartete Einzug seiner Mannschaft ins Halbfinale der Champions League. Er ist so einfach zufriedenzustellen. Und Ella weiß das. Aber ich durchschaue ihre Taktik und weiß, dass sie niemals Jura studieren wird. Alles, was sie will, ist, jede weitere Zukunftsdiskussion mit ihrem Vater zu vermeiden.

«Interrail? Gibt's das noch?», frage ich.

«Klar, damit die Jugend auch mal die anderen europäischen Länder kennenlernt», sagt Ella und gießt sich Wasser ein.

Ich grinse. «Und vor allem die europäischen Jungs. Hm?»

Ella verdreht die Augen. «Mama, was du wieder denkst!»

Ich denke gar nichts, denke ich, und wäre so gerne noch mal in Ellas Alter, um mit ihr Europa zu bereisen.

Eingeschnappt stochert Olaf nachdenklich in seinem Essen. «Hat mich nie interessiert, dieses Interrail. Mit Rucksack in überfüllten, stickigen Zügen – viel zu unbequem.»

«Mich hätte das schon gereizt, aber ich musste noch mit meinen Eltern Urlaub machen, als damals nach dem Abi alle anderen Interrail gemacht haben. Ich find's gut. Morgen berede ich das mit Matti, okay?»

Ella umarmt mich und gibt mir einen Kuss.

«Danke, Mama. Auch fürs jahrelange Fahren.»

Später im Bett will ich endlich diesen Roman lesen, den Matti mir geschenkt hat, als Olaf dazukommt, mit Tablet und Lesebrille bewaffnet, und einen Ich-habe-etwas-Wichtiges-zu-sagen-Ton anschlägt. Also lege ich *Eat, Pray, Love* zur Seite – ein Klassiker, dessen Verfilmung ich vor Jahren gesehen habe, aber bei weitem nicht an den Roman herankomme, sagt Matti – und sehe Olaf erwartungsvoll und beunruhigt zugleich an.

«Hör mal, Caro, ich hab nachgedacht. Wir müssen da ein paar Dinge klären.»

Das klingt ernst, denke ich, und mustere meinen Mann neugierig und gleichzeitig beunruhigt. So kenne ich ihn gar nicht – so auf mich fokussiert. Es muss wirklich etwas Ernstes sein, das ihn beschäftigt.

«Klingt, als wolltest du dein Testament mit mir besprechen.»

«Nein. Es ist … wie soll ich sagen … es ist …»

Plötzlich packt mich eine Hitzewelle. «Bist du ernsthaft krank? Mein Gott, bitte nicht! Ich –»

«Caro, nein! Ich bin gesund! Es ist was völlig anderes. Es ist …»

Er druckst rum. Warum druckst er denn so rum, wie ein … Fremdgänger?!

Jetzt wird mir alles klar. «Das ist jetzt nicht dein Ernst! Du hast … Das kannst du mir doch nicht antun, nach all den Jahren.» Ich spüre, wie mir die Tränen kommen, so durcheinander bin ich.

«Was denn? Jetzt beruhige dich doch!»

«Ich soll mich beruhigen?» Jetzt werde ich auch noch laut. «Du hast 'ne andere und sagst mir das einfach so – in unserem Ehebett! Und ich soll mich beruhigen?»

Olaf springt aus dem Bett und schreit: «O Mann, Caro, du hast sie doch nicht alle! Du führst dich ja auf wie eine Furie! Komm mal wieder runter! Ich will doch bloß …»

Aber ich kann mich überhaupt nicht beruhigen. Im Gegenteil.

«Die Scheidung, stimmt's?», sage ich und beginne zu heulen.

«Nein!» Er sieht mich streng an. «Ich will bloß die Urlaubsplanung mit dir besprechen.»

Ich schaue überrascht auf. «Was? Urlaubsplanung? Warum sagst du das denn nicht gleich?!»

«Wollte ich, aber du drehst ja völlig durch.»

Olaf atmet tief durch. Ich auch. Die ganze Aufregung umsonst.

Ich hasse meine emotionalen Ausraster. Aber das ist so typisch gerade: Immer öfter gerate ich bei der kleinsten Kleinigkeit total aus dem Häuschen. Das nimmt mich dann immer so sehr mit, dass ich danach völlig fertig bin.

Meine Güte, was geht da nur ab in mir? Ich verliere offenbar komplett die Kontrolle über mich – ein Desaster. Zum Glück ist mir das bis jetzt noch nicht in der Schule passiert. Bislang mussten nur Olaf und Ella darunter leiden. Und ich.

«Tut mir leid», erkläre ich. «Die Nerven sind mit mir durchgegangen. Aber wenn du so staatstragend redest, denke ich das Allerschlimmste. Was wolltest du denn sagen?»

Olaf schüttelt den Kopf, atmet einmal tief durch und kommt zurück ins Bett. «Ich dachte nur, wenn Ella nicht mit uns Urlaub macht, dann können wir ja auch schon früher an die Ostsee fahren. Hm? Du hast doch ohnehin Ferien.»

Er will tatsächlich über die Sommerferien reden.

Mir würde es ehrlich gesagt reichen, wenn ich meine Ferien mal nicht an der Ostsee, sondern ganz anders als sonst verbringen könnte. Am besten sogar ohne Mann und Kind. Selbstbestimmt mit viel Zeit zur freien Entfaltung. Stundenlang durch Museen ziehen, in kleinen Cafés sitzen und Leute beobachten. Ohne schlechtes Gewissen durch Boutiquen und Schuhläden schlendern, in jahrhundertealten Bibliotheken alte Bücher wälzen oder einfach nur auf einer Wiese im Park liegen und Zeitung lesen. Vielleicht sogar ganz einfach nichts tun. Ich würde nur essen, wenn mir danach ist, und nur das, worauf ich Lust habe. Ich würde asiatische Restaurants besuchen oder mich zur Teatime in teuren Hotellobbys tummeln. Ja, das will ich.

«Gut, dass du das ansprichst.» Ich richte mich auf. «Denn dieses Jahr müssen wir ja eigentlich gar nicht ins Ferienhaus fahren, wenn Ella sowieso nicht mitkommt, oder?»

«Wie meinst du das jetzt wieder?» Olaf nimmt die Brille ab, um mich besser sehen zu können und um das nun Folgende konzentrierter wahrzunehmen.

«Na, wenn wir nur zu zweit sind, könnten wir doch auch mal … anders Ferien machen.» Jetzt ist es raus. Ich hab's gesagt!

«Wie anders? Wir machen doch immer Ferien in unserem Haus

an der Ostsee. Dafür haben wir's doch damals gekauft. Was passt dir denn daran auf einmal nicht mehr?»

Ich seufze. «Stimmt. Wir haben es für die Familienurlaube gekauft, damals, als Ella klein war. Und es waren jedes Mal tolle Ferien. Aber jetzt ist unser Kind groß … Die Dinge ändern sich. Wir ändern uns. Ich meine, wir waren so oft dort. Dabei gibt es noch so viele andere Möglichkeiten, Urlaub zu machen. Fernreisen, Abenteuerurlaub, was weiß ich.»

Olaf schaut mich wortlos an. Er wirkt, als hätte ich ihm gerade erklärt, dass das Licht im Kühlschrank *nicht* die ganze Nacht brennt. Aber es arbeitet in ihm, das sehe ich, und dann ist da plötzlich dieses Strahlen in seinen Augen.

«Stimmt! Du hast absolut recht. Wir sind frei! Können endlich mal was sehen von der Welt.»

«Genau», sage ich, um ihn zu motivieren.

«Wir können endlich richtig Urlaub machen! So wie andere Paare in unserem Alter auch.»

«Ja», pflichte ich ihm begeistert bei – und stutze. «Äh … wie machen denn Paare in *unserem* Alter Urlaub?»

Olaf blüht auf wie ein kleiner Junge vor seinem ersten Stadionbesuch. «Na, du weißt schon – Cluburlaub mit allem Schickimicki, all-inclusive und so.»

«Ach.»

Aber es wird noch besser.

«Oder mit dem Glacier Express ganz luxuriös und gaaanz gemütlich durch die Schweizer Alpen fahren. Entschleunigung pur. Super Entspannung! Täte dir auch mal gut.»

Er strahlt mich an und wartet auf meine begeisterte Zustimmung, die sich aber nicht so richtig einstellen will. Ich lächele gequält – mehr Freude über seine Idee kann ich nicht heucheln. Muss ich auch nicht, denn er setzt sofort nach:

«Oder noch besser … Ja, jetzt hab ich's: Wir beide Cocktails schlürfend auf einem Kreuzfahrtschiff durch die Adria, vorbei am Markusplatz in Venedig. Also, wenn das nicht romantisch ist!»

Nein, ist es nicht. Ganz und gar nicht. Schlimm, diese Riesenpötte, die das schöne Venedig vergewaltigen. Schiffe, die zehnmal größer sind als der Markusdom. Wie könnte ich mich da entspannen? Niemals! Und eine gemütliche Tour im Glacier Express? Schön, klingt aber nicht unbedingt nach Abenteuer und großer Freiheit. Das ist doch eher was für Rentner. Und schließlich muss man sich noch was für Ü70 aufbewahren. Wie soll ich denn dann Urlaub machen, wenn ich mir die Alters-Highlights schon vorwegnehme? Solange ich fit bin, möchte ich die Alpen zu Fuß überqueren. Ich will mir diese Zugfahrt sozusagen verdienen. Aber doch jetzt noch nicht! Und All-inclusive-Cluburlaub ist garantiert nicht mein Ding. Soll machen, wer will – ich nicht. Aber wer zwanzig Jahre lang mit mir verheiratet ist, sollte eigentlich wissen, dass ich niemals derartigen Urlaub machen würde. Niemals machen werde!

«Ist doch super bequem, so zu reisen», erklärt Olaf. «Machen andere in unserem Alter auch! Der Becker und seine Frau zum Beispiel. Die waren schon überall. Was die alles gesehen haben! Unglaublich. Der soll uns mal einladen und seine Fotos zeigen.»

Bloß nicht, denke ich. Aber Olaf ist nicht mehr zu bremsen. Ich konnte ja nicht ahnen, was ich mit meiner kleinen Idee lostrete.

«Und hier … wie heißt er noch gleich … der Manni aus dem Marketing. Der ist auch erst 52 und war letztes Jahr mit seinem Mann in der Schweiz auf Hochzeitsreise – im Bernina Express oder so. Die waren total begeistert. Und die sind nun wirklich nicht spießig.»

Doch, sind sie, denke ich. Oder gibt es per se keine schwulen Spießer?

«Hm … schauen wir mal», sage ich leise.

Und weil ich nicht gerade euphorisch reagiere, legt Olaf Tablet und Lesebrille zur Seite, um zum finalen Gegenschlag auszuholen:

«Prima, Schatz. Du kannst ja mal was für uns raussuchen. Ach, und denkst du an die Einladungen für meinen 50.? Du hast da einfach ein besseres Händchen. Okay? Morgen Abend können wir dann alles Weitere besprechen.» Er streichelt den Mops zu seinen Füßen. «Apropos: Denk bitte an die Tischreservierung, ja? Ich hab mir den Termin extra freigeschaufelt. Nicht dass bei Enzo wieder alles voll ist, wie im letzten Jahr. Da hast du's auch vergessen. Okay? Das ist lieb, Schatz. Ich muss jetzt schlafen. Nacht.» Sagt's und knipst sein Licht aus, um sich auf die Seite zu legen und umgehend einzuschlafen. Wie macht er das bloß? Und was soll das alles?

Ich bin so perplex, dass ich so schnell gar nicht reagieren kann. Seufzend betrachte ich mein jungfräuliches Buch auf dem Nachttisch und mache ebenfalls das Licht aus. Doch das Thema Urlaub lässt mir keine Ruhe, und ich denke nach über das, was Olaf möchte, und das, was ich nicht möchte. Und darüber, wie *ich* eigentlich Urlaub machen will. Aber so richtig fällt mir nichts ein. So eine Liste der Orte, die ich noch bereisen will, wie Matti sie hat, gab es bei mir nie. Und ich muss auch nicht nach Hawaii. Aber Italien wäre mal wieder schön. Oder Griechenland – nicht unbedingt Meteora, aber vielleicht eine der Inseln. Und nach Budapest möchte ich auch mal wieder. Ist schon ewig her …

Und wie ich so nachdenke und diverse Bilder vor meinem geistigen Auge entstehen, ist eine Sache sehr auffällig: Olaf ist nie dabei.

4

Hochzeitstag

NATÜRLICH HABE ICH LÄNGST bei Enzo, unserem Lieblingsitaliener, reserviert. Denn letztes Jahr wollte Olaf sich darum kümmern, hatte es aber vergessen und anschließend mir die Schuld dafür gegeben. Jedes Jahr gehen wir an unserem Hochzeitstag zu Enzo. Seit zwanzig Jahren. Dabei würde ich viel lieber mal vietnamesisch essen gehen oder vegetarisch oder einfach nur woanders als immer bei Enzo. Ich kenne die Karte auswendig, weil nicht nur Olaf ein Gewohnheitsmensch ist, sondern Enzo auch. Hier ändert sich nur die Tageskarte. Klassiker bleiben lebenslang. Und ja, zugegeben, ich habe mich da auch zur Bequemlichkeit hinreißen lassen. Das hat ja auch seine Vorteile. Wir ersparen uns unnötige Entscheidungsprozesse, sitzen immer am gleichen Tisch, und wissen schon vorher, was wir bestellen, denn wir bestellen ja immer das Gleiche. Doch heute ist etwas anders, denn zur Feier unseres 20. Hochzeitstages gibt es Champagner zum Aperitif statt Prosecco.

«Danke für zwanzig Jahre Geduld mit mir, Schatz», sagt Olaf säuselnd und nimmt meine Hand. «Schön, dass du noch da bist.»

Ich lächele. Ja, das wundert mich auch. Zwanzig Jahre mit dem gleichen Partner können einseitig sein. Aber Monogamie und Monotonie klingen auch irgendwie ähnlich. Stoisch sitzt Olaf wie ein Fels in der Brandung seit zwanzig Jahren jede Krise aus. Und wenn mein Schulalltag so richtig stressig ist, erdet er mich mit seiner

Ruhe immer wieder. Ja, ich gebe zu – wir sind ein gutes Team. Aber es fehlt die Spannung – positive Spannung. Die Energie. Die Überraschung. Dazu kennen wir uns einfach zu gut. So ein kleines Abenteuer würde unserer Eheroutine vielleicht mal ganz guttun. Es könnte das Prickeln zwischen uns zurückholen. Selbst wenn es erst mal nur zwei oder drei Wochen Urlaub wären. Andere gehen in Swingerclubs, um ihrer Ehe auf die Sprünge zu helfen. Dagegen ist getrennter Urlaub ja direkt harmlos.

Ich greife in meine Handtasche und ziehe eine Mappe heraus. «Schau mal. Ich habe da 'n bisschen recherchiert – wegen Urlaub und so.»

«Ah super, dann zeig mal her.»

Ich reiche ihm die Mappe, in der ich ein paar Kreuzfahrt- und Cluburlaub-Anbieter zusammengestellt habe, bei denen auch Hunde mitdürfen.

Als die Vorspeise serviert wird, strahlt Olaf mich an. «Toll! Das wird bestimmt schön! Nur wir zwei und Günni.»

Jetzt oder nie!

«Nein … nur ihr zwei, du und Günni. Ohne mich.»

Olafs Blick lässt Verstörung erkennen. Ich verstehe ihn. Es ist schwer für ihn, denn wir fahren zusammen in Urlaub, seit wir uns kennen. Er weiß vermutlich gar nicht, wie es ist, allein Ferien zu machen. Woher auch, denn bis er mich kennenlernte, machte er mit seinen Eltern oder mit den Pfadfindern Urlaub. Veränderung ist nichts für Olaf. Wenn es nach ihm ginge, würde er zwanzigmal die gleichen Pullis, Hemden und Hosen im Schrank haben. Klamottenkauf ist für ihn der blanke Horror und Zeitverschwendung. Deshalb lässt er mich aussuchen und alles im Internet bestellen. Ist auch besser so.

Olaf schiebt Veränderungen so lange vor sich her, bis es nicht mehr anders geht. Ich auch. Aber für mich geht's um mehr als nur zwei Wochen Ferien. Es geht um uns und um mich. Denn ich verändere mich ja selbst auch gerade – körperlich und mental. Es ist so eine Art Bewusstseinswerdung, weil sich mein Fokus von Mann und Kind auf mich selbst verschiebt. Mir wird immer bewusster, dass die beiden mich gar nicht mehr brauchen und ganz gut allein zurechtkommen. Ella ist das auch klar, nur Olaf wehrt sich noch. Für ihn geht es um den gewohnten Jahresurlaub, aber ich wittere Freiheit, Abenteuer und Unabhängigkeit.

«Wie, ohne dich?» Olaf verschluckt sich fast am Carpaccio. «Was soll das denn jetzt? Wir haben doch *immer* gemeinsam Urlaub gemacht.»

«Genau deswegen», sage ich. «Vielleicht brauchen wir mal Urlaub voneinander – nach über zwanzig Jahren. Etwas Abstand, um uns wieder mehr aufeinander zu freuen. Was meinst du?»

«Aber ich freue mich auf unseren gemeinsamen Urlaub.»

Ich seufze und erkläre ihm langsam und deutlich, was er nicht begreifen will: «Ich möchte mal allein verreisen.»

«Und ich?»

«Du gehst mit Günni auf Kreuzfahrt. Oder ihr teilt euch ein Doppelzimmer in einem All-inclusive-Club.»

Günther, der bislang unterm Tisch gepennt hat, hört seinen Namen und wedelt im Halbschlaf mit dem kurzen Ringelschwanz.

«Aber wieso denn?»

«Weil ich mal Zeit für mich brauche und einfach nicht Urlaub machen will *wie andere Leute in unserem Alter*. Ich will was sehen von der Welt. Abenteuer, jeden Tag was anderes erleben, neue Leute kennenlernen.»

«Ja, also doch Kreuzfahrt!»

«Eben nicht! Ich brauch den ganzen Luxuskram nicht. Und Bequemlichkeit und *all you can eat*! Da wird man sowieso nur fett. Ich fühl mich noch nicht wie fünfzig oder … oder … wie scheintot.»

«Ach, so ist das! Ja, danke auch.»

«Komm schon, du weißt genau, was ich meine.»

«Aber ich will nicht», protestiert Olaf wie ein kleiner Junge.

«Was willst du nicht?»

«Ohne dich Urlaub machen! Was soll ich denn alleine auf so einem Schiff?»

«Na, dann fährst du eben wieder an die Ostsee. Außerdem hast du ja noch Günni.»

«Ja super, und was sollen die Nachbarn an der Ostsee denken? Die glauben doch sofort, wir sind getrennt.»

Jetzt geht mir ein Licht auf. «Darum geht's dir? Was die Nachbarn in den anderen Ferienhäusern denken?»

«Nein, ja, nicht nur … ach, du weißt doch, wie die sind. Du bist genauso. Erinnere dich, als Horst letztes Jahr ohne seine Rita kam – zum ersten Mal ohne seine Frau.»

«Ja, weil sie im Frühjahr gestorben war.»

«Siehst du, also auch getrennt – irgendwie. Wie die Antje von nebenan, die ja auch jetzt Witwe ist.»

Ich atme tief durch und verliere langsam die Geduld.

«Wäre es dir lieber, wenn ich tot wäre? Damit die Leute nicht denken, ich hätte dich sitzengelassen?»

«Quatsch! Sag doch sowas nicht!»

Die Antipasti werden fast unangetastet abgeräumt. Kaum sind die Vorspeisenteller weg, rauscht auch schon Enzo mit besorgter Miene an.

«Was ist los? Was ist mit dem Essen?»

«Alles bestens, Enzo, es liegt nicht am Essen», beruhige ich den Möchtegern-Neapolitaner.

«Aber was dann? Ehekrise?» Auch das noch! Enzo deutet unser Schweigen als Bestätigung und schlägt theatralisch die Hände überm Kopf zusammen. «Mamma mia! Nicht ihr auch noch! Alle meine Stammkunden, zack, Scheidung!» Er macht eine Geste wie ein Karatekämpfer, der einen Ziegel zerschlägt.

«Nein, nein, keine Krise, nur eine Meinungsverschiedenheit. Hm, Olaf?!» Während ich das sage, werfe ich Olaf einen warnenden Blick zu. Dann lächele ich Enzo an. «Alles gut. So schlimm ist es nicht. Wir freuen uns auf den Hauptgang.»

Er wirkt erleichtert. «Bene! Sehr gut!» Dann klatscht er zackig in die Hände und winkt einem Kellner zu, der servieren soll.

Als wir wieder unter uns sind, beuge ich mich zu Olaf vor. «Hör mal, es ist doch nur für ein paar Wochen. Wir brauchen etwas mehr Freiheit. Wir sind doch Individuen, schon vergessen?»

«*Du* brauchst mehr Freiheit. Und: Nein, ich bin kein Individuum. Ich war einmal ein Familienvater und werde fast gleichzeitig gezwungen, mich von Frau und Kind zu trennen. Ich will kein Individuum sein.»

Olaf klammert sich an etwas, das naturgemäß auseinandertreibt – unser Familienleben. Ella wird flügge. Während wir essen, versuche ich ihm klarzumachen, dass ich ihn nicht verlasse, sondern nur eine Auszeit brauche. Aber er *will* mich nicht verstehen. Daran ändert auch Enzos Tiramisu nichts, und sogar der doppelte Grappa bleibt wirkungslos.

Ich kann Olaf ja verstehen. Er dagegen *will* mich nicht verstehen. Dabei war er früher ganz anders – so empathisch und mitreißend. Er saß in der Unibibliothek immer ein paar Tische neben mir. Ich fand ihn süß, wegen seiner stahlblauen Augen, der dunklen Haare und seines frechen Grinsens. Er war für alles zu haben und hat spontan jeden Mist mitgemacht. Und wenn er ein Ziel hatte, war er kaum zu bremsen. Eins davon war ich. Das gefiel mir. Heute ist von dieser Dynamik nicht mehr viel übrig. Vielleicht bin ich ja selbst daran schuld, weil ich ihm zu Hause zu viel abgenommen habe und selbst ja auch nicht mehr so dynamisch bin wie damals. Wir haben einfach keine Ziele mehr. Haus, Kind, Job – alles abgehakt. Die Energie ist verbraucht. Vielleicht sind wir ganz einfach zu müde und zu träge, um uns noch füreinander zu interessieren und zusammen neue Ziel zu definieren. Der Alltag hat uns mürbe und unsexy gemacht.

«So ein getrennter Urlaub könnte wie eine Frischzellenkur auf unsere Ehe wirken», sage ich auf dem Heimweg zu Olaf.

Aber er reagiert nicht.

5
Sauna

EINMAL DIE WOCHE IST FREUNDINNEN-SAUNA-TAG. Ich nutze die Gelegenheit und erzähle Matti im Dampfbad von meinem Urlaubsgespräch mit Olaf.

«Das hast du ihm wirklich gesagt? Und? Wie hat er reagiert?»

«*Ich muss darüber nachdenken* waren seine letzten Worte. Seitdem redet er nicht mehr mit mir.»

«Aber das ist ja großartig!», freut sich Matti, klatscht aufgeregt in die Hände und umarmt meine glitschigen Schultern.

«Was ist daran bitte so großartig? Wir haben die größte Ehekrise, seit sich Olafs Mutter im Juni 2012 drei Monate lang wegen eines Wasserschadens bei uns einquartiert hat. Wieso ist das großartig?»

«Weil du mir jetzt helfen kannst!»

«Hä? Wobei?» Jetzt bin ich neugierig.

«Henk.»

«Der Typ aus der *Wunderbar*? Der so gut im Bett ist?»

«Nee, der aus der *Sonderbar*.»

Ich sehe sie fragend an. «Und was hat der mit meiner Ehekrise zu tun? Willst du etwa, dass wir zu dritt …»

«Quatsch! Im Gegenteil. Ich werde ihn nicht mehr los. Er hat sich bei mir eingenistet und macht keine Anstalten auszuziehen. Er behauptet, keine Wohnung zu finden. Jo ist schon so genervt, dass sie kaum noch zu Hause ist.»

«Ich hab's dir gesagt.»

Matti verdreht die Augen. «Jedenfalls habe ich ihm ein Ultimatum gestellt. Wenn er bis Ende Juli nicht weg ist, sag ich seiner Frau Bescheid.»

«Er ist verheiratet!?», rufe ich überrascht.

«Sagte ich das nicht?» Matti sieht mich mit dem Unschuldsblick eines Dackelwelpen an. Für sie nicht ganz untypisch.

«Miststück!», zische ich. «Ich dachte immer, Verheiratete sind tabu.»

«Sind sie auch. Henk hat mir erst von seiner unglücklichen Ehe erzählt, nachdem er sich bei mir eingenistet hatte.»

«Mistkerl! Aber wenn sie schon getrennt leben, wie kannst du ihm dann Druck wegen seiner Frau machen?»

«Sie weiß nicht, dass es eine andere gibt. Er will sie nicht kränken oder verletzen und so richtig verlassen eben auch nicht.»

«Aber er wohnt doch schon bei dir.»

«Seine Frau glaubt, dass er bei einem Freund untergekommen ist.»

Das ist so typisch, denke ich und verdrehe die Augen.

«Na, immerhin scheint er ja gut im Bett zu sein. Da kann er seine Miete wenigstens in Naturalien zahlen», kommentiere ich spöttisch.

«Erstens ist das sexistisch, meine Liebe, und zweitens ist das seit Neuestem auch nicht mehr so der Knaller.»

«Ach was?!»

«Deshalb will ich ihn ja auch so schnell wie möglich loswerden. Komm schon, Caro! Du musst mit mir Urlaub machen, damit ich Henk aus dem Weg gehen kann. Und wenn ich zurückkomme, ist er ausgezogen.»

«Ah, da komme ich also ins Spiel! Du willst meine Krise mit Olaf ausnutzen, um deine Krise mit Henk zu lösen.»

Matti nickt. «Genau! Und jetzt gehen wir schwitzen!»

In der neunzig Grad heißen Finn-Sauna schwitzen wir jede Woche alles Schlechte aus uns raus – nur leider die überflüssigen Pfunde nicht, die in den letzten Jahren merklich mehr geworden sind, trotz Sport, Diäten, Trennkost und allerlei guter Vorsätze.

«Also, abgemacht. Wir setzen die Mädels in den Zug und machen uns ein paar schöne Wochen, ja?» Matti dreht die Sanduhr an der Wand. Die Zeit läuft.

«Aber wohin denn?» Ich lege mein Saunatuch zurecht und nehme darauf Platz.

Matti setzt sich auf die gleiche Stufe neben mich. «Mal überlegen. Wie wäre es mit Wellness? Auf einer Beautyfarm am Tegernsee. Hat meine Mutter letztes Jahr gemacht.»

«Und? Hat's was genutzt?»

«Genau genommen – nee.»

«Dann vergiss es», sage ich und winke ab. «Viel Geld, ohne Garantie.» Ich denke nach, und weil ich hungrig bin, kommt mir ein naheliegender Gedanke: «Wie wäre ein Kochkurs in der Toskana?»

Diesmal winkt Matti ab. «Bitte nicht! Da trifft man doch nur diese Küchen-Intellektuellen, die den Vino lieber analysieren und charakterisieren, statt ihn einfach nur runterzukippen.»

Ich muss grinsen. «Stimmt! So Besserwisser, die mir dann den Unterschied zwischen Carpaccio und Gazpacho erklären wollen, nur weil ich blond bin.»

Matti stutzt und beugt sich vor. «Gibt's da einen Unterschied?»

Unsicher, ob sie das ernst meint oder nicht, schlage ich schnell etwas anderes vor. «Wie wäre ein Yogakurs auf Bali?»

«Laaaangweilig! Wir wollen doch was erleben im Urlaub!»

«Stimmt», muss ich leider zugeben.

«Also, warum nicht die einfachste Variante – Malle?»

«Mallorca?» Daran hab ich gar nicht gedacht.

«Überleg doch mal. Da gibt's alles: Party und Entspannung, gutes Essen, Wellness, neue Leute, Einsamkeit, Berge und Strand.»

«Da waren wir aber schon an deinem 40. Lass uns doch mal was ganz anderes machen.»

Im Ruheraum liegen wir nach Wechselduschen und einem Bad in Eiswasser eingemummelt in unsere Bademäntel auf bequemen, ergonomisch geformten Liegen bei einem Bio-Ingwer-Tee und hören Regenwaldgeräusche und leise Chillout-Musik dazu.

«Wie wäre eine Rucksacktour durchs Amazonas-Gebiet», höre ich Mattis Stimme.

Ich bin tiefenentspannt und öffne nicht mal die Augen, während ich ihr antworte. «Spannend. Es gibt nur einen Haken.»

«Welchen?»

«Zu viel wildes Getier. Ohne mich.»

Matti hat offenbar meine ziemlich ausgeprägte Abneigung gegen alles, was kriecht und eklig ist, vergessen – egal ob Schlangen oder Spinnen.

«Vielleicht Ferien im Kibbuz in Israel?», frage ich. «Da kann jeder, der möchte, so Gemeinschaftserfahrungen machen. War in den Siebzigern mal in und ist angeblich wieder total beliebt.»

Matti winkt ab. «Haben meine Eltern mal gemacht. Danach musste ich an Weihnachten alle Geschenke mit anderen Kindern teilen. Nee, da geh ich nicht hin.»

Ich verdrehe die Augen. Meine Güte, es ist aber auch nicht einfach, mit Matti einig zu werden.

«Wenn wir gemeinsam Urlaub machen wollen, dann müssen wir auch ein wenig kompromissbereit sein. Sonst wird das nichts.»

Matti öffnet die Augen und schaut mich an. «Ich hab 'ne bessere Idee. Wir lassen uns in einem Reisebüro beraten.»

«Reisebüro?», frage ich erstaunt. «Gibt's denn überhaupt noch Reisebüros, wo doch jeder seinen Urlaub selbst online bucht?»

«Na klar. Für Leute, die weder Zeit noch Lust haben, stundenlang im Netz zu surfen, und erst recht keine Ideen.»

«Aber Reisebüro klingt so nach Pauschalurlaub. Meinen letzten Pauschalurlaub hatte ich mit meinen Eltern. Damals, nach der Schule, als ihr alle Interrail gemacht habt.»

«Du hättest ja mitkommen können. Das war der Hammer!», schwärmt Matti.

«Danke, dass du in der Wunde bohrst.»

«Da hast du echt was verpasst.» Matti redet einfach weiter. «Mit Susi und Tine war's schon witzig. Und die Typen, die wir überall aufgerissen haben! Da war dieser Engländer ... wie hieß der noch mal ... James in Carnac. Am Strand hat er *House of the Rising Sun* gesungen und dazu Gitarre gespielt. Voll das Klischee, aber saucool. Oder Roberto in Rimini – auch süß.» Sie richtet sich auf. «Hattest du nicht auch mal so 'n Griechen irgendwo?»

«Stimmt ja!» Mit einem Mal ist die Erinnerung wieder da. «Den hatte ich total vergessen ... Angelos, meine große Liebe im Sommer 92 auf Korfu. Mann, war ich verknallt.»

«Du hattest dann doch noch ewig lange eine Brieffreundschaft mit ihm, oder?»

Ich nicke und erinnere mich plötzlich an Angelos, als wären wir uns gestern erst begegnet. «Der sah echt gut aus», säusele ich und schiebe einen tiefen Seufzer hinterher. «Ach, ich beneide Ella und Jo schon irgendwie. Man müsste noch mal in dem Alter sein!»

Matti nickt sehnsüchtig. «Einfach Rucksack packen und ab in den Süden.» Dann schaut sie mich verwundert an. «Warum haben wir im Studium nie zusammen Interrail gemacht?»

«Weil ich kein Geld zum Reisen hatte, schon vergessen? Na ja, und dann kam Olaf und kurz darauf Ella und das Ferienhaus. Das war's dann mit eigenen Plänen.»

«Aber dies wird unser Sommer!», tröstet mich Matti.

«Hauptsache, wir einigen uns noch auf ein Ziel ...» Ich raffe mich auf zum nächsten Saunagang und entspanne gefühlte Ewigkeiten in der Bio-Sauna, wo sich meine Gedanken nur noch um die eine Frage drehen: Was ist wohl aus Angelos geworden?

6
Angelos

ZU HAUSE HAT OLAF schon das Abendbrot gemacht. Ich setze mich dazu und schaue ihn abwartend an, aber er will offensichtlich nicht mit mir reden. Gut, dann versuche ich es eben noch mal.

«Was ist denn jetzt mit dem Urlaub?»

Keine Antwort. Olaf schmiert sich stoisch sein Brot, belegt es mit ein paar Scheiben stinkigem Harzer Roller und fischt seelenruhig ein Senfgürkchen aus dem Glas, um es akkurat auf dem Käse anzurichten.

«Mach, was du willst», sagt er schließlich, ohne mich anzuschauen. Und er weiß genau, dass mich das härter trifft als ein ausgedehnter, lauter, unfairer Streit. *Mach, was du willst* heißt nichts anderes, als was es meint – nämlich dass es Olaf egal ist, was ich mache. Dass er sein Ding macht und ich meins machen soll. *Mach, was du willst* ist eine Art der Resignation vor der partnerschaftlichen Streitkultur. Es ist das imaginäre *STOPP – ich will mit dir nicht darüber streiten, weil wir eh auf keinen gemeinsamen Nenner kommen.* Es wird niemals eine Einigung, einen Kompromiss oder eine Einsicht zu diesem Thema geben.

Mach, was du willst bedeutet aber auch, dass ich tatsächlich machen kann, was ich will! Okay, Olaf ist gekränkt, aber das legt sich bestimmt wieder, da bin ich sicher. Er muss endlich lernen, dass wir zwei Individuen sind – ob er will oder nicht. Das ist auch eine Chance, die unsere Ehe auf eine völlig neue Ebene bringen kann.

Nach dem Essen ziehe ich mich in mein Arbeitszimmer zurück, weil ich noch ein paar letzte Nachholtests benoten muss. Eigentlich. Doch stattdessen krame ich in Schubladen und Kisten, in denen ich mein voreheliches Leben vermute, das ich irgendwann irgendwo hier abgelegt haben muss. Und tatsächlich – in einer Box, die wiederum ganz unten in einer Kiste liegt, finde ich sie: sämtliche Korrespondenz von Brieffreunden, Verehrern und Freundinnen aus meiner Schul- und Studienzeit. Handschriftliche Briefe. Von Matti sind auch welche dabei. Ihre Schrift war damals schon unleserlich.

Dann entdecke ich einen großen gepolsterten Briefumschlag, den ich auf dem Teppich ausschütte. Und da sind sie, meine Erinnerungen an Angelos: Fotos, ein Hotelprospekt, ein Disko-Flyer, eine Landkarte von Korfu, sogar Flug- und Fährenticket von damals – und fünf Kassetten. Audiokassetten. BASF Chrome Super 2. Ich habe mich immer gefragt, was diese Bezeichnung wohl bedeutet. Es erschien mir aber nie wichtig genug, das herauszufinden. Wozu auch, denn die Kassettenzeit ist vorbei. Und plötzlich wieder da. Neugierig nehme ich eine der Kassetten und betrachte die zerkratzte Plastikhülle. Jetzt dämmert es mir. Stimmt ja! Es war gar keine Brieffreundschaft, sondern eine Kassettenfreundschaft. Angelos' Deutsch- und Englischkenntnisse waren nicht gut genug zum Schreiben, also haben wir uns auf Kassetten geeinigt.

Gedankenverloren lege ich sie zur Seite und betrachte erst noch ein Foto von ihm und mir händchenhaltend am Strand. Ich, achtzehn Jahre jung, rank und schlank, im knappen Bikini, und er, neunzehn, in Shorts, durchtrainiert und verdammt gut aussehend: groß, behaarte Brust (heute völlig undenkbar bei Jugendlichen), Dreitagebart, wilde schwarze Lockenmähne. Natürlich trugen wir beide coole Ray-Ban-Sonnenbrillen. Das Foto muss einer seiner Cousins gemacht haben, mit denen wir oft unterwegs waren. Angelos arbeitete damals bei seinem Onkel im Hotel an der Bar.

Zum Glück war es nicht das Hotel, in dem ich mit meinen Eltern wohnte. Wir hatten uns in einer Disko kennengelernt, und das obwohl wir beide total schüchtern waren. Ich war auch eigentlich nur aus Langeweile dort und um meinen Eltern zu entkommen, die jeden Abend mit mir Canasta spielen wollten. Angelos wurde von seinen Cousins mitgeschleppt, obwohl er nie in Diskos ging. Und irgendwie sind wir dann an der Bar ins Gespräch gekommen.

Ich schaue mich im Arbeitszimmer um und überlege, ob es irgendwo im Haus noch einen Kassettenrekorder gibt. Der letzte gehörte Ella. Aber sie hat das rote Plastikteil beim Ausmisten zusammen mit ihren *Bibi & Tina*-Kassetten entsorgt. Ärgerlich. Ausmisten! Ja klar! Mir fällt ein, dass ich bei der letzten Aufräumaktion meinen uralten Walkman wiedergefunden und aus sentimentalen Gründen eben *nicht* weggeworfen habe. Er muss also noch irgendwo sein. Zu dumm nur, dass ich zwar immer alles in Boxen und Kisten verstaue, aber nicht daraufschreibe, was drin ist. Ärgerlich vor allem beim Schuhregal, denn ich bewahre auch meine Schuhe in ihren Kartons auf – ohne Beschriftung. Meine Güte, was hab ich schon meine Schuhkartons hin und her geräumt, weil ich ein bestimmtes Paar gesucht habe! Das einzig Gute daran ist, dass ich mir dadurch in Erinnerung rufe, was ich alles für Schuhe habe. Das Blöde daran ist, dass ich die meisten davon nie anziehe, weil ich vergessen habe, dass sie existieren.

Weil auch meine Regale im Arbeitszimmer voll mit Boxen und Kisten sind, muss ich gut überlegen, wo ich den Walkman verstaut haben könnte. Ich vermute ihn in der Elektrobox, in der ausgediente Handys, Anrufbeantworter, Kabel und Stecker lagern. Umständlich krame ich den Karton unter mehreren leeren Posterrollen und einem Korb voll mit Geschenkpapier und Schleifenband hervor, hebe den Deckel, und da ist er! Mein alter Walkman! Und sogar die Kopfhörer sind noch dran. In einer Schublade in der Küche finde ich passende Batterien, dann geht's los. Kassette rein und START.

Eine Stimme wie Samt mit starkem griechischem Akzent, was die Worte noch intensiver macht. Er klingt ein bisschen wie Vasily Sarikakis aus der *Lindenstraße* vor zwanzig Jahren.

«Meine liebe Caro, du fehlst mir sehr. Seit du weg bist ich kann nicht schlafen. Ich muss immer denken an unsere Zeit auf meine Insel. Und an dich. Das ist nicht gut bei Arbeit, und mein Onkel schimpfen oft, weil ich nur denken an dich. An dein Mund und dein weiche Haut. Denkst du auch an mich? Ich gehe nicht mehr aus. Meine Cousins sind schon böse. Aber es macht keinen Spaß. Vielleicht ich komme nach Berlin, wenn ich genug Geld verdiene in Hotel. Ich kusse dich.

Du meine Güte! Und dann sagt er auf Griechisch und Englisch noch: *S'agapó. I love you. Dein Angelos*

Ich schmelze dahin.

Gänsehaut, Herzklopfen, alles zusammen. Wir waren so unendlich verliebt. Aber das Glück währte nur kurz. Nach zwei Wochen flog ich zurück nach Berlin. Angelos blieb, und er hat mich nie in Deutschland besucht. Irgendwann wurden auch die Kassetten weniger.

Mit einem tiefen Seufzer drücke ich auf STOP und lege alle Erinnerungen zurück in den Umschlag. Dann mache ich mich an die Korrekturen der Tests, die vor den Sommerferien fertig werden müssen. Aber sosehr ich mich auch abzulenken versuche, Angelos geht mir nicht mehr aus dem Sinn.

7
Bahn-Wahn

EIN PAAR TAGE SPÄTER treffe ich mich mit Matti im Reisezentrum der Bahn, wo wir für unsere Töchter Interrail-Tickets zum bestandenen Abitur kaufen. Als es ums Bezahlen geht, fragt die Dame hinterm Schalter, wie alt unsere Mädels sind, um den richtigen Preis zu ermitteln.

«Bis 27 jelten jünstigere Preise», erklärt sie uns in unvergleichlichem Berlinerisch.

Matti reißt nahezu schockiert die Augen auf und schenkt der Bahnmitarbeiterin einen tödlichen Blick. «Äh, entschuldigen Sie, aber sehen wir aus, als hätten wir Kinder, die älter als 27 sind?»

Die Frau in weißer Kurzarmbluse und dunkelblauer Weste mit DB-Emblem schaut uns nacheinander an und zuckt mit den Schultern. «Wat weeß ick denn, wann Sie beide mit'm Kinderkriegen anjefangen ham.»

Matti rollt mit den Augen und setzt noch eins drauf. «Meine Freundin mit sieben und ich mit acht.»

Die Bahnmitarbeiterin lacht herzlich auf und beugt sich über den Schalter. «Na, wie Mitte dreißig sehen Se beide aber nich mehr aus.»

«Wie alt darf man für Interrail denn maximal sein?», frage ich, während ich meine EC-Karte zücke.

Die Frau hinterm Schalter lächelt unbeirrt. «Kommt drauf an.»

«Worauf denn? Da gibt es doch bestimmt ein Höchstalter, oder?»

«Nee, nur die Preise ändern sich mit'm Alter. Ab sechzig wird's jünstijer. Seniorenpreise sozusagen. Is wieder sehr beliebt. Die älteren Herrschaften reisen ooch jerne erster Klasse.»

«Ach, das gibt's?» Ich bin ehrlich überrascht.

«Selbstverständlich», sagt die Dame hinterm Schalter, deren Alter ich schon die ganze Zeit zu erahnen versuche, aber beim besten Willen nicht mehr als schätzen kann – irgendwas zwischen dreißig und fünfzig. Ganz schwierig.

Matti ist entsetzt. «Interrail erster Klasse? Das ist ja wie … wie Currywurst im Drei-Sterne-Restaurant. Da fehlt doch das Feeling fürs Wesentliche. Wo ist denn da die Authentizität? Das Gefühl fürs Miteinander in engen, unklimatisierten Abteilen mit wildfremden Leuten?»

Die geduldige Bahnangestellte schüttelt den Kopf. «Also janz ehrlich? Wat ick für mein wahret Urlaubs-Feeling brauche, ist mittlerweile ooch 'n bisschen Komfort. Früher war mir dette ejal, als wa mit 'm Zuch noch bis nach Moskau jezockelt sind.» Sie lacht. «Aber wir sind ja nich mehr die Jüngsten, wa?»

Leider hat sie recht.

«Und … wenn man noch keine sechzig ist?», frage ich vorsichtig.

«So wie Sie jetze? Det tut ma leid.»

Ich drehe mich zu Matti um. «Da hast du's. Wir sind doch zu alt.»

«Oder einfach noch zu jung für die Seniorenvariante», sagt sie, optimistisch wie immer.

Ich seufze. «Hätte ich das damals doch bloß gemacht.»

Irritiert schaut uns die Frau an. «Wieso? Wat denn? *Sie* beede können natürlich per Interrail reisen, nur leider in der teuersten Kategorie der bis 59-Jährigen.»

Matti und ich schauen uns tief in die Augen, und zum ersten Mal während unserer schwierigen Urlaubsplanung denken wir das Gleiche und sprechen es gleichzeitig aus: «Nehmen wir!»

Noch am selben Abend geht's euphorisch an die Planung. Mattis anhänglicher Untermieter Henk ist bei irgendeinem Sportevent, und Jo ist mit Ella unterwegs, weshalb wir sturmfreie Bude haben. Bei einer Flasche Rotwein sitzen wir auf dem Boden in Mattis Wohnzimmer und packen ungeduldig den dicken Umschlag mit Tickets, Kartenmaterial und so seltsamen Bändchen aus.

«Wozu sind die denn?», fragt Matti und hält das Tütchen mit den Armbändchen in die Höhe.

«Na, vielleicht weil Interrail auch so was wie *all you can eat* ist. *All you can rail* sozusagen.»

«Aha, und wer da mitmacht, erkennt sich am Bändchen – und schwups lernt man Leute kennen. Genial!»

«Na, also genial würde ich das nicht nennen», relativiere ich Mattis Begeisterung. «Früher gab's Freundschaftsbändchen, heute drückst du deine Zugehörigkeit zum Schienenverkehr damit aus. Die Zeiten ändern sich.»

Wir laden die entsprechende Reise-App, die heute das Fahrtenbuch ersetzt, auf unsere Handys, schauen auf die analoge, faltbare Europa-Karte und überlegen, welche Orte auf unserer Strecke liegen sollen. Unsere erste gemeinsame Interrail-Tour – wenn auch dreißig Jahre zu spät.

Die Möglichkeiten sind nahezu grenzenlos. Wir können aus dreißig europäischen Ländern wählen: Züge und Fähren zwischen Kiruna in Nordschweden und Heraklion auf Kreta im südlichen Mittelmeer sowie zwischen Istanbul am Bosporus und Lissabon am Atlantik. Theoretisch. Denn alles werden wir nicht schaffen, weil unsere Zeit leider begrenzt ist. Wir starten in Berlin und einigen uns erst mal darauf, dass wir um die Adria reisen. Abwechselnd nennen wir Ziele, die wir unbedingt während unseres dreiwöchigen Trips besuchen wollen.

«Meteora!», platzt es aus Matti hervor.

War ja klar. Es dauerte eine Weile, bis ich Meteora ungefähr verorten und auf der Karte einkreisen kann. Wie wir da hinkommen sollen, ist mir allerdings ein absolutes Rätsel. «Liegt ja mitten in der griechischen Einöde», gebe ich zu bedenken.

«Quatsch, das ist touristisch voll erschlossen da.»

«Na, wenn du das sagst … Dann sage ich Korfu.»

Matti verdreht die Augen. «Nimm doch 'ne Insel, die du noch nicht kennst. Gibt doch so viele davon in Griechenland.» Sie beugt sich über die Karte und zeigt auf ein Eiland südlich von Korfu. «Hier, Paxos. Ist kleiner und bestimmt gemütlicher.»

«Korfu.» Ich werfe Matti einen herzerweichenden Blick zu. «Ich muss dahin. Das ist wie bei dir mit Meteora.»

Matti nickt gnädig und kreist Korfu ein. «Okay, und was ist mit Athen? Wir können unmöglich nach Griechenland fahren, ohne die Akropolis gesehen zu haben.»

«Aber Athen bei 45 Grad Hitze im Hochsommer, Smogalarm und Dauerstreik?» Ich zeige auf die Karte. «Liegt außerdem nicht auf der Route nach Meteora. Lieber Thessaloniki. Das ist strategisch günstiger und genauso heiß. Und da gibt's auch einiges zu sehen.»

Matti legt den Kopf schief. «Also gut. Und sonst?»

«Wenn wir schon bei Kultur sind, dann noch … Amsterdam!»

«Seit wann liegt Amsterdam an der Adria? Muss das sein?»

«Klar», sage ich. «Wegen der Museen.»

«Ja, sicher, und dein Mann liest den *Playboy* nur wegen der guten Artikel, oder wie?»

«Hä … wieso?», frage ich bräsig.

«Weil ich höchstens zum Kiffen nach Amsterdam will.»

«Das sagt viel über dich als Kunstlehrerin aus …»

Matti geht auf meine Spitze gar nicht ein, sondern schaut wieder auf die Karte und zielt mit ausgestrecktem Zeigefinger auf … Belgrad.

«Gut, du willst Amsterdam, ich will Belgrad – wegen der Partys. Der zurzeit heißeste Spot Europas.»

«Sagt wer?», frage ich ungläubig.

«Hab ich irgendwo gelesen.»

«In der *Bravo*?»

«Im *Vice*-Magazin», sagt sie mit einer Mischung aus Coolness und Klugscheißerei.

Also kreise ich Belgrad auf der Karte ein und lasse meinen Blick schweifen. «Vielleicht noch etwas *dolce vita* in … Milano?»

«Warum nicht? Da können wir im Sommer-Sale italienische Marken shoppen. Handtaschen und Schuhe!»

«Jawoll!», rufe ich. Wir stoßen an und überlegen, wohin wir sonst noch reisen könnten.

Dann wird Matti mit einem Mal ernst. «Und nach Paris, natürlich.»

«Was?! Paris liegt am allerwenigsten auf unserer Route.»

Matti lässt sich nicht beirren. «So wie Amsterdam?!»

Ich verdrehe die Augen. «Paris ist viel zu weit westlich. Außerdem waren wir mit der Schule schon so oft in Paris! Können wir das nicht auslassen? Der Umweg kostet uns mindestens einen Tag.»

Matti schaut mich mit vorbildlichem Dackelblick an, bei dem selbst Günni erblassen würde.

«Bitte! Ich habe ja auch nichts gegen einen Abstecher nach Amsterdam oder Korfu. Aber ich *muss* nach Paris! Dringend!»

Jetzt macht es Klick unter meiner Schädeldecke – Jean-Luc! Es muss mit Jean-Luc zu tun haben. Er war keine einfache Jugendliebe von Matti, sondern ihre große Liebe. Nein, die Liebe ihres Lebens! Ein Franzose, den sie an der Uni kennengelernt hatte. Ein bildschöner Mann mit krummer Nase, braunen Haaren, stets im Sakko und immer eine Filterlose und einen Spruch auf den Lippen. Er hatte Charme, keine Frage, und Matti war bis über beide Ohren verliebt. Hätte er sie gefragt, sie hätte ihn geheiratet.

«Er ist wieder in Paris?»

Matti nickt.

«Woher weißt du das?»

«Von einer Bekannten von früher aus dem Studium.»

«Und jetzt?»

«Ich muss ihn sehen!»

Selten habe ich Matti gleichzeitig so schwach und so kompromisslos wie jetzt erlebt. Also stelle ich keine weiteren Fragen, sondern mache einen roten Kringel um Paris. Jean-Luc war eine klassische Erasmus-Liebe, wie sie jedes Jahr tausendfach passiert, wenn sich europäische Studenten aufmachen, um irgendwo in einem Nachbarland zu studieren. Er studierte an der Kunsthochschule Fotografie und wohnte in Mattis WG. Sie war so verknallt, dass sie mit ihm nach Paris gehen und dort Deutschunterricht geben wollte. Aber irgendwann kam sie nach Hause – und er war weg. Ohne ein Wort. Sie hat ihn nie wiedergesehen oder Kontakt zu ihm gehabt. Alles, was sie wusste, war, dass er nach Amerika gegangen war. Nur sehr langsam und sehr schwer hat sie sich von dieser Trennung erholt. Monatelang hatte sie Liebeskummer, konnte nicht essen oder lernen. Ich lernte zu dieser Zeit Olaf kennen und verbrachte die meiste Zeit mit ihm. Aber immer, wenn ich Matti sah, ging es ihr schlecht, und sie redete nur von Jean-Luc. Erst als sie den bodenständigen und aufrichtigen Knut, Johannas Vater, kennenlernte, der sich wahnsinnig um sie bemühte und sie zum Lachen brachte, ging es mit Matti wieder bergauf.

Es kommen noch weitere Ziele auf unserer Route dazu, und wir kreisen auch Budapest und Prag ein. Insgesamt haben wir uns für die 21 Reisetage innerhalb eines Monats jede Menge Ziele zwischen Berlin, Paris und Korfu ausgeguckt. Zweifelhaft, ob wir das überhaupt alles schaffen.

«Aber das ist doch der Sinn des Ganzen!» Matti fläzt sich neben mir auf dem Boden und schenkt uns den letzten Tropfen Wein ein. «In kurzer Zeit so viel wie möglich sehen, mitnehmen, erleben. Prost!»

Plötzlich hören wir Schritte auf dem Flur.

«Was treibt ihr denn da?»

Matti und ich schauen überrascht auf und blicken in zwei neugierige Augenpaare. Unsere Töchter. Wir raffen uns auf, kichern und fühlen uns irgendwie ertappt. Aber das liegt wohl am Wein, denn der Chianti ist leer.

«Wir planen einen Interrail-Trip», kläre ich und proste den beiden zu. Dann stoßen Matti und ich an und freuen uns diebisch.

Ganz im Gegensatz zu unseren Töchtern, denen die Kinnlade runterfällt. Jo greift sich den Interrail-Umschlag samt Bändchen, Broschüre und Tickets und wird fast hysterisch. «Das ist jetzt nicht wahr, oder? *Ihr* plant *unsere* Route?»

Matti schaut mich an, und wir kriegen beide einen Lachanfall und rollen auf der Europa-Karte herum.

«Geht's noch? Das sind *unsere* Tickets!», empört sich Ella. Sie ist echt sauer. «Mensch, Mama! Was soll denn das?! Das ist *unsere* Reise! Ihr müsst euch doch nicht überall einmischen!»

Matti und ich halten kurz inne. «Schön, dass wir wenigstens bezahlen dürfen ...», sage ich spöttisch.

Jo schaut auf die Karte und sieht die eingekreisten Orte. «Und was ist das überhaupt für eine beknackte Route? Ich fahr sicher nicht nach Belgrad. Könnt ihr voll vergessen!»

«Genau! Da fahr ich lieber mit Papa an die Ostsee», pflichtet Ella ihr bei.

Oje, jetzt wird's ernst. Also schön, Matti und ich klären die Sache auf. «Keine Panik!» Ich greife in meine Handtasche und ziehe den zweiten Ticketumschlag heraus. «Tadaa! Das hier sind eure Tickets. Glückwunsch zum bestandenen Abitur!», sage ich feierlich.

«Und viel Spaß auf eurer Reise in einen neuen Lebensabschnitt!», fügt Matti hinzu. Ja, wir haben einen Schwips.

Ella nimmt den Umschlag und schaut rein. Dann erst begreift sie – oder auch nicht. «Wie jetzt? Heißt das, dass ihr auch ...»

Sie verzieht das Gesicht. «Och nö!»

«Fuck!» Jo checkt es nun auch. «Wieso das denn? Könnt ihr euch nichts Eigenes suchen? Macht doch 'ne Kreuzfahrt.»

Das wird Matti jetzt zu bunt. «Moment mal, Interrail hab ich schon gemacht, als du noch nicht mal der Hauch einer Idee in diesem Universum warst.»

Ella schaut mich verzweifelt an.

Abwehrend hebe ich die Hände. «Und ich muss das nachholen.»

Doch das interessiert Ella gar nicht. «Aber Mama, bist du ... nicht viel zu alt dafür? Ich mein, hey, schau dich mal an, du bist fast *fünfzig*!»

Zosch! Das sitzt wie eine Ohrfeige.

Stille.

Ellas Worte hallen laut in meinen Ohren nach. Mit welchem Abscheu sie diese Zahl von sich gegeben hat, von der ich sowieso noch zwei Jahre entfernt bin! So, als sei es das Allerschlimmste, eine Mutter in diesem Alter zu haben. Das muss ich erst mal sacken lassen.

Matti nicht.

«Okay, das reicht!», zischt sie. «Ich mach's mal kurz: Nehmt eure Tickets, sagt artig danke und haltet ansonsten die Klappe!»

Jo greift nach dem Kuvert. «Egal, wohin ihr fahrt, wir fahren in die entgegengesetzte Richtung!»

Matti hält den Umschlag noch einen Moment fest und schaut ihrer Tochter tief in die Augen. «Hoffentlich!» Dann lässt sie los.

Der Abend ist gelaufen.

Weil ich nicht müde bin, dafür aber dank Ella schlecht gelaunt, surfe ich später zu Hause noch im Internet und fange irgendwann mit der Suche an – der Suche nach Angelos. Ich kann gar nichts dagegen machen, es passiert ganz automatisch. Eigentlich gar nicht schwer, denn Angelos ist auch bei Facebook, als einer von neunzehn Männern mit dem Namen Angelos Yiannopoulos. Nur dass der eine, den ich suche, noch einen Zweitnamen hat – Yannis. Angelos Yannis Yiannopoulos.

Bingo!

Sein Profilfoto zeigt – einen Hund. Einen großen, wuscheligen schwarzen Hund. Na, vermutlich sieht er auch nicht mehr ganz so frisch aus wie damals.

Beim Stöbern durch seine Fotos finde ich dann doch noch ein aktuelles mit seinem Konterfei. Allerdings trägt er Basecap und Sonnenbrille. Aber ich erkenne seine Gesichtszüge, vor allem seinen Mund mit den vollen Lippen, die so gut küssen konnten, und sein eckiges Kinn, das immer nach Rasierwasser roch. Ich erinnere mich ganz genau an den Duft an seinem Hals und spüre sofort ein unheimlich kribbeliges Gefühl im Bauch. Das ist er! Mein Angelos! Vielleicht etwas fülliger geworden, aber auch männlicher. Und ich muss sagen, dass mir der ältere Angelos sogar noch deutlich besser gefällt als der von damals. Aufgeregt lese ich sein Profil, und aus seinen Einträgen schließe ich, dass er Single ist und auch bald fünfzig wird. Im Juli, genau wie Olaf, nur ein paar Tage früher.

Ich betrachte die weiteren Fotos, die vor allem griechische Landschaften, Meeresansichten, lecker angerichtete Mahlzeiten, Sonnenuntergänge und seinen Hund zeigen. Und plötzlich packt mich das große Fernweh. Nach Griechenland und eine noch größere Sehnsucht nach Angelos. Aus einem Impuls heraus schicke ich ihm eine Freundschaftsanfrage und schlafe wenig später versonnen auf der Couch in meinem Arbeitszimmer ein. Den Kopf voll Meeresrauschen und schöner Erinnerungen an einen verliebten Sommer in Griechenland 1992.

8
Rucksack

NACH DER SCHULE streife ich mit Matti durch ein Outdoor-Outlet. Ein riesiger Laden. Eigentlich wollten wir die Mädchen mitnehmen, um sie auch auszustatten, aber weil das weder ihrem Nachhaltigkeitskodex entspricht noch ihrem Anspruch auf Selbständigkeit, haben sie vehement abgelehnt. Auch gut – das schont unser Portemonnaie.

«Wie läuft's mit Olaf?», fragt Matti, während wir beeindruckt zwei drahtige Frauen in unserem Alter beobachten, die blitzschnell eine künstliche Kletterwand erklimmen, um Material zu testen.

«Wir reden nicht mehr miteinander.»

«Ach, das ist sicher nur eine Phase. Er wird darüber hinwegkommen. Schließlich hast du ihn nicht verlassen.»

«Aber so ähnlich.» Wir schlendern durch die Gänge, und im Vorbeigehen schaue ich auf das Preisschild einer Regenjacke aus *High Protective Intelligent Soft Shell* für schlappe 479 Euro. «Und ich dachte immer, Outlets sind billiger als normale Shops.»

«Sind sie auch», sagt Matti und zeigt mir das alte Preisschild der Jacke auf der Rückseite: 599 Euro. «Außerdem ist diese Jacke intelligent und protektiv. Wer weiß, was die alles kann!»

«Will ich gar nicht wissen», seufze ich. «Was mach ich denn jetzt mit Olaf?»

«Nix. Der kriegt sich schon wieder ein. Oder er sucht sich 'ne Neue.»

Ich starre sie an. «Na, danke für die tröstenden Worte!»

In der Rucksackabteilung ist es ähnlich, auch hier gilt die Devise: Man muss nur lange genug suchen, dann findet man auch die wahren Schnäppchen. Also suchen wir wie die Trüffelschweine, denn genau darauf sind Matti und ich spezialisiert. Wir scheren aus, um in jede Ecke und unter jede Deko zu spähen. Nach zwanzig Minuten treffen wir uns im Zeltlager wieder. Matti mit einem riesigen lilafarbenen Rucksack auf dem Rücken, der mindestens achtzig Liter fasst. Ich mit einem schwarzen Rollrucksack, der nur fünfzig Liter fasst, aber den man wie einen Rollkoffer hinter sich herziehen kann, falls er zu schwer wird.

«Praktisch, was?!», freue ich mich.

Matti rümpft die Nase. «Bisschen klein, oder? Da machen die Rollen mal richtig Sinn.»

«Wo kein Platz ist, muss auch nichts rein. Aber ich kann ja notfalls ein paar Sachen bei dir unterbringen.»

«Sicher nicht. Nur weil er groß ist, muss er ja nicht vollgestopft werden. Aber immerhin kann ich mir in Italien noch ein paar schicke Schuhe kaufen und neue Kleider und Mäntel und Kostüme und so. Platz hab ich jedenfalls dafür.»

Ich erwidere spöttisch: «Bloß doof, dass du den Sack dann nicht mehr schleppen kannst.»

«Ich kann mir ja dann deine Rollen leihen.»

«Aber nur gegen Platz für zwei Paar Schuhe.»

Wir lachen uns schlapp.

«Kann ich helfen?» Hinter uns steht ein lässiger Surfer-Typ mit langen strohigen Haaren, Sommersprossen, maximal dreißig, der sicher auch Free Climbing macht und Bouldern und River Rafting oder womit man sich sonst so die Ohren brechen kann.

«Wir nehmen die!», sagen Matti und ich gleichzeitig und zeigen auf unsere Rucksäcke.

«Sehr gute Wahl. Braucht ihr sonst noch was für euren Trip,

Ladys? Regenschutz, Trekkingschuhe, Campinggeschirr oder vielleicht ein Zelt? Oder einen Seidenschlafsack? Oder –»

«Moment … was war das Letzte?», frage ich neugierig.

«Ein Seidenschlafsack. Sehr angenehm, wenn's heiß ist, man aber nicht gerne ohne Decke schläft. Oder wenn die Bettwäsche im Hostel nicht so frisch ist.»

«Nehme ich!», rufe ich und will diese ekligen Gedanken gar nicht vertiefen. «Und Sie haben doch sicher auch so ein Spray gegen Viecher, oder? Also zusätzlich zum Schlafsack.»

«Natürlich, aber –»

«Nehme ich auch», sage ich schnell. «Und was gegen Mücken und Zecken, ach, am besten das ganze Programm.»

Matti schüttelt den Kopf. «Wo willst du das alles hinpacken? In deinen neuen Mini-Rucksack?»

Jetzt mischt sich der Surfer ein. «Oh, wir haben da einen Anti-Insekten-Seidenschlafsack, der schon präpariert ist.»

«Na, das ist ja mal praktisch. Umso besser, nehme ich! Und außerdem noch ein Moskitonetz», sage ich und sehe aus dem Augenwinkel Mattis dämliches Grinsen. «Du wirst noch angewinselt kommen, wenn dich die Monster-Mücken zerstechen und die Killer-Wanzen auffressen.»

Der Surfer wittert seine Chance und will uns gleich noch Funktionsjacken und Outdoorhosen andrehen und Zelte mit eingebautem Charger fürs Handy oder einem Alarmchip zum Wiederfinden bei Diebstahl oder Verlust. Wir können gerade noch widerstehen und zahlen. Während Matti sich über ihr Super-Schnäppchen freut, weil sie was sehr Großes zu kleinem Preis ergattert hat, relativiert sich meine Freude, denn der Anti-Monster-Mücken-Schlafsack hat seinen Preis. Verdammt. Jetzt hab ich einen kleinen Rucksack zu kleinem Preis und einen 150 Gramm leichten Schlafsack, dessen fetter Preis in keinem Verhältnis zum Gewicht steht. Aber immerhin erkaufe ich mir etwas sehr Wertvolles damit – nämlich Schlaf.

9
Angelos II

ZU HAUSE SOLLTE ICH EIGENTLICH Zeugnisse und Beurteilungen schreiben, aber ich weiß jetzt schon, dass mich dieses Elend in eine Abenddepression versetzen wird. Also mache ich lieber etwas Sinnvolles: Ich sitze am Laptop und schaue, ob Angelos meine Freundschaftsanfrage auf Facebook angenommen hat. Und das hat er! Aufgeregt schreibe ich ihm eine Nachricht über den Messenger.

ICH Hallo, erinnerst du dich an mich?

Er scheint gerade aktiv zu sein, denn ich sehe sofort, dass er etwas schreibt.

ER Natürlich! Du siehst toll aus!

Wie süß! Sein Deutsch scheint besser geworden zu sein. Trotzdem habe ich bei jedem Wort seinen Akzent und seine samtige Stimme im Ohr.

ER Ich habe dich nie vergessen.

Das wundert mich, weil wir schon nach ungefähr zwei Monaten kaum noch Kontakt hatten. Ich habe Angelos irgendwann tatsächlich vergessen, oder sagen wir lieber, ich habe mich nicht mehr bewusst an ihn erinnert. Bis vor kurzem. Ich glaube ihm also nicht wirklich – aber es klingt schön, wenn er das schreibt.

ICH Dein Deutsch ist super!

ER Ich habe eine Deutsche geheiratet und in Wuppertal gelebt. Jetzt lebe ich wieder in Griechenland.

Zosch!!! Was?! Und das schreibt er einfach so?! Damit hab ich nicht gerechnet, und aus irgendeinem Grund trifft es mich wie ein Faustschlag in die Magengrube. Schließlich hätte *ich* das sein können, schießt es mir durch den Kopf. Mein Leben wäre ganz anders verlaufen, wenn *ich* Angelos geheiratet hätte. Die Basis dafür hatten wir. Und es war eine gute Basis, so verliebt, wie wir waren. Und der Sex war auch gut – glaube ich. So richtig kann ich mich nicht erinnern. Eigentlich weiß ich auch gar nicht mehr so genau, ob wir überhaupt schon richtigen Sex hatten. Ich glaube schon. Allerdings, wenn es gut war, müsste ich mich doch besser erinnern, oder? Immerhin hat er gesagt, er liebt mich. Das habe ich als Beweis auf Kassette – sogar auf Griechisch und Englisch. Und ich habe ihn auch geliebt. Und wenn er mich damals geheiratet hätte, würde ich jetzt seit dreißig Jahren ein glückliches Leben unter Olivenbäumen am Mittelmeer führen. Kaiserin Sissi hatte dort nicht ohne Grund eine ihrer Lieblings-Sommer-Residenzen. Bestimmt hätten wir ein kleines Hotel am Meer und eine Olivenbaumplantage und eine große Familie. Wahnsinn! Ich war kurz davor, einen Traum zu leben. Auf einer Trauminsel mit einem Traummann im Traumhotel.

ICH Du wolltest mich in Berlin besuchen.

ER Ich hatte wenig Geld und Zeit im Studium. Ich dachte, du hast sicher einen Freund in Berlin.

ICH Nein, kein Freund.

ER Oh Mann, ich war so ein Idiot!

ICH Stimmt. Ich war ganz schön verliebt in dich.

ER Du warst meine erste große Liebe.

Mir wird ganz heiß. Schon irre: Da sitzt ein attraktiver Mann irgendwo auf einer griechischen Insel und flirtet mit mir. Um mich etwas abzukühlen, hole ich mir ein Glas Wasser.

ER Hallo? Caro? Noch da?

ICH Ja!

ER Gut, ich dachte schon, du hast mich verlassen. ;-)

Ganz schön offensiv! Ich gehe darauf erst mal nicht ein, sondern klopfe das Wichtigste ab.

ICH Hast du Kinder?

ER Ja, aber sie sind schon groß und leben in Athen. Ich lebe jetzt wieder allein in meinem Haus. Aber meine Eltern, Geschwister, Neffen und Nichten sind in der Nähe.

Ach, jetzt wird's interessant.

ICH Und deine Frau?

ER Geschieden.

Ein Wort, und meine Laune steigt. Er ist geschieden! Keine kleinen Kinder, ein eigenes Haus und ein Herz für Heimat und Familie – kling sehr gut.

ER Und was machst du?

ICH Lehrerin.

ER Du bist sicher eine gute Lehrerin!

Schleimer!

ER Kinder?

ICH Eine Tochter …

Ich schreibe stolz von meiner erwachsenen Tochter, wie sie aussieht, was sie so macht und wie ihre Pläne sind.

ER Sie ist bestimmt so klug und schön wie du.

Hach, ja … Zugegeben, ich schmelze dahin, obwohl ich weiß, dass er eindeutig übertreibt. Bin ja nicht blöd. Und trotzdem tut es gut. Aber natürlich will er noch mehr wissen.

ER Verheiratet?

ICH Seit zwanzig Jahren. Ist aber kompliziert …

Gerade genug Information, um alles offenzuhalten und nicht lügen zu müssen.

ER Verstehe.

ICH Was verstehst du?

ER Dein Mann muss ein Dummkopf sein, wenn er dich unglücklich macht.

Stimmt! Also, irgendwie. Allerdings …

Es klopft. Reflexartig klappe ich das Laptop zu und stoße dabei mein Wasserglas um, das zwar fast leer ist, dessen letzter Rest sich aber trotzdem über meinen Schoß ergießt – zum Glück nicht auf den Schreibtisch. Ich springe auf, als Olaf gerade seinen Kopf durch die Tür steckt. Sofort fühle ich mich ertappt, als hätte ich unter dem Schreibtisch einen Liebhaber versteckt. Aber wieso überhaupt? Ich mache doch nichts Verbotenes. Trotzdem fühlt es sich an, wie … wie ein kleiner Betrug. Dieser Mini-Online-Flirt mit einem Mann, der mehr als zweitausend Kilometer entfernt ist und den ich seit dreißig Jahren nicht gesehen habe. Das ist albern! Und doch fühlt es sich wie ein kleines Geheimnis an.

«Kann ich reinkommen?» Olaf muss einen siebten Sinn haben, dass er ausgerechnet jetzt reden will.

«Klar.»

Er holt tief Luft und setzt einen sehr ernsten Blick auf. «Hör mal, ich hab nachgedacht. Du hast recht. Vielleicht tut uns beiden ein getrennter Urlaub nach so vielen Jahren mal ganz gut.»

Aha, was für ein Sinneswandel!

«Ich hab auch gar kein Problem damit, alleine mit Günni an die Ostsee zu fahren. Ich nehm ein paar Bücher mit und entspann mich mal so richtig.»

Olaf geht beim Reden in meinem Arbeitszimmer auf und ab, weshalb er viele Wendungen machen muss, denn der zwölf Quadratmeter kleine Raum ist mit Schreibtisch, Regalen und einer Couch gut bestückt und bietet nur wenig Bewegungssfläche.

«Von *mir* entspannen?», frage ich provozierend.

Er bleibt stehen, schaut mich an und nickt. «Auch. Aber nicht nur.» Er tigert weiter hin und her. «Mir geht vieles durch den Kopf, und ich denke, ich sollte vielleicht einiges in meinem Leben ändern.» Er bleibt wieder stehen und sieht mich an. «Wenn nicht jetzt, wann dann?»

«Aha, und was wäre das, was du ändern willst?» Jetzt bin ich wirklich gespannt.

«Mal sehen», erwidert er ausweichend. «Ich muss mich erst

sortieren. Die Antwort weiß ich hoffentlich nach dem Urlaub mit Günther.»

Zugegeben, ich bin verblüfft. Was ist geschehen? Hat sich Olaf einer Blitzberatung anvertraut? Ein Online-Ehe-Tutorial absolviert? Mit seiner Mutter geredet? Nein, Letzteres sicher nicht, dann wäre er wortlos ausgezogen und hätte sofort die Scheidung eingereicht. Wieso ist er plötzlich so einsichtig und verständnisvoll?

Wir schauen uns an, und ich nicke einfach nur. Was soll ich auch sagen?

«Gut, hätten wir das also geklärt.» Er gibt mir einen sanften Kuss auf die Stirn. «Ich geh dann schlafen. Mach nicht mehr so lang, Schatz. Nacht.»

«Nacht», sage ich und blicke ihm verdutzt hinterher.

Olaf schließt die Tür hinter sich, öffnet sie dann aber noch mal einen Spalt und schaut mich lächelnd an. «Ich …bin wirklich froh, dass wir das geklärt haben.»

«Ja, ich auch.»

«Prima!»

10
Gepäck

MATTI UND ICH STEHEN in Olafs und meinem Schlafzimmer vor der Bewältigung einer Mammutaufgabe. Wir packen unsere Rucksäcke. Matti hat alles mitgebracht, was sie glaubt, mitnehmen zu müssen. Das Bett ist voll mit Sachen, allerdings überwiegend meinen, denn Mattis Kram ist recht überschaubar. Sie steht vor dem Bett, schaut sich erst meine Seite an und dann ihre und schüttelt den Kopf.

«Das willst du alles mitnehmen? In deinem Mini-Rucksack?»

«Keine Sorge, das passt schon», sage ich zuversichtlich, denn ich halte mich für eine ungekrönte Meisterin des Packens. Zuerst teile ich meine Sachen in Themenhaufen ein: Hygiene und Kosmetik, Kleidung, Schuhe, Nützliches, Proviant.

«Alles in allem überschaubar», finde ich.

Matti sieht das offenbar anders. «Was willst du denn mit den High Heels?», fragt sie und angelt sich das Riemchen eines Stilettos.

«Die Himmelsklöster von Meteora besteigen, was sonst?», schnaube ich. Was soll die blöde Frage? «Na, falls wir mal schick ausgehen.»

«Hase, wir machen Interrail! Da geht man nicht schick aus. Da bleibt man locker-leger, hängt in irgendwelchen Backpacker-Kneipen rum und hält sich an seinem Flaschenbier fest – in Flip-Flops. Ohne Stilettos.» Matti sortiert die Schuhe aus und legt sie auf den Boden.

«Hey!», protestiere ich, als sie auch meine Trekkingschuhe entsorgt.

«Die brauchen wir auch nicht. Gehen ja nicht wandern oder klettern. Weg damit!»

«Aber die hab ich schon ewig und wollte sie endlich mal …» Es ist sinnlos.

«Und wozu brauchst du zwei Sonnenbrillen?»

«Eine sportliche und eine schicke.»

Matti sortiert die schicke Gucci-Brille aus. «Und die ganzen Cremes, den Nagellack und die Lippenstifte? Ist doch viel zu schwer! Mach's wie ich – ich nehme ein Stück Seife zum Duschen und Haarewaschen. Mehr hatten unsere Omas auch nicht.»

«Haben die auch schon Interrail gemacht?»

Matti geht auf die Frage nicht ein. Stattdessen landen auch Duschgel, Shampoo und Spülung auf dem Boden. Im nächsten Moment greift sie erneut in den Kosmetikhaufen.

«Nicht das Kontaktlinsenmittel!»

«Schon gut. Dann eben die 300-Milliliter-Flasche Bodylotion. Nimm am besten *eine* Creme für Gesicht und Körper.» Und schwups liegen Bodylotion, Tages- und Nachtcreme auf dem Boden. «Entscheide dich! Weniger ist mehr!»

Ich lege einen der Tiegel zurück aufs Bett. «Nicht die Tagescreme! Ohne die sehe ich morgens aus wie Frankenstein kurz vor der Häutung. Das willst du nicht!»

«Auch gut – dann belästigt uns wenigstens niemand.»

Haha.

«Und was wir teilen können, teilen wir», schlägt Matti vor. «Also Reiseapotheke, Sonnencreme, Adapter, Zahnpasta und …»

Schnell greife ich zur Sicherheit meine Zahnbürste. «Die sicher nicht! Die teile ich mit niemandem!»

«Schade.» Matti macht einen amüsierten Schmollmund. «Ich hätte auch Karies mit meiner besten Freundin geteilt.»

«Ja, sicher. Und wie wäre es mit der Unterwäsche? Du trägst die eine Seite an den geraden Tagen, dann wenden wir, und ich trage sie an den ungeraden.»

«Hmmm ... Endlich mal ein konstruktiver Vorschlag!» Matti lacht. «Und was ist mit dem ganzen Insektenzeug plus Schlafsack? Entscheide dich. Ich hab gleich gesagt, das ist zu viel.»

«Du bist ja schlimmer als meine Mutter!», meckere ich und entscheide mich für Schlafsack und Moskitospray.

«Und von den Klamotten wirst du niemals alles anziehen.»

«Weißt du doch gar nicht.»

«Doch! Ich kenne dich. Du nimmst nur so viel mit, weil du eine Auswahl für verschiedene Gelegenheiten brauchst. Aber die brauchst du nicht, weil wir weder ins Ritz Carlton gehen noch ins Pasha. Und wir werden auch niemanden kennenlernen, der uns auf eine Dinnerparty einlädt.»

«Und wenn doch?»

«Dann hast du *ein* Kleid dabei», sagt Matti und hält mein rotes Sommerkleid hoch.

«Ohne hohe Schuhe?!»

«Komm schon, Caro! Dafür hast du Sandalen. Hm?»

«Und wenn wir uns ein Paar High Heels teilen?», flehe ich.

«Gerne! Ich trage Schuhgröße 41.»

«Aber ich will Angelos an seinem 50. Geburtstag überraschen», platzt es aus mir heraus.

Matti setzt sich. «Ach, daher weht der Wind. Ein sexy Outfit für den sexy Jugendlover.»

«Quatsch!»

Sie grinst, greift nach dem Angelos-Umschlag und zieht den Walkman heraus. «Und das hier? Auch Quatsch?»

Ich schüttele den Kopf. «Nö.»

«Ein Walkman?!» Mattis Blick ist verstörend. «Ist 'n Witz, oder? *Den* willst du mitschleppen? In welchem Zeitalter lebst du?»

Ich reiße ihr Walkman und Umschlag aus den Händen.

«Meine Sache! Und jetzt mal zu deinen Sachen!»

«Verstehe.» Matti weiß nur zu gut, was es mit den Kassetten auf sich hat, belässt es aber zum Glück dabei. Gemeinsam inspizieren wir nun ihr Gepäck, das auf einem relativ kleinen Haufen durcheinanderliegt.

«Das ist alles?!», frage ich.

Matti verschränkt die Arme und zieht die Schultern hoch. «Na ja, was ich nicht habe, borge ich mir von dir.»

«Wozu dann der große Rucksack?»

«Weil er ein Schnäppchen war. Schon vergessen?»

Wir müssen beide lachen.

«Lass uns doch mal sehen, wie Ellas Rucksack aussieht», schlage ich vor.

Denn Ella und Jo haben auch schon gepackt, weil morgen das Schulfest ist, und da hat keiner von uns mehr Zeit dazu. Schließlich geht's sofort am ersten Ferientag los. Unsere Töchter wollen nach Portugal und wir nach Griechenland reisen. Ich durfte Ella aber weder beim Packen zusehen noch ihr helfen und ihr erst recht keine guten Ratschläge geben. Also habe ich sie gelassen, in der Hoffnung, dass sie das allein hinbekommt. Jetzt ist sie mit Jo noch ins Kino gegangen. Unser Glück. Also schleichen Matti und ich in Ellas Zimmer, wo ihr Rucksack steht. Ein ausgedienter Trekkingrucksack von Olaf, den er ihr überlassen hat, obwohl ich ihr einen neuen kaufen wollte. Aber das hat sie partout abgelehnt, von wegen Nachhaltigkeit und so. Und aus Angst, ein neuer Rucksack könnte eher geklaut werden als ein gebrauchter. Das gute Stück liegt nun vor uns auf Ellas Bett und ist ziemlich vollgestopft.

Ich hebe den Sack hoch und erschrecke. «Der ist verdammt schwer!»

«Lass mich mal.» Mit der Arroganz einer erfahrenen Rucksackreisenden greift Matti lässig nach einem der Schulterriemen, schwingt den schweren Sack unter leisem Ächzen auf ihren Rücken – und verliert das Gleichgewicht. Rücklings kippt sie auf Ellas Bett.

Mit verschränkten Armen stehe ich vor ihr und nicke. «Ich sag doch: Er ist schwer.» Hochmut kommt tatsächlich vor dem Fall.

«Mist! Der wiegt mindestens zwanzig Kilo. Was hat Ella da alles drin?!»

«Schau halt rein», sage ich, obwohl ich weiß, dass es nicht richtig ist. Aber ist es nicht meine Pflicht, meine Tochter vor Rückenschäden zu bewahren? Ich bin schließlich ihre Mutter!

«Mach du das – sie ist dein Kind.»

«Eben, der Vertrauensbruch wäre viel zu groß. Also du!»

«Nein, ich bin ihre Patentante. Mir vertraut sie viel mehr als dir!»

«Wieso das denn?»

«Weil sie mit mir alles bespricht, was dich nichts angeht.»

Jetzt wird's interessant. «Ach, und was wäre das?»

«Na hör mal, ich bin Ellas Vertrauensperson und habe als Patentante so was wie ein Schweigegelübde abgelegt.»

«Aber wir sind Freundinnen und erzählen uns alles!»

«Stimmt … ein echter Interessenskonflikt. Aber du kannst mir ja auch alles erzählen. Ich schweige wie ein Grab.» Matti verschließt symbolisch ihre Lippen.

«Vielleicht sollte ich mich mit Ella gegen dich verbünden – du weißt zu viel.»

«Okay, verbündet euch, aber erst wenn wir wissen, was dadrin ist.» Sie deutet auf den Rucksack. «Schließlich tragen wir beide Verantwortung für die Mädchen – als Patentanten und Mütter.»

«Ja, ja, nun mach schon!», drängele ich. «Ich stehe Schmiere.»

Matti gibt sich geschlagen. «Das wird Ella mir nie verzeihen …» Behutsam öffnet sie den Rucksack, als würde sie eine Bombe entschärfen. «Puh, der stinkt ganz schön.»

«Ist Olafs», sage ich lapidar. «Du musst dir die Reihenfolge der Sachen merken, damit es hinterher nicht auffällt.»

Matti verzieht das Gesicht, während sie den Inhalt auf dem Bett ausbreitet: Sneaker, Sandalen, Flip-Flops, Ballerinas, High Heels.

High Heels!? Ich verziehe den Mund, verkneife mir aber jeden Kommentar.

Matti zieht noch unendlich viel Kosmetikkram heraus. «Schminksachen, Taschentücher, Klopapier und –» Sie stößt einen Pfiff aus. «Und zwei Packungen Kondome!»

«Was? Zeig her!» Überrascht reiße ich ihr die Gummis aus der Hand. «Wozu braucht sie die denn?»

«Hm … schwer zu sagen», grinst Matti.

«Nicht witzig!»

«Dann hast *du* sie ihr wohl nicht eingepackt.»

«Natürlich nicht!», sage ich empört.

«Also, ich habe Jo welche mitgegeben. Die Mädchen sollen sich bloß nicht auf die Typen verlassen.»

«Ja, stimmt schon, aber … Ella ist doch noch so klein, und die hier … nicht», sage ich und betrachte die Packung mit der Größenangabe XL.

«Ähm … was macht ihr hier?», hören wir eine scharfe Stimme hinter uns.

Ella und Jo lehnen in der Tür.

«Habt ihr etwa meinen Rucksack kontrolliert?!» Ella stürzt zum Bett, das wir reflexartig zu verdecken versuchen, und schiebt uns zur Seite. «Das glaub ich jetzt nicht!»

«Du wolltest doch Schmiere stehen», zischt mich Matti an.

Jo schüttelt den Kopf. «Ihr seid echt krank!»

«Nein! Es ist alles … ganz anders», stottere ich.

«Ein Missverständnis. Wir wollten doch nur wissen, wie's geht», erklärt Matti und fuchtelt mit der Kondomschachtel herum. Sie macht es nur noch schlimmer.

Jo starrt ihre Mutter entsetzt an. «Wie *was* geht?»

Endlich legt Matti die Packung weg. «Ich … Wir …»

«Das Packen.» Ich rede lieber für sie. «Wir wollten wissen, was alles in den Rucksack muss.»

«Mama! Da hättest du einfach fragen können», schnaubt Ella.

«Aber du warst ja mal wieder nicht da.»

«Was glaubst du, wozu es Handys gibt, hm?! Du hättest mich anrufen und fragen können. Das hier ist echt das Letzte!»

Jetzt wird mir die Sache zu bunt. Ich bin schließlich die Mutter und sie das Kind – so lasse ich nicht mit mir reden. «Das ist *mein* Haus, und ich werde ja wohl noch *dein* Gepäck inspizieren dürfen.»

«Ach, jetzt gibst du's also doch zu!»

«Gar nichts gebe ich zu! Oder, Matti?»

Aber Matti schaut nur irritiert in die Runde. «Ich … Wir …» Dann greift sie nach den Kondomen und hält die Packung hoch. «Wir haben die hier gesucht.»

Jo nimmt ihrer Mutter die Schachtel aus der Hand und stopft sie zurück in den Rucksack. «Du hast eigene. Da brauchst du Ellas nicht.»

«Aber …»

Ich verdrehe die Augen und wechsele besser das Thema. «Sag mal, Ella, mein Schatz, wie willst du diesen schweren Sack denn durch Europa schleppen?»

«Auf dem Rücken.»

«Aber so viele Klamotten brauchst du doch gar nicht. Die Hälfte bringst du ungetragen wieder zurück.»

«Sicher nicht. Wir unternehmen nämlich viel. Wir gehen in Clubs und auf Partys, an den Strand und auf Strandpartys, durch Shops, in Cafés und Restaurants, und das alles werde ich sicher nicht ständig in den gleichen Klamotten machen. Da fängt man nämlich an zu stinken. Aber wenn *du* stinken willst, dann kannst *du* ja nur mit einer Zahnbürste reisen. Ich nicht.»

«Aber das ist doch total irre. Was das ganze Kosmetikzeug allein wiegt. Alles nur unnötiger Ballast.»

Ella baut sich mit verschränkten Armen vor mir auf.

«Mama, das ist ganz allein meine Sache! Und wenn ich unter dem Gewicht kollabiere und kriechend von Spanien über die Pyrenäen zurückkomme, dann ist das allein mein Problem. Kümmer du dich lieber um deinen eigenen Rucksack. Okay?!»

11
Endspurt

DER NÄCHSTE TAG VERLÄUFT NACH PLAN. Zuerst Zeugnisvergabe, dann Tränen trocknen, Schulfest und schließlich aufräumen. Matti und ich packen die letzten Kuchenstücke vom Kuchenbasar ein und fühlen uns wie die Kinder von Bullerbü. Die Sonne strahlt, der Kuchen schmeckt, wir haben Ferien!

Der Abend und die folgende Nacht sind recht kurz, weil ich meinen Rucksack mehrmals aus- und wieder einpacke, nebenbei Eintopf, Frikadellen und Spaghettisoße koche, um sie anschließend einzufrieren. Danach schreibe ich Anweisungen. Alles für Olaf, damit er nicht verhungert und damit das Haus während meiner Abwesenheit nicht ausgeraubt wird, denn er bleibt noch ein paar Tage zu Hause, bevor er an die Ostsee fährt. Abgesehen davon notiere ich ihm noch sämtliche Lieferservicenummern mit den jeweiligen Empfehlungen und No-Gos der Karte und markiere auf unserem Familienkalender, wann er welchen Müll vor die Tür stellen muss. Das ist wichtig, weil sonst das Haus unbewohnt wirkt und zum Einbruch freigegeben ist. Ein ähnliches Signal liefert ein voller Briefkasten, weshalb ich Olaf ein entsprechendes Erinnerungs-Post-it an die Haustür klebe. Um die restliche Zeit unserer Abwesenheit kümmern sich die Nachbarn um das Haus.

Ein bisschen habe ich das Gefühl, meinen Mann auf einer einsamen Insel im Stich zu lassen. Ich fühle mich verantwortlich für ihn, obwohl er sicher nicht verhungern wird – weder zu Hause noch an der Ostsee. Ihm kann meine Fürsorge nur recht sein – da ist er pragmatisch und bequem. Es liegt an mir, der Ehefrau, die alles unter Kontrolle haben muss, die ihre Verantwortung zu ernst nimmt und ihrem Mann jede Selbständigkeit abspricht. Eine innere Stimme sagt mir: *Lass es, er wird schon zurechtkommen.* Und eigentlich weiß ich das ja auch. Dennoch muss ich sichergehen, dass er gut versorgt ist – aus Schuldgefühlen. Oder vielleicht doch aus Liebe?

Um das herauszufinden, muss ich jetzt erst mal alleine verreisen.

Am nächsten Morgen ist es endlich so weit. Es regnet. Natürlich regnet es, wenn wir in die Ferien starten.

Unser Zug nach Amsterdam geht um halb neun, die Fahrt dauert sechseinhalb Stunden. Ella und Jo fahren fast zur gleichen Zeit nach Paris ab.

Bis dahin schmiere und belege ich gefühlte fünfzig Butterbrote, packe Obst und Müsliriegel ein und stecke Ella heimlich einen Fünfzig-Euro-Schein in die Innentasche ihres Rucksacks und eine Tüte Gummibärchen in eine der Außentaschen. Als Notfallreserve sozusagen.

Mein Rucksack wiegt vierzehn Kilo. Okay, das ist ziemlich schwer, aber er hat ja zum Glück Rollen, und wenn das Gewicht unerträglich wird, ziehe ich das Ding einfach hinter mir her.

Ellas Rucksack dagegen hat plötzlich nur noch zwölf Kilo, und ich frage mich, wie sie das gemacht hat. Sie hatte doch viel mehr Krempel als ich. Aber wir haben das Thema nicht mehr angesprochen.

Um halb acht bringt Olaf uns mit Günni zum Bahnhof, wo Matti und Jo schon warten. Die Sonne schiebt sich langsam durch die Wolken, und es wird allmählich warm an diesem Morgen Anfang Juli.

«Passt bitte auf euch auf!», sage ich zu Ella und umarme sie ganz fest. «Und achtet auf eure Getränke, wenn ihr irgendwo seid. Wegen K.-o.-Tropfen und so.»

«Schon klar», sagt Ella und gibt mir einen Kuss.

«Ich hab dich lieb», sage ich.

«Ich dich auch, Mama. Und mach keinen Unsinn!»

«Und ihr trennt euch nicht wegen irgendeiner Kleinigkeit», rät Matti ihrer Tochter. «Vertragt euch bitte. Freundinnen müssen zusammenhalten!»

«Ja, Mama», röchelt Jo in das Haar ihrer Mutter, die sie ganz fest umarmt. «Ich krieg keine Luft, Mama!»

«Also, ihr fahrt jetzt erst mal nach Paris, richtig?», fragt Olaf und drückt Ella.

«Ja, zum hundertsten Mal: Wir fahren erst mal nach Paris! Vorausgesetzt, Mama und Matti verfolgen uns nicht. Ich würde es ihnen glatt zutrauen, nach der Rucksackkontrolle.»

Jo nickt. «Kontroll-Freaks.»

«So wie damals, als ich zum ersten Mal allein zur Schule gehen wollte und Mama mir gefolgt ist – ganze 200 Meter», ergänzt Ella.

«Kenne ich», sagt Jo. «Wie bei meinem ersten Date. Meine Mutter hatte sich im Park hinter einem Busch versteckt. Nur blöd, dass Winter war. So peinlich!»

Ich schaue Matti fragend an. «Das hast du wirklich gebracht?»

«Ja, und? Ich sage nur: 200 Meter!», kontert Matti.

Ella schultert lässig ihren Rucksack und macht sich bereit zu gehen. «Ihr müsst uns versprechen, uns nicht ins Gehege zu kommen. Klar?»

Matti und ich schauen uns tief in die Augen. «Ja, ja.»

«Klingt nicht sehr überzeugend», findet Ella, die jetzt erneut von ihrem Vater umarmt wird.

«Hauptsache, ihr meldet euch ab und zu mal bei mir.»

«Alles klar, Papa! Tschüss!» Die Mädels steigen in den Zug nach Paris, ohne sich noch mal umzuschauen, was ein wenig wehtut.

Dann gehen Olaf, Matti und ich zum gegenüberliegenden Gleis. Gerade als wir einsteigen wollen, hören wir Ellas Stimme.

«Mama, Papa!»

Wir drehen uns um und sehen Ella und Jo wild aus der Zugtür winken und uns Küsse zuhauchen, bevor sich die Tür automatisch schließt.

Ergriffen winke ich zurück und unterdrücke ein Tränchen.

«Also, machen wir's kurz», sagt Matti und umarmt Olaf. «Genieß deine Freiheit! Wir sehen uns an deinem 50., alter Knabe.» Sie steigt schon in den wartenden Zug.

«Tschüss, Matti! Und pass auf meine Frau auf!», ruft Olaf ihr hinterher.

«Ich kann auf mich selbst aufpassen, und wir fahren ja nicht zum Mond.»

«Da bin ich aber froh. Melde dich regelmäßig! Und übertreibt es nicht mit dem Sightseeing bei der Hitze. Und wenn ihr länger irgendwo bleiben wollt, dann macht ihr das einfach. Genießt die Reise!»

Olaf klingt so bemüht, obwohl er doch jetzt viel lieber mit mir auf der Autobahn Richtung Ostsee unterwegs wäre.

«Und wer passt auf dich auf?»

Wir schauen beide zu Günni, der mit dem Schwanz wedelt.

«Wir schaffen das schon», sagt Olaf und fährt dem Hund durchs Fell.

«Ich habe dir die Nummern von verschiedenen Pizzadiensten an die Kühlschranktür gehängt. Im Tiefkühler ist genug Essen für die nächsten zwei Jahre, falls ich nicht zurückkomme. Und du darfst auf keinen Fall vergessen, den Müll rauszustellen und täglich in den Briefkasten zu schauen. Auch wie du die Waschmaschine benutzen musst, habe ich dir Schritt für Schritt aufgeschrieben. Ist idiotensicher. Okay?»

«Kontroll-Freak», sagt Olaf leise und grinst. «Komm her!» Dann umarmt er mich ganz fest, als hätte er Angst, dass ich nicht zu ihm zurückkommen würde.

Keine Ahnung, wann wir uns das letzte Mal so fest in den Armen gelegen haben. Ich habe vergessen, wie schön das ist. Vielleicht sollten wir uns öfter voneinander verabschieden.

«Vergiss mich nicht», sagt Olaf über meine Schulter.

«Bestimmt nicht. Wir telefonieren.»

«Und jeden Tag ein Foto, okay?»

«Ja, ja.» Wir küssen uns auf Wangen und Mund, dann folge ich Matti in den IC nach Amsterdam, im Bauch ein seltsames Gefühl. Aber dies ist ja kein Abschied für immer. Oder? Doch bevor ich darüber nachdenken kann, schließt sich hinter mir die Zugtür.

Jetzt geht's los! Mit Ende vierzig mache ich zum ersten Mal Interrail und hole nach, was ich vor dreißig Jahren verpasst habe.

II

DER WEG

12
Amsterdam

MATTI WARTET IM BISTROWAGEN – wie vereinbart. Wir haben keine Plätze reserviert, weil wir sowieso erst mal anstoßen müssen. Der Kellner kann sich einen Kommentar natürlich nicht verkneifen, als er uns um diese Uhrzeit zwei Rotkäppchen-Piccolo serviert.

«Sie sind aber früh dran.»

«Nee», sage ich. «Dreißig Jahre zu spät.»

Wir lachen.

«Na dann: Prost, die Damen.»

Matti will ihr Fläschchen gerade öffnen, verzieht aber stattdessen das Gesicht. «Och nö, das geht gar nicht!»

Ich weiß, was jetzt kommt. «Is' doch egal.»

«Nee, is' nie egal», sagt sie und winkt den Kellner erneut zu uns.

«Stimmt was nicht, die Damen?»

Matti hält ihm lächelnd die Piccolo-Fläschchen entgegen. «Nicht kalt. Fühlen Sie mal!»

Er fühlt. «Na ja, kalt schon.»

Sie schüttelt den Kopf. «Nicht eiskalt. So früh kann man unmöglich warmen Sekt trinken.»

Der Kellner nickt. «Da ist was dran. Wir haben die Flaschen gerade erst eingeladen und in die Kühlung gelegt.»

«Kann ich so nicht trinken, tut mir leid», sagt Matti entschieden.

Es gibt nicht vieles, was meiner Freundin ihr freundlich-optimistisches Gemüt verdunkelt. Was aber definitiv dazugehört, sind schlechtgekühlte Getränke. Ich weiß nicht, wie oft wir schon Drinks, Bier, Weißwein, Wasser – eben alles, was gut gekühlt werden sollte – reklamiert haben, ganz gleich, ob in teuren Restaurants oder an Imbissbuden. Wenn die Kühlung nicht stimmt, ist Mattis gute Laune dahin.

Einmal wollten wir in so ein sündhaft teures Schickimicki-Restaurant, wo man Monate im Voraus reservieren muss oder mindestens ein bekanntes Filmgesicht oder eine bekannte Oberweite haben sollte. Hatten wir aber nicht. Also habe ich einfach angerufen und zwei Plätze auf den Namen *Klum* reserviert. Hat funktioniert, obwohl die junge hübsche Kellnerin schon etwas irritiert geguckt hat, als *bloß* Matti und ich dort angedackelt kamen. Vielleicht war sie enttäuscht, weil sie gehofft hatte, ihre Kellnerinnen-Karriere an diesem Abend an den Nagel hängen zu können, um eine Model-Karriere zu starten. Sie sollte recht behalten – teilweise jedenfalls. Denn spätestens als sie uns zu warme Kaltgetränke brachte und damit die stets gutgelaunte Matti zu einer Auseinandersetzung animierte, was den Oberkellner auf den Plan rief, der uns eindeutig recht gab, wackelte ihre Kellnerinnen-Karriere.

Der Mann vom Bahn-Service strebt vermutlich keine Model-Karriere an. Ich werfe ihm einen Blick zu, der ausdrücken soll, dass hier niemand an irgendwas schuld ist.

«Haben Sie Eis?», frage ich, um eine Lösung bemüht.

«Natürlich, steht hier auf der Bistro-Karte …» Er beugt sich über den Tisch, um die Karte aufzublättern.

Matti verdreht die Augen. Ich deute ihr an, ruhig zu bleiben.

«Kein Speiseeis. Eis zum Kühlen», sage ich geduldig. «Für den Sekt. Wir feiern nämlich heute den Start unserer Unabhängigkeit – also zumindest für die nächsten drei Wochen.»

«Ach.» Der Mann atmet tief aus, überlegt und lächelt schließlich. «Verstehe. Ich schau mal.» Dann verschwindet er aus unserem Blickfeld.

Matti schüttelt den Kopf. «Sechs Euro – und dann nicht mal kalt.»

«Ganz ehrlich? Ist mir egal», sage ich. «Hauptsache, wir sitzen hier und genießen den Beginn unserer Reise.»

«Stimmt.» Mattis Gesicht erhellt sich. «Und das werden wir!»

Hinter ihr sehe ich den Kellner kommen, der eine normal große Flasche Rotkäppchen in einem Sektkühler voll Eis bringt und auf unserem Tisch abstellt.

«Sie sind ein wahrer Zauberer!», haucht Matti.

Unbeeindruckt von ihren Worten öffnet er die Flasche. «Nee, ich bin frisch geschieden und weiß, was Unabhängigkeit bedeutet.» Mit einem Knall öffnet er die Flasche und gießt uns ein. «Zum Wohl, die Damen! Ich wünsche Ihnen eine phantastische Reise!»

Wir schenken ihm zum Dank ein Lächeln und stoßen an.

«Auf unseren Urlaub!», strahlt Matti.

«Und auf unsere Freundschaft!», sage ich.

Denn die ist wirklich besonders. Vor dreißig Jahren hätte sicher keine von uns damit gerechnet, dass wir heute zusammen diesen Urlaub machen würden.

Matti kam erst zwei Jahre vor dem Abitur an unser Gymnasium. Damals sind wir uns zunächst gepflegt aus dem Weg gegangen, denn wir fanden uns beide super ätzend. Später hat sie mir erzählt, für wie spießig und langweilig sie mich hielt und dass ich immer schlecht gelaunt wirkte. Für mich war Matti eine fortwährende Nervensäge, die zu laut lachte, ständig im Mittelpunkt stehen musste, zu viel Lidschatten trug und alle paar Tage einen neuen Freund hatte. Um sie herum kreisten ständig andere Mädels, die an ihren zu roten Lippen hingen und über jeden ihrer schlechten Witze lachten. Uns verband rein gar nichts, außer der Antipathie füreinander.

Bis zu jenem Abend auf der Toilette einer drittklassigen Großraumdisko. Wir waren beide siebzehn. Ich entledigte mich hinter der dünnen Kabinenwand wenig dezent meines kompletten Mageninhalts, der mindestens drei Blaue Engel und vier Tequila Shots umfasste, und konnte mich kaum auf den Beinen halten. Entsprechend wankend stand ich anschließend vor dem Spiegel, vor dem sich Matti gerade ihre schwarze New-Wave-Frisur hochtoupierte und mit großer Geste teures Elnett-Haarspray darauf verteilte. Ich kannte das nur aus der Werbung mit Catherine Deneuve und wäre an der Sprühwolke fast erstickt. Ich brauchte dringend einen Schluck Wasser.

«Kann ich mal da ran?», lallte ich und zeigte auf den Wasserhahn.

Matti trat zur Seite und zupfte unbeeindruckt weiter ihre stacheligen Haarspitzen zurecht. Während ich wie ein verdurstender Hund gierig trinkend am Wasserhahn hing, konnte ich ihre mitleidigen Blicke von oben herab regelrecht spüren.

«Ich glaub, deine Leute sind schon abgehauen», erklärte sie.

«Scheiße!», rutschte es mir heraus, denn ohne Mitfahrgelegenheit war man in der Einöde der Großraumdisko-Provinz aufgeschmissen. Aber ich war viel zu betrunken, um darüber näher nachdenken zu können. In meinem Kopf pulsierte statt eines funktionierenden Gehirns nur ein großer Schleimklumpen. Mit dem Ärmel wischte ich mir den Mund ab und lehnte mich schwungvoll an die Wand, unfähig, auch nur ein weiteres Wort rauszubringen. Schließlich sackte ich zusammen. Mir war völlig egal, wie und ob ich nach Hause kommen würde. Es war Matti, die schließlich an mir zerrte und mir wieder auf die Beine half.

«Du kannst mit uns fahren», hörte ich sie sagen, während wir die Toiletten verließen und uns durch die wabernde Masse junger, schwitzender Körper, die zu *Westend Girls* von den Pet Shop Boys tanzten, zum Ausgang bewegten. Ich hatte große Mühe, geradeaus zu gehen und geradeaus zu gucken. Draußen bekam ich den nächsten Schlag verpasst, nämlich die Frischluftkeule, die mein ohnehin schon matschiges Gehirn in eine Flüssigsubstanz verwandelte. Auf dem Parkplatz wartete Mattis Bruder Gunnar, mit dem sie manchmal unterwegs war. Er war schon zwanzig und hatte einen schwarzen Golf GTI.

«Reiß dich zusammen, sonst nimmt mein Bruder dich nicht mit», flüsterte mir Matti zu und gab mir ein Stimorol-Kaugummi – so ein starkes, das einem die Lungen wegbläst.

Ich richtete mich auf und atmete tief durch. Zumindest stank ich nicht mehr. Matti stellte mich ihrem Bruder und dessen Kumpel vor, der eine Dose Bier nach der anderen leerte, aussah wie ein Idiot und sich auch so benahm.

«Ey, Gunnar, ist das deine Perle?»

«Nee, Mattis Freundin.»

«Wie jetzt, Freundin oder so richtig Freundin mit Rummachen und so? Hähä!»

Gunnar schüttelte den Kopf und antwortete gar nicht erst auf diese dämliche Frage. «Schnauze! Und einsteigen!»

Mattis Bruder war schon okay, auch wenn er etwas grob klang, aber ich kannte ihn vom Sehen und wusste, dass er niemals trank, wenn er fuhr. Sein Auto ging ihm über alles. In jeder freien Sekunde bastelte er an dem GTI rum und hätte niemals wegen Alkohol am Steuer seinen Lappen riskiert.

Matti klappte den Beifahrersitz des Zweitürers nach vorne, schob mich auf die Rückbank und quetschte sich neben mich. Und das war kein Spaß, weil die vorderen Sportsitze so weit zurückgeschoben waren, dass hinten nicht mal ein Dreijähriger bequem hätte sitzen können. Die Rückbank diente nur dem Zweck, das darunterliegende Boxensystem zu verkleiden. Kaum startete Gunnar den Wagen, dröhnte unter uns *Hells Bells* von *AC/DC*, und jede Bodenwelle wurde ungefiltert in meine Eingeweide weitergeleitet. Das wäre alles auszuhalten gewesen, wenn ich nicht in Klappmesserposition hätte sitzen müssen. Ich war ja wirklich dankbar, dass sie mich mitnahmen, keine Frage, aber der Kampf gegen die tiefen Bässe sämtlicher Heavy-Metal-Bands, die sich in meiner Magengrube sammelten, war aussichtslos. Ich hätte ihn vielleicht gewonnen, wenn Gunnars Kumpel nicht im Auto geraucht hätte, wenn der Wagen ein Viertürer gewesen wäre, wenn der Vordersitz nicht geklemmt hätte, wenn Matti schneller ausgestiegen wäre, wenn … Wenn ich Gunnar nicht auf die Rückbank gekotzt hätte, als der Wagen endlich hielt.

Reumütig kletterte ich aus dem Auto, während Gunnar tobte. Nie wieder würde der Golf den Kotzgeruch verlieren und hätte dadurch einen extremen Wertverlust! Und Matti … hätte eigentlich auch sauer auf mich sein müssen. Aber sie stützte mich, wischte mir den Mund ab und verteidigte mich.

Als ich am nächsten Morgen anbot, Gunnars Auto sauber zu machen, hatte sie schon alles weggeputzt.

«Vergiss es», sagte sie. «Mein Bruder hat's verdient. Er ist ein Idiot, weil er nicht begreift, dass Menschen wichtiger als Maschinen sind. Außerdem war es nicht viel. Bisschen Galle, mehr nicht.»

Ich war ihr so dankbar, dass ich sie eine Woche später ins Kino und zum Pizzaessen einlud. Und seither haben wir uns nicht mehr aus den Augen verloren.

Da sitzen wir nun also dreißig Jahre später sechseinhalb Stunden im Zug von Berlin nach Amsterdam, lassen die Landschaft an uns vorbeiziehen und stoßen mehrmals an, bis die Flasche leer ist. Zwischendurch bestellen wir eine Kinderportion Nürnberger Würstchen und essen dazu unsere selbstgeschmierten Brote. In Hannover ziehen wir in ein Großraumabteil an einen leeren Vierertisch um, von dem die beiden Fensterplätze reserviert sind. Der Zug ist ziemlich voll, weshalb sich zwei Rucksacktypen, beide um die dreißig, auf die Fensterplätze setzen, in der Hoffnung, dass die Reservierungen nicht in Anspruch genommen werden. Sieht gut aus für die beiden. Der Zug fährt los, und wir kommen ins Gespräch.

«Seid ihr auch auf Interrail-Trip?», frage ich ganz lässig und schiebe mir ein Kaugummi in den Mund, um meine Sektfahne zu verbergen.

Die beiden schauen sich verwundert an und grinsen.

«Interrail? Nein! Das haben wir zum Glück längst hinter uns», sagt der Dunkelhaarige mit den Locken und der hohen Stirn. «Obwohl das schon cool war damals.»

«Absolut!», stimmt sein strickmützetragender muskulöser Freund ihm zu. «Aber Europa haben wir abgehakt. Wir sind auf dem Weg nach Südostasien.»

Ich nicke, während ich mich frage, wieso manche Menschen im Sommer Wollmützen tragen. Muss eine Art Geheimsprache sein. Wer Strickmütze trägt, ist cool oder so. Dabei müssen die doch schwitzen wie blöde.

Matti lacht. «Südostasien? Mit'm *Zug*?!» Sie hat eindeutig ein Glas Sekt zu viel gehabt, steckt aber den Dunkelhaarigen sofort mit ihrem Lachen an.

«Genau. Mit dem Zug nach Amsterdam und von da aus nach Thailand.»

Aha, denke ich, alles klar: Abenteuer Bangkok – das typische Programm für Jungs in dem Alter. Und als habe der Wollmützen-Typ meine Gedanken gelesen, fügt er erklärend hinzu: «Und von Bangkok aus nach Kambodscha, Vietnam, Malaysia, Singapur, Jakarta, Indonesien, die Philippinen, Taiwan und zum Schluss Hongkong.»

Ich staune – nicht nur über meine dämlichen Vorurteile gegenüber Männern, die nach Thailand reisen, sondern über diese ambitionierte Route. «Wow, wie lange seid ihr dann unterwegs?»

«Ein halbes Jahr. Mal sehen. Und Sie?», fragt der Mützenträger.

Sie?! Hat er uns tatsächlich gesiezt, nachdem wir die beiden schon die ganze Zeit duzen? Das ist niederschmetternd.

«Och, wir reisen … so rum», höre ich mich verzweifelt sagen.

«Dann wollen Sie also auch nach Schiphol zum Flughafen?»

Matti lächelt. «Nein, nach Amsterdam.»

«Verstehe.» Der Dunkelhaarige mustert uns. «Kulturtrip und so. Super! Hat meine Mutter letztes Jahr mit ihren Kegelfreundinnen gemacht. Ich hätte ja auch mal Lust, tagsüber durch die Museen zu ziehen, statt nur nachts durch die Clubs und Bars.»

«Ja, muss schlimm sein», spottet Matti.

Ich nicke dazu. «Die totale Folter!»

Der Typ neben mir lacht. «Oh, nein, das missverstehen Sie. Wir *müssen* das machen. Das ist unser Job. Wir geben einen Nightlife-Führer heraus.» Er schiebt uns eine Karte rüber.

NIGHT GUIDE

---

finest clubs, bars & restaurants
worldwide

«Dann kennt ihr ja sicher die richtigen Adressen», sage ich, denn ich will natürlich wissen, wo es die besten Clubs und Bars gibt, und hoffe, dass die beiden auch schon auf unserer weiteren Urlaubsroute unterwegs waren.

Wir plaudern angeregt, bis uns kurz nach dem Halt im westfälischen Minden eine schroffe Frauenstimme neben mir auf dem Gang unterbricht: «Das da sind unsere Plätze.»

«Platz 12 und 14 am Fenster», sagt der Mann, der aussieht wie seine Frau. Oder umgekehrt? Jedenfalls haben die beiden Mitte Sechzigjährigen beschlossen, unserer Unterhaltung ein schnelles Ende zu bereiten.

«Sind Sie sicher, dass Sie im richtigen Wagen sind?», frage ich.

«Wagen 21. Ja, das da sind unsere Plätze.» Der Blick der Frau ist tödlich.

«Oh, natürlich, gar kein Problem», erklären die beiden Night

Guides. «Wir dachten, es kommt keiner mehr. Und weil der Zug so voll ist, haben wir uns …»

Die Frau wird ungeduldig. «Wenn Sie dann unsere Plätze frei machen könnten!»

Die beiden Jungs raffen ihre Sachen zusammen, und Matti und ich stehen auf, um sie durchzulassen.

«Na dann, gute Reise und viel Spaß in Asien.»

«Und euch einen schönen Kulturtrip», lächelt mir der Dunkelhaarige zu.

«Man sieht sich!», sagt der Mützenträger, und weg sind sie. Am Ende haben sie uns doch geduzt – schön.

Weniger schön ist das Ehepaar, das uns die Laune und den Rest der Fahrt verdirbt. Die beiden sitzen nahezu reglos auf ihren Fensterplätzen und haben sich die nächsten vier Stunden absolut nichts zu sagen. Und uns sowieso nichts – zum Glück. Jeder der beiden reist für sich, isst für sich, trinkt für sich, schaut für sich aus dem Fenster und liest für sich. Woher wir wissen, dass sie ein Paar sind? Sie sehen einander eben sehr ähnlich – gleiche graue Kurzhaarfrisur, gleiches Brillenmodell, gleicher Klamottenstil. Er im kurzärmeligen Karohemd, sie in entsprechender Bluse. Dazu Jeans und Funktionsjacken – er in Blau, sie in Rot. Ob sie sich wohlfühlen in ihrer wortlosen Kommunikation?

«Komplette Resignation», flüstert Matti mir zu. Die Frau schaut zu uns rüber, als hätte sie das gehört. Hat sie vermutlich auch. Aber Matti setzt noch eins drauf: «Die haben sich total aufgegeben. Danke schön – dann lieber Single.»

Stimmt leider. Sollte uns eine außerirdische Spezies jetzt gerade in diesem Moment beobachten und sich fragen, warum Menschen zusammen sind und was das Wunderbare einer Zweierbeziehung ist – sie werden es bei diesem Paar nicht herausfinden. Zwangsläufig muss ich an Olaf und mich denken. Früher haben wir uns versprochen, niemals so ein Paar zu werden, das sich nichts mehr zu sagen hat. Und jetzt? Viel ist da nicht mehr, denn unsere Konversation besteht überwiegend aus organisatorischen Absprachen oder Streit. Kaum noch ein nettes Wort oder eine Berührung. Vielleicht würden wir auch so stumm dasitzen, vorausgesetzt, wir würden überhaupt eine gemeinsame Zugreise machen. Wir sind bis auf wenige Wochenendtrips immer nur mit dem Auto gereist. Als das Paar jetzt Tupperdosen mit Frikadellen und gekochten Eiern auspackt, wird mir klar, warum manche Leute einsam sind.

Matti und ich nutzen die Gelegenheit zum Lesen, Musikhören und um endlich ein kleines Nickerchen zu machen.

Einige Stunden später verlassen wir im Bahnhof Amsterdam Centraal erleichtert den Zug. Endlich raus aus der Büchse. Dabei wird diese Zugfahrt auf unserer Reise vermutlich noch eine der komfortableren gewesen sein. Die beiden Asien-Reisenden steigen aus dem Waggon vor uns aus. Im Vorbeigehen winken wir ihnen noch mal zu und wünschen eine gute Reise, aber sie nehmen uns gar nicht wahr. Achtlos gehen sie an uns vorüber und unterhalten sich angeregt mit zwei jungen Spanierinnen. Aus den Augen, aus dem Sinn.

Um Zeit, Geld und Nerven zu sparen, haben wir in einigen Städten, von denen wir sicher sind, dass wir dort übernachten werden, schon Zimmer reserviert. Schließlich ist Hauptreisezeit, und da sind gute und günstige Zimmer rar, wobei wir aber auch nicht in den billigsten Absteigen wohnen wollen.

In Amsterdam habe ich uns auf einem kleinen Hotelschiff einquartiert, gleich in Bahnhofsnähe. Bahnhofsnähe ist wichtig, um keine langen Wege machen zu müssen und schnell weiterreisen zu können.

Wir verlassen also den schönen, alten, aber etwas angeranzten Bahnhof, der wie eine Insel von Grachten umgeben ist, durch den Hauptausgang und halten uns links, um zum Oosterdok zu kommen, wo unser Hotel liegt. Auf der App sieht der Weg angenehm kurz aus. Aber es ist schwül, und kaum gehen wir auf der Prins Hendrikkade, der wir einfach nur folgen und irgendwann links abbiegen müssen, werden wir fast von mehreren Hollandradfahrern unter ohrenbetäubendem Klingeln überfahren. Erschrocken bleiben wir stehen, atmen tief durch, froh darüber, noch alle Gliedmaßen zu haben. Fußgänger leben gefährlich in Amsterdam.

«Jetzt komm endlich vom Radweg runter», ermahne ich Matti. «Die fahren dich sonst übern Haufen.»

«Wieso denn, die sehen mich doch!»

Sinnlos. Das ist Mattis *Mir-egal-Haltung*, was nicht bedeutet, dass sie grundsätzlich rücksichtslos wäre. Sie geht nur nicht sehr schonend mit sich selbst um. Würde ich auf dem Radweg gehen, wäre sie die Erste, die mich ermahnen würde.

Also ziehe ich sie hinter mir her, immer darauf bedacht, keinem Radfahrer in die Quere zu kommen.

Ich nehme meinen Rucksack ab, glücklich, ihn hinter mir herziehen zu können, und wir laufen weiter über eine Brücke am Wasser entlang, bis wir endlich nach zwanzig Minuten am Ziel sind, dem Hausboot mit dem schönen Namen *Maire*. Es liegt im Oosterdok neben anderen Hotelbooten, von denen die meisten früher Ausflugsschiffe waren. Wir checken bei einem sehr freundlichen älteren Herrn mit schütterem weißblondem Haar ein, der uns das Boot und unser Zimmer zeigt. Oben sind Rezeption, Frühstücksraum und eine gemütliche Lounge. An Deck kann man sich bei schönem Wetter in einen Liegestuhl lümmeln, und es gibt sogar Fahrräder zum Ausleihen. Platz ist genug, auch in den kleinen Kajüten. Wir haben ein Doppelzimmer mit getrennten Betten, eigenem Mini-Bad und ausreichend Wandschränken. Uns gefällt es sehr.

«Schaukelt gar nicht so wild, wie ich dachte», sagt Matti und wirft einen Blick aus dem Fenster, das natürlich aufs Wasser geht. «Also, wie ist der Plan?»

«Ich dachte, wir sollten hier zumindest die Standards machen.»

«Du meinst, Frikandeln essen, Heineken trinken und ein paar Tüten rauchen? Super!»

«Nein, ich meine das Rijksmuseum, das Stedelijk Museum und das Van Gogh Museum.»

Matti verzieht das Gesicht wie ein Kind, das Spinat essen soll. «Also doch ein Kulturtrip.»

«Hey, du bist Kunstlehrerin!»

«Aber ich habe Ferien!»

«Jetzt guck nicht so. Kultur ist ein weites Feld.»

Matti lacht. «Allerdings! Und hier gibt's 'ne Menge davon. Vor allem Subkultur. Also los, stürzen wir uns ins Kulturleben!»

Ich schicke Olaf noch schnell eine Nachricht, dass wir gut angekommen sind, und schon machen wir uns nachmittags um fünf auf den Weg zur Museumsplein, wo fast alle großen und weltberühmten Museen der Stadt sind. Vermutlich sind die Touristenmassen um diese Uhrzeit schon auf der Suche nach einem Restaurant fürs Abendessen und haben die Museen längst hinter sich gelassen. Wir schwimmen sozusagen gegen den Strom – eine super Taktik, die … leider nicht aufgeht, denn vor dem Rijksmuseum steht eine lange Schlange. Eine sehr lange Schlange auf dem Bürgersteig, die sich nach fünfzig Metern in drei Schlangen aufteilt und nur langsam vorankommt. Wir versuchen, ein System zu erkennen, bis wir die Schilder über dem Eingang sehen: Daily Ticket, Online-Ticket fast lane, Groups.

«Ich hätte also doch online Tickets kaufen sollen», ärgere ich mich, während wir uns anstellen.

«Quatsch, jetzt mach dich mal locker! Wo bleibt denn da die Spontaneität? Wir sind im Urlaub! Da plant man doch nicht alles.»

«Siehste ja, was dabei rumkommt», meckere ich, denn Matti war felsenfest davon überzeugt, dass wir schon irgendwie in die Museen reinkommen. Irgendwie! Als Reinigungskraft getarnt vielleicht.

«Warte, ich geh mal checken, wo es Tagestickets gibt.»

Wie immer bleibt sie optimistisch, während ich mich darüber ärgere, mich nicht durchgesetzt zu haben.

«Gleich da vorne», mischt sich eine der beiden Frauen vor uns mit eindeutig norddeutschem Akzent ein – beide um die siebzig. «Aber ob Sie da Glück haben werden, Kindchen …»

Aber Matti lässt sich nicht beirren. «Ach, ich schau einfach mal … Danke!», lächelt sie und geht zum Kiosk neben dem Museum.

Die kleinere der beiden Norddeutschen schenkt mir einen mitleidigen Blick. «Sie hätten Ihre Tickets tatsächlich im Internetz kaufen sollen. Is' ja mittlerweile überall so.»

Ich will gerade etwas sagen, da kommt mir ihre Begleitung zuvor. Sie ist etwas größer und trägt eine sehr schicke, moderne Hornbrille. «Überall müssen Sie heutzutage die Eintrittskarten online bestellen. Berlin, Barcelona, Wien, Kopenhagen … Spontan geht da gar nichts.»

Die Kleine mit den kurzen weißen Haaren schüttelt den Kopf. «Ein Wunder, dass man noch spontan sterben darf.» Jetzt lachen beide breit und dreckig.

«Ach, das kommt bestimmt auch bald, dass man sich online zum Sterben anmelden muss», sagt die Große.

«Nee, viel besser …» Die Kleine stößt ihre Freundin kumpelhaft an. «Da musst du dich dann online abmelden, bevor es vorbei ist.»

Ihr Lachen ist ansteckend, und ich finde die beiden ziemlich unterhaltsam.

Als es zu nieseln beginnt, spannt die Größere einen durchsichtigen Schirm mit aufgedruckten rosa Flamingos auf und erklärt: «Kommen Sie, da passen wir auch zu dritt drunter!»

«Danke.» Ich dränge mich mit ihnen unter die Flamingos. «Wieso ist es denn um diese Zeit noch so voll?»

«Das liegt an uns umtriebigen Rentnern. Wir werden immer

mehr und immer älter und müssen den Rest unserer noch halbwegs gesunden Lebenszeit sinnvoll verplanen», sagt die Kleine.

Ihre Freundin nickt. «Wir Alten wollen noch so viel wie möglich abhaken auf unserer Liste. Wenn man jung ist, spielt Zeit keine Rolle. Wenn ich an unsere Enkel denke – die trödeln so viel herum, als wäre das Leben unendlich!»

Ich stimme ihnen zu und muss daran denken, wie oft ich Ella in ihrem kurzen Leben schon antreiben musste. Dabei war ich es, der jedes Mal die Zeit davonrannte.

«Deshalb sind wir Alten so beschäftigt. Es gibt noch so viel zu erledigen.» Die Kleine winkt ab. «Das ist vielleicht ein Stress!»

«Dabei sehen Sie gar nicht so gestresst aus», schmunzele ich und frage mich, was da wohl auf den Listen der beiden Damen noch so draufsteht, das unbedingt noch abgehakt werden muss.

Die Große beugt sich zu mir. «Positiver Stress! Der ist Balsam für die Seele und wirkt wie guter Sex. Glauben Sie mir, Kindchen!» Sie zwinkert mir zu und grinst breit.

Wir rücken einen Meter auf.

Die beiden kommen mir vor wie Matti und ich in zwanzig Jahren. Keine schlechte Aussicht, finde ich. Allerdings frage ich mich, was ist mit hier und jetzt? Sollten wir unsere Zeit nicht lieber anders verbringen, als hier im Regen zu warten?

Wir rücken einen weiteren Meter auf.

«Wie lange warten Sie denn schon?», frage ich.

Die Große schaut mich überrascht durch ihre schicke runde Brille an. «Worauf? Die Erleuchtung? Den Richtigen? Den Tod?»

«Ewig, Kindchen, ewig!», fügt die andere hinzu, und beide lachen wieder sehr laut.

Ich komme mir vor wie Kermit, der Frosch, im Gespräch mit Waldorf und Statler, den beiden Opas aus der *Muppet Show*.

«Nein, im Ernst», erklärt die Große. «Wir warten seit etwa einer Stunde, und das obwohl wir Online-Tickets haben. Aber hoffentlich können wir gleich die Spur wechseln.» Sie deutet auf die *fast lane*.

Als Matti zurückkommt, frage ich ungeduldig: «Und?»

«Kannst du vergessen. Ich könnte jetzt höchstens noch Tickets für ein Zeitfenster morgen zwischen neun und zwölf Uhr bekommen.»

«Ja, und? Hast du?»

«Quatsch! Ich weiß doch jetzt noch nicht, ob ich morgen Vormittag noch lebe. Oder Lust auf Museum habe.»

«Aber deshalb sind wir doch hier, Matti!»

«Auch. Aber nicht nur. Ich bin für Subkultur.»

Ich verdrehe die Augen. «Komm schon, lass uns die Tickets für morgen kaufen. Sicher ist sicher. Manchmal muss man im Leben auch mal was planen, statt immer alles auf sich zukommen zu lassen. Das Leben ist ja nicht unendlich.» Irgendwie klinge ich jetzt sehr vernünftig. Ob das an meinem Gespräch mit den beiden Seniorinnen liegt? «Stimmt's?»

Die Kleine nickt und zieht die Brauen ihrer perfekt getuschten blauen Augen hoch. «Ihre Freundin hat recht», sagt sie zu Matti gewandt. «Es könnte sich lohnen, einen Plan zu haben, eine To-do-Liste zu machen. Am Ende verpassen Sie sonst was Tolles, und das wäre doch ärgerlich.»

«Diese beiden Damen sind übrigens erfahrene Kulturreisende mit hervorragendem Zeitmanagement», sage ich.

Matti wundert sich. «Schon, aber …»

«Und wenn wir morgen dann doch keine Lust haben», werfe ich schnell ein, «verkaufen wir die Tickets einfach an Leute, die so unorganisiert wie wir sind.»

Jetzt lacht Matti wieder. «Okay, Spitzenplan!»

Wir verabschieden uns und wünschen uns gegenseitig eine gute Reise. Dann kaufen wir die Tickets und ziehen weiter zum nächsten Museum. Aber natürlich sieht es überall gleich aus. Und weitere Tickets kaufen wir auch keine mehr, weil wir morgen Nachmittag längst im Zug nach Paris sitzen. Ich bin enttäuscht. Und fühle mich furchtbar naiv. Wie ein Reiseanfänger. Nie hätte ich gedacht, dass die Museen hier bis in die Abendstunden so voll sind. Die totale Massenabfertigung.

«Was nun?», frage ich.

Matti setzt ihr Lehrerinnengesicht auf und stellt sich in Pose. «Also, nachdem wir bedauerlicherweise an der Hochkultur gescheitert sind, kommen wir nun zur Subkultur, die in Amsterdam bekanntlich ihre Blüten treibt.»

«Was Sie nicht sagen, Frau Wegeberg! Was schlagen Sie vor?»

«Ich würde sagen, es bedarf zunächst einer fundierten Grundlage, Frau Wichmann.»

«Gute Idee, gehen wir was essen!»

Mattis Augen leuchten auf. «Ich bin für … indisch. Das können die gut hier. Ich kannte da mal einen Inder. Der muss ganz in der Nähe sein … Lass mich überlegen.»

«Matti, du weißt schon, dass du vor zig Jahren das letzte Mal hier warst. Die Restaurants wechseln doch alle naselang Besitzer und Nationalität.»

Aber Matti bleibt bei *ihrem* Inder. «Was gut ist, hat Bestand! Also, der hieß … irgendwas mit Mumbai.»

«Wie ungewöhnlich!», spotte ich.

Aber Matti schaut bereits konzentriert auf ihr Handy und googelt nach einem indischen Restaurant in Amsterdam, das vermutlich seit zwanzig Jahren pleite ist.

«Ha! Da ist es. Zehn Minuten von hier. Komm!»

Triumphierend nimmt sie mich an die Hand und folgt ihrer App. Matti freut sich, wie immer, wenn sie einen Plan hat, während ich skeptisch, wie immer, hinter ihr hertrotte. Irgendwann bleibt sie abrupt stehen, starrt auf ihr Handy und wechselt die Richtung.

«Moment, mein Handy spinnt. Da lang!» Richtungswechsel.

«Nein, da lang!» Richtungswechsel. «Doch die andere Richtung.» Richtungswechsel. Matti wirkt wie ferngesteuert.

«Was wird das?», frage ich genervt.

«Mein Navi hat manchmal Aussetzer.»

«Und wieso nehmen wir dann nicht meins?» Schon ziehe ich mein Handy aus der Tasche, notiere die Adresse von Mattis Bildschirm und staune nicht schlecht. «Matti, das ist in Den Haag!»

«Was?! Quatsch, zeig mal her!» Sie starrt auf mein Handy.

«Du musst auch die Stadt mit eingeben.» Langsam verliere ich die Geduld – ich muss dringend etwas essen.

Matti tippt ein paar Befehle ein, dreht ihr Handy und dann sich mit dem Gerät um die eigene Achse, was ziemlich bescheuert aussieht.

Ich nehme ihr Telefon und schaue auf das Display. «Kein Wunder, dass dein Navi nur Käse anzeigt. Der Kompass funktioniert ja gar nicht.»

«Ach, deshalb! Ja, macht Sinn.» Sie lacht.

«Wieso checkst du dein Handy nicht *vor* dem Urlaub?», frage ich vorwurfsvoll und lasse mir den Weg zum richtigen Restaurant auf meinem Handy anzeigen, das kaum noch Saft hat. «Wir könnten irgendwo verloren gehen, weil du so nachlässig bist.»

«Hab ich nicht dran gedacht, *Mama*. Außerdem sind wir doch nicht im australischen Outback.»

«Zum Glück!»

Zehn Minuten später stehen wir in einer sehr engen, sehr dunklen Gasse vor einem neonbeleuchteten Imbiss namens *Hidden Mumbai*. Kein vertraueneinflößender Ort. Ich zögere.

«Was ist?», fragt Matti ungeduldig.

«Sah der Laden schon so aus, als du letztes Mal hier warst?»

«Weiß nicht mehr, ist doch egal. Jetzt sind wir hier.» Sie hat im Gegensatz zu mir keinerlei Bedenken. Vermutlich sind wir deshalb Freundinnen. Um uns zu ergänzen.

«Aber da sind keine Gäste drin. Das hat doch was zu bedeuten.»

«Ja klar, Caro, es bedeutet, dass wir umso schneller drankommen. Das ist wahrscheinlich ein Geheimtipp, und der Laden war bis vor einer halben Stunde noch rappellvoll.»

«Wohl kaum», zweifele ich. «Haben wir eigentlich Kohletabletten dabei? Der Schuppen sieht aus, als würde man mit mehr Bakterien rauskommen, als man reingegangen ist.»

«Quatsch, du und deine Vorurteile! Los, komm!»

Widerwillig lasse ich mich überreden, den mir sehr suspekten Imbiss zu betreten. Es riecht nach ranzigem Fett und scharfen Gewürzen. Hinter der Imbisstheke bereiten drei indisch aussehende Männer Speisen zu und lächeln uns freundlich an, als wir eintreten.

«Restaurant?», fragt einer von ihnen und lässt stolz einen Goldzahn blitzen. Ich meine sogar, dass er ein wenig mit dem Kopf gewackelt hat, aber das ist vermutlich eine Einbildung, die auf meinen Vorurteilen beruht, von denen ich mich dringend lösen muss.

«Yes, Restaurant», sagt Matti.

Kurz darauf folgen wir dem Fingerzeig des Mannes in eine nicht einsehbare Nische, wo es zu unserer großen Überraschung einen mit einem Glitzerperlenvorhang abgetrennten Durchgang zu einem sehr gemütlichen Restaurant gibt, dessen Eingang in der Parallelstraße liegt. Willkommen im *Mumbai – Indian Restaurant & Shisha Bar*. Na, das nenne ich mal ein cleveres Konzept. Sinnvoller kann man schmale Häuserzeilen kaum nutzen.

«Tadaa!», triumphiert Matti erleichtert und schiebt mich an den einzigen noch leeren Vierertisch in einer Ecke, den uns eine umwerfend hübsche Kellnerin mit großen schwarzen Augen per Geste zuweist. Wir lassen uns in die niedrigen Polster fallen, und ich merke, wie sehr ich eine Pause nötig habe. Der Laden ist voll, die Geräuschkulisse gedämpft und die Atmosphäre sehr entspannt. Der Boden ist mit Teppichen ausgelegt und die Wände mit Stoff-Mandalas behängt. An der Decke baumeln orientalische Leuchter mit orangefarbenem Licht, und in den Ecken stehen indische Götterfiguren, von denen ich nur *Ganesha* kenne, den Elefantengott, und *Sarasvati*, die vierarmige Göttin der Künste. Und das auch nur weil ich mit dreizehn einen Schüleraustausch in England bei einer indischen Familie verbracht habe. Meine Austauschschülerin hieß Anu, und ihre Eltern schwärmten ständig vom Arbeitseifer der Deutschen. Alles, was mir sonst noch in Erinnerung geblieben ist, sind scharfes Essen, zwei Götterfiguren im Wohnzimmer und der aufdringliche Geruch von Mottenkugeln. Hier allerdings duftet es wie in einem Märchen aus 1001 Nacht nach einem Gemisch aus Patschuli, Kokos, Vanille, Curry, Koreander und Minze. Und jetzt erst sehe ich auf einigen Tischen Shishas stehen – Wasserpfeifen, die in großer Runde geraucht werden.

«Das ist der Laden von damals, ich bin mir ganz sicher», freut sich Matti, während die Kellnerin die Speisekarten bringt.

Wir bestellen Mango-Lassi, Bier und scharfes Curry und wollen uns gerade entspannen, als Matti plötzlich etwas in meinem Rücken entdeckt und ganz unruhig wird.

«Was ist los?»

«Zwei süße Typen.» Sie klingt wie eine Sechzehnjährige. «Sind gerade reingekommen.» So kenne ich Matti – ständig auf der Jagd. «Jetzt bloß nicht umdrehen.»

Zu spät, ich drehe mich um und sehe sie, zwei gut aussehende Männer am Vordereingang, die jetzt direkt auf uns zukommen. Während ich sofort rot werde und wegschaue, strahlt Matti sie auffordernd an. So typisch!

«Was wollen die?», frage ich Matti.

«Wir werden es gleich erfahren.»

Tatsächlich: Auf Englisch fragt der Graumelierte, ob wir etwas dagegen haben, wenn sie sich zu uns an den Tisch setzen.

«Yes, of course», sage ich Trottel und meine natürlich: Nein, wir haben nichts dagegen.

Matti macht eine einladende Geste. «Please, take a seat.»

Die Herren setzen sich dankend und unterhalten sich in einem sehr seltsamen Englisch. Beide tragen langärmelige Hemden lässig über der Jeans, dazu Turnschuhe. Einer hat einen grauen Haaransatz, der andere einen Bauchansatz. Und: Beide tragen einen Ehering. Dafür habe ich einen Blick, auch wenn ich nicht auf Männersuche bin.

«Klingt komisch. Was reden die denn da?», flüstert Matti und versucht, den Akzent zu deuten.

«Keine Ahnung, aber es klingt wie eine Mischung aus Dänisch und Englisch mit heißer Kartoffel im Mund. Lustig irgendwie.»

Bevor wir endlos rätseln, tippt Matti dem dickeren der beiden auf die Schulter und fragt einfach, woher sie kommen.

Er lacht breit und sagt stolz: «Downunder.»

Und schon ist Matti mitten im Gespräch mit den beiden Australiern, von denen wir innerhalb weniger Minuten erfahren, dass sie ein Paar sind und sich in den Flitterwochen auf Europareise befinden, um sich noch mal so richtig auszutoben, bevor die Kinder kommen.

Ich kann die ganzen Infos gar nicht so schnell verarbeiten, weil mir schon ganz schlecht vor Hunger ist. Zum Glück wird unser Essen endlich serviert, und Matti hat nicht zu viel versprochen. Die Gerichte sehen nicht nur sehr gut aus, sie duften auch phantastisch.

Ich nehme den ersten Bissen und seufze vor Wonne. Es schmeckt super und trifft alle Geschmacksnerven – scharf, süß, sauer, während die frischen Kräuter dazu ihre Aromen in Mund und Nase verteilen. Herrlich! Ich bemerke aus dem Augenwinkel, dass der Graumelierte neben uns schon die ganze Zeit auf mein Essen starrt wie Günther, wenn er seinen Bettelblick draufhat. Jetzt tippt er mir auf die Schulter und will wissen, was ich bestellt habe und ob es gut ist.

Weil ich den Mund voll habe, hebe ich nur den rechten Daumen, nicke und ziehe beide Augenbrauen hoch. Das sieht offenbar so lustig aus, dass Matti und die beiden Männer lachen – über mich. Mir egal. Ich will nur essen.

Am Ende bestellen die beiden das Gleiche wie Matti und ich, und wie das so ist, entwickelt sich beim Essen dann ein sehr nettes Gespräch, denn weder Matti noch ich sind unkommunikative, unsoziale Stoffel, die mit niemandem reden wollen. Also, nur ich vielleicht … manchmal. Hängt von der Stimmung und meinem Hormon- und Blutzuckerspiegel ab. Meine Schüler kennen das schon und können meine Körpersprache oft besser lesen und verstehen als das, was an der Tafel steht. Bei Matti ist es genau umgekehrt. Sie lässt immer alles sofort raus – schlechte Laune, ihre Tage, Frust mit dem aktuellen Lover. Damit es gar nicht erst zu Missverständnissen kommt, sagt sie immer. Direkte Konfrontation schaffe Klarheit. An solchen Tagen beginnt sie dann ihren Unterricht mit den Worten: *Ich bin heute schlecht drauf, also stellt euch gut mit mir, sonst zieht ihr den Kürzeren*. Missverständnis ausgeschlossen.

Wir unterhalten uns also mit den Australiern und kommen von Hölzchen auf Stöckchen – indisches Essen, australisches Essen, Flitterwochen, gemeinsame Reisen, getrennte Reisen, Ehe und Kinder. Die beiden heißen Brian und Arnold, haben vor vier Wochen geheiratet und freuen sich auf ihren Nachwuchs, der gerade von einer Leihmutter ausgetragen wird. Sie sind wirklich sehr nett und unterhaltsam. Nach dem Essen rücken wir zusammen, bestellen Kaffee, Drinks und eine Shisha mit Kokos-Aroma. Sofort beschleicht mich ein schlechtes Gewissen, denn ständig predige ich meinen Schülern, wie schädlich das Shisha-Rauchen ist. Ich bin so unentschlossen mitzumachen, dass es Matti auffällt.

«Du musst nicht, wenn du nicht willst.»

«Ich weiß», sage ich und finde mich plötzlich viel zu vernünftig. «Aber ich will.»

Keine Ahnung, wie spät es ist, als wir alle zusammen schließlich aus dem *Mumbai* in die Nacht treten. Und als Brian, der Graumelierte, vorschlägt, noch auf einen Drink in eine Bar zu gehen, die er kennt, sind wir alle dabei. Die Stimmung ist gut, und nach einer Viertelstunde Fußweg entlang der wunderschön beleuchteten Grachten kommen wir zu einem Coffeeshop namens *Tijuana*, der schon hundert Meter gegen den Wind nach Cannabis stinkt.

Matti ist aufgeregt wie ein Kleinkind kurz vorm Betreten einer Eisdiele und bestellt voller Vorfreude erst mal vier Bier, bevor wir das Gras-Angebot studieren. Mir ist jetzt schon leicht übel von den Geruchsschwaden, die schwer wie Blei in der Luft hängen. Der Laden ist nicht besonders groß und komplett im Mexiko-Stil eingerichtet – überall echte und unechte Kakteen, Aloe vera und Sombreros als Lampenschirme. Die Theke sieht aus wie in einem Wildwest-Saloon. Ich gehe mir die Hände waschen und sehe, dass sogar die Toilettentüren so eine Art abschließbare Saloon-Schwinger sind. Ich schaue in den Spiegel und muss plötzlich an Olaf denken. Wenn der mich hier sehen könnte, würde er 'ne Krise kriegen, so viel steht fest. Ich in einer Drogenhöhle mit zwei wildfremden schwulen Australiern. Vermutlich würde er mich auf meinen Geisteszustand untersuchen lassen oder direkt in eine Entzugsklinik bringen. In jedem Fall wäre er sehr besorgt um mich – zu Recht – und würde mir Vorhaltungen machen bezüglich meiner Vorbildfunktion als Lehrerin. Auch zu Recht. Bevor ich jetzt wieder ein schlechtes Gewissen kriege, spritze ich mir etwas kaltes Wasser ins Gesicht und atme tief durch. Ich habe Urlaub – auch von Olaf.

Zurück in der Bar, fragt mich Arnold, den wir Arni nennen sollen, ob ich häufig Gras rauche. Das muss ich verneinen. Weder früher noch heute. Ich mache zwar alles Mögliche bei Gelegenheit – Gelegenheitsrauchen, Gelegenheitskiffen, eine Gelegenheits-Shisha. Aber es gibt Grenzen. Gelegenheits-Koks ist genauso tabu wie Gelegenheits-Sex – beides hat sich mir in den letzten dreißig Jahre allerdings sowieso nicht geboten. Im Studium hatte ich öfter mal Gelegenheit zum Kiffen, habe aber nach einer nicht so schönen Erfahrung die Finger davon gelassen, weil ich Angstzustände und Panikattacken bekam. Jahre später hat mich Matti dann wieder überredet, mit ihr eine Tüte zu teilen. Ich glaube, es war an ihrem 40. Geburtstag. Die Wirkung war verheerend – denn ich kann mich an nichts erinnern. Blackout. Immerhin gab es keine Anzeige wegen sittenwidrigen Verhaltens oder nächtlicher Ruhestörung, keine anzüglichen E-Mails von unbekannten Männern, kein Erpresserschreiben mit entlarvenden Nacktfotos oder peinliche Facebook-Einträge. Und schwanger war ich danach auch nicht. Nicht mal Olaf hat was gemerkt.

Matti hat mir dann zu meinem 40. in einer kleinen Box feierlich einen Joint mit einer roten Schleife geschenkt, den ich mir für einen ganz besonderen Moment aufheben sollte. Ehrlich gesagt habe ich keinen blassen Schimmer mehr, wo ich das Ding versteckt habe. Und einen besonderen Moment scheine ich seither auch nicht gehabt zu haben.

Die Auswahl hier im *Tijuana* ist so beeindruckend wie die Namen der verschiedenen Sorten: Amnesia Haze, Apple Jack, Wide Widow, Diamond Girl … Wir lassen uns beraten.

«Nennt man den Besitzer eines Coffeeshops auch Wirt?», frage ich Matti leise.

«Klar, der Mann bewirtet seine Gäste doch genauso wie einer, der Alkohol über den Tresen schiebt», sagt sie voller Überzeugung.

«Schon, aber es klingt doch irgendwie seltsam. Schließlich bietet er Drogen an.»

«Just call him dealer», mischt sich Brian ein, der ein bisschen Deutsch versteht.

Ich verziehe den Mund. Das ergibt zwar Sinn, aber ein Dealer gibt mir ein ungutes Gefühl. Da bleibe ich lieber beim Wirt.

Der wirklich sehr freundliche Coffeeshop-Wirt mit dem langen

Bart gibt also jedem von uns eine ausführliche Fachberatung, genauso wie neulich der Sommelier in dieser schicken neu eröffneten *Winery*. Nur dass dieser Bartträger nicht nach Geschmacksrichtungen geht, sondern nach der Art von Rausch, die wir bevorzugen. Also, ob wir lieber was zum Entspannen wollen oder zum Aufdrehen, zum Chillen oder Anregen. Ich hatte ja keine Ahnung. Matti dagegen tut so, als würde sie jedes Wochenende hier abhängen und voll den Durchblick haben. Und mir fällt auf, dass sie ganz schön die Welle macht.

«Komm schon, Caro, ich spendier dir eine kleine, lustige Entspannung, okay?»

«Ich bin entspannt», sage ich, lasse mich aber trotzdem überreden, um keine Spaßbremse zu sein, und entscheide mich für ein Entspannungstütchen, das schon fertig gedreht ist. Ich konnte noch nie gut drehen.

«Was soll das denn?» Mattis Ton ist vorwurfsvoll. «Du bist doch kein Anfänger!»

«Aber der Mann hinterm Tresen kann das viel besser als ich.»

«Ich hätte dir auch eine bauen können. Aber wenn du meinst», sagt sie etwas herablassend und bestellt sich was Anregendes zum Selbstdrehen, weil sie in Partylaune ist. Dann fügt sie noch etwas lauter hinzu: «Das Zeug hier ist viel besser als das, was ich zu Hause habe.»

Ach. Ich wusste gar nicht, dass sie ständig zu Hause rumkifft. Arni und Brian scheinen jedenfalls beeindruckt zu sein, entscheiden sich aber für Space-Cookies, denn sie rauchen beide nicht so gerne.

Nachdem die Bestellungen geklärt sind, setzen wir uns in eine schummrige Ecke unter schummriger Sombrero-Beleuchtung. Während die Australier sich gegenseitig mit Space-Cookies füttern, baut sich Matti ihren Joint, was tatsächlich ziemlich gekonnt aussieht.

«Sag mal, Matti, wie oft kiffst du eigentlich zu Hause so?», frage ich bemüht beiläufig.

Matti dreht und leckt nachdenklich die Blättchen an. «Och, so zwei-, dreimal die Woche vielleicht. Entspannt mich total. Und der Sex danach ist umwerfend! Solltest du auch mal versuchen.»

Fast sage ich ihr, dass Olaf und ich so gut wie keinen Sex mehr haben, aber dann hat sie wieder Mitleid mit mir, und das ertrage ich jetzt nicht.

«Und woher hast du das Zeug?»

«Henk hat immer was.»

Dachte ich's mir fast. Nur gut, dass der bald Geschichte ist.

Entschlossen zünde ich mir mein Tütchen an, lehne mich entspannt zurück und warte, was passiert. Die anderen führen eine hitzige Diskussion über Schwule in Australien. Was sie reden, kann ich immer weniger verstehen, aber ich sehe, wie Matti wild gestikuliert und die beiden Männer leidenschaftlich versuchen, ihr ihren Standpunkt zu erklären. Das sieht total witzig aus. So witzig, dass ich einen albernen Lachanfall bekomme und mich gefühlte drei Stunden nicht mehr einkriege. Vermutlich waren es nur drei Minuten, aber die Zeit dehnt sich im Rausch – oder sie rast. Erfolglos versuche ich, dem Gespräch zu folgen, und frage mich, wieso die drei sich so gut konzentrieren können. Ich spüre, wie mein Körper jetzt nach unten gezogen wird, als würde ein Magnet an meinem Po und den Beinen ziehen. Als würde ich hundert Kilo wiegen. Beim Aufstehen habe ich echt Schwierigkeiten. Krass, denke ich und lache mich über mich selbst kaputt. Was mache ich hier nur? Und wieso überhaupt? Ich meine, ich bin Ende vierzig und benehme mich wie eine Zwanzigjährige. Ich habe nicht mal Depressionen oder eine schmerzhafte Krankheit, derentwegen ich einen Cannabis-Rausch rechtfertigen könnte. Höchstens eine klitzekleine Midlifecrisis, aber die haben wir doch alle irgendwann mal. Wenn sich da jeder gleich bekiffen würde!

Hoffentlich bricht nicht der Boden unter meinen Füßen weg, denke ich, und wanke zur Toilette. Mit Schwung öffne ich eine der Saloon-Türen, aber ehe ich ausweichen kann, schwingt das Ding zurück und haut mich um. Plötzlich liege ich auf den Fliesen einer Kneipentoilette in Tijuana und schaue auf einen gemalten Kaktus an der Decke, auf den ein Sombrero aufgespießt ist, und krieg mich vor Lachen gar nicht mehr ein. Weil ich trotz allem aber Herrin meiner Sinne bin, weiß ich natürlich, wie ungeschickt das war und wie peinlich meine aktuelle Lage ist, und hoffe inständig, es möge jetzt bloß niemand reinkommen. Kaum gehofft, kommt natürlich eine junge, gut aussehende Frau herein, die sich über die abgehalfterte Alte, die ihre Mutter sein könnte, wundert. Ach, könnte ich doch bloß mit meinen hundert Kilo Gewicht im sich öffnenden Erdboden versinken! Passiert aber nicht. Die junge Frau spricht Spanisch, was ich zwar nicht verstehe, aber angesichts der Situation umso lustiger finde.

«Hola, ich verstehe nur Spanisch», sage ich und mach mir fast in die Hose vor Lachen. Zum Glück ist sie mindestens so lustig drauf wie ich und hilft mir auf. Aber weil der Boden glitschig ist, geraten wir ins Straucheln wie zwei Giraffen auf Glatteis. Giggelnd verschwinden wir beide hinter unseren Saloon-Türen und machen zur gleichen Zeit die gleichen Geräusche.

Als ich von der Toilette komme, hat Matti einen Sombrero auf dem Kopf und will unbedingt tanzen, obwohl der Laden nun wirklich nicht den Platz für ein Tänzchen bietet, aber das ist ihr egal. Sie steigt auf unseren Tisch, hebt ihre Bierflasche, schwingt die Hüfte und schreit *Viva Mexico!*. Das findet der Coffeeshop-Wirt allerdings gar nicht gut, weshalb er uns signalisiert, Matti vom Tisch zu holen. Arni und Brian, die beide noch recht gut beisammen sind nach ihren Cannabis-Keksen, geben ihr Bestes, aber Matti ist wendig wie ein Aal und kracht mit einem lauten Rums vom Tisch. Woraufhin der Wirt uns rausschmeißt.

Natürlich hat sie sich nicht wehgetan, aber ihre Stimmung muss mit dem Sturz gekippt sein, denn sie ist plötzlich stinksauer auf die beiden unschuldigen Australier und schreit sie an, dass sie sich verpissen sollen. Anregend sollte die Wirkung ihres Rausches sein – das kann man wohl sagen. Und ich? Ich schaue dem ganzen Spektakel gelassen zu, als gehörte ich gar nicht dazu. Und als wäre es mir auch völlig egal, dass Matti dort auf der Straße den totalen Stress macht und sich riesig aufregt – worüber und weshalb auch immer. Tatsächlich schafft sie es, unsere wirklich netten Abendbegleiter vom anderen Ende der Welt zu vergraulen. Mich wundert sowieso, dass die beiden es so lange mit uns ausgehalten haben.

Während Matti den beiden Australiern wie ein Rohrspatz hinterherschimpft, verspüre ich einen klitzekleinen Hunger, der trotz des üppigen Abendessens rasend schnell zu einer unglaublichen Fresslust wird, womit wir die nächste Stufe des Rauschs erreicht haben. Aber wo kriegen wir nachts um zwei jetzt was Essbares her? Denk nach, Caro, denk nach! Das fällt mir zwar in meinem super relaxten Hirn gerade sehr schwer, aber der Hunger treibt die Maschine an. Schließlich gibt es in einer Stadt wie Amsterdam immer irgendwo eine geöffnete Imbissbude.

Kurzerhand schnappe ich mir Matti und ziehe sie auf eine der Touristenmeilen. Einmal rechts, dann links abbiegen, und schon sind wir … im Rotlichtviertel. Aber ich bin total gechillt – und die einzige Lust, die mich heute Nacht noch antreibt, ist die Fresslust. Auch der Regen, der schon seit einigen Minuten immer stärker wird, stört nicht. Im Gegenteil. Ich finde es sehr erfrischend und bereinigend. Mattis schlechte Laune verfliegt, als ein Auto mit lauter Musik an uns vorbeirauscht. Jetzt singt sie diesen Song, der noch in der Luft hängt, an meiner Hand taumelnd wie ein trödelndes Kleinkind, das ein Liedchen auf dem Weg zum Kindergarten schmettert.

«Ahhhhhhhaaaaaa, we fade to grey … fade to grey … ahhhh-haaaaaa …»

«Dieser 80er-Elektro-Pop hat voll das Revival.»

Matti nickt. «Genauso wie Schulterpolster, John-Wayne-Hemden und spitze Schuhe, die stecken bleiben, wenn man jemandem damit in den Hintern tritt.»

Wir müssen beide laut lachen und ziehen singend weiter durchs Amsterdamer Rotlichtviertel. Wenig später landen wir in Bahnhofsnähe vor einem schmierigen Hot-Dog-Laden. Da ich nicht von der Hygieneaufsicht bin, ist mir das egal, solange es hier etwas zu essen gibt.

Ich gebe unsere Bestellung bei dem holländischen Albaner auf – das weiß ich, weil er mir seinen Stammbaum runtergebetet hat, damit ich ihn nicht ein weiteres Mal einen Griechen nenne. Wir nehmen zwei Chili-Hotdogs, zwei Frikandeln mit Zwiebeln und zweimal Pommes mit Majo. Dazu zwei große Cola. Was für ein Festmahl!

Mit Heißhunger machen wir uns wie zwei Wölfinnen ungeachtet aller Tischmanieren und Benimmregeln über unsere Beute her. Wir sind Tiere – wild, hungrig und gefräßig. Und zum Glück kennt uns hier niemand.

Es muss so gegen drei Uhr morgens sein, als wir im Hotelboot ankommen, immer noch etwas breit, aber vor allem sehr, sehr müde. Ich schaffe es gerade noch, meine Kontaktlinsen rauszunehmen und zwei Kopfschmerztabletten einzuwerfen, dann falle ich auf mein Bett. Alles, was ich vorm Einschlafen höre, ist ein aufkommender Sturm.

Als ich wenig später aufwache, schaukelt das Schiff entsetzlich, denn der Wind zerrt von allen Seiten daran. Aber ich bin nicht wirklich beunruhigt: Wer ein Hotelboot betreibt, wird schon wissen, wie man es am besten vertäut, damit so ein Unwetter ihm nichts anhaben kann. Diese mir ungewohnte Sorglosigkeit ist vermutlich auf meinen Restrausch zurückzuführen. Dem Schiff geht es gut. Matti nicht. Denn was ich außer Sturm und Wellen noch höre, sind Geräusche aus der Toilette. Würggeräusche. Stöhnen. Dann die Spülung. Und das alles in ständigem Wechsel. Minutenlang. Besorgt raffe ich mich auf und klopfe an die Badkabine.

Als Matti öffnet, erkenne ich sofort das Ausmaß ihres erbärmlichen Zustands: Ihre Gesichtsfarbe ist grau, das Smokey-Eyes-Make-up komplett verschmiert, genauso wie ihr Lippenstift. Sie erinnert mich ein bisschen an diesen Horror-Clown von Steven King. Sogar ihre Stimme passt zum Look.

«Ich sterbe», jammert sie in einem fort, und kaum hat sie sich wieder hingelegt, muss sie schon wieder zur Toilette. Sie stirbt in dieser Nacht mindestens fünf Mal und tut mir so unendlich leid. Nachdem sie also einen Trampelpfad zwischen Bett und Bad getreten hat, kommen wir irgendwann doch noch zu unserem dringend nötigen Schlaf.

Lautes Klopfen an der Tür weckt uns ein paar Stunden später. Ich schaue zu Matti rüber – keine Regung. Also klettere ich aus dem Bett, um nach ihr zu sehen. Sie hat das Gesicht zur Wand gerichtet und sabbert aufs Kissen. Aber Hauptsache, sie atmet.

«Hallo! Get up! Please leave the room!», höre ich eine dumpfe Männerstimme. Und wieder haut der Typ laut gegen die Tür.

«Okay, okay, we're coming!», rufe ich und lasse mich zurück aufs Bett fallen. Warum macht der das?

Scheiße! Im nächsten Moment weiß ich die Antwort: Mein Handy zeigt 11 Uhr an! Verdammt! Wir hätten bis 10 Uhr auschecken müssen. Und in einer Stunde geht unser Zug nach Paris!

Sofort hechte ich aus dem Bett, reiße den Vorhang auf und lasse Licht in die Koje. Ich wecke Matti, springe ins Bad, komme raus, wecke Matti erneut, packe mein Zeug zusammen, wecke Matti ein weiteres Mal und sammele schließlich auch ihre Sachen zusammen. Die Zeit rast, aber Matti macht keine Anstalten, wach zu werden. Da bleibt nur eins – sie hat es nicht anders gewollt: Ich nehme die Wasserflasche neben dem Bett und gieße den Rest über ihr aus.

Matti springt schreiend auf. «Bist du bescheuert? Was soll das?!»

«Du hast zehn Minuten, dich fertig zu machen, sonst verpassen wir unseren Zug! Los!»

Sie starrt mich an, während sie versucht, meinen Worten in ihrem Kopf eine Bedeutung zu geben und das Gesagte in einen sinnvollen Zusammenhang zu bringen.

«Zehn Minuten? Zug verpassen? Scheiße!»

Sie rafft sich auf, so schnell es geht, zieht sich an und macht sich irgendwie frisch, was nicht wirklich funktioniert. Ich schnappe mir meinen Rucksack, hieve Matti ihren auf den Rücken und schiebe sie aus unserer Koje die Treppe rauf an Deck. Sie wirkt wie eine Sechsjährige, die sich weigert, zur Schule zu gehen.

Ich checke uns aus und lasse ein dickes Trinkgeld und die ungenutzten Museumstickets da, als Entschuldigung für die Verspätung. Manchmal ist es ganz gut, wenn man keine zwanzig mehr ist und einfach einen selbstverdienten Schein auf den Tresen legen kann.

Wir müssen so schnell wie möglich zum Bahnhof, aber Matti taumelt und stolpert kraftlos hinter mir her über den Radweg. Ein lautes Klingeln lässt mich Schlimmstes befürchten, doch als ich mich umdrehe, sehe ich unsere Rettung.

«Stopp!», schreie ich spontan, denn da kommt tatsächlich eine Fahrradrikscha direkt auf uns zu. Zufall oder Fügung? Egal, Hauptsache ein Fahrzeug.

Ich bugsiere Matti und die Rucksäcke hinein. «Centraal Station – hurry up!» Aber der Kutscher rührt sich nicht. «Please», füge ich hinzu. Nichts. Dann stecke ich ihm zwanzig Euro zu, und sofort tritt der schmächtige Typ, der aussieht wie ein drogenabhängiger Marathonläufer, kräftig in die Pedale.

Zehn Minuten später sind wir am Ziel, springen aus der Rikscha und suchen unser Gleis. Der Zug steht abfahrbereit, und die Türen schließen schon. Wir geben alles, aber Matti ist einfach völlig aus der Puste und bleibt zurück. Ich will schon aufgeben, da sehe ich, dass die Schaffnerin in der Tür stehen bleibt, damit wir noch einsteigen können, bevor sie das Pfeifsignal gibt.

Geschafft.

13
Paris

DER ZUG IST RAPPELVOLL mit Reisenden aller Art – Familien, Geschäftsleute, Pendler, Backpacker. Zum Glück habe ich Plätze reserviert. Es dauert eine Weile, bis wir unsere Sitze gefunden haben, weil wir zuerst in die falsche Richtung laufen. Es ist ein Schnellzug, der weniger als dreieinhalb Stunden bis Paris Nord braucht. Zeit genug für Matti, um auf den sehr bequemen Polstern sofort in einen komatösen Tiefschlaf zu fallen.

Ich hänge meinen Gedanken nach und versuche, den vergangenen Abend zu rekonstruieren, der mir noch ganz schön in den Knochen hängt, allerdings nicht so sehr in meiner Erinnerung. Stück für Stück hangele ich mich durch die Stunden und finde Matti und mich zunehmend erbärmlich. Bloß gut, dass die beiden Australier schwul waren. Nicht auszudenken, wo und wie das Ganze im Rausch sonst geendet hätte!

Sofort muss ich an Ella und Jo denken. Ich schicke meiner Tochter eine Nachricht, um zu erfahren, wie es ihnen geht und wo sie gerade sind. An ihrem Status sehe ich, dass Ella online ist, aber sie antwortet nicht, wie immer. Sie bestimmt die Regeln im Messenger, und ich weiß nie, wann, wie und ob sie antwortet. Ich hasse es. Also schaue ich auf Facebook nach, ob die Mädels schon was gepostet haben, und erfahre, dass sie eine tolle Party in Paris bei Freunden von Jo gefeiert haben und nun auf dem Weg nach Marseille sind. Ausgerechnet Marseille! Auch so ein heißes Pflaster, denke ich und bin froh, dass die beiden nicht in Amsterdam waren. Ich schicke Ella einen privaten Gruß über Facebook, den außer uns niemand sehen kann. Das hoffe ich zumindest, aber das ist vermutlich auch nur eine Illusion.

Gedankenverloren surfe ich weiter und lande schließlich auf Angelos Facebook-Profil. Sein neuester Eintrag zeigt ein Strandfoto mit Palmen. Ich like es und schicke ihm viele Grüße aus Amsterdam. Dann lade ich auf meinem Profil ein Foto von Matti und mir hoch, auf dem wir lässig auf einer Grachtenbrücke stehen – im nächtlichen Regen. Das Foto hat Brian gemacht, als wir auf dem Weg zum Coffeeshop waren. Angelos reagiert nicht. Und Ella natürlich auch nicht. Also schicke ich Olaf eine Nachricht.

ICH Hast du was von Ella gehört?

Olaf antwortet sofort. Das ist fast schon unheimlich.

OLAF Hey! Schön, von dir zu hören. Wo seid ihr? Alles okay?

ICH Ja, sind jetzt auf dem Weg nach Paris. Und Ella?

OLAF Ihr geht's gut. Sie sind auf dem Weg nach Marseille.

ICH Und du?

OLAF Uns geht's auch gut! Wir sind viel unterwegs.

ICH Wir?

OLAF Günther und ich. Es klingelt. Muss los. Grüße!

Aha. Und von wem wird Olaf abgeholt? Er wird sonst nie von jemandem abgeholt. Er geht ja auch nirgendwohin. Komisch, kaum bin ich mal weg, kommt Besuch und holt ihn ab. Moment, bin ich etwa eifersüchtig? Quatsch! Wieso denn. Olaf würde doch niemals … Ich kann das gar nicht zu Ende denken.

Ich schaue eine Weile aus dem Fenster und frage mich, wie Olaf und ich uns so weit auseinanderleben konnten. Wann haben wir uns voneinander entfernt? War es ein schleichender Prozess durch die ständige Nähe, die uns so blind und unsensibel füreinander gemacht hat? Wieso gehen wir nicht mehr aus? Mal ins Kino oder Theater, wie früher. Selbst in unserer Stammkneipe sind wir seit mindestens zehn Jahren nicht mehr gewesen. Okay, mal zu Enzo, aber das ist ja auch nichts Besonderes mehr. Ich weiß eigentlich gar nicht, was in Olafs Leben so passiert. Aber er erzählt ja auch nichts. Und ich erzähle nichts aus meinem Schulalltag. Es interessiert ihn ja sowieso nicht. Irgendwann hat er mal gesagt, dass er nicht versteht, wieso ich diesen Job überhaupt noch mache, wenn die Jugendlichen heute so wenig Lust auf Schule hätten. Da bin ich echt ausgeflippt und hätte am liebsten sofort die Scheidung eingereicht. Als hätte er in all den Jahren nichts begriffen, denn ich liebe meine Arbeit als Lehrerin seit der ersten Minute. Ohnehin hat Olaf sich nie besonders für meinen Beruf interessiert. Außer als ich verbeamtet wurde. Und als Ella kam, weil ich als Lehrerin Stunden reduzieren und zeitig zu Hause sein konnte, um sie vom Kindergarten abzuholen.

Meine Gedanken schweifen ab zu meiner eigenen Schulzeit, zu den unbeschwerten Sommerferien, und irgendwo in Belgien muss ich wieder an Angelos denken. Aus einem Impuls heraus krame ich den Umschlag mit den Kassetten aus dem Rucksack, setze mir den Kopfhörer des Walkman auf und lausche einem Mixtape, das er für mich gemacht hat. In den nächsten anderthalb Stunden lasse ich mich von den Schmuse-Songs der frühen 90er Jahre berieseln. Es ist wie eine Zeitreise, die längst vergessene Emotionen und Erinnerungen wiederbelebt. Sofort ist es wieder da, das zerrissene Gefühl bei *November Rain von* Guns N' Roses. Kein Song hat je besser Wut, Trauer, Schmerz und Leidenschaft vereint. Bei Sinead O'Connors *Nothing Compares To You* muss ich fast weinen. Aber am Schlimmsten wird es, als ich Angelos' und mein Lied höre: *Wicked Game* von Chris Isaak. Dieser Song schnürt mir Brust und Hals zu, und plötzlich habe ich alle Bilder aus unserem gemeinsamen Urlaub wieder vor mir, als sei es gestern gewesen. Irgendwann schlafe ich ein und träume von Griechenland.

Bis Matti an mir rüttelt und mich weckt.

«Hey, wir sind gleich da», erklärt sie. «Weißt du eigentlich, dass du im Schlaf heulst?»

«Was?» Überrascht reibe ich mir die feuchten Augen und wedele Mattis üblen Atem weg. «Und weißt du, dass du Mundgeruch hast?»

Sie überhört meinen Kommentar. «Was hörst du denn da? Gib mal her.» Sie will mir schon den Kopfhörer herunterziehen, aber ich bin schneller und wehre sie ab.

«Nichts!»

Mattis Blick spricht Bände. «Ah, der Walkman – verstehe.»

Nachdem ich alles wieder verstaut habe, schaue ich aus dem Fenster und betrachte die Banlieues von Paris. Monotone Hochhausvorstädte, die stets als schlechtes Beispiel für misslungene Integration herhalten müssen. Wer aus den Banlieues kommt, ist entweder kriminell oder asozial oder beides – ein schlimmes Stigma.

«Vergiss dein Handy nicht!»

Ich nehme das Telefon aus dem Netz am Vordersitz und schaue, ob mir jemand geschrieben hat. Hoffentlich Ella. Leider nein.

«Hat sich Jo mal bei dir gemeldet?», frage ich Matti.

«Natürlich nicht! Und das ist auch gut so. Solange sie sich nicht meldet, weiß ich, dass es ihr gutgeht. Glaub mir, wenn ihr was passiert, erfahre ich das als Erste.»

«Was ist das denn für eine Abmachung?»

«Die einfachste. Sie soll sich nicht bei mir melden müssen, wenn sie nicht will, oder ein schlechtes Gewissen haben, wenn sie's mal vergessen hat.»

«Und wenn sie einfach mal Lust hat, mit dir zu reden, weil sie dir was erzählen will?»

«Passiert nicht, glaub mir. Ich kenne mein Kind.»

«Aber wenn, dann würdest du ja sofort denken, dass Jo in irgendeiner Notfallklinik liegt, sobald du ihre Nummer siehst.»

Matti überlegt und nickt schließlich. «Wahrscheinlich.»

«Keine gute Taktik. Jedenfalls hat Olaf mir eben geschrieben, dass die Mädels auf dem Weg nach Marseille sind.»

«Na, gut, dass *er* wenigstens im Bilde ist.»

«Ich hab's auch gesehen – auf Facebook.» Ich rufe Ellas Facebook-Profil auf, um es Matti zu zeigen. Aber sie interessiert sich für etwas ganz anderes. Denn jemand hat unser Amsterdam-Foto kommentiert und geteilt.

Voll krasses Pic! Wisch & Weg machen zusammen Urlaub!
Was geht da ab???

«Bist du etwa mit Mehmet aus der 9b auf Facebook befreundet?» Matti sieht mich an, als wäre ich vollkommen durchgedreht.

Ich ziehe unschuldig die Schultern hoch. «Das war vor drei Jahren, als der die Freundschaftsanfrage gemacht hat. Da war er noch klein und lieb und hatte Respekt vor mir …»

«Im Gegensatz zu heute. Du solltest ihn blockieren.»

«Sieh es als vertrauensbildende Maßnahme.»

Wir steigen am Gare du Nord aus und haben ein paar Stunden Aufenthalt, bevor wir mit dem Nachtzug nach Italien weiterfahren. Das ist der Plan, denn wir waren schon mehrmals in Paris – zu zweit, mit Partnern, mit Familie und sowieso ständig auf Klassenfahrt, obwohl weder Matti noch ich Französisch geben. Es wird also nur ein kurzer Abstecher, weil Matti sich mit Jean-Luc treffen will. Sie haben sich per Mail verabredet.

«Ich müsste noch dringend duschen», sagt Matti hinter vorgehaltener Hand, als wir unsere Rucksäcke in die Bahnhofsschließfächer packen. «In Amsterdam hatte ich ja keine Chance mehr dazu.»

Ich schnuppere an ihr und wiege den Kopf hin und her. «Da ist noch Luft nach oben. Bis Italien schaffst du's, ohne dass dich die Fliegen umschwirren.»

«Danke für dein Mitgefühl.»

«Wieso, ich bin ja wohl diejenige, die es mit dir aushalten muss. Also bin ich eigentlich die Hauptbetroffene.»

«Hallo?! Ich habe gleich ein Date, schon vergessen?»

Stimmt. In dem Fall besteht tatsächlich Handlungsbedarf. Also frage ich eine Mitarbeiterin der französischen Bahngesellschaft, ob es im Bahnhof öffentliche Duschen gibt. Sie nickt und zeigt sie mir auf einem Plan. Moderne Zeiten! Diese sanitären Einrichtungen mit Münzeinwurf haben etwas Praktisches, denn noch vor ein paar Jahren wäre niemand freiwillig auf eine öffentliche Pariser Dusche gegangen.

Während Matti duscht, besorge ich die Fahrkarten für den Nachtzug nach Mailand heute Abend. Eine halbe Stunde später steht Matti gut duftend und frisch geföhnt in einem Sommerkleid vor mir und ist ziemlich aufgeregt.

«Immerhin kann er jetzt nicht sagen, dass du stinkst», versuche ich sie aufzumuntern.

«Das beruhigt mich ungemein.»

Ich nehme sie in den Arm. «Was machst du, wenn er mit dir durchbrennen will?»

«Na, was wohl! Durchbrennen natürlich.»

«So was hatte ich erwartet.» Ich löse die Umarmung und sehe sie fragend an. «Obwohl er einfach abgehauen ist?»

«Nicht mit ihm – mit dir!»

Zugegeben – ich verstehe das alles nicht. «Warum sind wir dann hier, Matti?»

«Weil ich das zu Ende bringen muss. Irgendwie abschließen. Er schuldet mir eine Erklärung.»

«Wozu?»

«Damit ich es verstehe.»

Wir verlassen den Bahnhof und laufen ins 9. Arrondissement, wo Matti in einem Café mit Jean-Luc verabredet ist. Sie ist zehn Minuten zu früh, aber es ist ihr egal. Ich setze mich in eine Bar gegenüber, und wir warten – jede auf einer Straßenseite – gespannt zusammen auf Jean-Luc. Dabei komme ich mir vor wie ein Privatdetektiv, der jemanden beschattet. Am liebsten würde ich mir ein Loch in die Zeitung bohren, um unauffälliger observieren zu können. Inspector Clouseau hätte es jedenfalls so gemacht. Aber eigentlich gibt es nicht viel zu beobachten, denn es passiert nichts. Eine ganze Stunde sitzen Matti und ich uns gegenüber, aber Jean-Luc kommt nicht. Und irgendwann ist klar: Wir sind umsonst hier. Umsonst nach Paris gekommen.

Unglaublich, wie es ein Mensch schafft, nach fast 25 Jahren noch immer andere in einen emotionalen Ausnahmezustand zu versetzen, obwohl man so lange keinen Kontakt hatte. Matti hat wirklich geglaubt, ein letztes Mal mit ihm reden zu können. Ich bin verdammt sauer auf ihn, weil er so eine Memme ist. Und sauer auf uns, dass wir tatsächlich geglaubt haben, er würde kommen.

Ich zahle und gehe rüber zu Matti, die wie ein Häufchen Elend dasitzt. Ich kenne sie kaum wieder, so am Boden zerstört, ohne Kraft und Stärke, Trotz und Übermut. Nicht zu vergleichen mit der Frau, mit der ich gestern noch durch das Amsterdamer Nachtleben getingelt bin. Was ist das nur mit diesem Mann, dass er nach all den Jahren noch so eine Wirkung auf Matti hat?

«Vielleicht hat er einen Unfall gehabt?», seufzt Matti. «Oder sein Kind ist krank geworden. Oder seine Mutter hat einen Schlaganfall.

Oder …» Verzweifelt sucht sie nach einer Erklärung für Jean-Lucs Nichtkommen. An ihrem Blick erkenne ich, dass sie morgen noch hier sitzen und warten würde, wenn ich jetzt nichts unternehme.

«Hast du schon bezahlt?»

Matti schüttelt den Kopf. «Hab kein Cash mehr, und das Plastikgeld ist im Schließfach.»

Ich lege ein paar Euro auf den Tisch und greife Mattis Hand. «Komm mit!» In einem kleinen Laden kaufe ich uns eine Flasche Rosé, etwas Käse und ein paar Petits Fours. «Zeit für ein Picknick!» Dann nehmen wir ein Taxi und fahren zur Basilika Sacré-Cœur. Der absolute Touristen-Hotspot, aber von dort hat man auch einen der schönsten Ausblicke auf Paris. Und – es ist *unser* Hotspot.

Kurz vor den Abi-Prüfungen fuhren wir auf Abschlussfahrt nach Paris. Wir waren plötzlich – und für unsere Mitschüler nicht nachvollziehbar – Freundinnen. Aber nach jener Diskonacht war alles anders. Wir waren wie Seelenverwandte, Schwestern im Geiste, obwohl wir so unterschiedlich waren. Oder vielleicht gerade deshalb? Kaum in Paris angekommen, lösten wir uns von der Gruppe und erkundeten die Stadt auf eigene Faust, schlenderten durch Les Halles, saßen stundenlang in den Tuilerien und beobachteten die Skater am Trocadero, während sich die anderen durch den Louvre schoben und versuchten, hinter das Geheimnis von Mona Lisas Lächeln zu kommen. Matti und ich wussten, dass wir das später nachholen würden und dass dies nicht unser letzter Paris-Besuch sein würde. Abends saßen wir dann auf den Stufen der Basilika und träumten wie viele andere Romantiker, die dort saßen, vom Leben und von der Liebe und waren gespannt, was da kommen würde.

Heute sitzen wir wieder hier auf dem Montmartre, schauen hinab auf das quirlige Paris und sind in vielerlei Hinsicht schlauer als damals, leider auch desillusionierter. Die Liebe hat für uns ihren großen Zauber verloren, obwohl wir noch immer danach suchen.

«Es ist nie vorbei, oder, Caro?», fragt Matti traurig.

«Keine Ahnung.» Ich schaue sie an und nehme ihre Hand. «Nein, ich glaube nicht.»

«Ich komme mir vor wie ein Spieler, der bei jeder Gelegenheit auf den Jackpot hofft und einfach nicht schlauer wird.» Matti öffnet den Rosé und nimmt einen Schluck aus der Flasche. Zum Glück haben die Flaschen heutzutage Schraubverschlüsse.

Neben uns auf den weißen Stufen von Sacré-Cœur sitzt eine Gruppe französischer Teenager, die mit zwei Mädchen aus Deutschland ins Gespräch kommt. Sie beschnüffeln sich wie junge Hunde, finden sich interessant. Die Mädchen setzen sich dazu, teilen schließlich ihr mitgebrachtes Bier mit den Franzosen.

«Das könnten Ella und Jo sein», sage ich.

«Oder wir beide.»

Ich nehme auch einen Schluck Rosé und nicke. Ja, Matti hat recht, so waren wir auch. Angstfrei, unvoreingenommen und offen. Nie haben wir uns vorher Gedanken über irgendwas gemacht. Erst danach, wenn es vielleicht schon zu spät war und die Unvernunft gesiegt hatte. Aber darin bestand der Reiz – im Ausprobieren, wie weit man gehen konnte. Grenzen austesten und Erfahrungen machen. Kleinkinder und Teenager unterscheiden sich da nicht sehr. An Jean-Luc hat sich Matti eindeutig verbrannt, aber wie es scheint, ist sie nicht klüger geworden mit den Jahren. Offenbar ist sie nie über ihn hinweggekommen, hat ihn nie abgehakt, sondern irgendwo in ihrem Herzen geparkt, egal, ob sie gerade mit jemandem zusammen war oder nicht.

«Warum ist das so wichtig für dich, das mit Jean-Luc?», frage ich. «Was treibt dich nach all den Jahren noch immer um?»

Matti lässt sich Zeit mit der Antwort, schaut hinab auf die pulsierende Stadt und denkt nach. Ich schnorre mir in der Zwischenzeit bei einem Briten, der mich nach Feuer fragt, eine Zigarette, beobachte das Treiben um uns herum und genieße die überwältigende Aussicht.

«Ich wollte mit ihm durchbrennen», erklärt sie schließlich. «Ich war bereit, verstehst du? Ich wäre überall mit ihm hingegangen. Bedingungslos.»

«Verstehe ich. Aber dann ging er ohne ein Wort und ohne dich. Einfach so. Wieso hast du ihn nicht aus deinem Herzen verbannt, nachdem er dich so verletzt hat?»

«Genau deswegen. Es tat so weh. Ich konnte ihn nicht vergessen. Ich …» Matti holt tief Luft. «Ich war schwanger von ihm.»

«Was?!» Ich starre sie an und glaube, mich verhört zu haben. Sie nimmt mir die Zigarette aus der Hand, nickt und zieht.

«Ich habe nie mit irgendwem darüber geredet. Nie.»

«Aber, warum? Ich meine … ich war doch immer da für dich!»

Matti nimmt meine Hand und seufzt. «Ich weiß, aber ich wollte nicht darüber reden. Denn der Einzige, mit dem ich darüber reden wollte, war plötzlich weg.»

«Wusste er davon?»

Matti zieht die Schultern hoch. «Vielleicht hat er's geahnt.»

Und dann kommt mir noch ein Gedanke. «Warte mal … Ist er etwa Johannas Vater?»

Matti zögert, schüttelt dann aber den Kopf. «Nein, ich habe …» Sie nimmt noch einen Zug und inhaliert tief. «Ich habe es wegmachen lassen.»

Stille.

Ich weiß nicht, was ich sagen soll. Das war es also. Das war der wahre Grund, warum ihr Schmerz damals so groß war und einfach nicht heilen wollte.

«Aber du hättest da nicht allein durchgemusst. Ich hätte dir helfen können! Ich war doch immer bei dir.»

«Das warst du. Wirklich. Du warst da für mich. Und dafür bin ich dir ewig dankbar.»

«Aber warum hast du denn nichts gesagt?» Ich frage mich, ob ich vielleicht doch etwas hätte ändern können, und fühle mich sogar ein wenig gekränkt, dass sie mich nicht ins Vertrauen gezogen hat. «Hast du's je bereut – das mit dem Kind?»

Matti zögert mit der Antwort und schaut in die Ferne. Ihre Augen füllen sich mit Tränen. Sie nickt schließlich.

«Manchmal frage ich mich, was es wohl für ein Mensch geworden wäre.»

Ich nehme sie in den Arm. Eine gefühlte Ewigkeit sitzen wir so da und sagen nichts, und jede von uns weint ein bisschen. Bis mein Blick auf die Basilika fällt.

«Weißt du eigentlich, dass wir da noch nie drinnen waren?»

Matti wischt sich eine Träne weg. «Echt? Na, dann ist vielleicht jetzt der richtige Zeitpunkt.»

«Komm! Wir haben ja noch etwas Zeit, bevor der Zug nach Mailand geht.»

Wir stehen auf und gehen zum ersten Mal in die Basilika vom Heiligsten Herzen auf dem Montmartre, dem höchsten Hügel der Stadt. Nicht, dass wir besonders gläubig oder christlich wären. Aber egal ob Kirche, Tempel oder Moschee – es sind besondere Orte, die uns Menschen staunen lassen, weil wir merken, wie klein und unbedeutend wir für diese Welt sind. Aber auch wie wichtig es ist, zu wissen, dass man nicht allein ist – egal, woran und ob man überhaupt glaubt.

Gerade als wir den hellen Sakralbau aus Kalkstein betreten, senkt sich die Abendsonne über der Stadt und taucht das Innere der großen Kuppel in ein magisches Licht. Immer wieder bin ich beeindruckt, wie Architektur es schafft, Sonnenlicht so dramatisch zu inszenieren, dass wir erkennen, wie lebenswichtig es ist. Dann fällt unser Blick direkt auf das angeblich größte Deckengewölbe der Welt. Es zeigt Jesus mit weit ausgebreiteten Armen und einem Dornenkranz um sein Herz. Matti zündet eine Kerze für das Kind an, das sie nie bekommen hat. Der Anblick schmerzt mich. Wir setzen uns in eine Bank, betrachten die Freskenmalerei und lassen die Stimmung wirken – ein magischer Moment. Vielleicht sind wir nur deswegen heute hier. Und nicht wegen Jean-Luc.

Auf dem Rückweg zum Bahnhof nehmen wir in einer Bar je einen Pastis, ein Macaron und einen letzten Espresso.

«Was wolltest du Jean-Luc denn überhaupt sagen, wenn er heute gekommen wäre?», frage ich.

«Ich wollte nur wissen, warum er gegangen ist. Den Grund.»

«Hättest du ihm von dem Kind erzählt?»

Aber Matti weicht meiner Frage aus, springt auf. «Bezahl schon mal. Dann können wir gleich los. Ich geh noch mal zum Klo.»

Ich bestelle die Rechnung und will die achtzehn Euro gleich bezahlen, aber … Mist! Ich taste alles ab, krame in meiner Tasche, suche in meiner Jacke … weg! Geld, Ausweis, Kreditkarten – alles weg. Dabei habe ich extra eine Gürteltasche getragen, in der alles drin war. Jemand muss mir die Tasche geschickt geklaut haben. Eine Katastrophe! Nur mein Handy ist noch da, ich hatte es in der Hosentasche.

«Je n'ai … pas … d'argent.» In stotterndem Französisch sage ich dem Kellner, dass ich kein Geld habe. «A thief stole my wallet.»

Aber der Garçon hört mir gar nicht zu. Er geht zu seinem Kollegen und will die Polizei rufen.

Herrje, ist das unangenehm und peinlich. Und wo bleibt Matti eigentlich so lange? Hat sie sich vielleicht schon heimlich aus dem Klofenster davongemacht und lässt mich hier sitzen? Nein, das würde sie niemals machen!

«Wo bleibst du denn?», herrsche ich sie an, als sie endlich zurück an unseren Tisch kommt. «Die wollen die Polizei rufen, weil ich nicht bezahlen kann.»

Erschrocken schaut mich Matti an. «Wieso?»

«Jemand hat meine Gürteltasche geklaut. Es ist alles weg! Papiere, Kreditkarten, Bargeld! Was machen wir denn jetzt?»

«Erst mal ruhig bleiben. Wichtig ist nur, dass wir unseren Zug rechtzeitig erreichen.»

«Was?!» Meint sie das jetzt ernst? «Nein! Mensch, Matti! Ich muss zuerst meine Karten sperren lassen und Anzeige erstatten. Wir müssen auf die Polizei warten. Ob wir wollen oder nicht.»

«Gar nichts müssen wir!»

Doch ehe ich protestieren kann, packt Matti meine Hand und zieht mich hinter sich her.

«Los! Komm! Schnell weg hier! Wir müssen uns beeilen!»

Wir rennen los. Und rennen und rennen, bis wir so sehr außer Atem sind, dass wir nicht mehr weiterkönnen. «Zusammenreißen! Der Bahnhof ist um die Ecke», schreit Matti völlig fertig.

«Bist du übergeschnappt? Die werden uns kriegen und wegen Zechprellerei vor Gericht stellen und in einen französischen Knast stecken. Sicher wird es am Bahnhof von Polizisten nur so wimmeln! Wegen dir! Verdammt, Matti! Werd doch endlich mal erwachsen!»

Ich bin so sauer, dass ich am liebsten umgehend nach Hause fahren würde.

«Was regst du dich so auf? Ist doch alles gut.»

Ich flipp gleich aus. So ignorant kann sie doch nicht sein!

«Hallo?! Geht's noch? Ich muss meine Karten sperren lassen, bevor meine Konten leergeräumt werden.»

«Caro, jetzt beruhige dich!»

«Ich will mich aber nicht beruhigen. Ich will auch kein Betrüger sein, und ich will auch nicht davonlaufen. Ich bin nämlich keine zwanzig mehr, sondern fast fünfzig!»

«Ach, jetzt bist du auf einmal fast fünfzig, ja? Aber sonst darf man die böse Zahl bloß nicht erwähnen.» Sie schaut auf die Uhr. «Wir müssen uns beeilen, sonst verpassen wir unseren Zug.»

Im Bahnhof geht sie direkt zu den Schließfächern mit unseren Rucksäcken, während ich hinter ihr im Eilschritt versuche, Olaf zu erreichen. Er muss die Karten sperren lassen, weil ich jetzt die Nummer zum Sperren nicht dabeihabe, was mich zusätzlich total ärgert. Weil ich so auf mein Handy fokussiert bin, rempele ich einen mit Maschinengewehr bewaffneten Polizisten an, lasse vor Schreck mein Handy fallen und erstarre. Geschockt und mit allem rechnend glotze ich den jungen Mann, der mein Sohn sein könnte, an.

«Pardon, madame!», sagt er, hebt mein Telefon auf, gibt es mir und patroulliert weiter.

Erleichtert atme ich auf, prüfe mein Handy, das noch funktioniert, und versuche, unauffällig zu bleiben. Aber das ist gar nicht so einfach, denn überall ist Polizei.

Wir schnappen unsere Rucksäcke, holen die Tickets nach Italien raus, schauen darauf und …

«Shit!», sagt Matti, und im gleichen Moment sehe auch ich, dass wir ein echtes Problem haben. Unser Zug fährt gar nicht vom Gare du Nord!

«In die Metro!», rufe ich. Wir haben weniger als eine halbe Stunde, um zum Gare de Lyon zu kommen.

Aber Matti rennt vorweg in eine andere Richtung. «Wir nehmen ein Taxi!»

Ich sprinte ihr hinterher zum Ausgang, den Rollrucksack hinter mir herziehend. Aber damit bin ich zu langsam! Also schultere ich das schwere Ding. Was habe ich mir nur dabei gedacht, so viel sinnlosen Kram mitzunehmen?

Vor dem Bahnhof stehen zum Glück genug Taxis. Wir nehmen das erste und machen der Fahrerin klar, dass wir in zwanzig Minuten am Gare de Lyon sein müssen. Und sie macht uns klar, dass sie in zehn Minuten Feierabend hat. Außerdem fällt mir ein, dass wir überhaupt kein Bargeld mehr haben. Alles in allem ein ziemlich großer Interessenkonflikt für beide Seiten.

Unsere Reise wird wohl hier enden, denke ich, aber Matti zückt eine Kreditkarte. Die Taxifahrerin lächelt und nickt, denn gerade ist ihr eingefallen, dass der Gare de Lyon auf ihrem Nachhauseweg liegt. Wie schön. Wir steigen ein und … stehen nach drei Minuten im Stau.

«Wir hätten doch die Metro nehmen sollen!», zische ich.

«Hätte, hätte – haben wir aber nicht.»

«Ja, weil du unbedingt ein Taxi nehmen musstest!»

Ich ärgere mich darüber, dass ich immer nachgebe und Matti entscheiden lasse, die zwar schnell, aber oft unüberlegt handelt.

Ich will gerade noch mal versuchen, Olaf anzurufen, da werden wir auf die Rückbank gedrückt. Denn jetzt beginnt das Abenteuer. Die Fahrerin nimmt die Challenge gegen die Zeit an und nutzt sämtliche Schleichwege, die sie kennt. Wir werden so sehr durchgeschüttelt, dass Telefonieren keinen Sinn macht. Ich komme mir vor wie in einer James-Bond-Verfolgungsjagd. Matti und ich sind total angespannt und ständig in Sorge, dass wir entweder wie Lady Di in den Straßen von Paris sterben werden oder es nicht rechtzeitig zum Zug schaffen. Nervös knete ich meine Hände, als stünde etwas Wichtiges auf dem Spiel, und halte mich dann mit beiden Händen am Haltegriff fest, wie meine Oma früher, wenn sie auf dem Beifahrersitz meiner Mutter saß. Ich schaue aus dem Fenster auf das vorüberziehende Paris, und dabei wird mir klar, dass wir überhaupt nichts zu verlieren haben, außer einem Reisetag und meinen Kontoersparnissen. Ich würde morgen eine Anzeige machen und mir Geld von Olaf schicken lassen. Wir könnten einfach in Paris übernachten und dann entspannt morgen nach Italien weiterfahren. *So what!*, denke ich. Doch unsere Teufelsfahrerin schafft es tatsächlich in weniger als zwanzig Minuten quer durch die Stadt. Matti rundet den Fahrpreis um zehn Euro Trinkgeld auf und hält ihre Kreditkarte an das Kartengerät. Fertig! Dann flitzen wir im Slalom durch den Bahnhof und erreichen unser Gleis und den Nachtzug nach Mailand in letzter Sekunde mal wieder ganz, ganz knapp.

Wir zeigen dem Schaffner Fahrkarten und Reservierung, und er zeigt uns die Richtung unseres Wagens. Ich staune über den modernen und sauberen Zug. Keine Rucksacktouris auf dem Gang, keine unfreundlichen Menschen, die sich um einen freien Platz streiten, denn in italienischen Zügen wird für jedes Ticket sofort ein Platz reserviert. Entspanntes Reisen für entspannte Menschen.

Ich atme durch und freue mich nach der ganzen Aufregung auf eine ruhige Nachtfahrt – bis wir unser Abteil finden. Denn da ist es schlagartig vorbei mit meiner Vorfreude: Im Abteil mit unseren Liegeplätzen lümmeln sich vier angetrunkene Heavy-Metal-Fans mit Finnland-Fahnen, die schon ordentlich getankt haben, laut Musik hören und uns mit einem grölenden «Hei!» vierstimmig begrüßen. Na super!

Irgendwie läuft das alles heute nicht so wie geplant, denke ich, während Matti erst mal unsere Rucksäcke verstaut. Die Typen schauen uns an, als würden sie uns gerne zum Frühstück verspeisen. Plötzlich überkommt mich völlig überraschend eine riesige Panikwelle. Mein Puls beginnt zu rasen, mein Herz überschlägt sich, mein Hals schnürt sich zu, und ich strauchele keuchend und nach Luft schnappend zurück in den Gang.

«Hey, hey?! Was ist los?» Matti folgt mir verwirrt.

Ich heule und schluchze und kriege kaum Luft, so sehr brechen die Emotionen aus mir heraus. «Ich … es … ist», ich hole tief Luft, «… ist doch alles … Mist, diese ganze … dämliche Reise. Alles … läuft schief! Verdammte … Scheiße!»

«Hey, Caro, beruhige dich. Alles gut. Atme ganz ruhig.»

Aber das ist viel leichter gesagt als getan. Als kleines Mädchen habe ich häufig so geweint, wenn mir irgendwas über den Kopf gewachsen war – so extrem, dass die Luft wegblieb, die Schluchzer abgehackt waren, das Heulen außer Kontrolle geriet und reden eigentlich nicht möglich war. So wie jetzt.

«Also mal ganz langsam! Was ist eigentlich mit dir los? Es geht doch jetzt nicht um diese Metal-Freaks, oder?»

«Es … es tut … mir … mir … so unendlich … leid! Ich bin …», ich atme erneut tief ein und wieder aus, aber mein Zwerchfell will keine Gleichmäßigkeit zulassen. Ich fühle mich elendig, aufgewühlt und hilflos zugleich.

«Schschsch … ganz ruhig.» Matti nimmt mich in den Arm und wiegt mich leicht hin und her. «Ruuuuhig.»

Der Zug setzt sich in Bewegung, und das gleichmäßige Fahrgeräusch lässt mich langsam zur Ruhe kommen, obwohl ich ab und zu noch immer schluchzen muss. Matti gibt mir ein Taschentuch, und ich wische mir Tränen und Rotz aus dem Gesicht.

«Also, was ist los? Ist es, weil du beklaut worden bist?»

Ich schaue sie an, schüttele den Kopf und nicke gleichzeitig.

«Aha. Geht es etwas genauer?»

Ich gebe mir einen Ruck. «Es tut mir so leid, damals, die Sache mit Jean-Luc … Ich habe dich im Stich gelassen, als du mich am dringendsten brauchtest. Ich … ich hätte dir beistehen sollen. Ich war so blind und … egoistisch.»

«Was? Wieso das denn? Nein …»

Ich nicke. «Doch, ich hab dich für eine Spaßbremse gehalten damals, weil du auf keine Party mehr mitkommen wolltest und dich in deiner WG verkrochen hast.»

«Aber das war doch nicht deine Schuld. Ich *wollte* mit niemandem reden. Ich musste das allein für mich klären, verstehst du?»

Wieder kommen mir die Tränen. «Aber …»

Ein französisches Pärchen drängelt sich an uns vorbei, weil wir mitten zwischen zwei Waggons vor einer besetzten Toilette stehen. Sie stellen sich daneben und warten.

«Ich hätte verhindern können, dass du das Kind abtreibst.»

Matti seufzt schwer. «Nein, hättest du nicht. Sicher nicht. Lass gut sein. Bitte, Caro!» Sie umarmt mich und schiebt mich aus der Ecke. «Und jetzt komm – unsere neuen Freunde warten schon.»

«Aber …»

Matti atmet tief ein und nimmt mich bei den Schultern. «Kein *Aber*. Bitte! Mach es mir nicht noch schwerer, als es ist. Es ist vorbei. Es hat wehgetan, in jeder Beziehung, aber es ist vorbei. Verstehst du? Jean-Luc, das Kind, die Zeit – alles vorbei. Und das ist gut so. Ich glaub, ich hab's endlich begriffen.»

Jetzt wische ich Matti die Tränen weg, bis sie mich anlächelt.

«Können wir dann endlich zu unseren neuen finnischen Freunden gehen?»

«Nein», ich schüttele den Kopf. «Da ist noch was.»

Matti schaut mich verwundert an. «Was denn?»

«Ich fahr morgen zurück.»

«Was? Wieso denn?» Matti ist völlig perplex.

«Ich hab mir das alles irgendwie anders vorgestellt. Ich bin beklaut worden, pleite und ohne Papiere, die französische Polizei ist hinter uns her, und jetzt auch noch vier saufende Finnen im Abteil! Das macht alles überhaupt keinen Spaß mehr.»

Matti fährt sich mit den Fingern durch die Haare. «Okay, verstehe. Also, wenn es dich beruhigt: Ich habe die Rechnung im Café bezahlt, als ich vom Klo gekommen bin. Okay? Der Typ hinter der Bar hat mich gleich zur Rede gestellt, und da habe ich meinen Reserve-Zwanziger aus dem Schuh genommen und bezahlt.»

Wie bitte? Überrascht höre ich mit der Heulerei auf. «Du machst das immer noch – das mit dem Geld im Schuh?»

«Natürlich. Eine liebgewonnene Angewohnheit. Die offenbar ihre Berechtigung hat.»

«Aber … Warum sagst du mir das denn nicht und machst stattdessen so eine Show?»

«Als Vergeltung.» Sie sagt es einfach so. Fast beiläufig.

«Hä? … Was soll das denn jetzt?»

Matti lacht. «Schon vergessen? Unsere Abi-Fahrt?»

Da fällt der Groschen. Damals war sie es, die sich ausgerechnet auf dem Père-Lachaise-Friedhof am Grab von Jim Morrison hat beklauen lassen. Wir saßen dort ganz lässig mit anderen Jugendlichen aus der ganzen Welt zusammen, ein Typ spielte Gitarre, und wir sangen gemeinsam *Riders on a Storm*. Und fanden uns ziemlich cool. Weniger cool war, dass Matti nicht merkte, wie ihr jemand Geld und Fotoapparat aus dem Rucksack klaute. Und es fiel ihr auch erst auf, als wir anschließend bei McDonald's unser Happy Meal bezahlen sollten. Da hab ich spontan zu Matti gesagt: «Ich regele das, warte draußen.» Nach ein paar Minuten bin ich dann rausgerannt wie eine Irre, hab sie mitgerissen und gerufen: «Schnell, wir müssen abhauen!» Wie bei einem Banküberfall. Matti war völlig panisch und hatte Angst, dass die Polizei uns aufgreift und wir nach Hause geschickt werden. Wo doch ihr Vater so streng war. Außerdem wollte sie natürlich nicht, dass die ganze Klasse über uns lacht, womöglich die ganze Schule. Da habe ich zum ersten Mal gemerkt, dass hinter ihrer lässigen und unbefangenen Fassade ein ganz weicher und ängstlicher Kern steckt. Und so ist es bis heute. Immerhin hat mein kleiner Streich von damals dazu geführt, dass sie bis heute einen Ersatz-Zwanziger im Schuh hat, wenn sie ausgeht – das war unser Glück.

«Jetzt sind wir also quitt.» Matti baut sich vor mir auf und macht auf Lehrerin. «Und deshalb wirst du sicher *nicht* nach Hause fahren! Weil ich alleine nämlich keine Lust auf diese Reise habe. Am Geld soll's nicht scheitern. Ich habe eine Kreditkarte und eine EC-Karte, das sollte wohl reichen.»

Ich muss grinsen. «Kommt drauf an … meistens bist du doch zur Monatsmitte schon im Dispo.»

«Das werden wir ja dann sehen.»

«Besser, ich rufe jetzt Olaf an, damit er meine Karten sperren lässt und dir Geld für mich überweist. Und wir müssen sofort als

Erstes morgen früh in Mailand zum deutschen Konsulat. Ich brauche Ersatzpapiere.»

«Gut. Und mit vier langhaarigen Metal-Freaks kommen wir doch wohl auch noch klar, oder?»

Ich nicke, denn da hat Matti eindeutig recht.

Während sie es erst mal allein mit den vier Finnen aufnimmt, bleibe ich auf dem Gang, sortiere mich kurz und rufe dann Olaf an.

«Hey, wie läuft's? Wo seid ihr?», fragt er.

«Auf dem Weg nach Mailand.»

«Ah, Milano! Que bella. Da müsst ihr unbedingt ins …»

«Hör mal, ich habe ein kleines Problem, ich bin nämlich …»

«Ups, warte mal kurz, Günni kriegt keine Luft mehr.» Olaf legt das Handy weg, dann höre ich, wie er mit dem Mops redet und ihm dabei offenbar etwas aus dem Maul holen will. Günni knurrt und schnauft im Hintergrund. «Aus! Spuck's aus! Günther! … Das ist nicht witzig! Her damit, jetzt! … Los! … Aus!» Plötzlich hustet und würgt der Mops sehr laut. «Soooo ist's brav. Feiiiin!»

Olaf nimmt den Hörer wieder auf. «Da bin ich wieder. Also, was gibt's denn?»

«Du musst mir Geld überweisen. Auf Mattis Konto. So 500 Euro oder besser 800 Euro, ja? Die Kontonummer schick ich dir.»

«Aber wieso denn? Ist was passiert?»

«Ich bin beklaut worden.»

«Was?! Wo?»

«In Paris, aber …»

«Meine Güte! Ausgerechnet Paris! Jedes Kind weiß doch, dass in solchen Städten viel geklaut wird.»

«Ja, aber ich bin ja kein Kind mehr.»

«Umso schlimmer. Wahrscheinlich hast du deine Handtasche wieder offen gelassen, wie immer. Hundertmal hab ich dir schon gesagt, dass …»

«Ich bin kein Kind mehr, Olaf!» Er macht mich wahnsinnig.

«Lass gut sein, jetzt ist es auch egal. Das Geld ist weg.» Etwas versöhnlicher füge ich noch hinzu: «Könntest du meine Karten sperren lassen? Die Nummern findest du im Bankordner.»

«Sicher, sonst noch was?» Er klingt schon wieder geschäftsmäßiger.

«Danke, den Rest krieg ich schon hin.» Ich verabschiede mich und beende das Gespräch.

Eine halbe Minute später ruft Olaf wieder an. «Sach noch mal schnell: Geht's euch gut sonst?»

«Danke, Olaf. Ja, es geht uns gut.»

«Hast du was von den Mädchen gehört? Ich mache mir 'n bisschen Sorgen.»

Ach. «Nein. Wir haben auch noch nichts gehört. Aber dann geht es ihnen vermutlich gut.»

«Wie jetzt? Ist dir das so egal?»

«Nein, aber wir würden schneller etwas von ihnen hören, wenn was passiert wäre.» Ich muss an Mattis Worte denken und bin überrascht, wie gelassen ich in diesem Punkt mittlerweile bin.

«Aber es soll ja gar nicht erst was passieren», erwidert Olaf gereizt. «Die können sich doch auch mal melden. Immerhin bezahlen wir den Spaß!»

«Das bringt doch nichts, Olaf. Aber ich melde mich, sobald ich was weiß, okay?»

«Ach, bevor du auflegst, Caro. Weißt du, wo der Ferienhausschlüssel ist? Ich will morgen los und kann ihn nicht finden.»

Ich rolle mit den Augen. «Da, wo er immer ist. Im Schlüsselkasten im Sekretär. Seit Jahren.» Wenn er mir besser zuhören würde, müsste er nicht fragen.

«Da ist er nicht, da hab ich schon geschaut.»

«Dann musst du eben genauer gucken. Er ist da! Ich weiß es.»

«Ach, willst du mir etwa unterstellen, dass …»

Ich atme tief durch. «Nein, ich will dir gar nichts unterstellen.

Sieh einfach noch mal gründlich nach. Also, tschüss.» Ich beende das Gespräch und will gerade zum Abteil zurück, da klingelt das Handy erneut. Meine Güte!

«Was denn noch, Olaf? Hast du den Schlüssel?»

«Ja, aber da ist noch was.» Er klingt ernst. «Auf wie viel Grad wasche ich die Sportsachen?»

Also, langsam reicht's mir. Ich habe Urlaub!

«Schau halt auf die Schildchen, da steht's.»

«Aber die sind so klein beschriftet, das kann ich nicht lesen. Du weißt doch so was auswendig, Caro. Bitte!»

«30 Grad.»

Ich beende das Gespräch, aber sofort klingelt das Handy erneut. Das darf nicht wahr sein! Ich muss ruhig bleiben, um nicht auszurasten. Also tief atmen. «Was ist denn noch, Olaf?»

«Welchen Pizzaservice soll ich denn anrufen?»

Unfassbar! Das reicht! Kommentarlos lege ich auf und schalte das Handy auf stumm. Dann sammle ich mich kurz und gehe zurück zu Matti und den Finnen, die sich schon auf den oberen Liegen langgemacht haben und schlafen. Im Abteil stinkt es nach Bier. Einer der Typen furzt doch tatsächlich auch noch im Schlaf. Es ist ekelhaft. Zum Glück bleibt schlechte Luft oben.

«Hast du denen etwa Schlafmittel ins Bier getan?»

Matti grinst. «Nein, ich hab ihnen einen Schwank aus meinem Leben erzählt.»

Wir klappen die unteren Liegen um und machen es uns bequem, sofern man das sagen kann.

Als ich mich in meinen Schlafsack einmummele, muss ich an Olaf und die Ostsee denken. «Danke, dass du mich überredet hast, nicht nach Hause zu fahren», flüstere ich Matti zu, bevor mir die Augen zufallen.

«Gern geschehen.»

14
Mailand

ZIEMLICH ZERKNITTERT KOMMEN WIR zur morgendlichen Rushhour am Bahnhof Milano Centrale an. Kurz vor dem Erstickungstod haben wir uns aus dem stinkenden Abteil geschlichen. Langsam verspüre auch ich das Bedürfnis nach einer ausgiebigen Dusche, zumal um uns herum nur gut angezogene und gut riechende Menschen in Mailand aussteigen und sich mit den anderen, noch besser angezogenen und noch frischer duftenden Pendlern vermischen. Mailand, Finanzmetropole und Stadt der Mode und des Designs. Buongiorno!

Bevor wir unser Zimmer im Hotel beziehen können, müssen wir noch einiges erledigen. Das enorme Gedränge im Bahnhof lässt uns nur langsam vorankommen und ähnelt fast einem Flughafen. Wir staunen über die gigantische Architektur aus Marmor, Glas und Stahl. Das Gebäude ist eher ein Monument als ein schnöder Umsteigeort. Wir müssen uns erst mal orientieren und einen Geldautomaten finden, an dem Matti Bargeld zieht, dann genehmigen wir uns in einem Bahnhofscafé einen doppelten Espresso, googeln uns durch die Notfallseite des Deutschen Konsulats und besprechen das weitere Vorgehen.

Zuerst gehen wir zur Polizei im Bahnhof, um den Verlust meiner Papiere zu melden. Ich sage dem grau melierten und gut aussehenden Polizisten, der nach einem Aftershave von Armani duftet, aber nur leidlich Englisch spricht, dass ich den Verlust erst in

Mailand nach Verlassen des Zuges bemerkt habe. Sein Aftershave irritiert mich, weil es mich an irgendjemanden erinnert, der mir partout nicht einfallen will. Es riecht verdammt gut. Ich versuche, mich auf den Polizisten zu konzentrieren. Er stellt ein paar Fragen, die ich nicht gut verstehe, und ich antworte entsprechend. Dieser Duft! Wann war das? 80er oder 90er Jahre? Mein Geruchssinn zieht sämtliche Erinnerungsschubladen in meinem Gehirn auf und durchwühlt sie, während ich versuche, dem Mann meine Notlage zu erklären. Das ist unter diesen Umständen etwas schwierig, weil er einfach zu gut riecht und ich bei jedem Atemzug durch die Nase nach der passenden Erinnerung suche. Dann zeige ich ihm meine Ausweiskopie, die ich zum Glück bei jedem Urlaub dabeihabe, seit mir schon einmal vor Jahren meine Handtasche geklaut wurde, und erkläre ihm wiederholt die Situation im Detail, was er noch weniger zu verstehen scheint. Kopfschüttelnd nimmt er schließlich die Anzeige auf.

Ich nutze die Zeit, in der er sich dem PC zuwendet und ein Formular ausfüllt, um meiner Erinnerung auf den Grund zu gehen. Ich schließe die Augen und konzentriere mich auf diesen Duft … hm … Zitrone und eine Note Bergamotte … das ist … Moment … das war … er hieß … Noch einmal tief einatmen … und … Olaf! Was? Nein, das kann nicht sein, nicht Olaf! Oder doch? Und dann fällt mir ein, dass Olaf früher – wir hatten uns gerade kennengelernt – diesen frischen, zitronigen Duft benutzte, den ihm meine Vorgängerin, seine Exfreundin, geschenkt hatte. Ich konnte ihn damals echt gut riechen und gar nicht genug davon bekommen, aber nachdem ich erfahren hatte, wer ihm den Flakon geschenkt hatte, besorgte ich Olaf schnell einen neuen Duft. Dennoch hat sich diese Geruchserinnerung positiv bei mir eingespeichert. Ja, diese leichte, fruchtig frische Note hat mir an Olaf wirklich gut gefallen. Irgendwie sexy. Und sie hat perfekt zu ihm gepasst – damals jedenfalls.

Ich nehme noch eine Nase, bevor ich mich wieder dem Polizisten im Hier und Jetzt zuwende, dem das alles vermutlich egal ist. Genauso wie ihn nicht wirklich interessiert, wo mein Ausweis ist und dass ich kein Geld habe. Er macht seinen Job und schickt mich am Ende mit der Anzeige zum deutschen Generalkonsulat, wo ich angeblich einen Ersatzausweis bekomme. Zuerst aber soll ich im Untergeschoss noch Passfotos machen lassen.

Erneut drängeln wir uns durch das Getümmel aus Reisenden, Gestrandeten, Pendlern und Touristen, die sich den Bahnhof anschauen oder in der Mall shoppen wollen. Tatsächlich, im Untergeschoss ist am Übergang zur U-Bahn ein Fotoautomat. Wir machen Passfotos von mir und Quatschfotos von uns zur gemeinsamen Erinnerung, wie eigentlich immer, wenn wir so einen Fotokasten irgendwo sehen. Eine schöne Angewohnheit von Matti und mir, die unseren Altersprozess anschaulich dokumentiert – und großen Spaß macht.

Bevor wir ins Konsulat gehen, wollen wir aber doch erst noch in unserem Hotel einchecken, um die Rucksäcke loszuwerden und uns frisch zu machen. Es liegt ohnehin in Bahnhofsnähe. Wie praktisch. Nur leider wird aus dem Frischmachen nichts, weil die Zimmer noch nicht fertig sind. Wir sind ja auch recht früh. Aber die Rucksäcke können wir abgeben, was schon viel erleichtert. Der junge Mann hinter der Rezeption öffnet uns einen kleinen Raum, in dem schon andere Koffer stehen, und versichert uns, dass die Zimmer ab 12 Uhr bezugsfertig sein werden.

Die deutsche Vertretung ist nur zwanzig Minuten entfernt, und wir beschließen, die zwei Kilometer zu Fuß zu gehen, um schon etwas von der Stadt zu sehen. Das Wetter ist noch nicht zu heiß für einen Spaziergang. Es ist wochentags, morgens um halb zehn. Die Stadt ist quirlig, geschäftig und laut, der Verkehr dicht und die Luft entsprechend schwer. Straßen werden gereinigt, Grünanlagen gesprengt und Waren angeliefert. Die Menschen hier müssen arbeiten. Wir nicht. Unterwegs kaufen wir in einer kleinen Pasticceria ein paar Mandelhörnchen, Pistaziengebäck und wirklich guten Cappuccino. Das Leben hier schmeckt mir.

Die Mitarbeiter des deutschen Generalkonsulats sind sehr nett und freuen sich, dass ich schon alles Notwendige vorbereitet habe. Allerdings bemerke ich auch, dass unser Sachbearbeiter ein wenig die Nase rümpft und Abstand von mir hält. Ich schnuppere unauffällig in Richtung meiner Achseln: Schweiß! Ich stehe im deutschen Generalkonsulat und stinke. Wie peinlich!

«Was ist los?» Matti, die auf einer Bank hinter mir sitzt und ein deutsches Klatschblatt liest, sieht mich fragend an.

«Hast du 'n Deo dabei?», flüstere ich.

«Ein Deo? Wieso? Stinkst du?», fragt Matti zurück und nicht sehr leise. Um uns herum schauen plötzlich alle auf.

«Psst! Schrei doch nicht so!»

«Wieso denn? Wir sind in Italien. Hier versteht uns doch keiner.»

In dem Moment wendet sich mein Sachbearbeiter mir wieder zu. «Wenn Sie bitte etwas leiser reden könnten. Ach, und …» Er sieht zu Matti. «Genau genommen sind wir hier auf deutschem Boden.»

Meine Güte, wie peinlich! Ich frage mich ernsthaft, wie Matti durch zwei Staatsexamen gekommen ist.

Sie redet sich lächelnd raus. «Wie … schön. Denn sonst könnte ich keine deutsche Zeitschrift lesen und würde eine Menge Klatsch und Tratsch verpassen.» Verlegen hält sie die *Gala* hoch und grinst schief.

Der Rest ist Routine für den Konsulatsmitarbeiter, und nach einer Stunde machen Matti und ich uns mit meinen neuen Papieren endlich auf den Weg zurück zum Hotel.

«Ich hab's für einen Moment vergessen, na und? Außerdem *sind* wir ja auch in Italien. Und uns versteht *nicht* jeder hier. Wo ist das Problem? Pass auf!»

Matti lächelt einen älteren Herrn an, der an uns vorbeischlurft. «Hallo Opi, schicke Glatze!»

Der Mann nickt, lächelt zurück und sagt: «Grazie mille!»

Überrascht schauen wir ihm nach und lachen laut auf. Nicht sehr erwachsen.

Ich freue mich auf eine Dusche, Klamottenwechsel und entspanntes Sightseeing in Mailand. Aber das muss wohl noch warten, denn an der Rezeption erklärt uns die freundliche Angestellte das Unfassbare: Unser Gepäck ist weg! Es ist weder im dafür vorgesehenen Raum hinter der Rezeption noch sonst wo. Und wir haben auch keinen sonst offenbar üblichen Abholschein dafür bekommen. Das kann nicht sein!

Wo ist bloß der nette junge Mann von heute Morgen? In wenigen Nanosekunden läuft bei mir ein ganz übler Film ab – ein echtes Worst-Case-Szenario. Unser Gepäck, unser ganzes Hab und Gut – alles weg. Schrecklicher Gedanke! Aber wieso eigentlich? In dem Rucksack sind eigentlich sowieso nur ersetzbare Dinge gewesen. Bis auf … Oh nein! Meine Erinnerungen an Angelos! Das Mixtape! Ich muss meinen Rucksack finden. So ein verdammter Mist!

Matti und ich sind auf 180 und haben uns schnell auf die Good-Cop-Bad-Cop-Variante verständigt, damit wir nicht gleichzeitig auf die Frau an der Rezeption einreden. Ich halte mich erst mal zurück und überlasse Matti das Feld. Und die dreht richtig auf – auf Englisch, Deutsch und einem Mischmasch aus Italienisch, Französisch, Spanisch.

«Est non acceptare! Our backpacks should be here! We call la policia! O. k.? Esto grande shit! Grand merde! Comprende?»

Jetzt stelle ich mich näher an die Rezeption und schiebe Matti ein wenig zur Seite. «Mi scusa, sorry, let me explain. We left our backpacks here in the morning. Do you have any idea where it is?»

Die Frau glotzt mich verstört an und weint fast. «No» ist alles, was sie sagt. Dann zeigt sie auf ihre Armbanduhr und stammelt in gebrochenem Englisch «I just start shift.» Unschuldig zieht sie die Schultern hoch.

«Ich glaube, sie weiß wirklich nichts», sage ich zu Matti.

«Sie tut nur so! Da bin ich sicher. Wahrscheinlich steckt sie mit dem Kerl von heute Morgen unter einer Decke. Versuch's weiter!»

Also erkläre ich der kurzhaarigen Italienerin mit den sehr langen baumelnden bunten Kakadu-Ohrringen geduldig, dass da vor zwei Stunden noch ein junger Mann saß, der unser Gepäck weggeschlossen hat. Aber sie zuckt nur erneut die Schultern.

Ich glaube, sie hat überhaupt keine Ahnung von irgendwas. Also will ich den Chef sprechen. Sie wählt eine Nummer und ruft irgendwo irgendwen an. Dann redet sie schnell und aufgeregt, und ich ärgere mich, dass ich damals die Italienisch-AG in der Schule geschmissen habe. Ich verstehe nur ihre Reaktion. «Sì … Sì … Sì.» Als sie endlich auflegt, gibt sie mir eine Key Card.

«Sorry, not know luggage. But room is ready.»

Matti schaut mich fragend an und sieht aus, als würde sie gleich explodieren. «Will die uns verarschen? Das ist doch eine abgekartete Sache!» Wütend wendet sie sich der Frau zu. «No room! Our backpacks! We need our backpacks! Understand?»

«Ganz ruhig, du darfst sie nicht einschüchtern! Bleib freundlich!» Ich wende mich wieder der Frau zu und lächele. «Sorry! Please help us to find our backpacks! Prego!»

Aber Matti verliert die Geduld. «Soll ich euch vielleicht noch 'n Käffchen bringen?»

«Jetzt warte doch mal!», beruhige ich Matti, während ich der Italienerin motivierend zunicke.

Tatsächlich greift sie erneut zum Hörer, um wieder mit irgendwem zu palavern. Aber diesmal wird sie laut, meckert ihren Gesprächspartner unwirsch an. Dann steht sie auf, nimmt die Key Card und winkt uns hinter sich her.

«Follow!» Ihr Ton klingt jetzt beinahe militärisch.

«Was will sie denn jetzt?», wundert sich Matti. «Wahrscheinlich landen wir in irgendeinem Hinterzimmer und werden von einem Mädchenhändlerring versklavt.»

«Sei nicht albern. Mit uns verdient keiner mehr Geld», sage ich. «Wir wären voll das Minusgeschäft.»

«Du vielleicht», sagt Matti.

Danke. Tolle Freundin.

Wir folgen der Italienerin in den winzigen Aufzug, wo wir uns alle drei betreten gegenüberstehen.

«Wo, um alles in der Welt, hast du diesen Laden gebucht?», zischt Matti.

«Im Internet, wo sonst.»

«Aber hast du denn nicht auf die Bewertungen geachtet?»

«Hatte keine.»

Matti verdreht die Augen, als sei ich der größte Volltrottel unter der Sonne. «Das erklärt alles!»

Der Aufzug hält im dritten Stock. Wir folgen den baumelnden Kakadus einen langen, dämmrigen Gang entlang bis zur allerletzten Tür, wo die Italienerin uns ein sehr dunkles Zimmer öffnet, dessen Vorhänge zugezogen sind. Matti und ich bleiben skeptisch an der Tür stehen. Unser Kopfkino spielt verrückt – wir rechnen mit allem. Vermutlich sitzt da ein Mädchenhändler in bester Mafia-Art mit Zigarre im Mundwinkel und pockennarbigem Gesicht in einem Ohrensessel und wartet schon auf uns. Sobald wir eingetreten sind und die Rezeptionistin gegangen ist, schließen zwei fiese Schergen mit schmierigen Langhaarfrisuren und schlechtsitzenden Anzügen hinter uns die Tür und zwingen uns auf die Knie, wo uns Folterfotos unserer Töchter gezeigt werden, die in einem osteuropäischen Bordell so lange festgehalten werden, bis wir Lösegeld bezahlt haben und …

«Come in!», befiehlt die Italienerin.

Vorsichtig treten wir ein. Als sie mit einem lauten Ruck die

Vorhänge aufzieht, blendet uns das Sonnenlicht, sodass wir blinzeln müssen. Während wir versuchen, den Raum wahrzunehmen, schließt sich hinter uns die Tür. Wir sitzen in der Falle.

Das war's dann, denke ich, und habe plötzlich Bilder von Ella und Olaf vor Augen. Und von Günni. Und in Sekundenschnelle bilanziere ich die letzten 48 Jahre und bin dankbar für ein gutes Leben. Es hätte schlimmer kommen können.

Nach einer Weile schärfen sich meine Sinne. Ich schaue mich in dem leeren Zimmer um und sehe – unsere Rucksäcke! Jemand hat sie schon aufs Zimmer gebracht.

«Siehst du!», sage ich erleichtert in Mattis Richtung. «Dir fehlt das nötige Vertrauen.»

Eine Stunde später stehen wir frisch geduscht vor dem Mailänder Dom und staunen – über die Größe des Prachtbaus und die Massen der Menschen aus aller Welt, die da reinwollen. Dagegen ist der Berliner Dom ein Lebkuchenhäuschen. Dieses Bauwerk hier raubt einem fast den Atem, weil es nicht nur groß und unglaublich aufwendig gebaut ist, sondern weil es durch seinen weißen Marmor, der je nach Sonnenstand die Farbe ändert, und durch seine Detailverliebtheit kaum an Anmut und Eleganz zu überbieten ist. 500 Jahre lang wurde daran gebaut, unzählige Handwerker und Künstler haben daran gearbeitet, und viele haben dabei vermutlich ihr Leben gelassen. Mir ist immer wieder unbegreiflich, wie aus Menschenhand so etwas Großartiges entstehen kann. Und je länger ich den Dom von außen betrachte, umso stärker wächst in mir ein Wunsch: Ich will da auch rein! Jetzt!

Es gibt nicht viele Dinge, die auf meiner Mailand-Liste stehen, aber der Dom gehört definitiv dazu. Außerdem die Mutter aller Einkaufszentren, die Galleria Vittorio Emanuele II, sowie Leonardo Da Vincis Letztes Abendmahl in der Kirche Santa Maria delle Grazie und das Stadtschloss Castello Sforzesco. Vielleicht noch ein

Bummel durch die Viertel Brera und Navigli und ein Drink in der kleinsten Bar der Stadt. Fakt ist jedenfalls, dass wir uns sputen müssen, wenn wir das alles bis morgen schaffen wollen, denn Mailand ist echt groß, und unser Zug nach Ancona, wo wir die Fähre über die Adria nach Griechenland kriegen müssen, geht morgen Abend.

Momentan sieht es aber eher so aus, als würden wir schon am Eintritt des Doms scheitern, denn davor stauen sich die Menschenmassen. Wie schon in Amsterdam hätten wir auch hier am besten Online-Tickets bestellt. Haben wir aber nicht, weil wir ja nicht schlauer werden aus unseren Fehlern. Wozu auch? Wäre ja viel zu einfach!

«Wir müssen da ja auch nicht rein», sagt Matti beiläufig.

«Matti! Das wäre eine verpasste Gelegenheit.»

Und verpasste Gelegenheiten kann ich nur schwer ertragen, ohne mir ewig Vorwürfe zu machen. Deshalb verstehe ich auch die vielen Touristengruppen aus Asien sehr gut, die im Eilschritt durch Europa rasen. Man muss einfach jede Gelegenheit nutzen, die sich einem bietet. Ist doch verständlich.

«Vielleicht gibt es hier ja so was wie 'n Schwarzmarkt für Tickets.» Matti schaut sich um und meint das völlig ernst.

«Wonach suchst du?»

«Nach Typen, die aussehen wie Dom-Ticket-Dealer.»

Ich glaub's nicht. «Matti, das hier ist kein Rolling-Stones-Konzert.»

«Da würde ich auch freiwillig nicht hingehen und erst recht keine Schwarzmarktkarten dafür kaufen. Wer will schon alte Männer zu völlig überteuerten Preisen sehen?»

«Eine Menge Leute.»

«Genau wie hier. Schau dich doch mal um. Diese Massen! Das wäre ein Megageschäft. Lass uns einen Schwarzhändlerring für Kulturdenkmäler und Museen aufbauen. Wir wären im Handumdrehen reich!»

Ich lege Matti besorgt eine Hand auf die Stirn. «Du stehst schon zu lange in der Sonne.»

«Ach, ich schau mich mal um. So ein Geschäft lässt sich doch niemand entgehen.»

«Mach das», rufe ich Matti hinterher und versuche derweil auf legalem Wege Tickets zu besorgen. Und siehe da: Es gibt gleich um die Ecke mehrere Ticketschalter ohne lange Wartezeit.

Als Matti ohne Schwarzmarkt-Tickets zurückkommt, seufzt sie: «Ich versteh das nicht. Da verkaufen die Leute lieber Drogen, statt sich für die Kultur starkzumachen.»

«Vielleicht ist selbst den Kriminellen einfach noch etwas heilig.»

Nach weniger als einer Stunde Wartezeit mit Körperabtasten und Taschenkontrolle von bewaffneten Milizen sind wir drin. Und wir haben sogar Tickets für ein weiteres Highlight: die Dachterrasse. Zunächst schreiten wir aber andächtig durch den Dom mit seinen fünf Schiffen, den Säulen und den unendlich vielen riesigen bunten Glasfenstern, die uns sehr beeindrucken. Allerdings nicht so sehr wie die Madonnina, die Heilige der Stadt Mailand. Eigentlich steht sie ganz oben am höchsten Punkt des Doms, aber zur Expo 2015 wurde eine Kopie von ihr im Dom aufgestellt, damit sie aus der Nähe betrachtet werden kann, lese ich auf einer Tafel. Sie ist wunderschön, und das Licht der bunten Glasfenster bricht sich in ihrem Goldüberzug.

«Der Aufzug zur Dachterrasse ist draußen», flüstert Matti und zeigt auf den Ausgang.

Ich schaue auf unsere Karten. «Oh, ich glaube, unsere Tickets gelten nur für die Treppe. Wir müssen laufen.»

«Nicht dein Ernst! Wieso sparst du immer am falschen Ende?», fragt Matti vorwurfsvoll. «Wie viele Stufen sind es denn?»

Noch bevor ich etwas erwidern kann, hören wir die Singsangstimme eines deutschen Reiseleiters vor dem Aufzug: «… wenn Sie aber unbedingt sportlich sein wollen, dann können Sie auch die Treppe nehmen. Es sind nur rund 200 Stufen. Wir treffen uns dann oben. Mal sehen, wer schneller ist.»

Die Gruppe lacht. Wir nicht. Wir machen uns an den Aufstieg durch schmale Treppengänge, auf denen uns auch noch Leute entgegenkommen und uns ganz offen bedauern.

Ich verdamme mich schon nach den ersten zwanzig Stufen. Zu Zeiten des Dombaus hätte ich mir wahrscheinlich mit einer neunschwänzigen Katze selbst den Rücken ausgepeitscht wie dieser dicke Mönch in der Verfilmung von *Der Name der Rose*.

Matti nimmt's sportlich und redet uns ein, wie gesund das Treppensteigen für Kreislauf und Kondition ist und dass wir in diesem Urlaub sowieso zu wenig Bewegung kriegen. Zum Glück fehlt ihr irgendwann der Atem, um noch mehr Motivationsreden zu schwingen.

Auch ich komme ganz schön aus der Puste, und mir wird wieder einmal klar, dass ab und zu mit dem Rad zur Schule fahren nicht ausreicht, um fit zu bleiben. Dabei habe ich mir vor einem Jahr dieses Fitnessstudio-Abo zu Weihnachten von Olaf gewünscht und sogar bekommen. Zum Glück hat er da mal auf mich gehört, weil sonst vermutlich ein Gasgrill unterm Baum gelegen hätte. Olaf hat nämlich die seltsame Angewohnheit, mir die Dinge zu schenken, die er selbst gerne hätte, aber nicht von mir bekommt. Und den Gasgrill habe ich ihm nicht geschenkt, weil wir einfach gar nicht so oft grillen und das riesige Ding dann auf unserem kleinen Balkon nur im Weg stehen würde. Jedenfalls hab ich jetzt dieses Muckibuden-Abo, und ich würde ja auch häufiger hingehen, wenn nicht irgendwie immer was dazwischenkäme. Meistens ist es Zeitmangel, oder ich bin krank oder habe das Gefühl, krank zu werden, oder kriege meine Tage, oder es ist Feiertag, oder mir fällt auf dem Weg ein, dass ich mein Haargummi vergessen habe – irgendwas ist immer. Aber wenn ich dann mal da bin, fühle ich mich danach immer super. Und so unsportlich bin ich ja auch nicht. Also, wenn ich mir andere Leute dort angucke, bin ich eindeutig vorne in puncto Kondition und Gelenkigkeit. Okay, gut, dass da jetzt überwiegend Menschen Ü70 zur Reha hingehen, weil sie eine neue Hüfte oder ein neues Knie haben, muss ich wohl dazuerwähnen, aber das motiviert mich. Ja, wirklich! Jetzt nicht weil die anderen älter und gebrechlicher sind, sondern weil ich weiß: Da ist noch Luft nach oben. Irgendwas muss man sich ja auch für später aufheben. Das ist wie der Glacier Express. Das Beste zum Schluss.

Jetzt und hier fehlt es mir jedenfalls an ausreichend Lungenvolumen für den Domaufstieg. Besonders frustrierend ist, dass vor mir ein französisches Paar geht, beide Mitte 70, das sogar so einen 200-Stufen-Aufstieg mit Eleganz, Würde und Haltung bewältigt, während Matti und ich zunehmend an Würde und Haltung verlieren, von Eleganz ganz zu schweigen.

Oben angekommen, sehen wir aus wie zwei verschwitzte menschliche Wracks, die in gebeugter Körperhaltung nach Luft japsen, als hätten sie gerade einen Achttausender bezwungen. Ich muss abnehmen! Alles, was ich in den letzten drei Jahren auf mir unerklärliche Weise zugenommen habe, muss weg. Dringend! Mehr Schlaf, mehr Sport, mehr Ingwertee und mehr Disziplin. Dafür weniger Kohlenhydrate, weniger Alkohol und weniger Schokolade. Das kann doch nicht so schwer sein! Ich fange gleich nach dem Urlaub damit an.

Wir richten uns auf und wollen tief Luft holen, aber es verschlägt uns den Atem. Die Aussicht, die Weitsicht, der Blick auf die Stadt, die Nähe zu den Heiligenfiguren, die auf dem Dach des Doms thronen – einfach atemberaubend! Der Spaziergang auf der Dachterrasse entschädigt für alle Aufstiegsmühen. Dem Himmel so nah! Und Mailand, diese quirlige Stadt, wirkt plötzlich unscheinbar und unwichtig. Eine andere Welt.

Wieder hören wir die Singsangstimme des deutschen Reiseleiters und schließen uns der Gruppe kurz an, um ein wenig mehr über die Welt hier oben zu erfahren.

«... insgesamt 3400 Figuren. Die höchste und wertvollste von ihnen ist die Madonnina. Sie ist 4,16 Meter groß, wiegt rund 900 Kilogramm und thront in 108,5 Meter Höhe. Ihre Oberfläche aus Blattgold ist bei guter Sicht und Sonnenschein von Bergamo und den nördlichen Voralpen am Comer See zu sehen ... Sie wurde zu Ehren ...»

«Madonnina? Bei den Maßen so eine Verniedlichung? Ist doch purer Sexismus!», flüstert Matti, und ich muss lachen.

Wir bleiben noch eine Weile auf dem Dach, spazieren auf den unterschiedlichen Ebenen umher und würden am liebsten alle zwei Meter Fotos machen, weil sich ständig neue magische Blickwinkel zwischen den Figuren und an ihnen vorbei ergeben. Irgendwann lasse ich das Handy stecken und genieße einfach den Ausblick – zusammen mit über hundert anderen Touristen. Der Abstieg ist zum Glück barmherziger, und diesmal bemitleiden wir jeden, der uns entgegenkommt.

Wieder zurück auf dem Boden der Tatsachen, erscheint uns der Domplatz wie ein lauter, von wuseligen Ameisenmassen überrannter Ort, der niemals Ruhe findet.

Matti und ich flüchten in das älteste Einkaufszentrum Europas. In der Galleria Vittorio Emanuele II reihen sich die Luxusgeschäfte teurer Designer, Juweliere und Ausstatter an Restaurants und Fast-Food-Ketten, dazwischen jede Menge Touristen, Geschäftsleute und reiche italienische Diven, Familienväter in Shorts und Sneakers neben Bänkern in Maßanzügen und handgemachten italienischen Schuhen.

Auch hier sind Architektur und Gestaltung beeindruckend. Wir wissen gar nicht, wo wir zuerst hinschauen sollen – in die Auslagen der Geschäfte oder nach oben, zu den Glaskuppeln, oder zu den goldverzierten Fassaden der alten Ladenlokale oder zu den gut aussehenden und stilsicher angezogenen Italienern. Alles ist für Matti und mich unerreichbar, aber schön anzusehen.

«Meine Mutter hat immer gesagt: In Mailand gibt es die schönsten Männer», lacht Matti.

«Zumindest gibt es hier die schönsten Anzüge für Männer», sage ich, während wir vor der Auslage eines Herrenausstatters stehen, und ich versuche, mir Olaf in einem italienischen Maßanzug vorzustellen. So richtig will es mir einfach nicht gelingen.

Die Galerie ist wunderschön, und es macht einfach Spaß, durch die mondänen Gänge zu schlendern und nur zu schauen. Das gläserne Dach bildet ein Kreuz über der Galerie, deren vier Gänge am Boden mit kunstvollen Mosaiken dekoriert sind. Jeder Gang endet mit einem Tiermosaik, das für eine andere Stadt steht – Mailand, Rom, Turin und Florenz. Der Stier steht für Turin, und es soll angeblich die Fruchtbarkeit erhöhen, wenn sich Frauen auf den Hoden des Stiers setzen oder ihn berühren und wenn Männer sich mit dem Absatz auf dem Stierhoden einmal um die eigene Achse drehen – so steht's in der Reiseführer-App. Wir beobachten ein paar junge Asiatinnen, die kichernd mit ihren Stilettos den Hoden des Stiers zerquetschen. Ich will mir gar nicht ausmalen, was in ihren Köpfen vorgeht.

Matti verzieht mitleidig das Gesicht. «Armer Stier! Auch eine Art der Kastration.»

Wir beschließen, dieses Ritual nicht mitzumachen, denn wir waren ja schon fruchtbar genug. Das muss reichen. Aber wir beschließen, ein Selfie von uns zu machen und es unseren Töchtern zu schicken: *Uns geht's gut – wie geht's euch?*

Auf der anderen Seite der Galerie treten wir durch einen Triumphbogen und landen überraschend auf der Piazza della Scala mit einem der bekanntesten Opernhäuser der Welt. Die Mailänder Scala. Wie klein diese Stadt doch ist! Die tollsten Attraktionen liegen direkt nebeneinander! So sehen wir die berühmte Scala zumindest von außen. Der Bau beeindruckt uns allerdings nicht so sehr, denn im Vergleich zum Dom oder der Galerie wirkt er eher schlicht und schnörkellos. Auf der Mitte der Piazza drehen wir eine Runde um die Statue Leonardo da Vincis, der von einem Sockel auf uns herabschaut.

«Können wir mal eine Pause machen? Mir tun die Füße weh», jammert Matti.

«Aber wir haben nicht so viel Zeit, um …» Doch da hat sie sich schon unter einen Baum auf eine Bank im Schatten gesetzt. Es ist wirklich sehr heiß. Ich setze mich neben sie und spüre, wie recht meine Freundin hat. Eine Pause tut gut, denn das Rumschlendern ist anstrengend.

Wir lassen die Hektik der Stadt an uns vorbeirauschen und beobachten entspannt die Leute ringsum: Eine Frau im schicken Sommerkleid schiebt gemütlich einen Kinderwagen mit Hund darin über die Piazza, als sei es das Normalste der Welt. Ein junges Pärchen schlendert Eis essend um den Leonardo herum, wobei die hübsche Blondine ihrem Partner ungeniert den Po massiert, der in lockersitzenden Shorts steckt. Zwei Männer im Anzug eilen nebeneinander ins Mailänder Rathaus, das direkt gegenüber der Scala liegt. Beide schreien fast in ihre Telefone – es sieht aus, als telefonierten sie miteinander. Seltsam. Ich schließe die Augen, und gerade als ich überlege, was wir uns als Nächstes anschauen sollen, höre ich erneut Mattis Stimme.

«Ich hab Hunger! Wollen wir nicht irgendwo was essen?»

Ich seufze tief. In mir sträubt sich alles, denn das ist genau das, was ich eigentlich nicht wollte. Jemand, der mir im Urlaub die Ohren vollningelt, weil er oder sie essen muss. Natürlich möchte ich auch essen, aber ich setze eben meine Prioritäten anders – aufs Sightseeing. Wir haben schlicht nicht die Zeit, um einfach mal so zwischendurch was essen zu gehen. Erst die Arbeit, dann das Vergnügen. Aber ein Blick auf die Uhr zeigt mir, dass es später ist als gedacht – 17 Uhr. Da hätte jeder Tourist Hunger, nach so einem Tag. Ich überlege, wie ich jetzt strategisch am besten vorgehe, um Matti nicht in irgendeine Touristenbude folgen zu müssen. Ich kenne meine Freundin: Wenn sie hungrig ist, verliert sie jeden Sinn für Stil und Klasse und für gutes Essen.

«Gegenüber der Galerie war ein fetter Mac», sagt sie prompt.

Da haben wir's. Ich muss mir jetzt ganz schnell eine Taktik einfallen lassen, sonst verliere ich Matti an eine Fast-Food-Kette, wo wir doch im kulinarischen Paradies sind. Doch dann fällt mein Blick auf etwas Ungeheuerliches.

«Ach du meine Güte!», rufe ich unvermittelt.

Matti folgt meinem Blick und versteht sofort «Oh. Mein. Gott!»

Jegliches Hungergefühl ist ausgelöscht. Dann springen wir auf und folgen den unmissverständlichen roten Zeichen wie Hunde dem Geruch von Bratwurst: *Sale!* Sommerschlussverkauf in Mailand. Das Paradies lädt uns ein – und wir folgen! Denn wir sind schließlich in Europas Shopping-Hauptstadt!

Auf der Stelle vergesse ich meine Must-see-Liste für Mailand, denn auf der Gelegenheits-Must-do-Liste fürs Leben steht ganz oben: Shopping in Mailand! Leider vergesse ich auch die Tatsache, dass ich mittellos bin und in meinem Rucksack absolut keinen Platz für überflüssige Klamotten habe. Aber das ist jetzt so was von egal! Ignorant wie ein Junkie denke ich nicht an die Probleme von morgen. Matti vergisst ihren Hunger. Und so nimmt das Schicksal seinen Lauf.

Wir folgen also den roten Schildern wie zwei Bluthunde und jagen von einer Straße in die nächste, von einer Gasse in die nächste, von einem Laden in den nächsten. Es ist alles dabei, was wir lieben – Vintage, Secondhand, Wohnaccessoires, Modeschmuckgeschäfte, kleine Designerläden, große Labels, Silberschmiede, Jeans-Stores, Hutgeschäfte und natürlich unendlich viele kleine Schuhgeschäfte. Matti und ich sind wie im Rausch, und ihre Kreditkarte ist im Dauereinsatz. Wir kaufen Strohhüte und Sonnenbrillen, Ohrringe und Haarspangen, Raumparfum, Kissenbezüge, Kleider, Hosenanzüge, Sommermäntel und Bikinis. Und natürlich Sandalen und Ballerinas, High Heels und Loafer – wir sehen rot, denn es ist: *Saldi Estate A Milano!*

Erst am Ende unseres Streifzugs fällt mir durch ein Straßenschild auf, wo wir eigentlich sind. Im berühmten Brera-Viertel, bekannt für seine kleinen Läden und Restaurants. Bepackt wie zwei Esel, erschöpft wie nach ausgiebigem Sex und voller Glückshormone lassen wir uns schließlich in einer kleinen Gasse schwerfällig auf die barocken Stühle einer Taverna fallen und wollen nur noch drei Dinge: guten Wein, leckeres Essen und bequeme Sitze. Und das alles gibt es hier. Und noch viel mehr, denn der Laden ist beliebt und wird immer voller, je später es wird.

«Zuerst nehme ich ein Lachstartar», überlegt Matti laut, «danach Spaghetti mit Muscheln, dann einen leckeren Fisch oder Lamm. Und zum Abschluss ein großes Eis. Oder was Ähnliches. Und du?»

Ich schaue mich um, um zu sehen, was die Leute ringsum auf ihren Tellern haben. «Och, ich nehme einen Salat mit Parmesan, eine Pizza mit Schinken und Rucola und am Ende ein Tiramisu.»

«Äh, ist das nicht das Gleiche, was du zu Hause bei Enzo auch immer bestellst?»

«Ja. Und?»

Erwähnte ich schon, dass ich kein risikobereiter Mensch bin? Und warum sollte ich etwas anderes essen, wenn ich diese italienischen Gerichte äußerst gerne mag? Hier sind sie wahrscheinlich noch um Klassen besser als bei Enzo. Da wäre ich doch blöd, wenn … Mein Blick schweift weiter umher, dann wird mir klar, dass weder Matti noch ich hier das bekommen werden, was wir wollen. Denn hier gibt es ausschließlich Käse, Wurst und Bruschetta. Die Enttäuschung ist unbeschreiblich. Nein, es ist entsetzlich. Da hat man eine nahezu klare, ach was, eine perfekte Vorstellung von einer Mahlzeit, ihrem Geschmack, ihrem Duft und ihrer Konsistenz, weiß genau, wie es sein wird, wenn man den ersten Bissen nimmt, und ist voller Vorfreude und Lust auf das Gaumenerlebnis und die Befriedigung danach, dass man es kaum noch erwarten kann. Und dann – Enttäuschung. Nur Käse, Wurst und Brot. Nicht mal Pizza. Keine Gaumenfreuden, keine Befriedigung.

«Also, für eine Brotzeit brauche ich nicht nach Mailand zu fahren. Das kann ich auch bei meinen Eltern haben», nörgele ich, nachdem ich Matti auf das Problem aufmerksam gemacht habe.

Wir versuchen zu verstehen, was es mit diesem Laden auf sich hat und warum er so gut frequentiert ist. Die Kellner rasen hin und her. «Matti, ich glaub, dieser Schnittchenladen ist doch was Besonderes. Es kommen nur Italiener her.»

«Ja, glaub ich auch», sagt Matti und schaut gierig einem Holzbrett hinterher, das über unsere Köpfe hinweg zu einem Sechsertisch getragen wird und voll ist mit Käse, Salami, Schinken und Bruschette mit verschiedenen Aufstrichen.

Unsere Blicke sprechen Bände. Wie auf Kommando kommt ein junger Kellner mit dichtem schwarzem Haar und Nickelbrille an unseren Tisch und erklärt uns das sehr einfache Konzept des Ladens: Käse und Wurst aus verschiedenen Regionen Italiens, dazu Oliven, Melonenstückchen, eingelegtes Gemüse und Bruschetta mit Oliven, Tomaten- und Basilikum-Pesto. Wir bestellen zwei Medium-Bretter, um bloß keine Region oder Sorte auszulassen. Dazu empfiehlt uns der Kellner eine Flasche Weißwein aus Norditalien, die gar nicht so teuer ist.

Wenig später schweben wir tatsächlich im siebten Himmel. Weniger ist mehr. Wein, Brot, Wurst, Käse – mehr brauchen wir nicht, um glücklich zu sein. Es schmeckt köstlich! Obwohl wir nicht in Eile sind, stürzen wir uns auf das Essen und schlemmen uns glücklich durch verschiedene Pasten, Oliven und Senfsorten. Dass das Einfachste oft das Beste ist, wäre hier wieder einmal bewiesen.

Hinter uns hören wir plötzlich eine bekannte Stimme – der Reiseleiter vom Dom. Er ist allein und verhandelt mit dem Kellner auf Italienisch. Offenbar geht es um einen Platz, denn alle Tische sind besetzt. Matti springt auf.

«Hey, hallo! Sie können sich gerne zu uns setzen», ruft sie ihm zu. «Wir haben noch Platz.»

Typisch Matti! «Nein, können wir das vielleicht gemeinsam entscheiden?»

«Wieso denn?», zischt sie. «Jetzt stell dich nicht so an. Der scheint doch ganz nett zu sein.» Wieder wendet sich Matti dem Reiseleiter zu, der eine Zeitung unterm Arm hat. «Na los! Kommen Sie.» Sie lacht und winkt ihn zu uns.

«Nein, nein, das ist sehr nett, aber es wird sicher bald ein Tisch frei.»

Matti schiebt den leeren Stuhl an unserem Tisch zurück, um zu signalisieren, dass er frei ist.

«Kommen Sie, wir beißen nicht!» Sie lächelt ihn so breit an, als wollte sie ihn heiraten. Dabei sieht der Typ weder besonders gut noch schlecht aus – eher langweilig. Was ihn von den Leuten hier unterscheidet, ist seine Größe. Er ist mindestens 1,90 Meter groß, Mitte vierzig, hat gelocktes Haar und unter seinem hellblauen Hemd zeichnet sich ein kräftiger Körper ab. Er trägt dunkelblaue Jeans und bequeme Wildlederschuhe. Im Gesicht wirkt er ein klitzekleines bisschen … schwammig mit leichtem Doppelkinn. Eine insgesamt gediegen-sympathische Erscheinung mit ziemlich müden Augen. Nicht mein Typ und ganz sicher auch nicht Mattis Typ. Wozu also baggert sie ihn an?

«Matti!», zische ich. «Was soll das? Ich dachte …»

Aber da kommt er auch schon.

«Also gut, ich will auch gar nicht stören, nur kurz was essen. Vielen Dank.» Er setzt sich, rückt etwas vom Tisch ab, um seinen Beinen mehr Raum zu geben – und vermutlich auch um etwas

Abstand von uns zu haben. Dann beginnt er demonstrativ, seine Zeitung zu lesen, den *Corriere della Sera*. Ich bin beeindruckt von seiner Konsequenz, denn offensichtlich will er nicht mit uns reden.

Matti scheint das nicht zu stören. «Sind Sie öfter hier?», fragt sie. «Ich meine, das scheint ein echt guter Laden zu sein, oder?»

Er schaut auf. «Ja, einfache Küche, ordentliche Weine, gute Preise.» Sofort vertieft er sich wieder in die Zeitung, aber Matti gibt keine Ruhe.

«Ach, wenn wir schon einen echten Reiseführer bei uns haben statt unserer Handy-App …» Sie lacht kurz auf. «Dann können Sie uns vielleicht noch einen Tipp für den Rest des Abends geben.»

Ich bemerke, dass er einen kurzen, kraftvollen Luftstoß durch die Nase ausatmet. Das kenne ich von Olaf, wenn er von mir genervt ist und eigentlich seine Ruhe haben will.

Der Reiseleiter lässt die Zeitung sinken. «Ich bin Stadtführer für historische Führungen, kein Kneipenführer.»

«Natürlich! 'tschuldigung.» Ich mische mich schnell ein. «Sie haben bestimmt Feierabend und wollen Ihre Ruhe haben.»

Matti hat dafür nur wenig Verständnis. «Ich bin übrigens Matti.» Sie hält ihm die Hand hin und deutet dann mit dem Kopf in meine Richtung. «Und das ist Caro.»

«Na schön, ich heiße Clemens.» Er schüttelt uns die Hand. «Und auch wenn es unhöflich klingt, aber ich habe für heute einfach keine Lust mehr auf Smalltalk, denn ich habe tatsächlich Feierabend.»

Matti lacht schon wieder. «Das klingt nicht nur unhöflich. Es *ist* unhöflich. Und etwas arrogant. Aber wenn du uns einen Ausgehtipp gibst, Clemens, vergesse ich das und lade dich auf einen Wein ein.» Sie dreht eines der unbenutzten Weingläser auf unserem Tisch um und gießt Clemens ein Glas unseres Weißweins ein.

Ich fasse es nicht, jetzt ist sie schon beim Du! Wie macht sie das nur?

«Salut, Clemens! Auf einen schönen Abend.»

Jetzt muss er doch etwas grinsen. «Die Italiener sagen Cin Cin.» Er stößt mit uns an und taut langsam auf.

Als sein Essen gebracht wird, bestellt Matti noch eine Flasche Wein. Dann entschuldigt sie sich und verschwindet zur Toilette.

«Ganz schön hartnäckig, Ihre Freundin.»

Ich zucke mit den Schultern. «Meistens, aber ich habe mich dran gewöhnt.» Dann beuge ich mich ein wenig vor. «Ich weiß, Sie haben Feierabend, aber Matti … also, uns interessiert ein privater Tipp. Wo gehen Sie aus auf einen Drink in dieser tollen Stadt?»

Er ruft den Kellner. «Toni, una penna per favore!»

Der Kellner bringt ihm sofort einen Stift, den er aus seiner Schürze zieht. Clemens schreibt einen Namen und eine Adresse auf ein Stück Zeitung und reißt es für mich ab.

«Grazie.» Ich will das Papier an mich nehmen, aber Clemens lässt es nicht los. Stattdessen schaut er mir tief in die Augen. «Das ist meine …»

«Was treibt ihr denn hier?» Matti ist zurück und missinterpretiert die Situation natürlich. «Ich bin nur kurz weg, und schon werden hier Nummern ausgetauscht.» Sie setzt sich.

«… meine absolute Lieblingsbar», erklärt Clemens. «In Navigli. Ein Insidertipp, weil da nur Italiener sind. Leute zwischen dreißig und fünfzig. Viele Künstler. Da passt ihr gut hin.»

So ein Schmeichler, denke ich. «Was ist das denn genau für eine Bar? Ich frag nur, damit wir nicht in einem Irish Pub oder so landen.»

Die kenne ich nämlich zur Genüge. Irish Pubs sind wie Fast-Food-Ketten: auf der ganzen Welt gleich, damit man sich sofort wie zu Hause fühlt. Überall die gleiche Musik, die gleiche Innenausstattung, der gleiche Geruch, die gleichen Gäste – je später, umso besoffener. Dafür fahre ich jedenfalls nicht nach Mailand.

Clemens lacht. «Keine Sorge! Cocktails, gute Musik, Craft Beer – entspannt und lässig. Ich empfehle, vor zehn hinzugehen, sonst gibt's keinen Platz mehr. Der Laden ist momentan absolut angesagt.»

Matti schaut auf die Uhr. «Oh, schon kurz vor neun. Warum kommst du nicht einfach mit?»

Clemens nimmt ein Stück Fenchelsalami von seinem Brett und winkt ab. «Würde ich gerne, aber ich habe morgen um acht die erste Führung. Außerdem bin ich durch für heute.»

Da kann ich nur zustimmen. «Ich auch! Totales Schlafdefizit.»

Matti wird unruhig. «Nö, jetzt mach mal nicht schlapp, Hase. Außerdem wolltest du doch nach Navigli, das stand auf deiner Liste. Also nehmen wir da jetzt zumindest noch einen Schlummertrunk. Ich hab auch schon bezahlt.» Sie zwinkert ihm zu. «Du bist eingeladen.»

Wir verabschieden uns von Clemens, der sich sofort am Tisch ausbreitet und uns *Buon divertimento!* wünscht. Netter Typ, denke ich. Vielleicht hätten wir bei ihm eine Führung machen sollen. Und schon ärgere ich mich, dass ich seine Nummer nicht habe, falls ich noch mal nach Mailand komme und auch mal einen kulturhistorischen Gang durch die Stadt machen will.

«Wir müssen aber erst ins Hotel, die Tüten abstellen», sage ich, während wir uns orientieren und ein Schild zum Bahnhof suchen, weil unser Hotel ja dort in der Nähe liegt.

«Und uns ein bisschen aufhübschen», erklärt Matti. «Und dann nehmen wir uns ein Taxi zur Bar. Okay?»

Im Hotel angekommen, sitzt da der Typ, der heute Morgen unsere Rucksäcke entgegengenommen hat.

«Buona sera», begrüßt er uns freundlich und strahlt wie ein Eiskunstläufer. «Ische offe, miet ihrä Simmär atte alles geklappte eute morgän?»

Matti und ich schauen uns an, und bevor wir anfangen zu lachen, ergreift Matti zum Glück die Gelegenheit.

«Ja, klar, null Problemo. Alles supi. Tipptopp!» Dass sie immer so übertreiben muss! «Ach, könnten Sie uns bitte ein Taxi rufen? So in zehn Minuten?»

«Sì, certo!»

Verdammt, sie denkt wirklich an alles. Denn ich hatte gehofft, dass, wenn wir erst mal auf unseren Betten liegen, wir sowieso nicht mehr hochkommen und ich endlich mal schlafen kann.

«Clever, oder?», sagt Matti, als wir im Aufzug stehen. «Wenn wir nämlich erst mal die Füße hochlegen, ist der Abend gelaufen.»

Ich verdrehe die Augen. Denn ich würde so gerne die müden Füße hochlegen und schauen, was alle so treiben – die Kinder, Olaf, und vielleicht hat sich ja auch Angelos mal wieder gemeldet. Aber ehe ich meine Mails oder Accounts checken kann, treibt Matti mich an, Lippenstift und etwas Rouge aufzulegen, um mich Mailands Nightlife zu stellen. Dabei würde ich am allerliebsten schlafen, schlafen, nur schlafen.

Zehn Minuten später springen wir ins Taxi, das schon vor dem Hotel wartet.

Matti schaut mich auffordernd an. «Sag ihm, wo es hingeht. Du hast doch den Zeitungsschnipsel mit der Adresse?»

«Äh, nein, ja. Aber wo hab ich den hingesteckt? Oder hab ich den etwa … da liegengelassen?»

Matti reißt die Augen auf. «Nicht dein Ernst, oder? Wie hieß denn der Laden?»

Ich überlege. «Keine Ahnung … irgendwas mit … Bar?»

«Ach komm schon! Erinnere dich!»

Aber ich weiß es wirklich nicht und mache ein Fragezeichen-Sorry-Gesicht mit hochgezogenen Schultern. Ich muss die Situation irgendwie retten, denke ich und klopfe dem Fahrer auf die Schulter.

«Navigli, per favore!»

Der Fahrer nickt und fährt los. Matti redet die ganze Fahrt über nicht mit mir, und wir schauen beide aus dem Fenster.

Eine Viertelstunde später sind wir am großen Kanal, vor uns das Navigli-Viertel. Matti und ich stehen am Wasser und staunen. Der Anblick ist wirklich schön, und allein dafür hat es sich gelohnt herzukommen. Das Wasser wird in verschiedenen Farben beleuchtet – vielleicht eine Kunstaktion, vielleicht auch Normalität. Egal. Navigli ist ein winziges bisschen wie Venedig, nur irgendwie lässiger und nicht so schnörkelig. Überall kleine Lokale mit Kerzenlicht. Wir gehen am Wasser entlang, wo sich die Restaurants wie Perlen auf einer Kette aneinanderreihen. Ab und zu taucht ein kleines Ausflugsschiff auf dem lichterfunkelnden Kanal auf.

Mit den Händen in den Hosentaschen schlendern wir durch die Gassen.

«Schade, dass wir schon gegessen haben», bedauere ich.

«Tja, und schade auch, dass wir nicht in die hipste Bar der Stadt gehen. Wozu auch. Wird sowieso überbewertet, so 'n Hype um irgendeine Location, von der man nicht mal den Namen kennt.»

Matti hat es super drauf, einem ein gutes Gefühl zu geben.

Ich vergrabe meine Hände noch tiefer in den Taschen und spüre … ein Stück Papier, das ich überrascht herausziehe.

«*Bruno's*! Via Corsico 19.»

Matti reißt mir den Schnipsel aus der Hand und schaut auf das Straßenschild über uns. Manchmal muss man eben Glück haben: Via Corsico. Ein paar Häuser weiter stehen wir auch schon vor dem *Bruno's*. Es ist eine moderne Bar mit schummrigen Glühbirnenlampen im Retrolook, Tische und Stühle im Bauhaus-Design, eine lange u-förmige Bar, die den Laden teilt, sodass man von allen Seiten bestellen kann. An den Wänden Bücherregale und gerahmte Schwarzweißfotos. Der Laden ist proppenvoll. Es wird einladend laut gelacht und gequatscht. Wir gehen rein, quetschen uns vor bis zur Bar und bestellen zwei Gin Tonic. Die Musik ist unaufdringlich, mit dumpfen Beats, die sich im Gemurmel der Gäste verlieren.

«Hier gibt's ein paar echt süße Typen», höre ich Mattis Stimme, und auf einmal habe ich das Gefühl, in einer Zeitmaschine zu stecken. Hatten wir solche Situationen nicht schon damals, vor dreißig Jahren, als wir über süße Boygroups geredet haben?

Die Political-Correctness-Keule in meinem Hinterkopf sagt: Achtung! Sexismus gilt auch für Frauen!

Matti baggert jetzt erst mal den Barkeeper an und quatscht ihn voll. Er lächelt aber nur und wirkt nicht besonders angetan. Zugegeben, Matti ist auch mindestens fünfzehn Jahre älter als er. Aber neben Matti steht ein sympathischer Graumelierter in teurem Zwirn, Typ Giorgio Armani – also der Typ, nicht der Anzug. Er schaut uns amüsiert an und prostet mir mit seinem Drink zu. Er scheint Ausschau nach einem Abenteuer zu halten. Und ich muss sagen, der könnte mir gefallen.

Also lächele ich zurück und komme mir furchtbar albern vor, vor allem, weil ich total aus der Übung bin und keinen blassen Schimmer mehr vom Flirten habe. Matti drückt mir endlich ein Glas in die Hand, und ich proste dem Graumelierten ebenfalls zu. Beseelt von unseren Drinks, die wirklich extrem gut, aber auch extrem teuer sind, schauen wir uns entspannt in dem Laden um und erkennen jetzt erst das Offensichtliche: Es ist eine Schwulenbar. Mattis enttäuschter Blick spricht Bände. Ich bin ehrlich gesagt fast ein bisschen erleichtert.

Nach dem einen Gin Tonic fahren wir zurück ins Hotel, und ich bin so müde, dass ich in wenigen Sekunden einschlafe.

Gegen acht Uhr wecken mich lautes Mofa-Gebrumme, schrilles Vespa-Tröten und tiefe Autohupen aus meinem wohlverdienten Schlaf. Auch Müllwagengeräusche und Polizeisirenen sind zu hören. Als ich die Augen aufschlage, erlebe ich ein böses Erwachen – ein Chaos wie im Zimmer einer Pubertierenden! Wir haben es gestern in kürzester Zeit geschafft, die zwanzig Quadratmeter in ein Schlachtfeld zu verwandeln. Nicht nur der Inhalt unserer Rucksäcke liegt überall verteilt, sondern auch der Inhalt unserer Einkaufstüten. Und mir wird schlagartig klar, was wir in unserem Kaufrausch ignoriert haben. Wohin mit dem Zeug?

«La posta!», strahlt der freundliche Rezeptionist, der offenbar nur die Abend- und Nachtschicht bis morgens übernimmt, als wir ihm wenig später unser Problem schildern. Er zeigt uns auf einem Stadtplan, wo wir das nächste Postamt finden, und nickt motivierend. Dann kramt er aus der Abstellkammer, in der wir unsere Rucksäcke gelagert hatten, einen großen Karton hervor und stellt ihn auf die Rezeption. Dazu imitiert er mit dem linken Arm ein Flugzeug und macht das passende Geräusch, um sicherzugehen, dass wir ihn auch verstehen.

Wir verstehen, packen alle Einkäufe in den Karton und machen uns auf den Weg zum nächsten Postamt. Die geplante Besichtigung des Stadtschlosses muss dafür leider auf den nächsten Mailand-Besuch verschoben werden. Aber es klappt auf Anhieb. Nach einer halben Stunde Anstehen verschicken wir das Paket mit unseren Einkäufen nach Berlin. Schön, wenn die Dinge mal funktionieren.

Auf dem Weg zum Bahnhof kaufen wir noch Proviant für den nächsten Teil unserer Reise und nehmen einen letzten Espresso und ein letztes Tramezzino in Mailand, bevor wir den sehr schicken und sehr modernen Zug nach Ancona besteigen.

Es ist ein reservierungspflichtiger Hochgeschwindigkeitszug, und er ist komplett voll. Dafür sind es dann auch nur noch drei Stunden bis Ancona. Wir sitzen in einem Abteil mit zwei jungen Frauen, die auch mit Rucksack reisen, sowie einem italienischen Paar in unserem Alter, von dem der Mann telefoniert. Wir wollen gerade unsere Plätze einnehmen, da gibt es eine Durchsage, die wir nicht verstehen. Daher frage ich die Italienerin auf Englisch, worum es ging. Sie will antworten, aber ihr Mann kommt ihr zuvor, hält kurz den Hörer zu und antwortet mit starkem Akzent: «Ssi airrrrecon is brrrokäne.» Dabei rollt er das R so schön, dass der Satz klingt wie ein Lied von Eros Ramazotti.

«Oh, okay. Grazie.»

Während er weiter telefoniert, lächelt seine Frau nur.

Ich seufze, denn es ist tatsächlich sehr stickig und heiß hier. Früher konnte man im Zug noch die Fenster öffnen, aber das geht in den modernen Zügen nicht mehr – egal ob Italien oder Deutschland.

«Hey, das ist Interrail!» Matti versprüht mal wieder ihren unverwüstlichen Optimismus. «Das gehört dazu. Wir wollten das so, schon vergessen?»

«Machen *Sie* etwa auch Interrail?», fragt uns eine der beiden jungen Frauen völlig verblüfft. Sie trägt so eine lässige Dutt-Frisur, wie sie gerade besonders hip sind. Und ich frage mich wieder einmal: Wie machen die das nur mit diesen beeindruckenden Ich-steck-mir-mal-schnell-die-Haare-hoch-Frisuren. Ich habe schon hundertmal versucht, so einen lässigen Dutt hinzukriegen, aber nie sieht es so herrlich zerzaust und natürlich aus wie bei dieser jungen Frau. Ihre Freundin ist in ein Buch vertieft und hat Stöpsel in den Ohren. Die beiden sind sicher nicht älter als zwanzig.

«Genau!», sagt Matti begeistert.

«Wo haben Sie denn Ihre Bändchen?», fragt die junge Frau und hält ihr Handgelenk mit dem Erkennungsbändchen hoch.

«Och, das fanden wir nicht so wichtig», sage ich und bewundere weiter ihre blonde, den abstehenden Locken nach zu urteilen, leicht lockige Haarpracht. Im Gesicht hat sie ein paar süße Sommersprossen, kein Make-up, nichts Unnatürliches, außer einem Nasen-Piercing. Sie trägt ein Trägertop, Shorts und Flip-Flops, und ihre langen, schlanken Beine sind leicht gebräunt. Am rechten Fuß steckt ein Zehenring.

Ihre Freundin hat kurze dunkle Haare und sieht ein bisschen aus wie Jean Seberg in *Außer Atem*. Früher wollte ich auch immer so aussehen, aber es hat eine Weile gedauert, bis ich begriffen habe, dass mir kurze Haare überhaupt nicht stehen und ich eben niemals aussehen werde wie die US-Schauspielerin. Sondern größer, kräftiger, mit einem viel runderen Gesicht und etwas tumb, einfach nicht so ... elfenhaft wie diese Stilikone der 60er Jahre. Anders gesagt: Ich sah mit kurzen Haaren eher aus wie ein Monchichi. Seither bewundere ich Frauen, die mit kurzen Haaren gleichzeitig cool und weiblich aussehen.

«Aber wir müssen uns doch erkennen unter Gleichgesinnten», fordert die Dutt-Trägerin. «Haben Sie's dabei?»

«Klar.» Matti friemelt ihr Bändchen vom Rucksack. «Na los, Caro, du auch!»

Die junge Frau richtet sich auf. «Was denn, Sie heißen Caro? Ich auch!» Sie schenkt mir ein herzliches Lächeln. «Mit C oder K?», fragt sie.

Ich lächele verlegen. «Mit C.»

«Noch eine Übereinstimmung! Das kann ja wohl kein Zufall sein, dass wir uns ausgerechnet hier im Zug treffen! Krass!»

Meine Namensschwester strahlt eine sympathisch-natürliche Offenheit aus, wie ich sie mir in ihrem Alter gewünscht hätte. Nicht, dass ich ein schüchternes Mauerblümchen gewesen wäre. Nein, es war eher eine ständige Unsicherheit, die mich begleitet hat und die ich bis heute nicht wirklich losgeworden bin. Der jugendliche Charme dieser Caro ist geradezu ansteckend.

«Ja, *krass*», sage ich, obwohl ich das Wort, das auch meine Schüler ständig benutzen, am liebsten komplett aus dem Wörterbuch streichen würde. Außerdem ist es so einfach ersetzbar, zum Beispiel durch *extrem, enorm, exorbitant, mächtig, riesig*. Klingt auch alles viel schöner als *krass*, das eher einem unschönen Geräusch ähnelt als einem Wort mit Bedeutung. Und Mehmet könnte stattdessen sagen: *Ey, voll exorbitant, Frau Wischmann!* Klingt doch viel besser!

Matti friemelt auch das Bändchen von meinem Rucksack und legt es mir ums Handgelenk.

«Besser so?»

Sie hält mein und ihr Handgelenk hoch, und die junge Caro nickt zufrieden. Dann erklärt Matti: «Ich bin übrigens Matti.»

Wir blicken in zwei weit aufgerissene Augen.

«Krass, so heißt …»

«Stopp!», sage ich. «Lass mich raten, so heißt deine Reisebegleiterin?» Ich deute auf die lesende Jean Seberg, die von unserer Unterhaltung bisher nichts mitbekommen hat.

Der Italiener hingegen telefoniert jetzt lauter, und obwohl wir ihn vorwurfsvoll anschauen, reagiert er nicht. Seine Frau blättert unbeteiligt in einer Frauenzeitschrift. Sie kennt das vermutlich schon.

«Nein, das ist Phili. Aber meine Mom heißt Matti. Eigentlich Martina, aber nur mein Vater nennt sie so, wenn er sauer ist.»

«Kenne ich. Hat mein Exmann auch gemacht.» Matti lacht.

Die junge Caro weiß zuerst gar nicht, wie sie diese Information deuten soll, bleibt aber entspannt. «Na, immerhin können Sie drüber lachen.» Dann wechselt sie lässig das Thema. «Ich wusste gar nicht, dass man in Ihrem Alter auch noch Interrail machen kann.»

Ich muss tief durchatmen. «Tja, kaum zu glauben, aber in *unserem* Alter geht noch so einiges. Du kannst uns übrigens gerne duzen, das macht es etwas unkomplizierter, und wir fühlen uns nicht ganz so alt.»

Sie freut sich. «Sehr gerne! Und Sie … äh … ihr fahrt also auch so durch Europa, oder wie?»

«Ja, krass, oder?», sagt Matti begeistert, und ich frage mich, seit wann sie wie eine Zwanzigjährige redet. «Ich hab das schon vor … also früher schon mal gemacht. Da musste man nicht so viel im Voraus planen und reservieren und so. Es gab auch weniger Schnellzüge. Aber –»

«Aber man hatte auch mehr Zeit damals», mische ich mich ein, obwohl ich gar keine Interrail-Erfahrung habe.

«Krass! Das darf ich alles gar nicht meiner Mom erzählen, sonst fängt sie auch noch damit an!» Meine Namensschwester lacht, dass der Dutt wackelt.

«Wäre das so schlimm?», frage ich neugierig.

«Nein, aber … na ja, irgendwie schon, weil sie immer alles machen will, was ich auch mache.»

Der Vorwurf kommt mir bekannt vor. «Warum soll sie das denn nicht?», bohre ich nach.

«Weil … na ja, meine Mutter ist nicht so cool wie Sie … äh, ihr.»

Ha! Sollte sich die Gelegenheit ergeben, werde ich dieser jungen Frau mehrere Drinks spendieren!

«Mom klammert total», fährt sie fort, «und will immer alles mit mir zusammen machen. So freundinnenmäßig.»

«Wieso, hat sie keine eigenen Freundinnen?», will Matti wissen.

Die junge Caro muss jetzt tatsächlich überlegen. «Glaub nicht. Meine Eltern machen halt immer alles zu zweit.»

«Oh, das ist nicht gut. Hast du Geschwister?», frage ich.

«Leider nein. Ihr könnt euch nicht vorstellen, was zu Hause los war, als ich das erste Mal alleine Urlaub machen wollte. Total krass. Vor allem meine Mutter. Hat nur geheult. Und mein Vater hat ständig gesagt: *Martina, jetzt reiß dich zusammen!*»

Matti lacht auf, obwohl das ganz schön bitter klingt. Wir werfen uns vielsagende Blicke zu. Es ist, als würden wir unseren Töchtern lauschen.

Nur der Italiener nervt, weil er wie ein Wasserfall ohne Punkt und Komma redet. Sein Gequassel liegt wie ein Geräuschteppich unter unserem Gespräch.

Caro scheint das nicht zu stören. «Deshalb bin ich auch mit achtzehn ausgezogen. Bis ich also mit meiner Mom zu zweit Urlaub mache, dauert's noch ein paar Jahrzehnte!»

Ich muss an Ella denken und frage mich, ob sie auch so über mich denkt und redet. Ob sie auch froh ist, dass ich mein Ding mache oder ob ich ihr eigentlich egal bin. Fragt mein Kind sich überhaupt manchmal, wie's mir geht? Vermutlich eher selten. Sie hat ja gerade jede Menge mit dem neuen Leben einer Erwachsenen zu tun. Da bleibt kaum Platz für Gedanken über die eigenen Eltern. Das ist in dieser Lebensphase ja auch nicht unbedingt vorgesehen. Jetzt kommen Abnabelung, Unabhängigkeit, Ausbildung, Beruf, Partnerwahl und Fortpflanzung. Das sind 'ne Menge Dinge, die sie in den nächsten … sagen wir mal, zehn Jahren zu erledigen hat. Bis sie ihr unabhängiges Leben im Griff hat, dürfen wir allenfalls auf Anfrage helfen, ohne uns weiter einzumischen. Und dann, wenn wir älter werden, reflektiert das große Kind, dass wir nicht ewig da sein werden. Und vielleicht fragt es dann auch mal, wie es uns eigentlich geht. Ich will das nicht einfach so akzeptieren und nehme mir fest vor, mehr mit Ella zu reden. Ich will wissen, wie es in ihrem Kopf und in ihrem Herzen aussieht. Und sie soll es auch von mir wissen.

«Schon komisch, wenn du so über deine Mutter redest», sage ich. «Wir beide haben nämlich auch Töchter, die gerade irgendwo zwischen Frankreich und Spanien unterwegs sind. Oder wo auch immer. Sie melden sich leider nur selten.»

Die junge Caro lacht und winkt ab. «Logisch! Ich melde mich auch nicht jeden Tag bei meinen Eltern. Hey, ich bin erwachsen!»

Matti sieht sie herausfordernd an. «Hey, das denkst du vielleicht, aber du bleibst immer eine Tochter. Und wir Eltern machen uns nun mal ständig Sorgen. Das ist nämlich unser Job, und der hört auch nie auf. Deshalb ist es nett, wenn man sich ab und zu meldet und einfach kurz sagt: Hey, es geht mir gut.»

Matti kann so klug und einfühlsam klingen, wenn sie will, selbst wenn ein winziger Ton Ironie dabei ist. Kein Wunder, dass ihre Schüler sie lieben.

«Stimmt schon», gibt Caro zu. «Aber mal im Ernst: Meldet ihr euch denn auch regelmäßig bei euren Familien?»

Matti und ich müssen zugegebenermaßen den Kopf schütteln.

«Nicht wirklich. Aber wir sind ja auch keine Kinder mehr», sage ich.

«Wir auch nicht», erwidert Caro trocken und grinst.

Die Zeit vergeht wie im Flug. Das italienische Paar steigt zum Glück in Bologna aus. Er nimmt Jacke und Rollkoffer und telefoniert dabei einfach weiter. Es würde mich gar nicht wundern, wenn seine Frau einfach sitzen bleibt, weiter in ihrer Zeitschrift blättert und ihn gehen lässt. Wahrscheinlich würde er es gar nicht merken. Doch sie folgt ihm routiniert und verabschiedet sich von uns mit einem freundlichen *Scusi tanto*. Schlimm, wenn man sich für seinen Partner entschuldigen muss. So weit ist es bei Olaf und mir zum Glück noch nicht. Er telefoniert aber auch nicht gerne.

Caros Freundin Phili nimmt jetzt zum ersten Mal ihre Stöpsel aus dem Ohr und lächelt uns an. «Endlich ist er weg. Das war ja nicht zum Aushalten! Hallo, ich bin Phili.»

«Wissen wir», sagen Matti und ich im Einklang. Ohne den Dauertelefonierer ist die Stimmung im Abteil gleich viel besser. Obwohl es nach wie vor wirklich extrem heiß und stickig ist. Der Zug füllt sich wieder, weil viele Reisende auf eine der Adria-Fähren wollen.

Langsam verlässt der Zug den Bahnhof, und ich schaue aus dem Fenster. *Arrivederci Bologna!* Nächstes Mal, denke ich und nehme mir fest vor, alle Reisen nachzuholen, die ich jahrelang verpasst habe.

Nun sind es nur noch zwei Stunden bis Ancona, und meine

Vorfreude auf Griechenland steigt. Ich nutze die Zeit und checke ausgiebig meine Mails und meinen Facebook-Account. Ella und Jo sind offenbar inzwischen in Madrid und treffen sich dort mit Freunden aus ihrem Abi-Jahrgang. Auf den Selfies vor dem Palacio Real, dem Königspalast, und dem Stadion Santiago Bernabéu von Real Madrid sind auch Jungs dabei. Es ist schon beruhigend zu wissen, dass unsere Töchter noch leben, zumindest gestern noch.

Mehmet hat auch ein Foto gepostet. Er ist mit der Familie bei seinem großen Bruder in Istanbul. Er posiert vor einem roten Ferrari, der am Straßenrand parkt, und macht auf dicke Hose. Mit Goldkettchen und Sonnenbrille, wie immer. Darunter schreibt er einen Gruß an mich: Isch hol Ihnen ab, Frau Wischmann! Voll versprochen!

Der Spinner! Matti hat recht, ich hätte mich nicht online mit meinen Schülern befreunden sollen.

Dann weckt ein neuer Eintrag von Angelos meine Aufmerksamkeit. Unter einem Sonnenuntergangsfoto, das eine Strandbar im Vordergrund zeigt, schreibt er: A dream comes true – my own beach club. Opening next weekend! Dazu lädt er seine «Freunde» ein. Also auch uns.

Phili kramt eine Karte aus ihrem Rucksack und fragt: «Und wo wollt ihr jetzt hin?»

«Paxos», sagt Matti.

«Korfu», sage ich gleichzeitig und bin im selben Moment verwundert. «Wie, Paxos?» Fragend sehe ich sie an.

«Ich wollte von Anfang an nach Paxos.»

«Und ich nach Korfu. Das hatten wir doch besprochen.»

«Schon, aber beim Interrailen ist ja nichts in Stein gemeißelt. Lass uns also noch mal darüber reden.»

«Nein! Paxos ist doch viel zu klein und sicher total überlaufen.» Ich atme tief durch. «Hör mal, du wolltest nach Paris – da hab ich auch nichts gesagt.»

«Weil es wichtig war!»

«Und Korfu ist *mir* wichtig.»

«Aber das kann man doch gar nicht vergleichen», protestiert Matti. «Bei mir ging es doch um viel mehr als nur um die vage Erinnerung einer verblassten Jugendliebe.»

Das tut weh. Warum macht sie das? Warum stellt Matti ihre zugegeben tragische Geschichte so sehr über meine? Wieso muss sie das überhaupt vergleichen? Wieso kann da nicht jede Erinnerung, jede Jugendliebe für sich stehen? Oder ist das ihre Art, mir zu zeigen, dass sie es ungerecht fände, wenn ich Angelos treffe, weil sie von Jean-Luc versetzt wurde? Ach was! Ich interpretiere da wahrscheinlich viel zu viel hinein. Vermutlich denkt sich Matti gar nichts dabei und will einfach nur nach Paxos. Aber das müssen wir nicht jetzt und nicht hier klären. Also Strategiewechsel!

«Kennt ihr Korfu?» Ich wende mich an unsere beiden Mitreisenden. «Schon mal dort gewesen?»

Caro und Phili schütteln den Kopf.

«Wir wollen weiter nach Patras und durch den Golf von Korinth», sagt Phili.

Sehr gut! Das war eine Steilvorlage für einen Themenwechsel, die ich sofort nutze. «Und wie geht eure Reise dann weiter?»

Matti schnappt sich die Frauenzeitschrift der Italienerin und blättert trotzig darin herum.

Caro zeigt die Stationen ihrer Reise auf der Karte. «Athen, dann Insel-Hopping über die Kykladen, rüber zur Peleponnes und zurück durch Italien und Frankreich.»

«Wow, da habt ihr ja noch einige Wochen vor euch.»

Beide nicken. «Semesterferien.»

Ich bleibe am Ball. «Was studiert ihr denn?»

«Lehramt», sagen beide im Chor.

Jetzt wird Matti wieder locker und schenkt mir ein Grinsen, als ich sie ansehe. «Ach, und welche Fächer?», fragt sie.

«Mathe und Physik», antwortet Phili und fügt gleich hinzu: «Ja, ich weiß, krasser Stoff, macht aber Spaß.»

«Also ich mache Deutsch und Geschichte», sagt die junge Caro zu meiner Verwunderung.

Mir wird seltsam flau im Magen. Das muss ein schlechter Scherz sein. Was ist das hier? Versteckte Kamera?

«Und was macht ihr so?», fragt meine Namensschwester nichtsahnend weiter.

Matti bricht in schallendes Gelächter aus. Die Mädels schauen sie irritiert an.

«Ein … Witz. Ich habe gerade einen super Witz gelesen», erklärt Matti und lacht weiter.

«Ach, und ich dachte, du kannst kein Italienisch.» Demonstrativ verschränke ich die Arme vor der Brust.

«Doch, das … das war ein Cartoon.»

Ich wende mich wieder den beiden angehenden Lehrerinnen zu, die noch auf eine Antwort warten. Aber ich stelle stattdessen eine Gegenfrage: «Und wieso wollt ihr Lehrerinnen werden?»

Die junge Caro holt tief Luft, und ich ahne, dass jetzt etwas Bedeutungsschweres folgt. «Weil ich die Zukunft mit verändern will», erklärt sie. «Wir … müssen doch den Kindern vernünftige Werte vermitteln.»

«Aber man liest doch ständig von unterirdischen Bedingungen für Lehrer – schlechte Bezahlung, Burnout, Zeit- und Materialmangel, Gewalt an Schulen. Warum tut ihr euch das an?»

«Genau deshalb. Irgendwer muss es ja richten. Wir sind die neuen Superhelden der Gesellschaft.» Phili grinst, faltet die Europa-Karte zusammen und stopft sich wieder ihre Stöpsel ins Ohr.

Caro nickt. «Wenn alle ihre Köpfe in den Sand stecken, dann wird doch alles immer schlimmer, dümmer und hoffnungsloser. Darum: Bildung hilft!» Das klingt nach absoluter Überzeugung – und als hätte sie das für eine *ProBildung*-Kampagne einstudiert.

Ich nicke und beobachte, wie sie ihr Strickzeug aus dem Rucksack zieht. «Das wird ein Schal für meine Mutter. Der muss bis Weihnachten fertig werden.»

Ich studiere die junge Caro noch eine Weile, denn ich erkenne mich ganz eindeutig in ihr. Nur ist sie die bessere Variante – schlagfertiger, zielstrebiger und überzeugter von dem, was sie sagt und macht. Ich wollte Lehrerin werden, weil mir nach dem Abi nichts anderes einfiel. Außerdem war meine Mutter Lehrerin, weshalb ich ungefähr eine Ahnung hatte, was mich erwartete. Nein, ich war anfangs sicher keine Überzeugungstäterin. Aber im Studium wurde mir dann klar, wie wichtig der Beruf ist. Also habe ich mich nach dem Referendariat voll reingehängt und mich für jedes Projekt, das mir am Herzen lag, engagiert. Ich habe mich für jeden Schüler eingesetzt, der meine Unterstützung brauchte, und um jedes Lehrmittel gekämpft, das ich kriegen konnte. Ich war sogar bildungspolitisch aktiv und wollte alles besser machen als die verknöcherten Kollegen. Bis mir klarwurde, wie unwichtig Bildung denjenigen war, die eigentlich gute Bedingungen dafür schaffen sollten: den Politikern. Gute Bildung zu fordern und sich dafür einzusetzen entpuppte sich immer mehr als ein Kampf gegen Windmühlen. Irgendwann habe ich aufgehört, mich für jeden und alles zu engagieren, weil es so stark an meinen Kräften zehrte. Ein Teil von mir resignierte, während der andere sich auf das Wesentliche konzentrierte – die Schüler. Und jetzt sitzt mir diese junge Frau gegenüber, voller Ehrgeiz, Kampfgeist und Ideale – und ich hab das Gefühl, versagt zu haben.

Caro sieht von ihrem Strickzeug auf. «Aber sag doch mal, was machst du so?»

«Ich … bin … Also, ich bin …» Mein Blick fällt auf eine Werbeanzeige in der italienischen Zeitschrift, in die sich Matti schon wieder vertieft hat. «… Autoverkäuferin.»

Hab ich das gerade wirklich gesagt? Die junge Caro ist aber offenbar beeindruckt. Sie zieht ihrer Freundin einen Stöpsel aus dem Ohr. «Hast du gehört? Caro ist Autoverkäuferin.»

Ich nicke. «Ferrari.»

Phili beugt sich vor. «Wow! Echt jetzt?»

Das scheint den beiden zu imponieren.

«Krass! Ist ja super!», staunt Caro.

Matti hält die Zeitschrift höher und macht sich gleich in die Hose vor Lachen. Ich erkenne das am Zucken ihres Bauchs. Aber ich bleibe todernst und frage mich, ob die Mädels auch so beeindruckt gewesen wären, wenn ich gesagt hätte, dass ich Verkäuferin bei einem schmierigen Gebrauchtwagenhandel bin. Wohl kaum. Fazit: Sie sind auch nur blechgeil und flippen bei dem Wort *Ferrari* aus. Dabei sind diese Schleudern doch so hässlich.

«Muss ja ein super Cartoon sein», sagt Phili mit Blick auf Matti, die sich jetzt ganz offensichtlich kaputtlacht.

Ich versuche, ernst zu bleiben. «Solche Lachanfälle hat sie manchmal. Sie ist halt lustig.»

Matti prustet. «Ja, genau!»

«Und wie ist das so, einen Ferrari zu fahren?» Es scheint Phili wirklich zu interessieren.

«Och.» Ich winke ab. «Sieht schwerer aus, als es ist. Alles eine Frage der Übung.»

Phili nickt.

Caro will mehr wissen. «Und wie ist das überhaupt – in so einer Männerdomäne? Ich meine jetzt als Frau? Da muss man sich doch bestimmt viel gefallen lassen, oder?»

«Ja, total, aber ich hab das gut im Griff.» Uff, so langsam wird mir das zu heikel. Daher mache ich eine bedeutungsschwere Pause und erkläre: «Aber jetzt bin ich im Urlaub. Also, nichts gegen euch, aber vielleicht reden wir einfach nicht mehr über den Job, okay?»

«Wieso?», fragt Matti scheinheilig. «Das ist doch spannend für so junge Frauen! Also rein gendermäßig.»

Sie kann so ein Biest sein!

«Ach nein, ich hab jetzt Urlaub. Wie wir alle. Da wollen wir uns doch nicht über Jobs und Studium und so 'n Kram unterhalten. Oder? Außerdem ist es viel zu heiß zum Reden.»

«Auch wieder wahr», sagt Caro und wischt sich den Schweiß von der Stirn.

Phili widmet sich wieder ihrer Musik und lehnt sich zurück.

Und Matti gibt zum Glück auch Ruhe, obwohl sie das Grinsen nicht lassen kann.

Weil es jetzt gefühlte 45 Grad im Abteil hat, sind wir alle ziemlich kaputt. Jeder schwitzt so vor sich hin. Wir trinken viel und schlafen oder widmen uns unseren Handys. Ich schreibe Olaf ein paar Zeilen, aber meine Nachricht bleibt unbeantwortet. Wahrscheinlich ist er noch sauer, weil ich bei unserem letzten Gespräch einfach aufgelegt habe.

Dann rollen wir in Ancona ein und sind froh, endlich an die frische Luft zu kommen. Beim Aussteigen spürt man sofort eine leichte Brise – wir können das Meer schon riechen.

Der Bahnhof selbst ist eher ein schmuckloser Ort, an dem niemand gerne länger bleibt als nötig. Kein Vergleich zu Mailands prächtigem Protz-Bahnhof. Gemeinsam mit den beiden Lehramtsstudentinnen nehmen wir einen Linienbus, der uns und einige andere Reisende direkt zum Fährhafen bringt. Hier liegen Schiffe aller Größen, die kreuz und quer durch die Adria schippern. Massenhaft verschwinden Autos, Wohnmobile, Lkw und Busse in ihren riesigen Bäuchen.

Im Terminal buchen wir am Ticketschalter die Überfahrt.

«Wollen wir nicht doch 'ne Kabine nehmen?», frage ich Matti sicherheitshalber. «Immerhin sind wir fast 24 Stunden auf dem Wasser unterwegs.»

«Auf keinen Fall! Wir machen doch keine spießige Kreuzfahrt auf der Aida.»

Phili lacht. «So wie meine Eltern. Bloß nicht! Das hier ist doch viel cooler.»

«Ist doch krass», freut sich die junge Caro. «Wir schlafen an Deck unterm Sternenhimmel, auf offener See. So romantisch!»

Matti nickt. «Besser, als bei der Hitze in der Kabine zu ersticken.»

Da ist was dran. Und weil ich weder ein uncooler Spießer noch ein Spielverderber sein will und erst recht nicht ersticken möchte, nehmen wir alle vier die billigste Kategorie: zweite Klasse an Deck. Und obwohl wir mit unserem Interrail-Pass theoretisch die Fähren umsonst nehmen können, zahlen wir pro Kopf noch zwanzig Euro Saisonaufschlag, sieben Euro Hafengebühr und fünfzehn Euro Treibstoffzuschlag. Ohne Sitzplatz.

Das ist wie Kino im Stehen ohne Cola und Popcorn, denke ich und folge den anderen erwartungsvoll an Bord.

15
Große Überfahrt

AN DECK FOLGEN WIR DEN BEIDEN angehenden Lehrerinnen, die nur ein Ziel haben – den Pool.

«Sollten wir nicht vielleicht erst mal was essen oder trinken, bevor wir uns an den Pool legen?», frage ich offenbar total naiv, denn Matti verdreht die Augen.

«Frag nicht, sondern komm!»

«Es geht um die Liegen!», ruft Phili uns zu. Aber das irritiert mich jetzt erst richtig. Ausgerechnet die Person, die ihre Eltern spießig findet, weil sie auf einem Kreuzfahrtschiff Urlaub machen, rennt jetzt wie ein geölter Blitz zum Pool, um das Handtuch zu werfen? Und warum mache ich da überhaupt mit?

«Aber ich will gar nicht an den Pool!», keuche ich und bleibe bockig stehen. Matti nimmt meine Hand und zieht mich mit.

«Doch, das willst du!»

Über Rolltreppen werden wir nach oben auf das Mitteldeck gebracht, wo sich die Neuankömmlinge verteilen. Erst jetzt wird mir bewusst, dass wir nicht die Ersten auf der Fähre sind, denn sie kommt ja aus Venedig. Während Caro und Matti zum Pooldeck eilen, um uns Liegen zu sichern, trotte ich hinterher und schaue mich um. Überall haben sich schon Passagiere ausgebreitet und in sämtlichen Nischen Plätze belegt. In einer windstillen Ecke liegt ein lässiger Mittfünfziger mit Sonnenbrille, Bart und grau-blonder Surfermähne entspannt in seiner Hängematte – vor sich einen

Tisch mit einer Flasche Rotwein – und beobachtet das Treiben. Ein schräger Typ. Ein paar Reisende beginnen, riesige Luftmatratzen für die Nacht aufzupumpen. Jetzt sehe ich Phili. Sie checkt blitzschnell die Situation, entdeckt vier leere Liegen nebeneinander und sprintet darauf zu, zusammen mit einer sehr moppeligen Frau im Badeanzug, die drei plärrende Kleinkinder im Schlepptau hat, und einem jungen Blondschopf mit einer Bierdose in der Hand, der von seinen Kumpels ins Rennen geschickt wird. Für alle Läufer ist die Entfernung ungefähr gleich, aber Phili hat die bessere Strecke vor sich – kaum Hindernisse außer ein paar Tischen und Stühlen.

«Sie war mal Leichtathletin», sagt Caro und feuert ihre Freundin an. Obwohl ich noch immer nicht weiß, worum es hier überhaupt geht, mache ich mit. Die Dreifach-Mutti stolpert über einen aufgeblasenen rosa Flamingo am Beckenrand, und der Bierdosen-Sprinter muss einer knackigen Blondine ausweichen und verliert wertvolle Zeit durch's Hinterherglotzen auf ihren Po. Beide kommen erst ins Ziel, als Phili sich schon auf ihrer Liege ausbreitet und Klamotten auf den anderen dreien verteilt hat.

«Gratulation! Aber was wird das hier eigentlich?», frage ich neugierig.

«Ich habe uns gerade unsere Schlafplätze für die Nacht gesichert.» Phili hält ihre Hand hoch, damit Caro und Matti abklatschen. Und endlich fällt auch bei mir der Groschen!

«Mir wäre eine Zwei-Bett-Kabine trotzdem lieber gewesen», sage ich zu Matti, die ihren Arm um mich legt.

«Ach komm, sei kein Spielverderber! Das wird voll romantisch!» Ein Hoch auf Mattis Optimismus und Philis Sprinterfähigkeiten! Wir stellen die Liegen dicht zusammen an eine windgeschützte Stelle und verstauen unsere Rucksäcke darunter.

Während die Lehramtsstudentinnen sich am Pool häuslich einrichten und aus Mangel an Alternativen mit der Bierdosen-Gang Kontakt aufnehmen, die nun an der Poolbar herumlümmelt, schauen Matti und ich von einem höheren Deck aus zu, wie die Fähre ablegt. Wunderschön ragt die Altstadt von Ancona, in rotes Sonnenlicht getaucht, vor uns auf. Sie thront direkt hinter dem Hafen, und es scheint fast so, als wehre sie die mächtigen Stahlschiffe ab, die ihr bedrohlich nahe kommen. Langsam bahnt sich unsere Fähre ihren Weg durch die Hafeneinfahrt hinaus aufs offene Meer. Es weht eine angenehme Brise, auch wenn die Luft nach Diesel, Fisch und Frittierfett riecht. Meer und Himmel wechseln spektakulär ihre Farben von Rot-Blau in Violett-Blau und Hellblau-Dunkelblau. Wir genießen die mystische Stimmung der blauen Stunde noch eine Weile, bis die Sonne fast im Meer versinkt.

Dann erkunden wir die Fähre und entdecken mehrere Bars, Cafés und Restaurants unterschiedlichster Preisklassen. Überall gibt es gemütliche Sitzecken und sogar einen Indoor-Spielplatz für die Kleinen. Und wenn den Großen langweilig wird, gehen sie einfach ins … Tadaaa … Casino! Also doch wie auf einem Kreuzfahrtschiff hier, nur nicht ganz so elegant, denn bei näherem Hinschauen entpuppt sich das Casino als schlichte Spielothek.

«Da gibt's nicht mal 'n Flipper!», sagt Matti, nachdem sie einen Blick hineingeworfen hat.

«Schade, da hätten wir die Nacht schnell rumgekriegt.»

«Aber da kommt schon das nächste Highlight.» Matti zeigt auf die Bord-Boutique. Gespannt gehen wir auf den hell erleuchteten Laden zu, der uns vorkommt wie eine Oase des Konsums im tristen Bauch eines Walfischs. Wir treten ein und stellen fest: Alle anderen sind schon da: Britinnen, Griechinnen, Italienerinnen und andere -innen. Dieser kleine, aber bis oben vollgestopfte Shop ist eine Mischung aus Tankstelle und Flughafen-Duty-Free. Es gibt alles von Schnaps über Salami, Parfum, Klamotten, Schuhe, Taschen, Schwimmflügel bis hin zu Tampons. Wir decken uns mit Bier, Wasser, Nüssen, Gummibärchen und Crackern ein und sehen uns noch ein bisschen bei den Klamotten um. Ausgerechnet die resolute Dreifach-Mutti vom Pool greift zeitgleich mit mir nach dem gleichen Bikini. Ihr Blick ist zwar flüchtig, aber unerbittlich und absolut eindeutig: *Lass los, oder du wirst dieses Schiff nicht lebend verlassen.*

«Oh, sorry», sage ich und überlasse ihr den Bügel samt Bikini, der ihr mindestens drei Nummern zu klein sein dürfte. Selbst mir wäre er zu knapp, aber ich wollte ihn mir ja auch nur ansehen – mir steht einfach kein Leopardenmuster. Jetzt erst schaut mir die Frau direkt in die Augen und erstarrt. Was stimmt nicht mit mir? Vielleicht habe ich noch Essensreste im Gesicht, denke ich.

«Maria!», höre ich die Frau sagen. Abrupt lässt sie den Bügel fallen und starrt mich weiter an, als sei ich die Jungfrau Maria persönlich. Mir ist das total unheimlich.

«Lass uns hier abhauen», flüstere ich Matti zu.

Also zahlen wir und verdrücken uns. Seltsame Begegnung. Matti versichert mir, dass ich völlig okay aussehe. Unsere Einkäufe verstauen wir am Pool unter den Liegen. Ein bisschen fühlen wir uns dabei wie zwei Obdachlose, die ihr Hab und Gut bunkern. Caro und Phili sitzen an der Bar und quatschen mit den Jungs, die offenbar aus Schweden kommen. Die beiden jungen Frauen sitzen auf Hockern, während die fünf Jungs um sie herumschwirren. Sie unterhalten sich angeregt und flirten ganz offen miteinander. Also gut, die Typen sind sicherlich keine ‹Jungs› mehr, sondern Männer zwischen 25 und 30. Und das Bild, das sich uns bietet, erinnert ein wenig an *Die Bachelorette*, die Fernsehshow, in der eine heiratswillige junge Frau sich aus vielen mehr oder weniger gut aussehenden Männern mit mehr oder weniger Charme und mehr oder weniger Hirn den mehr oder weniger geeigneten Beziehungskandidaten heraussuchen muss. Das Ganze gibt es natürlich auch für den *Bachelor*. Aber ganz gleich, wer sich wem an den Hals wirft oder wer wen aussucht – es passt irgendwie nicht in unser heutiges Verständnis von Gleichberechtigung. Will es vermutlich auch gar nicht.

«Warum kommt ihr nicht rüber?», ruft Caro uns zu.

«Später, wir gehen erst mal was essen», sage ich und bemerke gleichzeitig, dass Matti einen Typen der Fünfergruppe mustert, der am Rand sitzt und sein Handy checkt.

«Gar nicht so schlecht», murmelt sie.

Ich verdrehe die Augen. «Martina, du bist fast fünfzig! Was willst du denn mit so einem Bubi?»

«Ups, das hätte ich fast vergessen, *Carola*.» Matti hält sich gespielt schamhaft die Hand vor den Mund. «Aber ich steh eben nicht auf Männer in meinem Alter. Schlimm?»

«Kommt drauf an», sage ich lachend.

«Worauf?»

«Für unsere beiden jungen Kolleginnen wäre es nicht so toll, wenn wir ihnen die Männer ausspannen würden.»

«Wieso *wir*?», fragt Matti spöttisch. «Die fallen doch gar nicht in dein Beuteschema.» Sie bleibt stehen und schaut mich nachdenklich an. «Hast du überhaupt eins?»

«Ein was?», frage ich.

«Ein Beuteschema?»

«Weiß ich doch nicht. Ich geh ja nicht ständig auf die Jagd wie du. Aber ich weiß, dass diese fünf Spezis da hinten an der Bar sicher nicht in mein Beuteschema fallen, wenn du das meinst.»

Matti lacht. «Na, dann ist ja gut.»

Wir entscheiden uns für ein Selbstbedienungsrestaurant und stellen uns in die Schlange. Es geht nur langsam voran. Von außen betrachtet, ist das genau das, was ich eigentlich nicht wollte: mit einem Bändchen am Handgelenk und einem Tablett in der Schlange eines Fast-Food-Restaurants an Bord eines Riesenschiffs auf mein Essen zu warten. Denn anders hätte das auf einer All-inclusive-Kreuzfahrt unter Umständen auch nicht ausgesehen. Ich halte kurz inne, um mich ein wenig selbst zu bedauern. Bis mir von hinten jemand sein Tablett in den Rücken schiebt, damit ich aufschließe. *Tief durchatmen und gelassen bleiben*, denke ich, ohne mich verärgert nach dem Rüpel hinter mir umzusehen.

«Weißt du was?», fragt Matti, während sie das Angebot studiert. «Ich hab nachgedacht.»

«Worüber?», frage ich und nehme mir im Vorübergehen einen großen Salat mit Oliven und Käse aus der Vitrine.

Matti angelt sich ein paar Antipasti. «Du stehst doch auf Männer wie Olaf.»

Was soll das nun wieder? Die Frage allein ist schon seltsam. Erst recht an diesem Ort.

«Komm schon, Matti! Was soll ich darauf antworten? Ja, sonst wäre ich nicht mit ihm verheiratet. Oder: Nein, ich finde Männer wie Olaf doof. Stimmt ja beides. Aber eben auch nicht.»

Schließlich habe ich nicht den jetzigen Olaf geheiratet, sondern den aufmerksamen Olaf, der sich damals vor gefühlt hundert Jahren um mich bemüht hat, der lustig war, aktiv und interessant. Mit dem ich mich körperlich und geistig austauschen konnte. Dass der sich so verändert, konnte doch niemand ahnen. Vielleicht hätte ich auf meinen Vater hören sollen. Er liebte es, Sprüche zu klopfen. Einer davon war: *Schau dir die Eltern an, und du weißt, wie die Kinder werden*. Das ist auch der Grund, warum ich schon mein ganzes Leben lang bewusst dagegen ankämpfe, wie meine Mutter zu werden – mit mehr oder weniger Erfolg. Zugegeben, ich komme mir eher vor wie Don Quijote, denn je älter ich werde, desto deutlicher wird mir bewusst, dass dies vermutlich ein aussichtsloser Kampf ist. Olaf dagegen hat noch nicht mal versucht, anders zu werden als sein Vater. Im Gegenteil. Sein Vater ist sein großes Vorbild. Erfolgreicher Rechtsanwalt, geliebter Familienvater dreier Kinder, toller Opa und treuer Ehemann – ganz klassisch. Leider ähnelt Olaf ihm auch optisch immer mehr. Bauch und Glatze werden mit den Jahren ausgeprägter, genauso wie Trägheit und Gewohnheit. Und Spontaneität ist für Vater und Sohn nur ein Begriff im Wörterbuch. Das alles färbt natürlich ab. Von Olafs Mutter weiß ich, dass sie resigniert hat. Routine und die Angst vor dem Alleinsein haben sie mürbe und stumm gemacht. Abschreckender geht es nicht!

Für Matti ist die Sache klar: «Du hast zwei Möglichkeiten. Entweder du suchst dir einen Liebhaber, oder du verlässt Olaf. In beiden Fällen kannst du dein Beuteschema herausfinden und dich selbst besser kennenlernen.» Sie nimmt sich einen Obstsalat. «Nur wenn du dich selbst kennst, kennst du deine Bedürfnisse.»

Ich schaue auf mein Tablett und stelle fest, dass mein dringendstes Bedürfnis momentan Besteck ist. Hab ich vergessen.

«Ist das ein Kalenderspruch, oder hast du einen Selbsterfahrungskurs gemacht?»

«Den mach ich seit meiner Scheidung!», lacht Matti.

«Brauchst du auch noch Besteck?», frage ich. Matti nickt. Ich lasse also mein Tablett auf der Ablage stehen und drehe mich um, um zurück zum Anfang der Schlange zu gehen, wo der Besteckkasten steht. Aber direkt hinter mir steht die kleine, rundliche Dreifach-Mutter und starrt mich wieder so komisch an. Was habe ich ihr nur getan?

Vorsichtig schlängele ich mich an ihr vorbei, um sie auch bloß nicht zu provozieren – zu was auch immer –, und hole Besteck. Als ich zurück an meinen Platz will, steht die italienische Signora schon an der Kasse direkt hinter Matti. Ich schnappe mir mein herrenloses Tablett und reihe mich wieder ein, aber der Obstsalat ist leider aus.

Zum Glück hat Matti uns draußen einen Tisch ergattert, von dem aus wir den restlichen Sonnenuntergang beobachten können. Das entschädigt für die Begegnung mit der seltsamen Frau. Und den Obstsalat will Matti auch mit mir teilen, denn das Essen schmeckt leider scheußlich. Ein kleiner Wind kommt auf, obwohl die See ruhig ist. Friedlich versinkt die glutrote Sonne im Meer.

«Jetzt erklär mir doch noch mal, wieso das mit Korfu so extrem wichtig für dich ist», sagt Matti. «Warum Korfu?»

«Weil wir dort zur Eröffnung eines Beach-Clubs eingeladen sind.»

Nun habe ich Mattis volle Aufmerksamkeit. «Ach, das klingt ja super! Und wer lädt ein?»

«Angelos.»

«Dein 90er-Jahre-Angelos?»

Ich nicke. Sie muss ja nicht wissen, dass er außer uns noch seine anderen 263 Facebook-Freunde eingeladen hat.

«Er lebt wieder auf Korfu und eröffnet an seinem 50. Geburtstag einen Beach-Club.»

«Wie cool ist das denn? Warum sagst du das denn nicht gleich? Ist doch spannend!»

«Weil es diese beiden Mädels nichts angeht.»

Matti schaut mich prüfend an, dann erhellt sich ihr Gesicht. «Hast du etwa Angst, dass sich die beiden an uns dranhängen und womöglich noch Konkurrenz machen? Mit ihrer Jugend?»

«So 'n Quatsch!», sage ich, dabei hat Matti nicht mal so unrecht, nur dass ich daran gar nicht gedacht habe. Ich wollte bloß nicht mit den beiden jungen Frauen, die ich kaum kenne, über mein Privatleben reden. Das ist alles. Das will ich Matti gerade erklären, da macht mein Handy leise *pling*!

«Ella!», rufe ich verblüfft, als sei meine Tochter seit zwanzig Jahren auf dem Mond verschollen.

Matti freut sich auch und beugt sich zu mir über den Tisch, um auf mein Handy zu schauen. «Und? Geht's ihnen gut? Wo sind sie? Gibt es Fotos?»

Diese Fragen von meiner abgeklärten Freundin wundern mich nun doch, wo sie doch eigentlich gar nicht erwartet, von ihrer Tochter Nachrichten zu bekommen. Ich ziehe das Handy vor Mattis neugierigen Blicken zurück.

«Natürlich *nicht*, wenn sie sich freiwillig meldet.»

«Haha – sehr witzig. Sag schon: Was schreibt sie?»

Ich lese vor.

Hallo Mama,

Madrid ist der Hammer! Jos Freundin Anna (die vom Schüleraustausch) hat voll die nette Familie und coole Freunde. Annas Mutter kocht super! Wetter ist top. Spaß, Gespräche, Partys – alles mega. Machen uns jetzt auf den Weg nach Barcelona. Kuss Ella ☺

Im ersten Moment bin ich auf Annas Mutter eifersüchtig, die aufgrund ihrer Kochkünste in dieser knappen Nachricht sogar eine Extraerwähnung erhält. Aber ich bin vor allem dankbar, dass es Ella gutgeht. Irgendwie erinnert mich diese Nachricht an die Ansichtskarten, die wir früher pflichtbewusst an unsere Eltern aus dem Landschulheim geschickt haben, allerdings mit deutlich weniger Inhalt.

Liebe Mama, mir geht's gut. Wie geht's Euch? Essen ist super, Wetter auch. Bis bald! Eure Caro

Das war Mindeststandard. Hinter Ellas elektronischer Nachricht steckt zwar keine Handschrift, dafür zeigt sie deutlich mehr Emotionen.

Matti schmunzelt. «Ach ja, Jo hat mir nach dem Schüleraustausch auch schon von Annas toller Mutter vorgeschwärmt. Neben ihr fühle ich mich wie eine hässliche Rabenmutter. Sie wäre wahrscheinlich *Europe's Next Top-Mama*.»

«Wieso?»

«Sie sieht aus wie Penelope Cruz, ist tagsüber Tanzlehrerin und steht abends cool hinterm Tresen ihrer eigenen Tapas-Bar. Außerdem ist sie erst 35 und hat 'ne Menge Verehrer, sagt ihre Tochter.»

«Na, danke schön. Jetzt fühle ich mich wie eine Loserin.»

Wir stoßen an und sind eigentlich ganz froh, dass wir nicht mit achtzehn unsere Töchter bekommen haben.

«Wenigstens wissen wir jetzt, dass es ihnen gutgeht», sagt Matti mit dünner Stimme, und ich habe den Eindruck, sie würde sich über eine Nachricht von Jo auch freuen. Deshalb schreibe ich Ella, dass Jo sich demnächst mal bei ihrer Mutter melden soll. Ella antwortet natürlich nicht, aber ich sehe, dass sie meine Nachricht gelesen hat. Von Olaf höre ich seltsamerweise gar nichts, und er reagiert weiterhin nicht auf meine Nachrichten. Ich belasse es erstmal dabei, mache mir aber ganz klitzekleine Mini-Sorgen um meinen Mann und seinen Mops.

Matti und ich trinken noch zwei Weißwein und machen dann eine kleine Runde übers Deck, wo uns der eine oder andere Hundehalter entgegenkommt. Zuerst denken wir uns nichts dabei, aber dann schreit plötzlich eine tiefe Stimme: «Stopp!»

Wir bleiben stehen und schauen uns um – nichts.

«Don't move!»

Diesmal schauen wir auf und entdecken den Schreihals über uns auf dem Oberdeck, wo sich die erste Klasse tummelt. Ein alter Mann.

«Excuse me? What's wrong?», rufe ich zu ihm hoch.

Der Mann deutet auf unser Deck. Verwundert folgen wir seinem Blick und entdecken einen Hundehaufen direkt vor uns, den wir ohne ihn voll mitgenommen hätten.

«Jetzt wissen wir zumindest, wie das hier mit dem Gassigehen läuft. Ist ja eklig», sagt Matti und steigt über den Haufen hinweg.

«Thanks!» Ich schaue zu unserem Retter hoch, aber er ist schon weg. «Was war das denn?», frage ich Matti verblüfft.

«Ein netter Mensch aus der First Class, der uns vor einer Schweinerei bewahrt hat. Ob er uns auch retten würde, wenn das Schiff heute Nacht einen Eisberg rammt?», fragt Matti.

«Wohl kaum», sage ich. «Bei 27 Grad Wassertemperatur.»

«Du bist so unromantisch und pessimistisch. Du musst viel offener mit solchen Begegnungen umgehen. Unverkrampfter.»

Ich bleibe stehen. «Unverkrampfter? Matti, ich muss nicht offen für einen mir wildfremden Mann sein, der uns vor einem Kackhaufen bewahrt hat. Ich will ja nichts von ihm.»

Sie zieht mich weiter. «Hat niemand gesagt, aber ein bisschen Smalltalk hier, ein kleiner Flirt da kann sich positiv auf das Gemüt auswirken.»

«Moment mal!» Ich bleibe wieder stehen. «Erstens bin ich nicht verkrampft. Zweitens ist mit meinem Gemüt alles in Ordnung. Und drittens will ich nicht mit jedem flirten oder rummachen. Das ist dein Part.»

Jetzt bleibt auch Matti stehen. «Willst du damit sagen, dass ich mit jedem rummache?» Sie klingt ziemlich vorwurfsvoll, und ihr Blick ist so scharf, dass ich eigentlich in mehrere Teile zerfallen müsste. Bin ich etwa zu weit gegangen?

«Mit *fast* jedem», sage ich kleinlaut.

Matti funkelt mich an, denkt nach, atmet tief ein und sammelt sich. Das kenne ich von ihr, wenn sie kurz vorm Explodieren ist. Zum Glück kommt das nicht oft vor. Ich schätze, ich bin wirklich zu weit gegangen.

«Wie kannst du nur so … furchtbar … ehrlich sein?» Jetzt atmet sie tief aus und wird gleich lockerer. «Ja, du hast recht. Es stimmt. Aber ich steh dazu. Weil's Spaß macht. Und ich finde, Dinge, die Spaß machen, sollte man immer wieder tun.» Sie lacht mich an und umarmt mich. «Und du solltest auch viel mehr Spaß haben.»

«Ich bin ja wohl der spaßigste Mensch auf der Welt», presse ich todernst heraus und finde mich selbst nicht sehr überzeugend.

Als wir zu den Liegen am Pool zurückkehren, herrscht dort eine ausgelassene Stimmung. Die Bar ist gut besetzt. Unsere Liegen auch. Da sitzt nämlich die Boygroup aus Schweden mit unseren Pädagogikstudentinnen. Schräg gegenüber hat sich die kleine Signora mit ihrer Kinderschar ausgebreitet. Sie registriert unser Kommen und mustert mich ein weiteres Mal. Ich beschließe, das zu ignorieren. Neben ihr hat es sich eine Großfamilie mit drei Kindern und Oma gemütlich gemacht – alles Italiener. Beide Familien schließen sich in kürzester Zeit zu einem großen Clan zusammen. Die Erwachsenen unterhalten sich sehr angeregt und sehr laut, während die Kinder auf ihren Handys und Tablets spielen oder schlafen. Ringsum hocken weitere Reisende auf Plastikstühlen, sie essen, trinken, spielen Karten und unterhalten sich.

«Setzt euch doch zu uns!», sagt die junge Caro und rückt näher an ihren Nebenmann, der das offenbar gar nicht so unangenehm findet. Sie trinken Dosenbier und unterhalten sich angeregt über Hollywood und die *#MeToo*-Debatte. Matti setzt sich auf die Liege, auf der ganz zufällig der junge Schwede sitzt, dem sie ein paar Stunden zuvor schon schmachtende Blicke zugeworfen hat. Die zwei sind die einzigen Raucher in der Runde und drehen ihre Kippen auch beide selbst. Matti ist ganz schnell darin, Gemeinsamkeiten mit jemandem zu finden. Sie greift unter die Liege neben ihr Gepäck – ins Nichts. Und uns wird klar, dass unsere Bierdosen schon längst verteilt wurden.

«Wollt ihr auch 'n Bier?», fragt Phili.

«Och, nett, dass du fragst, wir hätten unser Bier eigentlich gerne selbst getrunken», sage ich etwas gereizt. Aber das kriegt Phili gar nicht mit.

«Jan will sowieso gerade was holen», wirft Caro schnell ein.

«Wer ist Jan?», frage ich, und im gleichen Moment springt der wohl älteste der jungen Schweden auf, der mit der lustigen blonden Löwenmähne und dem schlimmen Sonnenbrand auf der Nase.

«Ich!»

«Oh», wundere ich mich. «Du sprichst Deutsch?»

«Seine Mutter ist Deutsche», antwortet Mattis Schwede für seinen blondgelockten Kumpel. «Meine übrigens auch.» Er grinst und zündet sich eine Zigarette an. Obwohl die Sonne längst untergegangen ist, hat er die Sonnenbrille noch nicht abgelegt.

«Ah, aus Verpflichtung zum schwedischen Königshaus, oder was?», frage ich. Weil die doch auch eine deutsche Königin haben.

«Sssso ungefähr», grinst Jan und spricht dabei das S sehr scharf aus, was toll klingt. Ich mag es, wenn jemand Deutsch mit einem fremdsprachigen Akzent spricht. Ob das genauso toll klingt, wenn ich Englisch oder Französisch spreche? Weich oder hart? Lustig oder bemitleidenswert? Ach, vielleicht ist es auch ganz gut, dass man die eigene Stimme selbst nicht einschätzen kann. Wahrscheinlich würde ich nie wieder ein Wort sagen.

«Aber bitte eiskalt!», ruft Matti und erntet fragende Blicke. «Das Bier – eiskalt! Okay?»

Jan besorgt tatsächlich eiskaltes Bier für alle. Obwohl die Motoren der Fähre laut sind, der Wind auf der offenen Adria stärker wird und einige Leute schon ins Innere des Schiffs gegangen sind, sitzen wir weiterhin am Pool, und ständig holt irgendwer aus unserer großen Clique Bier. Matti quatscht, raucht und trinkt mit dem jungen Schweden mit der Sonnenbrille, der sich als Frode vorgestellt hat, während ich mit Phili, Caro, Jan und einem Typen namens Carl über den Unterschied zwischen dem schwedischen und dem deutschen Schulsystem diskutiere. Über Inklusion, Exklusion, Integration …

Caro, die schon ziemlich angeschickert ist, öffnet eine neue Dose Bier und schaut mich irritiert an. «Wieso kennst du dich da eigentlich so gut aus?»

«Ja, wieso eigentlich?», höre ich Mattis spöttische Stimme hinter mir.

«Na, weil … weil ich mich dafür interessiere. In meiner Freizeit sozusagen … Genau! Ist ein Hobby von mir», sage ich und nicke eindeutig einmal zu viel, aber das fällt niemandem auf. Außer Matti.

«Dein Hobby sind Schulsysteme?!», fragt sie und lacht laut auf.

Aber Phili nimmt mich in Schutz. «Wieso denn nicht? Die einen interessieren sich für das Liebesleben der Elche und die anderen für Schulsysteme und Pisa.»

«Als Schwede weiß ich, dass das Sexleben der Elche eindeutig spannender ist!», meldet sich Mattis Rauchkumpan Frodo … äh, nein, Frido, nein Frode zu Wort und bietet Matti eine 1-a-Steilvorlage für alles, was danach passiert. Nämlich alles!

«Ach ja?» Ihre Stimme klingt schon wie die von Marilyn Monroe in *Manche mögen's heiß* – eine Mischung aus lüstern und naiv. Gefährlich. Frodo … äh, Frode – ich glaub, ich hab auch schon ein Bier zu viel – steigt jedenfalls voll drauf ein und erklärt ihr das mit den Elchen sehr detailliert, bis sie knutschend auf der Liege rummachen. Matti hat mal wieder Spaß.

Ach, wäre ich doch nur eine Spielernatur, dann hätte ich mein ganzes Hab und Gut darauf verwettet, dass Matti den jungen Hobbit heute noch verführt.

Ich komme auf das Thema Schule zurück, um von den beiden abzulenken.

«Ja, also, äh … Ich … habe ja eine Tochter, die bis vor kurzem noch zur Schule gegangen ist. Deshalb finde ich … Bildung ist wichtig!» Eine erbärmliche Erklärung. Und eigentlich will ich auch gar nicht mehr über dieses blöde Schulthema reden.

Jan macht mir ein neues Bier auf und reicht es mir.

«Du hast eine erwachsene Tochter? Hätte ich nicht gedacht!»

Ich muss grinsen über so viel dreiste Schleimerei, nehme das Kompliment aber kommentarlos an.

Da meldet sich Caro: «Meine Namensschwester ist übrigens Autoverkäuferin!» Stolz schaut sie in die Runde, als sei ich ihre Mutter, Schwester oder mindestens ihre beste Freundin. Blöd nur, dass wir zwischen einem Haufen junger Männer sitzen, die sich alle mindestens 234-mal besser mit Autos auskennen als ich. Verdammt!

«Wow!», höre ich es anerkennend aus der Herrenrunde.

Mist! Wie komme ich aus dieser Nummer bloß wieder raus? Also auf zum Gegenangriff.

«Und diese bezaubernde Caro hier», ich deute auf mein jüngeres Ich, «ist nicht nur klug und hübsch, sondern sie wird die Welt auch ein wenig besser machen.»

«Aber diese Caro verkauft nicht irgendwelche Autos …», sie legt mir eine Hand auf die Schulter und schaut erneut in die Runde wie ein Dompteur, der seinen besten Paradegaul durch den Ring führt, «… sondern Ferraris!»

Verdammt! So war das eigentlich nicht gemeint …

«What? Really? Hey, wow!», höre ich die überraschten Reaktionen jetzt sehr laut aus der Runde tönen. Ich bin verloren! Mein dilettantischer Themenwechsel wird völlig ignoriert. Wie komme ich nur aus dieser Ferrari-Nummer raus?

Ein leises Stöhnen hinter mir verschafft mir etwas Zeit. Matti ist im Fummelmodus, und ich schwanke zwischen Neid und Fremdschämen. Die Jungs rücken näher an Matti und Frode ran und fangen laut an zu johlen und die beiden anzufeuern.

Vielleicht sollte ich Matti vor sich selbst retten? Das habe ich schon mal gemacht, aber damals hat sie danach wochenlang nicht mehr mit mir geredet, weil sie den Typen heiraten wollte – wie immer, wenn die Männer gut küssen.

«He! D'accordo, ora fate silenzio! Silenzio!» Plötzlich ist eine wütende Frauenstimme zu hören.

Sofort sind alle still und schauen rüber zur resoluten Signora, die mit in die Hüften gestemmten Armen drohend auf der anderen Seite des Pools steht und ihren jüngsten, schlafenden Sohn bewacht, der aufzuwachen droht. Das sieht schon sehr gefährlich aus, obwohl sie vielleicht gerade mal 1,60 misst. Aber ich habe höchsten Respekt vor ihr. Die anderen auch, denn es kehrt wieder Ruhe ein.

Aus dem Augenwinkel erkenne ich, wie Matti und ihr Frodo sich verziehen.

«Und du verkaufst wirklich Ferraris?», fragt mich Jan, der sich jetzt neben mich setzt. Wie konnte ich nur so naiv sein und glauben, dass ein knutschendes und fummelndes Pärchen bestehend aus einer 47-jährigen und einem Endzwanziger dauerhaft interessanter sein könnte als eine Ferrari-Autoverkäuferin?

«Äh, ja, das bin ich. Aber … ich habe eine Schweigeklausel unterzeichnet.» Schnell ein Stoßgebet: Herr, danke für meine blühende Phantasie!

«Eine was?», fragt Phili irritiert.

«Eine Klausel im Arbeitsvertrag, die mir verbietet, mit Nicht-Angestellten oder Nicht-Kunden über die Autos oder über andere Kunden zu reden oder Firmeninterna nach außen zu geben.»

«So was gibt's?», fragt Caro ungläubig.

«Klar, bei solchen Nobelkarossen.» Fast glaube ich mir selbst.

Jan lacht mich breit an. «Aber ich bin Kunde! Wenn ich nun noch einen Ferrari bei dir kaufen will und Fragen stelle?»

Moment, wer verarscht jetzt wen? Ich mustere ihn skeptisch und frage mich, ob die Rolex an seinem Handgelenk vielleicht doch echt ist.

«Wenn du dir einen Ferrari leisten kannst, wieso fährst du dann nicht erster Klasse?»

Er beugt sich zu mir und haucht mir ins Ohr, sodass ich eine leichte Gänsehaut bekomme: «Mache ich ja, aber hier unten ist es lustiger.»

Er grinst frech, und ich bin mir ziemlich sicher, dass er mich hochnimmt. «Bei Ferrari verdient man sehr gut, wieso reist *du* nicht erster Klasse?»

Wir sind uns jetzt ziemlich nah, und ich kann sein Aftershave und das Salz auf seiner Haut riechen. Eine unverschämt gute Mischung.

«Weil ich auf ein eigenes Auto spare», flüstere ich.

Er kommt näher und will mich küssen, aber ich weiche geschickt zurück.

«Sie ist eine echte Feministin», lallt die junge Caro, deutet auf mich und hebt ihre Bierdose. «Auf den Femsismus!»

Ich muss zugeben, so langsam schmeckt das Bier nicht mehr.

Caro beugt sich verschwörerisch zu mir vor. «Du bist doch auch eine Femitsin … Femistinin … ich meine Feministin – oder?»

«Nein», sage ich wie aus der Pistole geschossen und spüre gleichzeitig Jans Hand auf meinem Rücken. Was wird das denn?

Phili, die schon einzuschlafen drohte, ist bei dem Stichwort Feminismus wieder hellwach. «What?! Wie kannst du so was sagen?! Du als Autoverkäuferin! Wir kämpfen doch für die gleiche Sache. Gleichberechtigung auf allen Ebenen!»

«Schon, aber …»

Die Hand streicht sanft über meine Flanke. Verdammt, was mache ich denn jetzt?

«Na siehste, dann bist du auch … Femitsinin», sagt Phili ganz entschieden. «Wie wir!»

«Ich bin für die gleiche Sache, aber ich bin keine Feministin.»

Phili schaut Caro fragend an. «Aber das ist unmöglich. Das eine geht ohne das andere nicht.»

«Ich bin mit einem anderen Feminismusbegriff als ihr aufgewachsen. Früher waren viele Frauenrechtlerinnen radikaler, aggressiv und männerfeindlich.»

Jan, der die ganze Zeit über zugehört hat, während er mir sanft über den Rücken streicht, nickt. «Genau, das hat mir meine Mutter auch so erzählt. Aber diese Frauen haben viel bewirkt. Oder?»

Na super, er redet über seine Mutter, die vermutlich in meinem Alter ist. Das ist seltsam, denn er baggert mich eindeutig an. Und zwar ziemlich gut, und mir wird abwechselnd warm und kalt. Schon absurd. Ich sitze hier mit achtundvierzig Jahren, flirte mit einem Typen, der mindestens zwanzig Jahre jünger ist und der offensichtlich mehr will, und rede mit zwei angehenden Lehrerinnen, die meine Töchter sein könnten, über Feminismus. Aber ich bin keine von ihnen. Ich bin auch keine Autoverkäuferin! Ich bin fast doppelt so alt und habe ein paar Bierchen zu viel.

Ich reiße mich zusammen. «Ja, das stimmt, aber der Begriff Feminismus hat heute bei mir einen negativen Beigeschmack. Ich wollte nie eine *Männerhasserin* sein.»

«Quatsch! Klar bist du Feministin.» Phili runzelt die Stirn. «Der Begriff ist krass universell. Frauen, die für die Gleichberechtigung stehen, sind auf der ganzen Welt Femitsin … nininen … nen.»

«Und ich bin sicher, du bist keine Männerhasserin», lacht Jan und legt seinen Arm um mich, als sei es das Normalste der Welt. Und ganz ehrlich – ich fühle mich wie mit vierzehn, als Gonzo, der eigentlich Ulrich Gozinsky hieß und schon siebzehn war, auf meiner ersten aushäusigen Silvesterparty überraschend den Arm um mich legte und ich keine Ahnung hatte, wie ich damit umgehen sollte. Damals hatte ich einen *Blauen Engel* zu viel und hab den Arm einfach gelassen, wo er war, weil ich schon seit Monaten für Gonzo schwärmte und vor Aufregung kaum ein Wort rausbekommen hatte. Ich dachte nur, dass irgendwer meine Gebete erhört haben musste, denn *mit Gonzo zu gehen* kam in der Liste der Dinge, die für mich unerreichbar waren, gleich hinter einem Date mit Tom Cruise, der als Maverick in *Top Gun* damals der süßeste Typ unter der Sonne war. Für mich zumindest.

So fühle ich mich jetzt also, und das ist eigentlich ganz schön. Natürlich muss ich an Matti denken, die sich irgendwo auf dieser Fähre mit ihrem Hobbit vergnügt und die mir geraten hat, Spaß zu haben. Okay, vielleicht sollte ich mich mal richtig vergnügen. Warum auch nicht? Niemand kennt mich hier, denn ich bin Caro, die Autoverkäuferin. Wir sind hier mitten auf dem Meer zwischen Italien und Griechenland, und ich will diesen jungen Schweden, der so gut aussieht und so unverschämt gut riecht und der mich offenbar auch will.

«Siehst du, das ist Feminismus – wenn dir einer gefällt, nimmst du ihn dir einfach», lallt Caro und lacht. Jans Gefummel ist nicht unbemerkt geblieben.

«Eben nicht! Das ist Chauvinismus», kontert Phili. «Außerdem: Ist der nicht ein bisschen jung für dich?»

«Wäre es was anderes, wenn er älter wäre?», frage ich zurück.

Jetzt mischt sich Jan ein. «Redet ihr über mich?»

«Ja», sagen Phili und ich im Chor.

Er protestiert. «Was hat das mit Feminismus oder Chauvinismus zu tun, wenn sich zwei mögen, die nicht gleich alt sind?»

Stimmt!

«Ja, genau! Absolut nichts», sage ich. «Es hat mit gar nichts etwas zu tun, außer mit Gefühlen.»

Ich streichele ihm durch die Lockenpracht und beuge mich zu ihm, um …

In meiner Hose vibriert etwas. Herrgott, ausgerechnet jetzt. Aber es könnte natürlich immer was mit Ella und Jo sein, also krame ich mein Handy aus der engen Jeans, in die ich mich ziemlich umständlich reingepresst habe, weil ich dachte, darin knackig auszusehen. Und um ja nicht wurstig zu wirken, habe ich eine weite Tunika drübergezogen. Tunika ist überhaupt *das* Kleidungsstück für die Frau ohne Taille und mit ordentlich Speck in der Mitte. Bevor ich vierzig wurde, wusste ich nicht mal, dass Kleidungsstücke, die aussehen wie Säcke, einen eigenen Namen haben – Tunika, das Allzweckkleidungsstück für jede Gelegenheit.

Ich krame also schnell mein Handy aus der Hose unter der Tunika hervor, aus Angst, Ellas Anruf zu verpassen. Aber ein Blick aufs Display gibt Entwarnung: Olaf.

Nein, ich geh da jetzt nicht ran. Ich drücke den Anruf weg. Kurz danach piepst mein Handy, um mir zu sagen, das es eine Nachricht für mich hat. Was will er denn? Genervt schaue ich mir die Nachricht an. Es ist ein Foto: Günther und eine Flasche Bier am weißen Ostseestrand. Daneben sind nur Olafs weiße Beine zu sehen, dahinter das Meer. Dazu der Kommentar:

Endlich angekommen! Kuss O&G

Ich muss grinsen, denn das Foto ist schon witzig, obwohl Olaf der Letzte ist, den ich jetzt und hier im Kopf haben will. Also stecke ich das Handy wieder ein. Nicht Olaf! Und vor allem nicht jetzt! Als würde er ahnen, was los ist.

Meine Stimmung ist allerdings dahin. Ich bin wieder total vernünftig. Da kann ich mich eben nicht so gehenlassen wie Matti. Ja, ich bin verheiratet, und was soll ich denn mit so einem jungen Typen anfangen. Da würde ich mir vorkommen wie … Mrs. Robinson in *Die Reifeprüfung*. Obwohl das hier ja ganz andere Voraussetzungen sind. Ich meine, wer will denn hier eigentlich wen verführen? Aber Passivität schützt vor Torheit nicht …

Doch ehe ich diesen und viele andere überflüssige Gedanken zu Ende bringen kann, beugt sich Jan zu mir rüber und küsst mich. Ganz langsam, ganz sanft und ganz unaufdringlich. Wow! Der Kuss ist … überwältigend. Phantastisch, warm und sanft und weich und sehr liebevoll und … Adrenalin, Serotonin und andere -ins schießen wie Elektroschocks durch meinen Körper und lösen riesige Wellen aus. Mein Herz schlägt mir plötzlich bis zum Hals. Der absolute Wahnsinn, denn ich merke, dass ich nichts verlernt habe. Es ist tatsächlich wie früher – das Kribbeln, der leichte Schwindel, die Leidenschaft, die einen dazu bringt, alles ringsum zu vergessen. Ja, ich habe Spaß, und ich genieße es wie schon lange nicht mehr.

Bis die Stimme der Moral sich hörbar einmischt.

«Hey, non di fronte ai bambini!» Die resolute Signora ist jetzt echt sauer, dass wir vor den Augen ihrer schlafenden Kinder leidenschaftlich knutschen, und schimpft uns unverständliches Gemeckere entgegen. Es klingt wie eine Gewehrsalve.

«Komm, hauen wir ab», flüstert Jan und will mich hinter sich herziehen. «Ich hab eine Kabine auf dem Oberdeck. Da sind wir allein.»

Dann stimmt es also – er reist erster Klasse, und die Rolex ist wahrscheinlich auch echt. Aber das beeindruckt mich nicht im Geringsten. Im Gegenteil. Das geht einfach nicht: Junger Schnösel aus der ersten Klasse schleppt arme Mutti ab. Klingt irgendwie … bemitleidenswert. Nein danke!

Ich schüttele den Kopf, bleibe auf meiner Plastikliege sitzen und rühre mich nicht. Jetzt schaut mich die kleine Signora milde und dankbar an. Aber es ist gar nicht wegen ihr oder ihren Kindern. Ich kann einfach nicht, und ich will auch nicht. Dabei würde ich natürlich schon gerne in einem bequemen Bett der ersten Klasse Champagner trinken und mich einem Jüngling hingeben – die wahrscheinlich letzte Chance in meinem Leben, bevor mein Körper dem Verfall geweiht ist. Aber das klingt nach Verzweiflung. Dabei bin ich überhaupt nicht verzweifelt, und das hier ist auch nicht meine letzte Gelegenheit auf guten Sex. Denn genau genommen ist der Sex mit Olaf ja auch gar nicht schlecht – nur langweilig, aber das liegt an uns. Da müssen wir was ändern, das weiß ich auch. Und dafür brauch ich weder einen jungen Lover noch einen Paartherapeuten, der sowieso nur an der Rat- und Einfallslosigkeit seiner Patienten verdient. Also, ich finde, wenn Olaf und mir im Bett langweilig ist, müssen *wir* das ändern.

Natürlich ist die Verlockung hier wirklich groß. Aber ich für meinen Teil habe jetzt mal etwas am Spaß genippt und bin schon ziemlich besoffen. Am liebsten würde ich der Signora danken, dass sie so ein Gezeter gemacht und mich aufgeweckt hat. Sonst hätte ich vielleicht den Kopf verloren und wäre jetzt auf dem Oberdeck. Jan geht ohne mich. Er verschwindet ohne ein Wort in die Dunkelheit. Mir auch recht. Soll er sauer oder enttäuscht sein. Er wird es verkraften. Wahrscheinlich wäre ich sowieso nur eine Enttäuschung für ihn gewesen, denke ich und lehne mich zurück auf die unbequeme Plastikliege, die mir jetzt plötzlich sehr kalt vorkommt, denn der Wind kühlt ganz schön ab.

Die anderen sind auch ruhiger geworden. Die junge Caro unterhält sich leise mit Carl in einer windgeschützten Ecke über den Sinn und Unsinn von Mülltrennung, wenn am Ende sowieso alles in den Ozeanen landet. Und Phili ist eingeschlafen. Ein paar Schweden hängen noch an der Bar ab und zechen fröhlich weiter. Und ich? Ich bin langweilig, vernünftig und kopfgesteuert. Ich kann das einfach nicht mehr, mich gehenlassen – kopflos, hemmungslos. So wie damals bei Angelos, mich Hals über Kopf verlieben, ohne an morgen zu denken. Damals war ich noch bauchgesteuert, und die Einzige, der ich Erklärungen schuldete, war ich selbst.

«Hey», höre ich plötzlich eine bekannte Männerstimme aus der Dunkelheit. Es ist Jan, der zurückkommt und mir fürsorglich eine Decke umlegt. Er hat eine Flasche Champagner mitgebracht.

«Nur für uns», flüstert er und gibt mir zwei Gläser, die ich halten soll, während er versucht, die Flasche leise knallen zu lassen, um bloß niemanden auf den Plan zu rufen. Es macht tatsächlich leise *plop*, und mit einem Gläschen Champagner in der Hand kuschele ich mich gemütlich in den Arm eines Mannes, mit dem sich das gut anfühlt. Ohne Sex. Ohne den Kopf zu verlieren. Ohne schlechtes Gewissen. Ich genieße es einfach nur und fühle mich in seinen Armen sehr, sehr jung und frei und unabhängig. Und das ist wahnsinnig schön und unendlich lange her, dass ich dieses Gefühl hatte. Und ausgerechnet jetzt habe ich ein Bild von Olaf und mir auf Rügen vor Augen. Wir liegen nachts an Silvester dicht aneinandergekuschelt und windgeschützt in einem kaputten Strandkorb und freuen uns auf die Zukunft, denn ich bin mit Ella schwanger. Es war ein perfekter Moment.

«Weißt du», sagt Jan leise. «Ich mag keine Frauen in meinem Alter. Die haben mich nie interessiert.»

«Wieso?»

«Keine Ahnung. Mich fasziniert es, wenn Frauen sich selbst besser kennen.»

«Du meinst Lebenserfahrung?»

«Auch. Sie sind in vielen Dingen gelassener als junge Frauen. Die machen oft so viel Drama um alles. Verstehst du?»

Ich nicke und lasse das so stehen. Schließlich bin ich selbst eine Drama-Queen. Olaf und Ella können ein Lied davon singen.

«Jedes Alter hat seine Vor- und Nachteile», sage ich nur.

Jan schlingt seine Arme noch enger um mich, damit kein Windzug durchkommt. «Ja, das stimmt. Am Ende ist nur wichtig, dass man sich mag.»

Er schmiegt sein Gesicht an meins. Ich küsse ihn auf die Wange und weiß jetzt schon, dass ich diese ungenutzte Chance später bitter bereuen werde.

Ein paar Stunden später wachen wir eng umschlungen auf, kurz bevor die Fähre in Igoumenitsa anlegt. Überall machen sich die Passagiere bereit, von Bord zu gehen, packen ihre Nachtlager zusammen, trinken einen ersten Kaffee und waschen sich den Schlaf aus den Augen. Der Typ in der Hängematte lässt sich davon nicht beeindrucken. Wahrscheinlich fährt er wie Caro und Phili weiter nach Patras.

Matti und ich müssen uns beeilen, denn wir gehen auch hier von Bord, genau wie die Schweden. Jan muss noch seine Kabine räumen. Er will schon los, hält dann aber inne, und wir küssen uns kurz und heftig, sodass ich kaum Luft bekomme.

«Du schmeckst so gut», lacht er und küsst meine Stirn. «Wir sehen uns an Land.» Dann eilt er zum Oberdeck.

Eine schöne Begegnung, die ich genossen habe. Ich schaue mich nach Matti um. Seit letzter Nacht habe ich sie nicht mehr gesehen.

Caro und Phili entdecke ich beim Sunrise-Yoga auf dem Sonnendeck. Sie haben Matti auch nicht gesehen. Seltsam. Ich verabschiede mich von den beiden Mädels mit langen Umarmungen und wünsche ihnen, dass sie tolle Lehrerinnen werden.

«Lasst euch niemals entmutigen. Das ist ein toller Beruf, glaubt mir», sage ich zum Schluss und gehe, ohne ihnen die Möglichkeit für Nachfragen zu geben. Ich mag die beiden, weil sie ein bisschen wie Matti und ich sind.

Wo bleibt Matti nur? Langsam werde ich nervös, und mein Sorgenzentrum schaltet auf Automodus. Was, wenn ihr etwas zugestoßen ist? Wenn sie Stress mit Frode hatte und er sie im Streit über Bord geworfen hat? Oder ihr irgendwas anderes angetan hat? Nein, wahrscheinlich räkelt sie sich noch in der ersten Klasse und schläft ihren Rausch aus.

Um mich herum wird es immer hektischer. Die Fähre legt an. Dann sehe ich die Schweden ein Deck tiefer. Auch Frode. Allein.

Ich beschließe, Matti anzurufen, und sehe auf meinem Handy, dass sie schon mehrmals versucht hat, mich zu erreichen. Aber nach Olafs Anruf gestern Abend hatte ich das Handy lautlos gestellt. Verdammt! Vielleicht war es ja ein Hilferuf, und ich war in ihrer schwersten Stunde nicht erreichbar.

«Huhu, Caro!»

Das ist eindeutig Mattis Stimme. Ich drehe mich um und … Gott sei Dank! Da ist sie. Strahlend wie der junge Frühling. Offenbar hatte sie eine erfüllende Nacht. Sex hält eben doch jung.

«Na komm, es wird Zeit, wir müssen los.» Sie packt ihren Rucksack, gibt mir meinen und hakt sich bei mir unter, um das Schiff zu verlassen. In dem Gedränge kommen wir nur zentimeterweise voran. Genug Zeit für Matti, mir von ihrer neuen Liebe zu erzählen. Frode!

«Wir treffen uns mit den Jungs noch mal unten und überlegen dann, wohin es weitergeht», beendet sie ihren Bericht schließlich.

«Aber wir haben doch einen eigenen Plan – Korfu.»

«Ja, schon. Aber … na ja, mal sehen. Die wollen unbedingt nach Paxos und sind total begeistert von der Insel. Muss der Hammer sein.»

«Aber …»

«Jetzt lass uns erst mal hier raus, dann sehen wir weiter. Ja?»

Ich sage nichts und denke an Angelos und Korfu. Und mir fällt erneut auf, dass Matti wieder in ihrem Verliebt-Modus ist. Das ist gar nicht gut. Denn dann steckt sie in so einem Tunnel und nimmt die Außenwelt nicht mehr richtig wahr. Ihrem Gesichtsausdruck nach zu urteilen, muss ich vom Schlimmsten ausgehen. Sie schwebt auf Wolke sieben. Aus diesem Modus zieht Matti so unendlich viel Energie, dass sie selbst den Papst überreden könnte, sein Zölibat zu brechen, um mit ihr nach Las Vegas durchzubrennen. Man hat gar keine Chance, sich ihr zu widersetzen, weil sie so sprüht vor Begeisterung für das, was sie vorhat. In diesem Fall will sie auf Biegen und Brechen mit Frode nach Paxos, das sehe ich ihr an. Und es spielt auch gar keine Rolle, dass wir andere Pläne hatten.

Nach einer weiteren Viertelstunde spuckt uns die Fähre mit Hunderten anderen Menschen, Autos und Bussen in Igoumenitsa auf den harten Beton des schmucklosen Fährhafens an Griechenlands Westküste aus. Wir treffen die Schweden im Terminal, der mit seinen Sicherheitschecks, Wartezonen, Fast-Food-Restaurants, Handy- und Duty-Free-Shops an einen Flughafen erinnert.

Matti schmeißt sich in Frodes Arme, als hätten sie sich seit Jahren nicht gesehen. Auch Jan freut sich, mich so schnell wiederzusehen, allerdings etwas weniger enthusiastisch.

«Hey, ihr kommt also mit nach Paxos?», fragt er und gibt mir einen Wangenkuss.

«Äh, nein, ich glaube nicht», sage ich.

Matti beendet jede aufkommende Diskussion. «Wo gibt's denn überhaupt die Tickets für die Inselfähren?»

Carl zeigt in eine Richtung. «This way!»

Wir verlassen den Terminal und gehen knapp fünfhundert Meter am Wasser entlang zu den kleineren Inselfähren. Der Hafen besteht aus einer langgezogenen Betonstrecke, breit genug, um mehrspurig massenhaft Autos, Lkw und Busse zu manövrieren. Dazwischen müssen die Fußgänger ihren Weg finden. Auf der Wasserseite liegen die durchnummerierten Anlegeplätze für die Fähren, auf der gegenüberliegenden Seite die Schalter der verschiedenen Fähranbieter.

Wir bleiben nach einem zehnminütigen Marsch durch die sengende Hitze vor den Ticketbuden stehen. Die Jungs stellen sich an einen Schalter nach Paxos. Matti lacht mich auffordernd an, als sei alles sonnenklar.

«Also, Paxos, oder?»

Sie erwartet wirklich, dass ich meine Ziele und Pläne über Bord werfe, damit sie ihrem Frode folgen kann. Aber das hier ist doch auch mein Urlaub!

«Wieso? Ich dachte, wir ...»

«*Wir?* Du! Du wolltest nach Korfu, ja! Und ich wollte die ganze Zeit schon nach Paxos. Hab ich zu Hause auch schon gesagt. Erinnerst du dich? Denn Paxos ist eine kleine, gemütliche Insel, nicht überlaufen, perfekt zum Entspannen. Wir brauchen mal ein paar Tage, um richtig Urlaub zu machen. Relaxen. Faul am Strand liegen – das sind Ferien!»

«Ja schon, aber wir wollten doch zu Angelos' Club-Eröffnung.»

«*Du* wolltest dahin.»

Sinnlos. Sie ist verliebt und vollkommen auf diesen Typ fixiert.

«Matti, hier geht's doch überhaupt nicht um Relaxen und Urlaub machen. Hm? Worum geht's hier wirklich?», frage ich ernst.

«Es geht darum, dass wir mal eine Impulsentscheidung treffen sollten.»

«Mal?! Das machst du doch andauernd. Und jetzt willst du nach einer Nacht deinem Herzen folgen, und ich soll mitgehen.»

«Warum denn nicht? No risk, no fun! Auch so eine Idee von Interrail: dass man spontan entscheidet, wohin es geht – je nach Lust und Laune.»

«Aber wir haben doch einen Plan. Ich habe einen Plan.»

«Dann wirf ihn über Bord! Dazu sind Pläne da! Herrgott! Sei doch mal spontan!» Matti schaut ungeduldig zu den Jungs rüber, und ich sehe, dass Frode schon ein Ticket für sie bereithält. «Außerdem … Was ist denn mit dir und Jan? Der mag dich doch. Folg du doch auch mal deinem Herzen und nicht einem Kerl, den du seit dreißig Jahren nicht gesehen hast.»

«Aber …»

«Du immer mit deinem *aber* … Sieh es doch mal positiv! Da ist ein junger Typ, der auf dich steht! Nimm's mit und genieße! Ganz spontan! Es nutzt nämlich nichts, wenn du dich ständig über deine Ehe beklagst, aber Alternativen ausschlägst.»

Also gut, ich setze alles auf eine Karte. Dann wird sie mich verstehen.

«Aber *ich* steh nicht auf *ihn.*» Das stimmt jetzt zwar nicht so ganz, aber er ist eindeutig zu jung für mich. «Meine Alternative ist da drüben.» Ich zeige auf die Korfu-Fähre. «Korfu ist mir wichtig, so wie dir … Paris. Okay?»

Matti schüttelt den Kopf. «Du hast nichts begriffen. Du weißt ganz genau, dass das mit Paris was ganz anderes war.»

Ja, das weiß ich. Natürlich weiß ich das, aber sie will mich ja auch nicht verstehen.

Matti wendet sich von mir ab, geht zu den Jungs und dreht sich nach ein paar Metern noch mal um. «Weißt du was? Mach du dein Ding, und ich mache meins. Wir sind schließlich erwachsen. Ich lasse mir das hier von dir nicht kaputtmachen!»

«Ich mir auch nicht von dir!», rufe ich und finde uns dabei ganz und gar nicht erwachsen.

Matti greift Frodes Hand und geht mit der Schweden-Clique direkt an Bord, denn die Fähre wartet schon. Jan kommt noch kurz zu mir und verabschiedet sich mit einer festen Umarmung.

«Und du bist ganz sicher?»

Ich gebe Jan einen Kuss auf die Wange. «Ja, tut mir leid.»

«Okay, dann mach's gut. Und pass auf dich auf. Ja?»

Er umarmt mich zum Abschied erneut, und ich kann gar nicht antworten, weil der Kloß in meinem Hals so dick ist, und ich spüre, wie mir die Tränen kommen, die ich unbemerkt an Jans T-Shirt abwische.

Matti schaut sich nicht mehr zu mir um. Die Fähre legt ab, und ich stehe plötzlich allein da – am Hafen von Igoumenitsa mit meinem Rucksack bei dreißig Grad Morgenhitze. In meinem Inneren herrscht ein Chaos aus Enttäuschung, Wut und Traurigkeit, denn ich verstehe Matti nicht. Dabei sollte mich ihr Verhalten gar nicht wundern. Seit Jahrzehnten kenne ich sie und ihre Alleingänge. Sie hat schon immer ihr Ding gemacht, vor allem, wenn es um Männer ging. Völlig beratungsresistent, irrational und gefühlsgesteuert lässt sie alles stehen und liegen, sobald einer gut küssen kann und sie anhimmelt. Da ist sie dann wie im Rausch. Nichts anderes zählt mehr. Auch keine Freundschaft. Und das macht mir am meisten zu schaffen. Ich bin ihr egal. Es interessiert sie einfach nicht, was aus mir wird. Hauptsache, sie macht ihr Ding. Blöde Kuh!

16
Igoumenitsa

OHNE ELAN PACKE ICH meinen Rucksack und trotte zu einem kleinen Café neben den Ticketbuden, um mich und meine Gedanken zu sortieren. An einem Plastiktisch lasse ich mich nieder und warte auf die Bedienung, während ich auf mein Handy starre. Aber nichts passiert. Auf eine Nachricht von Matti warte ich vergeblich. Stattdessen taucht ausgerechnet jetzt die Signora neben mir auf und schaut mich schon wieder seltsam an.

Die hat mir gerade noch gefehlt, denke ich und wäre am liebsten unsichtbar.

«Caffè?», fragt sie überraschend freundlich und lächelt sogar. Das überfordert mich jetzt. Arbeitet sie hier? Wieso will sie mich bedienen? Oder ist das *ihr* Café? Ich bin verwirrt, nicke aber automatisch, denn ich brauche dringend einen Kaffee. Sofort stellt sie mir einen kleinen Schwarzen hin. Ich schaue mich um und verstehe. Hier ist Selbstbedienung, und sie will nur nett sein.

«Grazie mille», sage ich und will den Kaffee bezahlen, aber sie wehrt ab und macht eine einladende Geste an ihren Tisch, wo ihre Kinder und ein paar Italiener sitzen und frühstücken. Ich zögere, aber sie nickt mir aufmunternd und sehr herzlich zu. Da kann ich gar nicht nein sagen.

Wie man sich in einem Menschen irren kann, denke ich und nehme ihre Einladung gerne an. Selbst wenn ich nur wenig von dem verstehe, was die Italiener reden – ich fühle mich weniger allein, und der starke Kaffee tut verdammt gut. Und dann zeigt mir die Frau ein Foto, das sie aus ihrem Portemonnaie zieht. Es zeigt sie, deutlich jünger und schlanker, und eine junge blonde Frau. Sie umarmen sich und schauen lachend in die Kamera.

«La mia amica», sagt sie und zeigt abwechselnd auf ihre Freundin und auf mich.

Das Foto ist mindestens zwanzig Jahre alt. Ich schaue es mir genauer an, dann begreife ich. Die blonde Frau auf dem Bild sieht mir tatsächlich sehr ähnlich.

Ich strahle die kleine Signora an und nicke. «Ah … amica! Fantastico!»

Überraschend drückt sie meine Hand. So viel Emotion? Was passiert hier?

«Sì, fantastico! La mia migliore amica. Maria!»

Nach diesen Worten verfinstert sich ihr Gesicht wieder. Sie zeigt auf die junge Frau, die mir so ähnlich sieht, und streicht mit der Hand sanft über das Foto «Maria … Lei è morta.»

Tot? Ihre beste Freundin ist tot? Endlich begreife ich, dass sie mich gar nicht böse angeschaut hat, sondern eher traurig und überrascht wegen der großen Ähnlichkeit zwischen mir und ihrer toten Freundin, die Maria hieß. Spontan umarme ich die freundliche kleine Signora ganz fest, weil sie mich so berührt und weil ich sie trösten will. Und wahrscheinlich auch, weil ich selbst eine kleine Umarmung nötig habe.

Wir sitzen noch eine Weile zusammen, und sie erzählt mir in gebrochenem Englisch, mit Händen und Füßen, von Maria, die sehr früh an Krebs gestorben sei. Sie waren sich so nahe wie Schwestern und kannten sich aus Schultagen. Seit ihrem Tod vor zehn Jahren vermisst sie ihre Freundin jeden Tag. Und als sie mich auf der Fähre sah, war sie so geschockt, dass sie mich einfach anstarren musste. Sie entschuldigt sich sogar dafür, obwohl das gar nicht nötig ist.

Ich erzähle ihr nicht, dass meine beste Freundin mich gerade sitzengelassen hat und ich mich deswegen furchtbar fühle. Nach einer Weile verabschieden wir uns, denn sie muss weiter zu einer Familienfeier.

Als ich ihr anbiete, noch ein Selfie zur Erinnerung zu machen, weint sie vor Glück und bittet einen ihrer italienischen Landsleute, mit unseren Handys Fotos von uns zu machen. Mit einem herzlichen *Buona fortuna!* umarmt sie mich und küsst mich auf beide Wangen, wie eine gute Freundin.

Ich bleibe wieder allein zurück und muss mich erst mal orientieren, denn eigentlich sollte ich jetzt auf Korfu sein – mit Matti. Und mir wird bewusst, was ich hier eigentlich mache. Es ist ein Alleingang. Nach Korfu. Zu einem Mann, den ich seit dreißig Jahren nicht gesehen habe. Und der nicht mehr war als eine kurze Begegnung, eine Jugendschwärmerei. Was für ein Irrsinn! Was verspreche ich mir eigentlich davon? Als ob Angelos auf mich wartet! Eigentlich ist er nur der Grund für meinen Ausbruch. Und das Ziel. Es ist wie beim Wandern: Für jeden Schritt brauche ich ein Ziel. Und dann? Ich muss völlig irre sein!

Aber halt! Stopp! Es ist nur eine Einladung, der ich folge. Nicht mehr und nicht weniger. Er wird fünfzig, ist Besitzer eines Beach-Clubs und hat alle zu seiner Eröffnungsparty eingeladen. Nichts spricht dagegen, dass ich ihn besuche! Auch ohne Matti. Ich mache jetzt nämlich auch mal mein Ding und ziehe das einfach durch.

Allerdings wird mir auch jetzt erst klar, dass meine Situation besonders beschissen ist, denn ich habe gar kein Geld – außer … ich krame in meinen Hosentaschen … 48 Euro und 37 Cent. Na super. Beste Voraussetzungen für eine Reise ins Ungewisse.

Ach, wäre ich doch ein bisschen wie Matti: mutig, spontan und egoistisch. Dann würde ich für mein letztes Geld jetzt einfach ein Ticket nach Korfu kaufen und übersetzen, um diesen Mann zu treffen. So würde sie's machen. Weil sie glauben würde, mit ihm eine Zukunft zu haben. Sie wäre davon überzeugt, dass diese zweite Chance mit Angelos ein Zeichen wäre und er der Mann fürs Leben. Und dafür würde sie sogar übers Wasser gehen, wenn es sein müsste. So ist Matti – emotional, kopflos und mutig. Aber ich nicht.

Ich hoffe, dass sie mit der nächsten Fähre zurückkommt, weil ihr bewusst wird, dass ihr Verhalten doof war. Ich hoffe, dass sie mich hier nicht wirklich allein lässt. Denn das bin ich – ganz allein. Ich atme tief durch und sammle mich. Jetzt bloß nicht resignieren! Matti ist weg, und es ist völlig unklar, ob und wann wir uns wiedersehen. Klar dagegen ist: ohne Matti kein Cash, ohne Cash keine Weiterreise. Hätte ich bloß nicht auf sie gehört, als sie meinte, Olaf solle keine teure Western-Union-Überweisung machen. Stattdessen sollte Olaf Geld auf Mattis Konto überweisen, weil wir doch sowieso zusammen reisten. Von wegen! Jetzt sitzt sie auf meinem Geld und ich auf dem Trockenen. Also, welche Optionen habe ich?

Erstens: Ich könnte Olaf anrufen und ihn bitten, mir doch noch schnell was zu überweisen. Aber will ich das? Damit er triumphierend sagen kann, er habe gewusst, dass diese Reise eine Schnapsidee ist? Womit er ja sogar recht hätte. Wäre ich mit ihm an die Ostsee gefahren, dann säße ich jetzt nicht hier am Ende der Welt fest.

Zweitens: Ich könnte mit der nächsten Fähre nach Korfu fahren und Angelos bitten, mir Geld zu leihen, um wieder nach Hause zu kommen. Das Fährticket für so eine kurze Überfahrt kann ich mir gerade noch leisten. Natürlich würde ich ihm das Geld sofort zurücküberweisen. Aber … Wie sieht das denn aus! Wir sehen uns nach dreißig Jahren zum ersten Mal völlig überraschend wieder, und ich pumpe ihn an? Nee, das geht gar nicht. Der denkt doch, ich hätte einen an der Waffel.

Egal, wie ich es drehe und wende – ich stecke fest. Vor allem ärgere ich mich, weil ich mich ständig von anderen abhängig mache. Dabei habe ich das alles gar nicht nötig. Ich verdiene mein eigenes Geld, habe einen eigenen Job und treffe meine eigenen Entscheidungen. Immerhin bin ich ja jetzt auch hier, weil ich es so gewollt habe. Ich will ohne Olaf Urlaub machen, ich will nach Korfu, ich will Angelos sehen. Es … mangelt nur an praktischer Umsetzung. Meine Unentschlossenheit nervt mich selbst.

Es wird später, es wird heißer, Fähren kommen und gehen, und um mich herum tummeln sich immer neue Wartende. Schließlich fälle ich eine Entscheidung: Ich werde hier auf Matti warten, weil ich sicher bin, dass sie ein schlechtes Gewissen bekommt und zurückkehrt. Bestimmt ruft sie gleich an. *Ich* werde sie bestimmt nicht anrufen. Ich bin ja auch nicht weggegangen. Damit wir uns nicht verpassen, bleibe ich lieber hier vor Ort. Bis morgen. Wenn sie bis dahin nicht gekommen ist, nehme ich die erste Fähre nach Korfu. Und dann … sehen wir weiter.

Ich beschließe, erst mal etwas essen zu gehen. Meine Stimmung ist down und mein Rucksack schwer wie Blei. Müde ziehe ich das lästige Ding hinter mir her in den Ort, der nicht wirklich schön ist. Viele aufgegebene Geschäfte, ein paar geschlossene Restaurants, einige Bauruinen. In den kleinen unebenen Gassen ist kaum etwas los. Nur ein paar Touristen quälen sich im Schatten an den Hauswänden entlang und schlagen die Zeit tot, während sie auf ihre Fähren nach Italien, Patras, Paxos oder Korfu warten. Ziellos und deprimiert laufe ich umher und lande am Ende auf der Promenade, wo ich ein paar Cafés vermute, denn ich habe weder Lust noch die Ausdauer, um bei der Gluthitze hier ewig rumzulaufen. Meine Klamotten sind durchgeschwitzt, und sobald ich irgendwo stehen bleibe, rinnt das Wasser aus allen Poren. Als wenn das nicht alles schon ätzend genug wäre, geschieht das Unvermeidliche: In einer abschüssigen Gasse bleibt der dämliche Rucksack an der Ecke einer uralten Steintreppe hängen. Ich ziehe und zerre, weil ich keine Geduld habe – und der Rucksack verliert eine der beiden Rollen.

«Verdammtes Scheißding!», rutscht es mir heraus. Am liebsten würde ich den Rucksack in hohem Bogen durch die Luft schleudern. Ich fluche und schimpfe. Zum Glück nimmt niemand von mir Notiz, außer einer alten Griechin, die unter einem Baum auf einer Bank im Schatten sitzt und mich belustigt beobachtet.

Fuck!, denke ich und beneide die alte Dame, die ziemlich sorglos und gelassen wirkt. Also schultere ich den blöden Rucksack und ärgere mich über die vielen überflüssigen Sachen, die ich eingepackt habe, und über Matti und mich und diese ganze dämliche Reise.

An der eigentlichen Promenade ist jedes Café geschlossen. Na super! Ein kurzer Blick aufs Handy verrät mir, dass sich Matti noch immer nicht gemeldet hat. Schließlich schicke ich ihr eine Nachricht, um sie wissen zu lassen, dass sie mein Geld hat. Keine Reaktion. Dann schicke ich ihr eine zweite Nachricht mit einem Daumen-runter-Emoji, um ihr mitzuteilen, dass ich ihr Verhalten völlig daneben finde. Durch eine vergessene Grünanlage, die vermutlich der Wirtschaftskrise zum Opfer gefallen ist, gehe ich zurück zum Hafen. Vertrocknete Pflanzen und staubige, vermüllte Brunnen lassen bessere Zeiten erahnen.

Wieder am Hafen, habe ich die Wahl zwischen dem mir schon bekannten Selbstbedienungscafé und der vermutlich schäbigsten Taverne zwischen Rhodos und Korfu. Weil ich das Café schon kenne, entscheide ich mich für die Taverne, was sich sofort als Fehler herausstellt. Aber ich bin zu feige, um einen Rückzieher zu machen. Und zu hungrig.

Es hocken nur Kerle dort rum, die auf irgendwas warten – vermutlich auf eine verzweifelte Endvierzigerin wie mich, um sie auszurauben, zu vergewaltigen oder einfach so umzubringen – aus purer Langeweile. Und das hat gar nichts mit Vorurteilen zu tun, sondern beruht einzig und allein auf meiner Unsicherheit. Der Teil meines Hirns, der noch nicht geschmolzen ist, sondern tatsächlich noch aktiv rationale Reaktionen aussendet, sagt mir, dass ich eindeutig einen an der Waffel habe und paranoid bin, denn niemand hier nimmt überhaupt von mir Notiz. Ich bin diesen vier Männern in der Hafentaverne völlig schnuppe. Zwei von ihnen spielen friedlich Backgammon, ein junger Typ hinterm Tresen trocknet Gläser ab, und ein alter Mann mit weißen Haaren und einem zerfurchten Gesicht sitzt reglos vor seiner Kaffeetasse. Und weil mich niemand bemerkt, werde ich auch nicht bedient. Ich setze mich draußen an einen kleinen Tisch, der mir einen guten Blick auf die Fähren bietet und lehne den Rücken an die Wand. Hier im kühlen Schatten entspanne ich mich etwas und atme durch. In der Hoffnung, eine Nachricht von Matti zu sehen, schaue ich auf mein Handy, das mir aber leider nur signalisiert, dass es leer ist. Ich krame meine supertolle Solar-Powerbank aus dem Rucksack und … auch leer. Na super! Also lege ich sie auf den Tisch in die Sonne, aber sie reagiert nicht, funktioniert nicht, lebt nicht. Kaputt.

Endlich kommt der Kellner. Er wischt um meine Solar-Powerbank herum den dreckigen Tisch ab und schaut mich fragend an.

«Water and Greek coffee, please», sage ich. Für die Schinkensandwiches auf seiner Theke kann ich mich nicht erwärmen, denn die sehen nicht gerade vertrauenswürdig aus.

Der Mann nickt, und bevor er wieder verschwindet, setze ich nach und zeige auf mein Handy und das Ladekabel.

«And power?»

«Sorry», sagt er und schüttelt den Kopf. Dann geht er wieder hinein.

Was soll das? In der Taverne gibt es eindeutig Strom, denn wie sonst funktionieren die Eistruhe, die Kaffeemaschine, der Sandwichtoaster oder das Radio, das unerbittlich griechische Popmusik dudelt? Warum lässt er mich nicht an seine Steckdose?

Ein paar Minuten später bringt mir der Kellner meine Bestellung und grinst blöd. Er ist unrasiert und irgendwie etwas schmierig. Warum grinst er denn so dämlich?

Ich werde es gleich erfahren, denn jetzt baut er sich breitbeinig vor mir auf, greift umständlich unter das Küchentuch, das er um seine Hüfte über die Jeans gebunden hat, und richtet darunter etwas hin und her. Ehrlich gesagt bin ich so perplex, dass ich dem Mann auf die Lenden starre und zusehe, wie er in seiner Hosentasche rumrödelt – und schließlich etwas herauszieht: ein kleines Akku-Ladegerät! Er legt es mir auf den Tisch neben den Kaffee und die kaputte Solar-Powerbank und nickt.

«Power!»

Ich bedanke mich überschwänglich, lade mein Handy und versuche, den Kaffee und die Aussicht auf die ankommenden Schiffe zu genießen. Und je länger ich dort sitze, desto mehr wird mir bewusst, dass Matti nicht kommen wird. Meine Handynachrichten ignoriert sie. Zwei Fähren warte ich noch ab und sitze bis zum Abend in der schäbigen Taverne. Aber von Matti keine Spur. Langsam wird mir bewusst, dass ich eine Bleibe für die Nacht brauche. Also frage ich den Kellner, ob er eine günstige Unterkunft kennt. Er nickt und zeigt nach oben.

«Cheap room here», sagt er.

Oh nein, denke ich, aber ich habe wohl keine große Wahl.

«How much?», frage ich, denn meine Mittel sind sehr begrenzt. Entsprechend günstig muss das Zimmer sein. Er schreibt es mir auf: 15 Euro.

Okay, denke ich und lasse mir das Zimmer über der Hafentaverne zeigen. So weit ist es also gekommen.

Ich folge dem Kellner durch die Hintertür zu einer Treppe, die ins obere Stockwerk führt. Das ganze Haus ist mehr oder weniger ein Rohbau. Er öffnet eine Tür aus Sperrholz, die laut knarzt, und nickt motivierend. «Cheap room.»

Ja, das ist es. Es ist … unbeschreiblich schäbig. Ein schäbiger

Raum über einer schäbigen Taverne, ein kleines Fenster mit Gitter davor, ein einfaches Bett mit Laken, ein Stuhl, Betonboden, unverputzte Wände. Aber immerhin hat der Raum vier Wände und eine Tür. Und weil sonst nichts drin ist, gibt es auch keinen Dreck, nur Staub. Viel Staub. Natürlich gibt es auch keine Dusche, erst recht kein eigenes Klo. Das wäre Luxus. Von der Decke hängt eine Glühbirne, die nicht funktioniert. In Berlin wäre dieses Loch megahippes Understatement vom Feinsten, für das viele Leute nicht nur viel bezahlen würden, sie würden auch noch Fotos davon posten, um der Welt zu zeigen, wie cool man in Berlin wohnen kann.

Ich gebe dem Mann acht Euro dafür. Er schüttelt den Kopf. Bei zehn Euro werden wir uns einig. Und auch das ist eindeutig Wucher. Eigentlich müsste er mir noch was draufzahlen, damit ich bleibe.

Er geht und schließt die Tür hinter sich, die man nicht abschließen kann. Also klemme ich den Stuhl unter die Klinke und setze mich auf das quietschende Bett. Ich bin zu müde, um darüber nachzudenken, wie es jetzt weitergehen soll. Meinen Rucksack stelle ich aufs Bett, lehne mich zurück, und während ich darüber nachdenke, dass ich mir wie ein Gefängnisinsasse vorkomme, schlafe ich ein.

Leises Kratzen und Schaben weckt mich einige Stunden später. Es ist dunkel im Zimmer, nur das Mondlicht scheint durch die Gitterstäbe meiner kargen Behausung. Ich halte den Atem an und horche – es kratzt und raschelt wieder leise. Was ist das?

Mir stockt der Atem. Es muss ein Tier sein. Hier im Zimmer. Mein Rucksack, an den ich mich gelehnt hatte, ist zur Seite gerutscht, während ich geschlafen habe. Dabei muss er sich geöffnet haben, und ein paar Sachen sind rausgefallen. Ich habe Angst.

Es könnte eine Ratte sein oder eine Echse, aber auch eine wilde Katze oder eine Schlange oder ein durchgedrehter Waschbär. Moment, gibt es in Griechenland überhaupt Waschbären? Keine Ahnung. Vorsichtig greife ich nach meinem Handy und suche die Taschenlampen-App.

Es raschelt lauter, je länger ich suche, und als ich schließlich auf meinen Rucksack leuchte, ist das Geräusch verstummt. Stille. Was immer es war, es hat meine Müsliriegel-Reserven gefressen.

Jetzt höre ich Geräusche unter dem Bett und nehme sofort die Füße hoch. Langsam beuge ich mich mit dem Handylicht hinunter, um zu sehen, was da ist. Und dann sehe ich sie – Ratten! Wie vom Blitz getroffen schnappe ich meinen Rucksack, packe ein, was rumliegt, und zerre an dem Stuhl, der wirklich richtig gut unter der Türklinke feststeckt. Ein Ruck, dann bin ich draußen. Ich stürze die Treppe hinunter und öffne die Hintertür zur Taverne. Sie ist zum Glück nicht abgeschlossen. In der irrationalen Hoffnung, durch die Vorderseite der Taverne hinauszugelangen, stolpere ich über ein paar volle Bierkästen. Drinnen ist es dunkel, denn ein Rolltor verschließt die Taverne vorne zum Hafen hin. Ich will nur weg hier und suche nach einem Hinterausgang. Bingo! Tatsächlich, dieser Rohbau hat eine Tür zum Hof – meine Rettung!

Am Hafenkai setze ich mich aufgewühlt auf eine Mauer und warte, dass die Nacht vorbeigeht. Aber das kann dauern, denn es ist erst ein Uhr. Was für ein Albtraum! Ich wünschte, ich wäre jetzt an der Ostsee – mit Olaf. Und Günni. Gemütlich im Bett mit einem guten Buch, entspannt und vielleicht, weil Urlaub wäre, sogar mit Olaf mal wieder in Löffelchenstellung. Ohne Angst vor Ratten, Vergewaltigern und Schlangen. Ohne Geldsorgen. Frisch geduscht und ausgeruht in einem sauberen, frisch bezogenen Bett. Das wäre ein Traum! Denn seit Mailand fühle ich mich ungepflegt, verschwitzt, stinkend. Wenn der Punkt erreicht ist, an dem ich mich nicht mehr riechen kann, ekele ich mich vor mir selbst. Deo und Zähneputzen reichen da nicht aus. Ich brauche ganz dringend eine Dusche. Und Trost. Und jemanden zum Reden.

Zuerst wähle ich Mattis Nummer, aber es antwortet nur die

Mailbox. Sofort ärgere ich mich darüber, dass ich sie überhaupt anrufen wollte. Also versuche ich, Ella anzurufen. Es klingelt ein paarmal, und schließlich geht sie ran.

«Mama?» Im Hintergrund höre ich laute Musik und Stimmengewirr. Klingt, als sei sie in einem Club.

«Hallo Schatz, schön, dich zu hören. Wo seid ihr?»

«Mama? Bist du das?»

«Ja, Schätzchen, ich wollte nur ...»

«Mama, ich versteh nichts. Ist so laut hier!»

«Liebes, ich wollte nur sagen, dass ...»

Ich höre Ella laut auflachen und mit irgendwem reden. Sie hält den Hörer zu, damit ich nichts mitkriege.

«Psst, it's my mother. Mi madre! Okay?» Ella nimmt jetzt offenbar die Hand vom Hörer, um mit mir zu reden. «Mama?! Lass uns lieber texten!»

«Ja, klar.»

Also texte ich ihr.

ICH Wo seid ihr? Geht es euch gut?

ELLA Alles super hier. Sind in Barcelona! Party pur!

ICH Können wir kurz reden?

Nichts.

ICH Hallo? Ella? Melde dich mal schnell! Jetzt! Sofort!!!

Ja, es soll ruhig alarmierend klingen, sonst reagiert sie sowieso nicht. Aber genau das macht sie – nicht reagieren. Sie antwortet einfach nicht mehr, weder telefonisch noch per Textnachricht. Wie ist das möglich? In der einen Sekunde texten wir, in der nächsten antwortet sie nicht mehr. Sie liest nicht mal mehr meine Nachrichten. Das ist ... so egoistisch! Sie fragt nicht, was los ist. Sie macht sich keine Sorgen. Sie interessiert sich nicht für mich. Ich bin ja auch nur ihre Mutter. Die blöde Kuh, die sich selbst keinen Not-Fünfziger in den Rucksack gesteckt hat, aber ihrer verwöhnten Tochter. Die beknackte Alte, die sich hat beklauen lassen. Die Vollidiotin, die unbedingt Rollen an ihrem viel zu schweren Rucksack haben wollte. Die dämliche Schwachmatin, die einen Interrail-Trip machen wollte, weil sie glaubte, unbedingt etwas nachholen zu müssen.

Jetzt heule ich auch noch, weil ich wütend auf Ella und ihr Ego bin und auf mich und meine doofe Idee, auf meine blöde Freundin und überhaupt alles. Und dann, in meinem unendlich tiefen Tief, rufe ich Olaf an, um mich von ihm trösten zu lassen und einfach nur mit ihm zu reden, denn jetzt gerade in diesem Moment fühle ich mich schrecklich, schrecklich einsam und brauche eine tröstende Stimme.

Es klingelt. Ich lasse es lange klingeln, sehr lange. Olaf hört ja schlecht. Vielleicht schläft er schon? Das wäre allerdings sehr ungewöhnlich, denke ich, und schaue aufs dunkle Meer hinaus und die Leuchttürme ringsum. Denn Olaf geht im Urlaub nie vor eins ins Bett.

Endlich nimmt er ab.

«Hallo?», höre ich eine mir fremde Stimme.

Nein! Mein Herz bleibt stehen. Das kann nicht sein! Ich nehme das Handy vom Ohr und schaue aufs Display: Olaf Handy steht da. Eindeutig. Es ist die richtige Nummer, aber die falsche Stimme – eine Frauenstimme.

«Hallo?», fragt die fremde Stimme erneut. Sie klingt ziemlich außer Atem, so, als habe sie gerade … Sex mit meinem Mann gehabt.

«Äh, wer ist denn da?», frage ich fassungslos.

«Caro, bist du's?»

Jetzt kommt mir die Stimme seltsam bekannt vor. Ich habe so

eine Ahnung. Die Frau atmet nach wie vor schwer. Im Hintergrund höre ich eine Männerstimme keuchen. Ist das etwa … Olaf?

«Caro? Hier ist Antje.»

Nein! Vor Schreck breche ich das Gespräch ab und betrachte das Telefon in meiner Hand, als sei es eine gefährliche Handgranate, die gerade gezündet wurde und jeden Moment zu explodieren droht. Antje!? Ausgerechnet Antje! Am liebsten würde ich das Handy in hohem Bogen ins Meer schleudern. Oder noch besser auf den harten Beton, damit es in tausend Teile zerbricht. WAS MACHT ANTJE NACHTS AN OLAFS HANDY?

Atmen. Es gibt für alles eine Erklärung, denke ich und rufe erneut an.

Wieder geht Antje ran. «Caro?»

«Ganz genau. Gib mir Olaf!»

«Das … das geht … jetzt nicht.»

«Und wieso geht das nicht?», frage ich langsam und deutlich. Ich versuche wirklich, ruhig zu bleiben, aber es fällt mir verdammt schwer.

«Na, weil … weil er mir gerade … etwas repariert.»

Das wird ja immer besser. «*Was* repariert dir denn *mein* Mann mitten in der Nacht? Antje?»

«Ein … ein Rohrbruch – glaub ich.»

Schluss mit der Beherrschung! «Willst du mich verarschen, Antje?!», schreie ich. «Ich will jetzt Olaf sprechen. Sofort!»

«Das geht wirklich nicht … weil er …»

«Antje!», schreie ich.

Kratzende Geräusche. «Telefon … deine Frau.»

Im Hintergrund höre ich Olaf stöhnen. «Verdammt … Nicht … jetzt … Oahhh!»

Ich lege auf. Unfassbar! Ich fühle mich taub, gelähmt. Olaf und Antje. Ausgerechnet Antje aus Brunsbüttel, die Hüterin der Ferienhaussiedlung. Olaf fand sie schon immer toll – die Antje mit ihren dicken Dingern, die sie ständig und jedem so offenherzig präsentiert wie eine falsche Hofbräuhaus-Kellnerin zum Oktoberfest auf Mallorca. Dass er bei der ersten Gelegenheit, die sich ihm bietet, mit ihr in die Kiste steigen muss, ist der Gipfel. War er deshalb plötzlich so nachgiebig, als es um den getrennten Urlaub ging? Hat er da seine Chance schon gewittert? Vielleicht sogar geplant? Oder läuft da schon länger was mit Antje? Fasst er mich deshalb nicht mehr an? Weil er sich heimlich mit Antje zwischen Berlin und Brunsbüttel trifft?

Mein Herz schlägt mir bis zum Hals, meine Gedanken überschlagen sich, und ich werde immer wütender. Es bringt gar nichts, hier zu sitzen, über Olaf nachzudenken und mir auszumalen, was er treibt. Denn ich sitze hier, am Arsch der Welt, und kann absolut nichts machen! Nichts! Ich habe kaum noch Geld, und meine beste Freundin hat mich für irgendeinen schwedischen Bubi sitzengelassen. ICH KÖNNTE SCHREIEN! Mach's aber nicht. Trotzdem muss ich Energie ablassen. Also gehe ich in den Ort, wo vielleicht noch eine Bar aufhat. Ein paar Euro hab ich schließlich noch. Notfalls setze ich mich auf die Bank unter den Baum, wo heute Mittag die alte Griechin saß und so entspannt aussah. Ein kleiner, friedlicher Platz, das würde schon helfen.

Fehlanzeige.

In den Gassen ist jetzt deutlich mehr los als am Vormittag. Bars und Restaurants sind geöffnet, zahlreiche junge Menschen sind noch unterwegs, kaum einer älter als dreißig.

Immer wieder habe ich dieses Bild von Olaf und Antje beim Sex vor Augen. Das ist so widerlich! Und macht mich extrem sauer. Also bleibe ich in Bewegung, denn Bewegung baut Aggressionen ab. Auf der Suche nach dem kleinen Platz mit der Bank komme ich an einer schmalen Gasse zwischen zwei Häuserreihen vorbei. Ich gehe langsamer, höre Stimmen. Es ist sehr dunkel, aber ich erkenne einen großen Typen, der eine Frau bedrängt. Er will sie küssen. Beide reden Englisch. Auf den ersten Blick sehen sie wie ein Pärchen aus, das vielleicht eine Meinungsverschiedenheit hat. Aber jetzt wird er handgreiflich, begrapscht sie, will ihr an die Wäsche. Als er sie an die Wand drückt, sehe ich, wie sie sich wehrt.

«Stop it!», ruft sie laut. «No! Go away!»

Die Situation ist eindeutig. Ich sehe mich um, aber außer mir ist niemand in der Nähe. Ich muss handeln. Die Frau braucht Hilfe. Jetzt reißt sie sich los und rennt in die entgegengesetzte Richtung. Der Typ hechtet wütend hinterher.

Ich spüre das Adrenalin in mir. So schnell ich kann, hole ich mein Pfefferspray aus der Hüfttasche des Rucksacks und folge den beiden. Die Gasse ist länger, als ich dachte, und wird immer dunkler. Mist – durch den Rucksack bin ich zu langsam.

Ich sehe, wie der Typ sich auf die Frau stürzt und sie zu Boden reißt. Die Situation wird immer brenzliger. Ich werfe im Affekt den Rucksack ab, hole die beiden ein, löse den Sicherheitsriegel der Spraydose mit dem Daumen und rufe, so laut ich kann:

«Hey! Stop it!»

Der Mann dreht sich reflexartig zu mir um und will mich angreifen, aber im gleichen Moment drücke ich mit aller Kraft den kleinen Knopf der Dose und sprühe ihm das Pfefferspray direkt ins Gesicht. Völlig überrascht hält er sich die Hände vors Gesicht und schreit laut auf.

«Come on!», rufe ich der Frau zu, die sich aufrappelt. «Hurry up!»

Sie greift ihren Rucksack und schiebt sich an dem Kerl vorbei, der sich am Boden windet. Gemeinsam rennen wir durch die dunkle Gasse bis zur nächsten Straße und weiter hinunter zum Hafen, wo wir völlig außer Atem verschnaufen. Wir müssen uns beide nach vorn beugen, um wieder zu Atem und Kräften zu kommen.

«Moment mal», japst die Frau. «Caro?»

Ich sehe auf. Das darf nicht wahr sein! «Matti!?»

Wir fallen einander in die Arme und weinen vor Erleichterung. «Was … was machst du denn hier?», frage ich immer noch atemlos. «Ich dachte du bist … auf Paxos?»

«War ich auch. Aber ich habe die letzte Fähre zurück genommen. Es tut mir so leid.»

«Und was war das für ein Kerl da gerade?» Plötzlich bricht meine ganze Wut aus mir heraus. «Scheiße, Matti, musst du eigentlich mit jedem was anfangen, der dir über den Weg läuft? Ich meine … du hättest … Der hätte dich … Ach! Was weiß ich!»

Sie weint. «Ich weiß, aber ich hab dich gesucht, und er hat gesagt, dass er dich gesehen hat. Aber … Ich hab doch nicht mit dem rumgemacht! Caro! Ich kannte den doch gar nicht. Keine Ahnung, wer das war. Der hat mich blöd angemacht.»

«Klar», sage ich und klinge nicht sehr überzeugend.

Matti schüttelt den Kopf. «Aber ich bin doch extra zurückgekommen, weil ich dich nicht im Stich lassen wollte.»

«Hast du aber! Du bist einfach abgehauen! Ohne ein Wort.»

«Es tut mir leid. Ich dachte, du kommst klar und brauchst keinen Babysitter.»

«Nein, aber du offenbar! Außerdem lässt man seine Freundin nicht irgendwo in der Pampa sitzen, um sich mit einem Zwanzigjährigen zu vergnügen.»

«Frode ist 27!»

Ich rolle mit den Augen. «Du hast mich ohne einen Cent zurückgelassen, Matti!»

«Ja, sorry, aber habe *ich* mich beklauen lassen oder du?»

Okay, das war's! Das ist echt unfair. So kenne ich Matti gar nicht. Mir reicht's.

«Das ist echt das Letzte! Du kannst mich mal!», sage ich und schnappe mir meinen Rucksack, um mir einen Platz an der Kaimauer zu suchen. Allein! Wie kann man nur so ätzend sein!

Was für eine beschissene Nacht. Was kommt als Nächstes? Ein verzweifelter Anruf von Ella?

Ich suche mir ein Fleckchen auf der Kaimauer und beobachte die Fischerboote, die langsam und still den Hafen verlassen, und denke an Angelos. Ein Lichtblick! Ja, ich werde hinfahren. Ich werde ihn überraschen, mit ihm feiern und ihn um etwas Geld anpumpen, damit ich wieder nach Hause fahren kann. Der Rest der Reise wird gestrichen. War sowieso 'ne blöde Idee, dieser ganze Interrail-Kram. Ja, mit zwanzig ist das vielleicht ein tolles Abenteuer, aber ich brauche das alles nicht mehr. Auf diese Art von Abenteuer kann ich verzichten. Meine Freizeit ist begrenzt. Mit fast fünfzig muss ich keine Experimente mehr machen. Nicht meine Grenzen austesten. Ich brauche keine verstopften Zugtoiletten, stinkenden Mitreisenden, besoffenen Heavy-Metal-Fans und erst recht keine gelangweilten Millionärssöhne auf abgefuckten Adria-Fähren. Und was ich ganz bestimmt nicht brauche, ist eine Freundin, die mich im Stich lässt.

«Danke», höre ich Mattis leise Stimme hinter mir. «Danke, dass du mir diesen Kerl vom Hals geschafft hast.» Sie schlingt von hinten ihre Arme um mich, wie ich es von meiner Tochter kenne, wenn sie eine Dosis Zuneigung braucht.

«Wenn ich gewusst hätte, dass du das bist, hätte ich nichts getan», sage ich zickig und drehe mich nicht mal zu ihr um.

Sie setzt sich neben mich. «Es tut mir leid, dass ich einfach so mit Frode mitgegangen bin. Aber er war so süß, und er konnte so gut küssen und sogar …»

«Verschone mich mit Einzelheiten. Bitte!»

«Schon gut. Ich … Okay, ich hatte vergessen, dass du kein Geld hast. Aber als ich deine Nachricht gelesen habe, bin ich sofort zurückgekommen. Dann hab ich dich hier überall gesucht. Und … Hey, dass du mich gerettet hast, war ja wohl Schicksal, oder?»

«Wohl eher Zufall», sage ich erschöpft.

«Auf keinen Fall. Solche Zufälle gibt's nicht. Außer im Film.»

Ich zucke mit den Schultern, weil ich einfach viel zu müde bin, um darauf irgendwas zu sagen. Ich lehne mich an meinen Rucksack und schließe die Augen.

«Hey, komm schon, Caro! Meine Mutter hat immer gesagt, dass man nicht im Streit einschlafen soll.»

«Das hat *meine* Mutter immer gesagt. Nicht deine.»

«Ist doch egal. Was hast du eigentlich? Jetzt wird doch alles gut, Hase.»

Ich überlege einen kurzen Moment, ob ich ihr von Olafs Affäre mit Antje erzählen soll, denn die Sache setzt mir echt zu. Dann bricht es auch schon aus mir heraus.

«Olaf hat 'ne andere», sage ich erstaunlich gefasst.

Matti sitzt reglos neben mir. Ich höre, wie sie schwer ausatmet.

«An der Ostsee?»

«Hmm.»

«Arschloch!» Matti greift nach meiner Hand.

Das tut so gut. Und dann erzähle ich ihr von Antje und Olaf und meinem Anruf, der nur wenig Interpretationsspielraum zulässt.

Am Ende umarmt mich Matti, und ich spüre ihr raues Kinn an meiner Wange. «Was ist denn mit deiner Haut passiert?»

«Och, das ist vom Knutschen mit Frode, weil er so harte Bartstoppeln hat. Im Gesicht geht's ja noch, aber du solltest mal …»

«Stopp, Matti! Keine Einzelheiten!»

«'tschuldigung.»

Ich sehe sie ernst an. «Und du bist echt wegen mir zurückgekommen, obwohl dein Frode so gut in … allem … ist?»

Sie nickt. «Wir treffen uns vielleicht in Thessaloniki wieder.»

«Hm», sage ich und beneide meine Freundin ein bisschen.

Dann schweigen wir, schauen aufs Wasser und hängen unseren Gedanken nach.

«Ehrlich gesagt … Olaf ist gar kein Fremdgänger-Typ», sagt Matti in die Stille hinein.

«Dachte ich auch, aber es passt alles zusammen. Erst war er total eingeschnappt, dass ich ohne ihn Urlaub machen wollte, aber dann hat er offenbar seine Chance gewittert und war seitdem total tolerant.»

«Vielleicht weil er dich verstanden hat.»

Ich wundere mich über Mattis Verständnis für Olaf. «Er hat sogar gesagt, er müsste in seinem Leben auch einiges verändern.»

«Das kann alles heißen.»

«Eben. Ich glaube, da läuft schon länger was mit Antje. Er fand sie schon immer toll.»

«Caro, hast du mit ihm geredet?»

«Nein danke. Mir reichte sein Stöhnen im Hintergrund.»

«Was?!»

Ich nicke.

«Redet miteinander!», befiehlt Matti. «Sonst gibt es nur Missverständnisse. So ein toller Hecht und Aufreißertyp ist Olaf nicht. Der geht niemals fremd.»

«Stille Wasser sind tief», sage ich.

«Apropos – hast du noch irgendwas zu trinken?»

«Nein, aber ich hab da ’ne Idee. Komm!»

Ich ziehe Matti an der Hand hoch, und zusammen gehen wir zur schäbigen Hafentaverne rüber.

«Du siehst aber schon, dass der Laden geschlossen ist?», wundert sich Matti über meine Zielstrebigkeit.

«Ja, ja, vertrau mir!»

«Auf gar keinen Fall», sagt Matti. «Schau dich an, wo du gelandet bist!»

«Wegen dir!»

Auf der Rückseite der Taverne halte ich uns die Hintertür auf, aber Matti zögert.

«Ich frage mich gerade, was du seit heute Mittag hier so getrieben hast. Muss ich mir Sorgen machen?»

«Stell keine Fragen! Die Typen hier sind mir was schuldig!»

Wir gehen in die Taverne, schließen leise die Tür hinter uns und leuchten mit unseren Handys. Dann plündern wir den Bierkasten, über den ich auf meiner Flucht vor den Ratten gestolpert bin, und gehen die Treppe hoch, vorbei an meinem schmuddeligen Ratten-Knast rauf aufs Dach des Rohbaus. Wir setzen uns so gemütlich wie möglich hin und stoßen an. Hier oben fühlen wir uns sicher. Es weht eine leichte Brise. Ich gebe Matti einen Ohrstöpsel, und wir hören uns Angelos' Liebesbotschaften auf dem alten Walkman an. Angelos!

17
Korfu

NACH EINEM ROMANTISCHEN SONNENAUFGANG auf dem nackten Betondach der schmierigen Hafentaverne, auf dem wir uns dennoch wie Königinnen gefühlt haben, nehmen Matti und ich die erste Fähre nach Korfu und machen uns auf See erst mal frisch. Die Überfahrt dauert knapp zwei Stunden. Mit Kaffee und Gebäck stehen wir nun an Deck und schauen gespannt auf die näherkommende Insel, die groß und unglaublich grün ist. Und je näher wir ihr kommen, desto mulmiger wird mir. Auf den Kassetten, die Matti und ich letzte Nacht gehört haben, klingt Angelos so verliebt und zuversichtlich. Ich hatte tatsächlich das Gefühl, dass er auf mich wartet und auf unser gemeinsames Leben, als er vor dreißig Jahren zu mir gesagt hat: *Komm, ich warte auf dich. Du bist die Einzige für mich!*

Das klang zwar schnulzig, verrückt und völlig unrealistisch, aber Angelos war immer ein sehr emotionaler, ehrlicher Typ, kein Aufschneider, der Dinge sagt, nur um ein Mädchen rumzukriegen.

Seit drei Tagen habe ich allerdings nichts mehr von ihm gehört oder gelesen. Wahrscheinlich ist er so sehr mit den Vorbereitungen seiner Geburtstags-Beach-Club-Eröffnungs-Party beschäftigt, dass er keine Zeit für andere Dinge hat. Kann ich verstehen. Außerdem erwartet er mich ja auch gar nicht. Sicher würde er sich melden, wenn er wüsste, dass ich heute vor der Tür stehe.

Im Internet habe ich mir angeschaut, wo Angelos' Strandbar

liegt: im Süden der Insel, genau zwischen zwei Orten. Leider gab es in unmittelbarer Nähe keine freie Unterkunft – zumindest online. Also fahren wir erst mal mit dem Bus nach Lefkimi und sehen dann weiter. Das ist jedenfalls der Plan, den wir auf der Fähre schmieden.

Wir genießen die Überfahrt bei strahlendem Sonnenschein und angenehmem Wind. Ich kann mich gar nicht sattsehen an den vielen Blautönen von Himmel und Meer und der Weite bis zum Horizont. Matti und ich sind erstaunlich entspannt nach dieser turbulenten, seltsamen, aber bereinigenden Nacht. Als wir uns Korfu nähern, scheint das satte Grün der Insel direkt ins türkisfarbene Meer zu fließen. Kein Wunder, dass Korfu schon Kaiserin Sissi in ihren Bann gezogen hat. Sie liebte das zerklüftete und gleichzeitig dicht bewachsene Eiland angeblich so sehr, dass sie einen Großteil ihrer Zeit wegen des Klimas und der Ruhe auf Korfu verbrachte und sogar dort beerdigt werden wollte, was ihr aber verwehrt blieb. Korfu: mein und Sissis Sehnsuchtsort. Ganz langsam wird mir klar, dass ich Angelos heute wiedersehen werde – meine große Liebe aus dem Sommer 1992. Wahnsinn!

«Vielleicht bleibe *ich* ja diesmal hier, und *du* musst alleine zurück.»

«Da würde Olaf schön blöd aus der Wäsche gucken», erwidert Matti. «Aber mir soll's recht sein, solange ich das Geld habe.» Sie grinst. «Aber mal im Ernst, was machst du, wenn du mit Angelos eine zweite Chance bekommst?»

«Bleiben», antworte ich wie aus der Pistole geschossen. «Diesmal für immer.» Und daran zweifele ich keineswegs. Sollte es eine zweite Chance geben, dann hat das Schicksal entschieden. Und dem pfuscht man nicht ins Handwerk. Zu Hause hält mich jedenfalls nichts und niemand. Soll Olaf mit Antje und Günni glücklich werden. Ella geht sowieso ihren Weg. Sie braucht mich nicht mehr.

Und während ich mein Gesicht in die Sonne halte, über Olaf nachdenke und mir vorstelle, dass er wirklich was mit Antje hat, wird mir bewusst, dass das vielleicht gar nicht so schlecht wäre, weil ich ja dann auch was mit Angelos anfangen könnte. Das wäre doch nur fair, oder?

Als sich zwei Frauen uns gegenübersetzen, ist es vorbei mit der Gesichtssonne. Sie kommen vom Mitteldeck, denn auf dem Weg zur Toilette habe ich sie unten schon beim Rauchen gesehen. Und wie das so unter Frauen ist, mustern wir uns alle vier kurz gegenseitig, tauschen ein kleines Lächeln aus, und schon wenden wir uns wieder unseren Gesprächspartnerinnen zu.

Die beiden sind schlank, tragen zerrissene Jeans, bedruckte Glitzer-Shirts, Sandalen und große Handtaschen. Beide haben schwarze Haare, die eine halblang, die andere kurz, und beide sind schön gebräunt. Sie unterhalten sich angeregt auf Griechisch, und ich stelle mir vor, dass sie übers Wochenende ihre Familien auf der Insel besuchen und ansonsten auf dem Festland leben und arbeiten. Matti und ich sitzen einfach nur faul da, lauschen dem fremden Singsang … und mustern die beiden unauffällig durch unsere dunklen Sonnenbrillen.

«Was meinst du, wie alt die beiden sind?», flüstere ich.

Matti zuckt mit der Schulter, ohne sich zu regen.

Also beantworte ich meine Frage selbst: «In unserem Alter.»

Matti schüttelt den Kopf. «Nein! Viel älter.»

«Wieso?» Ich versuche, leise zu bleiben, aber jetzt schauen die beiden zu uns rüber. Das stört Matti gar nicht. Sie lächelt und neigt ihren Kopf in meine Richtung.

«Ledrige Haut – zu viel Sonne, zu viele Kippen. Mindestens Mitte fünfzig.»

Ich überlege und nicke. «Und wahrscheinlich ist auch Alkohol im Spiel.»

«Mit Sicherheit!» Matti nickt.

Wieder schauen die beiden zu uns rüber. Dann klingelt das Handy der Kurzhaarigen. Sie kramt in ihrer Tasche und geht ran.

«Ja, Schatz? … Nein, wir sind gleich da … Halbe Stunde noch … Okay, bis später!»

Der Boden tut sich auf – und verschluckt Matti und mich leider nicht. Das hat man vom gemeinen Lästern. Reglos, wie vom Blitz getroffen, starren wir durch unsere Sonnenbrillen ins Nichts und reden kein Wort mehr. Bloß nichts anmerken lassen!

Endlich legt die Fähre im kleinen Hafen von Lefkimi im Süden der Insel an, wobei *Hafen* etwas übertrieben ist. Es handelt sich vielmehr um eine Anlegestelle an einem großen Betonparkplatz mit Café und einer Ticketbude. Nicht sehr einladend.

Die beiden Frauen stehen auf und lächeln uns zum Abschied von oben herab an. Recht so! Später sehen wir sie mit einem Kleinwagen mit griechischem Nummernschild von der Fähre fahren und hoffen, ihnen nie, nie wieder zu begegnen.

Auch Matti und ich gehen von Bord, und kaum setzen wir einen Fuß auf den Beton, spüren wir die große Mittagshitze. Um uns herum herrscht ein wuseliges Kommen und Gehen. Leute werden abgeholt, andere zur Fähre gebracht, überall stehen Autos, Kleinbusse, Transporter, aber weit und breit kein einziger Linienbus. Seltsam. Die junge Frau am Fahrkartenschalter zeigt auf die Zufahrtsstraße zum Hafen und erklärt, dass in etwa fünfhundert Metern eine Haltestelle ist.

Vom Hafen direkt fahren keine Busse ab, sagt sie. Und ihre Worte klingen noch in meinen Ohren, als uns nach etwa zweihundert Metern, die wir mit unseren Rucksäcken durch die sengende Hitze die schattenlose Asphaltstraße entlangtrotten, ein Linienbus überholt, dreihundert Meter vor uns an einer Kreuzung anhält, Leute einsteigen lässt und weiterfährt. Das ist so frustrierend!

Als wir zehn Minuten später nassgeschwitzt an der Kreuzung ankommen, ist dort außer einem Kiosk nichts. Kein Fahrplan, kein

Zeichen, nichts, was eine Haltestelle auch nur ansatzweise markieren könnte. Wie soll man da als Ortsunkundiger wissen, wann, wohin und ob hier überhaupt ein Bus fährt? Die Hitze ist unerträglich, aber weit und breit kein Schatten. Wir müssen hier weg. Irgendwie. Und der Gedanke, dass wir erst noch eine Unterkunft suchen müssen, ehe wir zur Ruhe kommen, macht mich auch schon wieder ganz nervös. Ich will gerade im Kiosk nach einem Bus fragen, als neben uns ein Taxi hält. Der Fahrer steigt aus, um Zigaretten zu holen.

Ich starre auf das Auto. «Ein Mercedes mit Klimaanlage!» Die Vorstellung, der Hitze zu entfliehen, macht mich ganz kribbelig.

«Der soll uns mal irgendwohin bringen», sagt Matti.

«Wie irgendwohin?»

Keine Antwort. Stattdessen fragt Matti den Taxifahrer auf Englisch, ob er weiß, wo in der Nähe ein kleines, gemütliches Hotel ist. Der weißhaarige Endfünfziger mit dem braun gebrannten Gesicht zündet sich eine Zigarette an, krempelt seine hellblauen Hemdsärmel hoch und zieht an seiner Kippe, während er nachdenklich durch seine Sonnenbrille in die Ferne schaut.

Schließlich nickt er. «Wait!»

Er telefoniert kurz und öffnet uns wenig später mit einem breiten Lächeln einladend die Türen seines Mercedes. Wir packen die Rucksäcke in den Kofferraum und steigen erleichtert ein. Und es ist genau so, wie ich es erhofft habe – kühl, weich und bequem. Ganz gleich, wohin er uns fährt und was er vorhat – dieses Auto ist das Paradies.

Unser Fahrer erzählt uns, dass er Feierabend habe, aber es sei kein Umweg für ihn, zwei so *charming ladies* zu helfen. Er lacht, schnipst seine Kippe lässig aus dem offenen Fenster und startet den Wagen. Er will uns zu einer Zimmervermittlung bringen, die trotz Hauptsaison noch eine Unterkunft vermitteln könne – zentral, nah zum Meer und nah zum Zentrum des nächsten Ortes Kavos, im südlichsten Zipfel Korfus. Land's End sozusagen. Das klingt nach

Ruhe und Entspannung abseits vom Massentourismus, und wir freuen uns auf ein paar chillige Tage am Strand.

Das Taxi fährt eine unbebaute gerade Straße entlang, bis die ersten Häuser und Hotels auftauchen. Gespannt schauen Matti und ich aus dem Fenster. Dann kommen wir in den Ort. Die Straße wird enger, die Gehwege verschwinden, sodass die maximal dreistöckigen Häuser links und rechts direkt an die Fahrbahn reichen. Es sind überwiegend Zigaretten- und Schnapsläden, Notfallambulanzen, Kneipen, Restaurants und Clubs. Matti und ich beten, dass wir hier nur durchfahren. Das Taxi muss langsamer fahren, weil vor uns eine Gruppe nur mit Badeshorts und Schlappen bekleideter junger Männer mit schweren Sonnenbränden und mittelmäßigen Tattoos auf Rücken und Schultern feixend die Straße blockieren, bevor sie in eine der Seitenstraßen zum Strand abbiegen. Ansonsten ist nicht viel los hier am frühen Nachmittag.

Zu unserem Schrecken hält der Fahrer nur ein paar Meter weiter vor einem Reisebüro, das, den Schaufensterplakaten nach, vor allem Shuttles, Land- und Bootsauflüge für Touristen anbietet. Wir geben ihm die geforderten zehn Euro, die er natürlich schwarz kassiert, und schleppen unsere Rucksäcke in das Reisebüro. Und dann das: Hinter dem Schreibtisch sitzt die Kurzhaarige von der Fähre und lächelt uns überlegen an.

«Hallo, so sieht man sich wieder.»

Wir lassen uns nichts anmerken – cool bleiben.

«Ja», sagt Matti. «Die Welt ist klein.»

Die Kurzhaarige nickt. «Und Korfu ist noch kleiner. Ihr braucht also ein Zimmer?»

Ich fange mich. «Genau.»

Sie greift zum Hörer, als aus einem Nebenzimmer ein Grieche dazukommt, der uns zur Begrüßung seltsam anstarrt.

«Warum guckt der uns so an?», flüstere ich Matti zu, während die Kurzhaarige telefoniert.

«Keine Ahnung. Vielleicht stimmt was nicht mit uns.»

«Was sollte mit uns nicht stimmen? Wir sind zwei Frauen in T-Shirts und Shorts mit Rucksäcken und suchen ein Zimmer. Ist jetzt nicht so ungewöhnlich in so einem Urlaubsort.»

Matti schaut zur Straße, wo gerade zwei Jugendliche einen Mülleimer umtreten und sich lautstark darüber freuen.

«Doch, Caro, ich schätze schon.»

«So, ich hab was. Mein Costas bringt euch hin. Ach, und nicht zu viel rauchen, trinken und sonnenbaden – kriegt man ledrige Haut von.»

Wir verkneifen uns jeden Kommentar. Sie hat ja recht.

Ihr glotzender Kollege führt uns anschließend zu einem Hotel. Wir tapern vielleicht zweihundert Meter hinterher quer über die Straße und durch eine Toreinfahrt in ein orangefarbenes Hotel, das mit sehr lauter Hip-Hop-Musik beschallt wird. An der leeren Rezeption verabschiedet sich der Mann und verschwindet wieder. Matti und ich schauen uns um und lassen das, was wir sehen, erst mal auf uns wirken. Drei Billardtische und zwei Kicker in der Lobby, dazu eine Bar, die gleichzeitig Rezeption ist. Angrenzend im Innenhof ein kleiner Pool mit zwanzig Plastikliegen ringsum. Die Beschallung ist nervig, und die Altersgrenze der Gäste, die sich hier tummeln, liegt bei maximal dreiundzwanzig. Ein einziger Blickwechsel zwischen Matti und mir genügt, um von hier zu flüchten. Sofort zücke ich mein Handy, um per Hotel-App vielleicht doch noch eine Alternative zu finden. Und siehe da, es geschehen noch Wunder: Schon nach wenigen Minuten haben wir ein Doppelzimmer mit Meerblick am Ortseingang jenseits der Partymeile gebucht, das offenbar erst wenige Minuten zuvor von jemand anderem storniert wurde. Riesenglück, vielleicht auch Schicksal! Um dorthin zu gelangen, müssen wir die Hauptstraße allerdings wieder zurückgehen, wobei uns jetzt erst auffällt, wie zugemüllt diese Meile ist und dass einige fleißige Menschen bemüht sind, die Straße und ihre Bars und Clubs für den Abend herzurichten, aufzuräumen und zu putzen. Es riecht nach Chlor, Urin und Müll.

«Wir sind in der Hölle gelandet», sage ich.

Ich weiß genau, dass Matti das Gleiche denkt. Aber ihr Zweckoptimismus schützt sie vor schlechter Laune.

«Ach, erst mal sehen. Vielleicht ist alles nur halb so wild. Bestimmt hat der Ort noch eine andere Seite zu bieten. Hm?»

Am Ortseingang biegen wir rechts in eine Seitenstraße, die direkt zum Meer führt. Und siehe da – Matti hat recht. Die Adresse, zu der unser Handy-Navi uns führt, ist eine kleine Taverne direkt am Kiesstrand. Alles, was man hört, sind die Wellen.

«Das isses!», sage ich zu Matti und bleibe glücklich vor dem sonnengelben Haus stehen, dessen Balkone im ersten und zweiten Stock dem Meer zugewandt sind. Vor dem Haus steht fast direkt am Strand ein alter, knorriger Olivenbaum, der viel Schatten spendet. Ringsum verteilen sich ein paar blau lackierte Tische, Stühle und Sonnenliegen aus Holz. In der Taverne strahlt uns eine freundliche kleine Griechin entgegen, der die Pension zu gehören scheint.

«Wir können Deutsch reden», lacht sie, nachdem ich ihr auf Englisch erklärt habe, dass wir kurzfristig online ein Zimmer bei ihr gebucht haben. «Kommt, ich zeig's euch.» Sie geht voraus. «Ich bin übrigens Ilektra.»

«Ah, wie Elektra von Euripides?», sage ich stolz, weil ich mit meinem Wissen über die griechische Kultur auftrumpfen kann.

Aber die kleine Frau schüttelt schmunzelnd den Kopf. «Nein, wie I-lektra, mit i. Aber das geht fast jedem so. Nicht schlimm.»

Matti und ich mögen unsere Gastgeberin mit dem sympathischen norddeutschen Dialekt auf Anhieb. Sie ist höchstens Mitte vierzig, warmherzig und sprüht vor Energie. Ihr langes schwarzes Haar hat sie sorgfältig hochgesteckt, sodass kein einziges absteht – nicht zu vergleichen mit dem wilden Look der beiden jungen Lehramtsstudentinnen. Ilektra ist so ein Mensch, den jede Frau gerne zur besten Freundin hätte.

Im oberen Stock öffnet sie eine Tür, und uns geht das Herz auf. Ein schöner, großer Raum mit Doppelbett, Nachttischen, Schminktisch, Stuhl und Sessel. So weit nicht besonders aufregend, aber liebevoll eingerichtet und einfach schön. In einer Vase stehen frische Blumen, als habe Ilektra gewusst, dass wir kommen. Mobiliar, Vorhänge, Bettbezüge und Handtücher sind geschmackvoll in Weiß, Gelb und Hellblau gehalten, wie im ganzen Haus. Und es ist sehr sauber und duftet nach … nach …

«Zitronen», sagt Matti und zeigt auf die Duftstäbchen auf einem der Nachttische.

«Das Bad ist nebenan», sagt Ilektra. «60 Euro inklusive Frühstück. Ist das okay?»

«Klar», sage ich. «Oder, Matti?»

Matti nickt. «Ja, sicher. Bist du eigentlich aus Norddeutschland?»

Ilektra lacht. «Hört man das etwa?»

«Unwesentlich», sage ich und lächele.

«Ja, ich bin in Hamburg geboren und aufgewachsen, habe mich aber hier verliebt und bin geblieben.»

«Ja, die Liebe …», sage ich.

Während sie die weißen Vorhänge etwas zuzieht, damit die Sonne nicht direkt reinknallt, fragt Ilektra: «Und wie lange bleibt ihr?»

Matti und ich schauen uns an.

«Kommt drauf an …», sage ich.

Ilektra ist irritiert. «Aha? Und worauf?»

«Na, auf die Liebe», strahlt Matti.

Ilektra muss grinsen. «Oh, okay. Also, bei mir hat es ungefähr ein Jahr gedauert, bis ich wegen der Liebe geblieben bin. Aber Langzeitmieter sind mir jederzeit willkommen.»

Wir lachen.

«Also zwei Nächte erst mal, dann sehen wir weiter. Okay?», frage ich.

Ilektra strahlt uns an, als sei alles auf der Welt für sie okay.

Nachdem sie gegangen ist, duschen wir ausgiebig, übermalen die Lackschäden auf den Nägeln, ziehen uns um und schminken uns. Matti kommt mit etwas Rouge und Wimperntusche aus, während ich seit Tagen mal wieder sehr sorgfältig ein komplettes Make-up auflege. Ich trage ein luftiges rotes Sommerkleid und Matti ein weißes Top mit cremefarbener Leinenhose, dazu luftige Sandalen. Und ich zerre meine hochhackigen Sandalen, die ich doch eingepackt habe, feierlich aus meinem Rucksack.

«Tadaa!» Allerdings habe ich leichte Schwierigkeiten, meine plattgelatschten Quadratfüße in die zierlichen Riemchen zu pressen. Aber was nicht passt, wird passend gemacht.

Vor der Taverne serviert uns Ilektra kurz darauf einen Welcome-Drink unter dem Olivenbaum, bestehend aus Mineralwasser, Wodka und Limettensaft – eine *Skinny Bitch* zum Lockerwerden sozusagen. Das ist nicht nur erfrischend, sondern entspannt auch. Denn ich werde langsam nervös.

«Kennst du zufällig einen Angelos Yiannopoulos hier auf der Insel? So um die fünfzig.» Um ihr auf die Sprünge zu helfen, zeige ich ihr auf dem Handy Angelos' Facebook-Seite.

Ilektra lacht und nickt. «Ja klar, hier kennt jeder jeden.»

«Er war meine Jugendliebe. Ich will ihn überraschen», sage ich und nehme einen großen Schluck aus meinem Glas.

Ilektra wischt den Nebentisch ab und grinst. «Na, der wird Augen machen. Er eröffnet eine neue Bar am Antonia Beach.»

Wir nicken.

«Weißt du, wie wir dahin kommen?», fragt Matti.

«Na klar, ihr müsst einfach nur durch den Ort und auf der anderen Seite ein Stück die Küste entlang.»

«Du meinst zu Fuß?», frage ich erstaunt.

Ilektra nickt. «Ihr könnt aber auch den grünen Bus nehmen.»

Das klingt schon besser.

Gesagt, getan. Wenig später stellen wir uns in der Nähe einer Hotelanlage am Ortsausgang an die unsichtbare Bushaltstelle für die *green line* in die sengende Hitze und warten. Auch hier gibt es keine Tafel mit Ankunfts- und Abfahrtszeiten, keinen Hinweis auf eine Buslinie. Wir wissen nur von Ilektra, dass der Bus nach Süden gleich kommen soll. Aber *gleich* ist in Griechenland ein dehnbarer Begriff.

Ich fange an zu schwitzen, obwohl ich ein supersicheres 24-Stunden-Trocken-Deo benutze, das angeblich alle Schweißdrüsen blockiert. Zu Hause funktioniert es immer, aber hier, bei gefühlten 50 Grad Celsius in der tiefen Nachmittagssonne, versagt es. Genauso wie mein Make-up. Da brezelt man sich einmal auf, und schon folgt die Strafe. Ich spüre regelrecht, wie mein Gesicht zerfließt, während die Sonne auf meine nackten Schultern brennt. Wir beobachten, dass in der Clubanlage, vor der wir auf den Bus warten, die Nachmittagsträgheit weicht und sich Mitarbeiter und Gäste auf den Abend vorbereiten. Drinks werden an der Poolbar ausgegeben, Liegen werden ordentlich zusammengestellt, und der DJ am Pool macht einen Soundcheck. Plötzlich dreht er seine Anlage voll auf und legt los. In ohrenbetäubender Lautstärke wummern die Bässe um nicht mal 18 Uhr aus den Boxen, als sei es Mitternacht. Und niemanden außer mir stört dieser Lärm offenbar, denn selbst Matti singt und wippt begeistert im Takt mit und ist sogar textsicher.

«Woher kennst du so schlimme Musik?», frage ich.

«Äh …von meinen Schülern natürlich! Wenn ich deren Handys regelmäßig im Unterricht einkassiere, checke ich erst mal, was die da hören. Machst du das etwa nicht?»

«Nein, natürlich nicht!», sage ich.

«Kein Wunder, dass du nicht auf dem neuesten Stand bist.»

Eine Mädchenclique mit schmutzig englischem Akzent verlässt ebenfalls im Takt wippend den Poolbereich, um im Laden neben dem Hotel Zigaretten zu kaufen. Sie sind höchstens achtzehn und tragen alle knappe Tops und noch knappere Shorts – mindestens drei Konfektionsgrößen zu eng. Die weiße Haut ist bei allen krebsrot, das Make-up zu dick aufgetragen, und die Sonnenbrillen wirken billig. Aber sie fühlen sich wie Königinnen, denn sie sind jung und strafen uns mit Missachtung. Außerdem haben sie alle die gleiche angesagte Hochsteckfrisur mit dem lockeren Dutt oben auf dem Kopf. Ein Trend, den ich einfach nicht hinbekomme. Vielleicht bin ich wirklich zu alt für diesen Look.

Schwitzend zupfe ich mein Haar zurecht. «Na, die haben ein gesundes Selbstbewusstsein», sage ich mit einer Mischung aus Bewunderung und Mitleid.

Matti verzieht das Gesicht. «Aber keinen Spiegel.»

Endlich kommt der Bus – und er ist proppenvoll. Mit viel Geduld und Mühe quetschen Matti und ich uns zu den Strandrückkehrern, die ihren Tag woanders auf der Insel verbracht haben. Matti steht hinter mir direkt auf der unteren Stufe am hinteren Einstieg. Ich stehe auf der oberen Stufe vor einem großen dicken weißhaarigen Mann in Badeshorts, der den Kragen seines bauchumspannenden Polohemdes hochgeschlagen hat und sich nonstop auf Französisch unterhält. Natürlich gibt es im Bus keine Klimaanlage.

«Ich habe dir gesagt, du sollst das lassen», höre ich Mattis Stimme von hinten, als ich mir mit einem Taschentuch die zerlaufene Farbe aus den Falten schmiere. «Ohne Make-up kommst du am natürlichsten rüber.»

Ich sage nichts dazu. Sie meint es ja nur gut, aber ich wollte einfach für diese besondere Begegnung umwerfend aussehen. Oder soll Angelos vor mir stehen und sich wundern, wer die seltsame Alte ist, die ihn so blöde anschaut? Nein, wenn er mich sieht, soll er nichts anderes sagen als …

«Wow, ist diese umwerfende Frau nicht Caro, meine große Liebe von damals, die ich nie vergessen konnte und mit der ich ein neues Leben beginnen will?»

Also rette ich, was zu retten ist.

Wir rumpeln über die Hauptstraße mit ihren tiefen Schlaglöchern und lassen hier und da Leute aus- und einsteigen. Alte, Junge, Einheimische, Touristen. Der Bus wird trotzdem immer voller. Sogar im Gang stehen die Mitfahrer jetzt so eng, dass keiner umfallen könnte. Und dennoch schafft es der Fahrkartenverkäufer, sich elegant und wendig wie ein Schlangenmensch durch den Bus zu winden, um jeden abzukassieren. Während der Fahrt wische ich mir immer wieder den Schweiß unterm Kleid ab, damit es keine Ränder gibt. Jetzt wäre ein Mietwagen gar nicht so schlecht gewesen – mit Klimaanlage!

«Zum Glück ist bald Abend, da kühlt es etwas ab», versucht Matti mich aufzuheitern. Aber der Gedanke, dass ich in diesem durchgeschwitzten Kleid auf eine Party gehen muss, macht mich ganz fertig.

Beim nächsten Stopp zwängt sich noch ein Pärchen in den hinteren Eingang, wodurch Matti sich und mich nach vorne drängelt und ich an die Brust des Franzosen gepresst werde, der keine Ausweichmöglichkeit hat. Wie in einer Sardinenbüchse klemmen wir im Gang fest, was zunehmend unangenehmer wird. Und dann kommt es buchstäblich zum Höhepunkt. Ich spüre durch mein schweißnasses Kleid, dass der Franzose zweifelsohne eine beachtliche Erektion hat. Und zwar ausgelöst durch mich, denn bei jedem Schlagloch reibe ich mich zwangsläufig an ihm. Und was macht er? Er quatscht einfach weiter und tut so, als ob nichts sei. Nein, stimmt nicht, jetzt schaut er kurz zu mir herab und grinst. Es ist so eklig. Ich mache Matti auf mein Problem aufmerksam, und sie zeigt auf meinen Ellenbogen.

«Meinst du wirklich?»

Matti macht große Augen. «Was ist los mit dir? Du warst doch die Frau mit dem Pfefferspray, die mich gerettet hat, oder?»

Stimmt, denke ich und ramme dem Kerl beim nächsten Schlagloch meinen Ellenbogen mit Schmackes in die Weichteile.

Abrupt stellt er sein Dauergeschwafel ein. Sein Gesicht verzieht sich vor Schmerz, begleitet von einem langgezogenen *Aiiiiiieeee*!

«Huch!», rufe ich. «Pardon! Sorry!» Ich gebe mich unschuldig, während er sich krümmt, soweit ihm das in der Sardinenbüchse möglich ist.

Matti lacht sich scheckig. Ja! Das tat gut! Und seltsamerweise schafft es der Franzose fortan, auf Abstand zu bleiben.

Nach einer halben Stunde steigen wir endlich aus. Der Fahrkartenverkäufer nickt uns zu und zeigt in eine bestimmte Richtung.

«Antonia Beach, there!» Wir lächeln dankend und folgen seinem Handzeichen. Dann schließt sich hinter uns die Tür, und der Bus rumpelt weiter, allerdings nicht ohne eine Menge Staub aufzuwirbeln. Verdammt – der ganze Dreck klebt jetzt überall!

«Da! Schau mal», ruft Matti freudig und zeigt auf einen Wegweiser aus Holz. *Angelo's Beach Club.*

Den Rest des Weges gehen wir tapfer zu Fuß. Kann ja nicht so weit sein. Das Meer können wir jedenfalls schon sehen. Aber bereits nach zehn Metern muss ich die Schuhe ausziehen, weil meine Füße durch das Stehen im Bus und die Hitze angeschwollen sind und die Riemchen nun ins Fleisch schneiden. Erleichtert gehe ich barfuß weiter.

«Kein Wort!», ermahne ich Matti, die blöd vor sich hin grinst.

Auf unserem Weg überholen uns noch einige Autos und Mofas. Zum Glück ist es wirklich nicht weit zum Strand, dennoch zählt jeder Meter in der Sonne doppelt. Und mit jedem Meter, den wir uns nähern, fühle ich mich miserabler, verschwitzter, ramponierter.

«Hey, Kopf hoch, du hast doch nichts zu verlieren. Niemand hier kennt dich. Und Angelos wird schon nicht doof reagieren, denn *er* hat etwas zu verlieren. Alle hier kennen ihn. Da wird er uns sicher nicht rauswerfen.»

«Sehr tröstlich», sage ich unsicher und beginne, an dieser völlig irrationalen Aktion zu zweifeln. Ausgerechnet jetzt taucht die Bucht hinter einem Olivenhain vor uns auf, und die Bar ist in Sichtweite. Wir hören Musik.

«Schau mal, da ist es schon.» Gut gelaunt legt Matti einen Zahn zu, während ich stehen bleibe und voller Zweifel den Kopf schüttele.

«Ich kann das nicht. Wir kehren um!», sage ich und drehe mich auf der Stelle um.

«Halt, halt, Moment, Moment!» Schneller als ein Gecko springt Matti an meine Seite und hält mich zurück. «Das kannst du voll vergessen. Du machst jetzt keinen Rückzieher mehr. Ich bin bei dir, und wir ziehen das durch.»

«Aber das ist doch Irrsinn! Nach dreißig Jahren! Der Mann lebt sein Leben und ich meins! Das war doch nur ein verrückter Wunsch von mir. Der hat doch nicht auf mich gewartet!»

«Vermutlich nicht, aber was, wenn er dich doch nicht vergessen hat?» Matti sieht mich eindringlich an. «Wenn du jetzt gehst, wirst du es niemals erfahren. Und du wirst dich den Rest deines Lebens fragen, ob das nicht eine weitere verpasste Chance war. Caro! Finde es heraus! Du hast absolut nichts zu verlieren!»

Ich schaue Matti in die Augen und begreife ganz langsam die Bedeutung ihrer Worte. Sie hat recht. Ich habe nichts zu verlieren.

«Ich bin bei dir und lasse dich nicht im Stich! Okay?»

Plötzlich wird mir ganz warm ums Herz. Ich falle Matti dankbar um den Hals und heule fast. «Ach, Matti, ich bin so froh, dass ich dich habe. Danke!»

Sie fasst mich an den Schultern und schiebt mich etwas von sich, wie eine Mutter, die ihrem Kind ein paar motivierende Worte mit auf den Weg gibt, bevor es zum Krippenspiel auf die Bühne muss.

«Du schaffst das! Alles wird gut!» Dann wischt sie mir die Tränen aus dem Gesicht, die nun doch kullern, und es fehlt eigentlich nur noch, dass sie mit ihrer Spucke ein Taschentuch anleckt, um mir die Tusche unter den Augen wegzuwischen.

«Okay, packen wir's», sage ich und gehe mutig Richtung Höhle des Löwen. Aber vorm Eingang stoppt mich Matti plötzlich.

«Die Schuhe!»

Oh verdammt, fast hätte ich vergessen, meine hochhackigen Sandalen wieder anzuziehen. Hinter uns kommen schon die nächsten Gäste und warten darauf, dass wir weitergehen. Also treten wir ein Stück zur Seite. Wankend halte ich mich an Mattis Schulter fest, um meine Füße umständlich und schmerzhaft wieder in die Riemchenschuhe zu quetschen, wobei ich ins Straucheln gerate, mich zum Glück aber noch fangen kann. Das alles trägt nicht gerade dazu bei, dass ich mich entspanne.

Endlich durchschreiten wir den Eingang von *Angelo's Beach Club*. Das komplette Areal wird von Lichterketten und Lampions festlich beleuchtet, obwohl es noch gar nicht dunkel ist. Die Bar liegt oberhalb des Strandes auf mehreren Ebenen zwischen knorrigen schattenspendenden Olivenbäumen und reicht bis hinunter in den Sand, wo Sonnenschirme und -liegen stehen. Überall sind gutgelaunte, entspannte Menschen jeden Alters in leichten Sommeroutfits. Manche tragen Badesachen. Die meisten sind Griechen, aber es gibt auch ein paar Engländer und Deutsche, was man so hört. Eine hübsche junge Kellnerin bietet uns einen fruchtigen Drink an, ein DJ legt chillige Musik mit tanzbaren Beats auf, die sich mit dem Zirpen der Grillen mischen, die zur blauen Stunde besonders laut sind. Das ganze Ambiente kommt mir vor wie aus einem Werbespot des griechischen Ministeriums für Tourismus. Irgendwie surreal, aber wunderschön. Kinder rennen spielend umher, Paare stehen eng umschlungen beieinander und warten auf den Sonnenuntergang, man unterhält sich in kleinen Grüppchen.

Es gibt ein Barbecue, auf den verschiedene Fischsorten, Steaks, Fleisch- und Gemüsespieße liegen. Es riecht phantastisch. Neben dem Grill steht ein großes Buffet mit allem, was die wunderbare griechische Küche zu bieten hat. Und über allem liegt das Rauschen des Meeres. Eine nahezu paradiesische Party.

Ich halte Ausschau nach Angelos, den ich aber nirgends entdecken kann. Wie fast alle anderen hier tragen auch wir Sonnenbrillen. Als Schutz vor der Sonne natürlich, aber auch um Falten zu verdecken, cooler auszusehen oder ungestört den Blick schweifen zu lassen. Auf jeden hier trifft mindestens einer dieser Gründe zu. Die Leute lächeln und grüßen uns, obwohl wir einander nie begegnet sind. Das ist eigentlich sehr nett, aber trotzdem fühle ich mich fehl am Platz.

«Pass auf, wir machen ein Zeichen aus, für den Fall, dass etwas komplett schiefläuft und wir unverzüglich gehen müssen», sage ich zu Matti, die mich aber nicht verstehen will.

«Was soll denn schieflaufen?»

«Okay?!», frage ich mit Nachdruck.

«Ja, klar, schon okay.»

«Also, ich kratze mich dann am Arm. So ungefähr», sage ich und demonstriere ein Kratzen am Oberarm, wie bei einem Mückenstich.

«Alles klar», bestätigt Matti, schüttelt aber sofort den Kopf, um mir zu verstehen zu geben, dass ich eine Pessimistin bin, aber das weiß ich schon.

Wir schlendern umher, schauen uns um, nehmen noch einen Drink und genehmigen uns etwas zu essen, als eine weißhaarige Frau um die siebzig in einem schwarzen Jumpsuit mit dezentem Goldschmuck an Fingern, Arm, Ohren und Hals strahlend auf uns zukommt. Ihr faltiges Gesicht wird auch durch die sehr große Sophia-Loren-Sonnenbrille nicht wirklich gut verdeckt. Muss es aber auch gar nicht, denn ihre ganze Erscheinung strahlt Eleganz und Charisma aus. Sie erinnert mich an das weibliche Oberhaupt eines Mafia-Clans. Dann nimmt sie die Sonnenbrille ab und begrüßt uns mit warmherzigen Wangenküsschen.

«Welcome to Angelos' place. He is coming soon. He is nervous. I am his mother – Eleni.» Ihr Strahlen ist ansteckend. Ich finde sie wahnsinnig beeindruckend. So will ich sein, wenn ich alt und faltig bin – eine elegante Eleni!

«Thank you! I am Caro and this is Matti. We are from Germany.»

«Ah … Freunde aus Deutschland», freut sich Eleni und drückt meine Hände. «Wir haben lange dort gelebt! So viele Freunde von Angelos sind hier!»

Sie blickt in die Runde, ohne meine Hände loszulassen. Sofort kommt mir der absurde Gedanke, diese Frau könnte meine Schwiegermutter werden. Und ich finde Gefallen daran, denn Olafs Mutter war in Jahrzehnten nicht ein einziges Mal so freundlich und herzlich zu mir wie diese mir völlig Fremde mit dem sympathischen Akzent. Es passiert nicht oft, dass ein Funke so schnell überspringt, und ich weiß Elenis Gastfreundschaft sehr zu schätzen. Denn es ist, als hätte sie gespürt, dass ich mich etwas unwohl in meiner Haut fühle.

Und dann steht er plötzlich da, auf einer der oberen Sonnenterrassen der Bar, umringt von seinen Gästen: Angelos. Er trägt eine schwarze Hose zum schwarzen Hemd, das den doch recht kugeligen Bauch sehr umspannt und so weit aufgeknöpft ist, dass weißes Brusthaar herausragt. Die Haut ist braun gebrannt, das Gesicht ziert ein weißer, zurechtgestutzter Hipster-Bart über den altersgerechten Falten, die vor allem Lachfalten zu sein scheinen. Ja, er ist älter geworden – dreißig Jahre, um genau zu sein. Und es steht ihm wirklich gut. Besser, als Facebook glauben lässt. Dass er dicker geworden ist, passt zu ihm. Aber was mich am meisten überrascht, sind seine Haare. Angelos hat kaum noch welche auf dem Kopf, und die wenigen, die er noch hat, sind grau und etwas lockig und wachsen wie bei einer klassischen Altherren-Tonsur am oberen Hinterkopf. Das macht ihn dann doch alt. Auf den Facebook-Fotos trägt er stets Sonnenbrille und Basecap, was schon einen ziemlich falschen Eindruck hinterlässt. Aber er steht offenbar zu seiner Frisur und zu seinem Alter.

Weil nicht jeder in der Runde Griechisch versteht, hält Angelos seine kurze Rede auf Englisch.

Im Hintergrund senkt sich die Sonne, als der Gastgeber seine Gäste begrüßt, sich bedankt, dass so viele gekommen sind, und erzählt, dass heute ein Traum für ihn in Erfüllung gehe. Mit der Bar habe er sich sein schönstes Geburtstagsgeschenk gemacht. Am Ende dankt er seiner Familie und allen Freunden, wünscht eine tolle Party, und alle stoßen auf sein Wohl an. Auch wir erheben unser Glas.

«Das ist aber mal ein echt guter Typ», flüstert mir Matti zu. «Hätte ich jetzt nicht gedacht.»

Ich verdrehe die Augen. «Was hast du denn erwartet? War doch klar, dass er anders als Olaf ist.»

«Das ist allerdings auch nicht besonders schwer.»

Aber Angelos setzt noch eins drauf und dankt besonders seiner Mama Eleni, die ihm zuprostet und ein Küsschen zuwirft. Nun schaut er zu uns rüber. Ich nehme langsam die Sonnenbrille ab, lächele und proste ihm ebenfalls zu. Einen Moment lang starren wir uns an, denn er braucht offenbar etwas Zeit, um mich einordnen zu können. Dann erhellt sich sein Gesicht, und mit seinen strahlend weißen Zähnen lacht er mich breit an.

«Caro! Meine Caro!»

Mir fällt ein großer Stein vom Herzen, und jetzt weiß ich, dass sich der Weg hierher gelohnt hat.

Angelos sprintet durch die Grüppchen anderer Gäste zu uns und umarmt mich vor allen Leuten so überzeugend und fest und glücklich, dass mir fast schwindelig wird. Ich habe keinen Zweifel daran, dass diese Umarmung echt ist. Er küsst mich auf Stirn und Wangen und drückt mich ganz fest. Man könnte fast meinen, ich sei gerade nach dreißig Jahren Kriegsgefangenschaft wiederaufgetaucht. Erst jetzt wird mir bewusst, dass uns mindestens fünfzig mir wildfremde Menschen bei unserem Wiedersehen zuschauen.

Er stellt mich ihnen als seine Jugendliebe vor. Ich werde von allen möglichen Leuten umarmt, schüttele Hände von Menschen, deren Namen ich sofort wieder vergesse, und ein bisschen komme ich mir vor wie ein Fußballpokal, der von einem zum anderen gereicht und geküsst wird. Dann stelle ich Matti und Angelos einander vor.

«Ich habe alle Kassetten mitgehört», sagt sie und freut sich. Was ich von mir nicht behaupten kann, denn diese pikante Information hätte sie ruhig für sich behalten können. Angelos wollte sicher nicht, dass jemand anders als ich seine Liebesschwüre hört. Den tödlichen Blick, den ich ihr zuwerfe, ignoriert Matti aber komplett.

«Oh, du meinst Kassetten mit Musik?», fragt Angelos.

«Nicht nur. Auch die anderen.» Matti zwinkert ihm verschwörerisch zu und macht eine symbolische Meine-Lippen-sind-verschlossen-Geste. Schön peinlich.

«Ahhh, jaaa, klar, die Kassetten!» Angelos lacht und hat vermutlich keine Ahnung, wovon Matti redet, weil er die Kassetten längst vergessen hat. Lieber wendet er sich wieder mir zu. «Caro! So schön, dass du gekommen bist. Eine tolle Überraschung! Komm!»

Er führt mich zum Strand, wo wir uns erst den aufgehenden Mond über dem Meer ansehen und uns dann umdrehen und seine Strandbar in ihrer ganzen Pracht und Beleuchtung bewundern.

In Gedanken sehe ich mich schon als Frau des Inhabers hinter der Bar stehen. Gefällt mir.

«Was sagst du?»

«Ich … Ich freu mich so für dich. Es ist ein Traum, Angelos.»

«Dass du heute hier bist, ist ein Traum! Wie kann das sein?»

«Och, es passte ganz gut in unserer Reiseroute. Wir sind sowieso auf dem Weg nach Meteora. Da ist so ein kleiner Abstecher eine schöne Abwechslung.»

Angelos lacht und will mehr über unsere Reise wissen. Also erzähle ich ihm von unserem Trip und dass ich hoffe, am Ende etwas mehr über mich selbst zu wissen und das, was ich will und nicht mehr will.

Er nickt. «Das machst du richtig. Schau mich an! Ich bin endlich angekommen, weißt du. Mein Leben war nicht immer einfach, aber ich habe es geschafft und bin jetzt hier.»

«Happy birthday!»

Wir stoßen an und schauen uns tief in die Augen. Ein Kuss. Jetzt kommt der Kuss. Mein Herz schlägt mir bis zum Hals. Das Meer rauscht, und ich bin auf alles gefasst. Er nimmt meine Hand, ohne den Blick von mir zu wenden.

«Heute ist ein perfekter Tag», sagt er. «Erst die Cluberöffnung, jetzt du … und nachher werde ich … Aber das wirst du ja dann sehen. Du bleibst doch heute Abend noch etwas, oder?»

«Ja … äh, natürlich. Ich bleibe!»

«Sehr gut, denn es gibt noch eine Überraschung heute Abend! Da musst du dabei sein!»

Ich nicke, lache ihn an, halte seine Hand und schaue ihm erwartungsvoll in die Augen, damit er mich endlich küsst. Aber stattdessen zieht er mich am Arm hinter sich her.

«Und jetzt meine Familie! Du musst sie kennenlernen!» Blitzschnell führt Angelos mich zu einem Tisch, an dem Menschen jeden Alters sitzen. Er will mich also erst seiner Familie vorstellen, bevor wir uns küssen. Auch gut.

«Meine Mama Eleni kennst du schon.» Ich nicke. «Meine vier Kinder: Helena ist 15, Janis ist 17, Christos ist 19 und Aris 20. Und die wunderschöne Frau daneben ist Helia – die Mutter meiner Kinder. Sie ist die Allerbeste!»

Ich bin irritiert. «Ich dachte, du warst mit einer Deutschen verheiratet?»

Angelos winkt ab. «In erster Ehe. Helia habe ich später kennengelernt.»

Mir wird schlecht. Ich glaube, ich muss mich übergeben. Hier wird mir gerade das perfekte Familienglück vorgestellt in einer paradiesischen Kulisse, und für mich fühlt sich das alles plötzlich an wie ein Schlag in die Magengrube.

Helia, ungefähr mein Alter, dunkelblond gelocktes langes Haar, strahlt ihn an, und er wirft ihr einen Handkuss zu. «Du musst dich nachher unbedingt mit Helia unterhalten. Ihr habt so viel gemeinsam! Ihr werdet euch mögen.»

Ach du Scheiße! Bloß nicht! Weg, weg, weg – ich muss hier weg! Meine Knie werden ganz weich. Flucht ist alles, woran ich noch denken kann.

Matti, die sich gerade mit einem sehr gut aussehenden jungen Griechen auf Englisch unterhält, bemerkt meine fahle Gesichtsfarbe offenbar nicht. Also mache ich das Erkennungszeichen für den sofortigen Rückzug. Mehrmals kratze ich mich am Oberarm, bis er ganz rot ist.

«Hast du da was?», fragt Angelos aufmerksam. «Einen Moskitostich?»

«Ja, ja, wahrscheinlich …»

Ich kratze und kratze, aber Matti sieht gar nicht her. Kann ich irgendwie verstehen, denn dieser junge Grieche sieht wirklich unverschämt gut aus. Jetzt lachen sie auch noch zusammen. Aber verdammt, ich muss hier weg.

Als Angelos' Frau freundlich lachend zu mir kommt, erkläre ich schnell: «Sorry, moscito bite. I need to cool it.» Ich flüchte. Unterwegs greife ich nach Mattis Hand und ziehe sie hinter mir her.

«Hey, was soll das?», protestiert sie. «Ich bin gerade dabei, mir auch einen tollen Griechen zu angeln, dann könnten wir zusammen hierbleiben. Hast du seine Augen gesehen? So blau!»

Sie will sich zu dem Jüngling umdrehen, da gebe ich ihr einen kleinen Schubs Richtung Toilette.

«Spinnst du?!», protestiert Matti.

«Wir hatten ein Zeichen vereinbart», zische ich sie an.

Matti macht große Augen. «Ein Zeichen?»

«Rückzug! Schon vergessen?»

«Ach so, ja, das Zeichen! Äh … was hast du denn da am Arm? Ist ja ganz zerkratzt. Ein Stich?»

Ich werde wahnsinnig.

«Matti, er hat eine unglaublich sympathische Frau und vier bezaubernde Kinder. Er sagt, er sei endlich angekommen hier und glücklicher als je zuvor.» Dann breche ich hysterisch in Tränen aus.

«Ach du Scheiße! Hat er das echt gesagt?»

«So ähnlich jedenfalls.»

«Ich dachte, er hat sich von Frau und Kindern getrennt?»

«Ja was weiß ich denn?! Wahrscheinlich habe ich mir das nur eingebildet! Matti! Ich mach mich hier voll zum Obst!»

«Verstehe», sagt Matti und atmet tief durch, was so viel bedeutet wie *Okay, lass mich kurz nachdenken, dann finde ich eine Lösung*.

«Ich muss aufs Klo», sage ich und verschwinde in einer der Kabinen. Aber plötzlich wummern von draußen laute Bässe und bringen den Boden zum Vibrieren. «Was ist da los?», rufe ich durch die geschlossene Tür.

«Keine Ahnung, aber es ist laut!»

«Ein Grund mehr zu gehen.»

Als ich wieder rauskomme, richte ich vorm Spiegel mein Gesicht, denn obwohl ich immer wieder wasserfeste Tusche kaufe, verläuft das Zeug bei mir ständig. Das ist doch genauso ein Betrug wie kussechter Lippenstift. Allerdings … genau genommen weiß ich das gar nicht, weil ich meinen letzten kussechten Lippenstift noch nicht auf die Probe gestellt habe. Mit wem auch? Olaf und ich knutschen schon lange nicht mehr miteinander. Fakt ist aber, dass das Zeug nicht den ganzen Tag hält.

«Jetzt lass uns erst mal runter vom Klo», schlägt Matti vor. «Das ist kein guter Ort für zwei so Superbienen wie uns.» Sie schafft es immer wieder, mich zum Lachen zu bringen.

«Geht doch», sagt sie und schiebt mich hinaus.

Kaum öffnen wir die Tür, ist die chillige Lounge-Atmosphäre des Beach-Clubs nicht wiederzuerkennen, denn es ist laut und wild. Ein DJ mit Sonnenbrille und Mütze hampelt zu aktuellen Dance-Remixes hinter seinem Pult herum wie Tänzer Bobby Farrell in seinen besten Bonny-M-Zeiten. Lichtblitze schießen über das Areal bis zum Strand, und die Leute tanzen so ausgelassen, als hätte jemand Koks in alle Drinks gemixt. Verrückt, wie schnell sich die Stimmung ändern kann. Und das Publikum offenbar auch, denn es sind jetzt 'ne Menge junger Leute im Club, die entweder over- oder underdressed sind. Zwei junge Frauen rempeln uns unbeabsichtigt an, und ich habe das Gefühl, ihnen irgendwo schon begegnet zu sein.

«He! Das waren die Girlies von vorhin», ruft Matti, «aus dem Hotel, die sich Kippen geholt haben, als wir auf den Bus gewartet haben. Krass! Der Laden braucht dringend einen Türsteher!»

Matti hat recht. Nur dass diese Mädels jetzt Glitzertops tragen statt Bikinioberteile und Glitzer-Make-Up. Und je mehr wir uns umschauen, desto deutlicher wird das Szenario: viel Alkohol, schlimme Musik, noch schlimmeres Publikum. Kaum jemand ist über dreißig. Aber das Allerschlimmste erkenne ich erst beim zweiten Hinsehen: Angelos selbst steht mit Mütze und Sonnenbrille am Mischpult! Umringt von sehr jungen Männern und Frauen, benimmt er sich wie seine Teenager-Gäste. Soll das etwa seine angekündigte Überraschung sein?

«Hat er was genommen?», fragt Matti.

«Keine Ahnung, aber wo sind die anderen alle hin – die in unserem Alter? Und seine Familie?»

Matti schaut sich um und zeigt auf den Ausgang. «Da!»

Tatsächlich – das ältere Publikum macht sich aus dem Staub, während die Jungen hereinströmen.

«Komm, machen wir einen polnischen Abgang», sage ich, denn der Ort, an dem ich mich noch vor einer Stunde als zukünftige Ehefrau des Chefs gesehen habe, ist mir nun absolut zuwider.

«Gute Idee, aber heißt das nicht französischer Abgang?»

«Was? Nein! Polnischer. Aber wahrscheinlich ist beides nicht politisch korrekt. Los, komm!»

Im Vorbeigehen fischen wir noch zwei volle Cocktailgläser mit limettenfarbenen Getränken von einem Tablett und nehmen den gleichen Weg zurück, den wir gekommen sind.

Obwohl es noch gar nicht so spät ist, gerade mal kurz nach acht, ist es schon dunkel.

Mir schwirrt der Kopf. «Wie konnte ich nur so blöd sein und denken, er warte auf mich?! Diese ganze bekloppte Aktion war ja von Anfang an zum Scheitern verurteilt.»

Matti nickt. «Irgendwie schon.»

Ich bleibe stehen und schaue sie vorwurfsvoll an. «Wie konntest du mich dann so ins Messer laufen lassen?»

«Ich? Wieso ich denn?»

«Weil du meine beste Freundin bist. Du hättest mich davor bewahren müssen.»

«Unsinn, Caro, du bist erwachsen und weißt selbst, was gut für dich ist und was nicht.»

«Offenbar nicht.» Ich trinke von meinem Cocktail. Und klaue mir die Kirsche aus Mattis Glas. «Es ist alles so lächerlich!»

«Ach, Hase. Zugegeben, die Wahrscheinlichkeit, dass er dreißig Jahre auf dich wartet, war schon ziemlich klein. Aber denkbar wäre es doch gewesen.»

Matti tut wirklich ihr Bestes, um mir ein gutes Gefühl zu geben, aber das bringt nichts. Ich mache mir und ihr Vorwürfe.

«Ich hab mir das eingeredet, und du hast nichts dagegen gemacht.»

Jetzt bleibt Matti stehen. «Weil du es so wolltest! Du wolltest diesen Traum von Mann haben. Na und? Ausgerechnet ich soll dir das ausreden? Ich habe diese Träume doch ständig! Und immer wieder! Für mich gibt es immer einen Lichtstreif am Horizont.»

«Und, geht's dir damit gut? Mir nämlich nicht.»

Matti nickt. «Ja, eine Weile geht's mir gut damit, und ich genieße es. Wer weiß schon, was wird?»

Wir gehen stumm weiter. Tausend Gedanken rasen mir durch den Kopf.

«Wie naiv von mir, einfach zu glauben, man könnte die Zeit zurückdrehen! Dieser ganze Urlaub ist doch totaler Unsinn. Interrail mit fast fünfzig! Absurd. Und wofür? Um zu erkennen, dass mein Mann die erste Gelegenheit nutzt, um sich eine Neue ins Bett zu holen. Das hätte ich auch komfortabler haben können.»

«Aber darum ging's doch gar nicht», korrigiert mich Matti. «Ich dachte, wir machen zusammen Urlaub, um Spaß zu haben, uns noch mal frei und unabhängig zu fühlen!»

«Du *bist* frei und unabhängig. Ich nicht.»

«Quatsch! Du auch. Nur weil du 'n Mann hast, bist du doch trotzdem unabhängig», sagt Matti.

Ich schaue sie an, und mir wird klar, dass sie recht hat. «Weißt du was? Vielleicht sollte ich diese Unabhängigkeit aber auch zu Hause ausleben. Vielleicht sollten Olaf und ich uns tatsächlich trennen. Und zwar so schnell wie möglich.»

«Quatsch! Lass dir doch nicht von den Männern den Urlaub vermiesen! Mach's wie ich und genieß den Moment.» Sie versucht, mich am Arm zurückzuhalten. «Du bist jetzt enttäuscht, weil es mit Angelos nicht so läuft wie gedacht und weil Olaf dich betrügt.

Vielleicht hast du dich da auch einfach in etwas hineingesteigert. Aber deshalb den Urlaub abzubrechen ist doch blöd. Wer weiß, was morgen auf uns wartet!?»

«Nein!» Plötzlich bricht es aus mir heraus. «Ich bin nicht so wie du! Ich bin kein Stehaufmännchen! Ich will mir nicht mehr immer alles gefallen lassen. Deshalb will ich nach Hause und das klären.»

«Aber wir haben doch erst die Hälfte unserer Route durch.»

Was soll das denn jetzt? Das kann nicht im Ernst ihr Argument sein. «Mir egal. Ich kann außerdem selbst entscheiden, wann ich wohin will und wann nicht. Das ist doch die wahre Unabhängigkeit!»

Langsam verliert Matti ihre Geduld und ihren Optimismus. «Ja, super, schön egoistisch. Und was ist mit mir?»

Vielleicht ist es der Alkohol, vielleicht ist es auch Mattis halbherziges Verhalten, aber ich spüre plötzlich eine Wut in mir aufsteigen, die rauswill. «Du brauchst mich doch gar nicht», erkläre ich. Es klingt aggressiver als beabsichtigt. «Du hast mich damals nicht gebraucht, als das mit Jean-Luc war, und du brauchst mich auch heute nicht. Du machst doch sowieso dein Ding.»

Matti bleibt stehen. «Doch! Ich hätte dich gebraucht, aber du wärst keine Hilfe für mich gewesen!»

Jetzt bleibe ich auch stehen und schaue sie irritiert an. «Was? Wir waren doch Freundinnen!»

«Ja, aber du warst so in Olaf verknallt, dass du mir mit Sicherheit geraten hättest, das Kind zu behalten.»

«Natürlich! Und das würde ich auch heute noch tun.»

Sie verzieht das Gesicht. «Aber das wollte ich nicht! Ich war nicht bereit für dieses Kind. Du hättest mich so sehr beeinflusst, dass ich nicht meine eigene Entscheidung getroffen hätte, verstehst du? Es wäre deine Entscheidung gewesen. Ich konnte dich nicht um mich haben. Du warst damals … viel zu glücklich für mich.»

Die letzten Worte schluchzt sie nur noch. Als ich sehe, dass Matti weint, gehe ich sofort zurück und nehme sie in den Arm.

«Aber ich hätte dich verstanden.»

Matti schüttelt den Kopf. «Hättest du nicht. Du hättest niemals zugelassen, dass ich das Kind wegmachen lasse.»

«Ja, vermutlich», sage ich und seufze tief.

Eine halbe Ewigkeit stehen wir einfach nur so da und halten uns fest. Es tut gut. Hinter uns rauscht das Meer, und über uns strahlt der helle Vollmond.

Als Matti ihre Tränen getrocknet hat, wollen wir weitergehen, denn wir haben noch mindestens eine Stunde Fußweg vor uns, weil wir keine Ahnung haben, wann und ob überhaupt noch ein Bus fährt. Doch plötzlich halten wir inne, denn da steht überraschend direkt vor uns mitten auf der Straße ein mittelgroßer schwarzer Hund, starrt uns an und wedelt mit dem Schwanz.

«Ist der süß!», quietscht Matti sofort.

«Ein wilder Hund …», flüstere ich. «Sei vorsichtig.»

«Aber er wedelt mit dem Schwanz.»

«Das kann alles bedeuten. Er könnte uns aus Angst beißen.»

«Aber wieso denn? Wir machen doch gar nichts.» Sie geht auf den Hund zu und streckt eine Hand nach ihm aus. Sofort fletscht er die Zähne und knurrt.

Matti zieht die Hand zurück. «Der ist aber nicht sehr nett. Was machen wir denn jetzt, Caro?», fragt sie leise. «Du musst das doch wissen, du hast doch einen Hund.»

Das meint sie jetzt nicht ernst.

«Nein, Matti, ich habe einen Mops. Das ist kein Hund. Günni hat mit einem echten Hund so viel zu tun wie ein Wackeldackel auf der Hutablage.»

Vor uns steht aber ein echter Hund, und er knurrt und könnte Tollwut haben.

«Und jetzt?» Matti klingt noch unsicherer.

«Er hält uns wahrscheinlich für eine Bedrohung. Lass uns vorsichtig weitergehen. Bloß nicht provozieren. Langsam, okay?»

«Okay, ganz langsam. Habe verstanden.»

Der Hund lässt uns keine Sekunde aus den Augen, während wir in Zeitlupe einen Bogen um ihn machen.

«Los, lass uns abhauen!», schreit Matti plötzlich und sprintet davon. «Ich bin nicht gegen Tollwut geimpft!»

Im ersten Moment denke ich, dass das eine extrem dämliche Reaktion ist, aber mir wird auch bewusst, dass der Hund vermutlich den ersten Hintern beißt, den er zu packen kriegt. Also sprinte ich Matti hinterher.

«Warte!»

Aber ich komme nicht weit, weil ich in meinen blöden hochhackigen Sandalen umknicke. Kurzerhand reiße ich mir die Dinger von den Füßen. Doch bevor ich sie einsammeln kann, zieht die schwarze Bestie ihre Lefzen hoch und zeigt mir ihr rosa Zahnfleisch. Das wirkt! Ich lasse die Schuhe Schuhe sein, nehme die Beine in die Hand und renne.

Nach ungefähr hundert Metern, die an einen Eierlauf zweier Fünfjähriger beim Kindergeburtstag erinnern, weil wir versuchen, unsere Drinks zu retten, drehen wir uns um. Der Hund ist weg. Erleichtert atmen wir auf und lecken den Zuckerrand, der zuvor die Glasränder unserer Cocktails zierte, von unseren Handinnenflächen.

«Entkommen», sage ich und erhebe mein leeres Glas, das ich immer noch in der Hand halte. «Prost!»

«Du bist mir einen Drink schuldig», erklärt Matti. Dann deutet sie auf meine nackten Füße. «Und die Schuhe?»

Ich zucke mit den Schultern. «Kollateralschaden.»

«Ein guter Grund, sich neue zu kaufen», lacht Matti.

«Ich bin übrigens auch nicht gegen Tollwut geimpft», sage ich.

«Ach, egal, wir werden ja auch nicht gegen Rinderwahn und Vogelgrippe geimpft.»

Ich schüttele den Kopf. «Nein, aber ich wäre gerne gegen Liebeswahn geimpft.»

«Oh, da wäre ich die Erste, die sich impfen lässt!» Matti sieht mich amüsiert an. Dann stockt sie und wird ernst. «Hast du echt geglaubt, Angelos wartet auf dich?»

Ich denke nach und schüttele den Kopf. «Nicht wirklich. Aber ich hab's mir gewünscht. Sehr sogar.»

«Ja, das kenne ich, aber du musst jetzt positiv …»

Ich verdrehe die Augen. «Bitte nicht! Es ist schon schwer genug. Zuerst Olaf, dann Angelos und jetzt auch noch die Schuhe. Da wird nix mehr positiv. Lass uns doch einfach von dieser Insel hier verschwinden, ja?»

«Nur weil du eine Niederlage erlitten hast, willst du sofort abhauen?»

«Es ist mehr als eine Niederlage, und das weißt du. Ich will einfach nur weg hier. Du willst bleiben? Dann bleib. Ich fahre!»

Die Klarheit, mit der ich diese Worte ausspreche, überrascht mich selbst. Ich erwarte Protest, Widerworte, Streit und einen Gefühlsausbruch – so wie ich es von Matti kenne, die bei allem, was sie macht, sehr leidenschaftlich vorgeht. Und ich bin jetzt schon erschöpft von der bevorstehenden Auseinandersetzung. Aber nichts davon passiert. Matti geht einfach schweigend neben mir weiter. Das ist einerseits gut, aber andererseits vermute ich ein viel größeres Gewitter, das sich da zusammenbraut und demnächst entlädt. Das kenne ich von mir selbst. Wenn ich nicht mehr rede, bin ich richtig sauer.

Eine halbe Stunde später tauchen vor uns die ersten Lichter von Kavos auf, und wir wissen, dass es nun nicht mehr weit zu unserer Pension ist. Aber vorher müssen wir noch durch die Höllenmeile.

Je näher wie dem Ort kommen, desto lauter, heller und voller wird es auf der Straße, bis sie schließlich zur Hauptschlagader von Kavos wird. Es ist wie auf dem Rummel. Alle zwei Meter dröhnt ein anderer Laden seine Musik in extremer Lautstärke auf die Straße. Ständig werden wir von Anwerbern angequatscht, die uns in ihre Bars, Restaurants und Diskos locken wollen. Um uns herum feiern junge Touristen aus Großbritannien, Serbien, Russland, Frankreich. Die meisten schon angetrunken und bereit für eine weitere Nacht der Nächte. An einer Ecke wird wild geknutscht, an einer anderen prügeln sich ein paar Jungs mit nackten, tätowierten Oberkörpern, lautstark angefeuert von ihren Kumpels in den jeweiligen Landessprachen. Weil ich barfuß bin, muss ich zu allem Überfluss genau auf den Weg achten, um nicht in Urin, Erbrochenes oder Scherben zu treten.

Am Tag ruht sich der Ort von den Strapazen der Nacht aus, aber wir hätten schon anhand der großen Dichte an Notfallambulanzen gewarnt sein müssen, dass es hier nach Einbruch der Dunkelheit hoch hergeht.

«Wieso haben wir diesen schrecklichen Ort nicht vorher gegoogelt?», fragt Matti. «Das machen wir doch sonst immer.»

«Keine Ahnung. Vielleicht weil wir davon ausgegangen sind, dass es hier schön sein *muss* – am äußersten Zipfel der Insel.»

Genauso war's. Für uns gab es keinen Zweifel, dass diese Ecke Korfus ruhig und entspannt ist.

«Wie man sich irren kann», sagt Matti und wimmelt zwei Betrunkene ab, die sie in ihre Mitte nehmen wollen. «Widerlich!»

Trotz allem sind wir von dem abstoßenden Treiben um uns herum auch fasziniert, weil es so absolut gar nicht unsere Welt ist.

«War das damals in Lloret de Mar auch so?», schreit mir Matti ins Ohr, als wir an einem Club vorbeikommen, der zur Straße hin offen ist. Auf dem Tresen tanzen ein paar betrunkene Mädchen, nicht älter als siebzehn, während sich an einem Tisch eine Männergruppe im Kampfsaufen übt. Wenn ich mir vorstelle, dass unsere Töchter hier Urlaub machen könnten, wird mir ganz anders.

«Ich war nie in Lloret», rufe ich gegen die Musik an.

«Da hast du echt was verpasst!»

«Sicher nicht!»

Wir kommen an dem Reisebüro vorbei, wo uns der Mitarbeiter so ungläubig gemustert hat, als wir mit unseren Rucksäcken dort ankamen. Jetzt weiß ich seinen Blick zu deuten, denn Matti und ich passen so wenig an diesen Ort wie eine Prima Ballerina in einen Schlammcatch-Ring. Wir sind einfach zu alt. Und ich bin froh darüber!

Als wir schließlich zu unserer Pension am Meer abbiegen und die Hauptstraße verlassen, dröhnt die Musik des Hotels an der Bushaltestelle, in dem eine wilde Poolparty im Gange ist, noch bis zu unserem Strand nach. Doch das ist auszuhalten und wird vom Rauschen des Meeres und des Olivenbaums vor dem Haus abgefangen.

Frisch geduscht und nach einem letzen Bier auf dem Balkon mit Blick auf das funkelnde Meer und den Sternenhimmel fallen wir todmüde ins Bett.

Am nächsten Morgen serviert uns Ilektra ein grandioses Frühstück unter dem Olivenbaum. Bevor ich mich hinsetze, frage ich sie, wie sie es in so einem Party-Ort aushält. Sie erklärt uns, dass Kavos wieder kultivierter werden soll, damit nicht noch mehr Einheimische fortgehen.

«Als ich hierhergekommen bin, gab es diesen ganzen Billigtrubel noch nicht. Ich will mich nicht verdrängen lassen, sondern es besser machen, weil ich diesen Ort liebe.» Mit diesem Statement geht sie ins Haus, um Orangensaft zu holen.

Wir wollen gerade mit dem Frühstück beginnen, als uns lautes Bellen davon abhält. Matti und ich drehen uns um, und wer sitzt da? Der Streuner von gestern mit einem meiner verlorenen Schuhe im Maul. Er muss uns gefolgt sein. Jetzt sitzt er einfach da, hechelt und wedelt mit dem Schwanz, als erwarte er eine Belohnung für die apportierte Sandale. Leider hat er nur die eine dabei. Schade.

«Der ist so süß», höre ich Matti sagen, während sie ohne jede Vorsichtsmaßnahme direkt auf den Hund zugeht.

«Vorsicht!», mahne ich.

«Ach, der macht doch gar nichts. Schau!»

Tatsächlich. Der Streuner lässt sich diesmal von Matti streicheln und wedelt, glücklich über ihre Zuneigung, mit dem Schwanz.

Matti schaut sich den Hund genauer an. Er ist ungefähr so groß wie ein Pudel und hat wuscheliges schwarzes Fell. Vorsichtig nimmt ihm Matti meinen Schuh aus dem Maul, der ziemlich zerbissen ist.

«Ja, fein!» Matti gibt mir den ramponierten Schuh und freut sich. «Siehst du?! Er ist ganz lieb.»

«Er stinkt», sage ich.

Wie selbstverständlich setzt sich die Flohschleuder unter unseren Tisch. Ilektra ist überrascht, als sie rauskommt, um uns zwei Orangensaft zu bringen.

«Wo kommt der denn her?»

«Der ist uns nachgelaufen», sagt Matti.

«Er ist *dir* nachgelaufen», betone ich. «So wie alle Typen dir nachlaufen, weil du nicht nein sagen kannst.»

«Ja und? Im Gegensatz zu dir habe ich ja auch kein Problem mit Männern.»

«Ach, das wäre mir aber neu. Du schmeißt dich einfach an jeden ran, der nicht bei drei auf den Bäumen ist. Und dann wirst du ihn nicht mehr los.»

Ich weiß gar nicht, warum wir beide heute so streitsüchtig sind. Die Sonne scheint, wir sitzen am Meer und frühstücken unter einem Olivenbaum. Wo ist das Problem? Aber die Antwort kenne ich, denn natürlich sind *wir* das Problem. Vielleicht weil wir in diesem Urlaub zum ersten Mal mehrere Wochen sehr eng zusammenhocken und jede Minute miteinander verbringen. Lagerkoller!

«Hattet ihr etwa einen schlechten Abend?», fragt Ilektra mitfühlend.

Matti verschanzt sich hinter ihrer dunklen Sonnenbrille und zeigt auf mich. «*Sie* hatte einen schlechten Abend. Ich habe mich großartig amüsiert – mit einem sehr sympathischen jungen Griechen. Aber weil ich eine gute Freundin sein wollte, habe ich mit ihr die Party verlassen.»

«Ich habe dich nicht darum gebeten.»

«Doch, das hast du!»

Das stimmt leider. Ich rolle mit den Augen. «Ja und? Es wäre sowieso nicht besser geworden.»

Matti beugt sich zu dem Streuner unter dem Tisch, der sich sofort auf den Rücken schmeißt, die Beine auseinanderklappt und sie auffordernd anschaut. Sie krault ihm den Bauch. Das ist der Beweis und steht symbolisch für Mattis Beziehung zu Männern: Sie zähmt selbst die Streuner, bis sie sich unterwürfig verhalten und in ihrem Leben breitmachen.

«Jetzt lass doch mal diesen Hund in Ruhe, sonst werden wir ihn nie los!»

Aber Matti krault weiter. «Vielleicht will ich ihn gar nicht loswerden? Wenn er mir folgt, nehme ich ihn mit nach Hause. Dann hat er sich für mich entschieden!»

Was hab ich gesagt?

«Wie soll das denn gehen? Das Tier hat keinen Impfpass, ist nicht gechipt und vermutlich voller Parasiten. Den kannst du doch unmöglich im Zug quer durch Europa kutschieren.»

«Lass das mal meine Sorge sein!» Matti weiß, dass ich recht habe, aber sie ist bockig. «Außerdem willst du doch sowieso nicht mehr mit uns weiterfahren.»

Jetzt sagt sie schon *mit uns*. «Das hab ich so nie gesagt.»

«Wenn ich auch mal was dazu sagen darf …?», mischt sich Ilektra diplomatisch ein.

«NEIN!», sagen Matti und ich gleichzeitig. Und Matti fügt noch hinzu: «Ich werde Adonis mitnehmen!» Sie klingt äußerst bestimmt.

Ich lache laut auf. «Adonis?!»

Aber Matti findet das überhaupt nicht lustig. Sie schaut mich mit diesem irren Blick an, den ich bisher nur einmal bei ihr gesehen habe, nämlich als ihr Exmann Knut in meinem Beisein damit drohte, das alleinige Sorgerecht für Jo einzuklagen. Da fuhr sie die Krallen aus. Seitdem weiß ich, dass in Matti eine Bestie schlummert, die ganz tief sitzt und nur rauskommt, wenn es wirklich um etwas Großes geht. So wie jetzt.

Langsam frage ich mich allerdings, worum es ihr hier und jetzt tatsächlich geht.

Ilektra nimmt die schlechten Schwingungen wahr und versucht zu vermitteln. «Der Hund hat sicher Hunger und Durst. Ich hol ihm was.»

Als unsere Gastgeberin im Haus ist, durchbohrt Matti mich mit ihrem Blick. «Ich werde morgen früh mit Adonis die Fähre zurück zum Festland nehmen und die Reise mit dir oder ohne dich fortsetzen. Die Entscheidung liegt ganz bei dir.» Ihre Stimme ist so klar und fest, als läse sie mir meine Rechte vor. Es ist beängstigend.

«Sei nicht albern. *Du* wolltest unbedingt mit mir Urlaub machen – schon vergessen?»

«Und *du* wolltest unbedingt Interrail machen. Das war von Anfang an albern! Wie eine Verrückte jagst du deiner Jugend nach, um nachzuholen, was nicht nachzuholen ist. Aber das begreifst du ja nicht.»

«Totaler Unsinn! Ich wollte es nur mal ausprobieren.»

«Aber das Reisegefühl, das wir damals hatten, kann man nur einmal im Leben leben. Nämlich wenn man jung ist, unerfahren, unverbraucht und ungebunden. Wenn man keine Ahnung hat von dem, was einen danach erwartet – nämlich Arbeit, Enttäuschung, gebrochene Herzen, zerbrochene Familien.»

«Hör auf, das ist doch totaler Quatsch. Ich genieße diese Reise», höre ich mich sagen und glaube mir selbst nicht.

«Ich aber nicht!»

«Da kann *ich* doch nichts dafür!»

«Doch!» Matti holt Luft. «Und zwar nur du ganz alleine! Ich habe nämlich keine Lust mehr, bei vierzig Grad Hitze meinen Rucksack durch die Gegend zu schleppen, nur weil du eine romantische Vorstellung von Urlaub in der Jugend hast. Sorry, du hast es damals verpasst – dein Problem!»

«Ach, und warum bist du dann überhaupt hier?», wundere ich mich.

«Weil ich dachte, es würde entspannter werden. Aber du hetzt von einem Ort zum nächsten. Von einer Stadt zur nächsten. Du bist getrieben von Dingen, die du glaubst, nachholen zu müssen. Aber ich mache da nicht länger mit. Ich habe nämlich auch Urlaub.»

«Nein, *du* hetzt nur rum und sammelst Affären in allen Sprachen und Altersklassen und hechelst wie dieser Hund allem hinterher, was nicht schnell genug weglaufen kann.»

«Wenigstens habe ich ausreichend Sex, werde nicht betrogen und verstricke mich nicht in aberwitzige Phantasien über eine dreißig Jahre alte Jugendliebe.»

Bäng!!! Das sitzt wie eine dreifache Ohrfeige. Offenbar habe ich völlig vergessen, dass meine stets optimistische und gutgelaunte Freundin Martina auch derbe austeilen kann.

Ilektra bringt Adonis Wasser und ein paar Küchenreste.

«Es gibt da übrigens ein Problem», erklärt sie ruhig und vermittelt den Eindruck, dass sie über ein enormes Herrschaftswissen verfügt.

«Und was?», fragt Matti gereizt.

«Die Fähren streiken.»

«Na super», grummelt Matti.

Das hat uns gerade noch gefehlt, denke ich. «Wie lange?»

Ilektra zieht die Schultern hoch, breitet die Arme etwas aus, klappt ihre Hände zum Himmel und macht ein typisches Was-weiß-ich-Gesicht. «Beim Zeus – keine Ahnung!»

Shit. Wir hängen also auf dieser Insel fest – und in unserem Streit. Das sind ja beste Aussichten für den zweiten Teil unseres Urlaubs.

Nur die gute Ilektra ist schon weiter als wir. «Also, angesichts der Tatsache, dass hier niemand wegkommt, solltet ihr euch besser wieder vertragen, wenn ihr weiter unter meinem Dach wohnen wollt.» Plötzlich klingt sie wie meine Mutter. Aber sie rettet die Situation.

Sie hat ja recht, denke ich und schaue Matti an. «Tut mir leid, dass ich so ätzend war.»

Matti nickt. «Schon gut, mir auch.»

«In vielen Punkten hast du wirklich recht», gebe ich zu.

«Du aber auch.»

«Vielleicht war es mal nötig, dass wir uns das alles an den Kopf geworfen haben.» Ich muss grinsen und Matti auch.

«Ach, du bist so klug!»

«Ich weiß. Und jetzt frühstücken wir und machen richtig Ferien», sage ich, stehe auf und umarme Matti von hinten. Wir drücken uns versöhnlich.

Gesagt, getan. Fortan wird gefaulenzt. Kein Sightseeing, kein Shopping. Nur essen, trinken und am Strand liegen. Es ist zudem viel zu heiß, um sich großartig zu bewegen oder etwas anderes zu tun, als zu schlafen, zu lesen und im Meer zu baden. Endlich kommen Matti und ich zur Ruhe.

Träge wie zwei komatöse Robben liegen wir am Strand. Adonis hat sich in unserer Nähe ein schattiges Plätzchen unter einer Sonnenliege gesucht und döst vor sich hin. Ringsum gibt es ein paar Urlauber, aber so richtig voll ist es hier nicht, weil die Nachtschwärmer am Tag ihren Rausch ausschlafen müssen. Angenehm. Ich schaue aufs Meer und lasse mich von den Wellen und ihrem gleichmäßigen Rauschen in einen nahezu hypnotischen Zustand versetzen. Die Sonne wärmt meinen Körper, ein leichter Wind kühlt die Oberfläche der Haut, und mein Gehirn nähert sich trotz Strohhut einem Zustand, der mich an meinen ersten Rausch erinnert. Unkontrolliertes Sich-gehen-Lassen. Wobei es jetzt heißen müsste: unkontrolliertes Vor-sich-hin-Dösen. So wie Adonis. Tatsächlich bekomme ich eine vage Vorstellung vom Leben eines Hundes. Herrlich! Die späten Nachmittagsstunden sind mir die liebsten, wenn der Strand ganz leer wird und sich die Sonne langsam wie eine wohlige Decke über einem ausbreitet, ohne einen zu verbrennen. Ich genieße jede Sekunde. Das hier ist viel besser als … Ostsee mit Olaf.

Und da ist er auch schon wieder – der Killer meiner hart erarbeiteten Sommerentspannung. Immer wieder mischt sich Olaf in meine Gedanken. Seit zwei Tagen versuche ich, ihn zu erreichen, und hinterlasse ihm Nachrichten, um endlich mit ihm zu reden. Denn wenn ich nicht mit ihm rede, denke ich mir wer weiß was aus und steigere mich in eine endlose Wut. Aber ich weiß genau, warum er sich nicht zurückmeldet. Welcher Mann ruft schon freiwillig an, wenn seine Frau ihm androht: *Wir müssen reden*. Genau so einer ist Olaf nämlich. Er geht den Konflikten gerne aus dem Weg, sitzt sie aus oder spielt sie herunter. Egal ob schuldig oder nicht schuldig. Hauptsache kein Stress. Nur leider regen wir Frauen uns darüber umso mehr auf, was noch mehr Stress verursacht. Es wird also nicht besser, wenn man den Konflikten aus dem Weg geht. Aber das sehen Männer irgendwie anders.

Auf dem Rückweg vom Strand piepst mein Handy. Endlich eine Nachricht von Olaf? Nein, keine Nachricht, ein Foto: ein Selfie von Olaf und Günni vorm Sonnenuntergang an der Ostsee. Darunter Olafs Kommentar: Wir vermissen dich!

Was soll das denn?

«Das ist so heuchlerisch!» Ich zeige Matti das Foto.

«Also, ich find's ganz süß», erwidert sie und hält Adonis, der jetzt träge hinter uns herschlappt, das Display vor die Nase. «Schau, das ist Günni, dein potenzieller neuer deutscher Freund. Wie findest du ihn?»

Adonis schnüffelt an meinem Handy, schleckt es ab und macht undefinierbare Grunzgeräusche dazu. Ich nehme Matti mein Telefon weg und wische den Sabber an meinen Jeans-Shorts ab. Irgendwer hat mal gesagt, dass Jeans-Shorts bei Frauen über dreißig albern aussehen. Ich glaube, dass war die gleiche Person, die lange Haare bei Ü40-Frauen unpassend fand – meine Tochter. Na toll! Wo ist Ella eigentlich? Hat sich auch schon ewig nicht mehr gemeldet. Nicht mal auf meinen nächtlichen Panikanruf.

Ich schicke ihr gerade eine kurze Nachricht – Alles okay? Wo seid Ihr? Wie läuft's? –, als eine neue Nachricht von Olaf eintrifft: Schöne Grüße von Antje!

Ich lese und bin fassungslos. «Das ist ja wohl … total unverschämt! Ausgerechnet von dieser … dieser Antje!»

«Jetzt warte erst mal ab», erklärt Matti, nachdem ich ihr die Nachricht vorgelesen habe. War ja klar, dass sie Olaf wieder verteidigt.

«Worauf soll ich warten?»

«Bis ihr geredet habt. Das wird sich schon klären. Wie ist die denn so, diese Antje?»

«Langweilig.» Ich schnaube. «Das ist so eine super Verständnisvolle, die jedem zuhört und für alles einen tollen Rat hat. Die backt ständig für ihre Nachbarn und lädt zu Gartenfesten ein und schickt auch Karten an Weihnachten und Geburtstagen. Sie macht immer auf warmherzig. Dabei ist sie hintenrum ein Biest.»

«Also eine echt falsche Schlange?», fragt Matti.

«Ja, genau so eine!»

«Beeindruckend.»

Ich glaub, ich hör nicht richtig. «Was? Spinnst du?»

Aber Matti erklärt es mir: «Diese Frauen beherrschen die ganze Klaviatur perfekt, verstehst du?»

«Nee.»

«Also: Du und ich, wir sind viel zu einfach gestrickt.»

«Na, danke auch, auf dich ist Verlass.»

«Nein, im Ernst! Wir können nur nett oder biestig sein. Aber diese Frauen können Männer manipulieren, sie zum Reden bringen und dazu, ihre Frauen zu betrügen. Gleichzeitig sind das oft auch super erfolgreiche Managerinnen, Politikerinnen oder Anwältinnen. Aber eben auch Heiratsschwindlerinnen, Spioninnen, Mörderinnen. Schon cool irgendwie, findest du nicht?»

«Antje ist Hausfrau», sage ich betont unbetont. «Und verwitwet.»

«Oha, dann macht sie's über die Mitleidsschiene. So ein Biest!»

«Sag ich doch.» Schön, dass Matti das jetzt auch so sieht. Es gibt doch nichts Befriedigenderes, als mit seiner Busenfreundin einer Meinung zu sein. «Aber was mach ich denn jetzt mit Olaf?»

«Kommunikation ist der Schlüssel zum Glück», säuselt Matti und hält die Hand auf. «Macht einen Stundensatz von 100 Euro.»

Sie hat recht. Weil wir schon vor Ilektras Taverne stehen, setze ich mich kurzerhand unter den Olivenbaum und schreibe Olaf eine Nachricht.

ICH Ich muss es wissen. Hast du eine Affäre mit Antje?

Die Antwort kommt prompt.

OLAF Natürlich nicht!

ICH Warum rufst du dann nicht zurück?

OLAF Weil es viel zu besprechen gibt. Aber nicht am Telefon.

Ich denke über seine Worte nach.

ICH Willst du dich von mir trennen?
OLAF Nein.
ICH Was ist es dann?
OLAF Nicht am Telefon!

Ich zeige Matti den Wortwechsel und bin ratlos. Sie auch.

«Das ist wie eine Überraschung, die dir jemand vor die Nase stellt, die du aber erst in vier Wochen öffnen darfst.»

«Folter», sage ich.

«Hältst du das aus? Oder willst du sofort an die Ostsee? Könnte ich verstehen.»

Ich brauche einen Moment, um darüber nachzudenken. «Es ist unser Urlaub. Ich halte das aus. Außerdem ist der Streik noch nicht vorbei, und morgen probieren wir einen anderen Strand.»

«Das is 'n Wort.»

Trotzdem denke ich viel über Olaf nach. Was ist es nur, das er mit mir besprechen muss?

Als ich abends frisch geduscht und entspannt mit Ilektras Wodka-Spezial unterm Olivenbaum auf Matti warte, die noch spazieren geht, um in Ruhe mit Jo zu telefonieren, weil diese irgendwas auf dem Herzen hat, überkommt mich schon wieder dieses seltsame Glücksgefühl: Ich fühle mich jetzt und hier rundum wohl. Adonis liegt friedlich zu meinen Füßen und lässt sich hinterm Schlappohr kraulen. Mittlerweile habe ich mich an den Streuner gewöhnt, bin aber immer noch nicht davon überzeugt, dass wir ihn wirklich mitnehmen sollten. Für Matti steht jetzt schon fest, dass sie ohne Adonis nicht weiterleben kann und will. So läuft das immer bei ihr: ganz oder gar nicht – egal ob Mann oder Hund.

Mein Handy piepst und reißt mich aus meinen Gedanken. Es ist eine Nachricht von Ella: Hi Mom, mir geht's gut, bin frisch verliebt, mach dir keine Sorgen. Barcelona ist super. Kuss – Ella

Was?! Ella ist verliebt!? Na, wenigstens ist eine von uns verliebt. Wie schön! Allerdings – sofort muss ich an Angelos denken –, so ein Urlaubsflirt kann auch enttäuschen.

ICH Wer ist der Glückliche? Und wann geht's weiter? Und wohin?

Doch es kommt keine Antwort mehr. Immer das Gleiche. Sie schreibt nur, was sie will und wann sie will. Aber eben nicht was und wann sie soll.

Plötzlich springt Adonis auf und bellt aufgeregt. Das muss Matti sein, denke ich und drehe mich um, aber es ist …

«Angelos!», sage ich überrascht. Strahlend kommt er auf mich zu, und ich spüre, wie meine Knie bei seinem Anblick schon wieder weich werden. Er sieht phantastisch aus.

«Wie … hast du mich gefunden?»

«Man kennt sich hier eben», sagt er und umarmt mich zur Begrüßung. Sofort ist meine Wut auf ihn verschwunden, seine Frau ist mir egal, die Party vergessen, alles gelöscht nur durch eine Berührung.

Ich mochte es auch früher wahnsinnig gern, von ihm umarmt zu werden, weil er so groß ist und ich in seinen Umarmungen versinke. Ich schließe die Augen und genieße es – seinen Duft, die Nähe, seine Kraft. Am liebsten würde ich die nächsten Jahre hier so mit ihm stehen bleiben. Dann begrüßt er den Hund.

«Hey, hier bist du also, alter Freund. So ein Zufall!»

Aufgeregt schleckt der Hund Angelos das Gesicht ab.

«Wieso …? Woher kennst du Adonis?»

«Wen?»

«Adonis. So nennen wir ihn. Er ist uns nachgelaufen.»

«Ahhh, das ist so typisch», lacht Angelos. «Homer läuft immer den schönsten Frauen nach.»

«Homer?» Oje, das wird Matti nicht gefallen. «Wegen der Odyssee!»

«Nein, wegen Homer Simpson. Er gehört meiner Tochter. Sie vermisst ihn schon sehr. Was für ein Glück, dass er bei dir ist.»

Mir kommt ein komischer Gedanke. «Dann bist du wegen ihm hier?»

«Nein, ich habe dich gesucht, Aschenputtel.» Mit einer schnellen Bewegung holt Angelos meinen zweiten Schuh hinterm Rücken hervor und lässt ihn in der Luft baumeln.

«Tja, das bin ich», sage ich, nehme den Schuh und gebe ihn zu Angelos' Verwunderung dem Hund. «Den anderen hat er auch schon zerlegt.»

Während Adonis sich mit Begeisterung daranmacht, das Leder zu zerbeißen, entsteht eine komische Stille zwischen uns.

«Kann ich noch was ... für dich tun?», frage ich unsicher.

«Du warst auf einmal von meiner Party verschwunden.»

«Tja, mir wurde es dann zu laut ... und ... überhaupt ...»

«Es ging noch bis fünf Uhr morgens. Wahnsinn. Dieser Laden wird mich fit halten. Die jungen Leute sind alle so gut drauf! Es macht so viel Spaß ... pures Adrenalin!»

Ich lächele und muss an seinen Anblick als DJ mit Sonnenbrille und Mütze denken. «Deswegen bist du doch nicht hier, oder? Um mir das zu sagen?»

«Nein ... Also, doch auch. Aber nicht nur. Ich muss dir was sagen.» Er lächelt, schaut mich an und kommt jetzt näher. «Als ich dich wiedergesehen habe, dachte ich, du bist eine Erscheinung. Also nicht echt. Es war so unglaublich, dass du plötzlich da warst und ...»

Er nimmt etwas Abstand von mir und betrachtet mich von oben bis unten. Sein Blick ist wohlwollend, aber was er sieht, ist jetzt auch nicht wirklich der Hit: eine vollschlanke Endvierzigerin mit straßenköterblonden, halblangen Haaren, trägen Schlupflidern, faltiger Stirn, schlaffen Oberarmen, Krampfadern und Plattfüßen mit abgesplittertem Nagellack auf den krummen Zehen.

«Du bist so schön, Caro!»

Tja, so unterschiedlich kann Wahrnehmung sein! Wahrscheinlich hat ihm gestern jemand ein starkes Halluzinogen ins Glas gekippt. Oder Matti hat ihn dafür bezahlt, mir zu schmeicheln, um mich wieder etwas aufzupäppeln. Ich meine, das wäre wahre Freundschaft, oder?

«Angelos, du bist doch nicht gekommen, um mir Komplimente zu machen.»

Meine Güte, Caro! Wieso denn nicht? Ich könnte mich selbst ohrfeigen. Wieso lasse ich den Mann nicht sagen, was er zu sagen hat? Und wenn es Komplimente sind, dann soll er sie von mir aus zehn Stunden lang hintereinander aufsagen. Wieso kann ich das nicht einfach hinnehmen? Ja, ja, ich kenne die Antwort. Weil ich ihm nicht glaube, weil ich Caro bin und durchaus realistisch genug, diesen ganzen Käse nicht zu glauben.

«Nun, ich wollte dir deinen Schuh bringen und dich sehen. Wir konnten gar nicht mehr reden. Du warst so früh von der Party verschwunden.»

«Ja, nachdem du mir deine Familie vorgestellt hast. Und deine Frau, von der du angeblich geschieden bist.» Ich sehe ihm fest in die Augen. «Du hast mich angelogen, Angelos.»

Er runzelt die Stirn. «Aber ich *bin* schon lange geschieden von Helia. Trotzdem sind wir eine Familie und haben gemeinsame Kinder. Das war ja gestern auch ein Familienfest. Freunde und Familie. Verstehst du?»

Ich nicke. Da ist wohl was dran. Und es soll ja Paare geben, die sich nach der Scheidung sogar besser verstehen als zuvor. Interessanter Gedanke. Vielleicht sollten Olaf und ich uns scheiden lassen, damit wir wieder zueinanderfinden? Vielleicht wird ihm dann nämlich bewusst, wer seinen Kühlschrank gefüllt, seine Wäsche gewaschen und sein Kind großgezogen hat.

«Meine liebe Caro», sagt Angelos, schaut mir tief in die Augen und nimmt meine Hände, als wollte er mir –

Nein, das kann nicht sein. Wieso sollte er mir einen Antrag machen? So ein Quatsch! Das ist wieder nur mein Wunschdenken. Trotzdem sind meine Knie schon ganz weich. Denn das wäre der erste Heiratsantrag in meinem Leben. Olaf hat mir nie einen richtigen, formvollendeten, romantischen Antrag gemacht. Er hat eher so nebenbei – nach einer Party bei uns – gefragt, während wir, ganz schön angeschickert, zusammen die Spülmaschine einräumten. Und weil das so mühelos ging, hat er gesagt: *Mensch, Caro, wir sind ja 'n gutes Team. Da können wir auch gleich heiraten.* Ich hab ihn zuerst nicht verstanden, weil er mit dem Kopf in der Spülmaschine hing, aber mit etwas Verzögerung, die mein Gehirn brauchte, um Olafs Wortfetzen einen Sinn zu geben, kam der Aha-Moment. AHA! *Klar*, hab ich gesagt, und ein halbes Jahr später haben wir geheiratet. Ging alles ganz schnell. Bloß auf die Hochzeitsreise warte ich bis heute.

Angelos drückt meine Hand jetzt ganz fest an seine Brust, und nun wird mir doch richtig schwummerig, obwohl das völlig irrational ist.

«Caro, es bedeutet mir so viel, dass du gekommen bist. Du und ich …»

«Moment mal, Angelos.» Ich ziehe meine Hand weg und muss zusehen, dass ich einen kühlen Kopf behalte. Wo bleibt eigentlich Matti?

«Bist du sicher?», frage ich. «Ich meine … Also, wir zwei waren doch nur kurz ein Paar – vor dreißig Jahren. Wieso machst du so eine große Sache daraus?»

Er nimmt wieder meine Hand. «Weil du extra gekommen bist, um mich zu sehen. Ich dachte, das bedeutet etwas.»

«Ja, schon, aber ...»

«Siehst du! Du warst meine erste große Liebe, Caro! Und nun verändert sich mein Leben gerade komplett, und plötzlich bist du wieder hier. Das kann alles kein Zufall sein. Und deshalb muss ich dir etwas Wichtiges sagen.»

Er hält meine Hand mittlerweile so fest, dass sich zwischen unseren Handflächen ein kleines Rinnsal aus Schweiß bildet, das mir das Handgelenk herunterläuft. Angelos atmet nervös durch, und ich muss ehrlich sagen, dass ich nicht weiß, ob ich das hören will, was er mir jetzt gleich sagen wird.

«Caro, du sollst es jetzt wissen. Ich liebe –»

Und mitten in diese romantische Liebeserklärung – vermutlich meine letzte – platzt Matti mit dem jungen Griechen an der Hand, den sie gestern auf der Party kennengelernt hat. Der arme Kerl ist ganz verunsichert.

«Sieh mal, wem ich hier um die Ecke begegnet bin. Ist das nicht ein Zufall?», freut sich Matti.

«Linos!» Auch Angelos strahlt den jungen Mann an, aber ganz anders, als er mich bislang angelacht hat. Er nimmt ihn an die freie Hand, weil er mich mit der anderen noch immer festhält, und ich vermute mal, dass er mir jetzt eine weitere Frucht seiner Lenden vorstellen wird.

«Come here, Linos!» Es klingt, als rufe er seinen Hund. Dann fügt er noch erklärend hinzu: «Er spricht kein Deutsch und ist sehr schüchtern.»

Linos lächelt Matti und mich an. Seine Augen sind strahlend blau. Er sieht umwerfend aus, aber tatsächlich auch sehr schüchtern. Matti himmelt ihn an, auch wenn er mit seinen Anfang zwanzig ihr eigener Sohn sein könnte. Ich halte es nicht mehr aus.

«Und Linos ist also dein ...», beginne ich, aber Angelos beendet den Satz für mich.

«Mein Geliebter!»

Was???

Angelos' Stimme klingt sehr erleichtert. Entsprechend tief atmet er mehrmals ein und aus. «Ja, jetzt habt ihr es gehört. Linos ist mein Geliebter, mein Freund, mein Seelenbruder. Ich liebe ihn.»

Die beiden Männer schauen sich so unfassbar verliebt an, dass mir das Herz aufgehen würde, wenn es nicht gerade seinen Rhythmus verloren hätte und orientierungslos in meiner Brust nach dem richtigen Takt suchen würde. Ich muss mehrmals Luft holen. Mein Innenleben schwebt in einem Zustand zwischen Enttäuschung, Empörung und Bewunderung.

«Dass du gekommen bist, Caro, war ein Zeichen. Deshalb bist du die Erste, die es erfährt.»

«Und ich ...», flüstert Matti enttäuscht.

Oh Mann! Ich komme mir so unendlich dumm vor. Wie konnte ich nur denken, er sei in mich verliebt? Wie konnte ich nur so naiv sein? Ich bin schwer getroffen. Dieser Urlaub nimmt immer mehr Züge einer wahren Odyssee an.

«Bist du jetzt enttäuscht, liebste Caro?» Angelos nimmt mich in den Arm und wiegt mich wie ein Kind hin und her. Dabei drückt er mir die Luft ab, sodass ich kaum atmen kann.

«Nein, natürlich nicht», keuche ich. «Ich freue mich für euch!» Das tue ich wirklich. Ich verstehe es nur nicht.

Ruckartig schiebt er mich mit einem Mal von sich und mustert mich, während ich nach Luft schnappe. «Wieso bist du nicht enttäuscht? Du bist doch in mich verliebt!»

Hä? Wer ist denn jetzt hier enttäuscht?

«Ja ... nein ... nicht mehr.»

«Seit wann?»

«Seit jetzt.»

«Ohhhh, meine Caro! Ich liebe dich wie eine Schwester!»

Na super! Das ist genau das, was eine Frau hören will. Er will mich wieder umarmen, aber ich muss mich erst mal setzen.

«Es tut mir so leid», fügt er noch hinzu.

«Du musst dich nicht entschuldigen», sage ich und gebe Angelos einen Kuss auf die Wange. «Werdet glücklich miteinander!»

Er küsst mich auf die Stirn, wie ein Bruder seine Schwester. «Und du? Wirst du auch glücklich sein?»

Ich zucke mit den Schultern. «Weiß nicht. Vielleicht.»

Angelos streicht mir liebevoll über die Wange. «Am Ende deiner Reise wirst du es wissen.»

Und dann gehen sie. Matti winkt Linos sehnsüchtig hinterher, stößt einen tiefen Seufzer des Bedauerns aus und setzt sich zu mir unter den Olivenbaum.

Eine Weile sitzen wir schweigend nebeneinander. Es ist alles so surreal.

Dann tritt Ilektra zu uns. «Irgendwie hatte ich immer den Eindruck, dass er schwul ist.» Sie muss uns vom Haus aus beobachtet haben. «Ich mix uns erst mal einen Drink, das wird uns guttun.»

Wir nicken. Das klingt vernünftig.

Noch bevor Ilektra im Haus verschwindet, beugt Matti sich flüsternd zu mir rüber. «Vergiss die Männer. Wahre Liebe findest du nur hier.» Sie deutet unter den Tisch.

Da liegt Adonis und scheint seelenruhig und tief und fest zu schlafen. «Ich behalte ihn endgültig, denn er wird mich nie verlassen!»

Plötzlich ertönt von der Straße ein lauter Pfiff. Sofort springt Adonis auf und rennt wie ein geölter Blitz den beiden hinterher.

Matti versteht die Welt nicht mehr. Und ich finde nicht die Kraft, es ihr zu erklären. Da sitzen wir nun nebeneinander unterm Olivenbaum in Griechenland wie ein altes Paar, schweigend und vom Schicksal gezeichnet. Irgendwie haben wir die falsche Lebenstaktik. Was suchen wir? Was wollen wir? Wieso glauben wir überhaupt, dass es so wichtig ist, einen Partner zu haben? Ganz gleich, ob Hund oder Mann. Haben wir verlernt, allein zurechtzukommen?

Ilektra kommt mit drei starken *Skinny Bitch*, ihrem Wodka-Limetten-Soda-Drink, zurück.

«Sie haben Adonis mitgenommen», sagt Matti und weint fast. Sie hätte den süßen Streuner, den ich zugegebenermaßen auch schon ins Herz geschlossen hatte, wirklich gerne behalten.

Ilektra drückt ihr ein Glas in die Hand. Und dann mir. Wir stoßen *Auf uns* an, denn was Besseres fällt uns gerade nicht ein. Es kann ja nur besser werden.

«Und was ist mit dir, Ilektra? Bist du glücklich?», frage ich, weil ich wissen will, was sie anders macht.

Sie trinkt einen großen Schluck, zündet sich eine Zigarette an und nickt. «Ja, das bin ich. Ich bin wegen meinem Mann vor zwanzig Jahren auf diese Insel gekommen. Vor vier Jahren ist er gestorben. Nach einem Bootsunfall. Aber er ist immer bei mir, und das macht mich glücklich. Hier haben wir unsere schönste Zeit verbracht. Deshalb werde ich nie fortgehen, denn hier – in diesem Haus, unter diesem Baum – waren wir glücklich. Hier ist mein Glück.»

Ich muss schlucken, denn es berührt mich und macht mich nachdenklich, dass Ilektra ihre große Liebe verloren hat und trotzdem glücklich ist, während Matti und ich ohne einen solchen Verlust unglücklich sind.

Oder wollen wir das nur glauben? Denn auch ich fühle mich hier, auf dieser Insel, doch irgendwie frei und glücklich. Und dass, obwohl Olaf sein Leben ändern will, Angelos sich für einen Mann, einen jüngeren Mann, entschieden hat, mein Kind sich von mir abnabelt, ich beklaut wurde und die Fähren streiken … Ich atme tief durch, inhaliere die Meerluft und genieße den Moment.

Wir bleiben noch zwei Tage auf Korfu und lassen uns treiben. Wir finden ruhige Plätze jenseits der Partymeile und genießen die Sonne, das Meer und Ilektras Gastfreundschaft bis zum letzten

Augenblick. Zwischendurch erfahre ich von Matti, dass Ella und Jo sich in Barcelona verkracht haben, dass sie jetzt in unterschiedlichen Zimmern im Hostel schlafen. Ich habe mehrmals mit Ella getextet, und sie hat mir versichert, dass sie trotz Streits gemeinsam weiterreisen werden. Außerdem sind sie aufeinander angewiesen, weil nur Ella die Reservierungen auf ihrem Handy hat. Na, da bin ich ja mal gespannt. Aber sie sind alt genug, ihre Probleme selbst zu lösen. Wir müssen da schließlich auch durch.

Weil der Fährenstreik weiter anhält, besorgt uns Angelos eine Überfahrt zum Festland mit dem Motorboot seines Vaters.

Am Hafen verabschieden wir uns von Ilektra, der wir hoch und heilig versprechen wiederzukommen.

«Bringt nächstes Mal eure Töchter mit!»

«Auf keinen Fall», sagen Matti und ich im Chor und umarmen Ilektra ganz fest, denn sie ist uns eine neue Freundin geworden.

«Am liebsten würden wir dich mitnehmen», erkläre ich.

«Das geht leider nicht, denn ich muss ja hier auf euch warten.» Sie lacht, küsst uns und drückt uns noch Proviant in die Hand. «Passt auf euch auf!» Dann dreht sie sich um, weil sie nicht hinter uns herschauen will, wenn wir auf dem Boot die Insel verlassen.

Ich vermisse sie jetzt schon.

Angelos stellt unsere Rucksäcke ins Boot und hilft Matti an Bord. Dann nimmt er meine Hand.

«Na dann», sage ich verlegen. «Grüß Linos von uns.»

Angelos macht ein ernstes Verabschiedungsgesicht. «Caro, du bist eine phantastische Frau. Und ich wünschte, ich hätte dich damals besucht. Mein Leben wäre anders verlaufen. Ich … Wir …»

«Schon gut, wir waren einfach viel zu jung.»

«Aber es war doch schön, was wir hatten. Oder?»

«Ja», sage ich. Das war es. «Aber Angelos, eine Frage wäre da noch.» Ich weiß nicht wirklich, ob ich diese Frage stellen kann, ohne ihn zu verletzen. Ach, was soll's. «Hatten wir damals eigentlich Sex?»

Angelos grinst verschmitzt, zieht die Augenbrauen hoch. Und schweigt. «Versuche, dich zu erinnern.»

Mehr sagt er nicht. Stattdessen umarmt er mich ganz fest und küsst mich. Auf den Mund. Leidenschaftlich mit allem, was dazugehört. Ich bin völlig überrascht und lasse mich in diesen Kuss fallen wie in ein weiches Federbett. Ja, ich erinnere mich an diese Küsse, an diese weichen Lippen, an dieses Gefühl, das ich irgendwo in mir gehütet hatte. Jetzt ist es wieder da, und ich stelle keine Fragen mehr. Wieso, weshalb, warum – ist doch egal. Es ist dieses Gefühl, das uns überkommt. Ein Moment, den wir nicht verstreichen lassen wollen. Denn das Leben ist zu kurz für verpasste Gelegenheiten.

Ohne ein weiteres Wort klettere ich ins Boot, und wir legen ab. Matti und ich sehen, wie die Insel kleiner wird, und hängen unseren Gedanken nach.

Als die Insel weit genug weg ist, nehme ich Angelos' Kassetten und ziehe aus allen die Bänder raus.

«Nicht!» Zuerst will Matti mich noch davon abhalten, aber sie merkt sofort, wie sinnlos das ist. Die zerstörten Bänder packe ich in eine Tüte, um sie später in einen Mülleimer zu werfen. Als Nächstes zerreiße ich das Foto von Olaf, das ich im Portemonnaie habe, und streue es ins Mittelmeer, wo es hoffentlich nicht einer Möwe oder einem Fisch im Hals stecken bleibt. Oje! Sofort packt mich mein schlechtes Gewissen, aber es ist zu spät.

Unser nächstes Ziel ist Meteora, und Matti kann es kaum erwarten, ihren angeblichen Sehnsuchtsort zu finden.

18
Ioannina

WIR VERABSCHIEDEN UNS nach der Ankunft im Hafen von Igoumenitsa herzlich dankend von Angelos' Vater, der trotz seiner mindestens achtzig Jahre so wild über die Wellen gepeitscht ist, dass ich froh bin, wieder festen Boden unter den Füßen zu haben.

Bei der ersten Gelegenheit werfe ich die Tüte mit den kaputten Kassetten erleichtert in einen Müllcontainer. Irgendwie können sich solche Erinnerungen zu echtem Ballast auftürmen, den man mit sich rumschleppt, aber nicht genau weiß, wohin damit. Es ist vorbei! Und das schon seit dreißig Jahren. Sinnlos, das ganze Zeug immer wieder anzuhören. Wozu? Vielleicht sollte ich noch viel mehr Ballast abwerfen und mein Leben komplett entrümpeln. Weg mit Angelos, weg mit Olaf, weg mit den alten Geschichten und nach vorn schauen. Ja, ich will nur noch nach vorn schauen! Her mit einem neuen Leben!

Trotzdem tut es weh.

Wir schultern unsere Rucksäcke und gehen zum Busbahnhof, der zum Glück direkt am Hafen ist. Da das Schienennetz in Griechenland nicht sehr ausgebaut ist, müssen wir nämlich auf den Bus umsteigen. Ilektra hat die richtige Busverbindung für uns schon rausgesucht, sodass wir nur noch Tickets kaufen und eine halbe Stunde später in den Bus steigen müssen. Entgegen aller Inselerfahrung und Klischees ist dieser Bus ausgeschildert, pünktlich, klimatisiert, modern, und er verfügt sogar über WLAN. Von den

Mitreisenden hat auch niemand Hühner im Korb dabei oder einen Esel auf den Dachgepäckträger gespannt. Wir befinden uns in bester Gesellschaft mit anderen Touristen, Pendlern und Studenten.

Der Bus gleitet auf einer neuen Autobahn Richtung Osten ins Landesinnere. Mir ist nicht nach Reden zumute. In Gedanken versunken, schaue ich aus dem Fenster, während Matti permanent Nachrichten auf ihrem Handy schreibt.

«Was ist eigentlich mit Ella los?», fragt sie mich vorwurfsvoll.

«Keine Ahnung. Was soll mit ihr los sein?»

«Die Mädels haben den totalen Zoff. Hat sie sich gar nicht bei dir gemeldet?»

Jetzt hat Matti meine volle Aufmerksamkeit. Ich richte mich auf, um mit ihr auf Augenhöhe zu reden. «Nein! Wieso?»

«Weil die beiden sich komplett zerstritten haben.»

Ich bin entsetzt. «Ich dachte, es ist bloß ein harmloser Streit. Wieso denn?»

«Wegen einem Jungen, meint Jo.»

Ich fasse es nicht. «Was! Und jetzt?»

«Sie haben sich getrennt.»

«Was? Wieso denn getrennt?» Alle meine Mutterreflexe reagieren höchst alarmiert auf diese Nachricht. Sie wollten doch die Reise gemeinsam fortsetzen! «Was treiben die denn da?»

«Jo ist wohl schon seit gestern allein unterwegs, weil Ella beschlossen hat, die Stadt mit diesem Typen zu erkunden. Ohne Jo.»

«Was?»

«Meine Güte, Caro, sag doch nicht immer *Was?*. Du bist doch nicht taub oder begriffsstutzig.»

«Nein, doch, ich meine – ich kann gar nicht glauben, was du mir da erzählst. Wo sind sie denn überhaupt?»

«Irgendwo in … Ach, keine Ahnung.» Matti schaut mich verwirrt an. «Ich weiß es nicht.»

«Matti, wir haben die Kontrolle über unsere Töchter verloren.»

«Das merkst du jetzt erst?»

Ich nicke. «Und nun?»

«Jo ist stinksauer und würde am liebsten nach Hause fahren.»

«Kann ich verstehen.»

«Zumal der Typ erst Jo angebaggert hat.»

«Reden wir hier von meiner Tochter Ella, die deiner Tochter Jo den Typen ausgespannt hat und ihre beste Freundin jetzt im Stich gelassen hat?»

Matti nickt. «Ich fürchte, das hast du gut zusammengefasst.»

«Verdammt!» Sie war mir doch immer so ähnlich. Was ist passiert? Sollte Ella nun doch mehr nach ihrem Vater kommen? «Ich muss mit ihr reden.»

«Gute Idee», höre ich Matti sagen, während ich bereits Ellas Nummer wähle, aber sie geht nicht ran. Also schreibe ich ihr eine Nachricht, die so alarmierend ist, dass Ella glauben muss, ich läge irgendwo halb tot zwischen Athen und Bratislava in einem Straßengraben.

Nach 18 Sekunden klingelt mein Handy.

«Das ist neuer Rekord!», ruft Matti etwas zu laut, sodass sich das Rentnerpaar vor uns mit vorwurfsvollen Blicken umdreht.

«Mama, was ist los? Alles okay?», fragt Ella besorgt.

«Das wüsste ich gerne von dir.»

Mist, das war zu schnell und zu vorwurfsvoll. Hoffentlich legt sie nicht gleich auf. Matti hört mit und zeigt mir einen Vogel.

Egal, ich gehe jetzt volles Risiko ein: «Ella, was ist passiert zwischen dir und Jo?»

«Nichts, wieso?»

«Weil Jo nach Hause fahren will.»

«Ja und? Nicht mein Problem. Wir sind doch keine Zwillinge.» Ellas Ton ist sehr patzig. Das gefällt mir gar nicht.

«Schon klar, aber ihr seid zu zweit unterwegs. Streit kommt vor. Trotzdem trennt man sich dann nicht auf so einer Reise.»

Ich höre, wie Ella am anderen Ende in den Hörer schnauft, um Luft abzulassen. «Aber die Dinge haben sich geändert, Mama.»

«Welche Dinge?»

Wieder Schnauben. «Ich … ich hab jemanden kennengelernt.»

Matti und ich werfen uns vielsagende Blicke zu.

«Und?», frage ich.

«Es ist was Ernstes. Das ist mir echt wichtig.» Jetzt klingt Ellas Stimme schon weicher, mit viel mehr Gefühl als noch vor einer Minute.

«Aber deine Freundschaft mit Jo ist auch wichtig.»

«Das ist doch was ganz anderes. Jo nervt, weil sie ständig weiterwill. Dabei können wir doch auch mal ein paar Tage länger irgendwo bleiben. Ich meine … wir machen doch hier Ferien und keinen Sightseeing-Marathon.»

«Das Problem kenne ich. Haben Matti und ich schon durch.»

«Und? Wie habt ihr's gelöst?»

«Wir haben ein paar Tage Pause gemacht. Und das war super.»

Ich höre Ella tief ein- und ausatmen. «Ja, das wäre super.»

«Wo seid ihr eigentlich?», frage ich.

«In Genua.»

Matti und ich wundern uns. «Genua? Ihr wolltet doch nach Portugal.»

«Das ist ja das Problem. Jo hatte auf einmal Bock auf Italien, also sind wir nach Italien.»

«Ach, einfach so?»

«Na ja, wegen dieser Clique, die wir in Barcelona getroffen haben.»

Aha, jetzt kommen wir der Sache langsam näher. Leider zu langsam.

«Schatz, können wir das etwas abkürzen? Ich habe keine Lust, dir jedes Wort aus der Nase zu ziehen.»

Genervtes Stöhnen im Hörer. «Okay, Jo war in einen von denen verknallt, die wollten nach Italien, also sind wir auch nach Italien. Das hat aber nicht gefunkt zwischen denen. Weil … ach, is' ja auch egal. Jedenfalls –»

«Weil?»

«Na ja, weil der mehr auf mich stand.» Kurze Pause. «Aber ich schwör, ich hatte nicht die Absicht, Jo den auszuspannen. Ich meine, du kennst mich. So was geht *gar* nicht unter Freundinnen. Es … ist nur einfach so passiert. Ich wollte das nicht.»

«Ja, ja, das heißt es dann immer.»

«Was?»

«Egal. Du hast also was mit ihm angefangen.»

«Was hätte ich denn machen sollen? Ich meine … Mal im Ernst jetzt, Mama, ich kann doch nichts dafür, wenn er nicht auf Jo steht. Oder?»

Schwierig. Matti und ich schauen uns stirnrunzelnd an. Wir wissen beide zu gut, wie das ist, wenn sich ein Mann zwischen zwei Freundinnen drängt und beide ihn gut finden. Das war auch damals auf der Klassenfahrt nach Paris so. Der Typ mit der Gitarre auf dem Friedhof Père Lachaise war echt süß, und er sah nicht nur aus wie Jim Morrison, er hat auch so gesungen. Zumindest kam es uns damals so vor. Als Matti gemerkt hat, dass sie beklaut worden war, hat er sie getröstet und sofort mit ihr rumgemacht, obwohl er bis dahin die ganze Zeit mit mir geflirtet hatte. Am Grab von Jim Morrison! Das muss man sich mal vorstellen. Also wenn es so was wie Fremdschämen auf verschiedenen Zeitebenen gibt, dann wäre das jetzt so ein Moment.

Und Matti hat natürlich auch damals schon nichts anbrennen lassen. Klar war ich sauer und hab zwei Tage nicht mit ihr geredet. Allerdings hab ich sie auch kaum gesehen, weil sie nur noch mit diesem Jim Morrison für Arme unterwegs war. Aber so ist sie ja heute noch, wenn es sie gepackt hat. Jedenfalls war der Zauber nach zwei Tagen vorbei, weil er mit seinem Abi-Kurs zurück nach

Freiburg musste. Ich erinnere mich deshalb so gut daran, weil ich immer, wenn ich an Freiburg denke, sofort an diesen Friedhofsgitarristen denken muss.

«Mama? Bist du noch dran?»

«Ja, was soll ich da sagen? Redet! Erklär deiner Freundin, wie es um deine Gefühle zu diesem Burschen steht. Apropos, was ist das überhaupt für einer? Ist er das alles wert?»

Ich kann es direkt vor mir sehen – Ellas Augenrollen.

«Er ist echt süß und studiert in München Jura. Wir können stundenlang reden. Über alles Mögliche. Mama, das ist so irre, sich mit jemandem zu unterhalten, der was auf'm Kasten hat. Und wir ticken so ähnlich, weißt du?»

Matti, die die ganze Zeit mithört, macht ein Aha-Gesicht. Ich nicke. Das kommt mir irgendwie bekannt vor.

«Jura? Na, da wird sich dein Vater freuen. Und wie alt ist er?»

«Ich glaub fünfundzwanzig oder so. Keine Ahnung. Ist doch auch egal.»

«Oh, ganz schön alt.»

«Mama! Spielt doch gar keine Rolle, wie alt der ist. Jedenfalls ist es was Ernstes.»

«Und das weißt du schon nach zwei Tagen?» Hach, blöder Kommentar! Klar glaubt sie, das nach zwei Tagen zu wissen. Das denken frisch Verliebte doch immer.

«Mama!» Ella verliert langsam die Geduld. «Was mach ich denn jetzt mit Jo?»

Okay, spätestens jetzt muss ich doch mal die Mutter raushängen lassen.

«Redet offen über das Problem. Und ganz gleich, wie verliebt du bist – du lässt deine beste Freundin nicht im Stich. Wenn es wirklich was Ernstes ist mit dir und diesem Studenten, dann wird er das verstehen. Auf gar keinen Fall werdet ihr Mädels euch trennen! Keine von euch reist alleine weiter. Klar?»

«Okay, klar, Mama. Ich versuch's mal.»

«Und melde dich, wenn ihr das geklärt habt.»

«Mach ich. Tschüss.»

«Ich hab dich lieb.»

«Ich dich auch, Mama.»

Als ich auflege, schüttelt Matti den Kopf. «Jo hat mir nur die Hälfte der Geschichte erzählt.»

«Vermutlich weil sie nur die Hälfte davon kennt. *Ihre* Hälfte.»

Matti schaut mich an. «Da müssen sie durch, oder?»

Ich nicke. «Mussten wir auch. Und müssen wir immer noch.»

Matti gibt mir spontan einen Kuss auf die Wange. «Hat doch bis jetzt ganz gut geklappt, oder, Hase?»

Eine Stunde später sind wir in Ioannina, irgendwo mitten in Nordgriechenland, wo wir umsteigen müssen. Da unser nächster Bus erst in zwei Stunden fährt, wollen wir uns in dieser jahrhundertealten Stadt am Pamvotis-See etwas umsehen. Hier gibt es neben einer Universität, unzähligen Klöstern und Moscheen auch jede Menge Kneipen, Restaurants und Bars. Aber Matti und ich wollen nur einen Spaziergang machen. Mehr Zeit bleibt nicht.

«Das Kastro. Sie müssen sich das Kastro ansehen. Wunderbar!», sagt der ältere Herr aus der Sitzreihe vor uns höchst leidenschaftlich, als wir den Bus verlassen. «Da lang und nach ungefähr zwei Kilometern links.» Er lächelt freundlich, bevor er sich seiner Frau zuwendet, die schon auf ihn wartet. «Ich komme schon, Liebes!»

Also packen wir unsere Rucksäcke wieder einmal in ein Schließfach am Busbahnhof und folgen der Beschreibung des netten Herrn eine trostlose vierspurige Straße entlang – hässliche Wohnhäuser, parkende Autos, keine Bäume. Nach zwei Kilometern biegen wir an einem Kreisverkehr links in eine Straße, die mit jedem Schritt belebter wird. Hier häufen sich Restaurants, Cafés und Schmuckläden. Schließlich öffnet sich die Straße – und vor uns liegt der See, umrahmt von Bergen, und in seiner Mitte eine Insel. Die Seepromenade ist gesäumt von schattenspendenden Bäumen, die entlang der Uferstraße stehen, die wiederum entlang einer Festungsmauer verläuft.

Trotz der vielen Touristen scheint hier die Zeit langsamer zu vergehen. Die Menschen schlendern gemütlich umher oder sitzen auf den Bänken und blicken auf den See.

Neugierig schreiten wir durch eines der Festungstore in die Altstadt, die um das byzantinische Kastro gewachsen ist und in der einst Juden, Moslems und Christen friedlich zusammengelebt haben. Es ist zu heiß und unsere Zeit zu knapp, um Altstadt und Festung genauer zu erkunden. Also entscheiden wir uns, in einem der Cafés unterhalb der Festung mit Blick auf den See und entspannter Musik im Hintergrund einen eiskalten Frappuccino und hausgemachte Limonade zu schlürfen.

Die grüne Farbe des Sees, der Blick auf die umliegenden Berge und Wälder – das alles ist Balsam für Augen und Seele. Über uns rauscht beruhigend ein Baum im Wind.

Schön ist es hier, denke ich und genieße den Moment. Wie viele dieser Momente ich wohl verpasst habe, weil ich immer nur an der Ostsee war? Momente, die nur durch eine bestimmte Stimmung an einem bestimmten Ort zu einer bestimmten Zeit zustande kommen und die man nur wahrnimmt, wenn man empfänglich und bereit dafür ist. Vielleicht wäre ich das mit Olaf zu einem früheren Zeitpunkt aber auch gar nicht gewesen. Vielleicht ist aber auch alles gut, wie es ist. Wer weiß das schon? Außerdem ist es nie zu spät, diese Momente zu suchen.

«Zu spät!», rufe ich nach einem flüchtigen Blick auf die Uhr. «Scheiße, wir verpassen den Bus!»

«Wann geht der denn?»

«In einer halben Stunde!»

«Schaffen wir», sagt Matti, wirft Geld auf den Tisch und reißt mich hinter sich her.

«Niemals! Das schaffen wir nie!», keuche ich nach zwanzig Metern. Immer diese Rennerei!

Matti bleibt abrupt stehen und schaut mir tief in die Augen. «Weißt du, was mich schon lange an dir nervt?» Ich will antworten, aber sie lässt mir keine Zeit. «Dein Pessimismus.»

«Aber …»

«Wenn du unbedingt den Bus verpassen *willst*, bitte, dann bleib hier!» Sie dreht sich um und rennt weiter. «Na los! Komm in die Gänge!»

Ich hätte gute Lust, tatsächlich einfach stehen zu bleiben. Nur so, aus Trotz. Außerdem hasse ich es, der Zeit hinterherzujagen. Sinnloser Aktionismus. Allerdings will ich auch nicht alleine hierbleiben. Also renne ich. Wie so oft in meinem Leben, denn ich habe ein lausiges Zeitmanagement. Ich gehöre zu denen, die immer alles auf den letzten Drücker machen. Und ich hasse es. Sollte ich jemals einen Volkshochschulkurs in Selbstoptimierung belegen, wird das einer der ersten Punkte sein, den ich optimieren werde.

Mattis Vorsprung wird immer größer und ich immer langsamer. Sie wird den Bus schon aufhalten, denke ich und folge ihr.

Mit schwerem Seitenstechen, Atemnot und schweißnassem Gesicht erreiche ich endlich den Busbahnhof. In einiger Entfernung sehe ich, wie Matti gerade unser Gepäck verstaut und mit dem Fahrer redet, der kurz in meine Richtung schaut und die Klappe des Gepäckraums schließt. Dann steigen beide ein. Ich bin so erleichtert, denn sie wird ihm gesagt haben, er solle auf mich warten. Also verlangsame ich meinen Schritt und winke – da fährt der Bus an.

«He! Halt!»

Das gibt's doch nicht! Der Fahrer will offenbar nicht länger warten. So ein verdammter Mist! Was soll das denn jetzt? Ich werde irre! Hat der Typ seinen Führerschein etwa in der deutschen Provinz gemacht? Anders ist seine preußische Pünktlichkeit nicht zu erklären.

«Hey! Wartet!» Aber mein Rufen ist vergebens. Ich glaub's nicht! Da renne ich mir bei 35,4 Grad (hab ich im Vorbeirasen an der digitalen Anzeige einer Apotheke gesehen) die Lunge aus dem Leib, obwohl mir schon vorher klar war, dass ich dieses Rennen verlieren würde, und dann werden meine schlimmsten Befürchtungen auch noch wahr! Der Bus fährt ohne mich. Matti lässt mich wieder im Stich. Warum? Und wieso lässt sie mir nicht wenigstens meinen Rucksack und etwas Geld da? Was soll das?

Ich renne dem Bus noch ein paar Meter hinterher, bis er hinter dem Busbahnhof abbiegt und verschwindet. Sinnlos! Was mache ich hier bloß?

Fix und fertig setze ich mich auf den Bordstein, stecke mir Musik in die Ohren und lasse erschöpft den Kopf hängen. Keine Ahnung, was jetzt werden soll. Ich bin echt am Ende und muss mich erst mal sammeln. Dann läuft langsam in meinem Kopf ein hoffnungsvoller Notfallplan ab: Polizei, Konsulat, Auslandsüberweisung … Irgendwie werde ich nach Hause kommen. So viel steht fest.

Plötzlich hupt es direkt neben mir laut. Erschrocken schaue ich auf und sehe Matti in der offenen Tür des Busses stehen, der jetzt vor mir auf der Straße hält.

«Na los, komm! Der Fahrer will keine Zeit verlieren.» Sie reicht mir die Hand und zieht mich in den Bus. Der Fahrer hat gedreht, weil er sowieso in meine Richtung musste und mich dabei einsammeln wollte.

Sie reicht mir ein paar Erfrischungstücher. «Hast du etwa gedacht, ich lasse dich hier zurück?»

«Nein, natürlich nicht!», lüge ich, lasse mich neben Matti auf den Sitz fallen und schließe die Augen. Ich bin einfach zu erschöpft, um zu reden. Alles, was ich will, ist meine Ruhe. Und eine Abkühlung. Ich stelle mir vor, wie es wäre, jetzt ins Meer zu springen oder in einen einladenden blauen Pool, danach ein kühler Drink auf einer bequemen Liege … Nur nicht reden oder bewegen, bitte! Wie ein Baby lasse ich mich vom sanften Schaukeln des Busses in den Schlaf wiegen.

Erst als eine Stunde später mein Handy summt, werde ich wieder wach. Olaf. Er hat offenbar schon mehrere Male versucht, mich zu erreichen, und zuletzt eine Nachricht geschickt: *Ruf mich bitte mal an.*

Jetzt will er also doch telefonieren, interessant. Diesmal wird auch sofort abgenommen.

«Ja-haa?», flötet Antje.

Oh no! Schon wieder Antje! Ich glaub's nicht. Mir kommt die Galle hoch, und ehe ich es bemerke, explodiere ich am Telefon – hier, mitten im Bus in Reihe zwölf am Gang.

«Verdammt, Antje, was machst du am Handy meines Mannes? Wo ist Olaf? Was soll das? Könnt ihr nicht wenigstens so tun, als hättet ihr ein Gewissen? Das ist so widerlich!» Tief Luft holen zwischendurch – ich muss tief Luft holen!

«Caro!», ruft sie. «Es ist nicht so, wie du denkst!»

Dass ich diesen Satz jemals hören würde!

«Ach nein, wie denn dann?»

«Ich bin hier eingezogen, weil der Olaf …»

«Waaaaas?! In unser Haus? Du bist in unser Ferienhaus gezogen? Sag mal, geht's noch?» Ich krieg gleich einen Herzinfarkt!

Matti schaut mich mit aufgerissenen Augen an. Sie packt das Handy und drückt auf Lautsprecher, um mithören zu können.

«Dein Mann wollte das so.» Antjes grelle Stimme macht mich so aggressiv. «Der Olaf hat mir das ja selbst angeboten. ‹Antje›, hat er gesagt, ‹meine Frau ist sowieso nicht da, da kannst du dann auch gleich ins Schlafzimmer ziehen.› Ich dachte, ihr hättet das geklärt!?»

Mir dreht sich der Magen um.

«Ich will sofort Olaf sprechen!», schreie ich, und der ganze Bus hört mit. «SO-FORT!»

«Das geht gerade nicht. Er … er ist beschäftigt … Ach nein, warte, da kommt er.»

«Caro?» Es ist tatsächlich Olafs Stimme.

«Olaf, was ist da los? Wieso zieht Antje in unser Haus, in unser Schlafzimmer? Was treibt ihr da?»

«Wir treiben gar nichts. Jetzt beruhige dich erst mal.»

«Ich kann mich aber nicht beruhigen, wenn ich nicht weiß, was da vor sich geht, Olaf.»

«Ich erklär's dir, wenn du zurück bist. Das hat ja jetzt keinen Sinn. Du bist ja völlig hysterisch. Alles wird gut, Schatz.»

«Aber ich …»

«Geht's dir gut? Genießt du deine Reise?»

Was soll das denn jetzt? Plauderstündchen? «Nein!», protestiere ich. «Ich meine: Ja! … Olaf, was ist da los?»

«Ich wollte in Ruhe mit dir reden, aber es hat ja gar keinen Sinn. Ich leg jetzt auf. Wir sprechen, wenn du zurück bist. Pass auf dich auf. Bis bald. Tschü-üss.»

Aufgelegt. Einfach das Gespräch beendet. Ich starre mein Handy an und atme schwer. So kann er doch nicht mit mir umgehen!

Matti nimmt mir behutsam das Telefon aus der Hand und verhindert durch mitfühlendes Streicheln meines Arms einen unkontrollierten Gewaltausbruch. «Das kriegen wir schon hin. Da muss du nicht allein durch.»

Ich bin zu aufgewühlt, um was zu sagen. Da passieren Dinge weit weg von mir, die mein ganzes Leben betreffen. Da zieht eine Frau in mein Ferienhaus, um sich dort mit meinem Mann zu vergnügen – ganz schamlos. Unglaublich.

«Schlimmer wäre, wenn sie bei euch in Berlin eingezogen wäre», murmelt Matti.

«Nur über meine Leiche.»

«Sag so was nicht», sagt Matti und öffnet eine Flasche Wasser. «Das geht schneller, als du glaubst.»

Pling!

Matti erstarrt in ihrer Bewegung und liest mir die eingetroffene Nachricht von meinem Handy vor: *Komm nach dem Urlaub bitte direkt ins Ferienhaus. Ella kommt auch. Muss dringend mit euch reden. Olaf*

Plötzlich macht der Bus eine Vollbremsung, und wir rutschen alle nach vorn, denn nur die wenigsten Reisenden sind angeschnallt. Ich knalle mit dem Kopf an den Vordersitz. Matti verschüttet das Wasser. Etliche Taschen fallen aus den Ablagen, ein Mülleimer im Gang kippt um. Dann herrscht mit einem Mal gespenstische Ruhe. Der Bus steht.

Was ist passiert? Ein Unfall? Der Blick aus dem Fenster klärt auf: Schafe. Hunderte von Schafen versperren den Weg. Jetzt hören wir ihr Blöken.

Für den Busfahrer und seinen Anspruch an deutsche Pünktlichkeit muss das ein Albtraum sein. Aber er steht gelassen auf, beruhigt die Fahrgäste und lächelt entspannt, denn er scheint das gewohnt zu sein. Am Ende ist er halt doch Grieche. Und Schafe sind höhere Gewalt.

«That happens a lot in Albania!», sagt er laut, und alle lachen.

Ich beuge mich über Matti und schaue auf die Tiere hinunter, die sich langsam um den Bus herumbewegen – ein ruhiges Meer aus Wolle.

Ohne Eile folgen sie ihrer eigenen Ordnung, ihrem eigenen Tempo. Und der Schäfer hat es erst recht nicht eilig.

Wie die Schafe um den Bus kreisen meine Gedanken um Olaf. Was er wohl mit mir und Ella besprechen will? Vielleicht die Trennung? Sein neues Leben mit einer neuen Frau?

«Vielleicht hätte ich doch nicht ohne Olaf wegfahren sollen», murmele ich und lehne mich wieder zurück.

«Was? Nein!», protestiert Matti.

«Aber vielleicht kann Olaf einfach nicht allein sein? Vielleicht hab ich ihn erst dazu gebracht, sich von einer anderen Frau trösten zu lassen. Kann doch sein?»

«Nein! Kann absolut nicht sein! Spinnst du? Du bist doch nicht schuld, wenn dein Mann dich betrügt! Geht's noch?»

Aber da werden Entscheidungen getroffen, die ich nicht beeinflussen kann, denke ich. Olaf stellt mich vor vollendete Tatsachen. Damit hätte ich niemals gerechnet.

Matti bleibt optimistisch. «Vielleicht gibt es doch noch für alles eine plausible Erklärung. Warte ab!»

Ich fühle mich so ohnmächtig. Stumm beobachte ich die Schafe, die seelenruhig das große Hindernis umgehen, ohne in Aufregung zu verfallen. Ruhig und kontrolliert. Beeindruckend.

19
Meteora

DIE LANDSCHAFT HAT SICH VERÄNDERT. Nachdem wir die Ebene des Pamvotis-Sees verlassen haben, ist die Gegend rauer und bergiger geworden. Und wunderschön vor dem strahlend blauen Himmel. Routiniert führt uns der albanische Busfahrer durch das mächtige nordgriechische Pindos-Gebirge, dessen höchster Gipfel über 2600 Meter hoch ist.

«Hier kann man sogar Ski fahren. Wusstest du das?», fragt Matti, die von Minute zu Minute unruhiger wird und nervös mit den Beinen wackelt, während sie aus dem Fenster schaut. Das Wetter schlägt um, wie das im Gebirge sehr schnell passiert, und innerhalb weniger Minuten ist der Himmel bedeckt.

«Was ist los mit dir?», frage ich sie.

«Nichts, wieso?»

«Weil du rumzuckst wie ein Wackelpudding auf Kopfsteinpflaster.»

Die Stimmung im Bus ist seltsam ruhig. Niemand redet mehr. Alle schauen aus ihren Fenstern, weil die Landschaft immer atemberaubender wird. Auch mir verschlägt es die Sprache. Olaf, Berlin, die Ostsee sind plötzlich ganz weit weg.

Dann tauchen sie vor uns am Himmel auf – die schwebenden Klöster von Meteora. Sie scheinen tatsächlich zu schweben, denn die Wolken hängen tief zwischen den Felsspitzen, die wie Stalagmiten Hunderte Meter in den Himmel emporragen. Dazwischen nahezu unüberwindbare Täler. Und ganz oben auf den Spitzen der Felsnadeln, über dem Abgrund, thronen in Stein gemauert die Klöster. Uneinnehmbare Festungen, in denen Mönche und Nonnen bis heute ihren Glauben leben. Natürlich nicht unter einem Dach.

«Kennst du diesen Film?», fragt Matti völlig unvermittelt, ohne ihren Blick von der Landschaft abzuwenden.

«Äh … nein, *diesen* einen kenne ich nicht. Aber es würde die Sache erleichtern, wenn du etwas präziser werden könntest.»

«Na, diesen Liebesfilm, der hier spielt – *Meteora*.»

«Nie gehört.»

«Es geht um einen Mönch und eine Nonne, die in verschiedenen Klöstern auf gegenüberliegenden Felsen leben.»

«Klingt kompliziert», sage ich und kann mich beim besten Willen nicht erinnern, jemals von so einem heißen Blockbuster gehört zu haben.

«Ist es auch. Zuerst geben sie sich Lichtzeichen mit Spiegeln, dann treffen sie sich unter schwierigsten Umständen, denn sie müssen mühsam ins Tal runterklettern, um einander zu sehen.»

«Und sie müssen wieder rauf, stimmt's?»

«Genau. Sie bewältigen wahnsinnige Anstrengungen, um zusammen sein zu können.»

«Und? Lohnt es sich wenigstens?»

«Oh, du meinst, ob sie Sex haben? Ja klar! … Oder?» Jetzt wird Matti unsicher. «Mist! Das weiß ich gar nicht mehr, aber würde ja Sinn machen.»

«Also, in einem guten Blockbuster hätten sie Sex. Und natürlich Gewissensbisse, wegen des Zölibats und so …»

Matti nickt. «Ja, ich glaub auch. Das war aber so ein Arthouse-Film. Da wurde auch nicht viel gesprochen. Ich glaub, ich bin dann irgendwann eingeschlafen.»

«Klingt echt spannend», sage ich, weil ich nicht weiß, worauf sie eigentlich hinauswill.

«Trotzdem hat mich dieser Film unglaublich fasziniert. Weil er so anders war.»

«Wie, anders?» Langsam verliere ich die Geduld.

«Na, wegen der Message!»

«Welche Message denn? Bergsteigen hält fit?»

«Nein!» Sie sieht mich ernst an. «Liebe überwindet alle Hindernisse.»

Dazu fällt mir nichts ein, weil ich denke, dass Matti da etwas übertreibt. «Ist jetzt aber auch nicht so neu, die Botschaft. Ich meine, das ist doch der Kern aller Liebesgeschichten, oder? *Romeo und Julia*? *Pretty Woman*? Da geht's doch um nichts anderes.»

«Ja, schon, aber bei dem Mönch und der Nonne war das so … so wahrhaftig und so … rein. Da gab's auch keine andere Handlung. Nur die beiden. So romantisch!»

«Aha», sage ich und schweige. Seltsam, auf welchem Trip Matti gerade ist.

Wir nähern uns den Klöstern und dem Ort, in dem wir die nächsten zwei Tage verbringen werden: Kalambaki, am Fuße einer Felsgruppe, mit sechs noch erhaltenen und bewirtschafteten Klöstern der ehemals vierundzwanzig Anlagen. Der Anblick macht mir wieder einmal bewusst, wie großartig die Natur ist und wie klein der Mensch. Und als wir am Busbahnhof halten, wird mir noch etwas bewusst: Wir sind hier nicht die Einzigen, die sich dieses Weltkulturerbe anschauen wollen. Um uns herum stehen zig Reisebusse und endlos viele Gruppen, die alle die Klöster besichtigen wollen. Der Touristenandrang ist riesig. Aber Matti scheint das absolut nichts auszumachen. Sie will, nein, sie muss da rauf – daran gibt es keinen Zweifel. Sie scheint geradezu besessen zu sein von Meteora. Vielleicht sollte ich mir den Film doch mal anschauen.

«Wollen wir zuerst im Hotel einchecken?», frage ich, weil ich gerne erst mal ankommen würde, um dann in aller Ruhe einen Plan für die nächsten zwei Tage zu machen. Und ganz nebenbei ein paar Bahnen im Pool zu ziehen und faul in der Sonne zu liegen, denn wir haben hier ausnahmsweise mal ein schickeres Hotel gebucht, das uns Ilektra wärmstens empfohlen hat.

Aber Matti ist anderer Meinung. Sie will zuerst die Klostertouren buchen und rennt schon ins nächste Reisebüro. Das Angebot der vielen unterschiedlichen Touren überfordert uns allerdings, und wir beschließen, doch erst zum Hotel zu marschieren und uns dort einen Guide und eine Route empfehlen zu lassen.

Kalambaki ist zwar auf den ersten Blick überschaubar, denn egal, wie man sich dreht und wendet – an einer Seite schaut man immer auf die bizarren Felswände, was schon ein seltsames Gefühl der Beklemmung in mir hervorruft. Auf den zweiten Blick entpuppt sich der Ort aber als Herausforderung, weil die Gassen und Straßen völlig ungeordnet und verwirrend verlaufen, also weder geradlinig noch rechtwinkelig.

Dann haben wir unser Guesthouse endlich gefunden. Ilektra hat nicht zu viel versprochen und uns offenbar schon angekündigt, denn die sehr nette Besitzerin freut sich, Freunde von Ilektra zu Gast zu haben. Sie empfiehlt uns die Sonnenuntergangstour mit ihrem Mann Demetri, der um 16.30 Uhr mit einer kleinen Gruppe aufbricht.

Das klingt gut. Zuerst beziehen wir aber unser Doppelzimmer. Es ist groß und hat einen Balkon zum Pool, der sehr einladend aussieht. Zudem sind alle Liegen leer. Das schreit geradezu nach einem ausgiebigen Sonnenbad! Ich komme!

Aber Matti macht mir einen Strich durch die Rechnung. «Du willst doch jetzt nicht etwa an den Pool, oder?»

Ich bin zugegebenermaßen etwas irritiert über diese seltsame Frage. «Doch, eigentlich schon.»

Aber sie schüttelt vehement den Kopf. «Auf gar keinen Fall. Überleg mal, wo wir hier sind. Das ist ein mystischer Ort. Außerdem ein Weltkulturerbe!»

Ich nicke und suche mein Handtuch. «Ja, ja, schon klar, aber bis wir abgeholt werden, ist ja noch etwas hin.»

«Eben. Caro, wir sind nur zwei Tage hier. Das müssen wir ausnutzen. Da reicht doch so eine Sunset-Tour nicht aus!»

«Mir schon. Wir haben schließlich morgen noch Zeit genug.»

«Aber das ist Zeitverschwendung. Sieh doch mal da raus! Das müssen wir uns ansehen. Deshalb sind wir doch hier!»

Matti klingt verzweifelt und fanatisch gleichzeitig. Was ist nur los mit ihr? Langsam mache ich mir Sorgen.

«Hör mal, ich würde gerne einfach noch etwas hierbleiben und mich entspannen, was lesen, was essen, mehr nicht. Aber geh doch alleine auf Erkundungstour, und später komme ich dann mit.»

Meine Freundin schaut mich an, als sei ich komplett verrückt geworden. Sie nickt und geht ohne ein Wort.

«Wir sehen uns dann so gegen vier?», frage ich noch, aber sie antwortet nicht.

Wenig später gehe ich mit einem Handtuch, Handy und Buch an den Pool und genieße es, allein zu sein. Stöpsel ins Ohr, lauschige Musik und abtauchen – das würde ich jetzt gern. Aber ich kann mich weder auf mein Buch noch auf die Musik konzentrieren. Immer wieder frage ich mich, ob ich nicht vielleicht doch hätte mitgehen sollen. Ob Matti jetzt sauer ist und ob ich eine schlechte Freundin bin. Andererseits macht *sie* ihre Alleingänge noch viel rabiater.

Sosehr ich es auch versuche, ich kann hier einfach nicht entspannen. Vielmehr fühle ich mich eingeengt durch die hohen Felsen, die mir die Fernsicht versperren und mich zu beobachten scheinen. Seltsam, alle schwärmen von diesen majestätischen Bergformationen, nur ich fühle mich durch sie bedroht. Vielleicht stimmt ja mit mir etwas nicht. Vielleicht bin ich einfach nicht mehr so offen und empfänglich für die Dinge zwischen Himmel und Erde. Früher war ich das doch, oder? Habe ich mich in den letzten Jahren so sehr verändert? Vielleicht ist das auch der Grund, weshalb es mit Olaf nicht mehr gut läuft. Es muss ja gar nichts mit Antje zu tun haben. Vermutlich bin ich das Problem. Bislang bin ich immer davon ausgegangen, dass Olaf das Problem ist. Dabei habe ich mich mit den Jahren auch ganz schön verändert – äußerlich und innerlich. Aussehen und Figur … geschenkt, aber innerlich bin ich mit mir und Olaf immer unzufriedener geworden. Doch anstatt die Dinge zu ändern und mit Olaf offen darüber zu reden, habe ich mich in Arbeit gestürzt. Olaf war das wiederum nur recht, weil er sowieso konfliktscheu ist. Da kann eine Ehe mit den Jahren ja nur unglücklicher werden.

Aus einem Impuls heraus will ich Olaf eine Nachricht schreiben, als im gleichen Moment eine Nachricht von ihm aufblinkt. Unheimlich, diese Gedankenübertragung. Es sind Strandfotos von ihm und Günni:

Günther und ich haben auch ohne dich Spaß, aber mit dir ist es schöner.

Macht er sich jetzt über mich lustig? Das Foto ist nämlich kein Selfie, und sicherlich hat Antje es geschossen. Tatsächlich muss ich zugeben, dass ich eifersüchtig bin. Warum sucht sie sich keinen anderen Mann? Warum ausgerechnet meinen? Aber … Moment, das ist der falsche Ansatz, denn es gehören immer zwei zum Tango, und Olaf ist an dieser Konstellation sicher nicht unschuldig.

Und das Ganze nur weil ich mal alleine Ferien machen wollte!?

Ich lasse mich auf meine Liege zurückfallen, schaue auf die Felswand und fühle mich mit einem Mal sehr klein und allein.

Zwei Stunden später freue ich mich über willkommene Ablenkung von meinen trüben Gedanken. Matti und ich werden von Demetri abgeholt, dem Mann unserer Hotelbesitzerin Xenia. Seit Matti von ihrem Spaziergang zurück ist, hat sie kaum ein Wort mit mir geredet. So nachtragend kenne ich sie gar nicht. Ich bin etwas verunsichert deswegen, warte aber erst mal ab.

Demetri ist ein freundlicher, kleiner, rundlicher Sechzigjähriger mit grauem Haar und passendem Dreitagebart, der sein Doppelkinn betont. Er trägt Jeans und ein blau kariertes Hemd, aus dem oben sein Brusthaar hervorblitzt. Mit einem sympathischen Lächeln und kräftigem Handschlag begrüßt er uns und öffnet schwungvoll die Schiebetür seines Mini-Busses. Im Inneren sitzt schon ein Paar. Deutsche. Sie ist vollschlank, vollgeschminkt und vollmundig duftend. Ihr schweres, süßes Parfum wabert durch den Bus und verursacht mir schon jetzt Übelkeit. Ihr Mann ist mindestens fünfundsiebzig und trägt einen weißen Strohhut. Er sieht aus wie der weltreisende Abenteuer-Opa, den ich gerne gehabt hätte.

«Hereinspaziert, wir sind Gitti und Friedhelm aus Meppelstedt», ruft er und rückt etwas näher an seine Frau heran, um für uns Platz zu machen. Nur gibt's da eigentlich nichts mehr zu rücken, wenn er nicht auf dem Schoß seiner Gattin sitzen will.

«Kommen Sie, Schätzchen!», ruft mir die Frau zu, nachdem Matti eingestiegen ist. «Rutschen Sie rein! Platz ist in der kleinsten Hütte!»

«Hallo», sage ich und quetsche mich neben Matti, die uns auch gleich vorstellt.

Wie die Hühner auf der Stange sitzen wir in einer Reihe, obwohl im Bus noch einige Plätze frei sind. Aber Demetri macht ein paar Schlenker durch die Stadt und sammelt unterwegs noch ein russisches Pärchen auf Hochzeitsreise ein und ein spanisches Paar in unserem Alter. Eine interessante Mischung an Leuten, die sich unter normalen Umständen vermutlich nie begegnet wären und die nun die nächsten vier Stunden zusammen verbringen werden.

Demetris Englisch ist so schlecht, dass ich nur Bruchstücke seines Vortrags erahnen kann. Gut, dass mir Matti schon seit Tagen die wichtigsten Infos über Meteora predigt. Mit dem Bus fahren wir hoch zu dem Felsplateau, das die mittelalterlichen Klöster miteinander verbindet. Auf dem Weg nach oben halten wir gefühlt alle zehn Meter, um die Aussicht zu genießen und Fotos zu machen. Zu Recht, denn nach jeder Kurve bietet sich ein neuer unglaublicher Blick auf die Gotteshäuser auf den Spitzen der Felstürme. Ab dem 11. Jahrhundert wurden sie mühsam von Eremiten erbaut, die von den Bewohnern der Gegend wie Heilige verehrt wurden. Die Mönche konnten ihre Klöster teilweise nur mit Strickleitern oder Netzen an Seilzügen erreichen, so abgeschieden wollten sie sein, um jenseits der Zivilisation nur in ihrer Gemeinschaft zu beten und zu meditieren.

Methamórphosis ist das erste der zwei Klöster, die wir heute besichtigen, und es ist das größte der noch sechs bewohnten Gotteshäuser. Wir erreichen es mühsam über Treppen, die erst sehr viel später gebaut wurden. Wegen der Anstrengung des Aufstiegs lassen Gitti und ihr Mann die Besichtigung des Klosters aus, das sie vor Jahren angeblich schon mehrmals besucht haben.

Serpentinenartig laufen wir den mehr als sechshundert Meter steil aufragenden Fels wie eine Ameisenarmee mit Hunderten anderer Touristen an der Felswand hoch. Am Eingang angekommen, erklärt man uns, dass Frauen, die Shorts tragen, ihre Beine mit einem der vielen bunt gewebten Tücher verdecken müssen, die am Eingang ausliegen. Matti und ich wickeln uns die Tücher um die Hüften und sehen aus wie zwei unförmige Tonnen. Dann treten wir ein.

Innerhalb der beeindruckenden Klosteranlage begegnen uns überall Mönche, die ihrer Arbeit nachgehen und sich von den herumlungernden Touristen absolut nicht aus der Ruhe bringen lassen. Das russische Paar bittet mich, Fotos von ihnen zu machen, was ich normalerweise gerne tue, doch es ist mir fast peinlich, ihnen den Wunsch zu erfüllen, denn sie wollen ständig knutschend fotografiert werden. Im Gegensatz zu mir scheint den beiden gar nichts peinlich zu sein. Sobald kein Mönch in der Nähe ist, knutschen und fummeln sie sich hemmungslos in jeder dunklen Ecke ab, und davon gibt es hier viele. Und wenn sie nicht rummachen, machen sie Selfies.

Was ihnen an Spirit fehlt, fühle ich für mich hier im Übermaß. Die ganze Wut, meine Zweifel und Ohnmacht, die ich Olaf gegenüber unten am Pool noch empfand, sind betäubt vom Geist und von der friedlichen Atmosphäre hier oben. Je mehr ich von Meteora sehe und erlebe, desto ergriffener bin ich. Und ich fühle mich zunehmend erleichtert, denn die Gedanken lagen mir schwer auf der Seele. Aber hier oben fühle ich mich seltsam schwerelos.

Leider geht es dem spanischen Ehepaar aus unserer Fahrgemeinschaft nicht so. Von Beginn der Tour an haben sie schlechte Laune verbreitet, und jetzt beginnen die beiden ausgerechnet hier zu streiten. Oder vielleicht gerade hier, um sich zu erleichtern. Der Wortwechsel ist laut und unerbittlich. Ich verstehe nicht eine Silbe, aber offenbar will keiner der beiden nachgeben. Ein Streit, der sich ausgerechnet hier entladen muss, an diesem Ort der Stille, in einer Sprache, die wie ein Hackebeil die Ruhe zerteilt. Auf einer Skala von 1 bis 10 liegt der Fremdschämfaktor für beide Paare bei 20.

Ich versuche, mich so weit wie möglich von ihnen fernzuhalten. Beeindruckt vom Anblick der Jahrhunderte alten Wandmalereien, die vom Martyrium der Christen erzählen und mit ihren schrecklichen Folterszenen so brutal wie faszinierend sind, schreite ich durch die Klosterkirche. Faszinierend sind auch die Gärten der Mönche und die atemberaubende Aussicht.

Matti ist noch immer sehr schweigsam. Auch sie scheint dieser Ort in seinen Bann zu ziehen.

Nach einer Stunde treffen wir uns alle am Bus und fahren zum Kloster *Agios Stéphanos*, das über eine Straße gut erreichbar ist und erst seit 1961 von Nonnen bewohnt und bewirtschaftet wird. Neben der unglaublichen Aussicht sind die Klostergärten hier ganz besonders sehenswert. Die Nonnen haben sich zudem bis heute der Ikonenmalerei verschrieben, um die Fresken der Gläubigen, die vor ihnen hier gelebt haben, zu erhalten. Matti ist so beeindruckt von der meditativen Maltechnik, dass sie sie sich von einer der Nonnen zeigen lässt. Im Souvenirshop kauft sie schließlich ein kleines Ikonenbildnis, bevor wir zum Felsplateau fahren, von dem aus wir den Sonnenuntergang sehen werden.

Auch während der Weiterfahrt ist Matti noch immer in sich gekehrt und still. Sie möchte allein sein, das hat sie mir eindeutig zu verstehen gegeben.

Was wir dann auf dem Felsplateau erleben, ist schlichtweg atemberaubend. Vor unseren Augen findet ein Naturschauspiel statt, das kaum zu überbieten ist. Wir stehen auf einem Felsen und überblicken nicht nur die schier unendlich weite Ebene, sondern schauen auch auf einige der Meteora-Klöster hinab, die auf ihren Felssäulen thronen wie Storchennester auf einem Strommast. Die Sonne färbt sich langsam orange und taucht die umliegenden Felsformationen in ein magisches Licht, das ich sonst nur von kitschigen Postkarten und Fototapeten aus 70er-Jahre-Reisebüros kenne. Diese Stimmung hier oben überragt die Stille im Kloster um einiges. Gitti und ihr Friedhelm sitzen händchenhaltend auf einem Stein und schauen in die Ferne. Und sogar die Russen und die Spanier sitzen paarweise eng beieinander, schweigen und staunen.

Dieser Sonnenuntergang ist ein ganz besonderer Moment, den ich jetzt auch gerne mit jemandem teilen würde. Ein tiefer Seufzer entgleitet mir. Ja, ich gebe zu: Olaf fehlt mir. Er müsste jetzt hier sein, denn ich weiß, dass er diesen Augenblick auch genießen würde. Früher hätte er das jedenfalls getan. Dabei kann ich mich nicht erinnern, wann wir das letzte Mal einen Sonnenuntergang gemeinsam gesehen haben. Ich schätze, ich habe mit meinem Mann mehr Fußballspiele im Fernsehen angeschaut als Sonnenuntergänge in freier Natur. Momentan fühlt es sich so an, als wäre ich als Stammspielerin dauerhaft auf die Ersatzbank geschickt worden.

Und wenn das mit Olaf und Antje nur eine Affäre ist? Wenn er mich gar nicht verlassen will? Will ich ihn dann noch?

Als die Sonne fast am Horizont verschwindet, fällt mir auf, dass Matti fehlt. Sie ist nicht in unserer Nähe. Ich schaue mich überall um, kann sie aber nicht entdecken. Sie ist verschwunden. Langsam wird mir mulmig. Ich informiere Demetri und die anderen der Gruppe, damit wir gemeinsam nach ihr suchen. Mit jeder Minute, die vergeht, wird meine Angst um sie größer. Was, wenn sie irgendwo abgestürzt ist? Und niemand hat es gemerkt!? Nicht mal ich, ihre beste Freundin! Ich mache mir schreckliche Vorwürfe, weil ich ihr nicht genug Aufmerksamkeit geschenkt habe, obwohl sie in dieser seltsamen Meteora-Stimmung war, so ungewohnt ruhig, still und nachdenklich. Vielleicht war sie depressiv, und ich habe es nicht bemerkt?

Dann erinnere ich mich, wo ich Matti zuletzt gesehen habe. Das war etwas weiter unterhalb an einer Böschung. Dahinter lag ein kleiner Felsvorsprung, wie ein Balkon. Obwohl ich mir kaum vorstellen kann, dass Matti dort ist, will ich es nicht ausschließen und kämpfe mich durch die Böschung. Der Felsbalkon hat allerdings keine Brüstung, nichts, woran man sich festhalten kann, nichts, was einen vor einem Sturz bewahrt. Nach etwa zwei Metern führt der Vorsprung Hunderte Meter in die Tiefe. Ganz vorsichtig nähere ich mich Zentimeter für Zentimeter dem Abgrund, um hinunterzuschauen, aber obwohl ich keine Höhenangst habe, wird mir hier mulmig, denn zu allem Überfluss kommt mit der untergehenden Sonne ein Wind auf. Also gehe ich auf die Knie und krieche langsam zur Kante vor. Ich schwitze und spüre mein Herz so wild schlagen, dass ich fürchte, es reißt mich in den Abgrund.

«Was machst du da?», höre ich plötzlich Mattis vertraute Stimme und erstarre. War das eine Halluzination?

Ich drehe den Kopf – und tatsächlich: Matti kauert hinter der

Böschung auf der anderen Hälfte des Felsvorsprungs! Ihr Gesicht ist total verheult.

«Matti! Ich habe dich überall gesucht! Was ist passiert?» Ich gehe vorsichtig zu ihr und war noch nie so froh, meine Freundin, Schwester, Verbündete, Kollegin und Mitstreiterin zu sehen. Am liebsten würde ich sie umarmen und nicht mehr loslassen, aber das wäre viel zu riskant.

«Viel. Es ist so viel passiert», schluchzt sie.

«Komm, lass uns erst mal hier runtergehen. Das ist viel zu gefährlich.» Ich reiche ihr beide Hände, aber sie rührt sich nicht.

«Ich kann nicht.»

«Was? Wieso denn?», frage ich und vermute eine Art Angststarre. Irgendwo habe ich mal gelesen, dass Menschen völlig überraschend von Ängsten ergriffen werden können und dann wie gelähmt sind. «Komm, ich helfe dir.»

Von oben hören wir die anderen der Gruppe nach Matti rufen. Sie aber schüttelt den Kopf und streckt mühsam das bislang eingeknickte rechte Bein aus – und dann sehe ich den Grund. Mattis Knöchel ist aufgeschürft und angeschwollen.

«Ich kann nicht», wiederholt sie.

Ich rücke näher an sie heran, und mit einem Mal fällt sie mir um den Hals und weint bitterlich. «Ich … kann nicht mehr, Caro! Alles ist so schwierig!»

Ich wiege sie in meinem Arm und blicke über die weite Ebene, die immer mehr von der aufziehenden Dunkelheit verschluckt wird. «Das wird schon wieder. Ist doch nur der Knöchel.» Mein Trost klingt wenig überzeugend.

Matti schaut mich traurig an und schüttelt den Kopf. «Du verstehst es nicht. Es ist nicht der Knöchel. Es ist … alles. Ich …» Sie schluckt und zieht die Nase hoch. Doch sosehr sie es auch versucht, Matti kann ihre Gefühle nicht länger zurückhalten und weint wie ein Kind. «Ich … hasse … mein Leben!»

Nichts. Ich weiß nichts über die Frau, von der ich immer dachte, dass sie mir nahesteht. Dass ich in ihre Seele schauen und in ihrem Gesicht lesen kann. Wo ist dieser Mensch, der immer optimistisch und gut gelaunt ist, der andere motivieren und mobilisieren kann und stets positiv denkt? Und wer ist diese verletzte Frau in meinen Armen? Tausend Fragen rauschen durch meinen Kopf, doch ich werde die Antworten hier und jetzt nicht bekommen, denn es wird dunkel.

«Here! We are here!», rufe ich, so laut ich kann.

Xenia hat im Hotel schon Eisbeutel und schmerzlindernde Salben bereitgelegt und kümmert sich sofort um Mattis Knöchel. Zum Glück scheint er nur verstaucht zu sein. Matti ist umgeknickt, als sie versucht hat, durch das Gebüsch auf den Felsvorsprung zu gelangen. Der Schmerz hat sie so sehr überrascht, dass plötzlich alles aus ihr herausbrach, was sich die letzten Wochen und Monate aufgestaut hatte. Es musste einfach heraus.

Jetzt sitzen wir bei einem kalten Mythos-Bierchen am Pool, lassen drei Beine im Wasser baumeln, und ich versuche zu verstehen, was mit meiner besten Freundin los ist.

«Ich hab nur dagesessen und geheult.»

«Aber warum denn?»

«Keine Ahnung. Es überkam mich plötzlich, und ich konnte nicht damit umgehen.»

«Womit umgehen?»

Matti trinkt einen großen Schluck Bier, um Anlauf für die Antwort zu nehmen. «Das Alter.» Noch ein Schluck, um das Wort hinunterzuspülen. «Ich werde älter und habe alles falsch gemacht. Wenn ich zurückblicke, sind da nur Trümmer.»

«Unsinn! Wie kommst du denn darauf?» Floskeln – aber was soll ich denn sonst sagen? Es ist ein schwieriges Thema, das weiß ich selbst am besten.

«Ach, Caro, ich bin komplett beziehungsunfähig. Meine Ehe – gescheitert. Die Sache mit Jean-Luc – gescheitert. Das Baby, das ich nicht haben wollte – tot. Sämtliche Beziehungen nach meiner Ehe – gescheitert. Und ich werde einfach nicht schlauer. Wie ein Kind, das sich ständig die Hand an der Herdplatte verbrennt, weil es nichts dazugelernt hat. Ich meine, ich verbrenne mir doch an jedem Kerl, der mir schöne Augen macht, die Finger. Und jedes Mal stürze ich tiefer, wenn ich merke, dass es nicht funktioniert. Ich wünsche mir so sehr, jemanden zu finden, der zu mir passt, dass ich jeden nehme. Verstehst du? Und sobald ich merke, dass es nicht passt, schieße ich ihn ab und suche weiter. Das ist doch krank!»

«Aber ist das nicht normal?»

«Nein! Du bist ganz anders. Du lebst mit einem Mann, der dich liebt. In guten wie in schlechten Zeiten.»

Ich puste in die Luft und lache gequält. «Wer sagt denn so was? Olaf betrügt mich. Hast du doch selbst mitgekriegt!»

Matti nickt. «Wenn es so ist, dann ist es so. Aber ich sehe doch, was ihr habt.»

Jetzt muss ich erneut lachen. «Dann brauchst du eine Brille. Olaf nimmt mich schon seit Jahren nicht mehr als Frau wahr, sondern nur als die Person, mit der er zusammenlebt, die sich ums Haus, seine Wäsche und ums Kind kümmert. Und jetzt kümmert er sich um die Ferienhausnachbarin aus Brunsbüttel. So sieht's aus.»

«Ich glaub das ja nicht. Aber egal, warum – kämpfe um ihn!»

Mein Blick fällt auf die Felswände. «Keine Ahnung, ob ich das überhaupt noch will. Vielleicht ist es ja auch *die* Gelegenheit, um aus der Nummer rauszukommen.»

«Dann finde es heraus!»

«Sagt die Blinde zur Einäugigen.»

«Moment, wer ist hier blind und wer einäugig?» Jetzt lacht Matti wieder, was mich unglaublich erleichtert. «Es ist nur … weißt du eigentlich, dass ich dich immer um deine Ehe beneidet habe? Dein Mann ist witzig, klug und charmant. Und er respektiert dich.»

«Von wem redest du?», wundere ich mich.

«Komm schon. Oder hast du vergessen, weshalb du ihn geheiratet hast? Olaf hat Charme, und er sieht immer noch ganz gut aus. Ihr zwei wart meine Hoffnung …»

«Matti! Unsere Ehe ist eine Anhäufung von Kompromissen!»

«Aber warum macht ihr denn Kompromisse? Doch nur um euch nicht zu verlieren. Weil ihr euch liebt. Und abgesehen davon – die perfekte Beziehung gibt es nicht. Glaub mir. Ich suche sie schon seit Jahrzehnten.»

Ich werde nachdenklich. «Keine Ahnung, Matti. Vielleicht ist da was dran. Vielleicht sind wir aber auch nur noch aus Angst vor dem Alleinsein oder aus reiner Bequemlichkeit zusammen.»

«Ich sage es noch mal: Dann finde es heraus!»

«Aber das versuche ich doch gerade! Jetzt und hier! Aber was macht er? Nimmt sich sofort 'ne andere.»

«Ach, Hase! Du misst dem zu viel Bedeutung bei. Du bist doch keine zwanzig mehr. In unserem Alter ist doch ein Seitensprung verzeihbar. Da geht's doch um viel Größeres.»

«Ja, vielleicht hast du recht. Vielleicht auch nicht», sage ich. «Wie viele Kompromisse soll man eingehen?»

«Keine Ahnung.» Matti macht mit ihrem gesunden Fuß ein paar Wellen im Pool. Dem anderen geht es schon besser, die Schwellung ist etwas zurückgegangen.

«Ich bin froh, dass du diesen Urlaub mit mir machst, Caro.»

«Wirklich?»

«Ja, es tut gut, mit dir zu reden. Ich glaub, ich brauch 'ne Therapie.»

«Ich glaub, du musst es einfach mal langsam angehen lassen.»

Wieder lacht sie. «Oder du musst es schneller angehen lassen, wenn du demnächst Single bist. Ich könnte dir da Tipps geben.»

«Weißt du, dass ich dich um dein Singleleben auch oft beneidet habe? Unabhängig sein, niemanden fragen müssen, sich mit niemandem absprechen müssen, für niemanden kochen müssen und nur den eigenen Dreck wegmachen. Davon träume ich.»

Matti lacht. «Vielleicht tauschen wir einfach.»

«Willst du Olafs Unterhosen waschen?»

«Nee, lass mal.»

Eine Weile starren wir schweigend aufs Wasser. Dieser Abend tut uns beiden so gut. Obwohl wir uns schon ewig kennen, wissen wir eben doch nicht alles voneinander.

«Habt ihr noch Sex, Olaf und du?»

Ich seufze. «Nein, das heißt ja, aber nicht … mehr oft.»

«Und ist es dann gut?»

«Och … ja, schon … irgendwie.»

«Klingt nicht sehr überzeugend.»

«Hat auch seine Vorteile. Man lebt stressfreier, kriegt keine Geschlechtskrankheiten und stellt keine hohen Erwartungen, weshalb auch keine Enttäuschungen folgen.»

Matti schaut mich irritiert an.

«Ganz so schlimm ist es nicht», beruhige ich sie.

Matti macht noch ein paar Wellen und legt die Stirn in Falten. «Beknackt: Du lebst in einer Beziehung, in der du ständig Sex haben könntest, hast ihn aber nicht. Ich habe keine Beziehung, aber ständig Sex. Und wir sind beide weder glücklich noch befriedigt.»

Ich muss grinsen. «Tja, dann also doch kein Tausch?»

Wir lachen und reden noch eine ganze Weile weiter. Wir reden und reden und reden. Über alte und neue Zeiten, alte und neue Freunde. Wir machen Selfies und schicken sie unseren Töchtern, die sich überraschenderweise gleich zurückmelden und uns Fotos von sich schicken. Aus Venedig!

Sofort beschließt Matti, sie anzurufen. «Was macht ihr in Venedig?», fragt sie verwundert und stellt das Telefon auf Mithören.

So wie wir hängen auch Jo und Ella zusammen am Telefon.

«Das ist alles total verrückt, Mama! Wir sitzen auf dem leeren Markusplatz und feiern das Leben und schauen uns die Sterne an. So viele Sterne, unglaublich!»

«Na, das ist mal 'ne Aussage!», sage ich.

«Gib mir mal», höre ich Ellas Stimme. «Mama? Es ist total abgefahren – hier ist kein Mensch! Die ganzen Massen sind plötzlich alle weg.» Dann hören wir die Mädchen lachen.

Matti und ich werfen uns skeptische Blicke zu.

«Ella, seid ihr betrunken oder bekifft?», frage ich.

Jetzt kichern sie albern.

«Ich glaube ... beides», sagt Ella.

Matti rückt näher ans Telefon. «Jo?! Seid ihr allein?»

«Ja, total allein! Ganz allein. Hier sind nur wir. Und Millionen Sterne.» Jo klingt sehr fasziniert.

«Wo wohnt ihr denn?», will Matti wissen.

«In einer superschönen Villa. Bei den Eltern von Lorenzo.»

Ich versteh gar nichts mehr. «Wer ist Lorenzo?»

«Der Freund von Ella.»

«Ich denke, der kommt aus München?», hake ich nach, glücklich, dass ich mir das gemerkt habe. «Jo, gib mir Ella noch mal.»

«Ja?» Ella klingt etwas müde.

«Schatz, wer ist Lorenzo? Und was ist mit dem Studenten aus München passiert?»

«Der heißt Jonas und ist jetzt mit Jo zusammen. Lorenzo ist sein Freund.»

«Nein, Lorenzo ist dein Freund», lallt Jo im Hintergrund.

Jetzt übernimmt Matti wieder: «Ist das immer noch die Clique aus Barcelona?»

«Genau! Woher wisst ihr das? Krass, was ihr alles wisst!»

Wir sind eure Mütter!, will ich sagen, lasse es aber lieber und frage stattdessen: «Wie lange bleibt ihr in Venedig?»

«Wissen wir noch nicht», sagt Ella.

«Und wohin geht's dann?»

«Wissen wir auch noch nicht», antwortet Jo. Und im Hintergrund ruft Ella: «Wohin der Wind uns trägt!»

Stelle ich zu viele Fragen? «Bitte passt auf euch auf! Ja?», flehe ich.

«Ja, ja, machen wir.» Jo klingt total abgedroschen.

«Mama, mach dir keine Sorgen!» Jetzt ist Ella wieder dran. «Is' alles gut hier! Tutto va bene! Ciao, bella!»

«Ciao, ihr zwei Süßen», ruft Matti ins Telefon.

«Ciao, bambini», sage ich und beende das Gespräch. Etwas überrumpelt sehe ich Matti an. «Sie sind erwachsen.»

«Nein, niemals!», sagt Matti und nimmt meine Hand. «Komm!»

Wir verlassen das Guesthouse und gehen durch den Ort. Matti humpelt mehr, als dass sie läuft. Aber sie hat offenbar ein Ziel.

«Wo gehen wir eigentlich hin?», frage ich nach zehn Minuten.

«Überraschung. Wir sind gleich da.»

Nach einem kurzen Anstieg hinter dem Ortsausgang, der Mattis Knöchel doch ziemlich zusetzt, setzen wir uns auf eine kleine Anhöhe.

«Hier warten wir.»

«Worauf?»

«Auf den Sonnenaufgang.»

Wir schauen auf die weite Ebene und staunen über das orange Farbspiel der aufgehenden Sonne, als wäre es das erste Mal. Aber irgendwie ist ein Sonnenaufgang ja auch immer ein erstes Mal, schließlich ist jeder Tag ein Neuanfang.

Als es neben uns raschelt, erschrecken wir und fürchten schon, eine Schlange könnte aus dem Gebüsch kriechen, was in dieser Gegend keine Seltenheit wäre. Auf den Wegen haben wir einige Schlangenhäute liegen sehen. Doch es ist nur eine Schildkröte, die neugierig den faltigen Kopf unter ihrem Panzer emporstreckt und sich zu uns gesellt, um ebenfalls den Sonnenaufgang zu bestaunen.

«Vielleicht ist das ihr Platz hier», flüstert Matti.

«Könnte sein», sage ich und rücke etwas zur Seite.

Gemeinsam sitzen wir da, wie drei alte Freundinnen, und beobachten den Beginn des neuen Tages. Es ist magisch – das Licht, die Stimmung und diese seltsame Dreierkonstellation. Nach einer Viertelstunde ist die Schildkröte verschwunden – ohne ein Wort.

Auf dem Rückweg zum Guesthouse muss ich Matti stützen, weil sie wieder Schmerzen hat. Zum Glück erlaubt uns Xenia, das Zimmer ohne Aufpreis bis zum Nachmittag zu nutzen, denn unser Zug nach Thessaloniki fährt erst später. Todmüde fallen wir auf unsere Betten und verschlafen den halben Tag, bevor wir uns von Xenia und Demetri verabschieden, die uns noch ein dickes Fresspaket mitgeben. Dann gehen wir zum Bahnhof, um den Zug nach Thessaloniki zu bekommen und machen uns auf den Rückweg nach Norden.

Erstmals kommen wir nun in den Genuss des griechischen Schienennetzes. Der wirklich hübsche kleine Bahnhof von Kalambaka mit seinem einladend gelben Bahnhofsgebäude wie aus einem Kinderfilm hat nirgends eine Anzeigetafel. Da es aber nur zwei Richtungen gibt – von Athen nach Thessaloniki und umgekehrt –, finden wir schnell heraus, welches der beiden Gleise das richtige ist. Unser Zug hat auch nur zehn Minuten Verspätung. Also einsteigen, abfahren, fertig. Es könnte so einfach sein. Aber anders als geplant fährt dieser Zug nicht direkt, sondern wir müssen auf halber Strecke in Trikala umsteigen und stundenlang auf den nächsten Zug warten. Und warten. Und warten. Und warten. Wir sind müde, und sinnloses Warten an Orten, die absolut öde sind, ist sinnlose Zeitverschwendung und führt außerdem zu seltsamen Gedanken. Das ist kein Problem, wenn man zwanzig ist und das Leben vor einem liegt, aber blöd, wenn das Leben über dem Zenit ist. Denn die Zeit wird knapp, und das Letzte, was ich will, ist, meine kostbare Zeit auf einem Einöd-Bahnhof mitten in der griechischen Pampa irgendwo zwischen Athen und Thessaloniki zu verbringen. Schlimmer noch ist die Vorstellung, hier sterben zu müssen. Das Risiko, mit Ende vierzig an Herzversagen zu sterben, ist doch um ein Vielfaches größer als mit Anfang zwanzig. Deshalb sollte man mit über vierzig öde Orte tunlichst meiden. Zu groß ist die Wahrscheinlichkeit, hier unbemerkt von der Welt abzutreten. Denke ich und warte.

Wir verbringen über drei Stunden unserer kostbaren Restlebenszeit damit, auf einen weiteren Bummelzug zu warten, der uns hier wegbringt. Im Schleichtempo! Denn für eine lächerliche Strecke von 256,6 Kilometern benötigen wir fast sechs Stunden. Das ist kein Abenteuer mehr, das ist Schikane!

«Dafür bin ich echt zu alt!», denke ich laut.

«Quatsch, das gehört dazu!» Da ist sie wieder, die immer positive Matti, die Unangenehmes einfach weglächelt oder schönredet, selbst mit einem schmerzenden Knöchel und einem erst gestern erlittenen Nervenzusammenbruch.

Mein Telefon verkündet den Eingang einer neuen Nachricht. Sicher von Jo und Ella aus Venedig, denke ich. Aber es ist Mehmet, der mir ein weiteres Ferrari-Foto schickt. Diesmal sitzt er am Steuer – mit Sonnenbrille und Daumen-hoch-Geste aus dem offenen Fenster. Sein dämliches Grinsen ist unverkennbar. Dazu schreibt er: Voll cool Frau Wischmann. Isch bin aufn Weg zu Sie.

Die Nachricht bringt mich zum Lachen, und ich halte Matti das Handy hin.

«Hat der Angeber 'n Führerschein?», fragt sie überrascht.

«Quatsch, der ist doch erst sechzehn. Die Karre gehört seinem Bruder. Glaub ich jedenfalls.»

«Aha.» Matti zieht zweifelnd die Augenbrauen hoch.

«Ja, er ist 'ne Nervensäge, aber irgendwie witzig», sage ich.

«Ich glaub, er ist in dich verknallt.»

20
Thessaloniki

ES IST SCHON NACH 22 UHR, als wir erschöpft aus dem Zug in den trostlosen Bahnhof von Thessaloniki stolpern, den wir schnell verlassen, um zu dem Apartment zu gelangen, das Matti online gebucht hat. Zentral und sehr günstig, wie sie meinte. Wir lassen uns von Mattis Handy in immer dunklere Gassen hinter dem Bahnhof führen. Es stinkt nach Müll, der schon viel zu lange in der Hitze vor sich hin gammelt, und Fäkalien. Nicht gerade der Ort meiner Träume. Die Straßenlaternen geben nur ein schwaches orangefarbenes, leicht flackerndes Licht, das jeden Moment den Geist aufgeben könnte.

«Bist du sicher, dass wir hier richtig sind?»

«Schon. Jedenfalls sagt das die App.»

Unsicher gehen wir durch die schummrigen Gassen, Matti mit dem Handy voran. Jeder Anfängerkurs der *Schule für organisierte Bandenkriminalität* würde an uns ein Exempel statuieren. Zwei nicht mehr taufrische Rucksacktouristinnen, die im Dunkeln orientierungslos durch ein unbekanntes Viertel stolpern – die perfekte Einladung zum Überfall. Wahrscheinlich werden wir längst ausgespäht, damit die Erstsemester etwas zum Üben haben.

«Hier ist es», sagt Matti schließlich und bleibt vor einem mehrstöckigen Haus stehen, das seit seinem Bau in den 70er Jahren vermutlich nie renoviert wurde.

«Hier?! Echt jetzt?»

«Was hast du erwartet, in dieser Gegend?»

«Warum hast du in dieser Gegend überhaupt gebucht?»

«Weil … keine Ahnung. Der Vermieter sah nett aus.»

«Das ist jetzt nicht dein Ernst, oder?» Ich fasse es nicht.

«Entspann dich, Caro. Es ist spät, und wir brauchen eine Bleibe. Erst mal abwarten», sagt sie und will klingeln, aber es gibt keine Namen an den Klingeln, sondern nur Nummern.

Ein fragender Blick von mir, ein Schulterzucken von ihr.

«Keine Ahnung, ich ruf den mal an.»

Während Matti es mehrmals versucht, nehme ich meinen Rucksack ab und setze mich auf die Eingangsstufe. Nach ein paar Minuten setzt sie sich neben mich.

«Nichts.»

«Und jetzt?»

«Keine Ahnung.» Matti zuckt mit den Schultern. «Komm, suchen wir uns ein Hotel. Ist ja nicht zu ändern. Meine Schuld.»

Also stecken wir die Köpfe zusammen und googeln ein Hotel in der Nähe.

«Hey! You called me?»

Wir drehen uns um und sehen einen Typen hinter uns. Mitte dreißig, schwarze Locken, unrasiert, barfuß, in T-Shirt und Shorts, in der einen Hand sein Handy, in der anderen eine Brille, die er jetzt aufsetzt, um besser sehen zu können.

«I was sleeping. Sorry! Ma-ti?»

«Alex?»

«Yes. Come in!»

Er sieht tatsächlich ziemlich verpennt aus. Aber sympathisch. Also folgen wir ihm in den Hausflur, der einen verwahrlosten Eindruck macht.

«Sorry, but elevator is broken.»

Er lächelt, Matti lächelt, und ich bekomme schlechte Laune. Ich frage diesen Alex, in welcher Etage er wohnt.

«Fifth floor.» Ein noch breiteres Lächeln. «But nice view.»

Hatte ich erwähnt, dass auch nach Sonnenuntergang noch mindestens dreißig Grad Außentemperatur in Thessaloniki herrschen? Ich zerfließe, und als wir die ersten Stufen erklimmen, gibt Matti mir einen freundschaftlichen Rempler.

«Komm, ist gut für die Figur.»

«Ich bringe dich um!», murmele ich und beginne schwitzend und stöhnend mit dem Aufstieg. Mit jedem Stockwerk wird mein Rucksack schwerer, und ich werde langsamer und kurzatmiger. Spätestens jetzt spüre ich wieder einmal, dass ich ein paar Kilo abnehmen müsste und etwas mehr Sport treiben sollte. Sonst werde ich in zehn Jahren übergewichtig und unbeweglich sein, denn allein durch den verlangsamten Stoffwechsel in den Wechseljahren dürfte ich automatisch ein bis zwei Kilo pro Jahr schwerer werden. Maßloses und unkontrolliertes Essen wird die Entwicklung noch verstärken. Ich muss dem entgegenwirken. Theoretisch zumindest.

Nach einer gefühlten Ewigkeit, 164 Stufen und mindestens 300 000 verbrauchten Kalorien erreichen wir den Gipfel der Trostlosigkeit. Eine Tür am Ende eines dunklen Flurs.

Alex schließt auf und bedeutet uns mit dem Zeigefinger, dass wir leise sein sollen.

«Sophia sleeping», sagt er leise und meint vermutlich seine Frau oder seine Tochter.

«Ich dachte, du hast ein Apartment für uns alleine gemietet?»

«Na ja, ist eher … so was wie … Couchsurfing.»

Ich schließe die Augen und muss mich kurz sammeln, um Matti nicht an die Gurgel zu gehen. Diese Frau treibt mich in den Wahnsinn!

Zum Glück sieht die Wohnung auf den ersten Blick gar nicht so übel aus. Das übliche griechische Neonlicht zwar, aber ordentlich und sauber und modern eingerichtet. Allerdings ist es unfassbar heiß und stickig. Im Wohnzimmer stehen zwei schwere Ledersofas, die Alex für uns vorgesehen hat. Natürlich darf in einem ordentlichen orthodoxen Haushalt eine Marienfigur im Regal der Schrankwand nicht fehlen. Alex geht in die Küche und holt uns Wasser. Dann folgen wir ihm auf den Balkon, wo er uns die Aussicht zeigt. Endlich Frischluft!

«Nice view!»

Tatsächlich – die gefühlten zwanzig Stockwerke haben sich gelohnt, auch wenn es mit Aufzug angenehmer gewesen wäre. Aber Alex hat nicht zu viel versprochen. Wir blicken über das nächtlich beleuchtete Thessaloniki bis hin zum Aristoteles-Platz, der direkt am Meer liegt. Dann zeigt er auf ein großes Gebäude.

«Hospital. I am doctor», sagt er stolz.

Und dann erzählt er uns, dass er nebenbei auch als Stadtführer arbeitet, denn als Arzt in der Klinik verdiene er nicht so viel. Außerdem habe er durch das Couchsurfing die Möglichkeit, Leute aus der ganzen Welt zu treffen und ihnen sein geliebtes Thessaloniki zu zeigen, das mehr zu bieten hat, als viele glauben. Er würde gerne noch mit uns ausgehen, aber nun sei er überraschend für zwei Nachtschichten eingeteilt und könne deshalb nicht mit uns um die Häuser ziehen.

«I am sorry but I show you good restaurant and bar.»

Das trifft sich gut, denn Matti und ich sterben vor Hunger, und ich muss zugeben, dass ich mich so wenig wie möglich in der heißen Wohnung aufhalten möchte. Also raus hier.

Wir machen uns kurz frisch und lassen unsere Rucksäcke in der Wohnung zurück, was mir ein mulmiges Gefühl bereitet.

«Meinst du, die sind hier sicher?»

«Du musst mehr Vertrauen in die Menschen haben, Caro! Sei offener, freundlicher, dann bekommst du auch viel zurück. Hm?»

Ich bezweifele das, denn mein mir angeborenes Misstrauen sagt, dass einem bei zu viel Vertrauen auch zu viel genommen werden kann.

Auf seinem Weg zur Klinik begleitet uns Alex bis zu seiner angeblichen Lieblingstaverne, wo er ein paar Worte mit dem Besitzer wechselt. Unser Gastgeber stellt uns vor, dann geben sie sich auf eine Weise die Hand, als wollten sie Armdrücken machen. Anschließend gibt Alex uns einen Schlüssel für die Wohnung und einen Zettel mit der Anschrift eines Cafés, wo er uns am Morgen zum Frühstück treffen will.

Bevor er verschwindet, erklärt er uns noch, dass sein Freund ein phantastischer Koch sei und wir uns überraschen lassen sollen.

«Klingt super, oder?», freut sich Matti.

«Hm … Ich bin kein Freund von Überraschungen.»

«Ach, jetzt hör doch mal auf, Caro! Außerdem ist es doch sowieso mein Geld. Oder willst *du* das hier bezahlen, indem du den Abwasch machst?»

Totschlagargument!

«Wenn ich könnte, würde ich lieber in ein vertrauenswürdigeres Restaurant gehen.»

«Aber woher willst du denn hier wissen, was ein vertrauenswürdiges Restaurant ist?»

«Da hast du recht. Ich verstehe aber auch nicht, was einen erwachsenen Mann dazu bewegt, sich wildfremde Leute zum Übernachten ins Haus zu holen.»

«Hat er doch gesagt: um nette Menschen kennenzulernen. Das ist das Couchsurfing-Prinzip, Hase. Du wolltest das Interrail-Feeling haben – da ist es! So reist man heute.»

«Schon gut! Du liebst das Risiko, ich nicht.»

«Dann musst du Pauschalurlaub mit Olaf machen.»

«Das musste ja kommen, danke für den Tipp!»

Ich bestelle zwei Bier, und wir bleiben erst mal an der Bar stehen, wie wir es zu Hause auch immer am liebsten machen, wenn wir ausgehen. Der Wirt ist aus irgendeinem Grund irritiert und fragt wiederholt nach.

«You really want to sit here?»

Wir erklären ihm, dass wir warten, bis ein Tisch frei wird. Er schüttelt verwundert den Kopf und geht in die Küche. Kaum zwei Minuten später steht ein Typ von einem der Vierertische in einer Ecke auf, an dem nur Männer sitzen, und kommt zu uns.

«Achtung!», warne ich Matti, die mit dem Rücken zu ihm steht. «Da kommt gleich einer.»

«Sieht er gut aus?»

Ich rolle mit den Augen. «Und wie! Beeindruckend. Genau dein Typ!»

Der sehr behaarte Grieche ist um die fünfzig, hat ein zerfurchtes Gesicht und fettige Haare. Ungefragt stellt er sich zwischen uns und mustert uns nacheinander wie zwei Milchkühe, die zum Verkauf stehen. Auf den Oberarmen blitzen unter seinem T-Shirt grünliche, verblasste Tattoos hervor – ein Totenkopf auf der einen und ein Schriftzug in einem Herz auf der anderen Seite. Er schenkt uns sein schönstes und breitestes Lächeln und lüftet ein Gebiss, das uns zurückschrecken lässt. Die Rumpelkammer des Grauens verströmt eine Mischung aus Ouzo, Bier und verfaulter Mundflora. Sofort taumeln wir ein Stück zurück, denn der Kerl überschreitet eindeutig unseren persönlichen Sicherheitsabstand, was daran liegt, dass er ziemlich getankt hat. Er redet auf Griechisch auf uns ein und macht eine einladende Geste, zu ihm und seinen Freunden an den Tisch zu kommen. Als wir kein Interesse signalisieren, zieht der Kerl ein paar zerknüllte Euroscheine aus seiner dreckigen Hosentasche und legt sie mit seinen noch dreckigeren Händen auf den Tresen – vierzig, vielleicht sechzig Euro. Das wird uns langsam zu brenzlig. Wir verzichten auf jedes weitere freundliche Lächeln, als der Wirt plötzlich mit der Faust auf den Tresen haut und uns zusammenzucken lässt. Wir drehen uns erschrocken zu ihm um und sehen in sein sehr verärgertes und respekteinflößendes Gesicht. Jetzt schimpft er laut und eindeutig mit seinem Landsmann, und ich bin froh, dass ich ihn nicht verstehe, denn der Kerl neben uns zieht ohne ein Wort ab.

Der Wirt schaut aber auch uns missbilligend an. «You better sit.» Er zeigt auf einen Tisch in einer Ecke, und wir gehorchen sofort.

«Was war das denn?», fragt Matti leise.

«Keine Ahnung, aber so was passiert nicht in seriösen Restaurants.» Ich will noch etwas hinzufügen und die Vorzüge vertrauenswürdiger Restaurants herausheben, da tritt der Wirt an unseren Tisch und serviert uns, übers ganze Gesicht strahlend, unser Essen: gegrilltes Lamm, das nach Knoblauch, Rosmarin und Thymian duftet, Gemüse und Kartoffeln aus dem Backofen, dazu Salat, Brot, Auberginen- und Olivenpaste. Der kleine Zweiertisch ist überfüllt mit Leckereien. Es duftet phantastisch, und Matti und ich staunen nur noch.

«Alex' friends, my friends!», sagt er stolz und bringt uns noch zwei Bier.

Kaum zu glauben. Es ist schon nach Mitternacht, und wir speisen wie die Götter. Hemmungslos und ohne schlechtes Gewissen. Es ist schließlich Urlaub, und wir haben außer Xenias Fresspaket heute nichts gegessen.

Eine gute Stunde später reiben wir uns über die vollen Bäuche.

«Na, ich bin ja mal auf die Rechnung gespannt», sage ich nach dem großen Fressen.

«Wird schon nicht so wild sein.»

Nachdem er abgeräumt hat, stellt uns der Wirt noch zwei Ouzo hin und bringt anschließend die Rechnung. Mit nahezu unleserlicher Handschrift hat er mit einem kleinen Bleistift auf einen noch kleineren Zettel eine Zahl geschrieben: 218 Euro.

Matti und ich starren uns überrascht an.

Ich fühle mich bestätigt. «Siehst du, ich hab's dir ja gesagt. Die eklige Anmache am Tresen war nur eine vertrauensbildende Maßnahme für den Besitzer, und dein Couchsurfer ist vermutlich der Kopf der Bande.»

«Vielleicht ist das Lamm ja hier teurer als –»

«Matti, merkst du's noch!? Das ist die totale Touristenfalle.»

«Shit!» Sie rauft sich die Haare. «Meinst du, die nehmen Kreditkarten?»

Wie aufs Stichwort kommt der Wirt mit einem Tablett zurück an unseren Tisch und serviert uns noch zwei Kaffee und zwei griechische Joghurt mit Honig.

«For you. I am sorry for this man», sagt er und deutet auf den Vierertisch, wo unser Tattoo-Anmacher fröhlich weiterzecht.

Matti beugt sich zu dem Wirt rüber. «Your food is excellent.»

«Efcharistó!», bedankt er sich und strahlt uns an.

«And very expensive», sage ich und deute auf die Endsumme.

Der Mann versteht nicht, schüttelt den Kopf und schaut auf seinen Zettel. Dann lacht er laut auf, hält sich den Bauch und nickt.

«Ah … yes, yes, very expensive! Hahaha.» Er kriegt sich kaum noch ein vor Lachen. «Very expensive! Yes!»

Dann nimmt er seinen kleinen Bleistift und setzt ein Komma hinter die 1. Nun steht da 21,80 Euro. Wir schauen auf den Zettel und lachen erleichtert mit. Jetzt ist die Rechnung zwar unverschämt günstig, aber darüber beschweren wir uns nicht. Dennoch gebe ich zu, dass ich mich schlecht fühle, so gemein über ihn gesprochen zu haben. Ich bin wirklich viel zu misstrauisch.

«Veeeery expensive!» Matti legt 25 Euro auf den Tisch und klopft dem Mann auf die Schulter. «Efcharistó!»

Gegen halb eins verlassen wir die kleine Taverna mit der guten Küche und den guten Preisen und gehen zurück in den fünften Stock unseres Couchsurfing-Gastgebers, der gerade Nachtschicht hat. Ich bin um eine Erfahrung reicher und frage mich, ob ich wirklich zu misstrauisch durch die Welt gehe.

Total müde fallen wir nach kurzem Zähneputzen auf die Ledercouches im Wohnzimmer, die zu unserer Überraschung bereits mit Laken bezogen sind. Es ist zu heiß, um näher darüber nachzudenken, und zu stickig, und wir sind einfach zu erschöpft. Gerade so schaffe ich es noch, die Balkontür aufzureißen, damit wir nicht im Schlaf ersticken.

«Du musst mehr Vertrauen haben!», höre ich Matti flüstern, bevor wir beide einschlafen.

Etwa gegen 3 Uhr wache ich von einem höllischen Lärm auf, der von draußen ins Wohnzimmer dringt. Nach wenigen Sekunden der Orientierung erkenne ich die Ursache. Müllabfuhr. Auch im fünften Stock noch deutlich hörbar. Mitten in der Nacht. Das darf nicht wahr sein!

Matti schläft wie ein Stein und kriegt davon nichts mit. Ich liege da und warte, dass es vorbeigeht, aber die Jungs haben unendlich viel Zeit, und es scheint unendlich viel Müll in der Straße zu geben, der jetzt eingesammelt werden muss. Irgendwann bin ich so weit, dass ich die Balkontür schließe, auch auf die Gefahr hin, dass wir ersticken. Ich stopfe mir zusätzlich ein paar Ohrstöpsel in die Gehörgänge und schlafe nach ein paar Minuten von meinem eigenen gleichmäßigen Atem inspiriert wieder ein. Was für eine Wohltat!

Gegen 8 Uhr zerrt Matti an meiner Schulter. Ich drehe mich zu ihr um und sehe sie reden, aber verstehe sie kaum. Die Ohrstöpsel! Ich fasse mir ans rechte Ohr – und ertaste eine klebrige, schmierige Masse, die aus meinem Ohr läuft und ringsum alles verschmiert hat. Widerlich! Das Gleiche auf der anderen Seite. Es ist super eklig.

Matti reicht mir sofort ein Taschentuch, mit dem ich das ganze Geschmiere abwische. Trotzdem höre ich auch jetzt alles um mich herum nur unklar und dumpf. Das Wachs der Ohrstöpsel hat sich durch die Hitze verflüssigt und ist mir ins Ohr und aus dem Ohr herausgeflossen. Als Nächstes bringt mir Matti Wattestäbchen, mit denen ich einen Großteil des Wachses aus dem Ohr entfernen kann, aber nicht alles. Immerhin höre ich schon besser.

«Wieso hast du keine Kunststoffstöpsel für die Ohren?»

«Wieso, wieso. Weil ich doch nicht damit rechne, dass die Dinger im Ohr schmelzen. So eine Schweinerei.»

Überraschend geht die Tür auf, und eine alte, schmale Frau steht im Wohnzimmer und strahlt uns an.

«Kalí méra kai kalós írthate!»

Die kleine Frau mit dem grauen Dutt trägt ein Tablett mit Kaffee und Gebäck ins Wohnzimmer und stellt es ganz selbstverständlich für uns auf den Tisch. Sie zeigt auf sich und lacht uns freundlich an. «Mama! Alex, Mama. Sophia.»

Er wohnt also mit seiner Mama zusammen. Sie trägt einen grauen Rock, dazu eine ärmellose rosa Bluse, und auf ihrem üppigen Busen wippt an einer goldenen Kette eine Brille hin und her. Sie ist so lieb und herzlich, dass wir schnell unsere Hemmungen verlieren. Sie spricht nur Griechisch, was wir leider nicht verstehen, weshalb wir nur freundlich lächeln und nicken. Ich wünschte, ich könnte alle Sprachen der Welt sprechen. Aber wofür gibt es schließlich Smartphones, Hände und Füße?! Und so kommen wir ins Gespräch über unsere Reise, Meteora und die Familie. Wir trinken Kaffee, zeigen ihr Fotos von unseren Töchtern und unseren Leben in Berlin. Sophia saugt das alles sehr interessiert auf und zeigt uns Fotos von sich und ihrer Familie. Sogar Hochzeitsfotos mit ihrem bereits verstorbenen Mann. Dabei klingt sie keine Sekunde verbittert, sondern dankbar. Und mir wird wieder einmal bewusst, dass ein wenig Demut vor dem Leben und Dankbarkeit über das, was man hat, glücklich machen.

Es ist unerträglich heiß, als wir unsere Rucksäcke packen, um uns mit Alex zu treffen. Doch statt uns gehen zu lassen, holt Sophia aus der Wohnzimmerschrankwand ein Gästebuch hervor, das sie uns hinhält. Jetzt wird's interessant. Wir setzen uns und blättern durch das Buch, das schon sehr viele Einträge von Reisenden aus aller Welt hat – China, Spanien, Kanada, Brasilien, Japan, Korea, Russland, Deutschland, Frankreich, Niederlande. Beeindruckend! Die Einträge sind durchweg sehr positiv, manche in ihrer Landessprache, aber ich nehme mal an, niemand schreibt etwas Unschönes in ein Gästebuch. Und nun dürfen auch wir uns hier verewigen. Matti schreibt:

Thank you, Sophia and Alex, for surfing your couch ☺ and the warm welcome! Take care!
Matti & Caro

Sophia freut sich und drückt uns zum Abschied, was mir das Gefühl gibt, hier tatsächlich sehr willkommen gewesen zu sein. Dann müssen wir los.

«Was heißt *Herzlichen Dank und auf Wiedersehen*?», fragt Matti flüsternd, als könnte Sophia uns verstehen.

«Eili … krineís efcharist … íes kai antío», zitiere ich stolpernd den Google-Übersetzer und hoffe, nichts Unflätiges zu der alten Dame gesagt zu haben.

Aber sie lächelt und winkt uns zum Abschied.

Wir machen uns auf den Weg zum Bahnhof. Die Stadt glüht, und ich habe noch immer Wachsreste im Ohr, die erst nach und nach ihren Weg hinausfinden. Am Bahnhof schließen wir unsere Rücksäcke ein und reservieren zwei Liegewagenplätze im Hellas-Express, dem berühmten Nachtzug nach Belgrad. Eigentlich wollten wir ein Zweier-Schlafwagen-Abteil, aber es gibt in diesem Zug überhaupt keinen Schlafwagen. Dann eben Liegewagen. Mit Müh und Not reservieren wir zwei untere Plätze in einem Sechserabteil, was bezüglich der Kommunikation etwas schwierig ist, da die Frau am Schalter kein Englisch spricht und wir ihr unseren

Wunsch nur mäßig erklären können. Bis Matti auf die Idee mit der Zeichnung kommt: Betten aufgezeichnet, verstanden, reserviert, bezahlt, fertig. Mit der Höhlenmalerei ist das ja genauso: Diese Zeichnungen sind überall auf der Welt verteilt und werden auch über 30 000 Jahre später noch verstanden. Genial. Am liebsten würde ich meinen Schülern nur ordentlich Malen und Zeichnen beibringen, wenn sie damit im Leben besser zurechtkommen würden als mit Zahlen und Schriftverkehr. Im Prinzip sind Emojis ja nichts anderes.

Vom Bahnhof aus gehen wir zum Aristoteles-Platz, wo wir Alex treffen wollen. Der Platz ist zwar nicht sehr weit entfernt, aber durch die Hitze, die sich schon am Vormittag in den Straßen staut, schlappen wir nur langsam vor uns hin. Schließlich öffnet sich vor uns der große Platz am Meer, und eine leichte Brise weht uns entgegen. Wir halten uns im Schatten und finden Alex in einem der schicken Cafés. Er steht auf und begrüßt uns überschwänglich. Offenbar hatte er eine anstrengende Nacht, denn seine Augenränder sind tief, und sein Blick ist müde. Wir machen ihm ein Kompliment für seine sehr nette Mutter, was ihm etwas peinlich ist, aber wir bemerken natürlich, wie sehr er sie verehrt und liebt. Dann laden wir ihn zu einem zweiten Frühstück ein und erzählen von unserem Abend bei seinem dicken Freund in der Bar und loben das ausgezeichnete Essen dort. Alex freut sich darüber sehr, denn seine Freunde sind ihm wichtig. Dann müssen wir ihm alles über uns erzählen und über unsere Reise. Als er erfährt, dass wir Interrail machen, muss er laut lachen, denn er wusste nicht, dass es das auch noch für Leute in unserem Alter gibt.

«Why do you do that?»

«I don't know», gebe ich zu, denn das habe ich mich auf dieser Reise schon häufiger gefragt.

Dann erzählt ihm Matti, dass ich in meiner Jugend keine Gelegenheit dazu hatte und wir es nun nachholen.

Alex lacht und nickt. «Ah! So you must be very good friends!»

Allerdings! Das sind wir – sehr gute Freunde. Ich nicke und gebe Matti ein Küsschen auf die Wange. «Yes!»

Alex wohnt seit der Griechenland-Krise mit seiner Mutter zusammen, die sich von ihrer kleinen Rente nach dem Tod ihres Mannes keine eigene Wohnung mehr leisten kann. Das ist schon ziemlich erschreckend. Und weil Alex viel arbeitet und seine Mama viel allein ist, bietet er Reisenden seine Couch an. Als er noch ein Junge war, hatte seine Mutter ein kleines Bed & Breakfast auf Thassos. Sie habe gerne Menschen um sich, und manchmal bleiben die Couchsurfer auch ein paar Tage länger. Dann kocht man zusammen und unterhält sich, wie unter Freunden. Seine Mutter blühe dann regelrecht auf.

«It's a win-win situation», erklärt er, denn alle Seiten profitieren vom Couchsurfing.

Klingt wirklich nett, denke ich, könnte mir aber beim besten Willen nicht vorstellen, mit meiner Mutter in einer kleinen Drei-Raum-Wohnung zu leben und ständig Fremde um mich zu haben. Absolut undenkbar!

Matti fällt mal wieder mit der Tür ins Haus und will von Alex wissen, was er denn mache, wenn er mal eine Frau mit nach Hause bringt.

Er zieht die Mundwinkel runter und die Schultern hoch. «This never happens.»

Warum passiert das nie?, fragt Matti.

Er lacht. Weil er keine Zeit für eine Beziehung habe und außerdem in einem Krankenhaus arbeite, in dem es viele gut aussehende Schwestern gebe. Da habe er genug Gelegenheiten auf schnellen Sex. Klare Antwort. Und Familiengründung? Alex winkt ab – das sei momentan kein Thema.

Nachdem wir ihm auch unseren Beziehungsstatus erklärt haben, fühlt er sich bestätigt. «You see! Alone yes – lonely no!»

Das Wichtigste seien sowieso Familie und Freunde, da sind wir uns einig.

Nach dem Frühstück lassen wir uns von ihm die Stadt zeigen, schließlich ist er in seiner Freizeit Stadtführer. Wir sehen den Weißen Turm, das Geburtshaus von Atatürk und die griechische Hagia Sophia, eine dreischiffige Basilika aus dem 7. Jahrhundert. Nach der Pflicht folgt die Kür: Alex führt uns auch noch ins angesagteste Viertel der Stadt, nach Ladadíka. Ein quirliges Straßengeflecht, das um die vorletzte Jahrhundertwende entstand und anlässlich der Ernennung Thessalonikis zur Kulturhauptstadt 1997 umfangreich renoviert wurde. Unzählige Bars, Restaurants, Clubs und Geschäfte prägen das Straßenbild. Hier spielt sich das Nachtleben der Stadt ab.

Der Nachmittag ist schnell vorüber, und Alex wird merklich müde. Er hat morgen Frühschicht und will bis dahin ein wenig Schlaf nachholen. Zum Schluss empfiehlt er uns noch eine Loungebar, in der wir die Zeit bis zu unserer Abfahrt mit dem Nachtzug entspannt überbrücken können. Dann verabschieden wir uns wie alte Freunde und bieten ihm unsere Sofas an, falls er mal nach Berlin kommt.

«I will», versichert er uns und winkt zum Abschied.

Wir sehen ihm nach. «Ein supernetter Typ», sage ich.

«Und vielleicht nimmt er ja meine Couch …», grinst Matti schon voller Vorfreude. Typisch.

Wir schlendern weiter durch die Straßen von Ladadíka, halten uns im Schatten und essen in einer Taverne eine Kleinigkeit. Mattis Telefon macht *pling*, und nach einem schnellen Blick auf ihr Display erhellt sich ihr Gesicht.

«Frode ist in Thessaloniki – hatte ich ja total vergessen.»

«Ach, aber wir sind ja in ein paar Stunden schon wieder weg.»

«Ich soll ihm einen Treffpunkt nennen.» Matti freut sich wirklich, den jungen Schweden wiederzusehen.

«Dann sag ihm doch, dass wir ihn in dieser Bar treffen, die Alex uns genannt hat.»

«Ist das okay für dich?»

«Klar.»

Nach dem Essen suchen wir die besagte Loungebar. Der Laden ist wirklich sehr chillig. Ein langer Tresen, schicke Loungemöbel, leise Fahrstuhlmusik im Hintergrund. Und alles mit Blick aufs Meer. Perfekt! Wir wollen ein paar E-Mails schreiben, was trinken und entspannt auf unsere Abfahrt mit dem Nachtzug warten. Zum Glück ist der Bahnhof nicht weit. Träge fläzen wir uns in die gemütlichen Polster, lassen uns das WLAN-Passwort geben und bestellen zwei griechische Eiskaffee zum Abkühlen und Wachwerden. Danach zwei Aperol Spritz.

«Hast du was von den Kindern gehört?», frage ich Matti träge.

«Nö. Wird schon alles okay sein.»

Das hoffe ich auch. Auf Facebook sehe ich, dass Ella und Jo in Triest sind und von dort aus Fotos mit – vermutlich – Jonas und Lorenzo und ein paar anderen Leuten posten. Es muss noch immer die Clique aus Barcelona sein. Ich schicke ein Selfie von Matti und mir in der Bar, das innerhalb einer Hundertstelsekunde kommentiert wird – allerdings nicht von Ella.

MEHMET Wow, Wisch & Weg in Urlaub! Voll entspannt!

«Mehmet! So ein unverschämter Knabe», sage ich.

«Selbst schuld, wenn du seine Freundschaftsanfrage angenommen hast», amüsiert sich Matti.

Ich poste zurück.

ICH Nicht frech werden und etwas mehr Respekt!

MEHMET Wieso, ist doch voll Urlaub ☺

Matti, die mir die ganze Zeit über die Schulter sieht, lacht. «Da hat er recht.»

ICH Was macht der Ferrari?

MEHMET Läuft voll geil! Isch hol Ihnen ab, Frau Wischmann! Versprochen! Wie in mein Traum!

ICH Träum weiter!

Ich beende den Post und schicke Ella eine Nachricht.

ICH Hast du was von Papa gehört?

Sie ist offenbar auch gerade im Netz und antwortet sofort.

ELLA Nee, wieso? Der ist doch an der Ostsee. Ach ja, wir sollen direkt dahin kommen nach dem Urlaub. Wegen Geburtstag.

ICH Stimmt! Hätte ich fast vergessen. Kuss Mama

Ella schickt mir einen küssenden Smiley, womit sie sich verabschiedet. Ich schaue Matti nachdenklich an.

«Kommst du mit an die Ostsee, wenn wir hier fertig sind?»

Sie wundert sich etwas über meine Ausdrucksweise. «Wie, *wenn wir hier fertig sind*? Klingt wie ein Metzger, der nach getaner Arbeit noch fragt, ob ich mit auf ein Bier komme.»

«Du weißt schon, was ich meine.»

«Nicht wirklich.»

«Olaf will, dass Ella und ich direkt an die Ostsee kommen, er will was mit uns besprechen. Außerdem feiert er seinen 50. dort.»

«Klingt nicht sehr einladend.»

«Ich würde auch lieber nach Berlin fahren.»

Matti zögert mit der Antwort.

«Bitte!», flehe ich. «Du musst mir beistehen, ich weiß ja nicht, was auf mich zukommt. Vielleicht will er 'ne Dreierbeziehung mit mir und Antje aus Brunsbüttel. Oder er trennt sich von mir, weil er mich nicht mehr erträgt. Oder er outet sich. Oder er …»

«Jetzt hör doch mal auf, immer schwarzzusehen. Ja, vielleicht hat er was mit ihr gehabt, aber das könnte ihm auch klargemacht haben, wie wertvoll eure Ehe ist. Kann doch sein! Vielleicht ist ja alles auch ganz anders. Du musst ihm einfach vertrauen.»

Matti schaut mir jetzt tief in die Augen. «Mal im Ernst: Traust du Olaf wirklich zu, in eurem gemeinsamen Ferienhaus eine Affäre mit der Frau von nebenan anzufangen? So dummdreist ist er nicht.»

Ich überlege. «Stimmt schon, aber so richtig kriege ich das alles nicht zusammen. Wieso tut er so geheimnisvoll?»

«Egal, was es ist – finde es heraus!»

«Und dann? Soll ich mich danach etwa allein betrinken?»

«Auf keinen Fall! Das könnte schlimm enden.» Wir stoßen an. «Klar komme ich mit.»

«Matti?»

«Hm?»

«Über zwanzig Jahre gemeinsames Leben wirft man nicht einfach so weg, oder?»

«Mein Reden!»

Ich bestelle noch zwei Aperol Spritz.

«Zwanzig Jahre – das ist wirklich 'ne Menge», sagt Matti nachdenklich.

Allerdings. Und was ist davon übrig geblieben? Ich frage mich, wann das begonnen hat, dass Olaf und ich nicht mehr miteinander, sondern nur noch nebeneinanderher leben. Wann haben wir einander verloren? Schon ewig gehen wir nicht mehr aus, außer wir werden zu Geburtstagen eingeladen. Aber Theater oder Kino? Nein. Und dass wir, wie früher, abends stundenlang am Küchentisch sitzen und über Politik, das Leben und uns reden, ist auch schon ewig nicht mehr passiert. Gemeinsam kochen? Früher sehr häufig, heute gar nicht mehr. Entspannter ist es allein. Zusammen shoppen und durch die Stadt schlendern? Kann mich nicht an das letzte Mal erinnern. Sogar mit Günni gehen wir nicht mehr gemeinsam spazieren. Und die Urlaube an der Ostsee sind lediglich eine Verlagerung unseres Alltags an einen anderen Ort. Da passiert auch schon seit Jahren nichts anderes mehr als das Gewohnte, nur dass wir nicht arbeiten müssen. Aber Olaf hat es immer blendend verstanden, sich in der Ferienhaus-Community so einbinden zu lassen, dass er ständig beschäftigt war. Irgendwas war bei irgendwem immer zu tun. Und ich habe im Urlaub endlich die Romane gelesen, für die ich im Alltag keine Zeit und keine Ruhe habe. Drei bis vier dicke Bücher waren normal. Manchmal auch mehr, wenn das Wetter besonders schlecht war. Zu Hause schlafe ich nach drei Seiten ein, die ich auch nicht wirklich lese, weshalb ich am nächsten Abend zwei von diesen drei Seiten noch mal lesen muss. Das wiederum bedeutet, dass ich für einen 500-Seiten-Roman Monate brauche. Ferienzeit ist für mich daher Lesezeit. Und ich muss zugeben, dass ich mich schon lange nicht mehr darum bemühe, den Urlaub gemeinsam mit Olaf zu gestalten. In den letzten Jahren war es so, als wollten wir jeder nur Zeit mit sich selbst verbringen und unsere Ruhe voreinander haben. Und das hat prima geklappt. Weder ich noch er haben auf unsere Beziehung achtgegeben, nicht daran *gearbeitet*, wie es so schön heißt, sondern sie einfach laufen lassen – aus Bequemlichkeit oder weil es uns egal war. Und jetzt sind wir an einem Punkt, an dem wir merken, dass wir blindlings in einen Sumpf marschiert sind, aus dem wir zusammen nicht so einfach wieder herauskommen.

Wir bestellen den dritten Aperol Spritz, und ich spüre schon, wie sich der Alkohol in mir ausbreitet und meine Stimmung wieder aufhellt. Zum Glück.

Plötzlich schreit Matti quer durch die Bar: «Frode!»

Ich folge ihrem Blick und sehe ihn auch – den Schweden mit dem Hobbit-Namen. Er strahlt Matti verliebt an. Süß. Die beiden umarmen und küssen sich wie ein Liebespaar, mit einem langen, ausführlichen Kuss. Wow. Mich begrüßt Frode mit einer Begrüßungskuss-links-rechts-Kombination, bevor er sich zu uns setzt. Die beiden flirten und turteln, ohne sich von mir stören zu lassen. Frode ist allein unterwegs, weil er in Thessaloniki Freunde besuchen wollte. Die anderen Schweden sind auf Paxos geblieben.

Der Laden wird immer voller, je später es wird, und alle Plätze sind irgendwann besetzt. Weil wir in einer Viererecke sitzen, gesellt sich noch ein Mann zu uns. Er heißt Manfred, stammt aus Kassel und ist um die fünfzig. Wir kommen ins Gespräch über Urlaub, Griechenland, Zugreisen und seine Interrail-Erfahrungen vor dreißig Jahren. Über erwachsene Kinder und das Leben als geschiedener Single. Was man halt so redet, wenn man im Urlaubsmodus ist. Natürlich sage ich ihm nichts über meinen Beziehungsstatus. Muss ja nicht gleich jeder wissen, wie es um meine Ehe steht.

Es ist mittlerweile 22 Uhr, unser Zug geht in eineinhalb Stunden, und Matti steht mit Frodo draußen und knutscht. Na prima. Manfred ist ganz nett, aber außer Smalltalk habe ich absolut keinerlei Interesse an ihm. Im hinteren Teil der Bar legt mittlerweile ein DJ auf. Manfred möchte noch eine Runde Drinks spendieren, obwohl ich mehrmals ablehne und schon auf Mineralwasser umgestiegen bin, denn ich bin leicht angezählt, allerdings keinesfalls betrunken. Die Musik wird immer besser und lauter. Matti und Frode gehen tanzen.

«Wollen wir auch?», fragt Manfred und hält mir seine Hand hin. «Du siehst so aus.»

«Oh nein, sicher nicht.»

«Dann stoß wenigstens ein letztes Mal mit mir an», sagt Manfred und hält mir ein neues Glas hin.

«Na gut, wir müssen sowieso gleich los.»

Ich stoße mit Manfred aus Kassel ein letztes Mal an und genieße den kühlen Schluck des sehr gut gemixten Spritz.

Zehn Minuten später – Frode und Matti tanzen noch immer – wird mir seltsam heiß.

«Ich muss mal an die Luft», sage ich zu Manfred und stehe auf. «Sagst du meiner Freundin Bescheid, falls sie mich sucht?»

«Du bist ganz blass. Ich lasse dich auf keinen Fall alleine gehen. Warte!»

Manfred hilft mir aus der Ecke und reicht mir seine Hand, aber ich stolpere trotzdem über den niedrigen Lounge-Tisch, sodass alles darauf umkippt oder zu Boden fällt. Oh Gott, das ist mir noch nie passiert! Mir ist total schwindelig, und ich habe ziemliche Koordinationsschwierigkeiten. Zum Glück hilft mir Manfred ins Freie.

Wir gehen ein paar Meter Richtung Hafen.

«Alles okay?»

«Ich weiß nicht», höre ich mich stöhnen.

Ich muss mich an einer Hauswand anlehnen, weil ich echte Gleichgewichtsstörungen habe. So seltsam, das alles. Ich habe das Gefühl, komplett die Kontrolle über meinen Körper und meine Wahrnehmung zu verlieren. Manfred steht nun vor mir und streicht mir durchs Gesicht.

«Ich helfe dir. Mein Hotel ist gleich in der Nähe, da kannst du dich ausruhen», sagt er und fährt mit seiner Hand zwischen meine Beine.

Ich will mich wehren und ihn wegschlagen, aber meine Hände gehorchen mir nicht. Jetzt schiebt er seinen Körper ganz dicht an meinen und drückt mich so brutal gegen die Hauswand, dass es wehtut. Er küsst und befummelt mich überall, aber ich kann mich nicht wehren, nicht schreien, nicht klar denken …

Mit einem Ruck wird Manfred plötzlich von mir weggerissen und von einem harten Fausthieb niedergeschlagen. Frode! Er und

Matti haben mich gesucht und zum Glück gefunden. Frode ist Manfred körperlich überlegen und verpasst ihm mehrere ordentliche Hiebe, die ihm zusetzen. Der Kerl rafft sich auf und sucht das Weite. Matti wirft ihm noch schimpfend ein paar Steine hinterher, dann nimmt sie mich tröstend in die Arme, denn ich bin völlig aufgelöst.

Kurz darauf sitzt Frode mit Matti und mir auf einer Mauer am Meer, und langsam beruhigen wir uns alle. Nach ein paar Minuten spüre ich mehr und mehr, wie meine Kontrolle über Körper und Geist zurückkehrt.

«Das Schwein hat dir was ins Glas gekippt, oder?»

Ich kann an Mattis Ton hören, wie wütend sie ist.

«Ich weiß nicht.» Ich versuche, klar zu denken. Aber erst langsam, ganz langsam, begreife ich, was da gerade passiert ist. Es müssen K.-o.-Tropfen gewesen sein!

«Nur ein paar Schluck … ich hab nicht alles getrunken», stammele ich.

«Ich rufe die Polizei», sagt Frode und greift zu seinem Handy, aber ich winke ab. Ich weiß, es ist dumm, den Kerl nicht anzuzeigen, und ich wäre sonst die Erste, die darauf besteht, aber jetzt bin ich selbst betroffen. Und … es ist mir unangenehm. Ich will eigentlich mit niemandem darüber reden … will es so schnell wie möglich vergessen. Es ist ja auch noch mal gutgegangen.

«Caro, er wird es wieder tun, und dann kann vielleicht niemand helfen», redet Matti auf mich ein. Da hat sie eindeutig recht, aber ich will und kann jetzt nicht zur Polizei.

Mein Gott, was für ein Albtraum! Und das Schlimmste ist – ich schäme mich. Ich schäme mich so sehr, obwohl ich das Opfer bin. Es passiert einfach. Ein Gefühl, gegen das ich machtlos bin. Die Scham überkommt mich, und ich falle Matti weinend in die Arme, wo ich mich am liebsten komplett verkriechen möchte.

Sie wiegt mich wie ein Kind in ihren Armen. Das tut so gut.

«Soll ich uns ein Hotel suchen? Dann kannst du dich ausruhen.»
«Nein, ich will nach Hause. Wir nehmen den Zug. Bitte!»
Und dann bringt uns Frode zum Nachtzug nach Belgrad.

21
Belgrad

VIERZEHN STUNDEN DAUERT DIE FAHRT im Hellas-Express von Thessaloniki nach Belgrad. Mir graut davor, aber ich will hier weg. Langsam geht es mir besser. Die zwei Schluck aus dem Glas haben nicht gereicht, um mich komplett auszuknocken, trotzdem habe ich weiche Knie und fühle mich erledigt.

Wir stehen mit Frode am Zug, wo eine finster dreinblickende Schaffnerin unsere Papiere kontrolliert und unsere Interrail-Tickets einsteckt. Matti und ich tauschen besorgte Blicke. Was soll das?

«Die steckt unsere Tickets ein, Matti.»

«Das sehe ich auch.»

«Warum?»

«Weiß ich doch nicht, Caro. Frag sie halt.»

«Sorry, the tickets?», frage ich und zeige auf unsere Tickets in ihrer Tasche.

Sie sagt irgendwas Unverständliches, nickt und macht eine Handbewegung, die bedeutet, dass wir einsteigen sollen.

«Und jetzt?», fragt Matti.

«Steigen wir ein.»

Frode hilft Matti, mich und die Rucksäcke in unser Liegewagenabteil zu verfrachten, wo ich erschöpft in den Sitz falle. Zum Glück haben wir diesmal die unteren Liegen reserviert. Während sich Matti und Frode draußen voneinander verabschieden, hoffe ich drinnen, dass sonst niemand mehr in unser Abteil kommt. Aber

Fehlanzeige. Kurz vor der Abfahrt gesellt sich ein serbisches Ehepaar zu uns – Vlado und Jelena, beide kaum älter als vierzig und sehr nett. Er erinnert mich an Toni Soprano, den amerikanischen Mafiaboss aus der gleichnamigen Serie, der seine Freizeit auch gerne in einem Ballonseide-Trainingsanzug verbrachte. Nur, dass Vlado deutlich größer und noch breiter ist als Toni-Soprano-Darsteller James Gandolfini.

Trotz meines schwierigen Zustands ist mir sofort klar, dass dieser Typ nicht auf eine der beiden oberen Liegen passt – zu breit, zu schwer, zu unsportlich. Und was, wenn er runterfällt? Ich fürchte, dass Matti und ich oben schlafen müssen. Oh Gott! Allein die Vorstellung stresst mich.

Matti kommt zurück, und endlich fährt der Zug ab. Sie steht am offenen Fenster und hält Frodes Hand, bis es nicht mehr geht.

«Ich mag ihn ganz schön gern», sagt sie, als wir aus dem Bahnhof fahren, und lässt sich in den Sitz mir gegenüber fallen.

«Abwarten, vielleicht seht ihr euch ja wieder.»

«Ja, vielleicht. Wie geht's dir?»

«Nicht so gut. Bin müde und kaputt.»

«Das wird schon wieder.» Matti lächelt mich zuversichtlich an, und ich bin froh, dass sie bei mir ist.

Während der Zug Thessaloniki verlässt, kontrolliert die Schaffnerin erneut unsere Reservierungen und verteilt Laken in den Abteilen. Da sie auch Serbin ist, kommt sie mit Jelena und Vlado ins Gespräch. Fast habe ich den Eindruck, sie kennen sich von irgendwoher. Danach beginnt Matti eine umständliche Unterhaltung mit Jelena, die nur ganz, ganz wenig Englisch spricht. Mühsam erklärt sie uns irgendwie, dass die Tickets einbehalten werden, damit die Schaffnerin weiß, wer wann wo aussteigt, um die Reisenden entsprechend zu wecken. Jelenas Mann Vlado spricht gar kein Englisch. Er grinst immer nur und denkt sich vermutlich seinen Teil. Sehr angenehm. Trotzdem tauschen wir Namen aus, und Jelena benutzt ihren Google-Übersetzer, um uns wissen zu lassen, dass sie verheiratet sind und zwei Kinder haben, die sie jetzt bei der Oma in Belgrad abholen. Und schon nach wenigen Minuten zeigen wir einander Kinderfotos, denn Jelena will auch unsere Töchter sehen. Und dann schaut sie Matti und mich nacheinander skeptisch an und tippt mit ihren sehr langen Plastikfingernägeln eine Frage in ihr Handy. Sie zeigt mir die Übersetzung und schaut mich erwartungsvoll an.

Ich lese: Dies Frau und du sind Frau von Ehe und habt?

Gute Frage, denke ich und muss das zweimal lesen, um es zu begreifen. Dann zeigt Jelena auch Matti ihre Frage, während Vlado verschmitzt lacht, als Jelena ihm offenbar sagt, worum es geht.

«Sie hält uns für ein lesbisches Paar», vermute ich.

«Sehen wir etwa so aus?»

«Weiß nicht. Wie sieht man denn dann aus?»

Matti überlegt. «Emanzipiert?»

Ich nicke. «Möglich. Für ein vermutlich streng katholisches Hetero-Paar aus Serbien sehen zwei selbstbewusste Frauen Ende vierzig, die allein per Zug durch die Gegend reisen, vermutlich aus wie ein lesbisches Paar. Na und?»

Matti lehnt sich zurück. «Wahre Liebe gibt es sowieso nur unter Frauen.»

Wir lassen das so stehen, denn alles andere wäre mühsam zu erklären. Mein müder Blick fällt auf die abenteuerliche Leiterkonstruktion für die oberen Liegen, und ich zermartere mir mein Matsch-Hirn darüber, wie um alles in der Welt ich in meinem Dämmerzustand da hochklettern soll. Das wird ziemlich waghalsig und steil.

Matti und Jelena gehen auf den Gang und rauchen am offenen Fenster. Sehr nostalgisch! Wie früher, als das Reisen noch entspannt war und man während der Fahrt aus dem Fenster sah statt aufs Smartphone, Tablet oder Notebook.

Mühsam rappele ich mich auf und stelle mich dazu. Der Fahrtwind tut so gut! Der Zug fährt nicht schneller als vielleicht siebzig Stundenkilometer. Dörfer ziehen vorüber, und die Luft wird von Meter zu Meter klarer.

«Hier ist aber rauchen verboten!» Eindeutig schwäbischer Dialekt. «Wo gibt's denn so was noch? Im Zug! Das habe ich ja seit Ewigkeiten nicht erlebt. Und dann auch noch deutsche Frauen! Unglaublich, vor den Kindern!»

Als ich mich umdrehe, sehe ich eine Frau in unserem Alter mit ihren vier Kindern, die ebenfalls alle am Fenster stehen, nur leider direkt in Mattis und Jelenas Nikotinschwaden. Die Schwäbin redet aber gar nicht mit uns, sondern mit einem ihrer Kinder. Sie hat nicht den Mut, Matti direkt anzusprechen, die das überhaupt nicht interessiert. Und Jelena versteht sowieso nichts. Außerdem ist sie viel zu sehr damit beschäftigt, Matti Fotos ihrer Nichten und Neffen in Berlin zu zeigen, für den Fall, dass Matti sie vielleicht kennt, weil sie ja Lehrerin ist.

«Ich werde mich bei der Schaffnerin beschweren!», schimpft die Frau weiter, sodass wir es auf jeden Fall mitbekommen.

Die Schaffnerin ist allerdings irgendwo im Zug unterwegs. Und mittlerweile steht hinter der Schwäbin ein französisches Pärchen am Gangfenster, das seiner Nikotinsucht ebenfalls nachgibt. Die Mutter resigniert und verzieht sich mit ihren Kindern ins Abteil neben unserem.

Jelena und Vlado machen einen Gang durch den Zug, und Matti und ich gehen zurück ins Abteil.

Ich bin so unendlich müde von diesen K.-o.-Tropfen, dass ich mich jetzt endlich hinlegen will. Matti hat die Laken schon auf den Liegen ausgebreitet. Bleibt die Frage: Wie komme ich da hoch? Irgendwie. Aber das ist gar nicht so einfach. Mühsam klettere ich die Leiter hoch, von der ich mich auf die Liege hieven muss, ohne mir oben den Kopf zu stoßen oder die Beine und Arme zu verknoten.

Und ohne abzurutschen, weil man sich nirgends ordentlich festhalten kann. Obwohl das ganz schön anstrengend ist, macht Matti sich über mich lustig, denn ich hänge zwischen Leiter und Liege wie ein abgestürztes Faultier. Irgendwie schaffe ich's aber doch – und schlafe sofort ein.

Der Zug hätte zwischenzeitlich entgleisen können, ich hätte es nicht mitbekommen. So wie ich auch nicht mitbekomme, dass das serbische Ehepaar nach seiner Rückkehr ins Abteil total nach Schnaps und Rauch gestunken haben muss. Nicht mal an die Passkontrolleure kann ich mich erinnern. Weder an der griechisch-mazedonischen Grenze noch an der mazedonisch-serbischen Grenze. Dabei müssen mir die Kontrolleure mitten in der Nacht mit ihren Taschenlampen sogar ins Gesicht geleuchtet haben, um mich mit meinem Passfoto vergleichen zu können. Matti hatte sicherheitshalber auch meinen Pass an sich genommen. Diese Grenzbeamten müssen viel Phantasie haben, wenn sie mich in dieser Nacht, in der ich mich selbst als scheintot bezeichnen würde, auf einem Foto, das fünfzehn Jahre alt ist, erkannt haben. Vielleicht war ihnen die genaue Identitätsüberprüfung schlichtweg egal. Das allerdings kann ich mir nicht so recht vorstellen, denn immerhin haben wir eine EU-Außengrenze überschritten, und ich habe nur Ersatzpapiere dabei. Ach was! Wahrscheinlich hat es ihnen im Abteil einfach nur zu sehr gestunken, weshalb sie die Sache abgekürzt haben.

Die Luft ist so schlecht, dass ich in den frühen Morgenstunden davon aufwache. Mir ist übel. Sehr übel. Leichte Panik überkommt mich bei der Vorstellung, mich im Abteil übergeben zu müssen, weil ich es nicht schnell genug von der oberen Liege zur Toilette schaffe. Matti schläft. Das serbische Paar auch. Ich schaue zu ihnen hinunter und lege mich schnell wieder flach auf den Rücken, damit ich gar nicht in Versuchung komme, mich zu übergeben. Die Vorstellung ist so abstoßend, dass ich lieber die Sicherheitsgurte löse, die Matti offenbar in der Nacht zwischen Abteildecke und meiner oberen Liege gezurrt hat, damit ich nicht rausfalle. Jetzt müssen die Dinger ab, denn im Notfall muss ich so schnell wie möglich runter und raus. Dann liege ich wieder starr da und konzentrierte mich darauf, die Übelkeit zu bekämpfen, bis ich wieder einschlafe.

Als ich das nächste Mal aufwache, sitzen die anderen schon wieder normal im Abteil zusammen. Das Fenster wurde mit aller Kraft ein Stück runtergedrückt, aber es stinkt noch immer – nach Schnaps, Käsefüßen, Schweiß, kaltem Zigarettenrauch, billigem Parfum und dem Muff von Generationen von Reisenden. Außerdem nach Kaffee und Knoblauchsalami, denn Vlado und Jelena packen gerade ihr Frühstück aus.

Matti ist nicht da. Vermutlich macht sie sich frisch. Mir geht's zwar besser, aber mir ist noch immer schlecht, und ich habe nach wie vor Gleichgewichtsstörungen. Das hätte alles nicht sein müssen. Ich weiß definitiv, dass alle Erfahrungen, die ich seit gestern Abend gemacht habe, absolut und uneingeschränkt vermeidbar gewesen wären – hätte ich bloß Urlaub mit Olaf gemacht! Auch unsere Ehekrise wäre dadurch verhindert worden. Das hätte alles nicht sein müssen, wäre ich mit Olaf auf Kreuzfahrt gegangen oder mit ihm an die Ostsee gefahren. Aber wer weiß – dann wären vielleicht andere Dinge passiert. Möglicherweise hätten wir uns gegenseitig im Streit in unserem Ferienhaus umgebracht. Oder er hätte mich in einem unbeobachteten Moment über Bord geworfen oder ich ihn – man hört und liest ja so viel darüber, dass Leute auf Kreuzfahrtschiffen verschwinden. Oder ich wäre mit einem Animateur durchgebrannt, nachdem Olaf beschlossen hätte, Profi-Gamer im Konsolenfußball zu werden.

So vieles geht mir durch den Kopf, während die serbische Berglandschaft mit ihren schroffen Felsen an mir vorüberzieht. Hätte ich mich nach der K.-o.-Tropfen-Attacke doch zur Polizei schleppen sollen? Es zerreißt mich fast, wenn ich mir vorstelle, dass dieser ekelhafte Typ sich an anderen Frauen oder Mädchen wie Ella und

Jo vergreift. Ich nehme mein Handy und schaue auf meine Facebook-Seite. Sollte ich Ella davon erzählen? Aber wozu?

Dann kommt mir ein Gedanke. Ich schaue durch meine Handyfotos von gestern Abend, denn Frode hat ein Foto von Matti und mir gemacht. Und vielleicht ist darauf zufällig auch dieser widerliche Manfred zu sehen. Tatsächlich! Dort am Rand ... Ich vergrößere den Ausschnitt mit seinem Gesicht und poste das Foto auf der Facebook-Seite der Bar, in der wir gestern Abend waren. Dazu schreibe ich eine Warnung auf Englisch vor diesem Typen, ohne der Bar eine Schuld daran zu geben, bitte die Barbetreiber aber, dem Kerl Hausverbot zu erteilen.

Als Matti zurück ins Abteil kommt, zeige ich ihr meinen Facebook-Post.

«Sehr gut, bin gespannt, wie die Leute reagieren. Wie geht's dir?»

«Es wird. Wie lange dauert es noch?»

«Drei Stunden ungefähr. Wir müssen darüber reden, wie es nun weitergeht. Willst du nach Hause? Dann müssen wir uns um einen Anschlusszug nach Berlin kümmern.»

«Ich weiß nicht. Ehrlich gesagt nicht unbedingt. Oder?»

«Belgrad soll sehr schön sein. Vielleicht ist es ganz gut, wenn du dich ablenkst – von dem, was gestern war, und dem, was dich zu Hause erwartet.»

«Ja, wahrscheinlich hast du recht.»

«Ich würde uns ein Hotelzimmer reservieren. Lass es uns entspannt angehen. Okay?»

Dankbar nicke ich und quäle mich kurz aus der Liege, denn mein größtes Bedürfnis seit dem Aufwachen ist, mich zu waschen, die Zähne zu putzen und frische Luft zu schnappen. Später döse ich bei vorüberrauschender Landschaft weiter vor mich hin. Ich kann immer noch nicht glauben, dass ausgerechnet mir das passieren musste: K.-o.-Tropfen – mit 48 Jahren! Wie oft habe ich

Ella eingeimpft, sie solle niemals ihr Glas oder ihre Flasche außer Sicht lassen, wenn sie ausgeht. Sich niemals von einem Fremden einen Drink spendieren lassen. Natürlich weiß ich, dass es schier unmöglich ist, immer alles kontrollieren zu können. Aber besser ist es. Was liest und hört man nicht alles von schlimmen Dingen, die jungen Mädchen passieren. JUNGEN MÄDCHEN! Aber doch nicht *mir*! Oder heißt das etwa, dass Frauen in meinem Alter noch viel leichtere Opfer sind? Weil sie über jeden so selten gewordenen Flirt happy sind, dass sie alle Regeln und Vorsätze ignorieren? Ist es wirklich schon so weit gekommen? Und was ist eigentlich mit diesen Männern, die sich einfach mit Gewalt nehmen, was sie wollen?

Ich stöhne. Was mache ich hier eigentlich auf dieser Reise? Ich jage einem verpassten Abenteuer hinterher, nur um unbequem reisen zu können, in schlechten Hotels zu übernachten und Rückenschmerzen zu bekommen? Dazu ekelhafte Anmachen, Enttäuschungen und Diebstahl. Und zu allem Überfluss unpünktliche und unklimatisierte Züge mit mangelhaften sanitären Einrichtungen. Das ist nicht das freie und lässige Interrail-Feeling, von dem alle schwärmen und das ich erwartet habe.

In ein paar Tagen bin ich wieder zu Hause, dann ist es vorbei, denke ich und entspanne mich bei dem Gedanken. Das schwummrige Gefühl der letzten Nacht in Kopf und Magen lässt endlich nach, und ich verwandele mich vom Knock-out-Zombie wieder in meinen Urzustand. Über meinen Gedanken schlafe ich wieder ein und hole mir das fehlende Fünkchen Ruhe, um drei Stunden später bei der Einfahrt in Belgrad mit deutlich klarerem Kopf wieder aufzuwachen. Beim Aussteigen bekommen wir sogar tatsächlich unsere Tickets zurück. Zum Glück!

Der neue Zentralbahnhof der serbischen Hauptstadt ist nicht nur eine Zumutung, sondern ein regelrechtes Verbrechen an der Architektur und eine Beleidigung für jeden Reisenden. Mehr als vierzig Jahre lang wurde daran gebaut, aber schöner ist der Beton-

Komplex deshalb nicht geworden. Und fertig auch nicht. Die Bahnsteige sehen modern aus, aber Rolltreppen und Aufzüge sucht man vergeblich. Also gehen wir über eine schmale, einfache Treppe hoch – und finden uns mitten auf einer verlassenen Baustelle wieder. Weil nämlich über Tage der Bahnhof nie gebaut wurde. Es gibt nur einen gedeckelten Gleisbereich in einem trockengelegten Flussbett. Wie gesagt – vierzig Jahre.

Wir folgen den anderen Reisenden zu einer Bushaltestelle, als mir einfällt, dass wir gar kein serbisches Bargeld haben.

«Ich sehe hier nirgendwo einen Geldautomaten.»

Matti schaut sich um. «Stimmt.»

«Dann lass uns noch mal runtergehen zu einem anderen Gleis. Ich glaube, da war so was wie ein Mensch in Uniform.»

Wir tauchen wieder ab, auf ein anderes Gleis, und sehen gleich drei Uniformierte an einem Informationsschalter, die allerdings weder Englisch können noch wissen, wo es eine U-Bahn in die City gibt, von der wir gelesen haben. Erst als ich das Wort Metro benutze, zeigt einer von ihnen auf das Nachbargleis.

«Metro – City.»

Okay, aber erst mal brauchen wir Geld, und siehe da: Es gibt sogar einen Geldautomaten in einer kleinen versteckten Schalterhalle.

Also ziehen wir ein paar serbische Dinar und gehen zum Metro-Gleis, an dem es aber keine Anzeige gibt.

«Meinst du, hier fährt überhaupt was?», frage ich unsicher.

«Irgendwas fährt hier, denn da steht noch einer und wartet.» Matti deutet auf einen jungen Mann ein paar Meter von uns entfernt, der in einem Buch liest.

Ich spreche ihn an und bin erleichtert, denn zum Glück spricht er Englisch. Aber er schüttelt nur den Kopf.

«Here no metro! Only the bus drive into City Center. And taxi», sagt er sehr freundlich und überzeugend und zeigt nach oben.

Alles klar, wir müssen wieder hoch und den Bus nehmen. Doch der fährt uns gerade vor der Nase weg. Bleibt noch das Taxi. Das einzige, das weit und breit zu sehen ist.

Der Fahrer öffnet uns die Tür, und wir steigen ein, nachdem die Rucksäcke im Kofferraum des Dacia-Kombis verstaut sind. Wir zeigen dem grau melierten Mann um die sechzig die Adresse unseres Hotels, er nickt und fährt los. Im Auto riecht es … verstörend betörend nach … nach … Ah, da hängen sie auch schon: vier verschiedene Duftbäumchen am Innenspiegel – Vanille, Apfel, Kokos und Meeresbrise. Offenbar sollen sie den intensiven Nikotingeruch von filterlosen Billigzigaretten verdrängen, was leider einen kontraproduktiven Effekt hat, weil sich nun alle Duftrichtungen gnadenlos miteinander verbinden und bei Matti und mir eine mittelschwere Atemnot auslösen.

Ich kann meinen Würgreiz nur schwer unterdrücken. «Boah, das ist aber nicht sehr geschäftsfördernd», sage ich leise zu Matti, und sie nickt vehement.

Wir öffnen hinten die Fenster, denn der Wagen hat keine Klimaanlage, und der kalte Rauch hängt bleischwer in den Polstern – da hilft auch kein Duftbaumwald.

Kaum losgefahren, dreht der Fahrer die Musik auf – Madonna. Du lieber Himmel! Matti und ich schauen uns skeptisch an und versuchen, locker zu bleiben.

«Madonna! Good Music! My Age!», sagt der Mann begeistert und dreht noch etwas mehr am Volumenregler, als die ersten Töne von Madonnas erstem Hit *Holiday* erklingen. Offenbar hat er gute Laune und will sie mit uns teilen. Wie schön!

Wir fahren also mit einer sehr lauten Madonna im Taxi durch Neu-Belgrads Betonburgen, nicht schön, aber auch nicht unüblich in vielen europäischen Metropolen. Dann geht es weiter über neue und alte Schnellstraßen, durch schöne und hässliche Viertel, mit im Krieg zerschossenen Fassaden und neuen Cafés. Wir überqueren zweimal die Save … und scheinen im Kreis zu fahren, denn ebenfalls zweimal sehen wir ein großes Stadion aus der gleichen Perspektive und wundern uns. Nach einer halben Stunde erreichen wir in der Seitenstraße eines ehemals großbürgerlichen Stadtteils voller unsanierter Gründerzeit-Altbauten mit dunklen Fassaden und von Bäumen umringt unser Hotel.

«Also auf meinem Navi ist das Hotel nur fünfzehn Minuten vom Bahnhof entfernt», sage ich leise zu Matti, während wir aussteigen.

«Hab ich mir schon gedacht. Vielleicht wollte er uns für den überteuerten Euro-Preis was bieten.»

«Hm, eine Sightseeing-Tour über sämtliche Schnellstraßen inklusive Stau, Ohrwurm, Jugenderinnerungen und anschließendem Tinnitus. Wo gibt's das schon für knapp zehn Euro? Spitzenmäßige Businessidee.» Ich verabschiede mich mit einem leichten Piepsen im Ohr von dem Taxifahrer. «Bye bye.»

«Wiedersehen und schönen Urlaub in Belgrad», antwortet er in überraschend sauberem Deutsch. Nur der leichte serbische Akzent erinnert mich an Ivo, den Besitzer des jugoslawischen Lieblingsrestaurants meiner Eltern, in dem wir in den 80er Jahren fast jeden Sonntagabend riesige Fleischberge verdrückt haben. Mein Lieblingsessen war der Grillteller *Lustiger Bosniak* mit Pommes und Salat. Ich habe nie alles aufgegessen – außer den Pommes natürlich –, aber der Name des Gerichts, verbunden mit dem kleinen tanzenden Männchen auf der Speisekarte, hat mich dazu animiert, jedes Mal das Gleiche zu bestellen.

«Oh! Sie sprechen aber gut Deutsch», sagt Matti überrascht.

Er lacht. «Besser als Englisch. Viele Jahre bei Opel am Band.»

«Ach! Das ist ja … äh, prima!», sage ich und klinge fast wie Olaf. Dabei bin ich nur zu müde zum Reden. Matti hat auch keine Lust auf Smalltalk.

«Ja, dann … gute Aussprache! Danke und … tschüss!»

Das Taxi fährt davon, und wir gehen ins Hotel – ein privat geführtes Boutique-Hotel. Hübsch, klein und mittelpreisig, keine der üblichen Hotelketten. In der überschaubaren Lobby hängt ein Kristalllüster, roter Teppich dämpft unsere Schritte, und überall prangen Spiegel mit alten schnörkeligen Goldrahmen an der Wand. An der kleinen Holzrezeption nennt Matti unsere Namen und wartet, bis die Rezeptionistin uns in ihrem Reservierungssystem findet. Und wartet und wartet. Die junge Frau mit den blondierten Haaren tippt immer wieder etwas ein, aber offenbar ohne Erfolg. Mit einer Sorgenfalte auf der Stirn schüttelt sie schließlich den Kopf.

«Sorry, but no reservation on your name, Missis Wegeberg.»

Matti und ich schauen uns fragend an. Wie, keine Reservierung?

«What? Are you sure?», fragt Matti die junge Frau.

«Yes, sorry.»

Mehrmals erklärt Matti der Frau hinter dem Tresen, dass sie heute Morgen online gebucht hat und zeigt ihr die Buchungsbestätigung auf dem Handy. Aber die Rezeptionistin schüttelt immer nur den Kopf.

«Sorry, but there is no reservation in our system.»

«Das darf nicht wahr sein!» Matti schaut mich völlig ratlos an. «Und jetzt?»

«Lass mich mal», sage ich und frage die junge Frau, ob wir denn trotzdem ein Zimmer haben können, ernte aber auch nur Kopfschütteln.

«Two big international congresses and concert tonight. Madonna! All hotels fully booked.»

«Really all?» Na super! Es kann doch nicht sein, dass zwei Kongresse und eine alternde Popdiva die Stadt lahmlegen.

«Yes, you will not find a room until first class.»

Was soll das jetzt heißen? *First class* ist relativ.

«Means what?»

«No room until 300 Euro per night.»

Es gibt nur was ab 300 Euro!? Für uns definitiv zu teuer! Leider! Matti nutzt das WLAN des Hotels, um ihr Glück auf einem Buchungsportal zu versuchen, aber die Rezeptionistin hat leider recht. Nur superteure Zimmer sind noch zu haben. Nicht mal Airbnb hat noch was.

Im Internet lesen wir, dass die Stadt anlässlich eines Ärztekongresses, einer Erotikmesse und des Madonna-Konzerts tatsächlich völlig kopfsteht. Wobei – zugegeben – ich würde auch auf ein Madonna-Konzert gehen, vorausgesetzt, die Karten wären preislich akzeptabel, was vermutlich nicht der Fall ist. Es handelt sich offensichtlich um Madonnas einziges Konzert in Osteuropa. Und es könnte ihr letztes sein, es sei denn, sie macht es wie die Rolling Stones und geht alle paar Jahre auf Abschiedstour. Wahrscheinlich wurden der Ärztekongress und die Erotikmesse auch nicht ganz zufällig genau auf diesen Termin gelegt.

Madonna! Jeder Song ein Hit. Sie und Prince und Michael Jackson haben mich durch die Diskos meiner Jugend begleitet. Olaf gehörte zur anderen Fraktion. Er stand auf Genesis und Freddy Mercury und fand die Queen of Pop immer doof. Queen konnte es für ihn nur einmal geben: Und das war nicht die Queen of England, auch nicht Madonna, sondern die Band. Mir waren die immer zu theatralisch, zu dramatisch. Ich wollte damals nur Spaß und Tanzen. Dafür war und ist Madonna bis heute perfekt.

Schnell schaue ich im Netz nach Ticketpreisen für das Konzert heute Abend.

«Schwarzmarkt: 400 Euro», sage ich zu Matti. «Und seit einem Jahr ausverkauft.»

«Ein Grund mehr, im nächsten Leben Schwarzmarkthändler zu werden. Berühmte Kirchen und Madonna – passt perfekt. Die Hotels könnten doch auch Schwarzmarktpreise nehmen.»

«Brauchen die nicht, Matti. Die machen das ganz legal. Nachfrage bestimmt den Preis. Schon mal gehört?»

«Fand ich schon immer blöd. Ich bin jedenfalls nicht bereit, Hunderte von Euro für eine Hotelnacht zu zahlen.»

«Natürlich nicht!», sage ich und gehe erneut zur Rezeption, um die junge Frau zu fragen, ob sie nicht doch noch irgendeine Idee hat.

Sie hat. «My friend runs a hostel. I call him.»

Okay, schließlich machen wir Interrail, da sollte ein Hostel zum guten Ton gehören. Und in allen Hostels gibt es doch mittlerweile auch Doppelzimmer, oder? Und mit Bad auf dem Flur kann ich leben.

Wir warten in der Lobby auf ein Zeichen der netten jungen Frau, die sich redlich bemüht, unser Problem zu lösen. Tatsächlich kommt sie wenig später lächelnd zu uns und gibt uns einen Zettel mit einer Anschrift. Dann erklärt sie uns den Weg zum Hostel, das auch in der Altstadt liegt und nicht sehr weit weg ist. Unsere Rettung!

Wir gehen über vielbefahrene Straßen mit Oberleitungsbussen, rissigem Asphalt und vorbei an großen Hotels, kleinen Geschäften und Bars. Überall sind Leute unterwegs – Einheimische, Touristen, Junge und Alte, Mütter mit Kinderwagen, Hunde-Gassi-Geher. Einmal ums Eck, landen wir in einer schmaleren Straße mit alten, unrenovierten Wohnhäusern, von denen die meisten sicher vor mehr als hundert Jahren gebaut wurden. Dazwischen stehen Bäume und Lückenfüller-Bauten aus jüngeren Zeiten. Das schmucklose Hostel ist unschwer zu verfehlen. Ein geradliniger 60er-Jahre-Bau, deutlich harmloser als die Betonklötze Neu-Belgrads, die auf der westlichen Flussseite der Save als kommunistische Planstadt aus dem Boden gestampft wurden. Das Hostel ist außen grau und innen grell, mit Kicker, Billardtisch und Getränkeautomat in der Lobby ausgestattet. An den Wänden ein paar Wall-Tattoos bekannter Popstars – auch Madonna ist dabei. Na, da wird unsere Generation zumindest nicht ausgeschlossen.

Milan, der Freund der Rezeptionistin, erwartet uns schon. Er ist so ein Typ Hipster – um die dreißig mit Vollbart, Brille, Basecap und Adiletten. Auch so ein Trend, auf den ich persönlich gut verzichten könnte, denn ich fand die Adilette schon immer peinlich missinterpretiert. In den 80er Jahren überwiegend als Dusch- und Saunaschlappe genutzt, wurde sie bald gerne von unattraktiven Männern mit Minipli-Dauerwelle, Oberlippenbärtchen und Opel-Manta vor der Tür über weißen Tennissocken in Frei- und Spaßbädern oder auf Campingplätzen zur Schau gestellt. Und weil sich jeder Trend irgendwann wiederholt, muss meine Generation die gleiche Geschmacksverirrung erneut ertragen – im schlimmsten Fall durch die eigenen Kinder. Aber dass mir heute ein dreißigjähriger Vollbartträger in Sakko, Superman-T-Shirt, Anzughose und Adiletten gegenübersteht und in diesem Outfit ernst genommen werden will, ist für mich nur schwer auszuhalten. Erst recht, weil dieser wirklich nette junge Mann schwarze Tunnel-Ohrringe in beiden Ohrläppchen trägt – ein Trend, der mir ebenfalls völlig fremd ist. Nasenringe – okay, Zungen-, Bauch- und sogar Intim-Piercings – von mir aus. Tattoos – alter Hut. Aber diese riesigen Ohrlöcher, die überwiegend von Männern getragen werden (sagt man das eigentlich so – getragen? Herrje, ich bin Lehrerin und sollte das doch eigentlich wissen!), sind mir ein Rätsel. Sie sind weder sexy, noch machen sie auch nur entfernt attraktiv – subjektiv gesehen. Und sie sind kaum rückgängig zu machen. Klar weiß ich, dass uralter Körperkult dahintersteckt, aber weder in Belgrad noch in Gelsenkirchen-Ückendorf oder in Köln-Bocklemünd hat dieser traditionelle Körperkult seinen Ursprung. Mich irritiert ganz einfach, dass aus echten, uralten kulturellen Elementen Modetrends werden, die von vielen völlig gedankenlos aufgegriffen werden. Meine Tochter Ella nennt mich spießig, wenn wir über so was reden. Zum Glück kam sie noch nicht mit der Idee, sich solche Riesenohrlöcher dehnen zu lassen, durch die ein Tennisball passt. Aber wer weiß – sie ist erwachsen. Adiletten hat sie schon.

Jedenfalls begrüßt uns der Hipster sehr freundlich auf Englisch und erklärt uns ebenfalls, dass die Stadt völlig ausgebucht sei. Aber es herrsche gute Stimmung und überall sei viel los.

«Party everywhere! Good times to visit Beograd!», sagt er und schenkt uns ein strahlendes Lachen durch seinen dichten Vollbart.

«Klingt schon mal super!», findet Matti, die diesen Hipster auch auf Anhieb super findet.

Ich habe schon so oft versucht, hinter ihr genaues Beuteschema zu kommen, aber bis jetzt bin ich gescheitert. Es gibt einfach keine Schnittmenge, außer dass sie alle Männer sind. Der Hipster geht also vor, um uns unser Zimmer zu zeigen, und öffnet im zweiten Stock die Tür neben der Feuertreppe.

«Voilà!»

Wir treten ein und sind – ernüchtert. Vor uns tut sich ein Schlafsaal auf mit drei Doppelstockbetten, zwei davon belegt. Unser Bett steht gleich an der Tür, wo's am lautesten und unruhigsten zugeht. Der Hipster bestätigt, dass es die einzigen beiden Betten seien, die er noch vergeben könne.

«Okay?», will er wissen.

Matti und ich wechseln einen skeptischen Blick, schließlich nicke ich dem Vollbart zu. «Okay!»

Für zwanzig Euro pro Person können wir das Doppelstockbett beziehen.

«Stolzer Preis für ein Sechserzimmer», sage ich zu Matti, während wir unsere Personalien an der Rezeption eintragen.

«Wir können auch für dreihundert Piepen First Class wohnen», kontert sie. «Vielleicht wohnt ja Madonna dann nebenan.»

Ich frage den Hipster, ob wir den anderen Zimmergenossen trauen können. Er streicht sanft über seinen Computer, in dem jeder Gast registriert werde – wie wir. Außerdem werden die Zimmer nach Geschlecht verteilt – also keine Männer. Das Argument beruhigt mich etwas, aber nicht komplett.

«Du musst wieder mehr Vertrauen haben», erinnert mich Matti. «Komm! Im Notfall schlagen wir uns bis in die Morgenstunden die Nacht um die Ohren», versucht sie mich zu beruhigen.

«Versprochen?»

«Versprochen.»

Wir checken ein, gehen duschen und ziehen uns um, um so schnell wie möglich die Stadt zu erkunden. Das Gute: Es gibt keine Sightseeing-Highlights, denn in Belgrad gibt es alles und nichts zu sehen, aber keine Must-see-Sehenswürdigkeit wie den Eiffelturm oder den Mailänder Dom.

Wir beginnen mit einem Spaziergang durch den botanischen Garten, weil er praktischerweise um die Ecke des Hostels liegt. Und tatsächlich sind die Stille und der kühle Schatten der Bäume eine echte Erholung. Danach lassen wir uns durch die Straßen treiben. Trotz knapp eineinhalb Millionen Einwohnern macht die Stadt einen entspannten Eindruck. Die Leute wirken weniger gestresst und getrieben als in Thessaloniki oder Mailand. Fast zufällig kommen wir zur nicht weit entfernten Skadarlija, Belgrads berühmtester Fußgängerzone. Sie besteht nur aus einer Straße und wird gesäumt von traditionellen serbischen Restaurants und Kneipen. Gemütlich und mit viel Balkan-Charme, denn in nahezu jedem Restaurant wird abends serbische Live-Musik geboten. Und doch wirkt die Skadarlija mit ihrem alten Kopfsteinpflaster und den kleinen Cafés, Boutiquen und Kunsthandwerkläden ringsum erfrischend unprätentiös. Die Hausfassaden sind überwiegend grau, unsaniert und brüchig, weshalb das Viertel eher von innen heraus strahlt. Nicht zuletzt durch die Menschen, denn trotz der vielen Touristen wird hier überwiegend Serbisch geredet. Wir nehmen einen kleinen Imbiss in einem der traditionellen Restaurants und kommen mit dem Kellner ins Gespräch. Er ist vielleicht Mitte fünfzig, trägt ein weißes Hemd mit klassischer schwarzer Kellnerschürze und spricht sehr gut Englisch. Der übliche Touristen-Smalltalk: Wie lange wir bleiben, ob wir das erste Mal in Belgrad sind, ob wir schon wissen, was es alles zu sehen gibt. Und weil wir keinen überzeugenden Plan haben, zieht er blitzschnell einen Zettel aus der Schürze und schreibt uns drei Dinge auf, die wir unbedingt machen sollen: 1. Frühstück in Beton Hala, 2. mit dem Bus nach Zemun, 3. Sonnenuntergang auf der Stadtfestung Kalemegdan. Und damit wir auch nichts falsch machen, schreibt er uns noch die genauen Busverbindungen nach Zemun auf und erklärt uns den Weg nach Beton Hala. Extrem nett. Als wir ihm ein gutes Trinkgeld geben wollen, winkt er freundlich ab und zeigt auf den Rechnungsbon: *Service Included*.

«Stell dir das mal in Paris vor», lacht Matti, als wir gehen.

«Absolut unmöglich!», antworte ich und bin tatsächlich positiv überrascht.

Entspannt schlendern wir durch die Seitengassen und Innenhöfe und entdecken sogar einen spannenden Secondhandladen. In Secondhandläden zu stöbern ist zwar eine echte Herausforderung für den Geruchssinn, weil man den typischen Muff nach altem Leder, Mottenkugeln, Lavendelsäckchen und ungelüfteten Kleiderschränken in feuchten Schlafzimmern ertragen muss, vor allem aber sind sie eine Herausforderung für den Spürsinn, denn es geht darum, ausgefallene Teile zu finden, die es wert sind, ein neues Leben zu erhalten. Wie eine fast unbenutzte Handtasche aus den 40er Jahren oder ein kaum getragener britischer Trenchcoat. Sogar Einzelstücke aus Markenkollektionen habe ich schon gefunden. Für Matti und mich ist jeder Eintritt in einen Secondhandladen wie eine Challenge: Wer zuerst das Beste und ausgefallenste Teil zu einem guten Preis findet, gewinnt. Also ganz ähnlich der Schnäppchenjagd. Beide Male gilt: gute Qualität – niedrige Preise. Diesmal stöbern wir nur, ohne echte Kaufambitionen.

Das genaue Gegenteil von der Skadarlija ist die breite Fußgängerzone Belgrads. Die Knez Mihailova ist *die* Belgrader Einkaufsmeile. Hier werden Standards erfüllt: Shops, Cafés, Restaurants bekannter und unbekannter Ketten lassen kaum einen Unterschied zwischen Belgrad oder Berlin erkennen. Aber es gibt viel zu sehen – Straßenmusiker, Asphaltmaler, Hütchenspieler und viele Menschen aus vielen Nationen. Wir folgen der Shopping-Meile nach Norden bis zum Kalemegdan-Park mit der Stadtfestung, denn den Sonnuntergang wollen wir heute schon erleben.

Hier kehrt wieder mehr Ruhe ein, obwohl nicht wenige Menschen unterwegs sind. Aber alle scheinen das gleiche Ziel zu haben. Der Tag war bis jetzt lang und warm, und das stundenlange Umherschlendern hat unsere Reserven aufgebraucht. Und dennoch: Matti hatte recht. Belgrad ist genau der richtige Ort, um sich durch die vielen Eindrücke von unschönen und unangenehmen Gedanken abzulenken. Ich bin froh, dass ich die Reise nicht vorzeitig abgebrochen habe.

Die mittelalterliche Festung mit ihrem Park ist so angelegt, dass die Belgrader jeden Winkel nutzen können. Matti und ich staunen über die Tennisplätze im ehemaligen Burggraben und die Basketballfelder unweit alter, zur Schau gestellter Kanonen- und Panzermodelle. Zwischen den Bäumen lugt plötzlich eine Herde Dinosaurier durch die Äste, über die sich die Kinder besonders freuen. Der Kellner aus der Skadarlija hat uns geraten, nicht ins überteuerte Terrassencafé zu gehen, um die Aussicht auf die Save-Mündung zu genießen, sondern es wie alle anderen Parkbesucher zu machen, die hier um diese Zeit unterwegs sind: Man setzt sich zum Sonnenuntergang auf die Festungsmauer. Und genau das machen wir.

Ich schaue mich um und entdecke einen Kiosk auf Rädern, wo wir Dosenbier und Chips kaufen. Wir müssen uns beeilen, um noch einen Platz zu ergattern, denn die Sonne senkt sich bereits, und die Mauer füllt sich. Doch gerade als wir eine freie Stelle entdeckt haben, zieht Matti mich plötzlich zurück und versteckt sich hinter einem Pärchen.

«Ach du Scheiße!», sagt sie leise, fast flüsternd.

Ich bin total irritiert. «Was?! Was ist los?»

Matti zeigt auf jemanden. «Da! Siehst du die auch, oder hab ich Halluzinationen?»

Ich folge ihrem Finger, schaue genauer hin, und dann erkenne ich sie. «Ach du Scheiße! Was machen die denn hier?»

Matti schüttelt den Kopf. «Die Frage sollte besser lauten: Was machen *wir* jetzt?»

Keine zehn Meter von uns stehen tatsächlich Ella und Jo mit einer Gruppe Gleichaltriger. Wie klein ist die Welt, und wie groß sind manche Zufälle?!

Das Pärchen vor uns geht weiter, weshalb wir uns einen neuen Sichtschutz suchen, um nicht entdeckt zu werden: eine amerikanische Familie. Gaaanz unauffällig.

«Vielleicht sollten wir Hallo sagen?», schlage ich vor.

«Auf keinen Fall! Wir mussten hoch und heilig schwören, ihnen nicht in die Quere zu kommen.»

«Aber sie sind uns doch offensichtlich hinterhergefahren. Nicht wir ihnen», gebe ich zu bedenken.

«Trotzdem. Wenn wir da jetzt hingehen, findet Jo das bestimmt total krank.»

Ich nicke nachdenklich. «Hm, stimmt. Ella sicher auch. Aber wir können doch nicht einfach so tun, als wären sie nicht hier und wir nicht hier. *Das* wäre krank!»

«Stimmt auch wieder», gibt Matti zu.

In diesem Moment fängt das kleine Mädchen der Amerikaner plötzlich an zu schreien und einem Hund hinterherzulaufen. Unser Sichtschutz löst sich auf, und wir stehen praktisch nackt da. Und zwar genau in dem Moment, als Ella wegen des Kindergeschreis zu uns rüberschaut.

«Mama?»

Matti und ich fühlen uns wie zwei Panzerknacker, die auf frischer Tat bei einem Bankraub ertappt wurden.

«Verdammt! Was machen wir denn jetzt?», zische ich.

«Keine Ahnung», sagt Matti. «Abhauen?»

Zu spät, denn Ella und Jo kommen direkt auf uns zu.

«Was macht ihr denn hier?» Ella umarmt mich stürmisch und scheint sich tatsächlich zu freuen.

Langsam werde ich locker und erwidere ihre Umarmung. «Das sollten wir euch wohl besser fragen.»

«Spontane Entscheidung», freut sich Jo.

«Aber wir wollten uns doch nicht in die Quere kommen!», rege ich mich künstlich auf und versuche, gleichzeitig cool zu bleiben und meine Freude in Grenzen zu halten.

«Das war ja auch gar nicht so geplant, Mama», sagt Ella und hakt sich bei mir unter. «Entspann dich. Ist doch super, dass wir uns hier treffen. So ein Zufall! Oder, Jo?»

Jo nickt, wenn auch etwas zögerlich. «Ja, eigentlich schon ganz schön. Wir wussten gar nicht, dass ihr nach Belgrad wolltet.»

Das erstaunt Matti und mich jetzt. War es nicht Jo, die völlig ausgeflippt ist, als sie fälschlicherweise vermutete, wir würden ihnen eine Reiseroute über den Balkan vorgeben? Matti gibt mir zu verstehen, jetzt nicht diese alte Geschichte aufzuwärmen. Sie ist eine wirklich gute Pädagogin.

«Ihr wart doch zuletzt in Italien, oder?», frage ich daher bemüht beiläufig.

«Schon, aber die anderen haben uns so von Belgrad vorgeschwärmt, dass wir einfach mitgefahren sind», erzählt Jo aufgeregt. «Ist es nicht eine tolle Stadt!?»

«Außerdem wollten wir uns auch gar nicht von ihnen trennen», sagt Ella und wirft einem der drei Typen, die noch dabei sind, einen verliebten Blick zu.

«Ach.» Matti ergreift jetzt die Initiative. «Und wer sind *die anderen*?»

Jo geht ein paar Schritte zu dem Grüppchen und klammert sich an den braun gebrannten Arm eines der jungen Männer. «Das ist Jonas. Jonas, das ist meine Mutter.»

Wir gesellen uns dazu.

«Hallo», sagt Jonas und lächelt Matti an. Er ist sportlich, mit mittellangen blonden Haaren und nicht älter als zwanzig. Das ist also der Freund von Jo. Jo und Jonas – wie passend. Dann muss der andere Knabe …

«Und das ist Lorenzo», sagt Ella da auch schon. «Lorenzo, das ist meine Mutter.»

Lorenzo ist auch groß und sportlich, hat aber braunes, lockiges Haar, das ihm ins Gesicht fällt.

«Hallo, Lorenzo», sage ich. «Ihre Eltern leben also in Venedig?»

Lorenzo lächelt. «Nicht ganz, wir haben ein Sommerhaus auf dem Lido von Venedig. Sie können mich aber gerne duzen.»

«Ach, ein … Sommerhaus … auf dem Lido, wie nett.»

Wer bitte sind seine Eltern, dass sie einfach so ein Sommerhaus auf dem Lido haben, wo sich die Reichen und Schönen dieser Welt begegnen? Ich gebe zu, ich bin beeindruckt.

Dann stellt uns Ella das dritte Pärchen im Bunde vor. «Und das sind Nadja und Konrad, die wir in Barcelona kennengelernt haben.» Beide sind in den Zwanzigern und etwas zurückhaltend, aber schwer verliebt, denn sie kleben aneinander, als seien sie zusammengewachsen. «Konrad studiert hier.»

«Wie schön», sagt Matti. «Und deshalb seid ihr jetzt alle hier?»

«Genau», sagt Konrad, ein etwas gedrungener Mittzwanziger mit der Figur eines Ringers. «Ich habe hier eine günstige Wohnung gemietet und alle eingeladen.»

Seine Freundin ist etwas größer als er und hat ganz kurze

schwarze Haare, was ihr hübsches rundes Gesicht auf eine unspektakuläre Art betont. Beide wirken sehr sympathisch.

«Wow, du hast nicht zufällig noch zwei Betten frei?», sage ich spontan und bin selbst etwas erschrocken über meine sehr direkte Frage, denn ich würde den Mädels niemals so dreist auf den Pelz rücken. «Unser … äh, Hotel war nämlich überbucht.»

Matti wirft mir einen irritierten Blick zu. Verständlicherweise.

«Das war natürlich ein Scheeeerz», füge ich schnell hinzu und lächele blöd.

Ella schaut mich jetzt erst recht verstört an. «Wo wohnt ihr denn?»

«Im Sechsbettschlafsaal eines Hostels.» Matti haut die Info einfach raus, aber sicher nicht ohne Hintergedanken. Und es funktioniert, denn das findet selbst Jo nicht witzig.

«Nee, oder? Geht ja gar nicht!»

Konrad hat eine super Idee. «Der Besitzer von dem Haus, in dem ich wohne, hat 'ne kleine Pension im ersten Stock. Ich ruf den mal an.»

Und ehe wir was dazu sagen können, klemmt er sich ans Telefon und geht beim Reden auf der Wiese neben der Mauer auf und ab. Nach ein paar Minuten kommt er zurück. «Alles klar. Jagoš lässt mir den Schlüssel im Briefkasten.»

Matti und ich sind mit diesem überraschenden Angebot etwas überfordert. Vor allem, weil wir wissen, dass es das Letzte auf der Welt für unsere Töchter wäre, wenn wir in der Nähe übernachten würden.

«Ist doch 'ne super Idee, Mama!», erklärt Ella zu meiner Überraschung. «Dann können wir noch den ganzen Abend zusammen abhängen. Oder, Jo?»

Was ist mit meinem Mädchen passiert? Gehirnwäsche? Sonnenstich? Drogen? Jedenfalls reagiert sie nicht erwartungsgemäß. Sollte es an diesem Lorenzo liegen, darf er gerne weiterhin einen so positiven Einfluss auf meine Tochter haben. Vielleicht laden seine Eltern mich dann ja auch mal in ihr Sommerhaus ein – auf den Lido. Ich würde auch Italienisch lernen.

Selbst Jo scheint angetan von Konrads Vorschlag, wenn auch in Grenzen. «Klar, ist ja nur für eine Nacht, oder?»

«Ach, mein Schatz, von wem hast du nur diese Direktheit?» Matti grinst breit und gibt ihrer Tochter einen Kuss auf die Wange.

Also nehmen wir das Angebot an, unter der Bedingung, dass wir uns alle duzen. Jos und Ellas Freunde haben nichts dagegen, und Matti und ich fühlen uns weniger alt. Wir sind gespannt, was uns erwartet. Zuerst aber erwartet uns eine wahre Attraktion, die Belgrad zu bieten hat – und sogar ganz kostenlos. Mit Ella und Jo und ihrer neuen Clique rücken wir zusammen und nehmen auf der Festungsmauer Platz, um uns anzuschauen, wie sich die Sonne auf der anderen Seite der Save über den kantigen Konturen der sozialistischen Trabantenstadt Neu-Belgrads langsam senkt und schließlich orangerot dahinter untergeht. Ein weiterer Sonnenuntergang für unser Album.

Wir haben zusammen viel Spaß und sind plötzlich mittendrin im Feeling von vor dreißig Jahren, als es zum Reisen nicht wichtig war, Geld zu haben, sondern es nur darum ging, die richtigen Leute zu treffen und mit den richtigen Freunden zu reisen. Ich fühle mich hier und jetzt so frei und ungebunden. Am liebsten würde ich die Zeit anhalten, um diesen Moment für immer zu genießen. Alles stimmt – das Licht, die Wärme, der Ort, die Geräusche ringsum, das Lachen unserer Töchter, die leichte Brise auf der nackten Haut, der Geschmack des lauwarmen Bieres, das selbst Matti nichts ausmacht, die sonst niemals ungekühltes Bier trinken würde. Überall auf der Mauer sitzen Grüppchen und Paare unterschiedlichster Nationen, reden und lachen und tauschen sich in allen Sprachen der Welt aus. Das ist es! Danach habe ich vielleicht gesucht – nach diesem Gefühl, dass es keine

Unterschiede gibt. Wir sind alle Reisende und Entdecker. Diese Stimmung hier macht etwas mit mir. Ich fühle mich mit einem Mal unendlich jung und versuche, das Gefühl einzufangen, zu inhalieren und zu konservieren. Ich will es mitnehmen für den Rest der Reise und den Rest meines Lebens, so wundervoll ist dieser Abend. Wir machen Fotos, reden über Musik, Politik, Generationen und alles Mögliche. Alles ist es plötzlich wert, besprochen zu werden. Die Zukunft liegt vor uns, der Moment ist bei uns, und die Vergangenheit zählt nicht.

Aus der Ferne trägt der Wind Madonnas Konzert zu uns rüber, aber das interessiert hier eigentlich niemanden wirklich.

Irgendwann tippt mir jemand auf die Schulter. «Entschuldigung, haben Sie vielleicht Feuer?», fragt mich eine junge Österreicherin – und mit einem Mal kenne ich den Unterschied zwischen den Generationen wieder.

Als es schon dunkel wird, brechen wir auf, denn Konrad und Nadja wollen uns später noch Belgrads Nachtleben zeigen. Weil unser Hostel auf dem Weg zu Konrads Wohnung liegt, checken wir unterwegs dort aus und folgen den anderen.

Konrad wohnt im fünften Stock eines Altbaus, der auch in Berlin stehen könnte – nur wäre er dort längst saniert und seine Bewohner dem Mietwucher zum Opfer gefallen. Im nur schummrig beleuchteten Treppenhaus platzt überall der Putz von den Wänden und der Holzlack von Türen und Geländern. Die Stufen sind ausgetreten, uneben und knarzen. Als Lorenzo stolpert, kichern wir wie eine Horde angeheiterter Hühner.

Im ersten Stock schließt Konrad uns die Etage der Pension auf – eine große Altbauwohnung mit langem Flur, von dem links und rechts die Zimmer abgehen, mit einer Deckenhöhe von weit über drei Metern. Schön cremefarben gestrichen und offenbar renoviert. Kein Vergleich zum Treppenhaus. Dicke Teppiche dämpfen unsere Schritte. An den weiß lackierten Türen hängen goldene

Nummern. Wir haben ein Eckzimmer mit der Nummer 5. Konrad schließt auf, und gemeinsam schauen wir uns alle darin um: zwei Betten, Stuck, Teppich und Polstermöbel aus dem späten 19. Jahrhundert.

«Sieht so aus wie bei meiner Oma früher», fällt mir spontan auf. Ich war gerne bei meiner Oma und ihren alten Möbeln.

«Ist doch okay», findet auch Matti. Außerdem gibt es ein ordentliches Bad mit moderner Dusche, sauberen Handtüchern und eigenem Klo. Das Ganze für dreißig Euro.

«Jagoš braucht eure Pässe oder Ausweise zur Registrierung. Ihr sollt sie in den Briefkasten an der Tür werfen.»

Matti und ich schauen uns an.

«Auf keinen Fall», erkläre ich. «Das ist nicht mal EU hier. Woher soll ich wissen, was der mit meinem Ausweis macht.»

Ella verdreht die Augen. Ich bin ihr peinlich. Mir egal.

Matti zieht ihr Portemonnaie aus der Bauchtasche. «Caro hat recht. Ist nichts gegen dich, Konrad, aber …»

«Ihr habt Vorurteile gegen Serben, stimmt's?», fragt Ella provokant.

Ich will gerade sagen, dass das gar nicht stimmt, aber zum Glück pflichtet mir Konrad bei.

«Deine Mutter hat recht», erklärt er. «Mir ging es am Anfang auch so. Aber Jagoš ist schon in Ordnung. Er kommt meistens um 8 Uhr für 'ne Stunde, bevor er zur Arbeit geht.»

«Okay», sagt Matti. «Also, er kriegt erst mal meinen Führerschein, und morgen zeigen wir ihm dann unsere Ausweise.»

Und so wird's gemacht. Wir legen unsere Rucksäcke ab und gehen mit den anderen in den fünften Stock zu Konrad.

Seine Wohnung hat auch Parkett, Stuck, Flügeltüren und Kachelofen, ist nur kleiner als die Pension und auch leider nicht so toll renoviert. An den Wänden hängen zum Teil noch alte Tapeten, die Räume sind spärlich möbliert mit 80er- und 90er-Jahre-Mobiliar, und im Winter sind die 120 Quadratmeter sicher schwer zu heizen. Das erinnert an früher in Ost-Berlin.

«Eine der wenigen Wohnungen, die nicht, wie sonst üblich im Sozialismus, geteilt wurden», erklärt Konrad. «Aber jetzt zeig ich euch das Beste!»

Er geht in die Küche und kommt mit zwei Sixpacks original serbischem Jelen-Pivo zurück. «Mir nach!»

Wir folgen ihm über eine Feuertreppe auf den Dachboden und klettern von dort aus durch eine Luke aufs Dach. Ich habe das Gefühl, etwas Verbotenes zu tun. Wie damals, als ich in einer ähnlich aufgeladenen Sommernacht mit Olaf und ein paar Freunden über den Zaun ins Freibad eingebrochen bin. Wir waren Anfang zwanzig.

Es prickelt. Staunend betreten wir das Flachdach und blicken weit nach Norden über die Stadt bis zur Donau. Ein Lichtermeer liegt uns zu Füßen. Wir setzen uns auf herumstehende Bierkästen, prosten uns zu und erzählen uns gegenseitig von unseren Reisen. Zwischendurch staunen wir immer wieder über die Aussicht.

Seltsam, dieses Belgrad, denke ich. Hässlich und schön, ruhig und laut, lustig und ernst, bunt und grau, gemütlich und kalt, neu und alt. Und irgendwie wahnsinnig sympathisch und unkompliziert.

«Warum wolltet ihr eigentlich ausgerechnet nach Belgrad?», fragt mich Ella irgendwann.

Jetzt muss ich tatsächlich überlegen. «Weil wir viel darüber gelesen und gehört haben. Soll eine spannende Stadt sein.»

Ella blickt in die Ferne. «Ja, das stimmt.» Dann sieht sie mich an. «Schön, dass wir uns ausgerechnet hier treffen.»

«Findest du? Wieso?»

«Weiß nicht», sagt sie. «Vielleicht weil ich gerade so happy bin. Diese Reise ist wie … eine Reinigung nach dem ganzen Schulstress und so.»

«Und vielleicht weil du verliebt bist?»

«Ja, vielleicht.» Sie lacht, und wir lassen unsere Flaschen aneinanderklirren, nehmen einen großen Schluck und schauen wieder auf die Stadt. Dann fragt sie unvermittelt: «Hast du was von Papa gehört?»

Ich zucke kurz und zögere einen Moment mit der Antwort. «Ich glaub, es geht ihm ganz gut mit Günni an der Ostsee.»

«Läuft gerade nicht so toll bei euch, oder?», fragt Ella, ohne ihren Blick von der Stadt abzuwenden.

«Wie kommst du denn darauf?»

Jetzt schaut mich meine Tochter vorwurfsvoll an. «Mama, ich bin weder blind noch bescheuert.»

«Hm … Stimmt wohl.»

«Außerdem bist du jetzt hier, und er ist an der Ostsee. Das sagt doch schon alles.»

Ich werfe ihr einen vorwurfsvollen Blick zu. «Wieso? Man kann sich doch auch mal ändern!»

Ella lacht. «Papa und sich ändern? Machst du Witze?»

Na toll, selbst unser eigen Fleisch und Blut hat uns durchschaut. Aber wieso eigentlich nicht? Wieso sollten wir uns nicht ändern? Genau genommen verändern wir uns doch jeden Tag, jeden Moment? Nur deshalb bin ich doch jetzt hier und Olaf an der Ostsee – mit ihr.

«Mama, wie geht's jetzt weiter mit Papa und dir?»

«Mit Papa und *ihr*? Du weißt von ihr?», rutscht es mir heraus.

«Was? Mit ihr? Nein! Von wem redest du?», fragt Ella schockiert. Und während ich nach Worten suche, zählt sie eins und eins zusammen. «Mama! Betrügt Papa dich etwa?»

Ich schaue sie verwirrt an und nicke. «Ja, vielleicht … kann sein, weiß nicht.»

Oje, jetzt ist es raus! Ich hatte gar nicht vor, Ella davon zu erzählen. Ich meine, es ist ja auch gar nicht klar, ob Olaf mich wirklich betrügt. Da sollte ich sie nicht unnötig verunsichern. Doch dann sehe ich unserem Kind fest ins Gesicht – und sehe eine erwachsene Frau vor mir. Also, warum eigentlich nicht? Ja, verdammt noch mal, ich möchte von meiner erwachsenen Tochter wissen, wie sie darüber denkt.

«Hey, wir ziehen noch durch die Clubs.» Matti zupft an meiner Jacke. «Los, kommt ihr mit?»

Bevor ich was sagen kann, antwortet Ella für mich: «Nein, wir wollen lieber noch ein bisschen reden. Ganz chillig – nur Mutter und Tochter. Is' grad so schön.»

Matti gibt Ella und mir je einen Kuss auf die Stirn. «Dann bis später, ihr Süßen!»

Auch Lorenzo gibt Ella einen Kuss. «Bis später.» Sie lächelt selig.

«Passt mir auf Matti auf», rufe ich den anderen zu, bevor sie durch die Dachluke verschwinden.

«Hat Papa 'ne andere?» Ella starrt mich mit großen Augen an.

«Anzunehmen. Vielleicht.»

«Wie jetzt?»

«Vermutlich. Na ja, es sieht so aus.»

Jetzt wird Ella ungeduldig, weil die Neugier sie antreibt. «Herrje, Mama, jetzt lass dir nicht alles aus der Nase ziehen! Wer ist sie? Woher kennt er sie? Wie lange geht das schon? Ist es was Ernstes?»

Sie führt sich auf wie ein Inquisitor. Ich habe fast das Gefühl, Olaf in Schutz nehmen zu müssen.

«Ich glaub, es ist Antje von nebenan. An der Ostsee.»

Ella springt entsetzt auf. «Brunsbüttel-Antje?» Ich nicke. «Die Witwe aus dem Nachbarferienhaus?» Ich nicke. «Die sich immer die Haare so schrecklich toupiert und viel zu enge Hosen trägt?» Ich nicke. «Und zu tiefe Ausschnitte?» Ich nicke. «Fuck!»

«Du sagst es.»

«Aber wieso? Und woher weißt du das?»

«Weil sie ständig an sein Telefon geht und Papa zugegeben hat, dass sie schon in unser Ferienhaus eingezogen ist.»

«Was?!» Ellas Augen blitzen vor Wut. «Sag mal, geht's noch?! Da hab ich ja wohl auch noch ein Wörtchen mitzureden!»

«Außerdem hat sich Olaf kaum gemeldet, seit wir getrennt in Ferien sind. Einmal um mich zu fragen, wie er seine Sportsachen waschen soll. Und einmal um mir zu sagen, dass er etwas sehr Wichtiges mit mir besprechen muss, nach meiner Rückkehr.»

«Das ist es also!», ruft Ella. «Ich hab mich schon gefragt, was los ist. Mit mir will er das offenbar auch besprechen. Dann liegt die Sache auf der Hand.» Aufgeregt geht sie hin und her und denkt nach. «Und jetzt?»

«Keine Ahnung. Ich weiß ja nicht, wie ernst das alles ist.»

Ella bleibt abrupt stehen. «Wie jetzt? Du würdest ihm das durchgehen lassen? Um dann so zu tun, als sei nichts geschehen?»

«Da wäre ich nicht die Erste.»

«Mama! Spinnst du? Das darfst du dir auf keinen Fall gefallen lassen. Wer einmal fremdgeht, macht das wieder! Weiß man doch!»

«Ach, ist das so?» Womit Ella sich so auskennt!

Jetzt geht sie in die Hocke, um mit mir auf Augenhöhe zu sein, denn ich sitze nach wie vor auf der Bierkiste und bin ganz Ohr.

«Also, egal, wie es ausgeht. Ich bin auf deiner Seite. Du kannst auf mich zählen. Du bist die Betrogene – Papa baut Scheiße.»

So schwarz-weiß würde ich das jetzt nicht unbedingt sehen, denn schließlich war ich bereit, auch spontan mit meiner Jugendliebe durchzubrennen, wenn Angelos nicht schwul geworden wäre. Aber Ella ist nicht lebenserfahren genug, um die Grauzone zu erkennen.

«Schon gut, Schatz, dein Vater steckt in einer schwierigen Lebensphase und hat vielleicht noch das eine oder andere nachzuholen, was er in den letzten Jahren verpasst hat.»

«Mit dieser Antje aus Brunsbüttel?», fragt Ella skeptisch.

Ich ziehe die Augenbrauen hoch. «So ist das manchmal nach zwanzig Jahren Ehe.»

«Krass – zwanzig Jahre mit nur einem Mann.»

«Siehst du!»

«Ja, aber bei euch ist das was anderes. Ihr seid schließlich meine Eltern.» Jetzt klingt sie wie ein bockiges Kleinkind – total irrational. Zeit, das Gespräch in eine andere Richtung zu lenken.

«Was ist denn mit Lorenzo und dir? Ist das was Ernstes?»

«Glaub schon», sagt sie und strahlt vor Glück. Na, wenigstens eine von uns.

«Und wie soll das jetzt weitergehen? Fernbeziehung?»

«Nö, wieso? Ich gehe nach München zum Studieren.»

«Ach … nach München? Für ihn?»

Ella fasst sich an den Kopf. «Natürlich nicht! Für wie naiv hältst du mich eigentlich? Lorenzo und ich werden sicher nicht ewig zusammenbleiben und heiraten. Aber Jura in München wäre doch eine gute Kombi. Oder?»

Meine Tochter und Jura in München. Olaf würde Freudensprünge machen. Davon aber mal ganz abgesehen, ist sie abgebrühter, was ihre Beziehung angeht, als ich dachte. Oder vielleicht einfach nur realistisch? Oder unromantisch? Oder sind wir, ihre Eltern, vielleicht einfach keine guten Vorbilder gewesen? Das wäre ja schrecklich, wenn sie unsertwegen den Glauben an eine funktionierende, romantische Beziehung verloren hätte! Müssen wir uns Vorwürfe machen, wenn unsere Tochter beziehungsunfähig wird, weil sie nicht an die einzig wahre große Liebe glaubt? Das würde ich mir nie verzeihen.

«Ich bin ja nicht so blöd wie du und heirate den Erstbesten.»

«Na, danke auch!», sage ich. «Da wird sich Papa freuen.»

«Sorry, Mama, aber da draußen laufen so tolle Typen rum, und mein Leben geht ja jetzt erst los. Wie kann ich da schon sicher sein, dass Lorenzo der Richtige ist?»

Oh mein Gott! Wann ist mein Kind so klug und weise geworden? Und wann so erwachsen? War ich in den letzten Jahren so sehr mit mir beschäftigt, dass Ellas Entwicklung an mir vorbeigerauscht ist?

«Stimmt, aber …»

«Nein! Kein Aber! Ich meine, kennst du nicht dieses Gefühl, wenn man nur im Moment lebt?» Ella streckt sich zum Himmel und dreht sich einmal um die eigene Achse. «Wenn … wenn diese Momente so perfekt sind wie diese Sterne da oben. So perfekt, dass man nicht darüber hinausdenken kann, weil sonst alles kaputtgeht? So ist das bei Lorenzo und mir. Wir sind glücklich. Jetzt und hier. Egal, was morgen ist. Kennst du das?»

«Absolut», sage ich und denke an Angelos. «Das kenne ich sehr, sehr gut. Und … wo wir gerade dabei sind: Dein Vater war auch nicht der Erstbeste.»

«Ach, echt jetzt? Erzähl!»

Wieso gehen Kinder eigentlich immer davon aus, dass ihre Eltern vor der Familiengründung kein Leben hatten? Also erzähle ich meiner Tochter die Geschichte von Angelos, von dem Urlaub auf Korfu, den Kassetten, unseren Facebook-Nachrichten und meiner Odyssee dreißig Jahre später. Ella lauscht gespannt meinen Worten, als würde ich ihr ein Gutenachtmärchen erzählen.

«Krass!», sagt sie schließlich.

«So kann man's auch nennen.»

«Mama, mal im Ernst, wärst du wirklich geblieben, wenn er nicht schwul wäre?»

Ich überlege, schaue auf das glitzernde Belgrad hinab und wiege den Kopf hin und her.

«Ein schöner Gedanke, aber ob ich wirklich den Mut gehabt hätte? Keine Ahnung.»

«Ich musste auch einigen Mut aufbringen, um euch zu sagen, dass ich dieses Jahr nicht mehr mit euch Urlaub mache.»

«Frag mich mal!», sage ich zustimmend.

«Siehst du! Und es steht dir gut. Du bist viel lockerer hier und jetzt. Du solltest viel öfter über deinen Schatten springen.»

Das sagt sie so einfach in ihrem jugendlichen Leichtsinn. «Und dann? Mache ich nur noch, was ich will, oder wie?»

Ella überlegt. «Nein, aber ein bisschen vielleicht.»

Da hat sie gar nicht so unrecht. «Ja, warum eigentlich nicht? Ein bisschen mehr Egoismus würde mir vielleicht ganz guttun.»

Ella lacht und umarmt mich. «Ach Mama! So schön, dass wir jetzt hier sitzen und so entspannt reden. Das hätten wir schon viel früher mal machen sollen.»

«Ja, mit etwas Abstand von zu Hause lässt sich vieles besser bereden.»

Wir schauen in den Himmel und hängen unseren Gedanken nach. Was Olaf wohl jetzt macht?

«Weißt du, Mama, ich fand unsere Urlaube früher an der Ostsee immer total schön. Als wir noch eine Familie waren.»

«Hallo?! Wir sind immer noch eine Familie!», stelle ich richtig.

«Aber nicht mehr wie früher.»

«Stimmt. Wir haben uns eben alle verändert mit den Jahren. Du bist erwachsen geworden. Wir sind älter geworden.»

«Trotzdem. Ich vermisse meine Eltern von früher.»

Dieser Satz versetzt mir einen schmerzhaften Stich ins Herz, der mir bewusst macht, dass diese wunderbaren Zeiten tatsächlich nur noch Erinnerung sind. «Ja, ich auch.»

Wir schweigen eine Zeitlang nachdenklich, bis Ella es nicht mehr aushält.

«Ganz ehrlich, Mama?»

«Was?»

«Ich fänd's nicht gut, wenn ihr euch trennen würdet. Aber wenn's euch dann bessergeht … Ich bin raus.»

Damit entlässt unsere Tochter uns also aus der elterlichen

Pflicht, unser Wohl hinter ihres zu stellen, und ich muss sagen, dass mich das ganz schön stolz macht. Das Kind, das immer unser Kind bleiben wird, ist ein Stückchen erwachsener geworden.

Am nächsten Morgen sitzen Matti und ich mit Jagoš zusammen in seinem kleinen Office, dem mit maximal sechs Quadratmetern vermutlich kleinsten Zimmer der ganzen Wohnung – eine Abstellkammer mit Fenster, in die gerade mal ein Schreibtisch mit Stuhl passt. Jagoš ist ein gemütlicher Typ um die vierzig mit raspelkurzem Haar in sportlichem Polohemd-Jeans-Turnschuh-Outfit. Ein witziger Typ, der unsere Ausweisnummern notiert und die Touristenmeldebescheinigung ausfüllt. Weil Matti und ich kein Serbisch sprechen, müssen wir ihn um einen Gefallen bitten, denn zu unserem großen Schreck musste ich heute Morgen feststellen, dass unser Nachtzug nach Budapest überraschend gestrichen wurde. Weil ich nicht mehr schlafen konnte, wollte ich routinemäßig unseren Zug checken, der aber nicht mehr im Fahrplan steht. Seit sechs Uhr habe ich also online versucht herauszufinden, wo unser Zug geblieben ist. Fährt er überhaupt noch? Und wenn ja, von wo? Oder gibt es einen Ersatzzug? Die Homepage der serbischen Bahngesellschaft bietet zwar auch eine englische Version, bleibt aber dennoch unübersichtlich und kaum hilfreich, weil dort nichts über unseren Zug steht. Alles, was es gibt, ist die Nummer einer Hotline. Jagoš freut sich, uns helfen zu können, und ruft dort an, wissend, dass er in einer Warteschleife landet.

«They hate me, because I disturb them having breakfast», flüstert er, freut sich diebisch und lässt sich lachend zurück in seinen Wippstuhl fallen, der mehrmals nach hinten schaukelt.

Während er den Hörer mit der einen Hand ans Ohr hält, schreibt er mit der anderen unsere Rechnung. Nach einigen Minuten hat er jemanden an der Strippe, nickt ab und zu und notiert sich etwas. Dann legt er auf, atmet tief ein und schaut uns skeptisch an.

«Listen, Caro and Matti, what I found out …»

Und dann erzählt er uns, dass unser Zug nicht nur zwei Stunden früher fährt, sondern auch von einem uns völlig unbekannten Bahnhof außerhalb der Stadt – ein kleiner Militärbahnhof. Es sei also sehr gut gewesen, dass wir ihn gebeten hätten, dort anzurufen. Dieser Jagoš gefällt sich sehr in der Rolle des Retters, und wir sind ihm auch sehr dankbar. Weil es noch früh ist, sollen wir unser Gepäck im Haus lassen und um 17 Uhr von unserer Sightseeing-Tour zurückkommen, dann will er uns ein Taxi zu diesem Bahnhof rufen.

«Okay?»

«Warum ist der so nett?», frage ich Matti.

«Weil er so ist.» Matti lacht ihn an. «Yes, okay!»

Sie hat recht, das ist ziemlich hilfsbereit von ihm.

«Yes, okay, thanks for helping us!», sage auch ich und gebe Jagoš die Hand. «See you later!»

Wir lassen die anderen noch schlafen und beschließen, in Beton Hala zu frühstücken, wie es uns der Kellner am Vortag geraten hat.

Wieder gehen wir Richtung Festung, bleiben aber unterhalb der Festungsmauern, um näher an die Save zu gelangen. Wir sind sehr gespannt, denn Beton Hala klingt nicht nach einem besonders gemütlichen Ort, und tatsächlich: Nichts hier an diesem unwirtlichen Flussufer, an dem nur ein kleiner Frachtkran steht, sieht nach einem Frühstückslokal aus. Wir steigen über Gleise, die im Tunnel einer großen, langgezogenen Frachthalle am Ufer verschwinden. Obendrauf befinden sich Parkplätze. Dieser Tunnel ist nach wenigen Metern tiefschwarz und überhaupt nicht einladend. Aber Gastronomie ist hier weit und breit nicht zu sehen. Wir gehen weiter ans Wasser. Erst als wir uns dort umdrehen und nach links schauen, sehen wir Beton Hala. Parallel zur Save zieht sich am Flussufer auf einer Strecke von mehreren hundert Metern die

Frachthalle entlang, in die nebeneinander mindestens fünfzehn Lokale wie Perlen an einer Kette aneinandergereiht sind. Keines gleicht dem anderen, aber alle sehen sehr schick und modern aus, mit großer Terrasse zum Fluss hin. Wir entscheiden uns für einen der ersten Läden, genießen die Sonne und den Ausblick auf die gegenüberliegenden Club- und Restaurantflöße am anderen Ufer und gönnen uns ein leckeres Frühstück mit Kaffee, Obst und Eiern. Herrlich! Matti hängt noch etwas durch, denn sie ist bis vier Uhr morgens durch die Clubs gezogen.

«Es ist wie früher in Berlin, Caro: Da legen DJs in ganz normalen Häusern auf, während oben die alten Leute und ganz normale Familien wohnen.»

«War's voll?»

«So voll, dass im Garten getanzt wurde. Total schön.»

«Und du hast dich nicht alt gefühlt?»

«Gar nicht. Jo und ich haben total abgefeiert. Ich hab das erste Mal das Gefühl gehabt, wir machen was miteinander, verstehst du?»

«Ja, solche Momente hatte ich mit Ella gestern auch.»

Wir sitzen über eine Stunde dort am Flussufer in der Sonne und reden über unsere Töchter, bis es uns zu heiß wird. Danach treffen wir die anderen an einer zentralen Bushaltestelle, um gemeinsam nach Zemun zu fahren. Vornehmlich geht es den Nachtschwärmern darum, dem Trubel der Stadt zu entkommen und an der Donau ihren Kater auszukurieren. Zemun ist ein Stadtteil hinter Neu-Belgrad an der Donau, der abseits der Großstadthektik tatsächlich Urlaubsstimmung vermittelt. Die Busse sind zwar alt und rappelig, aber pünktlich. Wir müssen einmal umsteigen, und an einem großen Kreisverkehr strahlt uns auf einem Riesenplakat Madonna entgegen.

Sie müsste jetzt schon über sechzig sein, denke ich und finde das irgendwie schräg. Am Ende überleben einen die Stars, wenn sie nicht gerade dem *Club 27* angehören und schon mit 27 Jahren gestorben sind, wie Amy Whinehouse oder Curt Cobain.

Das harte Rumpeln des uralten Linienbusses reißt mich aus meinen Gedanken. Für umgerechnet siebzig Cent pro Ticket fahren wir bis zur Endhaltestelle, vorbei an etlichen Läden, die Luftmatratzen und Schnorchel verkaufen. Zemun ist ein kleiner Ort, in dem die Zeit stehengeblieben zu sein scheint. Obwohl Belgrad so nah ist, herrscht hier keine Eile, kaum Verkehr, es gibt keine Hochhäuser und nur wenige Touristen. Nur die direkt hinter dem Ort emporragenden Plattenbauten Neu-Belgrads stören etwas.

Am Donau-Ufer steigen wir aus und staunen. Vor uns liegt der breite Fluss mit seinem grün-blauen Wasser, auf dem sich kleine Fischerboote und Schwäne tummeln. Gegenüber nur Wald und Natur. Am Kiesstrand sitzen ein paar Mütter mit ihren Kindern, ansonsten: völlige Ruhe. Wir gehen am Ufer entlang, lassen ein paar Cafés und Restaurants rechts liegen, bis der Weg schmaler wird und wir zu einem kleinen unspektakulären Holzverschlag kommen, der sich als Fischerkneipe entpuppt, in der vor allem Flussfischer und Hobbyangler ein Päuschen einlegen. Wir bestellen Kaffee, Bier und Kuchen und setzen uns auf eine kleine Veranda mit Blick auf die Fischerboote.

«You enjoy Belgrad?», fragt uns der junge Kellner.

Und weil wir alle so begeistert sind, hält er uns einen kurzen Vortrag über die serbische Geschichte, bis er in der Gegenwart ankommt und uns wissen lässt, dass er am liebsten in Deutschland arbeiten möchte, denn eigentlich sei er Physiotherapeut und suche Arbeit. Beeindruckend. Aber leider können wir ihm da auch nicht weiterhelfen, obwohl wir ihn sehr clever finden.

Ansonsten wird nicht viel geredet, denn in kürzester Zeit geraten wir beim Anblick der ruhig dahinrauschenden Donau in einen totalen Entspannungszustand. Das ist so einer der Momente, die

Ella gemeint hat und die auch ich unendlich genieße, ganz gleich, was die Zukunft bringt. Es gilt nur das Hier und Jetzt.

Wir hängen noch eine Weile mit unseren Töchtern und ihren neuen Freunden ab und reden über alles Mögliche, aber Matti und ich merken sehr bald, dass wir unsere Batterien leider nicht mehr so schnell aufladen können wie sie. Genauer gesagt: Wir schwächeln gewaltig. Irgendwann kommt der Punkt, da will ich nicht mehr reden, will kein Bier und keinen Kaffee mehr und auch nichts mehr essen. Ich will eigentlich nur noch meine Ruhe, wie ein alter Hund, der auf seinem ausgeleierten Kissen schlafen will. Wir sind erschöpft. Von Belgrad und dem Übernachten in unbequemen Betten. Vom Lärm der Städte. Vom Rucksacktragen und Restaurantssuchen. Vom Abfeiern in Kneipen und Clubs. Von Sightseeing-Touren, Smalltalk und Fastfood.

Irgendwann drängen wir zum Aufbruch – und sind pünktlich um 17 Uhr zurück in der Pension. Jagoš wartet schon und freut sich, dass unser Tag so ausgefüllt und schön war. Auch er schwärmt von Zemun und dem Sommer in Belgrad, während die Winter sehr kalt und düster sein können. Schließlich bestellt er ein Taxi, und wir verabschieden uns von Ella und Jo, die noch ein paar Tage in Belgrad bleiben wollen, was wir gut verstehen können. Wir drücken Lorenzo und Jonas zum Abschied wie Familienmitglieder, obwohl Matti und ich wissen, dass wir diese Jungs so bald wohl nicht wiedersehen werden. Konrad und Nadja wünschen wir viel Glück, denn sie wollen heiraten, sobald Konrad aus Belgrad zurück in Deutschland ist. Nadja möchte Kinder, bevor sie dreißig ist, hat sie mir in der Fischerkneipe an der Donau erzählt.

«Pass auf dich auf!», raune ich Ella ins Ohr, als wir vors Haus treten. «Und achte immer schön auf dein Glas, wenn ihr ausgeht. Nicht dass dir da einer was reinkippt!» Den Rat kann ich mir einfach nicht verkneifen.

«Wie kommst du denn jetzt darauf?», wundert sich Ella.

«Genau, wie kommst du denn jetzt darauf?», mischt sich Matti ein und grinst blöd.

«Egal. Wir sehen uns an der Ostsee, okay? Und dann klären wir alles.»

«Okay. Viel Spaß in Budapest! Und – Mama!»

«Ja?»

«Ich hab noch mal nachgedacht über das, was du über Papa gesagt hast. Vielleicht hast du recht. Ich glaub, er braucht nur etwas Zeit, um zu checken, wo das Problem ist. Und das mit Antje ist sicher nur so eine Phase. Eigentlich ist Papa schon okay.»

Ich nicke. «Ja, vielleicht.» Ich hauche meiner Kleinen einen Kuss zu.

Jagoš öffnet uns die Tür des Taxis, das schon wartet.

«Thank you, Jagoš», sage ich und will ihm die Hand geben, aber er deutet eine unaufdringliche Umarmung an und verabschiedet sich mit einem breiten, sehr herzlichen Lachen.

«See you, ladies! And take care!»

«You too», sagt Matti.

Wir steigen ein – und wundern uns über den Fahrer.

«Sie schon wieder!», sage ich, als er sich umdreht. Keine Ahnung, wie viele Taxis es in Belgrad gibt, aber dass wir ausgerechnet den gleichen Fahrer haben wie bei unserer Ankunft, ist schon ein großer Zufall. «Diesmal können wir uns ja dann auf Deutsch unterhalten.»

«Gerne!», sagt er und fährt los.

«Bahnhof Topčider, bitte.»

Er nickt, dreht das Radio auf, und aus den Boxen schmettert Madonna *Into The Groove*.

Schweigend sitzen Matti und ich hinten im Taxi und sind auch diesmal wieder halb ohnmächtig vom betörenden Duftbaumklima im Wageninneren, während wir quer durch die Stadt fahren. Vorbei an der Ruine des ehemaligen serbischen Verteidigungsministeriums nach einem NATO-Angriff, die als Mahnmal des Balkan-Krieges stehen gelassen wurde. Vorbei am Dom des heiligen Sava, einer der größten orthodoxen Kirchen Europas. Und vorbei am alten K.-u.-K.-Bahnhof Glavna, der einem modernen, schicken Belgrad weichen muss.

An einer großen Ampelkreuzung halten wir vor einem Nobelhotel, als eine schwarze Limousine neben uns angerauscht kommt. Hinten wird ein Fenster heruntergelassen, und gerade als unser Taxi weiterfährt, erkennen wir … Madonna auf dem Rücksitz. Sie schaut zu uns rüber, sieht uns und lacht uns aus der schwarzen Limousine zu, wie eine alte Freundin, die sich verabschiedet.

22

Auf nach Budapest

WIR VERLASSEN DIE STADT und wundern uns, wie viel Natur Belgrad umgibt. Nach einer halben Stunde Fahrt durch ein Waldgebiet taucht hinter einem Hügel überraschend ein historischer Säulenbau aus dem 19. Jahrhundert auf.

«Bahnhof Topčider», sagt der Taxifahrer und lädt unsere Rucksäcke aus dem Kofferraum. «Hat Ihnen Belgrad gefallen?»

«Ja, sehr», sagt Matti und bezahlt. «Vielen Dank.»

«Mir auch», sage ich. «Doviđenja!»

«Doviđenja und gute Reise!» Der Fahrer lacht und steigt wieder in sein Taxi. Seltsamer Typ. Fast hätte ich ihn gefragt, ob die Madonna in der Limousine vielleicht eine Doppelgängerin war. Aber woher hätte er das wissen sollen? Wahrscheinlich hätte er uns ohnehin für irre gehalten, wenn wir ihm von ihrem Anblick erzählt hätten. Wir konnten es selbst nicht glauben. Ein Abschiedslächeln von Madonna.

Der Bahnhof ist malerisch und scheint im Dornröschenschlaf zu liegen, so verlassen, wie er aussieht. Der Putz bröckelt von dem einst goldgelben Anstrich des märchenhaften Gebäudes. Es gibt nur vier Gleise und zwei Bahnsteige. Alles sehr zugewachsen.

Ich gehe in das Gebäude und störe drei Bahnmitarbeiter beim Kaffee, zwei Männer und eine Frau in blaugrauen Uniformhemden mit Litzen.

«Train to Budapest?», frage ich.

Die Frau wirft mir einen grimmigen Blick zu und deutet an, dass ich wieder rausgehen soll. Sie steht sogar auf und drängt mich zurück.

«Yes, Train at 7, there!» Sie deutet auf eins der vier Gleise.

Ich sehe aber keinen Zug, sondern nur drei bunt besprühte Waggons.

«Thank you», sage ich und gehe zu Matti, die draußen wartet. «Das ist er.» Ich deute auf die drei extrem unansehnlichen, von vorne bis hinten und von oben bis unten mit Graffiti besprühten Waggons.

«Wow, große Kunst!», staunt Matti.

«Ist 'n Witz, oder?»

«Nein, wenn ich montags in der 10b Kunst habe, zeigen die mir auf ihren Handys, was sie am Wochenende gesprayt haben. Und so was sehe ich da ständig. Cool, nicht?»

Ich schüttele den Kopf. «Wohl eher Vandalismus. Und da sind die auch noch stolz drauf?»

«Ja, klar! Die Skizzen dazu machen sie bei mir im Unterricht. Da sind richtig gute Sachen dabei.»

«Matti! Du weißt aber schon, dass das strafbar ist!»

«Quatsch, das ist Kunstunterricht. Alles andere ist Freizeit.»

Ich verdrehe die Augen und weiß, dass jeder Versuch der Belehrung bei Matti auf taube Ohren stößt. «Wenn du so was wie hier im Kunstunterricht machst, dann bist du die untalentierteste und grottigste Kunstlehrerin aller Zeiten.»

Matti schaut genauer hin und muss schließlich nicken. «Stimmt leider! Das hätten meine Jungs und Mädels besser hingekriegt. Vielleicht sollte ich eine kleine Firma gründen und meine Schüler anstellen, um so was hier zu übersprayen. Wäre doch kreativer, als ständig alles reinigen zu lassen.»

«Super Idee, das machst du dann neben deinem Schwarzmarkthandel mit Kirchentickets.»

«Genau! Das könnte man super miteinander verbinden. In der 10b sehe ich da großes Potenzial. Man muss die Schüler fordern!»

Der Nachtzug nach Budapest ist ... sagenumwoben. Natürlich hätten wir den sicheren Schnellzug am Tag nehmen können, aber Matti bestand auf das authentische Balkan-Abenteuer-Interrail-Feeling. Außerdem wollten wir Zeit und eine Übernachtung sparen, weshalb wir uns nach längerer Diskussion für den Nachtzug entschieden haben. Trotzdem bleibe ich skeptisch, denn was man alles so liest und hört, klingt für mich nicht vertrauenswürdig. Matti ist da optimistischer.

«Die Zeiten haben sich doch längst geändert.»

Vermutlich hat sie recht. Denn nach meiner Nachtzugerfahrung im Hellas-Express kann es eigentlich nicht schlimmer werden. Oder doch? Jedenfalls wird im Netz geraten, das Liegewagenabteil mit einem Schloss von innen zu verriegeln, weil nachts angeblich Diebesbanden durch den Zug ziehen, um ihre schlafenden Opfer auszurauben. Ich lese sogar von einem Schaffner, der nicht nur das Zugticket einbehält, sondern nachts sogar die Reisenden beklaut, die in einem abschließbaren Abteil schlafen, denn er hat einen Generalschlüssel. Steht so im Netz. Es war wohl zeitweise so schlimm, dass der Zug von der ungarischen Polizei begleitet werden musste. Na super!

Wir gehen auf die andere Seite vom Gleis, und erst jetzt sehen wir, dass da auch schon andere Backpacker im Schatten neben dem Zug sitzen. Junge Interrailer in Ellas und Jos Alter. Wir machen ein paar Fotos vom verschlafensten Bahnhof der Welt und setzen uns daneben. Matti dreht sich eine Zigarette.

«Wie habt ihr herausgefunden, wo der Zug abfährt?», frage ich die deutsche Dreiergruppe neben uns – zwei Typen und eine junge Frau.

Der Brillenträger antwortet: «Wir wollten unsere Reservierung am alten Bahnhof in der Stadt kaufen, da hieß es plötzlich, dass der Zug woanders abfährt.»

«Wann war das, heute?», fragt Matti.

«Ja, vor zwei Stunden.»

«Oh, da habt ihr aber Glück gehabt», staune ich.

«Reiner Zufall», sagt der andere junge Mann, der aussieht wie der junge Moritz Bleibtreu.

«Und wo wart ihr schon so?», frage ich und stelle damit die klassische Interrail-Frage.

Der Moritz-Bleibtreu-Typ zählt die Reiseroute der drei auf, die schon quer über den Balkan ging. «Wir sind bis zum Schwarzen Meer gekommen.»

«Beeindruckend», sagt Matti und zündet sich eine Zigarette an.

Er grinst. «Und wo waren Sie schon so?»

Matti schüttelt den Kopf. «Du kannst Du sagen, sonst fühlen wir uns so alt.»

«Wo wart … ihr so?»

Es fällt ihm schwer, das ist eindeutig. Wahrscheinlich erinnern wir ihn an seine Mutter.

«Wir sind noch nicht sooo weit rumgekommen. Amsterdam, Paris, Korfu, Meteora, Thessaloniki, Belgrad und morgen hoffentlich Budapest», zählt Matti auf.

Ich finde, das ist 'ne Menge. Sind wir da wirklich überall gewesen? Ich hab das Gefühl, schon ewig unterwegs zu sein. Dabei sind es erst zweieinhalb Wochen.

Der junge Moritz Bleibtreu nickt anerkennend. «Auch nicht schlecht. Und dann?»

«Ostsee», sage ich. Plötzlich macht es einen lauten Rums, und der Waggon, vor dem wir sitzen, rollt rückwärts.

«Sie haben Triebwagen und Lok angekoppelt», sagt der Brillenträger. «Dann geht's ja wohl gleich los.»

«Wollen wir dann?», frage ich Matti beiläufig und zeige auf den Schaffner, der jetzt an der Tür unseres Liegewagens steht und die Reservierungen kontrolliert. Wir sehen, dass hinter die drei Liegewagen- noch zwei Sitzplatzwaggons angehängt wurden. Ich checke den Schaffner von oben bis unten und kann mir kaum vorstellen, dass dieser weißhaarige Mann, der aussieht wie ein rechtschaffener serbischer Bahnbeamter, der am Wochenende mit seinen Enkeln auf der Datsche Äpfel pflückt, uns kommende Nacht ausraubt, während wir unschuldig schlafen. Aber sind es nicht meist die, denen man am wenigsten zutraut, Böses im Schilde zu führen, die die schlimmsten Verbrechen begehen? Ich muss leider zugeben, dass ich seit meiner K.-o.-Tropfen-Erfahrung in Thessaloniki noch misstrauischer geworden bin, obwohl ich mir Mühe gebe, den Menschen, denen ich begegne, mehr Vertrauen zu schenken. Aber es ist auch wirklich nicht leicht.

Der Schaffner prüft unsere Tickets und Reservierungen – und behält sie, das kennen wir schon. Dann schaut er uns mürrisch an und gibt den Weg ins Innere des schauerlichen Zuges frei, der auch schauerlich riecht. Aber an schlechten Geruch in Zügen habe ich mich gewöhnt.

Der Zug ist alt, mit wenig Komfort. Es sind fast nur Backpacker an Bord. Die Fenster sind wegen der hohen Temperaturen alle unten, und ein paar Männer stehen während der Fahrt zusammen mit dem Schaffner an der geöffneten Tür und rauchen. Ich glaube, so was habe ich zuletzt in meiner Kindheit in den 70ern erlebt, als ich mich noch bei jeder Zugfahrt übergeben musste. Das weckt Erinnerungen.

Draußen ist es noch hell und warm, und Matti und ich genießen die frische Luft am offenen Fenster. Langsam fährt der Zug über Land und hält an fast jeder Milchkanne. Menschen steigen mitten auf den Gleisen aus – Bahnsteige gibt es oft gar nicht. Und zwischen den Dörfern liegen endlose Felder mit riesigen Sonnenblumen, die wie ein Publikum ihre Köpfe zur untergehenden Sonne drehen.

Der Weg ist das Ziel, denke ich, denn es ist egal, wie schnell oder langsam wir fahren. Es ist auch egal, dass es keine Klimaanlage im Zug gibt, und es ist völlig egal, dass es weder Strom noch Internet gibt. Wir sind hier, um durch das Land zu fahren, den Blick in die Weite schweifen zu lassen und dem Alltag eine Absage zu erteilen. Wir sind hier, um zu reisen. Einfach so.

Zu uns ins Abteil gesellen sich eine Amerikanerin mit Dreadlocks in undefinierbarem Alter und ein kleiner Russe, der höchstens dreißig ist. Matti und ich hieven unsere Rucksäcke auf die beiden oberen Liegen, die wir schon vor Reiseantritt reserviert haben, ohne zu bedenken, dass oben die Luft dicker ist. Dann packen der Russe und die Amerikanerin ihre Geräte aus: Notebooks, Handys, Tablets, Kabel, Adapter, Ladegeräte, Kopfhörer. Es macht fast den Eindruck, als wollten sie sich gegenseitig mit ihrem Equipment beeindrucken – ähnlich dem Wettrüsten im Kalten Krieg.

Ist uns egal. Matti und ich sind so erschöpft, dass wir nach Einbruch der Dunkelheit auf unsere Liegen kriechen und lesen. Im Gegensatz zu den beiden in den unteren Liegen. Die kommen sehr bald sehr intensiv auf Englisch ins Gespräch und beackern die aktuelle amerikanisch-russische Politik, während sie zwischendurch in ihre Geräte tippen und der Zug relativ langsam durch die Nacht rollt. Ich kann mich kaum auf mein Buch konzentrieren. Offenbar sind sie beide Blogger, haben beide die halbe Welt bereist und tauschen sich nun aus. Spannend.

Irgendwann muss ich runterklettern, um zur Toilette zu gehen. Dabei gebe ich mir Mühe, nicht auf eines der Geräte zu treten.

«Excuse me», spricht mich der Russe an.

«Yes?»

«One moment, please …» Er öffnet eine Reisetasche und zieht

ein langes, sehr langes Kabel raus, hält es mir hin und bittet mich, es auf der Toilette in die Steckdose für den Rasierer einzustöpseln.

«Sure?», frage ich, weil ich mir wirklich nicht vorstellen kann, dass er das ernst meint. Aber er nickt. Also gut, ich nehme das Kabelende und gehe zum Klo.

Und was ich dort sehe ist … sagen wir mal: verstörend und nicht in Worte zu fassen. Und leider brennen sich Bilder im Kopf ein wie auf einem Bildschirm ohne Bildschirmschoner. Mir würde ein Gehirn-Scheibenwischer genügen oder die Funktion einer Zaubertafel, die ich im Vorschulalter hatte: Das Bild verschwindet mit einem Wisch und macht Platz für Neues. Im Fall der Toilettenansicht funktioniert das wohl erst mal nicht, weshalb ich auf die Heilung verblassender Erinnerung setze. Eine Steckdose sehe ich nicht. Also bringe ich den Stecker wieder zurück, erkläre kurz das Problem und gehe weiter in den nächsten Waggon. Es ist einer mit Sitzplätzen, der zu meiner Überraschung deutlich moderner, aufgeräumter und sauberer ist. Auch die Luft ist frischer. Und zum Glück sind es sogar die Toiletten. Bei einer achtstündigen Nachtfahrt für nur knapp vierhundert Kilometer wäre das mit dem «Einhalten» eine Tortur gewesen und hätte meine Phantasie in der Findung nach Lösungswegen definitiv überfordert.

Zurück in unserem Wagen, ist die amerikanisch-russische Debatte über Tyrannen, Despoten, Patriarchen und Demagogen in vollem Gange. Matti hat sich schon Musik in die Gehörgänge gelegt und liest.

Trotz meiner Müdigkeit komme ich nicht zur Ruhe, denn mein inneres Ich will auf keinen Fall schlafen und sich damit irgendeiner Gefahr aussetzen. Dabei wollte ich doch lockerbleiben und nicht überall Gefahren heraufbeschwören. Ich will doch mehr Vertrauen haben. Und dennoch liege ich hellwach auf der schmalen Pritsche an meinen Rucksack gelehnt und habe mein Pfefferspray griffbereit. So muss sich ein Profikiller fühlen, der niemals entspannt schlafen darf. Allenfalls ruhen, aber nicht schlafen, denke ich, während ich Matti leise schnarchen höre. Ach, wäre das schön – schlafen! Sogar Russland und USA haben ihre Diskussion irgendwann beigelegt. Ruhig rappelt der Zug dahin, bis mir die Augen zufallen.

Mit leise quietschenden Bremsen halten wir mitten in der Nacht irgendwo im Nirgendwo. Mist, ich muss eingeschlafen sein. Meine Augen lassen sich nicht öffnen, weil ich die Kontaktlinsen nicht rausgenommen habe. Verdammt, wo sind die Augentropfen? Ich fingere in meiner Not die trockenen Linsen hin und her, bis meine Augen so viel Tränenflüssigkeit bilden, dass sich die Linsen aus ihrem Vakuum lösen. Draußen ist nichts zu erkennen – alles schwarz. Oh Gott, so muss es sein, wenn ein Zug angehalten wird – Überfall! Das muss ein Überfall sein! Sonst gibt es wohl kaum einen Grund für so einen Stopp mitten im Nichts. Lokführer und Schaffner stecken vermutlich mit diesen Balkan-Banden unter einer Decke und kassieren am Ende mit ab. Ich habe Angst. Plötzlich muss ich an Olaf denken und an Ella – meine Familie, die ich unbedingt wiedersehen möchte. Ich halte den Atem an und lausche.

«Was ist los?», flüstert Matti. «Warum halten wir?»

«Keine Ahnung. Vielleicht ein Überfall?» Krampfhaft umklammere ich mein Pfefferspray. Dann hören wir einen Tumult einige Abteile weiter. Aufgeregte, aggressive Männerstimmen, Rumpeln, Gerangel auf dem Gang.

«Was machen wir denn jetzt?»

Mein Herz schlägt schneller, die Angst jagt das Adrenalin durch meinen Körper. Weg hier! Meine Instinkte funktionieren einwandfrei, aber mir wird gleichzeitig klar: Wir sitzen in der Falle.

Mit lautem Ruck wird die nicht abschließbare Tür aufgerissen, und eine grobe Männerstimme sagt irgendwas auf Serbisch. Dann wird das Licht angeknipst. Es sind zwei Männer in Uniform mit Maschinenpistolen. Sie verlangen – unsere Pässe. Grenzer! Ziemlich groß, ziemlich breit, ziemlich imposant. Ich bleibe angespannt. Traue ihnen nicht. Die Angst vor einem Überfall weicht der Angst, der Staatsmacht eines nichteuropäischen Landes ausgeliefert zu sein. Ich fische also die Ersatzpapiere aus meiner Bauchtasche und bin ziemlich beunruhigt. Mattis Ausweis wird schnell abgehakt. Meine Ersatzpapiere dagegen werden intensiv inspiziert, mein verquollenes Gesicht mit dem Passbild verglichen. Die zwei Grenzer beraten sich auf Serbisch, es wird getuschelt, und ich sehe mich schon in einem serbischen Gefängnis im Verhör, weil vermutet wird, dass ich mit meinen seltsamen deutschen Papieren illegal nach Europa einwandern will. Allerdings könnte das doch den Serben egal sein, denke ich. Ist es ihnen offenbar auch, denn die beiden Uniformierten geben mir ohne jede Gesichtsregung meine Papiere zurück, um die der US-Amerikanerin und des Russen noch genauer unter die Lupe zu nehmen als meine. Schließlich ziehen sie weiter. Ich bin so erleichtert.

«Ein echtes Balkan-Abenteuer!», flüstert Matti.

«Kann ich gut und gerne drauf verzichten», sage ich zu ihr, die sich schon wieder auf ihrer Liege langmacht. Auch die beiden unter uns kommen wieder zur Ruhe. Ich liege noch wach und frage mich, was da wohl im Nachbarabteil geschehen sein könnte. Über diesen Gedanken werde ich wieder schläfrig. Aber nur eine Stunde später kommt die nächste Kontrolle. Gleiches Spiel, andere Sprache, genaue Prüfung der Ausweise. Ungarn schottet sich nach außen ab, das merkt man. Die Pässe werden komplett eingesammelt, um sie elektronisch zu scannen. Natürlich bin ich wieder beunruhigt, weil ich nur einen vorläufigen Ausweis habe. Nach einer halben Stunde kommen die ungarischen Grenzer zurück und geben jedem Reisenden seinen Pass unter Nennung des Vornamens zurück. Ansonsten läuft alles glatt. Keine Räuberbanden, keine falschen Schaffner, keine Übergriffe. Trotzdem aufregend und langsamer als geplant.

Nach neuneinhalb Stunden bin ich froh, als wir unsere Tickets zurückbekommen und der Zug in den Bahnhof Budapest Keleti einfährt. Ein toller Bahnhof.

«Wo übernachten wir eigentlich?», frage ich, während wir unsere Rucksäcke schultern.

«Lass dich überraschen!»

Mmh, ich habe ein ganz, ganz ungutes Gefühl. Als sie mich die beiden letzten Male überraschen wollte, landeten wir in einem Hochhaus in Thessaloniki ohne Aufzug. Und dann im Schlafsaal eines Hostels.

23
Budapest

«WAS IST ES DIESMAL: Couchsurfing oder Hostel?»

«Hey, das ist unfair!», protestiert Matti. «Für das Hostel konnte ich nichts. Und beim Couchsurfing gab es einige sympathische Inklusivleistungen. Schon vergessen? Fitnessprogramm in den fünften Stock, eine Omi, die uns Frühstück gemacht hat, und ein junger Arzt, der uns die Stadt gezeigt hat. Ist das nichts?»

«Touché!»

Wie gesagt, Matti sieht in allem das Positive. Also lasse ich mich überraschen und stelle keine weiteren Fragen.

Wir marschieren zu Fuß Richtung Donau und Innenstadt. Matti zieht unterwegs ungarische Forint aus einem Geldautomaten, dann gehen wir in einem Donau-Café frühstücken. Super Wetter, ein leichter Wind weht vom Fluss. Budapest zeigt sich von seiner schönsten Seite.

«Matti, das ist sauteuer hier!», flüstere ich, als wir auf die Terrasse kommen.

«Genau. Sauteuer und sauschön. Aber Budapest ist unsere letzte Station, und das will ich genießen.»

Keine Chance, Widerstand zu leisten. Das habe ich schon längst aufgegeben. Dazu kennen wir uns zu gut. Das ist wie beim Bezahlen, wenn man in männlicher Begleitung ausgeht. Ich habe schon vor Jahren damit aufgehört, darauf zu bestehen, mein Essen oder meine Getränke selbst zu zahlen. Egal, ob ich mit Kollegen oder

Freunden ausgegangen bin. Ich sage einmal resolut, dass ich die Rechnung übernehme. Wenn mein Gegenüber dann trotzdem darauf besteht zu zahlen – gerne. Ich hab's ernsthaft versucht und werde nicht albern darüber streiten.

Wir bestellen ein üppiges Frühstück und genießen den Morgen, bis mein Telefon *pling* macht. Nachricht von unbekannter Nummer. Ich öffne die Nachricht und … Die gute Laune ist dahin: Grüße von Antje mit lustigen Fotos.

Erstes Bild: Olaf und Günni beim Bad in der Ostsee.
Kommentar: Süß, die beiden beim Frühsport.

Nächstes Bild: Olaf und Günther buddeln im Sand.
Kommentar: Olaf und Günther beim Spielen.

Nächstes Bild: Olaf und Günni beim Sonnenbaden.
Kommentar: Olaf und Günther entspannen.

Liebe Grüße Antje ☺

Fassungslos zeige ich Matti die Fotos samt Kommentaren. Matti ist lediglich verwundert. «Nee! Is' das von *der* Antje, die mit *deinem* Olaf …?»

Ich nicke.

«Is' ja süß.»

«Sag mal, Matti, geht's noch? Was ist daran süß?»

Wieder macht mein Handy *pling*. Neue Nachricht.

Dir noch einen schönen Urlaub und liebe Grüße von Olaf.
Unter uns: Dein Mann ist toll!

Ich muss es zweimal lesen, um zu begreifen, was da steht. Mir schnürt sich der Hals zu. Ich flippe gleich aus! Ich muss irgendwas kaputt machen, schreien oder in die Donau springen, um mich abzukühlen! Das darf alles nicht wahr sein. Wie kann ein Mensch nur so unfassbar gemein sein? Warum tut sie das, diese … diese Antje? Was habe ich ihr getan?

Matti erkennt die Not und stellt mir ein Glas Wasser zum Abkühlen hin. «Hier, trink!»

Ich leere das Glas in einem Zug und knalle es auf den Tisch. «Ich ruf sie an!» Bevor ich es mir anders überlege, greife ich zum Telefon und drücke auf Rückruf. Aber Matti nimmt mir das Handy blitzschnell weg.

«Auf keinen Fall! Das kannst du vergessen.»

Ich verstehe kein Wort. «Wieso? Wie kann sie mich so demütigen? Olaf ist immer noch *mein* Mann!»

«Worum geht's hier denn? Besitzansprüche? Verletzte Gefühle? Deine Ehe? Oder deine Ehre? Vielleicht solltest du das klären, bevor du übereilte Maßnahmen ergreifst.»

«Stehst du jetzt auf ihrer Seite?»

«Quatsch! Ich will dich nur vor dir selbst bewahren.»

«Aber ich muss mir das nicht gefallen lassen!» Bockig lehne ich mich in meinem Stuhl zurück.

Matti beugt sich zu mir. «Caro, bleib cool! Jetzt überleg doch mal. Meinst du wirklich, diese Antje ist so bösartig, dass sie Energie darauf verwendet, dir auf diese Art und Weise eins auszuwischen? Oder habt ihr in der Vergangenheit Probleme miteinander gehabt, für die sie sich jetzt rächen will?»

Ich überlege. «Nein, eigentlich nicht. Sie ist seit letztem Jahr Witwe und hat Ostern noch bei mir Trost gesucht.»

«Siehst du. Vielleicht mag sie dich ja sogar.»

«Und macht sich deshalb an meinen Mann ran?!»

Matti verdreht die Augen. «Jetzt hör doch mal damit auf. Wenn es so ist, wie du denkst, dann hat sie doch längst gewonnen. So fies, dir Fotos und Kommentare zu schicken, wäre doch niemand. Es sei denn …»

«Was?»

Matti kommt ins Grübeln. «Es sei denn … es macht ihr Spaß, bösartig und gemein zu sein.»

Wir nicken beide bei dem Gedanken.

«So wird es sein, Matti.»

«Ja, soll's ja geben, solche Frauen.» Aber dann schüttelt Matti wieder den Kopf. «Trotzdem. Ich kann es mir bei Olaf nicht vorstellen. Nicht er!»

Wie gerne würde ich Matti recht geben. «Ich weiß genau, dass Antje schon vor dem Tod ihres Mannes mit Olaf anbändeln wollte. Ständig hing die bei uns rum.»

«Und? Hat er angebissen?»

«Nicht solange ich dabei war.» Ich zeige auf mein Telefon. «Fakt ist, sie verbringen viel Zeit miteinander. Ich bin nicht da, und schon zieht sie bei uns ein. Und dann diese Geheimnistuerei von Olaf, der Dringendes mit mir bereden will.»

Matti nickt, holt Luft und legt die Stirn in Falten. «Also gut. Was, wenn du wirklich recht hast?»

Ich seufze tief. «Keine Ahnung. Dann ziehe ich aus.»

«Oh», entweicht es Matti überrascht. «Guter Plan, guter Plan!»

Aber plötzlich wird mir bei dem Gedanken daran, dass meine Ehe tatsächlich zu Ende sein könnte, ganz flau. «Du musst unbedingt mitkommen an die Ostsee, Matti. Allein schaff ich das nicht. Bitte, bitte, versprich mir, dass du mitkommst!»

Matti nickt und nimmt meine Hände. «Hab ich doch gesagt. Versprochen ist versprochen! Und jetzt komm!»

Wir zahlen, nehmen unsere Rucksäcke und gehen noch ein paar Minuten durch die prachtvollen Straßen dieser Stadt, die an Glanz und Gloria trotz wiederkehrender schwieriger politischer

Zeiten kaum eingebüßt hat, zu unserem Hotel. Oder vielmehr: *Hostel.*

Mein enttäuschter Blick spricht Bände.

«Bevor du dich aufregst, Hase! Ich habe gelesen, dass dieses Hostel total angesagt ist. Nicht nur bei jungen Menschen, sondern auch bei Ü40ern. Und weil wir Interrailer sind, dachte ich, ich buche das. Schau mal, sieht doch ganz schick aus, oder?»

Kein Kommentar. Ich atme tief durch und folge Matti in das großbürgerliche Haus, das wirklich nicht aussieht wie eine billige Absteige. Hostel ist ja auch ein weitgreifender Begriff, denke ich überraschend positiv.

Das Jugendstilgebäude ist beeindruckend. Der Eingang führt uns in einen schönen, glasüberdachten Innenhof, der umgeben ist von vier Gebäudeseiten mit langen Steinbalustraden auf fünf Etagen. Über eine breite Treppe gehen wir in den ersten Stock und schauen hinab in den Innenhof, wo Loungemöbel, eine Bar, Stehtische und Party-Deko zu sehen sind. Interessant. Hinter einer Glastür ist die Lobby mit modernen Sofaecken, Computerplätzen, Getränkeautomaten und großer Rezeption, an der uns ein junger Mann begrüßt und eincheckt.

So weit, so normal. Ungewohnt ist nur, dass wir zusammen mit unserem Zimmerschlüssel Armbändchen erhalten.

«It's for the club», sagt der Rezeptionist und erklärt uns, dass wir damit freien Eintritt in den hauseigenen Club haben und Recht auf ein Freigetränk. Er deutet unsere skeptischen Blicke und erklärt, ohne unsere Kommentare abzuwarten: «Our rooms are very good isolated. Very quiet!»

Also gut. Wir buchen zwei Nächte und beschließen, die Bändchen später auszuprobieren. Das Zimmer geht tatsächlich zur ruhigen Seitenstraße und zum Glück nicht in den Innenhof. Es ist groß und schick mit Parkett und Kronleuchter, Fernseher und Retro-Sesseln im Stil der 70er Jahre. Auch das Bad ist groß und modern, sauber und hell. Außer im Preis erkenne ich keinen Unterschied zu einem Hotel. Sogar die Lage ist top. Nur zehn Minuten entfernt vom Parlamentsgebäude und anderen Sehenswürdigkeiten an der Donau.

Wir halten uns gar nicht lange im Hostel auf, um so schnell wie möglich die Stadt zu erkunden. Das Wetter ist strahlend sonnig, und wir entscheiden uns, über die Margareten-Brücke auf die Buda-Seite zu gehen, um uns dort mit gefühlt Millionen anderen Touristen aus der ganzen Welt Fischerbastei und Burgpalast anzuschauen, um danach über die Kettenbrücke wieder auf die Pest-Seite zu gelangen.

Nach fünf Stunden Sightseeing fallen wir erschöpft, durstig und mit dicken Füßen in zwei Liegestühle direkt an der Donau. Die Strandbar ist gut gefüllt mit internationalem Publikum. Matti holt uns zwei kühle Drinks, und wieder lädt eine Stadt uns ein, ihren Sonnenuntergang zu bestaunen. Diesmal senkt sich der rote Ball hinter den Konturen des Burgpalastes.

Wir essen noch eine Kleinigkeit und überlegen uns, was wir am nächsten Tag alles noch sehen wollen. Und weil es so viel ist, schalten wir einen Gang zurück und beschließen, uns einfach durch die Stadt treiben zu lassen.

Gegen Mitternacht machen wir uns auf den Rückweg und sind völlig verzaubert vom nächtlichen Lichterglanz an und auf der Donau. Geradezu märchenhaft sind Gebäude und Brücken, Schiffe und Ufer golden beleuchtet. Unfassbar schön!

Als wir am Hostel ankommen, steht zu unserer Verwunderung eine Menschentraube vor dem Eingang. Wir kommen näher und stellen fest – es ist eine sehr junge Menschentraube, kaum jemand älter als Mitte zwanzig.

«Die wollen alle in den Club», freut sich Matti und kramt ihr Bändchen aus der Tasche.

«Der Laden scheint ja sehr angesagt zu sein», sage ich, während ich mein Bändchen noch suche und wir uns einen Weg durch die Menge bahnen.

Am Eingang stehen zwei schwarz gekleidete Klischee-Türsteher mit kurzgeschorenen Haaren, die in jedem Russen-Mafia-Film mitspielen könnten. Sie sehen unsere Armbänder und schieben die Menge zur Seite, um uns durchzulassen.

Wow, ich fühle mich gleich wie ein Promi. Dabei haben wir nicht mal Ausgeh-Outfits an, von Make-up ganz zu schweigen.

«Hostel?», fragt der eine. «Upstairs. Please!»

Sie schicken uns direkt hoch ins Hostel. Doch schon im Durchgang zum Innenhof dröhnt uns laute Musik entgegen, die durch die geschlossene Hofarchitektur besonders laut hallt. Disko-Charts – was man auch in allen Bars hier spielt.

Ich höre jetzt Justin Bieber und finde, dass ich darauf gut verzichten kann. Beim zweiten Check an der Clubkasse werden wir von einem weiteren Türsteher ohne Worte automatisch zur Treppe geleitet, obwohl wir doch vielleicht noch gerne in diesen Club gegangen wären, um unser Gratisgetränk in Anspruch zu nehmen.

«Sind sowieso alle viel zu jung für uns», mault Matti, die eigentlich noch tanzen wollte.

«Und die Musik ist auch nicht so toll», sage ich, um uns beiden ein Gefühl von *Alles ist gut so* zu vermitteln. «Wir verpassen bestimmt nichts.»

«Sehe ich auch so.»

Wir schließen unser Zimmer auf und atmen auf, denn die Musik ist weg. Draußen. Ausgesperrt. Nur leise hören wir die Bässe durch die Wände wummern, aber das ist nicht schlimm.

«Gute Dämmung», sage ich und bin sehr beruhigt.

Eine halbe Stunde später machen wir die Leselampen auf unseren Nachttischen aus und lassen uns vom leisen, monotonen Takt der Bässe davontragen – bis der DJ seine Anlage aufdreht und wir fast senkrecht im Bett stehen. Es ist, als würden wir neben der

Verstärker-Box von *Iron Maiden* oder einer anderen Krachmacher-Heavy-Metal-Band liegen.

«Unfassbar!»

Das ist selbst für Matti zu viel, die bislang immer alles gelassen genommen hat, worüber ich mich ständig aufgeregt habe. Diesmal ist es umgekehrt. Klar, ich bin auch nicht begeistert, aber irgendwie hatte ich geahnt, dass an diesem Hostel ein Haken ist. Sonst wäre es teurer und vor allem kein Hostel.

Wütend zieht Matti sich was über und rennt zur Rezeption, um sich zu beschweren. Ich folge ihr, um sie gegebenenfalls zu unterstützen. Diesmal sitzt eine junge Frau an der Rezeption. Sie wippt im Takt und erklärt Matti, dass sie dagegen nichts machen könne. Dann gibt sie uns ein paar Ohrstöpsel und bietet an, runterzugehen und mitzufeiern, wie es fast alle Gäste des Hostels machen würden. Aber Matti lehnt dankend ab. Ihrem Gesicht nach zu urteilen, würde sie der jungen Frau am liebsten den Mittelfinger zeigen, aber davon kann ich sie gerade noch abhalten.

«Die spinnen doch wohl! Das ist unzumutbar!» Matti schimpft wie ein Rohrspatz. Wir stellen uns an die Balustrade in der ersten Etage, schauen runter auf die tanzende und feiernde Masse, die sich unter dem Nebel schweißtreibend und grölend zur Musik bewegt, und denken beide das Gleiche: Scheiß Hostel!

Die Nacht wird kurz, denn wir schlafen wenig, trotz Ohrstöpsel. Matti ist auch nach der Dusche noch gereizt und packt wütend ihren Rucksack.

«Du packst? Was ist mit unserer zweiten Übernachtung?», frage ich.

«Keine Nacht bleibe ich länger in diesem Affenhaus.»

«Aber Matti, das hätten wir uns doch auch denken können.»

Sie schaut mich müde an. Unter ihren Augen haben sich dunkle Ringe gebildet.

«Aber doch nicht in diesem Ausmaß. Das ist Körperverletzung. Das können die doch nicht einfach so ohne Vorwarnung vermieten.»

Wir gehen zur Rezeption, und ich erlebe Matti, wie sie freundlich, aber resolut die Kosten für die zweite Übernachtung, die wir im Voraus bezahlt haben, zurückverlangt. Als sich der junge Mann weigert, Mattis Beschwerde anzunehmen, fängt sie an, ihn zu beschimpfen, was nicht sehr hilfreich ist. Also ergreife ich das Wort und erkläre dem Mann seelenruhig und stets lächelnd, dass er sicher sein kann, dass wir auf sämtlichen Hotel- und Urlaubsportalen im Internet dieses Hostel sehr, sehr schlecht bewerten und alles, was uns nicht gefallen hat, sehr detailliert beschreiben werden. Jede von uns, also zweimal. Und das könnte unter Umständen geschäftsschädigender sein, als uns mindestens eine Nacht zu stornieren – beide wären natürlich besser.

Der junge Mann verdreht die Augen, schüttelt den Kopf und atmet durch. «Okay. You get your money back. Two nights. Deal?»

«Deal», sage ich, und die Sache ist erledigt.

Wir nehmen das Geld und verlassen das Hostel.

Auf der Straße will ich meinen Rucksack ordentlich festzurren, da hat Matti auch schon ein Taxi angehalten.

«Komm! Ich hab eine Idee!»

Nicht schon wieder, denke ich und steige beunruhigt ein.

Fünfzehn Minuten und eine Hotelbuchung auf Mattis Handy später überqueren wir auf der Freiheitsbrücke die Donau und halten kurz danach vor einem Hotel.

«Voilà, hier checken wir jetzt ein! Keine Experimente mehr», sagt Matti und zeigt auf das Gebäude vor uns.

Ich staune Bauklötze, denn wir stehen vor dem berühmten Hotel Gellért. «Nicht dein Ernst, oder?»

«Doch! Ich dachte mir, wenn wir schon auf so viel Schlaf und Komfort verzichten und Prag auslassen, dann gönnen wir uns am

Ende unserer Reise noch mal was richtig Schönes. Außerdem war es ein Schnäppchen.»

«Wahnsinn!»

Ich freue mich riesig und umarme Matti vor Begeisterung. Wir schreiten mit unseren mittlerweile ziemlich schmuddeligen Rucksäcken durch das Hauptportal über den dicken roten Teppich und fühlen uns dennoch beide wie Sissi persönlich. Die Lobby ist riesig, genauso wie das ganze Hotel. Hier gastierten Könige, Präsidenten, Literaten und Musiker. Und jetzt auch Matti und Caro. Herrlich! Fasziniert schaue ich mich in der runden Lobby mit ihren wuchtigen Marmorsäulen um, hoch zu den Galerien der oberen Stockwerke. So viel Jugendstil, Holz, Goldverzierung. Einerseits klare Linien, andererseits viel Schnörkel. Am meisten freue ich mich aber auf den Spa-Bereich, denn das Gellért ist ja berühmt für seine Thermalbäder.

Gespannt stehe ich hinter Matti, während sie an der großen holzvertäfelten Rezeption eincheckt. Ich hoffe nur, dass es nicht schon wieder eine Fehlreservierung ist wie in Belgrad.

«Tadaa! Unser Schlüssel zum Glück!», freut sich Matti wenig später und hält die Keycard fürs Zimmer hoch.

Wir nehmen den Aufzug in den vierten Stock und öffnen schließlich eine der gediegenen Holztüren. Und dann … Zeitreise! Wir stehen in einer Suite, die fast komplett holzvertäfelt und mit 70er-Jahre-Möbeln ausgestattet ist. Dazu schwere Vorhänge. Und das Beste: Es ist ein Eckzimmer mit Blick auf die Donau, den Gellértberg und die Friedensbrücke. Ein Traum, vorausgesetzt man steht auf den sozialistischen Retro-Charme der 70er. Ich war damals noch ein Kind, aber diese Möbel und die Holzvertäfelung erinnern mich an Bilder von Staatsempfängen aus der damaligen Tagesschau.

Wir inspizieren das Badezimmer, das natürlich auch im Originalstil erhalten ist, denn soweit ich weiß, wurde das Hotel seit Jahrzehnten nicht mehr renoviert. Zugegeben, so extrem hatte ich das nicht erwartet. Es sollte wohl eher Erlebnishotel heißen. Im Großen und Ganzen erinnert das Ambiente an Wes Andersens *Grand Budapest Hotel* – vor allem das Jugendstilbad im Keller.

Dorthin drängt es uns als Erstes. Also schlüpfen wir in unsere Bikinis und die bereitgelegten Bademäntel und suchen das berühmte Thermalbad, denn das war der eigentliche Ursprung des Hotels, das über einer Thermalquelle gebaut wurde.

Im ersten Stock finden wir den Übergang zum Spa-Bereich und erhalten dort den Horror einer jeden modernen Frau unter siebzig – Badekappen.

Noch heute leide ich unter der Demütigung dieser unfassbar geschmacklosen Gummikappen, die wir Kinder früher im Schwimmbad aufsetzen mussten. Jungs kamen oft drum herum, aber bei uns langhaarigen Mädchen gab es kein Mitleid. Wir mussten! Es fühlte sich an wie eine Strafe dafür, dass wir Mädchen waren und schönes langes Haar hatten! Genau genommen war es eine sexistische Diskriminierung, denn langhaarige Jungs mussten keine Badekappen tragen. Vielmehr wurde ihnen nur damit gedroht, wenn sie zu viel Unsinn machten.

Matti und ich haben heute zum Glück die Größe und Altersweisheit, Badekappen mit Anmut zu tragen, ohne uns dafür in Grund und Boden zu schämen. Denn außer vielleicht Esther Williams, die Grande Dame des amerikanischen Wasserballettfilms der 50er Jahre, sieht niemand mit Badekappe gut aus. Absolut niemand, und wer das Gegenteil behauptet, lügt.

Das Gellért-Spa ist wirklich beeindruckend. Angelehnt an den Stil alter türkischer Bäder und gemischt mit Jugendstilelementen, bietet es eine einzigartige Atmosphäre. Leider schießen mir sofort auch andere Bilder durch den Kopf, und Matti offenbar auch.

«War das nicht hier, wo diese deutschen Versicherungsfuzzis ihre Porno-Party gefeiert haben?»

Ich nicke. Der Fall ging durch die Presse und landete am Ende vor Gericht. Olaf, der ja selbst in der Rechtsabteilung einer Versicherung arbeitet, war entsetzt, fühlte sich aber gleichzeitig bestätigt. «Die ziehen eine ganze Branche in den Dreck», hat er damals gesagt, wobei mir nie klar war, ob er wirklich keine Ahnung von solchen Belohnungspartys hatte oder ob er einfach nicht drüber reden wollte. Vielleicht hat er selbst ja auch an der einen oder anderen Veranstaltung dieser Art teilgenommen. Ständig ist er auf Kongressen, Meetings, bei Klienten oder mehrtägigen Verhandlungen. Was weiß ich denn, was er treibt?! Seit ich von ihm und Antje weiß, traue ich ihm alles zu.

«Alles okay, Caro?», fragt Matti, die mir ansieht, dass in meinem Kopf gerade ein seltsamer Film abläuft.

«Ja, ja, alles gut. Lass uns mal ins Wasser gehen», sage ich, lege Bademantel und Schlappen ab und steige in das große Schwimmbecken, das wirklich sehr gut erhalten ist. Entspannt auf dem Rücken schwimmend, schaue ich zur verzierten Decke und versuche mir vorzustellen, welche Berühmtheiten in über hundert Jahren hier schon alles gebadet haben. Und gerade als ich darüber nachdenke, ob Sissi und Kaiser Franz hier wohl intime Stunden verbracht haben könnten, kommt Unruhe auf. Eine Gruppe Omis stellt sich zur Wassergymnastik auf. Und zwar so breit und weit im Wasser verteilt, dass für andere Gäste kaum noch Platz bleibt. Also lassen wir uns vertreiben und probieren eines der kleineren Becken aus. Das Wasser ist wärmer und prickelt auf der Haut – sehr sogar.

Als wir zwanzig Minuten später aus dem Becken steigen, steht Matti mit weit aufgerissenen Augen vor mir. «Wie siehst du denn aus?!»

Sie starrt auf meinen Körper, der tatsächlich seltsam aussieht – rot gefleckt.

«Oh nein! Bitte nicht!» Eine allergische Reaktion, wie ich sie zuletzt als Sechsjährige hatte. Nur war es damals eine Chlorallergie. Und das hier ist doch Thermalwasser. Oder?

«Du brauchst einen Arzt!» Davon ist Matti absolut überzeugt. «Du siehst furchtbar aus!»

«Du könntest etwas sensibler sein», sage ich völlig fertig und gehe zurück aufs Zimmer.

Matti folgt mir. «Die haben hier doch bestimmt einen Arzt. Soll ich mal fragen?»

«Nicht nötig. Das geht vorbei.»

«Von selbst?»

Ich nicke. «In ein, zwei Stunden hat sich die Haut beruhigt», sage ich und hoffe, dass es wirklich so kommen wird. Bis dahin dusche ich kalt, lege mich aufs Bett und schlafe ein.

Zwei Stunden später weckt Matti mich aufgeregt. «Psst, Caro! Wach auf!»

«Was ist los? Ist was passiert?»

«Ja, wach auf, los!»

Völlig schlaftrunken richte ich mich auf und reibe mir die Augen, denn mal wieder habe ich die Kontaktlinsen nicht vor dem Schlafen rausgenommen. Es sticht in den Augen. Ich nehme die Augentropfen vom Nachttisch und tropfe sie mir in die Unterlider. Zwei, drei Wimpernschläge, dann sehe ich wieder klar.

Es ist dunkel geworden. Abend. Im Zimmer brennt kein Licht, aber es dringt genug Licht von außen herein.

«Na los! Komm!» Matti zieht mich zum Fenster, öffnet die Balkontür und schiebt mich hinaus. Und was ich sehe, ist einfach …

«Wow!»

«Oder?», freut sich meine Freundin und umarmt mich. «Diese Reise werden wir nie vergessen!»

«Nie!» Andächtig stehen wir auf dem Balkon und schauen direkt auf die phantastisch angestrahlte Friedensbrücke und die Donau mit ihren vielen festlich beleuchteten Booten. Draußen hat sich die Luft abgekühlt, es ist angenehm. Von oben blicken wir auch auf die einladende Restaurantterrasse des Hotels.

«Schau mal, da ist sogar noch ein Tisch am Rand.» Matti deutet hinunter. «Und er ist reserviert – so ein Zufall!»

«Matti! Spinnst du? Oder hast du im Lotto gewonnen?»

«Weder noch. Ich freu mich nur. Außerdem ist das unser letzter Abend. Ich hab mir das Hotel eben schon mal näher angeschaut und bin ein wenig an der Donau spazieren gegangen. Aber mit dir macht es mehr Spaß. Komm, sei kein Spielverderber. Wir teilen auch die Rechnung, wenn du drauf bestehst.»

«Ich dachte, wir wollen uns die Budapester Jazzclubs ansehen und die Studentenkneipen.»

Matti mustert mich und zieht die Augenbrauen hoch. «Wirklich? So, wie du aussiehst?»

Mit einem Satz springe ich ins Bad und sehe im Spiegel, was sie meint. Die Flecken am Körper sind zwar zurückgegangen, aber dafür hab ich jetzt rote Pusteln im Gesicht. Und das sieht nicht wirklich gut aus.

«Also, ich will dich ja nicht kränken», ruft sie mir hinterher, «aber das ist jetzt nicht sehr … sagen wir mal … sexy.»

«Das hast du schön gesagt. Ich denke, ich sollte nirgendwohin gehen.»

«Das halte ich für übertrieben», sagt Matti und legt mir was zum Anziehen raus, als ich wieder aus dem Bad komme. Eine Skimaske ist nicht dabei. «Hier im Hotel sind doch fast nur alte Leute. Und Männer sowieso nur in Begleitung. Da gibt es also gar kein Interesse an einer jungen Frau.»

Schön, wie sie versucht, mir ein Kompliment zu machen, während sie mir sagt, dass ich unansehnlich bin.

«Du meinst, es ist egal, ob ich Pocken, Narben oder eitrige Wunden im Gesicht habe, weil es eh niemanden interessiert?»

«So ungefähr. Außerdem habe ich ja schon reserviert. Und einen besseren Platz in der ersten Reihe kriegst du heute nicht. Schon gar nicht mit *dem* Gesicht.»

Wohl wahr! Und weil ich hungrig bin, ziehe ich mich an, und wir gehen drei Etagen tiefer auf die Aussichtsterrasse des Hotelrestaurants.

Die Blicke der anderen Gäste verunsichern mich schon sehr, als wir zu unserem Tisch gehen. Matti lächelt sie alle an.

«Entspann dich – niemand, absolut niemand, kennt dich hier!»

Da hat sie ausnahmsweise mal recht. Ich entspanne mich, als der Kellner uns wenig später zwei Aperol Spritz bringt und wir die Aussicht genießen. Neben uns am Tisch fällt mir eine kleine Familie auf, weil der junge Vater so liebevoll mit seinem vielleicht dreijährigen Sohn herumalbert und mich an Olaf erinnert. Süß! Nur die Frau, die danebensitzt, ist irgendwie zu alt für ihn und das Kind. Dummerweise zeigt der Junge mit dem Finger auf mich, als sich unsere Blicke kreuzen.

«Da, Papa, die Frau hat Pickel im Gesicht!», ruft er sehr laut.

Sofort drehen sich Papa, Mama und alle anderen Gäste auf der Terrasse, die Deutsch verstehen, zu mir um und starren mich an. Im Affekt halte ich mir die Speisekarte vors Gesicht.

«Das macht man nicht», ermahnt die Mutter das Kind und starrt selbst zu uns rüber. «Caro? Matti?» Auch das noch: Sie steht auf und kommt zu uns rüber. «Das ist ja ein Zufall!»

Kurzer Blickwechsel zwischen Matti und mir, und wir wissen beide, wen wir vor uns haben.

«Hallo … Vera!», begrüßt Matti sie.

«Vera Odermann – so ein Zufall», sage ich und lüfte mein Gesicht zur Hälfte. Wir haben sie an der Uni kennengelernt, glaube ich. Ist ewig her! Erstaunlich, dass sie uns sofort erkannt hat.

«Warte mal», sagt Matti. «Du warst BWL, oder?»

«Genau!», ruft Vera. «Und ihr wart …» Sie tut so, als würde sie nachdenken. «Ach … keine Ahnung.» Dann wendet sie sich an Matti. «Aber du warst mit diesem süßen Franzosen zusammen. Der war heiß!» Sie macht dazu so ein dämliches, schmachtendes Gesicht. Ich konnte sie noch nie leiden, diese Angeberin.

Matti nickt. «Ja, das war er, süß und heiß.»

Diese Frau versucht, mich so wenig wie möglich anzuschauen, und vermeidet es, mich direkt anzusprechen. Wegen meiner Pusteln. Es ist ihr unangenehmer als mir. Also spreche ich sie an.

«Und du? Ist das dein … Enkelkind?»

Ups. Ihr entgleiten fast die Gesichtszüge.

«Das … sind mein Mann und mein Sohn. Zweiter Mann, zweites Glück, zweites Kind.» Sie lacht und schaut überheblich auf uns herab. «Und ihr? Geschieden?»

«Ja, glücklich geschieden», sagt Matti voller Überzeugung.

«Glücklich verheiratet», höre ich mich sagen und kann mich nur wundern.

Im Hintergrund zahlt Veras mindestens fünfzehn Jahre jüngerer Mann die Rechnung und nimmt das müde Kind auf den Arm. Sie schaut zu ihm und nickt.

«Na dann, schönen Urlaub noch», sagt sie und verlässt mit Mann und Kind die Terrasse. Was für eine blöde Begegnung!

«Ausgerechnet *die*!», sage ich, und wir müssen beide lachen.

Wir bestellen ein Drei-Gänge-Menü, ein paar weitere Drinks und sitzen noch stundenlang auf der Terrasse, bis wir die letzten Gäste sind. Danach wechseln wir an die Bar neben der Lobby, wo wir auch die einzigen und letzten Gäste sind.

«Wo sind denn alle?», frage ich beschwipst den Deutsch sprechenden Barkeeper, der mir gerade einen *Moscow Mule* mixt.

«Im Bett, schlafen. Sind alles alte Leute hier.»

Eine Stunde und zwei Cocktails später macht er die Bar dicht, und wir gehen ins Bett. Schließlich sind wir auch nicht mehr die Jüngsten.

Am nächsten Morgen sehen wir sie – alle auf einmal im knapp bemessenen Frühstückssaal. Die Gäste des Hotel Gellért. Sie stammen aus aller Herren Länder, und kaum einer ist unter sechzig. Matti und ich senken den Altersdurchschnitt deutlich.

Ich habe einen Kater. Eigentlich war gestern Abend eine Donau-Fahrt geplant und ein Zug durch ein paar Jazzclubs. Aber mit meinem Pustel-Gesicht war es dann doch ganz gut, dass wir hier geblieben sind – abgesehen von der unangenehmen Begegnung mit Vera Odermann, die jetzt zum Glück nicht auftaucht. Mein Ausschlag ist in der Nacht zurückgegangen.

Weil so wenig Platz im Frühstückssaal ist, setzen wir uns zu einem älteren Ehepaar aus Südafrika, halten etwas Smalltalk und erfahren in kürzester Zeit zwischen Müsli, Obstsalat und Eiern mit Baked Beans und Speck, dass die beiden seit fünfzig Jahren verheiratet sind, vier Kinder und neun Enkel haben und früher zusammen eine Zahnarztpraxis geführt haben. Das erste Urenkelkind ist unterwegs, und zur goldenen Hochzeit haben sie sich eine Weltreise geschenkt. Vor ein paar Tagen hat der Mann in Wien erfahren, dass er Krebs hat. Aber es ist ihnen egal. Sie fahren weiter um die Welt. Zusammen, denn sie wollen so lange wie möglich jede Minute ihres Lebens genießen.

Es beeindruckt mich zutiefst, wie die beiden von ihren gemeinsamen Plänen und Sehnsüchten erzählen und dabei einander ansehen, als seien sie frisch verliebt.

Matti nimmt kein Blatt vor den Mund. Sie will wissen, ob die beiden in diesen vielen Jahren auch mal Zweifel an ihrer Ehe hatten. Beide lachen und nicken. Natürlich, immer wieder. Fünfzig gemeinsame Jahre lebe man nicht einfach so zusammen ohne Auf und Abs, auch nicht ohne Zweifel, Enttäuschungen und Ängste. Aber eine Ehe wachse daran.

Sie schauen einander vertraut an, nehmen sich bei den Händen – und gehen zur Wassergymnastik.

«Wow!» Matti ist beeindruckt.

«Ja, ein tolles Paar», sage ich bewundernd.

Wir holen unser Gepäck, um das Gellért zu verlassen. Um Budapest zu verlassen, den Urlaub zu beenden und an die Ostsee zu fahren. Lust habe ich keine, aber ich muss das mit Olaf unbedingt klären. Es lässt mir keine Ruhe.

An der Rezeption checken wir aus. Der Concierge macht die Rechnung fertig, und wir staunen nicht schlecht.

«Hast du nicht gesagt, es sei ein Schnäppchen gewesen?», frage ich Matti angesichts der vierstelligen Summe.

«War es auch! Ich konnte ja nicht ahnen, dass noch so viel dazukommt.»

Ich schaue mir die Rechnung mit den einzelnen Posten an. «Spa, Restaurant, Bar, Frühstück – tja, da kommt einiges zusammen. Wir teilen natürlich, wenn wir zu Hause sind. Mach dir bloß keinen Kopf. Das wird schon.»

Matti zückt ihre Kreditkarte und wartet. Aber es funktioniert nicht. Mehrmals steckt der Concierge die Karte in das Gerät – nichts. Keine Regung.

«Dann eben deine EC-Karte», sage ich.

Aber Matti schüttelt den Kopf. «Längst übern Dispo.»

«Mist! Dann hat dir Olaf nicht genug Geld überwiesen.»

Das macht mich jetzt ziemlich wütend. Mehrmals versuche ich, ihn telefonisch zu erreichen. Aber er hat offenbar beschlossen, nicht mehr mit mir zu telefonieren. Denn ich weiß genau, dass er meinen Namen auf dem Display liest.

«Und jetzt? Der Typ guckt schon so komisch.»

Tatsächlich mustert uns der Mann hinter der Rezeption streng und lässt uns nicht aus den Augen. Und alles bloß weil ich beklaut wurde, denke ich und beschließe, das Problem auf meine Weise zu lösen, denn ich fühle mich verantwortlich für diese unangenehme Situation und schulde Matti etwas. Also ziehe ich den Concierge ein Stück zur Seite und rede mit ihm. Das Gespräch ist allerdings schnell beendet.

«Tatsächlich! Er will die Polizei rufen, wenn wir die Rechnung nicht begleichen», erkläre ich Matti die Lage.

«Verdammt!»

«Das wird schon», beruhige ich sie. «Ich habe einen Plan. Nimm du die Rucksäcke, geh schon mal zum Ausgang und ruf ein Taxi. Okay?»

Matti mustert mich skeptisch. «Was hast du vor?»

«Nichts. Ich regele das mit seinem Chef. Also warte auf mich draußen vorm Eingang. Vertrau mir!»

Ach, Mist, das hätte ich nicht sagen sollen. Jetzt wird sie erst recht misstrauisch. Egal. Der Concierge führt mich ins Büro seines Chefs.

Eine Viertelstunde später komme ich zügig durch die Lobby zu Matti, die ungeduldig neben einem Taxi vor dem Hauptportal wartet.

«Los! Steig ein! Mir müssen hier weg! Schnell!»

«Scheiße, was hast du dadrin gemacht?», fragt Matti panisch.

«Erklär ich dir später. Steig endlich ein! Mach schon!»

Wir steigen eilig ins Taxi und machen dem Fahrer Dampf. «Go! Go! Go! Main Station! Go!»

Völlig schockiert schaut mich Matti an. «Caro! Du hast doch jetzt nicht etwa die Zeche geprellt, oder? Hey, die haben beim Einchecken unsere Ausweise kopiert. Spinnst du jetzt komplett?!»

«Was hätte ich denn machen sollen? Das wird schon», versuche ich sie zu beruhigen, was aber nicht wirklich klappt.

«Nee, da wird nix! Die finden uns doch ganz schnell! Mensch, Caro! Wie bescheuert bist du eigentlich? Ich will das nicht! Ich geh zurück und klär das!» Matti flippt völlig aus und versucht sogar, während der Fahrt aus dem Taxi zu springen. Zum Glück hat sie vergessen, dass sie angeschnallt ist.

An einer Ampel stehen wir direkt neben zwei Polizisten auf Motorrädern. Matti und ich sagen kein Wort und starren ganz unauffällig geradeaus. Als einer der Polizisten in unser Taxi schaut und mich anlächelt, kriegt Matti fast einen Herzinfarkt.

Mit unseren letzten Forint bezahlen wir den Taxifahrer und rennen in den Bahnhof.

«Langsam! Nicht so auffällig!», zische ich Matti an. «Schau dich doch mal um!»

Polizei! Überall ist Polizei. Offenbar findet heute ein Fußballspiel in Budapest statt – mit 'ner Menge Hooligans und Uniformierten. Matti schwitzt vor Angst, entdeckt zu werden. Ich nicht. Im Gegenteil – ich platze fast vor Schmerzen, denn das Zurückhalten meiner Bauchmuskeln durch unterdrücktes Lachen erfordert meine ganze Konzentration.

Als wir endlich im Zug sitzen, kann ich nicht mehr und lasse es raus. Mein lautes und unbarmherziges Lachen! Matti ist verwirrt.

«DAS, meine Liebe, war die Rache für Paris.»

Zuerst will Matti mich anschreien vor Wut. «Du … du … gemeine … widerliche …» Dann muss sie aber selbst laut lachen. «Du Miststück! Nicht schlecht! Gratuliere zu dieser Glanzleistung! Oscarreif! Aber wie hast du's gemacht?»

«Gespült.»

«Komm schon!», fleht Matti um Aufklärung.

«Ganz einfach. Ich habe dem Chef-Concierge die Situation erklärt, ihm meine kompletten Adressdaten gegeben und gesagt, er soll mir die Rechnung nach Hause schicken.»

«So einfach?»

Ich nicke. «So einfach.» Ich muss mich aber korrigieren: «Okay, ich habe ihm gesagt, er soll die Rechnung an meinen Mann schicken.»

III

DAS ZIEL

24
Ostsee

WIR ENTSCHEIDEN UNS bewusst gegen eine Zugverbindung über Berlin, um gar nicht erst in Versuchung zu geraten, dort auszusteigen und meinen Konflikt mit Olaf aufzuschieben. Das war Mattis Bedingung, sonst wäre sie nicht an die Ostsee mitgekommen. Also nehmen wir einen Schnellzug nach Wien, von dort den Nachtzug nach Hamburg, morgens dann weiter mit dem IC nach Rostock und von dort das letzte Stück mit der Regionalbahn. Mit Abstand die längste Strecke unserer Reise, die ja so auch nicht geplant war, denn eigentlich wollten wir nach Prag.

«Na und? Dann haben wir schon das Ziel für unseren nächsten Städtetrip», war Mattis spontane Reaktion.

Das Geld für die Schnell- und Nachtzugzuschläge hat Mattis EC-Karte noch hergegeben, sonst hätten wir eine Verbindung mit fünf Umstiegen nehmen müssen, und das wäre die Hölle gewesen. Niemand möchte freiwillig zwischen ein Uhr nachts und vier Uhr morgens in Neubrandenburg auf einen Anschluss warten. Aber so haben wir uns ab Wien ein Schlafwagenabteil gegönnt mit eigener Dusche. Deshalb sind wir auch nach knapp 22 Stunden Reisezeit relativ ausgeruht und frisch, als wir am frühen Nachmittag von Olafs 50. Geburtstag unser Ziel erreichen.

Jetzt stehen wir vor unserem Ferienhaus. Die ganze Fahrt seit Budapest habe ich mir ausgemalt, wie es wohl sein wird, wenn ich Olaf gegenübertrete.

«Das wird schon», sagt Matti aufmunternd. «Du musst auf jeden Fall sachlich bleiben. Nicht das Gesicht verlieren.»

«Klingt einfach.»

«Lass dich nicht demütigen. Von niemandem.»

«Ich versuch's.»

Sie klingt wie ein Boxcoach, der einen Underdog in den Ring schickt. «Cool bleiben, Hase. Du musst cool bleiben und Klasse zeigen. Mach ihm auf keinen Fall eine Szene, sondern bleib freundlich und warte ab, was passiert.»

«Und … was wird passieren?»

«Äh, keine Ahnung. Vermutlich wird diese Antje ihm eine Entscheidung abringen und ihm bestenfalls selbst eine Szene machen.»

«Wieso?»

«Na, weil sie sicher um ihn kämpfen wird. Und dann wird *sie* ihr Gesicht verlieren. Nicht du.»

«Interessanter Plan, einfach gelassen abzuwarten.» Doch dann bekomme ich Zweifel. «Und wenn sie ihm keine Szene macht?»

«Na, dann haben sie wohl auch keine Affäre, aber dann hast du dich auch nicht zum Obst gemacht.»

Ich denke kurz darüber nach und nicke. «Okay, klingt … gut.»

«Ich weiß, ich sollte Beziehungscoach werden.»

«Dann solltest du am besten sofort bei dir selbst anfangen», erwidere ich, aber davon will sie natürlich nichts hören.

Jetzt stehen wir also hier vor Olafs und meinem Ferienhaus an der Ostsee. Zweite Reihe hinterm Strand, Bungalowstil, Südausrichtung, kleiner Garten, achtzig Quadratmeter. Ich lausche.

«Was ist los?», fragt Matti, denn ich zögere.

«Ich muss mich nur kurz vorbereiten, auf das, was mich hinter dieser Tür erwartet.»

«Und das wäre?»

«Na, die komplette Nachbarschaft sitzt wahrscheinlich seit heute Mittag im Garten, grillt endlose Bratwurstschnecken, Schweinebauch, Steaks, macht dazu ein Bierchen nach dem anderen auf und redet über belangloses Zeug. Dazu laufen im Radio *die besten Hits* der *80er, 90er und das Beste von heute*. Und …»

Matti nimmt mich überraschend in den Arm. «Oh mein Gott!», ruft sie theatralisch. «Das hast du mir nie erzählt! Was für ein Trauma. Es tut mir leid, dass du das all die Jahre ertragen musstest!»

Ich nicke übertrieben. «Genau. Verstehst du jetzt, wieso ich da rausmusste? Aus dieser Ferienhölle?»

In all den Jahren unserer Freundschaft war Matti vielleicht zweimal mit mir hier. Im Winter, wenn wir mal ein ruhiges Mädelswochenende brauchten. Aber nie im Sommer, weil ihr das zu eng war mit uns und sie nicht das dritte Rad am Wagen sein wollte. Auf den Gedanken, einen ihrer Lover mitzunehmen, ist sie nie gekommen.

Ich klopfe und lausche. Nichts. Niemand da. Wir spähen durch die Fenster, aber das Haus scheint leer zu sein. Auch im Garten ist niemand. Keine Grillparty. Keine schlechte Musik. Kein Olaf. Alles still.

Über die nur angelehnte Terrassentür gelangen wir ins Innere und stellen erst mal die schweren Rucksäcke ab. Langsam begutachte ich das Haus von innen. Die Küche ist super sauber, das Wohnzimmer ordentlich aufgeräumt. Seltsam. Aber irgendwas ist anders. Die Dinge sind nicht an ihrem Platz. Die Lampen wurden umgestellt, der Zeitungsständer steht neuerdings neben dem Tisch statt neben dem Sofa. Die großen Windlichter entdecke ich im Flur statt auf der Terrasse. Und es stehen Blumen in der Vase auf dem Wohnzimmertisch. Über der Armlehne vom Lesesessel hängt meine Urlaubsstrickjacke, auf dem Beistelltisch liegen eine fremde Lesebrille und ein Buch – mein Lieblingsbuch von Jane Austen, *Stolz und Vorurteil*, aus *meinem* Bücherregal. Es schnürt mir den Hals zu. Ich nehme das Buch und zeige Matti die Widmung.

«Das darf sie nicht lesen!», beschwere ich mich. «Das hast du mir doch geschenkt! Das ist ganz persönlich! Das darf sie doch nicht lesen!» Es bricht aus mir voller Wut und Enttäuschung und Hilflosigkeit heraus, denn ich fühle mich plötzlich wie ein Gast im eigenen Haus. Oder wie jemand, bei dem eingebrochen wurde. Mir wird bewusst, dass eine fremde Person in meinen persönlichen Sachen gekramt hat, meine Strickjacke angezogen hat, meine Bücher liest. Kein schönes Gefühl. Und es verschlimmert sich noch, als ich die Tür zum Bad öffne: Überall sind ihre Sachen. Antjes Sachen. Wie ganz selbstverständlich steht ihre Zahnbürste neben der von Olaf im Wasserglas, liegt ihr Make-up auf der Ablage neben seinem Rasierer. Und ein kurzer Blick ins Schlafzimmer bestätigt alles, von dem ich gehofft hatte, es sei ein Irrtum. Sie hat in unserem Bett geschlafen, auf meiner Seite. Mir wird schlecht. Ich muss hier raus.

Im Garten ringe ich nach Luft, denn ich kann nicht atmen dadrinnen, wo überall ihr Geruch in der Luft und in den Polstern hängt. Sanft legt Matti mir ihre Hand auf den Rücken, um mir zu signalisieren, dass ich nicht allein bin. Sie sagt kein Wort, und das ist gut so, weil ich sonst explodieren würde. Ich habe das Gefühl zu ersticken und muss mehrmals tief ein- und ausatmen. Und nachdem Matti mir ausreichend tröstend den Rücken gerubbelt hat und meine Atmung sich langsam wieder normalisiert, hören wir plötzlich Musik. Der Wind hat gedreht und weht nun vom Meer her rhythmische Töne zu uns.

Neugierig folgen wir dem Klang zum Strand wie die Ratten der Flöte des Rattenfängers. Schon aus der Entfernung sehen wir ein weißes Zelt und viele gutgelaunte Menschen. Die Musik wird lauter, und schließlich realisieren wir, dass im Schatten des Baldachins eine Swingband spielt. Ich schaue mich um und sehe lauter fröhliche Menschen, die ich mehr oder weniger gut kenne. Alle tragen festlich-lockere Sommerkleidung, während Matti und ich in speckigen Jeans, schmuddeligen T-Shirts und Flip-Flops daherlatschen. Von unseren ungeschminkten Gesichtern ganz abgesehen, denn irgendwo zwischen Hamburg und Wustrow muss unser Make-up in erfrischenden Feuchttüchern abhandengekommen sein. Die Gäste grüßen und nicken freundlich oder sagen kurz Hallo, weil sie natürlich alle nicht wissen, wie sie mit der ungemütlichen Ex umgehen sollen, vermute ich.

«Wer sind die alle?», fragt Matti leise.

«Freunde und Nachbarn von hier», flüstere ich.

Überall hängen bunte Lampions über den Loungemöbeln, und es gibt sogar eine Bar, an der ein lässiger Barkeeper kühle Getränke mixt. Dann sehen wir Jo und Ella. Sie müssen gestern schon von Belgrad nach Berlin gefahren und dann hierhergekommen sein. Schick sehen sie aus. Aber was uns am meisten überrascht: Sie haben Jonas und Lorenzo mitgebracht.

«Ihr seid ja schon da!», rufe ich und umarme erst meine Tochter, dann Jo. «Und die Jungs habt ihr auch gleich mitgebracht. Hallo!»

Matti und ich begrüßen Jonas und Lorenzo wie alte Freunde.

«Na ja, Berlin ist immer eine Reise wert», sagt Lorenzo und zeigt mir ein strahlendes Lächeln. Ich kann Ella verstehen.

Sie nimmt mich zur Seite. «Hast du Papa schon gesprochen?»

«Nein, du?»

Ella schüttelt den Kopf. «Er wollte auf dich warten, um mit uns beiden zu reden.»

«Und hast du *sie* gesehen?»

Ella nickt. «Sie hängt ständig an ihm.»

Ich nehme Ellas Hände in meine und drücke sie ganz fest. «Hör zu: Egal, was wir bereden und was auch immer geschehen wird – es hat nichts mit dir zu tun, und Papa und ich werden immer für dich da sein. Okay?»

Ella hat Tränen in den Augen und umarmt mich. «Das klingt schrecklich, Mama.»

«Jetzt warten wir's erst mal ab.»

Matti klopft mir auf die Schulter. «Das machst du sehr gut.»

Ich schaue mich nach Olaf um und staune über diese unfassbare Szenerie. Die ganze Party hier am Strand kommt mir vor wie die kitschige Schlussszene einer romantischen Komödie mit Jennifer Aniston. Fehlt nur noch das Happy End. Aber das hier ist kein Film.

«Bei unseren Mädels scheint es also doch ernster zu sein als nur ein Sommerflirt», flüstert Matti mit Blick auf Jonas und Lorenzo.

«Abwarten, der Sommer ist noch nicht vorbei», widerspreche ich gewohnt skeptisch. «Obwohl … ich find's toll, dass sie so verliebt sind. Sie sollen es genießen.»

Matti nickt. «Ich bin ein bisschen neidisch … Aber der Barkeeper sieht auch süß aus. Ich hol uns mal ein paar Kaltgetränke», sagt sie und verschwindet an die Bar.

Ich sehe ihr nach – und entdecke im gleichen Moment Olaf.

Da steht er also, Seite an Seite mit Antje. Sie unterhalten sich mit einem anderen Paar aus der Ferienhaussiedlung, das immer nur übers Golfen redet. Olaf findet sie eigentlich auch nicht besonders spannend. Schließlich spielen wir gar kein Golf. Antje dagegen schon, und sie hat zigmal versucht, uns zu überreden, sie auf den Golfplatz zu begleiten. Vielleicht geht Olaf ja jetzt mit ihr golfen.

Ich mustere ihn. Was hat er denn da eigentlich an? Ist das etwa … trägt er tatsächlich einen hellen Sommeranzug? Olaf trägt nie Anzüge. Der muss neu sein – und der Mann darin vielleicht auch? Denn er hat einen lässigen Strohhut auf und trägt eine noch lässigere Sonnenbrille. Okay, jetzt wird mir einiges klar. Es ist gar nicht Olaf. Ich dachte zuerst, er ist es, wegen der Statur und der Körperhaltung. Aber an diesem Typ da stimmt sonst gar nichts mit meinem Mann überein. Außerdem ist er barfuß mit hochgekrempelten Hosenbeinen. Das ist niemals Olaf, denn der würde diesen Aufzug *albern* finden. Mir gefällt er.

Jetzt flüstert der Unbekannte Antje etwas ins Ohr, das sie auflachen lässt. Alles hier wirkt so surreal. Aber das ist definitiv nicht mein Film. Wo bleibt eigentlich mein Drink?

Plötzlich dreht sich der Strohhutträger um – und sein Gesicht mit dem gepflegten Dreitagebart strahlt, als er mich entdeckt. Mein Herz klopft. Er kommt barfuß auf mich zu, nimmt die Sonnenbrille ab und breitet seine Arme aus. Es ist tatsächlich Olaf. Unglaublich. Er umarmt mich, als sei ich drei Jahre fort gewesen, und wirkt dabei keineswegs unsicher oder mit Schuldgefühlen beladen.

«Oh Mann, Caro! Schön, dass du da bist! Endlich!»

Sein Bart pikst etwas, und er riecht nach … Armani. So wie früher, als wir noch verliebt waren, am Anfang unserer Beziehung.

«Herzlichen Glückwunsch.» Mehr bekomme ich nicht raus.

Olaf drückt mich eine kleine Ewigkeit, während ich mit herabhängenden Armen dastehe, unfähig zu reagieren. Dabei wollte Matti doch, dass ich ihn ganz locker begrüße, um Antje eifersüchtig zu machen. Aber es geht irgendwie nicht. Schließlich lässt er los, und wir schauen einander an. Seine Haut ist leicht gebräunt, die blauen Augen strahlen. Gut sieht er aus. Ich will gerade etwas sagen, da taucht Antje hinter Olaf auf und drängt sich zwischen uns. Sie hat Günni auf dem Arm, der sich von ihr kraulen lässt und keine Anstalten macht, mich zu begrüßen. Blöder Hund.

«Hallo, Caro!» Sie will mir Bussis geben, aber ich schrecke zurück. Also rubbelt sie stattdessen meinen rechten Oberarm. «Schön, dass du endlich da bist. Olaf … wir sollten es ihr zusammen sagen, findest du nicht?»

Mir ist schlecht.

«Hallo, Antje!», überwinde ich mich zu sagen. «Was … wollt ihr mir denn sagen?»

Olaf und Antje schauen sich verschwörerisch an.

«Moment, Ella fehlt noch. Ich hol sie schnell», sagt Antje und verschwindet wieder.

Ich nutze die Chance, allein mit meinem Mann zu reden. «Denkst du nicht, wir sollten das ohne Antje besprechen? Es geht dabei doch vor allem um unsere Familie. Oder?»

«Ja, natürlich, du hast vollkommen recht, aber ich habe Antje so vieles zu verdanken … Ah … Da kommt Ella ja schon.»

«Was ist los, Papa?»

«Kommt mit», sagt Olaf und führt uns zu einer Sitzgruppe, wie man sie aus der Werbung kennt. So riesige, weiß bezogene Outdoor-Sofas mit flatternden Tüchern ringsum, die im Wind wehen und einen glauben lassen, es gäbe nichts Entspannenderes.

Ich bin keineswegs entspannt und muss leider auch feststellen, dass diese Dinger überhaupt nicht bequem sind, wenn man sich nicht gerade ausgestreckt darauf herumräkelt, was ich sicher nicht vorhabe. Auf dem großen Sofa fühle ich mich wie ein kleines Kind, dem die Eltern gleich sagen werden, dass sie sich scheiden lassen. Ich komme nicht mal mit den Beinen auf den Boden, weil die Sitzfläche so riesig ist. Ella dagegen schafft es mit der unvergleichlichen Lässigkeit einer Achtzehnjährigen, nicht im Sofa unterzugehen.

Olaf und Antje nehmen uns gegenüber in zwei Rattansesseln mit Armlehnen Platz und wirken sehr souverän. Wie soll ich denn da bitte schön cool bleiben? Zumal sich Günni auf Antjes Schoß pudelwohl zu fühlen scheint.

«Also, es ist so …», beginnt Olaf das unangenehme Gespräch. Er atmet schwer aus, schaut zu Antje, die kurz seine Hand drückt und ihm motivierend zulächelt. Ich kann gar nicht hinsehen, bemühe mich aber, tapfer zu dieser seltsamen Situation zu lächeln. Cool bleiben, hat Matti gesagt. Immer schön cool bleiben. Aber jetzt merkt Olaf, dass hier etwas nicht passt – es ist Antje.

«Lass uns doch bitte kurz allein reden, Antje», sagt er schließlich, und sie gibt die Verständnisvolle.

«Natürlich.» Sie drückt ihm den Hund auf den Schoß und ihre Hand auf die Schulter, schenkt mir ein Lächeln und geht. Endlich! Nun sind wir unter uns.

Olaf holt Luft, aber ich komme ihm zuvor. «Erst mal: Tolle Party! Hätte ich dir gar nicht zugetraut, so eine Strandparty!»

«Ja, Papa, ist echt total chillig!», stimmt Ella mir zu.

Olaf wird etwas lockerer und lacht vor Verlegenheit. «Danke, ihr Süßen! Tja, diese Party habe ich allein Antje zu verdanken. Sie … ist super in so was.»

Klar, hätte ich mir ja denken können. «Ihr versteht euch ja prächtig», sage ich.

«Ja, sie ist toll … Günni mag sie auch sehr.»

«Na, wenn Günni sie mag!»

Was für eine Soap!

«Also, passt auf!» Olaf beugt sich vor. «Durch Antje ist mir sehr vieles klargeworden. Es war vollkommen richtig, dass ihr allein Urlaub gemacht habt. Dadurch habt ihr mich sozusagen aufgeweckt. Ella, du bist erwachsen und ziehst eh bald aus. Und wir können noch mal von vorn anfangen.»

Wer? Ich bin verwirrt. «Moment, ich begreif das alles nicht. Wovon redest du, Olaf?»

«Na, ich weiß jetzt, dass ich was ändern muss in meinem Leben, und zwar viel. Und das hier», er zeigt auf sich und die Party, «ist erst der Anfang.»

Verstehe ich nicht. Soll das eine Dreierbeziehung werden?

«Und Antje?», frage ich. «Sie … sie ist doch schon eingezogen.»

«Na klar. Ging ja nicht anders. Sie hatte ja diesen Wasserrohrbruch. Ingolf hatte einfach nie was an dem Haus gemacht. Jetzt ist er tot, und das Haus ist völlig hinüber. Da konnte ich sie doch nicht im Regen stehen lassen. Also bildlich gesprochen.»

«Bildlich gesprochen!?» Ich rücke an den Rand des beknackten Riesensofas, um mehr Halt zu bekommen. «Und dann hast du ihr auch gleich mein Bett, meine Klamotten und meine Bücher gegeben?»

«Ach Caro, ich dachte, es würde dir nichts ausmachen. Ist doch Nachbarschaftshilfe, sozusagen.»

Okay, an dieser Stelle mal kurz Stopp! Haben die beiden jetzt was miteinander oder nicht? Ich meine, ich bin ja geneigt, ihm das alles bis hierhin zu glauben. Olaf ist nett und hilfsbereit, der macht so was. Aber wieso habe ich nach wie vor so ein komisches Gefühl? Wieso fällt es mir trotzdem schwer, all diese extremen Veränderungen meines Mannes – sein Verhalten, sein Aussehen, seine gute Stimmung, seinen Geruch – zu akzeptieren? Irgendwie ist er mir total fremd.

«Papa, komm mal auf den Punkt», fordert Ella. «Du verwirrst uns!»

«Genau. Danke, Ella!», sage ich.

Olaf holt erneut tief Luft und sucht nach Worten. «Das … versuche ich ja. Ich will doch bloß sagen: Ihr habt mir gefehlt. Vor allem du, Mama … äh … Caro.»

Jetzt muss ich unfreiwillig grinsen.

«Ich … ich weiß gar nicht, wie ich die Zeit ohne dich überstanden hätte», fährt er fort, «wenn … wenn Antje nicht gewesen wäre. Ich habe mich so einsam und hilflos gefühlt, weißt du?»

Ach! Ich bin absolut sprachlos.

«Ja, sie hat mir die Augen geöffnet, über alles, was in unserer Ehe nicht stimmt!»

Was redet er denn da?

«Papa, ich glaube, du solltest nicht …»

«Ella, unterbrich mich jetzt nicht! Es ist schon schwer genug.»

Also doch …

«Ich … ich bin mit Günni hergekommen, ganz allein – und in ein tiefes Loch gefallen. Das war … schlimm für mich … ohne euch. Ja, wirklich!»

Das glaube ich ihm sogar.

«Und dann kam zum Glück Antje. Sie ist das Beste, was mir in dieser schwierigen Phase meines Lebens passieren konnte. Sie hat mir die Augen geöffnet. Caro, ich weiß jetzt, wo ich hingehöre und dass ich noch mal ganz von vorne anfangen will.»

Erwartungsvoll schaut er mich an, und ich sitze da und bin noch sprachloser. Was erwartet er denn jetzt von mir? Dass ich ihn freigebe? Oder mich freue? Oder in Tränen ausbreche? Das ist es alles nicht. Es ist eher so ein Taubheitsgefühl. Einerseits fühle ich mich bestätigt, andererseits betrogen. Was ich überhaupt nicht fühle, sind Wut, Verzweiflung oder Schmerz. Seltsam.

«Papa, jetzt gehst du aber zu weit.»

Olaf springt auf. «Aber wieso denn? Es ist doch nicht zu spät für einen Neuanfang.»

«Papa, du kannst doch nicht …»

«Mit Antje, ausgerechnet …», sage ich leise.

«Hä? Nein! Mit dir!», sagt Olaf mit Nachdruck. «Dank Antje weiß ich jetzt, wo ich hingehöre.»

Ich verstehe gar nichts mehr. «Jetzt mal langsam. Du fühlst dich einsam und … und hilflos und steigst deshalb mit einer anderen Frau ins Bett, um mir dann zu sagen, dass du mit *mir* neu anfangen willst? Im Ernst, Olaf, hast du sie nicht mehr alle?»

Sein Blick lässt erkennen, dass es in ihm arbeitet. Dann endlich fällt der Groschen.

«Was? Nein! Ach, das ist doch alles ein Missverständnis. Ich hab doch nicht mit ihr geschlafen! Spinnst du? Ich würde doch niemals mit Antje … Nein! Die ist doch gar nicht mein Typ! Wie kommst du den auf so was?! Lächerlich!»

Antje steht plötzlich neben uns, mit einem Sektkübel, vier Gläsern und entgleisten Gesichtszügen.

«Da bist du ja!», ruft Olaf. «Komm, setz dich zu uns und sag ihnen, dass wir nur Freunde sind. Und Nachbarn.»

Antjes gute Laune ist verflogen, aber sie nickt. «Stimmt, nur Freunde und Nachbarn.»

Sie sieht irgendwie enttäuscht aus. Oder verletzt? Oder beides? Schwer zu sagen.

«Olaf hat mir geholfen, als bei mir alles unter Wasser stand.»

«Und da bist du dann gleich eingezogen?», fragt Ella.

Olaf nickt. «Ja, weil sie doch irgendwo wohnen musste, solange bei ihr die Rohre neu verlegt wurden.»

«Und du, Papa?»

«Ich hab in deinem Zimmer geschlafen.»

Ella verdreht die Augen. Sie glaubt ihm nicht. Ich schon. Nur dass es mir mit einem Mal seltsam egal ist. Wir drehen uns im Kreis. Dieses Gespräch führt zu nichts, denke ich und beobachte Matti, die mit einem Drink barfuß in einem Standkorb sitzt und telefoniert und dabei sehr glücklich aussieht.

«Als Gegenleistung habe ich ihm mit der Party geholfen», sagt Antje. «Sonst nichts.»

Jetzt schaut Olaf sie an und legt seine Hand auf ihre. «Sonst nichts? Das stimmt doch nicht. Du hast mir nächtelang zugehört. Mir geholfen zu verstehen, warum Caro weg ist.» Er sieht mich an. «Antje hat gesagt, dass ich dich verlieren werde, wenn ich mich nicht ändere … und … dass es in ihrer Ehe auch so anfing. Oder?»

«Ja, das stimmt», sagt Antje und zieht ihre Hand weg. «Wir haben nur geredet.»

«Caro! Ich will dich nicht verlieren. Ich will mich ändern!»

Unglaublich. Wie oft habe ich versucht, mit Olaf zu reden. Über uns. Über mich. Und immer hatte ich den Eindruck, dass er zwar zuhörte, aber nichts verstand.

«Antje hat mir die Dinge aus Frauensicht erklärt», fährt er fort. «Und da hab ich erst begriffen, was ich für ein Idiot bin. Ich will nicht mehr so ein unaufmerksamer, fauler Typ sein, der sich daran gewöhnt hat, dass du dich um alles kümmerst. Ich hab mich sogar für einen Kochkurs angemeldet und uns eine Putzfrau gesucht. Und ich dachte auch an einen Tanzkurs – vielleicht probieren wir es ja doch noch mal.» Jetzt beugt er sich ganz nah zur mir rüber. «Und ich will dich wieder mehr anschauen und dir sagen, wie schön du bist, statt es nur zu denken.»

Das alles überfordert mich gerade etwas.

Aber Olaf redet sich in Fahrt: «Wir fangen noch mal ganz neu an. Vielleicht umziehen? Oder die Welt bereisen? Wir verkaufen das Ferienhaus!»

«Es gehört sowieso dir. Du hast es damals gekauft.»

«Aber doch für uns. Die Zeiten ändern sich. Ja, ich verkauf's. Was immer du willst.»

Was ich will? Ich weiß nicht, was ich will. Ich weiß nur, dass mir diese Reise sehr gutgetan hat. Dass mir das Alleinreisen gut gefällt. Ich weiß, dass ich meine eigenen Entscheidungen treffen will. Nur für mich selbst. Ich will einfach nur mal ich sein. Ganz egoistisch mein Ding machen. Ja, das will ich. Mich austoben ohne Wenn und Aber, ohne Rücksicht und Vorsicht. Ich glaube, das ist es, was ich will. Aber erst mal will ich hier weg.

«Was sagst du dazu?», fragt Olaf abschließend, als würde meine Antwort hier und jetzt und in diesem Moment über unsere Ehe entscheiden. Aber das wäre zu einfach für mich – für uns.

«Tut mir leid», sage ich und stehe auf. «Ich muss ein bisschen nachdenken.»

Mit schwirrendem Kopf verlasse ich die Party und gehe zum Wasser. Ella holt mich ein.

«Und jetzt, Mama?»

Ich stehe da und ziehe die Schultern hoch. «Weiß nicht.»

Ella umarmt mich. «Papa weiß, dass er blöd war. Aber er bemüht sich doch», flüstert sie mir ins Ohr. «Er will sich wirklich ändern. Er liebt dich.»

Ich löse mich aus der Umarmung.

«Ja, ich weiß. Ich ihn ja auch, aber das reicht nicht. Wir verändern uns beide, und ob wir dann noch zueinander passen, weiß niemand. Vielleicht ist es ja auch schon zu spät für einen Neuanfang.»

«Kannst du ihm nicht noch eine Chance geben?»

«Keine Ahnung.» Ich gebe Ella einen Kuss, stecke mein Haar mit zwei Handgriffen locker hoch und sage: «Ich brauche etwas Zeit. Wir … wir sehen uns in Berlin, ja?»

Tausend Dinge rasen mir auf dem Weg nach Hause durch den Kopf. Bilder, Zitate, Geständnisse, Erlebnisse, Eindrücke, Gefühle, Erinnerungen.

«Willst du reden?», fragt Matti irgendwann in der Regionalbahn zwischen Bad Doberan und Rostock. Sie ist mir sofort nachgekommen, als sie gesehen hat, wie ich das Gespräch mit Olaf und Antje beendet habe. Gemeinsam sind wir zum Haus gegangen, haben unsere Rucksäcke geholt und uns auf den Weg gemacht.

«Nein», sage ich, als es anfängt zu regnen. Der erste Regen seit Wochen. Ich sehe mein Spiegelbild in der Fensterscheibe und wundere mich über meine chaotischen Haare.

Ein paar Stunden später, es ist bereits Abend, schleppen wir uns völlig durchnässt durch Mattis Hausflur in die zweite Etage.

«Riechst du das?» Matti schnüffelt an der Tür, als wir vor ihrer Wohnung stehen.

«Riecht irgendwie … gammelig, verdorben oder so.»

Vorsichtig steckt sie den Schlüssel ins Schloss, hält aber inne. «Und wenn er sich umgebracht hat und seit Wochen in meiner Wohnung vor sich hin verwest?»

«Quatsch!»

«Aber es riecht so.»

Matti öffnet vorsichtig die Tür. Der Geruch wird stärker, wir treten ein, Fliegen kommen uns entgegen, als würden sie verzweifelt den Ausgang suchen. Meine Güte! Die Wohnung ist ein einziges Schlachtfeld. Es stinkt nach Abfall und kaltem Rauch.

Ich steige über Müll und Essensreste hinweg und öffne sämtliche Fenster. Matti kann sich kaum bewegen, so erschüttert ist sie von dem Anblick. Langsam begutachten wir das Ausmaß des Grauens.

Überall Abfall, Kippen, Pizzareste, schimmeliges Brot, gammeliges Obst, sogar Blutflecken – vielleicht aber auch Ketchup. Und überall Fliegen. Ich komme mir vor wie in einer Folge von CSI. Was ist hier nur passiert?

Wir gehen durch alle vier Räume, und das Szenario wird immer klarer: Mattis Ex-Lover Henk aus der *Sonderbar* war offenbar ein Messie.

«Hast du das denn nicht gewusst?»

«Wie denn? Ich hab doch immer alles hinter ihm weggeräumt!»

«Zum Glück ist er jetzt weg.»

Matti nickt.

«Freu dich! Du bist ihn los!»

Aber Matti bricht in Tränen aus.

«Ach komm! Das Chaos hier kriegen wir schon wieder hin», versuche ich sie zu trösten. Aber es bringt nichts.

«Ich glaub … ich hatte gehofft, dass er noch da ist.»

Nicht zu fassen! Ich verstehe nichts mehr. «Wieso das denn? Du hast ihn doch rausgeschmissen.»

«Ja, er war ja auch ein Idiot, aber immer noch besser, als in eine leere Wohnung zurückzukehren.»

Ich seufze tief und nehme Matti in den Arm. Dass sie so sehr unter ihrem Single-Leben leidet, habe ich nicht geahnt. Minutenlang sitzen wir da, mitten im stinkenden Weltuntergangsszenario, als würden wir darauf warten, dass Superman uns hier rausholt. Vergebens.

«Alles wird gut, Matti! Ich bin da und helfe dir beim Aufräumen.»

Mit einer Hand ziehe ich die Automatenfotos aus Mailand aus meiner Jacke, auf denen wir unendlich doofe Fratzen schneiden, und halte sie Matti vors Gesicht. Jetzt muss sie lachen und wischt sich die Tränen weg.

«Die hab ich ja total vergessen. Schön doof, wir zwei.» Sie betrachtet den Fotostreifen genauer, dann sieht sie mich an. «Caro, könntest du nicht … vielleicht hier einziehen?»

Das wundert mich jetzt zwar, aber die Idee hatte ich auch schon. Allerdings …

«Unter einer Bedingung», höre ich mich sagen.

«Die wäre?»

«Keine dauernd wechselnden Herrenbesuche.»

Matti nickt. «Mir ist sowieso nicht danach.»

«Wieso?»

Sie löst sich aus der Umarmung und schaut auf ihre Hände, wie jemand, der etwas ausgefressen hat. «Wegen … Frode.»

Nicht schon wieder!, denke ich, aber Matti lässt mich meine Gedanken gar nicht aussprechen.

«Eigentlich wollte ich es dir gar nicht sagen, weil du mir das sicher ausreden würdest, aber … Frode zieht nach Berlin.»

«Was?! Wegen dir?!»

«Nein, seine Ex hat hier ein Jobangebot, und er …» Matti seufzt.

«Sag schon!»

«Er will in der Nähe seines Sohnes bleiben.»

Wow! Das ist ’n Ding. «Er hat ein Kind?»

«Der Kleine ist drei. Frode will, dass ich ihn kennenlerne.»

Mit einem Mal strahlt Matti, und ich sehe ihr an, dass es diesmal anders ist.

«Das wäre das erste Mal, dass *dir* ein Mann hinterherläuft.»

Sie schaut mich an und lächelt. «Es ist mir ernst, Caro.»

«Ich weiß. Und ich würde es dir niemals ausreden. Nie!» Jetzt muss ich sie schon wieder in den Arm nehmen. Ich kann einfach nicht anders, weil ich Matti wirklich nie wieder im Stich lassen will. «Aber meine Therapiestunden sind nicht billig.»

«Das verrechnen wir mit meinen», lacht Matti und schnäuzt sich die Nase. «Und Olaf?»

Oh. Ich muss mich kurz sammeln.

«Weiß nicht. Ich glaube, wir brauchen mal eine richtige Auszeit.»

«Interessiert er dich denn überhaupt noch?»

Ich muss grinsen. «Er ist ja an sich kein schlechter Typ.»

«Nein. Und ihr beide seid an sich kein schlechtes Paar», sagt Matti. «Vielleicht müsst ihr euch einfach nur wiederfinden.»

«Ja, vielleicht. Vielleicht auch nicht. Wer weiß das schon?»

Wir drehen die Musik auf und beginnen, Mattis Wohnung aufzuräumen. Stundenlang putzen wir, bis in die Nacht, bis alles blitzblank ist. Es ist wie ein Befreiungsschlag. Wir putzen uns den Frust von der Seele. Zuerst entsorgen wir zusammen mit dem Müll allen Stress mit Olaf und den Ärger über Henk. Und danach machen wir sauber und polieren mit großem Spaß unsere Urlaubserinnerungen: die wilde Nacht in Amsterdam, das Warten auf Jean-Luc in Paris, das verlorene Gepäck in Mailand, die verrückte Nacht auf der Fähre, meine enttäuschte Liebe auf Korfu, Mattis verstauchter Knöchel in Meteora, Couchsurfing in Thessaloniki, Sunset in Belgrad und das bizarre Treffen mit Vera Odermann in Budapest. Wir sind beide froh, diese Reise jetzt erst gemacht zu haben, denn wer weiß, ob wir noch Freundinnen wären, hätten wir vor dreißig Jahren schon gemeinsam Interrail gemacht. Jedenfalls ist Matti mit niemandem von damals noch befreundet.

Ich ziehe also erst mal bei ihr ein, weil ich eine räumliche Trennung von Olaf für das Sinnvollste halte. Wozu sich etwas vormachen? Das haben wir viel zu lange getan. Aber ich bin nicht bereit, weitere Kompromisse einzugehen. Und das sollte er auch nicht. Auf Ella müssen wir keine Rücksicht mehr nehmen, sie ist kein Kind mehr. Durch die Reise und das ganze Missverständnis mit Antje ist mir klargeworden, dass die Kluft zwischen Olaf und mir ganz schön groß geworden ist. Mir gefällt es, auch mal von außen, mit etwas Abstand, auf meine Familie zu blicken. Und vielleicht entdecke ich dann auch wieder etwas Neues daran, wer weiß?

Irgendwann gehen auch die schönsten Sommerferien zu Ende. Am ersten Schultag verlassen Matti und ich morgens motiviert für ein neues Schuljahr und gut gelaunt das Haus – und staunen. Direkt vor der Tür parkt ein feuerroter Ferrari. Und wer lehnt lässig und dämlich grinsend daran? Natürlich Mehmet.

«Wisch & Weg! Isch wusste voll, da geht was mit Sie beide.»

Matti und ich müssen uns erst kneifen, denn es ist nicht wie zunächst gehofft eine Halluzination. Mehmet ist echt, das Auto ist echt, die Sprüche sind echt. Willkommen im Schulalltag.

«Mehmet, was soll das? Was willst du hier?», frage ich ihn.

«Wieso? Isch hab doch gesagt, dass isch Ihnen abhole mit 'n roten Ferrari. Voll wie in mein Traum.»

Matti findet das lustig – ich nicht.

«Woher hast du das Auto? Und seit wann hast du einen Führerschein?»

Mehmets dämliches Grinsen wird breiter und noch dämlicher. Er tätschelt das Auto. «Is' mein Bruder seine Karre.» Dann zieht er stolz eine Plastikkarte aus der Hosentasche. «Und den hab isch in Ferien gemacht. Voll easy.»

Wir schauen uns den Führerschein genauer an – tatsächlich. Sein Name steht drauf. Das Ding sieht echt aus.

«Aber du bist doch noch gar nicht achtzehn», sage ich.

Mehmet grinst noch breiter. «Genau. Aber Sie.»

Ich trau meinen Ohren nicht. Hat Mehmet das gerade wirklich gesagt? *Aber Sie* – grammatikalisch einwandfrei! Hammer! Ich schöpfe Hoffnung.

Er öffnet mir einladend die Beifahrertür. «Frau Wischmann als Begleitfahrer, voll cool!»

Matti ist skeptisch. «Mach das bloß nicht! Ihr landet beide an der nächsten Wand. Bitte, Caro, steig da nicht ein!»

Ich schaue zwischen Matti und Mehmet hin und her. Was soll's? No risk – no fun.

«Du sagst doch immer, ich soll mehr Vertrauen haben. Ich vertraue ihm», sage ich zu Matti und steige ein.

Mehmet schließt hinter mir die Tür und winkt Matti. Er platzt fast vor Stolz. Mit viel Lärm fährt er los.

«Krass cool mit Sie neben misch!»

Ich bereue meine Entscheidung so schnell, wie der Hoffnungsschimmer für Mehmets Grammatik verblasst. Mein Handy piepst. Wahrscheinlich will Matti mir Mut zusprechen. Aber die Nachricht ist von Olaf. Ausgerechnet jetzt? Seit Wochen habe ich nichts von ihm gehört. Er schickt ein Foto von Günni, der auf einem Kaufvertrag sitzt. Ich schaue genauer hin: Olaf hat Antje tatsächlich das Ferienhaus verkauft. Er schreibt dazu:

> Günni freut sich: nie wieder Ostsee ☺

Dann schickt er ein Selfie mit Strohhut und breitem Lachen:

> Lust, mal mit mir auszugehen? Vielleicht Kino oder Theater?

Ich muss auch lachen und antworte kurz und knapp:

Prima ☺

Angelos' Mixtape

Rush Rush – **Paula Abdul**
Wicked Game – **Chris Isaak**
Creep – **Radiohead**
You – **Ten Sharp**
Who's Gonna Drive You Home – **The Cars**
Bohemian Rhapsody – **Queen**
November Rain – **Guns N' Roses**
One – **U2**
Diamonds & Pearls – **Prince**
Under the bridge – **Red Hot Chilli Peppers**
Damn I wish I was your lover – **Sophie B. Hawkins**
Everything I do I do it for you – **Brian Adams**
More than Words – **Extreme**
Nothing Compares To You – **Sinead O'Connor**
Lullaby – **The Cure**
Don't give up – **Peter Gabriel & Kate Bush**
Cowboys and Angels – **George Michael**

Danksagung

Danke, Michi, für diese schöne, entspannte und unvergessliche Reise! Das sollten wir wiederholen!

Und Dank an meine Familie, dass ihr mich habt ziehen lassen, auch wenn es nur ein paar Wochen waren.

Zoë und Akeva – danke für eure praktischen Interrail-Tipps an uns Mütter.

Mein besonderer Dank gilt Barbara Laugwitz und Ditta Friedrich, aber auch meinen großartigen Agenten Lisa Volpp und Felix Rudloff von *copywrite*, dass ihr alle mit mir auf den Interrail-Zug aufgesprungen seid. Es hat riesigen Spaß gemacht!

Bei Katharina Rottenbacher bedanke ich mich für ihr sorgfältiges Lektorat, ihre konstruktiven Vorschläge und die Smileys am Textrand.

Und danke, Mom, dass dein Reise-Gen auch in mir steckt.

Weitere Titel von Franka Bloom

Anfang 40 – Ende offen

Anfang Sommer, alles offen

Mitte 40, fertig, los

Franka Bloom
Anfang 40 – Ende offen

Kein Anfang ohne Ende.
Von ihrem Mann für eine Jüngere verlassen, die Tochter fast aus dem Haus, träumt Vera davon, ihr altes Leben als Mutter und Ehefrau zu beenden. Und auf der Höhe ihrer Karriere in neuer Qualität und Freiheit mit mehr Reife neu durchzustarten. Doch alles kommt ganz anders, denn dass Vera überraschend schwanger wird, statt in die Wechseljahre zu kommen, hat weder mit jugendlichem Leichtsinn zu tun noch mit der erhofften Reife.

Ein Roman über die Suche nach sich selbst, über alte Träume, neue Wege und das große Glück.

320 Seiten

Ro 392/1

MIX
Papier aus verantwortungsvollen Quellen
FSC® C083411

Das für dieses Buch verwendete Papier ist FSC®-zertifiziert.